2012年度教育部人文社会科学研究青年基金项目"英语世界清小说研究"
（12YJC751021）资助

# 英语世界清小说研究

何敏 著

西南交通大学出版社
·成都·

图书在版编目（CIP）数据

英语世界清小说研究/何敏著. —成都：西南交
通大学出版社，2017.8
ISBN 978-7-5643-5729-0

Ⅰ.①英… Ⅱ.①何… Ⅲ.①古典小说－小说研究－
中国－清代 Ⅳ.①I207.41

中国版本图书馆 CIP 数据核字（2017）第 220521 号

| | | |
|---|---|---|
| Yingyu Shijie Qingxiaoshuo Yanjiu<br>**英语世界清小说研究** | 何敏 著 | 责任编辑　赵玉婷<br>助理编辑　孟　媛<br>封面设计　严春艳 |

| | |
|---|---|
| 印张　　22　　字数　396千 | 出版发行　西南交通大学出版社 |
| 成品尺寸　170 mm×230 mm | 网　址　http://www.xnjdcbs.com |
| 版次　2017年8月第1版 | 地　址　四川省成都市二环路北一段111号<br>　　　　西南交通大学创新大厦21楼 |
| 印次　2017年8月第1次 | 邮政编码　610031 |
| 印刷　四川煤田地质制图印刷厂 | 发行部电话　028-87600564　028-87600533 |
| 书号　ISBN 978-7-5643-5729-0 | 定价　88.00元 |

图书如有印装质量问题　本社负责退换
版权所有　盗版必究　举报电话：028-87600562

# 目 录

## 导　论 ... / 1

第一节　研究英语世界清小说的原因 ... / 1
第二节　英语世界清小说研究现状 ... / 2
第三节　英语世界清小说研究思路 ... / 10
第四节　英语世界清小说研究方法 ... / 12
第五节　英语世界清小说研究的理论意义和实践意义 ... / 14

## 第一章　英语世界清小说译介综述 ... / 16

第一节　清小说英译的历史分期 ... / 16
第二节　萌芽期的清小说译介（1761—1816）... / 18
第三节　初创期的清小说译介（1816—1914）... / 22
第四节　发展期的清小说译介（1914—1949）... / 45
第五节　繁荣期的清小说译介（1949—1980）... / 64
第六节　新时期的清小说译介（1980年至今）... / 97

## 第二章　英语世界清小说译介史的总结与思考 ... / 117

第一节　清小说英译特点的总结 ... / 117
第二节　清小说英译策略的研究 ... / 154
第三节　关于清小说对外译介的意义与启示 ... / 181

## 第三章　英语世界清小说研究方向及特色 ... / 189

第一节　文学史和文学选集中的清小说 ... / 189

第二节　对个体作者的研究… / 198
第三节　文类研究… / 232
第四节　社会、哲学、伦理批评视域中的清小说研究… / 265

## 第四章　英语世界清小说研究的创新性及借鉴意义… / 274

第一节　英语世界清小说研究阶段及特点分析… / 274
第二节　比较文学视野中的英语世界清小说研究… / 297
第三节　英语世界清小说研究的反思… / 322

## 结束语　融合与并峙中的英语世界清小说研究… / 327

## 附录　学者译名表… / 330

## 参考文献… / 335

## 后　记… / 347

# 导 论

## 第一节 研究英语世界清小说的原因

每个时代有每个时代的文学。清小说在中国文学史上有着极为重要的文学价值和历史地位。"传统文学批评将清小说分为文言小说和白话小说两大类，它们来自中国古典小说的两个发展系统：一是源于六朝'志怪''志人'而盛于唐的文言系统；一是在宋元'说话'艺术基础上成长起来的白话系统。"①在清代，这两个系统相互吸收又并行发展，各自达到其艺术上的顶点。以蒲松龄为代表的优秀作家大大发展了前代文言小说的体制，《聊斋志异》成为文言小说发展史上前无古人、后无来者的艺术典范。而清代的白话长篇小说已完全踏上文人独立创作的道路，产生了集中国古典小说之大成的不朽之作《红楼梦》和《儒林外史》。中国古典小说就此进入全面成熟期，在创作的质与量方面，都超越前代，达到了新的艺术水平。

辉煌灿烂的中国清小说不仅是中国人民，也是世界人民的宝贵文化遗产。清小说译介始于18世纪的《好逑传》西传，在19世纪，传教士们与外交官出于实用主义目的，进一步推动了清小说的译介。20世纪是"以英语为交际手段的文化圈空前扩大的世纪，是它与以华文为交际手段的文化圈关系空前密切的世纪，是位于上述两种文化圈结合部的英语世界中国文学研究成果空前辉煌的世纪。"② 到了20世纪，随着中西文化交流的增强，清小说译介与研究开始全方位发展。译本迭出，各种文艺批评与鉴赏的论文、专著亦接连不断。汉学家们站在跨文化、跨文明的角度上，吸收中国文化的精髓。以《红楼梦》《聊斋志异》《儒林外史》为代表的清小说在国外获得普遍的赞誉，英美一些大学专门开设了明清小说研究的本科、硕士和博士课程，研究队伍不断壮大，出现了一些具有里程碑意义的著作。这些著作标识着"清小说英译和研究"在汉学界里的成熟。站在与我们完全迥异的文化立场上的西方学者，

---

① 胡益民、李汉秋，《清小说》，合肥：安徽教育出版社，2004年，第4页。
② 黄鸣奋，《英语世界中国古典文学之传播》，上海：学林出版社，1997年，第23页。

用西方现当代文学批评理论为清小说研究找到了新的话语空间。可以说,清小说不仅是本土学界的关注焦点,亦令西方学者情有独钟。

然而,尽管英语世界对清小说研究不断发展,本土学界对清小说的研究亦推陈出新,但是此岸与彼岸、本土与他者之间的联系仍然处于亟待发展的状态。本土的研究聚焦点始终主要集中于本土的挖掘,海外的他者视角虽有学者问津,亦嫌冷落。这造成国内"红学""儒学"队伍庞大,特别是"红学"论文堪称汗牛充栋,然而于域外者的见解却鲜有顾及,即便有所论述,也多集中于翻译的角度,探讨翻译过程中的字句选择、文化内涵及文化差异。至于对海外学者在小说社会背景、作品、文本、阅读方面的批评的关注,则少之又少。

清小说在英语世界受到如此重视,引起如此浓厚的兴趣,而国内对此研究的薄弱与零散则堪为忧虑。因此,对英语世界里的清小说进行全面的、有深度的、最新的梳理是有必要的。

因此,笔者选择这个话题,亦因为这是国内研究的一项空白。首次读到翟理斯的《中国文学史》(1901),知道世界上第一部中国文学史居然是英国人的成果,很是讶然。由于语言、资讯、文化等诸多原因,中西文化交流中有很多交流障碍。英语世界对中国古典文学研究其实已经非常丰富,然而,很多中文领域的译介、研究如同长江首漂一样,常常首先由西方人来完成,笔者希望自己做为一名熟悉英语的中国人,先关注到这一个较少为人关注的话题。

鉴于英语世界学者对清小说的研究融合了多种知识,涉及译介学、新批评、原型批评理论、解构主义研究、多元文化研究等,跨越翻译学、语言学、哲学、文学等多学科研究领域,因此,本课题具有领先性、前沿性以及跨学科研究的特点,对我国在当代古典文学批评理论的研究,乃至当代西方文学批评理论研究均有一定充实和加强作用。更本着"他山之石,可以攻玉"的精神,通过比较、借鉴和吸收英语世界学者的多元批评理论,来对比、丰富和促进我国当代文艺批评与理论的繁荣与发展,对语言学、文学、哲学、翻译学等研究领域的学者有一定的启示意义。最后,英语世界里的清小说研究,对进一步促进中美、中英乃至中西之间的文化与学术研究的交流和平等对话,将有一定的积极作用。

## 第二节 英语世界清小说目前研究现状

一、英语世界的清小说概况

黄鸣奋认为"英语世界"主要包括以英语为母语、通用语和外国语的三个层面。以英语为母语的文化圈在发生学意义上仅限于英国;以英语为通行语的文化圈源于英国的殖民活动,其他地理范围为英国的殖民地或前殖民地;以英语为外国语的文化圈是由于各英语国家的对外影响而形成的,目前几乎可以说覆盖了全球。①也就是说,英语世界不仅包括英语的发源地英国和广泛使用英语的北美、澳洲等主要英语国家,也包括存在部分学者使用英语写作的所有非英语国家中,因此,这些学者的研究成果亦属于本课题的考察范围。

本课题的核心词在于"译介"与"研究"。"译介"即为翻译,包括摘译、节译和全译;所谓"研究"则包括一般性的介绍评论和学术性的解读,也即清小说在英语世界除翻译之外的手段。选择英语世界作为考察对象,则是考虑到了目前世界文化交流总趋势的实际情况。英语作为一种文化载体,是目前全球最为普遍的交流手段。相对于其他语言,清小说在英语世界的流传所涉及的国家最多,读者群最广,作品形象也不断变化,最能体现清小说在世界文学里的阅读和流通模式。英语世界里的清小说研究,指的是研究英语世界里对清小说进行的断代分体性研究的成果,包括译介与研究,是从宏观角度进行的综述性研究。

首先需要考察清小说的译介状况。西方人研究中国文学,由于语言障碍,翻译占很大比重。清小说在英语世界的译介可以追溯至《好逑传》《玉娇梨》。最先翻译成英文的清小说是《好逑传》,由托马斯·柏西主教从葡萄牙文转译。《好逑传》后有两种全译本,分别为英国著名汉学家德庇时和威妥玛由中文直接译出。《玉娇梨》的最早译者是史当东爵士,后来,汉学家李思达在《中国评论》上亦发表了摘译文章。值得注意的是,中国小说史上,有一批小说出现于明清之交,其成书年代难于准确判定,如《好逑传》《玉娇梨》《平山冷燕》。到了19世纪,中英文化交流迅速发展,清小说中的佳作逐渐被译成英文,在英美诸国流传开来。当时,清小说在英语世界的流传以译介为主。

《聊斋志异》在英语世界受到广泛关注,现已有13种译本,全部为节译、编译、转译本。译本流传最广泛的是英国人翟理斯的第一个英译本《聊斋志异选》,共选译164篇作品,这也是迄今为止西文选译篇目最多的一个译本。《聊斋志异》重要的译者还有琼罗斯、杨宪益与戴乃迭、夏林达与岳罗杰、本杰明、梅丹理与梅维恒、闵福德等。《儒林外史》现有四种片段译本,唯一的全译本是杨宪益、戴乃迭合译的《儒林》。《红楼梦》现有九种节译本,两种

---

① 黄鸣奋,《英语世界中国古典文学之传播》,上海:学林出版社,1997年,第24页。

全译本。全译本分别为大卫·霍克思翻译的五卷本及中国杨宪益、戴乃迭合译的三卷本。流传最广的两个节译本则是华裔学者王际真从中文直译的译本与美国译者麦克休姐妹从库恩德译本转译的译本。李渔的《十二楼》最早有德庇时的片段译本。1975年，香港中文大学出版了茅国权的《十二楼》的英文全译本。美国汉学家韩南是李渔小说翻译的标志性人物，他不仅翻译了李渔的长篇小说《肉蒲团》，还翻译了李渔的两部重要短篇小说集《十二楼》和《无声戏》，对推动英语世界对李渔的接受做出很大贡献。李渔作品的其他重要译本还有里查德·马丁从德文库恩译本转译的《肉蒲团》。清代笔记体小说《浮生六记》有林语堂的译本，他的女儿林太乙则受联合国教科文组织委托，翻译了《镜花缘》。《二十年目睹之怪现状》节译本于1975年由香港中文大学出版，译者为刘师舜。

《老残游记》是在英语世界得到广泛关注的清小说，至今共有十个选译、节译及全译本。重要的译本有：林疑今与葛德顺的合译本、林语堂的译本、杨宪益、戴乃迭的译本以及美国人沙迪克的译本。其中，沙迪克的译本在美国的流传度最广。

值得注意的是很多译本以中国古典文学的综合选本形式出现。早期比较重要的综合选本有：翟理斯译著的《古文选珍》、高克毅主编的《中国之智慧与幽默》。20世纪后期，美国陆续推出了几种重要的古典文学选本。1972年，白之在纽约编辑出版了《中国文学选集》，分为上下两卷，上卷覆盖时间段为从远古时代到14世纪，下卷为14世纪至今的中国文学，主要是一些中国经典诗歌、散文及小说的选篇编辑。1978年，汉学家杨立宇、李彼得和茅国权等编著了《中国古典小说：欣赏论文和书目指南》，对清小说在西方的翻译、批评和传播进行了概述。《哥伦比亚中国古典文学选集》是近年来最重要的中国古典文学选本。1994年，汉学家梅维恒精选中国古典文学英译已有优秀译文，编辑成书。该选集"旨以一卷本提供尽可能广泛的关于中国古典文学的各种文本资料的专业译文，以使读者管窥中国文学全貌。"①

关于清小说的研究，从19世纪中叶到20世纪50年代末，研究的总量并不大，研究文章比较零碎，主要包括报刊杂志的介绍性文章、书评、译本序跋及少量学术性评价文章，主要关注作品梗概、作者生平、作品反映的中国社会现实、体现出来的思想内容这些问题。清小说引起海外汉学广泛关注开始于20世纪60年代，从60年代起，清小说的英文研究文章与著作激增，改变了之前以译介为主的格局，产生了数量可观的论著。其中重要的著作有：

---

① Victor Mair, ed., *The Columbia History of Chinese Literature*, New York: Columbia University Press, 2001, Preface.

夏志清于1968年出版的《中国古典小说导论》，这是第一部使用新批评理论对清小说进行详尽艺术分析的英文著作。书中有不少精彩论述至今仍为人称道。此书的问世也标志了英语世界的清小说研究进入了新阶段，从此，研究的范围不再局限于版本的考据了。

美国的清小说研究在20世纪70年代有了长足的进步，浦安迪则是清小说研究的代表人物。1974年在普林斯顿大学召开了美国第一次以中国古典小说研究为主题的会议，会后出版了由浦安迪主编的会议论文集《中国叙事文学论文集》，该书代表了当时美国中国古典小说研究的最高水平。书中收入浦安迪撰写的《对中国叙事文学的理论构想》一文，对整个中国叙事传统做了理论性的解读。而后，浦安迪于1976年进一步出版专著《红楼梦中的原型及寓言》，用西方文论话语中的"寓言"和"原型"来观照《红楼梦》，这是一篇具有革命性的文艺理论专著，在汉学界有重要地位。70年代，另一部重要的海外"红学"著作是米乐山的《红楼梦中虚构的假面具——语言、模仿和角色》，运用新批评和原形批评理论，从另一侧面揭示了《红楼梦》。70年代后期值得关注的还有主题学研究的进展，比较文学主题学开始进入研究者的视野。约瑟夫和马幼桓合著的《中国传统故事的多样性主题》一书从主题学角度对中国传统小说主题进行了归类。该书的新颖之处还在于将《聊斋志异》与西方哥特式小说进行了比较研究。

20世纪80年代可以说是英语世界对清小说进行全面介绍，成绩卓著的研究阶段。在这一时期，中国文学开始引发海外学者越来越浓厚的兴趣。中国的改革开放政策使得西方学者从中国获取研究资料变得越来越容易，研究亚洲和中国文学的参考书籍也开始大量收入清代资料，如《哥伦比亚中国文学史》《哥伦比亚文学选集》。出现了很多专门研究清小说或部分内容涉及清小说的专著，一些优秀小说如《红楼梦》《儒林外史》《镜花缘》等作品得到了进一步的研究，研究方法多样，研究视野不断拓展。这一时期的清小说研究亦是以西方文学理论来研究中国传统小说的高峰期。研究者几乎运用了所有的当代西方文艺批评理论来解读清小说，新批评、结构主义文论、女性主义批评、互文性及哲学视域解读层出不穷，不同的研究方法和阐释视角让清小说在异域呈现出不同的面貌。值得关注的是许多学者在研究某个问题时，常同时应用两种或以上的方法，或是中西方法并用。这些研究可大致划分为：文学史与文学选集中的清小说、作家本体研究、作品研究、文类研究以及从哲学、心理学、社会学、宗教学、伦理学等角度进行的研究。研究常常同时涉及以上五个方面中的一个或多个，呈现交叉融合之势。

韩南不仅是李渔小说最重要的英译者，亦是最值得关注的清小说研究者之一。他的主要著作有：《中国的短篇小说：关于年代、作者和撰述问题的研究》《中国白话小说史》《李渔的创造》《中国近代长篇小说的兴起》等，他的主要关注视点是从叙事学理论介入中国白话小说研究，对李渔小说的研究及对中国19世纪小说尤其是晚清言情小说的研究。何谷理是另一位明清小说研究大家，他的《十七世纪中国长篇小说》分析了17世纪几本著名长篇小说。书中何谷理特别强调了思想史和社会史与小说发展的关系。该书是第一本对17世纪长篇小说做系统探讨的学术专著。他的另一本有影响的专著《中华帝国晚期插图小说的阅读》则从小说的接受和传播来考察明清小说，为这一领域的研究提供了借鉴。罗溥洛的《中国近代早期的持异见的知识分子》从传统的社会历史学的角度研究《儒林外史》。它与黄宗智所著的《吴敬梓》一书正好相互补充，后者是专门研究《儒林外史》讽刺艺术的。余国藩则不仅翻译了《西游记》，也对《红楼梦》及中国传统思想文化有深刻理解，他的《重读石头记：〈红楼梦〉里的情欲与虚构》成为海外"红学"界的重要著作。张春树和骆雪伦合著的《中国十七世纪社会的危机和巨变——李渔作品世界中的社会文化与现代性》则将李渔的作品及一生当作一个楔子来考查当时的中国社会。进入20世纪90年代，蔡九迪在文言小说研究方面取得了令人瞩目的成果，她的代表作是《异史氏——蒲松龄和中国文言短篇小说》。陈德鸿的《论狐和鬼》则对18世纪志怪小说进行了专门研究，是传统志怪小说研究方面的代表作。文言小说研究方面的最新著作是2005年在美国出版的《晚清中华帝国志怪小说集中的身体与身份》，该著对《聊斋志异》《子不语》等志怪小说集中描述的神秘现象及其中体现出的封建社会中人的身体与文化身份的关系进行了总结与分析。

我们可以看出，以西释中成为这一时期批评的主流，汉学家们在研究时常常使用各种西方文艺理论观照清小说。捷克汉学家史罗甫的《〈儒林外史〉组成上的三个层次》是从结构主义叙事学理论方面对《儒林外史》的叙事层次做出分析的范例。余珍珠的《红楼梦中的复笔与互现》则从叙事学理论剖析《红楼梦》的复笔。王静的《石头的故事——文际关系和红楼梦、水浒传、西游记中石头象征以及中国古典的石头神话》运用西方文学理论中的"文际关系"以及后结构主义概念探讨了三部小说中石头象征含义的关系，很有新意。2002年，葛良彦继续使用互文性的概念，发表了《〈红楼梦〉中的神石：兼论明清小说批评的互文》，又一次将石头意象和互文作为解读的切入点。多尔·利维的《石头记中的理想与现实》继续使用"反讽"术语，探讨《红楼梦》的叙事。裔锦声的论文《红楼梦：爱的寓言》继浦安迪与米乐山之后，继续使用"寓言"这一批评概念，将中世纪欧洲的寓言传统与《红楼梦》进行比较研究。黄卫总的《文人与自我的再呈现——中国18世纪小说中的自传倾向》一书主要讨论了《红楼梦》《儒林外史》《野叟曝言》这三部18世纪小说的自传特点。

从20世纪90年代起，晚清小说亦成为汉学界关注的热点。在对晚清小说的讨论中，出现的两部重要著作分别是王德威的《被压抑的现代性——晚清小说新论》，讨论了中国文学现代化的问题。该著在海内外学术界影响很大，是近年学界的一个热点，引起众多讨论。而其中最值得注意的问题，当属晚清文化的重新定位。捷克汉学家米列娜主编的《从传统到现代——世纪转折时期的中国小说》用多层面分析方法试图寻求中国现代文学之根，从而更好地理解五四运动与晚清文学的关系。

性别研究视角下的清小说研究是英语世界清小说研究的一个重要组成部分。女性主义批评集中涌现于20世纪90年代。马克梦的《吝啬鬼、泼妇、一夫多妻者：十八世纪中国小说中的性与男女关系》从性别与性现象角度出发，致力于研究18世纪中国白话通俗小说中呈现出来的一夫多妻制度和家庭男女关系。艾梅兰的《竞争的话语——明清小说中的正统性、本真性及所生成之意义》一书通过研究17世纪中叶到19世纪中叶的五部清小说，试图描绘古典小说对于社会性别处理中所隐含的意识形态和美学的意义。澳大利亚学者李木兰则是从女性主义视角对《红楼梦》中的性别进行研究的重要学者，她主要从社会历史和政治意识形态的视角对《红楼梦》中呈现出来的妇女问题进行探讨。她的重要著作有：《清代中国的男人和女人：〈红楼梦〉中的性别》和《文学经典再创造：对〈红楼梦〉中妇女形象的共产主义评论》，其中，《清代中国的男人和女人：〈红楼梦〉中的性别》被学界公认为是最全面地运用女性主义方法研究《红楼梦》的英文专著。女性乌托邦文学成为不少学者的关注热点，20世纪90年代接连出现两部从博士论文修改而来的专著及一篇未出版的博士论文。两部专著分别是吴青云的《中英文学乌托邦中的女性权力》，马倩的《十八世纪中英小说中的女性乌托邦话语》。未出版的博士论文是梁英的《18至20世纪中美乡村女性乌托邦小说比较研究》。

作家本体研究亦得到很多研究者的关注。这方面最值得关注的成果有《特尼世界作家丛书》先后推出的茅国权与柳存仁合著的《李渔》、黄宗智的《吴敬梓》、高张信生的《李汝珍》、李彼得的《曾朴》系列。

从20世纪后期起，博士论文和在著名学术刊物上发表的学术论文亦成为清小说成果的重要基地。很多学术专著都是从博士论文修改而成，一些有关亚洲研究的著名杂志，如《哈佛亚洲研究学刊》《亚洲研究》《通报》《晚清研究》《中国文学：随笔、报道和评论》和《淡江评论》等推出不少关于清小说的优秀论文。成果众多，在此不一一赘述。

## 二、国内英语世界清小说研究现状和不足

国内对英语世界中国清小说传播的研究最早始于20世纪上半叶。1928年，中国现代比较文化和中西文化交流史研究的先驱陈受颐在美国芝加哥获得比较文学博士学位，其毕业论文题名为《十八世纪中国对于英国文化的影响》，其中，介绍了几部清小说在英国的传播情况。而后，他在回国任教期间，继续探讨中国文学西传，发表了《〈好逑传〉之最早欧译》[①]，向国人介绍清小说在欧洲的流传及影响。这是国内学界对英语世界清小说流传情况的最早研究。其后，国内学界所有的论文与专著大都是或整体考察中国古典文学在域外的译介、研究情况，或对某部具体文本翻译及传播的长篇考证，如《英语红学研究纵览》，或追踪西方学术动态的综述，如《元明清小说的翻译传播》《近代美国的中国古典文学研究掠影》《近四世纪英语世界中国古典文学之流传》《美国华人中国古典文学博士论文通考》《普林斯顿大学的中国古典文学研究》《中国清代小说在英语世界之传播》《二战以来海外中国小说研究简说》《略论中国古典文学的世界影响》《明清小说研究在美国》等[②]。

整体考察中国古典文学域外译介研究情况的研究论著主要有：王丽娜的《中国古典小说戏曲名著在国外》[③]一书是国内学界最早研究中国文学作品在海外传播情况的专著，该书涉及多种语言。其中，第一辑《小说部分》对从《三国演义》到《孽海花》的译文情况和研究论著做了一个目录式简介。张弘的《中国文学在英国》[④]对中国文学在英国的流传情况进行了系统考察。其中，有一小节谈到了清小说《红楼梦》《聊斋志异》的译介情况。施建业著《中国文学在世界的传播与影响》[⑤]从整体出发，考察了中国文学在海外

---

[①] 陈受颐，《〈好逑传〉之最早欧译》，载《岭南学报》，第1卷第4期。
[②] 分别参见：（美）葛锐《英语红学研究纵览》，载《红楼梦学刊》，2007年第3辑；李玉莲，《元明清小说的翻译传播》，载《学术研究》，2000年第3期；刘跃进，《近代美国的中国古典文学研究掠影》，载《福州大学学报》，2001年第1期；黄鸣奋，《近四世纪英语世界中国古典文学之流传》，载《学术交流》，1995年第3期；黄鸣奋，《美国华人中国古典文学博士论文通考》，载《华侨华人历史研究》，1994年第4期；黄鸣奋，《普林斯顿大学的中国古典文学研究》，载《文学遗产》，1995年第5期；黄鸣奋，《中国清代小说在英语世界之传播》，载《广东社会科学》，1997年第1期；何萃，《二战以来海外中国小说研究简说》，载《文艺理论研究》，2006年第1期；柏寒，《略论中国古典文学的世界影响》，载《重庆师院学报哲社版》，1994年第1期；〔美〕黄卫总《明清小说研究在美国》，载《明清小说研究》，1995年。
[③] 王丽娜，《中国古典小说戏曲名著在国外》，上海：学林出版社，1988年。
[④] 张弘，《中国文学在英国》，广州：花城出版社，1992年。
[⑤] 施建业，《中国文学在世界的传播与影响》，济南：黄河出版社，1993年。

的传播和影响，范围很广。宋柏年主编的《中国古典文学在国外》①一书则分述各体文学在国外的流传情况，兼顾日、法、德、英、美、前苏联、东欧各国，整体考察了中国古典文学的海外传播。黄鸣奋的《英语世界中国古典文学之传播》②是一部就英语世界里中国古代文论、诗歌、散文、戏曲、小说的流传情况进行综述性研究的专著。此书涉及面很广泛，小说、诗歌、散文、戏剧，无所不包。全书有一小节是关于清小说在英语世界的传播，共21页，比较概略地谈及清小说的英语译介情况和研究情况。

学界亦有对单部清小说在海外传播情况进行研究的著作。如《红楼梦在国外》③，但这样的成果很少。由此可见，国内学者虽然做了很多努力，但从总体上看对英语世界中国清小说之研究的了解情况还不尽如人意，基本属于概而泛的介绍，以罗列文献为主，使论著有资料价值，但批评价值薄弱。此外，书中资料大都属于1990年以前，学术领域上研究动向已经改变。

国内现有不少对清小说某个特定文本做翻译研究的专著与硕博士论文，主要集中于讨论《红楼梦》《儒林外史》《聊斋志异》的翻译技巧，翻译过程中的文化处理，对比不同译本。研究《红楼梦》英译的有《红译艺坛——〈红楼梦〉翻译艺术研究》《欧美红学》《红楼梦管窥——英译、语言与文化》。④另有博士论文：《红楼梦》英译研究——以霍克思译本为主，兼及杨宪益》和《他乡的石头记：〈红楼梦〉百年英译史研究》。⑤研究《儒林外史》英译本的有《古典小说英译与中国传统文化传承：〈儒林外史〉汉英语篇对比与翻译》。对清小说做个案研究的硕士论文则有很多，多是从从译介学角度探讨单篇个案的语言层面，如《文化语境与翻译：〈儒林外史〉英译本研究》《不对称的权力关系：〈老残游记〉三种英译研究》》《〈老残游记〉两英译本的翻译规范研究》《从文化视角看〈聊斋志异〉三个英文译本》等。⑥涉及对清小说英译断

---

① 宋柏年，《中国古典文学在国外》，北京：北京语言学院出版社，1994年。
② 黄鸣奋，《英语世界中国古典文学之传播》，前引书。
③ 胡文彬主编，《红楼梦在国外》，北京：中华书局，1993年。
④ 分别参见冯庆华主编，《红译艺坛——〈红楼梦〉翻译艺术研究》，上海外语教育出版社，2006年；姜其煌，《欧美红学》，北京：大象出版社，2005年；范圣宇，《红楼梦管窥——英译、语言与文化》，北京：中国社会科学出版社，2004年。
⑤ 分别参见：北京师范大学范圣宇博士论文，《红楼梦》英译研究——以霍克思译本为主，兼及杨宪益》；复旦大学江帆博士论文，《他乡的石头记：〈红楼梦〉百年英译史研究》。
⑥ 分别参见：暨南大学甘文凝硕士论文，《文化语境与翻译：〈儒林外史〉英译本研究》；四川大学罗兰硕士论文，《不对称的权力关系：〈老残游记〉三种英译研究》；华中师范大学忻兑硕士论文，《〈老残游记〉两英译本的翻译规范研究》；四川大学席惠莉硕士论文，《从文化视角看〈聊斋志异〉三个英文译本》。

代研究的仅有一篇博士论文：《晚清小说翻译研究》①，该课题主要以《老残游记》和《孽海花》为主，讨论晚清时期小说翻译问题。

在对英语世界清小说研究整理方面，这几年开始陆续出现了数篇对海外汉学界某位汉学家做个案研究的博士论文。它们是《论海外华人学者夏志清的中国小说研究》《卫三畏与美国早期汉学的发端》《西方汉学界的公敌：英国汉学家翟理斯》，②皆为对特定学者做个案研究的课题。

综上所述，国内外学者对清小说在英语世界的传播所进行的译本研究和相关研究极具学术价值，为本书提供了不少有益的借鉴和参考。然而，目前的英语世界清小说研究主要存在着以下问题：以翻译个案研究为主，研究方法单一化，对海外汉学界对清小说评介的研究数量较少。现存的几种研究存在罗列资料，范围大而广，遗漏较多的问题。鉴于目前对英语世界清小说译介与研究的全面情况缺乏总结，特别是从异质文化交流、文学接受与文化语境关系的角度来探讨英语世界清小说研究得失及其意义的成果还未出现，本书拟分别对清小说翻译史和翻译以外的评介历程进行描述，发现两者的不同发展脉络，并从不同角度探讨两者的相互影响和相互作用。最后，拟对中国文学对外译介和传播的行为方式提出一些启发性的意见。

## 第三节　英语世界清小说研究思路

本书共分六部分，分别为导论、正文四部分和结束语。

导论介绍了选题原因、课题题解、课题的国内外研究现状、研究思路及研究方法。

第一部分主要梳理英语世界清小说英译活动过程，对清小说英译的范围和历史分期作了划分。文章将清小说英译史分为五个时期：萌芽期、初创期、发展期、繁荣期及20世纪80年代以后的新时期，选取了各时期有代表性的译文进行分析和讨论，使读者能了解各个不同时期不同译本的特色和风格。

第二部分是对英语世界清小说译介史的一个总体思考与总结，主要分析清小说英译过程中各个时期译介活动呈现的相同点和不同点，并从宏观层面上考察清小说的翻译策略，提出"融合化"的翻译策略。

---

① 参见南开大学胡翠娥博士论文，《晚清小说翻译研究》。
② 分别参见：暨南大学陈玉珊博士论文，《论海外华人学者夏志清的中国小说研究》；浙江大学孔陈焱博士论文，《卫三畏与美国早期汉学的发端》；福建师范大学王绍祥博士论文，《西方汉学界的公敌：英国汉学家翟理斯》。

第三部分主要考察英语世界清小说研究的主要方向及呈现出来的特色。研究方向主要分为以下五个：① 文学史与文学选集的收录；② 与作者相关的研究，即研究小说作者所处的历史和文化背景（生平与时代）及作者的意图、价值观和创作风格；③ 与作品本身相关的研究，即文本的语言、形式及该作品与其他文本和文学作品的联系；④ 对小说作为独立文类的研究；⑤ 从哲学、社会学、宗教学、伦理学等角度进行的研究，关注文化及历史因素如何影响作者的创作及读者对作品的理解。这一部分因此分为五小节，分别从五个方面介绍了其中有代表性的研究。

第四部分主要着眼于剖析英语世界清小说研究的创新性及对国内学界的借鉴意义。在西方文化影响下的英语世界清小说的研究不仅填补了国内研究的许多空白，而且为国内批评提供了丰富的借鉴意义。这一部分首先总结了不同时期英语世界小说研究的方向与特色，从比较文学视野出发，关注了英语世界研究中的一些成功范例，如公案小说影响下的高罗佩的侦探小说创作、平行研究视野中的中西小说比较批评及跨文明阐发法在实践中的尝试，最后，对英语世界清小说研究格局、研究方法进行了反思，并提出建议。

在结束语中，提出英语世界清小说研究的思考：中西文论结合对中国古典文学研究有何意义？

综上所述，本书的总体思路是以翔实的一手资料为基础，通过详细介绍与分析英语世界清小说有代表性的译本和研究作品，对清小说的英译与研究历程进行全面的梳理和深入的分析，其目的在于发现英语世界不同历史时期对清小说的具体接受方式及其原因、特点、发展脉络，最终回答如下问题：两百多年来，清小说在英语世界经历了怎样的译介与研究过程？当下的清小说在世界文学体系中处于何种地位？域外学界的清小说研究究竟对国内学界有何种启示性？如何才能让国内学界更好地理解海外学界研究的优点和长处，并将之运用到国内的相关研究，以拓展我们的学术视野？

20世纪是西方的文艺理论和批评方法极其活跃的时代，也是西方的中国文学研究在方法论方面最有作为的时代，英语世界的清小说研究在这个时期取得了长足的进展。"西方的中国文学研究处于整个西方学术的氛围之中，其发展不能不受到它的深刻影响，于是移植西论就成了极其自然的事。"① "以西释中"成为英语世界清小说批评的主流。然而，中西文学赖以生存的文化环境差异巨大，如果我们借用在希腊——罗马文明土壤里生长出来的西式批

---

① 周发祥，《西方文论与中国文学碰撞的轨迹》，载《中国文化研究》，1997年第2期，第123页。

评方法和标准阐发中国文学，这种阐发具备何种合法性和有效性？纯粹否认或者无视中国传统的批评概念是否是正确的批评之法？是否真有一种适用于所有文学的普遍批评与评价标准？笔者认为，单纯的"以西释中"只能让西方文学理论肢解历史悠久的中国传统文学与文化，只有"在跨越异质文化的阐释之中认识中国文学与文论的民族特色，在民族特色的基础上寻求跨文化的对话和沟通，寻求中西文论的互补与互释；在民族特色探讨与共同规律寻求的基础之上，达到中西的融汇、贯通以及文学观念的重建，"①才能最终把握并理解英语世界清小说研究成果，使之对国内学界真正具有启发和借鉴意义。

## 第四节　英语世界清小说研究方法

对英语世界而言，对"他者"的观望无异于一面镜子，在反映他者的同时也投射出自我的境况。在不同历史时期，英语世界对清小说的译介、传播皆出于其自身发展的不同需要，是其自身的历史选择。本书在梳理这一过程之时，运用了多种研究手段，试图多角度、全方位地分析、描述英语世界清小说的译介及研究状况，试图揭示出某些规律性的东西，以期对繁荣和发展中国古典文学在世界文化交流中的作用尽绵薄之力。

文学变异学理论是比较文学发展到第三阶段的重要突破，是比较文学研究的新视角、新方法和新理论。"在文学的传播与交流中，在诸如审美、心理等难以确定的因素的作用下，被传播和接受的文学会发生变异。"②法国学派的影响研究、美国学派的平行研究都忽略了中西文化异质性的问题。在英语世界清小说译介与研究的过程中，文学在不同的文明体系中穿越，必然要面对不同文化模式的问题，不同文明之间的交流碰撞不可避免地会产生文学新质，彰显出不同文明的异质性和变异性。文本在不同文明间传播时产生的变异会导致接受者接收的文本与原始文本存在着不同程度的差异。这是研究清小说海外传播必然要面对的问题。这种译者因为自身的文化背景等因素有意无意地对译本中的信息进行选择、删除、改选和移殖的变异就是文化过滤，而由它带来的更为明显的文学变异即为文学误读。这种变异往往会给接受者带来很多意想不到的东西。如高罗佩将中国公案小说译介到西方，因为译本

---

① 曹顺庆，《中外比较文论史·上古时期》，青岛：山东教育出版社，1998年，第197页。
② 曹顺庆，《变异学：比较文学学科理论的重大突破》，载《中外文化与文论》，2009年第1期，第6页。

在通往目的语过程中产生语言和文化的变异、在西方读者心目中塑造了一个"东方福尔摩斯"式的中国大侦探形象,译本在英语世界风靡一时。因此,我们的清小说与英语世界呈现的清小说状态其实有相当的差别。我们往往注意到清小说在西传过程中与当地文化的融合汇通,而很少注意到在文明冲突中的异质性与变异性。当中西文学与文化之间进行交流的时候,变异学视野有助于我们从新的角度重新审视英语世界的中国古典文学研究。

翻译的操纵理论兴起于北欧,成熟于北美。根据美国著名比较文学学者勒菲弗尔的观点,翻译必定受到一定意识形态和诗学的支配,是一种"改写"。翻译不仅仅是"语言层次上的转换,更是译者对原作进行的文化层面上的改写"。"翻译即改写,改写即操纵。"①因此,"意识形态""诗学""赞助系统"构成了操纵理论三要素。意识形态包括社会明确及隐含的价值观和思想观念体系,如政治、宗教、道德、风俗等。意识形态对翻译的操纵和制约常常体现在译者的选材及翻译策略等方面。在一定文化背景下,译者可能会倾向于挑选为某些意识形态服务的作品来进行翻译活动。比如,清小说早期译者罗伯聃、乔利采取"亦步亦趋"的"字译",或极端的"行间翻译"来翻译《红楼梦》,出于服务殖民者学习汉语的实用主义目的。"诗学",则指一定社会的文艺审美倾向,或文学观。译者在翻译过程中对原文诗学的处理,难免会受到不同诗学观的制约和支配。"赞助系统"指控制作品的意识形态、出版、经济收入和社会地位的宗教集团、政府部门、出版机构、编辑等团体和个人。赞助系统是"促进或阻止文学阅读、写作或改写的各种权力(人或机构)",②赞助系统主要通过法律法规对翻译的选材尺度进行严格把关,操纵译文意识形态方面的倾向。同时,亦与经济挂钩,提供资金,让翻译活动能够顺利进行。这往往涉及很多方面,一旦和译者的翻译观发生冲突,译者往往要牺牲或变通自己的原则,做出妥协。如 1958 年王际真《红楼梦》译本出自华裔之手,而同时出版的麦克休译本和之前的诸多译本全部出自以英语为母语的译者之手,然而,在这些译本里,王际真译本对原文改动最多,翻译最为直白,所使用的语言是最自然的现代英语。这是因为出版商特尼出版公司对译本的定位就是美国本土普通读者,定位十分明确。而自 1949 年之后,由中国各个出版社组织,以杨宪益、戴乃迭为代表的中国译者翻译了大量清小说作品,其目的是为了输出中国文化,带有明确的意识形态色彩,并由出版机构操纵

---

① Andre Lefevere, *Translation, Rewriting and the Manipulation of Literary Fame,* Shanghai: Shanghai Foreign Language Education Press, 2004, p.5-9.
② Andre Lefevere, *Translation, Rewriting and the Manipulation of Literary Fame*, Shanghai: Shanghai Foreign Langnage Eduaction Press, 2004, p.15.

这些翻译行为。可以说，每位译者都带有自己的意识形态，有自己的诗学系统，受一定赞助人因素的影响，因此决定了译本的最后面貌。

接受美学理论是一种"读者中心"的理论，认为"只有通过读者的传递过程，作品才进入一种连续变化的经验视野"。①也就是说，文学文本与文学作品是两个不同的概念，文学作品存在于读者的审美观照和感受之中，受读者的思想感情和心理结构所支配。同时，接受美学还提出"期待视野"理论，指读者在阅读之前和之中，基于其过去的审美经验、生活经验以及社会文化等方面的原因，阅读心理已经形成某种认知结构并对作品有一个相对确定的期待。这种期待视野会决定并影响读者对作品接受的方向、层次及质量效果，具体表现在期待视野会制约读者对作品的阅读，同时，新的阅读也会丰富、改变和更新读者的视野。因此，文学接受史实际上就是接受者这种期待视野的变化史。②接受史的重点也就是各个时期接受者对作品期待视野的变化。另外，接受美学理论还在文学研究中纳入了历史的观点：文学作品并非一个静止的存在，而是一个面向未来读者的阅读接受的动态开放系统。而文学接受从本质来讲是一种社会文化现象，读者的阅读接受和社会历史环境、时代变迁密切相关。具体到清小说，英语世界清小说研究的历史也就是各个历史时期英语读者们对它的理解和接受的历史。在不同的历史时期当中，随着社会历史环境、时代的变迁，读者对清小说的接受心态和期待视野也在发生着变化，从而造成每一个时期的译本情况、接受情况及研究情况呈现不同的特点。因此，我们在进行研究的时候，必须把接受维度纳入到研究视野之中，这样才能对整个英语世界清小说研究过程有更为深入、全面的理解。

## 第五节　英语世界清小说研究的理论意义和实践意义

随着中西方文化交流的日益加强，中外学者在研究中的互动合作愈来愈频繁密切。即使是对中国传统文学的研究，国内外学者之间的互动也日益明显。一个文本产生于中国，并不意味着这一文本的研究权利和研究成果就只属于中国学者。虽然在很大程度上外国学者的研究依赖中国国内对文本及相关问题的基础成果，但是对于文本、思想的理解和阐发，外国学者却基本从自身所处的文化角度提出不同意见，他们的某些研究成果，也可以启发国内

---

① [德]姚斯、[美]霍拉勃，《接受美学与接受理论》，周宁、金元浦译，沈阳：辽宁人民出版社，1987年，第29-33页。
② [德]姚斯、[美]霍拉勃《接受美学与接受理论》，Ibid. 第33页。

学者。遗憾的是，国内学术界对英语世界里的中国古典文学研究一直没能深入，常止于广而泛的资料罗列，这与国内研究古典文学的学者大都出身中文院系有关。学者只有拥有良好的英语功底，才能阅读大量的英文文献，从中分析出英语世界研究者的准确度和偏向性等问题。

关于海外中学以及英语世界里的中国文学与文化研究，现已有《西方汉学界的中国文论研究》（专著）、《英语世界里的〈诗经〉研究》（专著）、《英语世界唐宋词研究》（专著）、《英语世界里的〈楚辞〉研究》（博士论文）、《英语世界里的〈文心雕龙〉研究》（博士论文）、《〈道德经〉在英语世界：文本行旅与世界想像》（专著）①一系列研究。本书继续完善这一从"他者"视域，观望中国文学与文化的前沿性课题。

本书研究内容属当前国内外学术研究的全新领域。目前无论国内还是国外，对海外学界对清小说的研究总结基本上处于空白，本书研究内容在学术上具有前瞻性和填补空白的作用。本书注重资料的翔实和考证的科学性，力图梳理出课题的阶段性发展脉络。本书将是国内首次对英语世界清小说研究进行综合梳理与研究的作品。

---

① 分别参见：王晓路，《西方汉学界的中国文论研究》，巴蜀书社，2003年；吴结评，《英语世界里的〈诗经〉研究》，四川大学出版社，2008年；黄立，《英语世界唐宋词研究》，四川大学出版社，2009年；《英语世界里的〈楚辞〉研究》，四川大学博士论文；刘颖，《英语世界里的〈文心雕龙〉研究》，四川大学博士论文；辛红娟，《〈道德经〉在英语世界：文本行旅与世界想像》，上海译文出版社，2007年。

# 第一章　英语世界清小说译介史

中国小说在 18 世纪 60 年代正式"登陆"欧洲，为西方人揭开东方小说神秘的面貌。两百多年来，它经过了种种兴衰起伏。本章主要概述英语世界清小说英译活动及主要译者的情况，对清小说英译的范围和历史分期作了划分，并勾勒出清小说英译发展历程的特点。

## 第一节　清小说英译的历史分期

参照西方汉学的历史发展分期及清小说英译的实际情况，我们可以把清小说英译划分为五个发展阶段：

（1）萌芽期（1761—1816 年）：清小说英译工作主要由个别译者承担，是一种零星偶然的翻译行为，大规模的翻译工作没有开始。

（2）初创期（1816—1914 年）：1816 年，英国特使阿美勋爵率团访华，提倡推进欧洲的汉语研究。因此，来华传教士与外交官开始重视中国小说作为普通汉语文学典籍的语言材料作用，出于实用主义目的开始部分清小说的译介。这一时期的译者基本为西方译者。

（3）发展期（1914—1949 年）：第一次世界大战是一个分水岭，美国开始扩张在中国的势力，建立各种基金会，资助中国学者赴美。中国的新文化运动亦促使不少学子远赴海外，他们对传播中国古典文学起了积极作用。中国译者开始介入清小说英译行为。这一时期既有西方译者译本，亦有中国译者译本。

（4）繁荣期（1949—1980）：第二次世界大战让亚洲研究在西方成为一门"显学"，20 世纪 50 年代起，开始出现多种亚洲研究机构和能够分授东亚语言和研究专业学位的大学，推进对中国古典文学研究的发展。而中华人民共和国建立以来，外文出版社亦开始有计划地、系统地组织对外翻译出版我国优秀文学作品。在这种内力和外力作用之下，清小说英译进入繁荣期。

（5）新时期（20 世纪 80 年代以后）："文化大革命"让中西文化交流深受其害。"文化大革命"结束后，中西经济、文化交流得到进一步拓展，促进了西方对中国古典文学研究的兴趣，同时，中国再次大量组织翻译清小说作品，出现第二个文化输出的翻译高潮，古典文学对外传播再次呈现生机。

　　这五个阶段的译介分别表现出不同的形态，无论是译者主体、翻译对象，还是翻译策略，都有很大变化。这个译介、传播的历史好比是一个蜕变过程，每当它成长到一定阶段，受到一定社会政治文化背景的制约，原有的定型就自然转变为另一种样态，脱去旧壳而获得新生。

　　这个分期不是偶然，与西方人认识中国的过程息息相关。严格来说，对于某种历时性文学现象的历史分期是没有定论的，历史分期是一种人为的行为，根据一些共同特征将极为庞杂的现象进行分类，目的是使描述性研究变得有意义和具备可行性。[①]我们将特定历史时段看作一个相对共时的研究平台，是因为这一历史时段发生的文学现象呈现出某些共同特征。在这些共同特征的基础之上，我们对庞杂的文学现象进行更深入的分类，将无数的孤立现象纳入几种概念系统的范畴之中，并最终通过这些概念系统来落实对具体文学现象的描述和总结。

　　我们根据上述历史分期方式，对每一阶段的译介与研究进行全面考察，可以提炼出各历史阶段研究现象最为明显的特征，对这些特征进行仔细描述和分析，可以解决以下问题：特定历史阶段的翻译与研究现象所呈现的特征为何形成？在上述共同特征以外，各个历史阶段的翻译与研究现象还呈现出哪些特点？特定历史阶段内部是否存在例外现象，原因何在？解决这些问题之后，最终发现特定历史背景中的翻译特点，译者的意图与目的，译本在英语世界不同的地位及功能，以及特定历史条件之下英语世界清小说翻译与研究的规范与倾向性。

　　本章首先将讨论萌芽期清小说英译及传播的历史文化背景及早期译介的基本情况。在这一阶段，英语世界对中国的兴趣是人性化的，并没有从实用主义出发。具体到清小说翻译，翻译的过程亦呈现出这种特征。到了 19 世纪中英之间确立外交关系，这种人性化的兴趣立即不复存在。

---

① Andre Lefevere, *Translation, Rewriting and The Manipulation of Literary Fame*, Shanghai: Shanghai Forign Language Education Press, 2004, p.12

## 第二节　萌芽期的清小说译介（1761—1816）

### 一、历史背景：东学西渐与中国古典文学传入西方

墙内开花墙外香，18世纪中期中国小说首先在欧洲悄然兴起。在这之前，东西文化和文学交流经历了相当长的孕育过程。综观双方文学关系的发生和发展，"可以说每一次文学活动都肇始于各自的文化经验和文化需要"①。因此，历史地考察中国古典文学英译过程必然离不开相应的文化观照。

中国传统文化的西传已有悠久历史。从两千多年前西汉张骞出使西域开始，中国就开启了一扇面向西方的窗口。亚欧各国从此开辟了一条贸易往来和文明交流的通道，并首次出现了东西文明的融合交汇，中国的丝绸、纺织品和茶叶就随着这条文明古道，源源不断地输送到西方，直达罗马，同时也把中国作为"理性社会"和"模范国家"化身的古老、神秘、完美的想象带往西方。这是中国文明的首次西传。

西方人对中国开始有全面而深入的了解是在13世纪，也就是马可·波罗时代，中西文化交流进入一个高潮。

而东西方新航路的开通，为欧洲殖民势力的扩张提供了方便。明代中期，西方天主教传教士跟随武装的殖民者来到南洋一带，试图叩开中国国门。然而，中国政府对他们有很深的戒心。中国政府一直采取消极的闭关锁国政策，面对西方宗教，亦时时加以防范。这并未挫败传教士们入华的信心。明朝末年，西方教士终于得到允许，进入内地。这次传教士东来，在中西文学交流史上有着重大意义，不仅为中国文学增添了新的内容，而且引发了中国文学的西播。正如法国人佩乔（Alphonse Paquet）所说："我们欧洲人在开始接受古代中国的教育了。"②这句话简明地表达了一小部分摆脱了民族偏见的思想家和研究东方的学者的视野，从此，中西两种异质文化开始了一场旷日持久的碰撞。

传教士东来的目的是传播宗教教义。早期传教士绝大多数学养深厚，知识渊博。为了传教，他们想出种种办法，以博得中国上至帝王、下至百姓的接受。来华伊始，他们就采取了"适应"策略，接触中国民众，一方面，他们认真地学习汉语，广交中国社会名流，了解中国语言、文化、文学，使用中文写作，传播教义；另一方面，他们亦翻译中国书籍，著书立说，向西方

---

① 曹顺庆，《世界文学发展比较史》（下册），北京：北京师范大学出版社，2002年，第117页。
② [德]利奇温《十八世纪中国与欧洲文化的接触》，朱杰勤译，上海：商务印书馆，1961年，导论。

介绍中国的历史和文化,就此成为中国文化的研究者,也成为汉学研究的先驱。这一时期传教士的作品具体可分为四类:"一是中文语法、会话和字典;二是中国儒家典籍的翻译与介绍;三是有关中国历史与现状的著述;四是中国文学艺术的翻译和介绍"①。应该承认,他们的译介活动产生了较大的影响,为中西文化交流作出了不同程度的贡献。他们在翻译中国宗教伦理的典籍——儒教书籍的时候,受到中国博大精深而迷人的古典文学的吸引,开始翻译一些文学作品。

传教士的译介使中国文学开始步入西方。法国是当时的汉学重镇,来华的耶稣会士以马若瑟、宋君荣为代表,在他们的努力下,中西文化交流出现了一个黄金时期。传教士热情地投入中国研究,或实地考察,或致力于中国经典的翻译,他们在对中国古籍进行研究的时候,也开始涉及中国文学作品。虽然从总体上说,他们翻译介绍的中国纯文学作品的数量并不多,研究也很肤浅,但意义极其重大。它说明西方传教士从自己的实践中开始认识到中国文化的要义,学会从中国的纯文学作品中寻找材料。②于是,他们开始翻译《诗经》《今古奇观》、中国的戏曲以及清小说《好逑传》《花笺记》《玉娇梨》,对中西文化的交流意义重大。

传教士带回欧洲的中国古典文学与希腊、罗马文明之树成长起来的欧洲文学风格迥然相异,引发了欧洲"中华风"的盛行。17到18世纪,中国人的伦理道德经过一定的美化粉饰之后,给了欧洲的启蒙思想家们很多触动。伏尔泰在他的剧作《中国孤儿》中集中表现他对中国人伦理的理解和赞扬。欧洲学者们兴起了"中国热",就在这种背景下,中国文学开始吸引到西方的一般读者。具体到清小说,1761年,英国圣公会主教托马斯·柏西(Thomas Percy)在伦敦出版了《好逑传或愉快的故事》(*Hau Kiou Chaoaan or The Pleasing History*)。柏西在第一版的序言中提及译稿是他从英国东印度公司职员的卷宗里发现的。柏西一定没有想到:在汉籍外译史上,《好逑传》就此成为第一部译成西方文字并得以出版的中国长篇小说,而且在译本问世之后长达半个多世纪的时间内,一直被向往中国文化的西方人奉为经典。一次无心的发现,就此成为英语世界接受中国清小说的第一次尝试,它既是"译介"的起点,也是"研究"的开端。

《好逑传》的编译可谓翻译史上的特例,当时清政府与英帝国之间不通语言、少有贸易,一本英译中国长篇小说在英国悄然流传开来,引起很多人的

---

① 顾长声,《传教士与近代中国》,上海:上海人民出版社,1981年,第453页。
② 钱林森,《中国文学在法国》,广州:花城出版社,1990年,第7页。

关注。然而，这种译介活动在百年间如昙花一现，终局限于时代历史，没有进一步的拓展。直到几十年后，随着中英外交关系的确立，更多小说的译本才纷纷出现。

## 二、《好逑传》：清小说英译第一文

1827年1月31日，德国大文豪歌德告诉爱克曼，他读了一部"中国传奇"，他的阅读感受是中国人在思想、行为和情感方面几乎和德国人一样，只是在中国，一切都更明朗，更纯洁，也更合乎道德。因为"有一对钟情男女在长期相识中很贞洁自持。有一次他俩不得不在同一房里过夜，就谈了一夜的话，谁也不惹谁。还有许多典故都涉及道德和礼仪。正是这种在一切方面保持严格的节制，使得中国维持到几千年之久，而且还会长存下去。"①

歌德所赞赏的这部"中国传奇"就是《好逑传》。在中国浩如烟海的文学宝库中，才子佳人小说《好逑传》算不上一颗璀璨的明珠，然而，在中国古典文学西传史上，它的地位却十分令人瞩目。《好逑传》不仅是第一部在西方出版的中国长篇小说，而且，一经问世，即引起轰动。

《好逑传》大致成书于明末清初，又名《侠义风月传》或《第二才子书》，讲述了大名府才子铁中玉，好侠仗义，不畏权贵，后游学山东。山东历城兵部侍郎水居一之女水冰心才貌双全，又胆识过人。大学士之子过其祖慕色求婚，冰心不允。后冰心之父被削职戍边，过家两番抢亲，都被水冰心识破奸计而躲过，至第三次抢亲时，途中被铁中玉相救，二人自此结情。过其祖怀恨在心，便在铁中玉酒食中下毒。危机关头，水冰心不畏闲言，将铁中玉接至家中照料，两相倾慕，却谨守礼法不乱，始终以礼自守。过其祖不肯罢休，再三图谋水冰心，都被铁中玉破解。后铁中玉功成名就，由双方父亲做主成婚，过家却出来诽谤。最后，皇后亲自验明水冰心仍为处子之身，于是皇帝下旨表彰二人，使其成婚，并惩治恶人。1761年，托马斯·珀西（Thomas Percy）在序言中说："有理由断定中国人将其视为杰作，因为通常只有那些在本国人中享有盛誉的书，才会被拿给外国人看。"②珀西判断十分准确，此书在清初的确名噪一时，列为"十才子书"的第二名。

《好逑传》作者署名"名教中人"，显然意为敦伦明理，提高名教声誉。《好逑传》提倡"贞洁"，"贞洁"一词在中国常用指女性的美德，在此书中，"贞洁"一词用来指铁中玉和水冰心的守礼、理性与节制。这正好符合18世

---

① [德]爱克曼，《歌德谈话录》，朱光潜译，北京：人民文学出版社，1981年，第112页。
② Thomas Percy, *Hau Kiou Choaan or The Pleasing History*, London: General Books LLC, 1761, Preface.

纪的欧洲思想潮流。随着托马斯·柏西译本的出版，《好逑传》跨越了国界、文明，成为西方人眼中优秀的"伦理小说"。

托马斯·珀西的译本题为《好逑传或愉快的故事》，英文全名：

Hau Kiou Choaan or The Pleasing History. A translation from the Chinese language. To which are added, i. The argument or story of a Chinese play, ii. A collection of Chinese proverbs, and iii. Fragment of Chinese poetry.

托马斯译本的产生过程颇有传奇色彩。18世纪早期，东印度公司商人威尔金森（James Wilkinson）长期居住在广州，为了学好中文，他尝试把《好逑传》部分章节翻译成英文。威尔金森的初衷可能只是翻译练习，因此译稿上有铅笔、墨笔等多种修改痕迹。译稿共装订成四册，前三册为英文，最后一册为葡萄牙文。两种文字笔迹大不相同，不像出自一人之手，因此有人推测可能有中国人指点过他的翻译。1719年，威尔金森离开了中国，手稿也随他回到英国。①18世纪50年代后期，圣公会的主教珀西发现了这部手稿，这名主教对小说中展现出来的中国风俗习尚、中国作家的艺术手法很感兴趣。他清楚地认识到，一个民族自己创造的东西最能说明该民族的风土人情，正如他在扉页上引用杜赫德《中国通志》上的一句话：

"如果要了解中国，那么除了中国而外，没有更好的办法了。因为这样做，在认识该国的精神和各种习俗时肯定不致失误的。"②

珀西拿到译本时，葡萄牙文部分仅仅只占全文六分之一，且显得非常潦草，仅仅是个故事概述，并没有划分章节。因此，珀西首先将葡萄牙文部分译成英文，又对整部译稿做了修改润色。1758年，珀西的朋友詹姆斯·格兰杰（James Grainger）与出版商拉尔夫·格里菲思（Ralph Griffiths）联系出版译文，然而在处理《好逑传》的方式上，珀西和出版商有了分歧。出版商的意见是：希望译成可读性强的英语，中国的奇风异俗要加注，并且写篇导言，对英国读者所希罕的中国创作方式给予总结。珀西同意注释，然而，他觉得自己没有能力对中国创作方式进行归纳，此次出版计划最终不了了之。

珀西没有灰心，从他日记中可以窥见，他已着手加工这部小说。功夫不负有心人，不久，出版问题就有了转机。伦敦一名出版商多兹利（Dodsley）看中了这部中国小说。决定出版，认为它将赢得读者认可。1761年11月14日，这部中国小说终于同英国的广大读者见面了，从此成为中国小说西传史上的重大

---

① Sir John Francis Davis, *Drama, Novels, and Romances, from Chinese Miscellanies*. London: John Murray, 1865, p.104.
② Thomas Percy, *Hau Kiou Choaan or The Pleasing History*. London: General Books LLC, 1761, preface.

事件。这是一个编译本,共分为三个部分:序言、正文和内容庞杂的附录。译本最前面是珀西的献词,而后是他的序言和参考书目,其中大都为天主教传教士的报告文集。小说的书名《好逑传或怡情史》就是意译加音译结合的产物①,"The Pleasing History"有些让人不明所以,以至遭到后来者的批评。

《好逑传》作为中国长篇小说的样本第一次被翻译和介绍到西方。一经问世,立刻引起英语世界的注意,不久,它在欧洲大陆便有了法、德、荷几种转译本。

《好逑传》在18世纪的欧洲广为流传不是偶然。在18世纪的欧洲,思想文化领域里最有影响的是启蒙运动。在文学领域,尽管17世纪盛行的古典主义仍然占有重要地位,然而,最能代表时代特征的已经是启蒙文学。启蒙文学继续了人文主义精神,在艺术方法上,继续了"文艺复兴"时期的现实主义,形成重理性、重分析的特征。《好逑传》中人物的高尚品德、纯洁心灵和处处以道德为标准严格要求自己的行为,对启蒙时代的西方读者来说,有无比吸引力。珀西在序言中写道:"正当诲淫诲盗小说故事充斥国内市场的时候,这本来自中国的小说,作为一本讲究道德的书,有着劝善惩恶的作用"。②《好逑传》从不同层面、不同角度描述了"名教"对中国知识分子生活的影响,构建了一个完整的伦理道德规范体系。在这个体系中,"名教"深植于中国士大夫知识分子的精神和生活,与其人生态度息息相关。《好逑传》英译本十分重视它的道德作用,敏感地把握住了这个主题思想。《好逑传》对"名教"和道德的恪守满足了西方人对道德和克己行为的要求,小说中人物以理智控制自己感情的行为也切合了西方启蒙运动对理性控制情感,从而达到完美人格的主张。亦有学者认为,西方人对《好逑传》道德的推崇与18世纪欧洲流行的清教思想有关。所以,《好逑传》一经出版,即风靡了欧洲,成为18世纪在西方流传最广的中国古典小说。

## 第三节 初创期的清小说译介(1816—1914)

18世纪后半期,英国率先开始了工业革命,经济得到飞速发展,航海能力不断加强,逐渐确立了它的"海上霸主"地位。然而此时,北美殖民地独

---

① "怡情史"系方重的中译,参见他的《18世纪的英国文学与中国》,载于《文哲季刊》第2卷第1号,1931年。

② Thomas Percy, *Hau Kiou Choaan or The Pleasing History*, London: General Books LLC, 1761, Preface.

立，英国人失去了最大的殖民地，于是把目光瞄准了东方，加强与远东地区的商贸力度。在这种情况下，英国政府认为中英之间应该进一步促进英中贸易。1792年，乔治·马戛尔尼勋爵（Lord George Macartney）作为使节，率包括史当东（George Lenard Stuauton）在内的八百多人使团前往中国。

然而，使团面临的最大尴尬就是能说汉语的英国人屈指可数，以至于马戛尔尼勋爵筹划使团访华之时，他遍寻英伦三岛，竟找不到一个略知汉语的英国人可做随行翻译。为了促成传教这一重要使命的实现，不得不让两位中国天主教徒临时充当翻译。难怪勋爵非常不满："与中国的交往与联系都只能托附给两个曾在罗马接受训练却胆怯无知的当地华人。"①

英国人对中国一无所知，而当时，他们的竞争对手法国对中国却已有了许多研究。德庇时爵士对当时的情形形容说：

"我们国人在各种知识领域已经普遍取得进展，然而，在与中华帝国、文学相关的领域，现有研究屈指可数。我很难描述在马戛尔尼勋爵做为外交使节访华时，虽然我们已与中国人经商多年，整个使团却对中国一无所知。而当时的法国人在一个世纪前就已经开始对中国勤奋探索，并取得了可观的成绩。"②

语言的隔绝成为交往的障碍，英国人的实用主义让他们下定决心学习汉语。1816年，在马戛尔尼勋爵访华之后约23年，英国特使阿美德勋爵率英国使团第二次访问北京，提议推进欧洲的汉语研究。而以往天主教传教士翻译的中国经典及哲学著作对普通欧洲人来说，并没有太多真正的实用价值。所以，"刚毕业的翻译生在翻译官方文件之余，开始把注意力引向更为引人入胜的方面，即包括中国戏剧、小说和诗歌的普通汉语文学典籍。"③ 也就是从这个时候开始，中国古典小说逐步走进了英语世界。

## 一、译介概况

20世纪以前的译者并没有专注于对中国古典文学进行翻译与研究。他们的翻译活动往往只为了传教与文化交流的需要。译者们出于为学习汉语提供语言教材的目的，或者纯粹自娱自乐，零星间断地把自己感兴趣的小说译成英语，其中，部分翻译可能没能独立地保存至今。今天我们只能从一些手稿、杂志和后世汉学家们的引用中看到它们。现列举其中重要事件如下：

早期最受西方人关注的清小说类型当首推才子佳人小说。西方人对才子

---

① John Francis Davis, *Chinese Miscellanies*, London：John Murray，1865, p.50.
② John Francis Davis, *Chinese Novels, Translated from the Originals,* London：John Murray，1822, p.1.
③ John Francis Davis, *Chinese Miscellanies*, Ibid. p.54.

佳人小说甚是"偏爱",是晚清中英文学交流史上非常引人注目的景观。这种在中国五四新文学以后受到排斥的小说范式,不仅是中国古代知识分子精英文化的大众解读,反映出大众阶层对于"才子佳人"的审美标准和人生生活的理想诉求,同时也在更广阔的背景上折射出中国传统文化在日常生活中的可能处境——一种市民立场和生活视角的审美化、精神化和情趣化的艺术状态。而这种在日常生活、健康人生、情趣培养基础上展开的爱情故事,不仅吸引中国读者,也引起英语世界读者的关注。继珀西的《好逑传》之后,《玉娇梨》亦引起英语世界关注。最早翻译《玉娇梨》的是 1820 年英国汉学家史当东(George Staunton)。他翻译了《玉娇梨》前四回。1873 年,英国汉学家李思达(Alfred Lister)再次将中国的才子佳人故事介绍给了英国读者。李思达对《玉娇梨》中主人公的诗文之才大加赞赏,他翻译了小说中男女主人公之间往来的所有情诗,载于 1872 年《中国评论》第 1 期第 2 卷上。

《好逑传》因珀西编译本在欧洲广为人知。《中国评论》上介绍它为"十才子书"的第二位,认为它是中国爱情故事的最佳经典范例。德庇时在仔细对照原文后,发现其中翻译靓点甚少、错误甚多,于是 1829 年刊印《好逑传》全本上下卷。德庇时的译笔优美、流畅,其信达度得到汉学界认可。《好逑传》另一个译本由威妥玛推出。1930 年,他翻译了《好逑传》,译文分为上下两卷,是一个中英对照本。可惜的是,此译本现已遗失,笔者对国内外图书馆都做了搜索,均无此本。对此译本的认知来自于德庇时在《中国杂记》第 3 章《中国文学在英国的兴起和发展》(The Rise and Progress of Chinese Literature in England)里的介绍。德庇时说:"威妥玛先生是我们在北京的使馆秘书,他是一名一流的研究中文的学者。他利用居住中国首都北京的方便之处,印刷了一个更大、更准确的从中文原文翻译来的《好逑传》。他是在 35 年前出版他的翻译的。译本分为上下两卷,同时提供了英文和中文原文,让学生比较阅读,参照学习。他的译本准确度让人满意。"①《好逑传》的第三个译本是 1895 年由亚历山大·伯克利(Alexander Brebner)翻译的,书名为《中国历史和故事》(A Little History of China and a Chinese Story),由伦敦昂文公司(T. F. Unwin)出版。译本共分四部分,分别是:《中国历史小议》(A Little History of China)、《日本》(Japan)、《中国》(China)、《好逑传》(Pleasing Story)。

继德庇时翻译李渔之后,李渔作品英译陷入沉寂。1893 年,大英博物馆汉学专家罗伯特·道格拉斯(Robert Douglas)重译《夺锦楼》(The twins,

---

① John Francis Davis, *Chinese Miscellanies*, London: John Murray, 1865, p.72.

*From the Chinese of Wu Ming*），编入布莱克伍德父子公司在伦敦和爱丁堡同时出版的《中国故事》(*Chinese Stories*)，不久又发表于1887年第162期《布莱克伍德杂志》(*Blackwood's Magazine*)。

《聊斋志异》是一本引起西方来华人士广泛兴趣的小说。据考证，第一个来到中国的美籍传教士裨治文（Elijah Coleman Bridgman）在他主编的《中国丛报》(*Chinese Repository*) 第11卷第4期（1842年4月），刊登了关于《聊斋志异》中九个短篇的的阐述性文字，称之为来自聊斋的非凡传奇（Extraordinary legends from Liao Chai），并有一篇总体阐述性质的前言，署名为"某通讯员"①。在译文之前，译者先用一篇长文论述了中国人的迷信思想，然后附上对小说的介绍，作为中国人迷信的佐证。哈佛大学比较文学系教授韩南（Patrick Hanan）在《中国19世纪的传教士小说》一文中认为译者应是德籍传教士郭实腊（Karl Gutzlaff）。②

《聊斋》的第一篇单篇译文形式出现于1848年，美国著名汉学家、传教士卫三畏（Samuel Wells Williams）在他编著的《中国总论》(*The Middle Kingdom*) 第一卷中（693~694页），收入了《种梨》和《骂鸭》两篇英译文，这是《聊斋》最早的英译片段。卫三畏把《聊斋志异》书名译为《书斋里的消遣》(*Pastimes of the Study*)。卫三畏于1877年被耶鲁大学聘为该校第一位中国语言与文学教授，也是美国第一位汉学教授。他是最早把《聊斋》介绍到英语世界的译者，在汉学研究领域有着重要地位③。

早期对《聊斋》的翻译皆以片段为主，出现在各种杂志、文选中。1867年，英国驻中国外交官梅辉立（William Frederick Mayers）翻译了《酒友》(*Boon Companion*)，译文载于1867年香港出版的《中国与日本问题解答》(*Notes and Queries on China and Japan*) 杂志第一期（24~26页），此译文另转载于1872年《凤凰》(*The Phoenix*) 杂志第三期（第3页）。梅辉立还译有《嫦娥》《织女》及另两篇聊斋故事，载于《读者手册》(*Reader's Manual*)。他的译文开始引起英语世界对来自东方国度的神奇世界的关注。19世纪70年代，剑桥汉学代表人物阿连璧（Clement Francis Romilly Allen）在香港相继在《中国评论》(*China's View Notes and Queries*) 第2期、第3期、第4

---

① 此九个短篇为《祝翁》《张诚》《曾友于》《续黄粱》《瞳人语》《宫梦弼》《章阿端》《云梦公主》《武孝廉》。
② [美]韩南，《中国近代小说的兴起》，徐侠译，上海：上海教育出版社，2004年，第81页。
③ 王丽娜在《中国古典小说戏曲名著在国外》一书中认为卫三畏是最早译出单篇英译文的学者（240-242页）。王燕女士则在《〈聊斋志异〉西传第一文》中，认为郭实腊才是《聊斋》英译第一人。笔者同意王丽娜的观点，郭实腊文只对《聊斋》进行了概括性简介，不应被认为是英文译文。

期上,连载了18篇自己翻译的《聊斋故事选》,发表篇目为:《宋焘成神》《狐嫁女》《轿娜》《细柳》《赵城虎》《长清僧》《崂山道士》等。阿连壁亦是外交官,曾任英国驻镇江、福州等地领事。他选择的篇章从此成为英语世界《聊斋》的经典故事,如《崂山道士》,至今已有十种译文。

除了翟理斯《聊斋》译本,《聊斋志异》还出现过两个节译本。第一个译本以转译的形态出现。1911年,曾获诺贝尔文学奖提名的德国汉学家、犹太哲学家马丁·布贝尔(Martin Buber)从翟理斯的译本中转译了十个故事,自己又从中文直接翻译了六个故事,出版了德文版《聊斋》故事,收入《中国传说:庄子、圣人、寓言和鬼怪爱情故事》(*Chinese Tales: Zhuangzi, Saings and Parables and Chinese Ghost and Love Stories*)一书。布贝尔在前言中简介了蒲松龄的生平和创作,并将蒲松龄部分自述原文翻译了出来。20世纪后半期,潘阿勒(Alex Page)将此书再次转译为英文,于1991年由人文国际出版社(Humanities Press Intl)出版,著名哲学家爱伦伯(Irene Eber)为此书作序,认为这是由一位20世纪倍受尊重的哲学家所提供的优秀中国古典文学读本。

1913年,法国传教士苏利埃·莫朗(George Soulie de Morant)的英译本*Strange Stories from the Lodge of Leisures*由伦敦休顿出版社(Houghton Mifflin Company)出版。此译本共选择了28篇《聊斋》故事,译者针对普通英文读者,对《聊斋》进行了归化处理,尽可能使用浅显、流畅的英语去表达原作内容,并删去了一些英语读者较难理解的东方文化典故常识,以英语国家耳熟能详的文化意象取代,使中国古典文言故事变得通俗易懂。此译本的遗憾是有中文文化"屈从"英语文化之嫌,我们无法判断英语读者们究竟被带入了蒲松龄笔下充满东方魅力的异域世界,还是在欣赏阅读英语文化中略带东方色彩的哥特故事。

《红楼梦》是中国古典小说的代表之作,在19世纪,就出现了各种形态的片段译文。在1830年德庇时的两首《红楼梦》诗歌翻译之后,德国传教士郭实腊在《中国丛报》上连续发表描述性文章,主要介绍中国历史小说及苏东坡。1842年,郭实腊在《中国丛报》第11卷第5期上,用了八页的篇幅介绍一部中国小说。郭实腊认为这篇小说以前从没有被外国人注意过,因为他们的眼睛总是盯着那些才子佳人一类的爱情故事。只是,郭实腊硬着头皮读了《红楼梦》头几回后,就失却了耐心。所以,他对《红楼梦》的叙述和介绍都颇多错误,甚至把主人公的性别都弄错了,他认为宝玉是一位女士。[①] 在德庇时和郭实腊之后,1846年,英国驻宁波领事罗伯聘(Robert Thom)

---

① Elijah Coleman Bridgman, *Chinese Repository*, Vol.11, No.5, 1942, p.266-274.

将《红楼梦》的一些片段译为英语。译文登于《正音撮要》(*The Chinese Speaker*),这是一本帮助在华外国人学习中文的教科书,由宁波的基督教长老会出版社(Presbyterian Mission Press)出版,中文注为"宁波华花圣经书房珍藏"。译本共有 27 页,标题为 *Extracts from the Hun-Low-Mung*。而后,1868 年,在华外交官英国人鲍拉(Edward Charle Bowra)将《红楼梦》前八回译为英语。译文从 1868 年至 1869 年连载于上海《中国杂志》(*Chinese Magazine*)。这一译本在篇幅上大大超过前两种译文,但还不算单行本。《红楼梦》第一个单行译本由英国人乔利(H.Bencraft Joly)于 1892 年推出。

可以得出结论,从 1816 到 1900 年,英语世界清小说的译介虽不如中国古典诗歌之盛,但也颇有成果。这一阶段的重要译文译本可见表 1-1。

表 1-1 初创期清小说主要译本

| 出版年 | 原作 | 译本名 | 译者 | 出版社 |
| --- | --- | --- | --- | --- |
| 1822 | 三与楼 | The Three Dedicated Chambers | John Francis Davis | John Murray |
| 1824 | 花笺记 | Chinese Courtship | Thomas, Peter Perring | E. I. C. Press |
| 1829 | 好逑传 | The Fortunate Union: A Chinese Romance | John Francis Davis | J. L.Cox |
| 1830 | 好逑传 | Hao-Ch'iu Chuan | Thomas Francis Wade | S. N, Limited |
| 1830 | 玉娇梨 | The Two Fair Cousins | J. P. A. Remusat | S. N, Limited |
| 1868 | 花笺记 | The Flowery Scroll, a Chinese Novel | John Bowring | Wm. H. Allen & CO. |
| 1880 | 聊斋志异 | Strange Stories from a Chinese Studio | Herbert Allen Giles | De La Rue and Co. |
| 1892 | 红楼梦 | Hung Lou Meng, or, The Dream of The Red ChamberI | H. Bencraft. Joly | Kelly & Walsh, Limited |
| 1892 | 红楼梦 | Hung Lou Meng, or, The Dream of The Red ChamberII | H. Bencraft. Joly | Typographia Commercial |
| 1895 | 好逑传 | A Little History of China, and a Chinese Story | Alexander Brebner | T. F. Unwin |
| 1908 | 聊斋志异 | Strange Stories from a Chinese Studio | Herbert Allen Giles | Kelly & Walsh, Limited |
| 1913 | 聊斋志异 | Strange Stories from the Lodge of Leisures | George Soulie | Houghton Mifflin Company |

## 二、主要译者及其成就

### 1. 德庇时

德庇时爵士（Sir John Francis Davis，1795—1890），另有中文译名为爹核士、戴维斯、大卫斯、达维斯等，英国汉学家，早年在东印度公司任职，后投身外交界，1816年，作为翻译官随以阿美士德为首的英国第二个和使团到达北京。后历任英国驻华商务监督、驻华公使、第二任香港总督。

身为英国驻华高级官员，德庇时在中国生活多年，对中国文化和文学产生了浓厚的兴趣，他是一位具有专业学术背景的外交官。在研究汉字、中国诗歌、中国小说方面都颇有建树。他是继马礼逊博士之后的一批学者中的代表人物，会讲官话，并能够不太费劲地阅读中文小说。他是一个"中国通"，直到今天，大多数英国人关于中国的知识，皆来源于德庇时爵士的作品。晚年的德庇时回到英国后，由于其对中国文学的翻译与研究当选为英国皇家学会会员。

德庇时是第一位直接从汉语翻译清小说的译者。他在学习汉语时，选择中国清代白话小说作为翻译练笔。他首先注意到了李渔。李渔是明清时期杰出的通俗文学大师，在戏剧、小说领域都有突出贡献。如今，他在西方已享有极高声誉。《哥伦比亚中国文学史》(The Columbia History of Chinese Literature)介绍他为"著名学者、戏剧家，清代最伟大的小说家"①。德庇时对李渔小说的故事情节及叙事手法很感兴趣，他选择翻译的第一篇小说是李渔《十二楼》中的《三与楼》(The Three Delicated Rooms)。李渔的话本小说集《十二楼》共十二卷，每一卷写一个故事，因为每个故事里都有一座楼阁，人物命运与情节展开往往与楼有关。《十二楼》具有很强的娱乐性，格调轻松欢快，每一篇都清新风趣，惹人喜爱。根据德庇时所说："《三与楼》小说在中国印得不多，大多以片段形式出现在一些杂志上。"②正是这些片段吸引了他的注意，让他首先选择了这篇小说作为翻译对象。1822年，德庇时出版《中国小说》(Chinese Novels, Translated from the Originals)，其中包括李渔另两篇《合影楼》(The Shadow in The Water)与《夺锦楼》(The Twin Sisters)。并把《三与楼》原来的译名"The Three Dedicated Rooms"改为"The Three Dedicated Chambers"。1829年，德庇时作为东印度公司的翻译，从中文直接

---

① Yenna Wu, "Vernacular Stories", in Victor H. Mair, ed., *The Columbia History of Chinese Literature*, New York: Columbia University Press, 2002, p.595-619.
② John Francis Davis, *Chinese Novels, Translated From The Originals*, London: John Murray, 1822, Preface.

翻译了《好逑传》，他将珀西的译名改为 The Fortunate Union，并理清了珀西因转译造成的很多意义混淆之处。1821 年，乔治·斯当东（G. T. Staunton）出版《异域录》，其中有德庇时所译《玉娇梨》的节译。

我们来看德庇时的译本《中国小说》(Chinese Novels, Translated from the Originals)。全书共 225 页，分为一个序言及四个翻译单元：《夺锦楼》《合影楼》《三与楼》，最后还有一个章节的《中国寓言故事》。德庇时在序言里解释自己翻译中国小说是作为学习汉语的翻译练笔，并介绍了自己的翻译原则。他说："了解中国最有效的方式之一是翻译它的通俗文学作品，主要是戏剧和小说。"①他清楚知道在翻译过程中，"汉语在形式和语言的精妙之处在翻译过程中有很大程度的流失"②，他首先选取的翻译策略是严格忠实原文，但权衡之后，他意识到如果逐字逐句翻译，很多成语习语对英语读者来说将显得难以理解，所以，不如做一定改写。这种改写将增加小说的可读性，同时也很好地传达了原意。③

德庇时的译本是个改写本。他是怎样进行改写的呢？首先，他的基本原则是保持译文的故事性，省略章回回目、大部分诗词及作者议论，他认为这些都是与故事无关的内容。从译本来分析，李渔《三与楼》共分三回，讲的是明嘉靖年间，四川名叫唐玉川的富翁图谋邻居房产。李渔的三个回目分别为："造园亭未成先卖，图产业欲取姑予""不窝不盗忽致奇赃，连产连人愿归旧主""老侠士设计处贪人，贤令君留心折疑狱"。小说以两首诗开始，名为"诗云""又云"，而后用了五段六百个字，描述诗的由来及故事缘起。德庇时的译本对此统统省略不译，直接撇开李渔的引文部分，从故事情节开始翻译。第一段原文译文如下：

原文：

明朝嘉靖年间，四川成都府成都县有个骤发的富翁，姓唐号玉川。此人素有田土之癖，得了钱财，只喜买田置地，再不起造楼房，连动用的家伙，也不肯轻置一件。至于衣服饮食，一发与他无缘了。他的一心，只为要图生息，说"唐田美产，一旦进了户，就有花利出来，可以日生月大。楼房什物，不但无利，还怕有回禄之灾，一旦归之乌有。至于衣服一好，就有不情之辈走来借穿；饮食一丰，就有托熟之人坐来讨吃。不若自安粗粝，使人无可推

---

① John Francis Davis, *Chinese Novels, Translated From The Originals*, Loudon: John Marray, 1822, p.10.
② John Francis Davis, *Chinese Novels, Translated From The Originals*, Loudon: John Marray, 1822, p.11.
③ John Francis Davis, *Chinese Novels, Translated From The Originals*, Loudon: John Marray, 1822, p.12.

求。"他拿定这个主意,所以除了置产之外,不肯破费分文。心上如此,却又不肯安于鄙吝,偏要窃个至美之名,说他是唐尧天子之后,祖上原有家风,住的是茅茨土阶,吃的是太羹玄酒,用的是土硎土簋,穿的是布衣鹿裘。祖宗俭朴如此,为后裔者不可不遵家训。①

译文:

During the reign of the twelfth Emperor of the Ming dynasty, in a district of the province of Szechuan, there lived a rich man, who was likely in time to be still richer. This person, whose name was tang-yo-chuen, had an immense quantity of land. Whenever he got any money, it was his delight to add to his landed possessions; but he would neither build houses, nor would he supply himself with any of the comforts or necessaries of life, beyond what was absolutely indispensable. His disposition was to enrich himself by every means in his power, and his property increased daily, like the moon towards the full. Houses and furniture (he thought) were not only unprofitable, but there was always a fear lest the god of fire should destroy them, and they might in one moment become annihilated. If one had fine garments, there immediately came unpleasant fellows to borrow clothes. If there was plenty to eat, one soon had people claiming acquaintance, and taking their seats in quest of food. In short, there was nothing like being contented with coarse articles, for people in that case would not be seeking them. He laid fast hold of this notion, and was determined to take care of his money. But not contented with being niggardly, he wished to assume credit to himself for it, and said that he was descended from one of the most ancient emperors, and that his ancestors were celebrated for their economy.②

德庇时的译文精心雕琢,较为准确。如"回禄之灾","回禄"为中国传统文化里的"火神",德庇时译为"the god of fire",准确把握了原意。另一处"唐尧天子","唐尧"是中国古代最受尊重的帝王之一,尊为圣人。译文没有明确指出"唐尧"是谁,只笼统称为"one of the most ancient emperors"。对不了解中国文化的英语读者而言,是可以接受的。另外,原文314字,译文246字。篇幅有所简略,简略在何处呢? 在第一段中间,"唐田美产,一旦进了户,就有花利出来,可以日生月大",省略不译。第一段结束部分"祖上原有家风,住的是茅茨土阶,吃的是太羹玄酒,用的是土

---

① 李渔,《十二楼》,北京:华夏出版社,1995年,第22页。

② John Francis Davis, *Chinese Novels, Translated From The Originals,* London: John Murray. 1822, p.155-156.

砌土簋，穿的是布衣鹿裘。祖宗俭朴如此，为后裔者不可不遵家训"，只用了"His ancestors were celebrated for their economy"（祖上以节俭闻名）一句改写。如不改写，"茅茨土阶""太羹玄酒""土砌土簋""布衣鹿裘"翻译出来译文会非常繁琐，篇幅较长，且"砌""簋"皆为中国古代器皿，翻译出来，必然要加注解说，否则英语读者难以理解。所以此处德庇时改写为一句"祖上以节俭闻名"，对李渔所详细描写的节俭细节略去不表。这种处理，有助于英语读者对原文的接受。

译文亦有增加之处。如形容完唐玉川的吝啬后，德庇时加了一句"his property increased daily, like the moon towards the full"（他的财产与日俱增，越来越多）。"full moon"意为"满月"，在英语里表示"圆满"，此处表示唐玉川的财产滚滚生息，越集越多。形容唐玉川吝啬时，李渔说"动用的家伙，亦不肯轻置一件"，译文为"nor would he supply himself with any of the comforts or necessaries of life, beyond what was absolutely indispensable"，意为"除了生活必需品，日常用度之物，他不会多添一件"。"indispensable"一词用得甚为准确。另外，"生息"一词在中文里有几层意思："生养繁殖""生活"或是"生利息"。在原文中理解为增加利息、增加钱财最合适。译文翻译为"enrich himself"，意为"变得有钱"，虽与李渔意思有些许差异，然而这是比较地道的英语表达法，容易被英语读者接受。

虽然翻译得很用心，囿于语言隔膜，德庇时仍有数处误译，或者不够准确。如第一句的"骤发"，"骤发"的意思为"暴发户"，意为突然暴富。译文处理为"likely in time to be still richer"，意为"还会更加富有"，与原意有所差别。另一处形容唐玉川"素有田土之癖"，李渔本意为唐玉川好置田产，译文为"had an immense quantity of land"，意思变成"有很多土地"，即唐玉川有很多田产。"好置田产"与"有很多田产"意思明显有异。

德庇时的改写不仅体现在《三与楼》，《合影楼》《夺锦楼》中亦有同样的翻译策略。李渔《合影楼》讲元朝至正年间，广东曲江县两位乡绅因性情不同，不相往来，虽住同一宅院，但中筑高墙，隔开彼此。两家儿女珍生与玉娟因常在池边玩耍，看见彼此的倒影，于是相恋。小说亦分三回，回目分别为"防奸盗刻意藏形，起情氛无意露影""受骂翁代图好事，被弃女错害相思""堕巧计爱女嫁媒人，凑奇缘媒人赔爱女"。小说以一首右调《虞美人》开始，中间穿有大量诗词。德庇时处理方式一如《三与楼》，省去章回回目，改写成一个完整的故事。省去李渔文章开头的右调《虞美人》及李渔在《十二楼》中常用的诗词批注部分，直接从"元朝至正年间，广东韶州府曲江县有两个闲住的缙绅"开始翻译这个故事。

德庇时虽然省略了故事开头部分的诗词及注解，然而《合影楼》中间珍生与玉娟互赠诗词，以表情达意，推进感情发展。这部分诗词与故事情节相关，不能省去不译。德庇时对此做了斟酌处理。如第二回"受骂翁代图好事，被弃女错害相思"中，珍生与玉娟相遇之后，玉娟扔给珍生一首七言绝句，表达自己心里的涟漪，原文译文如下：

原文：

绿波摇漾最关情，
何事虚无变有形？
非是避花偏就影，
只愁花动动金铃。①

译文：

That the troubled face of the water was the image of her mind;
that she had been greatly surprised by his coming over to that side;
but that in running away from him with such haste;
she had been prompted only by die fear of discovery and punishment.②

七言绝句翻译为48个字的自由体诗歌。玉娟诗里表达少女怀春，欲说还羞之情。用词含蓄、隐讳。而德庇时把玉娟诗里没有明说的意思明白地用英语表达了出来，如"非是避花偏就影，只愁花动动金铃"译为"but that in running away from him with such haste; she had been prompted only by die fear of discovery and punishment"，意思是"她从他身边匆匆离开，只因为害怕被发现和惩罚"。"discovery and punishment"在原诗中完全没有出现。德庇时的翻译虽然没有体现出原诗的音韵和意境及少女欲说还羞之意，但明白地把玉娟的意思表达出来。珍生拿到诗歌，喜出望外，立刻回诗，原文译文如下：

原文：

惜春虽爱影横斜
到底如看梦里花
但得冰肌亲玉骨
莫将修短问韶华③

译文：

their present mode of communication was nothing more than gathering

---

① 李渔，《十二楼》，北京：华夏出版社，1995年，前引书，第6页。
② John Francis Davis, *Chinese Novels, Translated From The Originals*, London: John Murray, 1822, p.67.
③ 李渔，《十二楼》，北京：华夏出版社，1995年，前引书，第6页。

flowers in a dream;
and that they must endeavor to make it more unfettered,
as well as more intimate for the future.①

此处德庇时干脆把七言绝句改成三行自由体诗歌。中国诗歌里典型的抒情句"惜春虽爱影横斜"略去不译,"到底如看梦里花"译为"their present mode of communication was nothing more than gathering flowers in a dream",意为"现有联系方式不过是梦里采花"。"但得冰肌亲玉骨"中"冰肌玉骨"是中国传统的形容美女的词句,中国人一见此句,立刻会想起女性美好的肌肤容颜。德庇时只将它换为"intimate(亲密)"一词。"莫将修短问韶华"含蓄地表示了珍生想要与少女相会的决心。德庇时第二行和第二行的意思是"他们必须大胆行动,为了将来能有更多的亲密",明白地告诉英语读者中国情人诗歌里的意思,推进情节发展。

《合影楼》里另有数首诗歌,处理方式基本一致。结尾处李渔写道"这段轶事出自《胡氏春秋》,但系抄本,不曾刊板行世,所以见者甚少。如今编做小说,还不能取信于人,只说这一十二座亭台,都是空中楼客也。"②德庇时省去此段,自己谈了一下文章的翻译。

德庇时 Chinese Novels, Translated from the Originals 里翻译的最后一篇小说是《夺锦楼》。《夺锦楼》发生在明代正德年间,武昌人钱小江与妻都长得很丑,两个女儿却很美丽。两夫妻性情不合,引得二女配给四家亲事起了纠纷。官府断案时认为四家公子都太丑,配不上美女,遂将二女许婚给两位新榜进士。德庇时的翻译与前两篇一样,注重故事情节,省去小说开头的右调《如梦令》及李渔的评判词,把文中出现的诗词全部改为比较直白的英诗翻译。省去小说的章回回目"生二女连吃四家茶,娶双妻反合孤鸾命",以小说情节推动为主要考虑,最终给英语读者献上一个情节跌宕起伏,非常有趣的中国选婿故事。

德庇时不仅第一个翻译了李渔作品,还继托马斯·珀西之后,重新翻译了《好逑传》。18 世纪,托玛斯·珀西根据一份半英语半葡萄牙语的手稿编译了第一个译本。中间不乏错误及遗漏(mistranslated, omitted)。德庇时举了珀西数例错译之处,但仍然肯定珀西的翻译,认为珀西的翻译很有价值。他决定自己重新翻译一遍,把前面的错误之处一一补正。1829 年,他将《好逑传》译为 The Fortunate Union, A Chinese Romance,由伦敦库克斯公司(J. L. Cox)出版。在书的首页上,他题为"To Sir George Thomas Staunton"(献

---

① John Francis Davis, *Chinese Novels, Translated From The Originals*, London: John Marray, 1822, p.6.
② 李渔,《十二楼》,北京:华夏出版社,1995 年,前引书,第 14 页。

给乔治·斯当东爵士)。这是一部从中文原文翻译的作品,德庇时在序言中介绍自己是因为在乡间休假时,为了消磨时光进行的翻译。从前译者的译本给他印象颇深(impressed),让他相信小说很有道德(merits)。在最初试着(on trial)翻译了两个章节之后,家人鼓励他继续剩下的部分,于是,他终于完成了这个长篇小说的全本翻译。①

德庇时的《好逑传》译本装订古朴。内页里先是中文"好逑传",旁书"精刊古本两才子书""嘉庆丙寅年福文堂藏书"。正文由序言和十个章回构成。在序言中,译者首先叙述了为何选择翻译《好逑传》,"译者对《好逑传》里展现出来的美德印象深刻"。在试着翻译完头两章节后,"译者被鼓励完成整书的翻译"。②接着,德庇时介绍了《好逑传》的成书年代及柏西译本特点。他认为《好逑传》"喧嚣有趣的场景,精彩的对话,角色严格的自律性使得它成为道德典范"。他进一步指出,"我们可以观察到,男女主人公其实很符合儒家伦理标准"。③

德庇时的译本是个节译本。《好逑传》原文共十八回目。与翻译《三与楼》时省略回目的做法不同,德庇时的《好逑传》译文保留了小说章节回目,但把它改写成了十个回目,分为上下两卷。德庇时译本前面翻译得较为详细,后十回则进行了一定的缩写。

我们从回目名上看内容的详略。第一回《省凤城侠怜鸳侣苦》译为"The hero visits Peking, and takes pity on a lover in Distreie";第二回《探虎穴巧取蛙珠还》译为"The attack on the tiger's den, and the skilful recovery of the prize";第三回《水小姐俏胆移花》译为"Shui Ping Sin adroitly changes the flower";第四回《过公子痴心捉月》译为"Kwoketsu stupidly grasps at the moon's shadow";第五回《激义气闹公堂救祸得祸》译为"The generous hero arraigns a public tribunal, and to save another, hazards himself";第六回《冒嫌疑下榻知恩报恩》译为"Calumny is braved, and the place of lodging changed, in requital of services rendered";第七回《五夜无欺敢留髡以饮》译为"Five nights are blamelessly passed, and the hero is detained to an entertainment";至此德庇时按照《好逑传》原文顺序翻译了前七章,而后,将后十一章简写为三章,分别题为"An affronting proposal occasions the sudden departure of Teilichungyu""They attempt to deceive the fair heroine, but only excite her scorn"

---

① John Francis Davis, *The Fortunate Union, A Chinese Romance*, London: J.L.Cox, 1829, vi.
② John Francis Davis, *The Fortunate Union, A Chinese Romance*. Ibid. vi.
③ John Francis Davis, *The Fortunate Union, A Chinese Romance*. Ibid. vii.

"By her appeal to the Emperor, Shueypingsin terrifies the Commissioner"。大概译者时间精力有限，译本最终结束得有些仓促。

德庇时在翻译《好逑传》时颇为用心。中国传统小说习惯以诗词开头，此前翻译《十二楼》时，他都省去开篇诗词不译。而翻译《好逑传》，特别是前七回时，基本上做到了直译。原有小说形式基本保留，包括"诗曰"等。如《好逑传》开头、原文、译文如下：

诗曰：
偌大河山若大天，
万千年又万千年。
前人过去后人续，
几个男儿是圣贤。①

译文：
Though broad the expanse of earth, of high and stream,
Beneath yon broader heaven — though countless years
Still follow years gone by as rolls the tide
Of human life in endless ebb, how few the worthies of our race!②

比起他为《三与楼》中的诗词做的直白明了的翻译，此译文甚为用心。基本保留原文形式，并译出了原文中表达的人在时间面前的沧桑感。

德庇时还是《红楼梦》第一个译者。1830 年，德庇时撰写长文《汉文诗解》发表于英国皇家亚洲学会会刊（*The Royal Asiatic Transactions*）。四年后，这篇长文以单行本形式在澳门出版，并附有另外四篇与中国有关的文章或翻译，英文书名全称为 *On the Poetry of the Chinese, (from the Royal Asiatic Transactions) to Whick are Added, Translations&Detached Pieces*（《汉文诗解，选自皇家亚洲学会会刊，并附有其它译文及文章》），扉页首行还有"汉文诗解"四字汉语书名。国家图书馆存有这一单行本的缩微胶卷影印本。在这篇长文的第 69 页，德庇时提到了《红楼梦》，"以下引文来自一部名为《红楼梦》的小说。译者译出其中两首《西江月》。是对一位中国年轻浪子的诗体描述。"③其后就是《红楼梦》第三回的两首《西江月》的原文和译文，连叙述带翻译占有两页篇幅。

德庇时可称为 19 世纪最重要的汉学家之一。他是英语世界里关注到李渔

---

① 名教中人，《好逑传》，北京：华夏出版社，1995 年，第 1 页。
② John Francis Davis, *The Fortunate Union, a Chinese Romance*, p.1
③ John Francis Davis. "On the Poetry of the Chinese, (from the Royal Asiatic Transactions)", in *Poeseos Sinensis Commentar II*, Macao: The Honorable East India Company's Press, 1834, Title page.

小说及《红楼梦》英译的第一人，为中国古典小说英译做出重要贡献。不过，同珀西、翟理斯相比，德庇时的英译带有更多政治意味。一些非学术的因素及对大英帝国的商业和外交方面的考虑，常常左右他的研究视野，并自觉呼吁英国人为了在华利益重视中国及中国文化。他的研究工作应和了英国政府的对华政策。

2. 翟理斯

剑桥大学汉学讲座教授，英国著名汉学家，驻华翻译、领事翟理斯（Herbert Allen Giles）出生于英国牛津的一个文人世家。1867年，他远涉重洋，来到中国，成为英国驻华使馆的一名翻译学生。此后，他历任天津、宁波、汉口、广州、汕头、厦门、福州、上海、淡水等地英国领事馆翻译、助理领事、代领事、副领事、领事等职，直至1893年以健康欠佳为由辞职返英，前后历时25年，除五度返英休假之外，其余时间均在中国度过。1897年，翟理斯全票当选为剑桥大学第二任汉学教授。

翟理斯在汉学各个领域都颇有建树，他的作品大致可以分为四大类，即语言教材、翻译、工具书和杂论。其中，他首先翻译了中国古典不朽文言小说《聊斋志异》。

1877年，翟理斯在《中国评论》第6期第3卷上发表了清代李珍《镜花缘》的第十一回"观雅化闲游君子邦，慕仁风误入良府"，即"探访君子国"（A Visit to the Country of Gentlemen）。与其他同类型作品翻译所区别的是，翟理斯的《镜花缘》节译基本上没有多少注释。

1877年，他的第一篇《聊斋》译文《罗刹海市》（The Lo-cha's Country and Sea Market），发表于上海华洋通闻社编辑的《华洋通闻》（Celestial Empire）3月29日版（369～370页）。翟理斯教授的第二篇《聊斋》译文《续黄粱》载于《华洋通闻》1877年4月12日版（369～370页）；第三篇译文《金和尚》载于1882年伦敦德拉律公司（De la Rue & Co.）出版的《历史上的中国及其他概述》（Historic China and Other Schetches）一书（106～110页）。另外，翟理斯还翻译了《聊斋自志》（Author's Own Record）、《死而复生》（Raising the Dead）、《中国德约拿》（A Chinese Jonah）（即《孙必振》）、《张不量》（Chang Puliang），收入上海别发洋行（Kelly & Walsh Ltd.）1922年出版的《古文选珍》（Gem of Chinese Literature）（231～234页）。1931年，翟理斯还译有单篇《钟生》（The Donkey's Revenge），收入伦敦乔治·哈拉普有限公司出版的《各国故事集》（Great Stories of All Nations）。翟理斯主要从文学作品的角度出发翻译《聊斋志异》，他关注《聊斋志异》的语言及写作风格，指出以前的译者从未提及的"故事中巧妙的情节及独创性"。翟理斯对蒲松龄的写作风格亦大为赞赏，认为蒲氏语言"纯真而优美""简练又有力"。①聊斋故事里人鬼神狐诡异又瑰丽的世界在英语世界里引起了更广泛的关注。

1880年，经过三年的努力，翟理斯2卷本的选译本《聊斋志异》在伦敦由德拉律公司（De la Rue & Co）出版。此译本是翟理斯在广州副领事任上完成的。翟理斯英文译本名为 Strange Stories from a Chinese Studio，与中文原意有一定出入，属于意译②。其实在翟理斯之前，已经有人注意这部独特的文言小说，对于书名，也有不同的翻译。如美国汉学家卫三畏在《中国总论》中介绍这部著作时，将书名译为 Pastimes of the Study；而梅辉立将其翻译为 The Record of Marvels, or Tals of the Genii。对于这两种翻译，翟理斯均不认可，他直截了当地说："上述翻译中，没有一个足以称得上佳译。"③翟理斯按照"聊斋志异"四个汉字的顺序，对其本意及意译做了说明，四个字的直译为 Liao-Library-Record-Strange，其中，"聊"是"作者对于自己的私人书斋（private library or Studio）的极富想象力的称呼"；对于为何做如此选择，翟理斯介绍到，有一则逸事，与此直接相关，那就是作者蒲松龄本人的人生经历。蒲松龄曾经在一次科场失利后叹息自己老来凄凉的晚景，并因此而将自己的书斋名为"聊斋"，意思是"他将用自己的笔来寻回命运从他这里所剥夺去的一切"。对此，翟理斯认为，"聊"的背后含义难以翻译，而所谓"鬼怪故事集"也根本没法充分完整地表达蒲松龄上述工作范围（scope of work），"《聊斋》的离奇故事里包含了道教、鬼神和法术，对大海另一侧虚构国度里神奇事件的叙述、对中国人日常琐事的描绘，及对超自然现象的想象"。因此，翟理斯介绍说，他确实一度计划用"鬼狐故事"来命名这部著作，但在友人的劝说下，最终采用了翟理斯描述的书名。翟理斯对《聊斋志异》的理解使他精心翻译的译名从此成为《聊斋志异》各译本的通行译名之一。

翟理斯译本采取了深朱红色封面。封面上是书名 Strange Stories from a Chinese Studio，下面是 Translated and Annotated by Herbert A.Giles（由翟理斯缩写翻译）。书名和译者名都镶了金边，封面四周亦使用了金色花及线条装饰，显得富贵庄严。译本是两卷本，分为三部分：译者导言，译文及两个附录，一共389页。

---

① Pu Songling, *Strange Stories from a Chinese Studio*, trans, H.A.Giles, Revised Edition, Shanghai: Kelly & Walsh, Limited, 1908, Preface.
② Dr.Legge, "Strange Stories from My Poor Study", *Academy*, Sept.11, 1880, p.185.
③ Pu Songling, *Strange Stories from a Chinese Studio*, trans., H.A.Giles, Revised Edition, Ibid. Preface.

翟理斯在导言中介绍了自己选择翻译《聊斋志异》的原因，蒲松龄生平故事，当时中国社会形态及自己翻译的一些处理方式。导言第一部分介绍了他选择翻译《聊斋志异》的原因："我认为我满足翻译这本书的两个基本条件：对汉语语法的准确认知及对中国礼仪、习俗、传说及政治生活的广泛了解。"[1] 翟理斯把自己的译本看成是一个给英国民众了解中国的窗口，他强调译本中展现出来的中国人和中国文化，"我选择这个题材，一方面希望可以吸引大家对中国事务的兴趣，另一方面也矫正大家现存对中国的误解，认为中国人都是毫无效率的懒惰人群，安于现实，不思进取……尽管现在有大量关于中国和中国人的书出版，这些书很少传达关于中国的第一手信息……因此，很多中国习俗被嘲笑为可笑，遭到扭曲。"[2] 导言第二部分则是作者介绍。翟理斯介绍了蒲松龄的生平故事及《聊斋志异》的创作背景。在大概介绍了作者的生平后，翟理斯附上了蒲松龄的《聊斋自志》的翻译。并总结说"从上面的陈述，读者会对这位天才作家动人的写作技巧留下印象。整本书是一个知识分子对当时社会的嘲讽。作者最终隐回了他自己的内心生活，意识到只有内心的火焰才最终能引向救赎。"[3] 导言的第三部分是《聊斋志异》的成书背景。翟理斯介绍《聊斋志异》在中国以手抄本形式存在了很多年，它第一个正式的出版本出现在 1766 年。翟理斯翻译了这个版本里的唐梦赉的序言。随后，翟理斯解释了自己选择 *Strange Stories from a Chinese Studio* 这个书名的原因及翻译时的选材考虑。译者本来曾经"计划翻译和出版一个完整的译本"，之所以最终放弃了这宏大计划，是"因为其中有些故事与我们所生活的当下不是很适合"，"这些作品让我们回想起我们自己国家 18 世纪有些小说作家的粗俗作品"，"另有一些作品，则完全没有意义，或是在稍微扩展的形式下对其他作品的重复而已"。"因此我选择了 164 个最好而且最有特色的故事。"[4]

1908 年，上海的别发商行（Kelly & Walsh, Limited）再次修订出版此译本。这成为翟理斯翻译《聊斋志异》的定本，他自己也对此版本甚为满意，"所有在第一版中不够准确之处在新版中都尽可能地改正了。"[5] 他重新撰写了导言，用了不少篇幅阐述《聊斋志异》的创作特色和蒲松龄的艺术

---

[1] Pu Songling, *Strange Stories from a Chinese Studio*, trans., H.A.Giles, Revised Edition. Ibid. xiv.
[2] Pu Songling, *Strange Stories from a Chinese Studio*, trans., H.A.Giles, Revised Edition. Ibid.xv.
[3] Pu Songling, *Strange Stories from a Chinese Studio*, trans., H.A.Giles, Revised Edition. Ibid.xxiii.
[4] Pu Songling, *Strange Stories from a Chinese Studio*, trans., H.A.Giles, 2 Vols, London: Thos. De La Rue and Co. 1880, xv.
[5] Pu Songling, *Strange Stories from a Chinese Studio*, trans., H.A.Giles, Revised Edition. Shanghai: Kelly & Walsh, Limited, 1908. p.xxi.

风格。他从文学作品的角度出发翻译《聊斋志异》,并提出了以前的译者从没注意到的"故事中巧妙的情节及独创性"。翟理斯对蒲松龄的写作风格极为赞扬,认为《聊斋志异》写作风格"纯真优美""有极致的简练""人物都极有力量""有丰富的隐喻与艺术性极强的人物塑造"。①对于《聊斋志异》对西方读者的价值,翟理斯认为,"小说可增进我们对中国民间故事的了解,对庞大帝国的礼仪、习惯和社会生活有所接触。从这点出发,我的译文有相当价值。"②

翟理斯的两篇导言均长达万言,涉及《聊斋志异》的艺术风格、作者研究、中国的社会历史及译者的翻译技巧,是早期很有价值的《聊斋志异》研究论文。

在正文中,翟理斯共选译《考城隍》《瞳人语》《崂山道士》《狐嫁女》等165篇故事。而对于翟理斯认为繁琐、无趣的文章,他进行了删减或者改写。这165个故事中,除了已由阿连壁所翻译并在《中国评论》上发表的八篇作品及由梅辉立翻译并发表在《中、日释疑报》(*Notes and Queries on China and Japan*)上的一则故事,其他149个故事,从来没有人翻译过。

在正文后面,为了帮助英语读者理解《聊斋志异》里无处不在的中华文化,翟理斯精心撰写了涉及中国文化的注释。这些注释记录和评论小说中的各个细节,涵盖了中国生活的方方面面,展现了当时社会经济文化的真实层面。同时,他的注释也帮助西方读者对中国文化有清晰了解,显示出注释的学术价值。1925年,《聊斋志异》在美国出版后,有人评论说:"这些注释包含了很多关于中国习俗、礼仪和制度的很有价值的信息。"③

翟理斯译本的一大特色即是这些注释。他的注释包罗万象,有"炼金术、订婚仪式、棺材、龙、长生不老药、风水、婚姻及许多其他方面"。④主要分为以下几类:关于中国的时令和节日;关于中国历史传奇人物;关于器物和用度;关于中国政府制度和礼仪;关于风俗习惯;关于中国人的性格和观念;关于社会生活。

例如,对"清明",他标注:清明(the Spring festival of Clear Weather),

---

① Pu Songling, *Strange Stories from a Chinese Studio*, trans., H.A.Giles, Revised Edition. Ibid. p.xxiii.
② Pu Songling, *Strange Stories from a Chinese Studio*, trans., H.A.Giles, Revised Edition. Ibid. p.xxiiii.
③ B.Lauer, "Book Review on Strange Stories from a Chinese Studio", *Journal of American Foldlore*, Vol.39, No.151, 1926.
④ Pu Songling, *Strange Stories from a Chinese Studio*, trans., H.A.Giles, Revised Edition. Shanghai: Kelly & Walsh, Limited, 1908, xv.

中国传统二十四节气之一。时间为每年的4月5日左右,中国人在这天要给亡故的家人上坟。①而对历史人物关羽,他标注:关羽(the God of War):中国的战神。他大约生活在公元前3世纪早期,死后被尊为神,在当今中国的万神殿中排列靠前。②

翟理斯译本中对中国文化的各种注释林林总总,覆盖面很广,虽然这些注释在今天的我们看来未必正确,然而,在当时无疑为西方读者理解《聊斋志异》、了解中国文化提供了帮助。至于翟理斯有时会站在自己的文化立场进行评价褒贬,自觉不自觉地把他所处时代英国人的价值观投射到中国,虽对中国文化有误读曲解之嫌,然而,也正好吸引了同时代的英语读者群,③纠正当时西方人对中国形象的误解。"1840年以来,描写中国的文学作品大量涌现,这些作品给人的印象是无休止地和过去的文学作品进行清算:因为它们不断有意无意地对照耶稣会士和启蒙哲学家塑造的理想中国人形象,建立一个完全相反的新形象。对中国事物的态度由喜好到厌恶,由崇敬到诋毁,由好奇到蔑视。"④由此逐渐形成了与理性时期所不同的对中国新的认识和看法。西方人对中国人"印象最深的是:中国女人包小脚,男人留长辫,做事颠三倒四"。而"野蛮""非人道""兽性",这些词语充斥着19世纪的英国人形容中国的书本教材,完全是对中国的曲解。而翟理斯译本把中国美好的想象世界展现在英语读者面前。《聊斋》中的异类,如狐、鬼、花、木、神性情真挚。和谐与怪异交替出现,跌宕起伏,变化多端。这与西方人心中的中国形象反差太大,让他们在接受上有一定困难。于是,通过注释,翟理斯努力拉近英语读者与这个中国文本的距离。

《聊斋志异》是中国文言小说,对外国人而言,阅读理解会有一定难度。翟理斯要自己读懂《聊斋志异》,还要把小说里中国文言隐含不易理解的内容表达出来,显得更加困难。然而,翻译中最困难的不仅是如何表达字面的意思,更包括如何传达文字背后隐含的文化信息。为此,翟理斯绞尽脑汁。他的翻译策略是:吸收一些西方词汇和内容;做文字词语的添加移植;或为原文添加一些解说性文字,包括大量注释。如,《聊斋志异·罗刹海市》一篇,

---

① Pu Songling, *Strange Stories from a Chinese Studio*, trans., H.A.Giles, Revised Edition, Ibid. p.3.
② Pu Songling, *Strange Stories from a Chinese Studio*, trans., H.A.Giles, Revised Edition, Ibid. p.1.
③ 孔慧怡,《中国古典诗歌英译概述》,载《翻译·文学·文化》,北京:北京大学出版社,1999年,第97页。
④ [法]米丽耶·德特利,《19世纪西方文学中的中国形象》,孟华主编,《比较文学形象学》,北京:北京大学出版社,2001年,第248页。

讲述书生马骥在海上遇难，无意中闯进龙宫，反而被招为驸马。后来，他思乡心切，坚持重返人间，与妻子龙女分离。马骥离开后，龙女写给他一封书信，部分原文译文如下：

原文：

君似征人，妾作浪狀，即置而不御，亦何得谓非琴瑟哉。①

译文：

You are my Ulysses, I am your Penelope; though not actually leading a married life. How can it be said we are not husband and wife.②

翟理斯的翻译将"征人"和"荡妇"这两个富含中国文化韵味的称呼语替换成西方希腊和罗马神话中的人物"Ulysses"和"Penvelope"；他还直接忽略了原文"琴瑟"一词深厚的隐喻意义，将它直接译为"husband and wife"。这种替换很大程度上会删减原文丰富的文化和情感信息。但在19世纪末20世纪初，从那些对中国文化基本上很少了解的西方读者的角度来看，这种归化原则会有助于他们对小说的理解与接受。

又如，马骥刚到龙宫时，对周围环境惊诧莫名。然而，龙王对他青眼有加，准备把女儿许配给他。当然，龙宫公主嫁人，自然要举行盛大的婚礼。这样的婚礼当然是中国文化里常见的奢侈场面。蒲松龄的描写原文译文如下：

原文：

生衣乡裳，驾青虬，呵殿而出。武士数士骑，背雕弧，荷白棒，晃耀填拥。马上弹筝，车中奏玉。③

译文：

Ma dressed himself in gorgeous cloths, and went forth riding on a superb steed with a mounted body-guard all splendidly armed. There are musicians on horseback and musicians in chariots.④

"青"在汉语中常常意为黑色。如"青丝"意为黑发，"青衣"意为"黑衣"。"虬"则是另一个在不同文化环境中具有不同含义的词语，原文中的虬指的是中国传说中一种体积比较小的龙。然而，在中国文化里具有威严、力量的"龙"的形象在英语里是邪恶的化身。为此，翟理斯用了"steed"一词

---

① 蒲松龄，《聊斋志异》，北京：北京十月文艺出版社，2004年，第78页。
② Pu Songling, *Strange Stories from a Chinese Studio*, trans., H.A.Giles, Revised Edition. Shanghai: Kelly & Walsh, Limited, 1908. p.58.
③ 蒲松龄，《聊斋志异》，北京：北京十月文艺出版社，2004年，前引书，第75页。
④ Pu Songling, *Strange Stories from a Chinese Studio*, trans., H.A.Giles, Revised Edition. Ibid. p.106.

取代了"dragon","steed"意为马,这个词语使得英语读者不至产生疑问:为何中式婚礼上会用让人厌憎的可怕的龙?随之而来心理产生抗拒。翟理斯的处理避免了文化冲突,也减弱了婚礼的豪华、气派。同时,原文里的"筝"是一种中国传统乐器,音色优美,提到"筝",中国人立刻会联想到悠远的意境。"玉"更是中国国宝,晶莹剔透,好玉甚至价值连城,此处"玉"指的是玉笛。马骥婚礼上乐师们弹筝奏玉。然而,"筝"和"玉笛"对英语读者来说则是陌生概念,为了回避误解,翟理斯省去了这两个词的翻译。翟理斯的以上处理使译文对英语读者显得明白流畅,帮助他们进入《聊斋志异》的故事,然而,这故事比起原始文本,终就少了些意韵。

此译本在翻译上有很多失误之处,今天看来,翟理斯在语言、文化方面的理解失误显得更加明显,且翟理斯有时候处理笔下人物过于随心,作为基督徒,他按照自己的道德准则改编了聊斋故事,将原著中两情缱绻及性描写等情节统统略去不译。然而,翟理斯不愧为一名优秀的作家,他笔下的故事生动有趣,吸引人心,具有很强的可读性。他清晰、有力与优美的文风使得此译本成为中国古典文学英译中的典范之一,优美、文雅、充满诗意。翟译本可谓《聊斋》英译的奠基之作,对后来《聊斋志异》的翻译影响巨大。有人评价说,"翟理斯的《聊斋志异》可以使我们了解到译者亲眼目睹的天朝大国(Celestial Empire)真正的生活和习俗。"[1]欧美很多其他语种的《聊斋志异》译本就是完全根据翟理斯的英译本转译的。

### 3. 乔利

中国传统小说中的瑰宝《红楼梦》,至今已经有超过十种译本,其中包括20世纪70年代出现的两个全译本。然而它的第一个全译本或许可以追溯到更早一些。吴世昌说"上一世纪有人试为全译,但不幸因译者去世而中止"。[2]吴世昌提到的尝试全译《红楼梦》,却中途去世的译者正是19世纪末的英国驻澳门副领事乔利(H. Bencraft Joly)。乔利没有能够出版全译本,但是,他仍然是《红楼梦》第一个摘译本的译者。1892年,《红楼梦》第一次以整书形式出版,由香港别发洋行(Kelly&Walsh Ltd.)及澳门商务排印局(Typographia Commercial)分别出版。如果不是因为患上肺结核中途去世,乔利也许能够在19世纪末,就为英语读者带来《红楼梦》的全译本。

乔利的译本分成一、二两卷,书名为 *Hung Lou Meng*, or, *The Dream of*

---

[1] "Books On Folklore Lately Published: Strange Stories from a Chinese Studio", *Folklore Record*, Vol.4, 1881, p.156.
[2] 转引自姜其煌,《欧美红学》,郑州:大象出版社,2005年,第18页。

The Red Chamber。乔利完整翻译了第 1 到 56 回的内容,分为两卷,第一卷有 378 页,由序言及正文组成,1892 年出版,第二卷有 583 页,1893 年出版。

与翟理斯的长篇导言不同,乔利的序言非常简短。

"本译本的产生,并非由于我想跻身入汉学家的行列,而是因为我在北京求学时,在学完《自迩传》①之后,不得不接触到《红楼梦》,从而遇到种种解读的疑惑与困难。我相信,无论是非韵文还是打油诗,残破的韵脚都存在一些缺点,在翻译诗歌时我紧扣意思而非韵律。然而,只要能给现在和将来学习汉语的学生提供些微的帮助,我就心满意足了。"②

从序言看,乔利的翻译目的只是为了帮助当时在华英国人学习汉语提供语言材料。这同样亦可以从译本以下特点得出此结论:这个译本没有标出作者曹雪芹的名字,也没有任何前言后记介绍作品,甚至很少注释。

乔利译文第一卷的正文从第一章"甄士隐梦幻识通灵,贾雨村风尘怀闺秀"开始,至二十四回"醉金刚轻财尚义侠,痴女儿遗帕惹相思"。第二卷从二十五回"魇魔法叔嫂逢五鬼,红楼梦通灵遇双真"开始,至五十六回"敏探春兴利除宿弊,时宝钗小惠全大体"结束。该译本以直译为主,他翻译出了前五十六回的所有字、句,包括诗词,没有任何删节,这和 20 世纪的几个译本产生了鲜明对比。以第四回目为例,回目名为"薄命女偏逢薄命郎,葫芦僧判断葫芦案",乔利译文为:"An ill-fated girl happens to meet an ill-fated young man.The Hu Lu Bonze adjudicates the Hu Lu case."③原回目名是一个对偶,利用对称的语言形式,形成和谐优美的语音节奏,表达两个相对的意思。如"薄命女"对"薄命郎"。"葫芦僧"对"葫芦案",同时,"薄命"与"葫芦"二词反复出现,让句式非常均衡,很有艺术感染力。而乔利的译文亦遵照了原文的翻译。这应该是乔利章回回目名中翻译得非常出色的一个。

又如第十七回的翻译,原文回目名为"大观园试才题对额,荣国府归省庆元宵",乔利译文为"Chapter XVII in the Ta Kuan Garden,(Broad Vista)the merits of Pao-yu are put to the test, by his being told to write devices for scrolls and tablets, Yuan Ch'un returns to the Jung Kuo mansionm, on a visit to her parents, and offers her congratulations to them on the feast of lanterns, on the fifteenth of the first moon."④译文标题把原文的每个字、词的意义全部译出,

---

① 《自迩集》为当时在华外国人学习汉语的一种教材。
② Cao Xueqin, *Hung Lou Meng*(Book I), trans., H.Bencraft Joly, Doylestown Pensylvania: Wildside, 1892, Preface.
③ Cao Xueqin, *Hung Lou Meng*(Book I), trans., H.Bencraft Joly. Ibid.p.41.
④ Cao Xueqin, *Hung Lou Meng*(Book I), trans., H.Bencraft Joly. Ibid.p.215.

所以将原文对称的回目翻译成了几乎是一段话的章回标题。而且，"大观园"一词译为 Ta Kuan Garden，（Broad Vista），音译、意译各一次，意译放入括号，"元宵"一词亦给出两个翻译，"the feast of lanterns"强调节日性质，"the fifteenth of the first moon"强调节日时间，可见乔利对原文的忠实。同样在十七回，贾政带领宝玉及众随从去大观园参观，为了试宝玉之才，让他为园内景观题匾，于是出现了大量的对联、典故、匾额，光是匾额就有二十种。乔利无一遗漏，悉心翻译了所有中文匾额。如"赛香炉"译为"Vying with the Hsiang Lu"，"曲径通幽"译为"a tortuous path leading to a secluded (nook)"，"小终南"译为"the small Chung Nan"，"泻玉"译为"dripping jadelike"，"泌芳"译为"penetrating fragrance"，"淇水遗风"译为"the bequeathed aspect of the river Ch'i"，"有凤来仪"译为"a phoenix comes with dignified air"，"杏花村"译为"apricot blossom village"，"兰风蕙露"译为"the orchid-smell-laden breeze and the dew-bedecked epidendrum"①……译文中还有大量对联，如"新绿涨添浣葛处,好云香护采芹人"译为"A spot in which the 'Ko' ber to bleach, as the fresh tide doth sell the waters green, a beauteous halo and a fragrant smell the man encompass who the cress did pluck"②，"吟成豆蔻才犹艳，睡足荼䕷梦亦香"译为"Sung is the nutmeg song, but beauteous still is the sonnet, near the T'u Mei to sleep, makes e'en a dream with fragrance full"③等。

仔细对比乔利的译文与曹雪芹原文，我们会发现乔利的翻译特点。所有的字都译了出来，一字不差，译文很准确，乔利对原文的理解程度让人惊叹。但译者有些过于拘泥于原文的字面意思和语法结构，显得忽视目的语读者的阅读感受。以对联翻译为例，对联与其他文字形式不同的艺术特征在于其整齐对称的形式，以及阴阳顿挫的韵律之感，因此中文对联一般对偶工整，平仄协调而完美，要求上下联相等，词性相同，结构相应。以"吟成豆蔻才犹艳，睡足荼䕷梦亦香"为例，"吟成"对应"睡足"，"豆蔻"对应"荼䕷"，"才犹艳"对应"梦亦香"，符合中文对联特点，读来朗朗上口，很有美感。而乔利译文为"Sung is the nutmeg song, but beauteous still is the sonnet, near the T'u Mei to sleep, makes e'en a dream with fragrance full"，基本已没有对称之感，更谈不上韵律美，文字美在翻译中损失比较严重。对此，吴宓在天津大公报《文学副刊》一文中对乔利译本简单评价为："焦里氏 H.Bencra 之英文译本……凡二巨册，系逐句直译，虽无精彩，而力求

---

① Cao Xueqin, *Hung Lou Meng* (Book I), trans., H.Bencraft Joly, Ibid. p.215-230.
② Cao Xueqin, *Hung Lou Meng* (Book I), trans., H.Bencraft Joly, Ibid. p.224.
③ Cao Xueqin, *Hung Lou Meng* (Book I), trans., H.Bencraft Joly, Ibid. p.227.

密合原文，无所删汰。"①"逐句直译""密合全文""无所删汰"，正是乔利译文的特点。

作为《红楼梦》第一个单行译本，乔利的译本在清小说英译里有着重要的意义，亦引起后来者的关注。乔利以多病之躯，第一次翻译并出版了两卷英译《红楼梦》，其中的艰难，可想而知。有了乔利的英译本，就使很多欧美学者不仅知道有《红楼梦》其书，而且得以窥见《红楼梦》的梗概。这在当时对《红楼梦》的传播，无疑起了很大的作用。

## 第四节　发展期的清小说译介（1917—1949）

20世纪初，起步较晚的美国汉学开始迅猛发展。第一次世界大战之前，美国已经把目光投向东亚。1908年退还庚子赔款，加强与中国的关系。1910年，哥伦比亚大学开始开办中文讲座，定期讲授关于中国文学和文化的课程。第一次世界大战期间，美国趁欧洲各国忙于大战，无暇顾及远东，大力扩张在中国的势力。从20世纪起，美国先后建立各种基金会，为社会科学研究提供资金，不少中国学者纷纷赴美。一些学会组织，如哈佛燕京学社（Harvard-Yenching Institute），美国太平洋学会（American Council of Institute of Pacific Relations）纷纷成立，使中国古典文学的翻译及学术研究不断发展。

在中国，1919年五四运动前后，中国兴起新文化运动，20世纪亦成为中国新文化的启蒙时代。这一时期引入的科学而系统的方法论为中国古典小说翻译及研究开辟了崭新的天地。新文化运动的先驱者们倡导民族性，倡导反对帝国主义，恢复民族独立与尊严。外来力与内驱力不断碰撞亦是中西文化与文明的碰撞，两种文化的交流得到不断加强。如果说20世纪以前，由于中国和世界的隔离，主要是西方人来到中国，大部分西方人对中国的印象来自于这些商人、传教士和外交官员，对真正的中国文学与文化了解不多。那么，随着时代的不断发展，20世纪以后，不断有中国学子远渡重洋，前往西方留学，他们为中国古典文学的西传做出了重要贡献。

### 一、译介概况

20世纪上半叶，五四运动的爆发促成"新红学派"的兴起，《红楼梦》成为中外学人瞩目的对象，其英译因此受到了重视。1914至1949年间产生

---

① 徐生（吴宓），《王际真英译红楼梦述评》，载天津《大公报·文学副刊》第75期，1929年。

了两种《红楼梦》节译本：1927 年纽约大学古典文学教授王良志（Wang Liang-Chih）推出第一个译本，题名为 *Dream of the Red Chamber*。明恩博为其撰写序言，译本共 95 章，约 60 万字，现已佚失。①另一译本于 1929 年由纽约艺术博物馆东方部职员兼哥伦比亚大学讲师王际真（Wang Chi-chen）推出，依然题名为 *Dream of Red Chamber*。这两种译本都针对英语世界的普通读者，对原文进行了较大规模的压缩及改写。王良志与王际真都曾就读于北京大学和清华大学，深深陶醉于中国古典小说的审美世界，后来，他们离开中国去美国求学定居，在美国学习工作时，尝试将《红楼梦》译为英文。另外，中国译者袁家骅、石明也在 1933 年通过上海兆新书局出版了《红楼梦：断鸿零雁记选》中英对照节译本。

除了《红楼梦》，这一阶段开始引起英语世界关注的另一清代名篇是《儒林外史》。《儒林外史》直到 20 世纪才传入英语世界。笔者掌握的第一篇《儒林外史》片段译文由陈平楚（Chen Ping-hsu）翻译，以《四位奇人》为题，翻译了第五十一回："添四客述往思来，弹一曲高山流水。"刊于《天下月刊》卷 11（1940—1941），而后，于 1946 年出版的高克毅主编的《中国智慧与幽默》中，收入王际真所译《儒林外史》第 2 至 3 回，题为《两学士中举》，指的是周进与范进中举。

这一时期，《聊斋志异》继续受到英国世界的关注，出现很多片段译文和节选本。1931 年，翟理斯另译出单篇《钟生》（*The Donkey's Revenge*）。1914 年，英国外交官禧在明（Walter Caine Hillier）翻译了十四篇聊斋故事。1921 年，德国人卫礼贤翻译了 15 篇《聊斋》故事，包括《种梨》《小猎犬》《罗刹海市》《白莲教》《蛰龙》等。②1922 年，英国驻中国领事倭讷（Edward Theodore Chalmers Werner）改写了五篇聊斋故事，分别为《与狐狸交朋友》《不可预测的婚事》《高尚的女子》《酒友》和《炼金术士》。1927 年，卜朗特（I. A. Jkov Brandt）编译了《种梨》《劳山道士》《赵城虎》五篇聊斋故事。1933 年，英国人潘子延（Pan, Tze-yan）翻译了《聊斋志异》的《吼叫的妻子》（*A Crow Wife*）。同年，英国人福纳罗福纳罗（C. De, Fornaro）翻译了《道士》。1937 年，中国翻译家初大告在伦敦翻译两篇《聊斋志异》故事《种梨》《偷桃》。1946 年，澳大利亚汉学家琼罗斯（Rose Quong）出版社了编译本 *Chinese Ghost and Love Stories*。

除了《聊斋志异》，受到较多关注的清小说有刘鹗的《老残游记》。1929 年，

---

① 江帆，《他乡的石头记：〈红楼梦〉百年英译史研究》，博士论文，第 21 页。
② Richard Wilhelm, *From The Chinese Fairy Book*, London：Fedrick A. Stokes Co., 1921.

英国著名汉学家、翻译家亚瑟·韦利（Arthur Waley）翻译的《老残游记》片段《歌女》(*The Singing Girl*)载于《亚洲》(*Asia*)杂志11月号。1936年，林语堂将《老残游记》二集六回译成英文，题名《泰山的尼姑》(*A Nun of Taishan*)，由商务印书馆发行。1934年，第一个译本由著名中国翻译家林疑今（Lin Yi Chin）、葛德顺（Ko Te-Shun）完成，题名《行医见闻》(*Tramp Doctor's Travelogue*)，收入良友图书印刷公司出版的小品文半月刊《人间世》第八期。1939年，林译单行本由商务出版社出版。之后，著名中国翻译家杨宪益、戴乃迭夫妇的节译本 *Mr. Decadent*，于1947年由南京独立出版公司出版。1948年，这个译本又由伦敦的阿兰及岸温有限公司（George Allen & Unwin Ltd.）出版，署名为 H. Y. Yang and G. M. Tayler。在这个版本中，杨戴夫妇将作者刘鹗名字译为 Liu Ngo，在80年代"熊猫丛书"的再版中，作者名改译为 Liu E。1935年，林语堂翻译了清人沈复的《浮生六记》，载于英文《天下》月刊及《西风》月刊，1936年，西风社出版了林译中英对照本，题为 *Six Chapters of A Floating Life*。

　　这一时期在英语世界流传最广影响最大的的译本是荷兰外交官高罗佩（Robert Van Gulik）的译本。1949年，高罗佩将中国公案小说《武则天四大奇案》翻译成英文，题名为 *Celebrated Cases of Judge Dee（Dee Goong An）: An Authentic Eighteenth-century Chinese Detective Novel*。译本于1949年由纽约都佛出版社（Dover Publications）出版（见表1-2）。

表 1-2　发展期清小说主要译本

| 出版年 | 原作 | 译本名 | 译者 | 出版社 |
|---|---|---|---|---|
| 1827 | 红楼梦 | Dream of the Red Chamber | Wang Liang-Chih | 已不可考证 |
| 1829 | 红楼梦 | Dream of the Red Chamber | Wang Chi-chen | Doubleday Doran Co. |
| 1934 | 老残游记 | Tramp Doctor's Travelogue | Lin Yi Chin & Ko Te-shun | 良友图书印刷公司 |
| 1836 | 老残游记 | A Nun of Taishan | 林语堂 | 商务印书馆 |
| 1939 | 老残游记 | Tramp Doctor's Travelogue | Lin Yi Chin & Ko Te-shun | 商务出版社 |
| 1939 | 浮生六记 | Six Chapters of A Floating Life | 林语堂 | 西风社 |
| 1946 | 聊斋志异 | Chinese Ghost and Love Stories | Rose Quong | Straford Press |
| 1947 | 老残游记 | The Travel of Lao Can | The Yangs | George Allen & Unwin L |
| 1948 | 老残游记 | The Travel of Mr. Decadent | The Yangs | Tu Li Shu Tien |
| 1949 | 武则天四大奇案 | Celebrated Cases of Judge Dee | Robert Van Gulik | Dover Publications |

## 二、主要译者及其成就

### 1. 王际真

王际真（Wang Chi-Chen），字稚臣，祖籍山东，早年毕业于留美预备学堂，1922年赴美留学，先后在威斯康星及哥伦比亚大学学习政治及新闻学，后在哥伦比亚大学任教。在美留学期间，他以程乙本为原文，翻译了《红楼梦》（Dream of Red Chamber）的部分章节，由纽约乔治·路特莱奇公司（Doubleday Doran Co.）出版，伦敦的路脱来奇公司（George Routledge&Sons Ltd）亦于同年出版，但在扉页上注明版权来自前者。译本封面是很淡雅的黄色，有一中国古装女子肩扛小锄，取意黛玉葬花。封面装帧精美素雅，作者曹雪芹名译为 Tsao Hsuen-Chin，内页里附有一些人物画像，并标注"Translated and adapted from the Chinese by Chi-Chen Wang"（由中文原文翻译改编）。全书由前言、译者导言及39章回构成，分成上下两部分。楔子是：甄士隐梦幻识通灵，贾雨村风尘怀闺秀。全书以宝玉和黛玉的爱情为主线，浓缩了《红楼梦》原120回内容。第39回是：中乡魁宝玉却尘缘，违本意花袭人出嫁。王际真根据两个作者将《红楼梦》译本分为第一部及第二部。在第一部后他标注作者为曹雪芹（Tsao Hsueh-chin），第二部作者为高鹗（kao Ou）。对于《红楼梦》书名，王际真在内页解释说，《红楼梦》（Hung Lou Meng）意为"Red Chamber Dream"，Hung Lou 意为 Red Chamber 或者 Red Two Story Building，意味着财富、荣耀以及所有俗世功名。

王际真的译本是节译本，删节较多，由著名汉学家亚瑟·韦利（Arthur Walley）做序言。序言首先介绍了中国小说的历史地位，指出"在20世纪之前，中国人并不把小说和戏剧当作文学"。而后介绍中国小说的历史及发展，"据我所知，最早的一篇与我们的小说概念相关似的小说，是公元7世纪张文成所著《游仙窟》"，"街头说书人的艺术不仅影响了中国小说的题材，而且以后出现的小说整体结构也都模仿说书人的章回体"。[①]韦利分析这些传统小说概念对《红楼梦》的影响，他说，《红楼梦》揭示了一个大家庭的衰败过程，而且打破了中国小说传统的大团圆结局。译序者还对曹雪芹、高鹗作了评价，并介绍了《脂评本》情况。与乔利译本相比，王际真译本对《红楼梦》的认识，无疑已起了质的变化。

亚瑟·韦利的序言后是译者导言。在导言里，王际真简要介绍了红楼梦

---

① Arthur Wally, *Dream of Red Chamber*, trans., Wang Chi-chen, London：George Routledge&Sons, Limited, 1929, Preface.

的版本及曹雪芹前八十回及高鹗续四十回的关系。这表明王际真深受新红学运动的影响。新红学运动由胡适所倡导，胡适在去美国之前是索隐派中一员，经美国大学严格的学术训练之后，于1917年归国在北京大学任教，由索隐走向考证，成了新红学的开山鼻祖，其学术成就再传到美国，并产生了影响。新红学运动标志着中国学术在方法论上与西方接轨，促进了中西方沟通，这也是一种文化上的沟通与交流。王际真在导言里接着谈到胡适提出的"自传说"，他明确说明，受新红学研究成果的影响，译者更重视曹雪芹的前八十回。"自然，前八十回受到更认真的对待。"①他认为：《红楼梦》是中国第一部真正意义上的现实主义小说，打破了中国小说传统大团圆结局的传统；"曹雪芹并没有陈述陈旧的才子佳人故事，而是描写了一大群读者从前一无所知的人物。更让人感到惊讶的是，这些人物竟是作者自己和他的家人（胡适博士已证实）。"一切现实主义小说当然都是自传体小说，而《红楼梦》更是完全意义上的自传体小说。"

  王际真的导言进一步明确自己的翻译策略：编译。导言第五部分题为"Some Remarks on the Scheme of The Present Adaptation"里，王际真详述了自己删改的方式。他考虑到美国读者想要了解异域风情，却难以在短时间内读完《红楼梦》这一客观现实，决定以宝黛爱情悲剧为主线进行编译。全书第一至五十七回删节较少，后面则大刀阔斧，凡与宝黛爱情无关情节，皆略去不译。"我保留了表现宝玉和黛玉关系的所有重要描写……"②，"也试图保留所有表现中国特点的风俗、习惯或者文化特质的插曲迭事，比如对译本第九章和第十章中呈现出来的秦氏豪华葬礼的描述"③。

  王际真在保留的同时，亦进行了"舍弃"。他首先将诗歌省去不译。他"只保留了极少数的诗词……并且，中国小说家喜欢使用一些陈腐的套话。译者除了在译本第二章中保留一些例子，其余都舍弃了。"④

  其次，对于不服务于宝黛爱情的其他枝节，他往往用一两句话概而述之。他在导言里明确说明，"我省略了不少只是展现作者诗歌及梦境的篇章，包括那章宝玉梦见另一个宝玉（甄宝玉）的描写。"⑤王际真对《红楼梦》里诗歌

---

① Tsao Hsueh-chin, *Dream of Red Chamber*, trans., Wang Chi-chen, London: George Routledge&Sons, Limited, 1929, p.XX.
② Tsao Hsueh-chin, *Dream of Red Chamber*, trans., Wang Chi-chen, Ibid. p.XX.
③ Tsao Hsueh-chin, *Dream of Red Chamber*, trans., Wang Chi-chen, New York: Twayne Publishers, 1958, p.xix.
④ Tsao Hsueh-chin, *Dream of Red Chamber*, trans., Wang Chi-chen., London: George Routledge&Sons, Limited, 1929, p.XX.
⑤ Tsao Hsueh-chin, *Dream of Red Chamber*, trans., Wang Chi-chen. Ibid. p.XX.

及梦境描写不感兴趣，认为它们多余无趣。"对我而言，这些都是文字游戏，枯燥无味，尽管其他人可能觉得'妙不可言'。"①

我们来看王际真是怎样"舍弃"部分章节字句的。第二十一回"皇恩重元妃省母亲，天伦乐宝玉呈才藻"，原文描绘了元妃省亲贾府的盛大场面。奢华的铺排，繁雍的礼节，让人震撼。曹雪芹刻画得非常精细，几乎每个人的动作都一一描述。而后，元妃命名"大观园"，题了对联，并将园内诸馆分别命名。随后又命众姐妹及宝玉题咏大观园。迎春、探春、惜春、李纨、宝钗、黛玉分别题诗，宝玉同时做五言律诗四首。场面的宏大，与亲人重见的悲喜交集的心情，各种或精妙或平淡诗词及成诗的微妙场景，数千字的原文王际真只压缩为一句话，"She also asked her cousins and Pao-Yu to compose verses to celebrate the occasion, and awarded the prizes to Precious Virtue and Black Jade"②。

又如，第三十七回"秋爽斋偶结海棠社，蘅芜院夜拟菊花诗题"和第三十八回"林潇湘夺菊花诗，薛蘅芜讽和螃蟹咏"两回目中，大观园诸人自发成立"海棠社"，题咏海棠诗，随后宝钗与湘云邀大家赏菊吃螃蟹，共题咏十二首菊花诗。这十二首菊花诗在红楼诸诗词中占有重要地位，尤以黛玉和宝钗的诗为冠。更有赏花吃螃蟹时大观园的热闹场景，湘云醉卧于花丛场景已是经典。但在王际真译本中，因为中国古典诗词难译，加之不符合王际真要带给英美读者一个通俗爱情故事的目的，整个过程只压缩成两句话："The haitang also formed the theme of poems for the day, for Black Jade suggested that the club should begin its activities immediately. On this occasion Li Huan awarded the prize to Precious Virtue for the depth of her sentiment, though she and others all agreed that Black jade's poems were the most clever and the most distinguishe"③。

王际真的译本基本采取意译，其语言最大特点是简单浅显，意在面向"大多数读者"。他尽可能使用简单的英语词汇，以符合目的语读者的理解能力和阅读期待。他的意译还体现在他对人名的翻译处理上。19世纪的译本中，《红楼梦》中人物姓名都是音译。然而王际真独创性地采取了双重标准。他认为，单靠发音很难确认一个中国人的名字，因为"中文里大概只有五百个单音节的发音，有些中国名字连中国人自己听起来都会困惑"。那么，"如果中国人都对自己名字感到困难，西方人当然会更觉得困难"，所以，王际真决定采用"音译男性名字"和"意译女性名字"，以"使西语读者比较容易地辨认出角色的性别"。④小说中

---

① Tsao Hsueh-chin, *Dream of Red Chamber*, trans., Wang Chi-chen. Ibid. p.XX.
② Tsao Hsueh-chin, *Dream of Red Chamber*, trans., Wang Chi-chen. Ibid. p.119-120.
③ Tsao Hsueh-chin, *Dream of Red Chamber*, trans., Wang Chi-chen. Ibid. p.192.
④ Tsao Hsueh-chin, *Dream of Red Chamber*, trans., Wang Chi-chen. Ibid. p.xxi.

男性姓名采取音译，如："宝玉"译为"Pao Yu"，"雨村"译为"Yu Tsun"，"士隐"译为"Shih Ying"，"秦钟"译为"Chin Chung"。而小说中女性姓名一律采用意译，原则是"首先考虑女性名字的引申意义，而不是字面意义"。[①]如，"黛玉"译为"Black Jade"，"袭人"译为"Pervading Fragrance"，"平儿"译为"Patience"，"熙凤"译为"Phoenix"，"四春"分别译为"Cardinal Spring""Welcome Spring""Quest Spring""Compassion Spring"等。

王际真对名字的翻译处理受到吴宓的称赞，"按此法殊善"[②]，认为很好地把西方读者难以弄明白的中国名字翻译成了英语。吴宓还盛赞王际真的译文语言，"总观全书，译者删节颇得其要，译笔明显简洁，足以达意传情，而自英文读者观之，毫无土俗奇特之病。……故吾人于王际真君所译，不嫌其删节，而甚赞其译笔之轻清流畅，并喜其富于常识，深明西方读者之心理。《聊斋》《今古奇观》《三国演义》等，其译本均出西人之手。而王君能译《红楼梦》，实吾国之荣"。[③]吴宓对王际真的人名翻译给予高度评价。然而，吴世昌对此极不赞成。吴世昌认为在英语里，"黛玉"的翻译"Black Jade"意为"荡妇"，这将是对《红楼梦》里黛玉经典形象的讽刺，极为不妥。[④]

王际真的译本一经出版，即广为流行。1929年6月2日《纽约时报》刊载书评，高度评价王际真的译本。1931年德国人库恩翻译出版了《红楼梦》的德文节译本，他在序言中将自己的译本与英译本进行比较。在当时《红楼梦》已有数个节译本的情况下，库恩主要的比较对象是王际真译本，可见王译本在当时流传甚广，声望也远高于乔利译本。[⑤]1958年，王际真将节译本《红楼梦》增补后，由吐温出版社（Twayne Publishers）再次出版。从影响上看，王际真译本从1929年的第一版至1958年的第二版，时隔近三十年，说明其影响之深，接受时间之长。在第二版导语中，王际真承认，在第一版中仅仅关注爱情悲剧的主线，删除了大量对于中国社会的生动描写，的确非常可惜。第二版由第一版的39章增加到60章，增加了三分之一的内容，主要是"对于中国封建社会的生动描写"，其中包含的文化因素比第一版多得多。[⑥]

1966年，印第安那大学出版社（Indiana University Press）出版了柳无忌

---

① Tsao Hsueh-chin, *Dream of Red Chamber*, trans., Wang Chi-chen. Ibid. p.xxi.
② 徐生（吴宓），《王际真英译红楼梦述评》，载天津《大公报·文学副刊》第75期，1929。
③ 徐生（吴宓），《王际真英译红楼梦述评》，前引书，1929。
④ 吴世昌，《红楼梦的西文译本和论文》，载《文学遗产》增刊九辑，1963年。
⑤ Franz Kuhn, "Introduction", in Florence&Isabel McHugh, trans., *The Dream of the Red Chamber*, New York: Pantheon Books, 1958, p.xiii-pxvi.
⑥ Tsao Hsueh-chin, *Dream of Red Chamber*, trans., Wang Chi-chen, New York: Twayne Publisher, 1958, Preface.

的《中国文学概论》(An Introduction to Chinese Literature),在论及《红楼梦》时,引用了六段译文,其中五段出自王际真译本。在欧美一般大学图书馆中,长期以来,王际真译本作为20世纪唯一直接译自汉语的《红楼梦》英译本,其权威性地位一直持续到1978年杨宪益、戴乃迭夫妇的全译本和1986年霍克思和闵德福的全译本问世。即使如此,1989年,安克图书(Anchor Books)仍然重印了王际真的1958修改译本。因此,红学研究者在评价《红楼梦》各种译本时,高度评价王际真译本在推动《红楼梦》在西方英语读者中流传方面所做出的积极贡献。在《红楼梦》全译本出现之前,王际真版的节译本在英语世界为帮助英语读者了解《红楼梦》这一中国古典文学奇葩做出了巨大的贡献。

2. 林语堂

"素好《浮生六记》,发愿译成英文,使世人略知中国一对夫妇之恬淡可爱生活。民国廿四年春夏间陆续译成,刊登《天下月刊》及《西风月刊》。颇有英国读者徘徊不忍卒读,可见此小册入人之深也。余深爱其书,故前后易稿不下十次;《天下》发刊后,又经校改。兹复得友人张沛霖君校误数条,甚矣乎译事之难也。"①

这段话,来自于林语堂所译《浮生六记》(Six Chapters of a Floating Life)的后记。《浮生六记》,清代文人沈复所著文言自传体小说。书名典出李白《春夜宴季弟桃李园序》中的诗句"浮生若梦,为欢几何?"其体裁特别,以一自传的故事,兼谈生活艺术、闲情逸趣、山水景色,文评艺评等。作者沈复(1763—1822),字三白,是个以游幕、经商为业的下层人士,一生怀才不遇,乃做《浮生六记》,详细真实地记录个人生活的方方面面。《浮生六记》一大艺术魅力是塑造了一位率真纯洁而浪漫的家庭妇女芸。原书共六记,后二记《中山记历》和《养生记道》已经佚失,现只存四记。因其崇尚个性的思想和典雅简练、清新活泼的文笔,在中国文学史上占有重要地位,人民文学出版社将其列入《中国小说史料丛书》。此书虽不属宏篇巨制,然而格调清新淡雅,令人回味,从中可以窥见"中国文人的传统心态、思维模式以及纠缠于心、无奈自觉已沉入生命的生存方式和文化人格,豁然展现"②。

林语堂《浮生六记》译本于1939年由上海西风社发行问世,配以非常典雅庄重的绿色封面,上书"西风图书第二种:汉英对照浮生六记"。由译者序、正文及后记构成。在序言里,林语堂高度赞美芸,"芸,我想,是中国文学上

---

① 沈复,《浮生六记》,林语堂译,上海:西风社,1941年,后记。
② 何向阳,《重现的时光》,载《读书》,1994年,第10期,第88-90页。

一个最可爱的女人。她并非最美丽,因为这本书的作者,她的丈夫,并没有这样推崇,但是谁能否认她是最可爱的女人?"①而在他另一个清小说译本《老残游记》序言里,林语堂再次提到芸,"芸象征理想妻子的形象"。②

林语堂选择翻译《浮生六记》是由他当时特定的心态所决定的。翻译是一种译者的自发选择。1923年,林语堂从美国回到中国,其时"林氏与'语丝社'同仁们展开'社会批评'和'文明批评',站在爱国青年一边,走在当时文化、文学阵营的前列,紧跟着鲁迅的步伐前进,敢于同封建势力及其代言人作斗争"。③然而20世纪的中国政局变化太过剧烈,1928年《剪拂集》结集出版时,知识分子林语堂的思想已开始有了变化,政治热情已经下降,对迷离的局势感到厌倦,对过去几年间作为语丝派成员所作所为,有"隔日黄花之感"。④之后,他的侄子林惠元在家乡漳州被枪杀,同为"同盟"会员的杨杏佛亦遭暗杀,这在他的心理上留下了浓重的阴影,于是,决定"躲进牛角尖里,不再干预政治"。⑤《浮生六记》作者沈复与其妻芸在世上并没有特殊的建树,他们喜爱宇宙间良辰美景、山林泉石,同几位知已好友过着恬淡空灵的生活。通过享受闲情逸趣,忘怀悲苦与残酷的外部世界。显然,林语堂与他们产生了精神上的共鸣。他深为此书作者及其妻陈芸"布衣菜饭、可乐终身"的天性和恬淡自适的精神所感动,于是将其译为英文。

林语堂选择翻译《浮生六记》还有另外一个原因,即《浮生六记》满足了英语世界读者的阅读期待。从1935年开始,林语堂主要以英语进行创作,而翻译也以英语为主,读者群基本是西方人,难免考虑到满足西方读者的诉求与期待。当时工业化高度发达的西方国家,对东方的古典哲学观和闲适的生活态度一直抱有浓厚兴趣,这也在很大程度上影响了林语堂在翻译中对汉语文本的选择。

林语堂译本一个重要特色是他保留了原文笔记本小说体例。20世纪30年代,英语世界对中国文化了解甚少。为求让英语读者欣赏到中国文学里的精华所在,林语堂基本保留了原著文体风格及内容。译文整体谋篇布局都保留了原文笔记体小说体例。这种保留使林译不仅忠实地再现了原作风格,同时,亦是对当时中国独有文体范式的介绍与传播。《浮生六记》原为六记,每记为一卷。林语堂完全保持了原文风格,译文也分六记,分别译为《闺房记乐》(*Wedded*

---

① 沈复,《浮生六记》,林语堂译,前引书,序言。
② 参见林语堂所译刘鹗,《老残游记》,译本序言。
③ 成平近,《林语堂评传》,重庆:重庆出版社,2001年,第51页。
④ 成平近,《林语堂评传》,前引书,第78页。
⑤ 成平近,《林语堂评传》,前引书,第168页。

Bliss)、《闲情记趣》(The Little Pleasures of Life)、《坎坷记愁》(Sorrow)、《浪游记快》(The Joys of Travel)。最后轶失的两卷《中山记录》(Experience)及《养生记道》(The Way of Life),亦译出卷名,标出"原缺"(Missing)。

林语堂对于翻译颇有见的。他在《论翻译》一文章中,将翻译的忠实程度分为直译、死译、意译和胡译。他自己趋向的原则则是忠实、通顺、美。此三原则与严复著名的"信、达、雅"大体相近。20世纪上半期的翻译界正上演着一场激烈的以直译和意译为中心的关于翻译标准的论战。鲁迅强烈主张"直译","文句仍然是直译,和我历来所取的方法一样,也竭力想保存原书的口吻,大抵连语句的前后次序也不甚颠倒"。①而赵景深则主张"宁可错些,而不要不顺"。②梁实秋批评鲁迅的"硬译"为"死译",瞿秋白则同意鲁迅提出的引入国外的表达法,但同时又反对他不顺的译法,认可用白话文,即让广大民众能接受的白话文来求译文之顺。

林语堂的三个翻译标准即是在这直译、意译之争中提出。在这三层标准中,林语堂以大量篇幅描写定义了"忠实"标准。提出"字译"和"句译"的界定。"按译者对于文字的解法和译法不外有两种,就是以字为主体,与以句为主体。前者可称为'字译',后者可称为'句译'。"③换而言之,字译就是字字对应的译法,句译则将句子作为整体,把单字的意义结合成连贯的"总意义"。对于二者的取舍,林语堂明确表示译者首先要求忠实于原文,这种忠实还要尽力兼顾传神达意,即采取"句译"。《浮生六记》即是他翻译思想一个很好的体现。

我们来看林语堂怎样忠实于原文。首先,他尽可能保持了原文风貌。以环境描写的翻译为例,林语堂认为:自然做为一个整体,进入我们的生活,它包括所有的声音、色彩、形状、情绪及氛转。它代表着天人合一,是作家精神生活的重要部分。忠实的翻译就应该使这些因素在目的语文化得到再现。

原文:

若夫园亭楼阁,套室回廊,叠石成山,栽花取势,又在大中见小,小中见大,虚中有实,实中有虚,或藏或露,或浅或深。不仅在"周回曲折"四字,又不在地广石多徒烦工费⋯实中有虚者,开门于不通之院,映以竹石,如有实无也;设矮栏于墙头,如上有月台,而实虚也。④

译文:

---

① 郭著章,《翻译名家研究》,武汉:湖北教育出版社,1999年,第7页。
② 郭著章,《翻译名家研究》,前引书,第193页。
③ 林语堂,《林语堂全集》,第19卷,1994年,第309页。
④ 沈复,《浮生六记》,林语堂译,上海:西风社,1941年,第57页。

As to the planning of garden pavilions, towers, winding corridors and out-houses, the designing of rockery and the training of flower-trees, one should try to show the small in the big, and the big in the small, and provide for the real in the unreal and for the unreal in the real. One reveals and conceals alternately, making it sometimes apparent and sometimes hidden. This is not just rhythmic irregularity, nor does it depend on having a wide space and great expenditure of labor and material. …This is to provide for the real in the unreal. Let the door lead into a blind courtyard and conceal the view by placing a few bamboo trees and a few rocks before it. Thus you suggest something is not there. Place low balustrades along the top of a wall so as to suggest a roof garden. This is to provide for the unreal in the real.①

原文主要介绍园林栽培，中国园林美向以画意美著称，显示出中国园林艺术的高超。在原段描写中，沈复笔墨纯净，语言简练，耐人寻味，采取了"大中见小，小中见大，虚中有实，实中有虚"的描绘方法，展现出空灵、幽雅、飘逸、委婉等中国传统园林美的境界，以体现传统知识分子清心寡欲、追求自然美的遗世性情。对此，林语堂忠实而详尽地一一译出。与原文相比，译文将句子作为整体，在这以景怡情的段落中很好地把握住了全篇整体和谐之美，完整地贯彻了他的"句译"理论。后来，在英国人布莱克译文中，此段被全部删去。布莱克说："我的译文省略了有关参观庙宇和景点的描写，因为它们对没有去过，不熟悉实地的读者意义不大。同时我省略了一些文学批评、园艺及植物栽培部分，因为它们专业性太强，无法迎合大众品味。另外，我将一些章节重新排列过，使它不致含混。"②布莱克的翻译有一味迁就目的语读者之嫌，他的译文以沈复与芸的婚姻生活为连接点，没有保留原文的笔记本小说这种特殊的文体风格，他的翻译目的是满足西方人对东方爱情的猎奇心理。但他恰恰忽略了林语堂所重视的爱情故事中所展现出来的中国传统文化的人文精神。他将中国历史悠久的园林文化视为多余的描写，统统删节。相较之下，林语堂忠实原文又不拘泥于原文，不仅重在展现中国文人精神、保持原文体风格，亦最大限度使英文读者容易接受译文。

《浮生六记》是林语堂最见功力的译作之一。他倾注了很多心血，"前后易稿不下十次"。此文发表后，备受赞赏。林氏译笔简洁、生动，对作者在原文中所描述的富有情趣的婚姻生活进行了生动的再现。叙述节奏舒缓，娓娓

---

① 沈复，《浮生六记》，林语堂译，前引书，第56页。
② Shen Fu, *Chapters from a Floating Life*, trans., Black, S.M.London: Oxford University, 1960, Preface.

道来，非常符合原文细腻的叙述风格和恬淡的生活节奏。另外，林语堂考虑到译文的接受问题。俗话说，"入乡随俗"，译者在向英语读者讲述中国的故事时，必须考虑到目的语国家的语言习惯，顾及到英语读者的理解与接受。"要把源语的信息有效地翻译到接受语中去，还必须考虑接受语语言和文化因素，才不致因语言文化的差异而歪曲源语信息。"①总体而言，林的译文既达且雅，翻译策略上以使译文符合英语语言表达规范和文化习惯为主。但当有些文化差异现象在翻译中需要保留或者无法求同，英语世界的读者很难理解这种文化现象时，林语堂选择了"求同存异"，为了传达出东方文本固有的一些异质特点，在局部地方处理也采用了异化的翻译策略。

首先来看林语堂的求"同"策略：

例1：

原文：

余生于乾隆癸未冬十一月二十有二日，正值太平盛世，且在衣冠之家，距苏州沧浪亭畔，天之厚我，可谓至矣。②

译文：

I was born in 1763, under the reign of Ch'ienlung, on the twenty-second day of the eleventh month. The country was then in the heyday of peace and, moreover, I was born in a scholars' family, living by the side of Ts'angling Pavilion in Soochow. So altogether I may say the gods have been unusually kind to me.③

在这一句翻译中，林氏基本采用了求"同"的翻译策略。为方便目的语读者的理解，译文用通用公元纪元方式"1763"对"癸未"，用"A scholars' family"翻译"衣冠之家"，用"the Gods"而不是"Heaven"来与"天"对应。否则，如按照译文遵照中国皇帝纪年的方式来标识小说时间，英语读者会完全不知所云。

例2：

原文：

四龄失怙；母金氏，弟克昌，家徒壁立。④

译文：

her father died when she was four years old, and in the family there were

---

① 郭建中，《简评〈西方翻译理论精选〉》，载《中国翻译》，2000年，第5期。
② 沈复，《浮生六记》，林语堂译，上海：西风社，1941年，第2页。
③ 沈复，《浮生六记》，林语堂译，前引书，第1页。
④ 沈复，《浮生六记》，林语堂译，前引书，第4页。

only her mother (of the Chin clan) and her younger brother K'eh ch'ang and herself, being then practically destitute.①

英语与汉语是两种截然不同的语言,组合方式非常相异。英语是一种表达上很有逻辑性的语言,主谓结构明显。而汉语以意合为主,表达方式含蓄一些,常省略主语或者宾语。原文为"母金氏,弟克昌",隐含了"芸"本身为家庭成员之义。译文为"in the family there were only her mother (of the Chin clan) and her younger brother K'eh ch'ang and herself",其中"and herself"明显是译者为了语义逻辑需要所增添的。为了方便读者的理解,译者此处做了必要的结构增补,使意思的表达更符合英语习惯。

林语堂的求"同"还体现在他对语言的选择。《浮生六记》使用了非常口语化的译文。林语堂认为,译文语言如果过于文雅高深,反而会矫揉造作。英语语言本来就应该清新通俗,不能故弄玄虚。他在《大荒集》里的《英文学习法》一文中指出:就英语词汇的使用而言,词汇选用贵在自然:"中国留学生及非留学生写起英文来都是韩柳三苏的变相。岂知韩文柳文好则好矣,无如在英文里边读起来,总是高雅有余,切实不足……真正的好英文还是多少带些街谈巷议或是文士雅谈的气味,英文谓之有 smell of the soil,正是与司马迁之文相近。"②因此,就《浮生六记》的翻译而言,沈复的源语文本是优美的中国文言文,含蓄古朴,经过翻译,林语堂呈现给目的语读者的是口语化译文。且看以下译例:

原文:

芸虽时有书来,必两问一答,中多勉励词,余皆浮套语,心殊怏怏。③

译文:

Although Yun wrote to me regularly, still for two letters that I sent her, I received only one in reply, and these letters contained only words of exhortation and the rest was filled with airy conventional nothings, and I felt very unhappy.④

沈复原作是文言文,文字基本为四字格,字斟句酌,结构非常整齐,显得优美而大气。而林语堂的译文大多用了非正式的常用词,如"nothing","airy"和"unhappy",这些单词都是典型的口语词。林氏语言的口语化特征还体现在句子结构上。译文句子虽然较原文长,但结构仍然保留了简单的并列句式。这种以口语化语言来翻译文言文的策略有其可取之处,因为在现代

---

① 沈复,《浮生六记》,林语堂译,前引书,第5页。
② 林语堂,《林语堂全集》第十三卷,1994年,第195-196页。
③ 沈复,《浮生六记》,林语堂译,前引书,第67页。
④ 沈复,《浮生六记》,林语堂译,前引书,第66页。

汉语中是文言的语言，在沈复当时所处的清朝也是口语体，不过因为时代变迁，百年之后变成了文言文。《浮生六记》正是作者叙述自己与妻子在日常生活中的种种琐事，林氏将这些文字译为口语化的英语是符合作者描述的普通家庭所使用的语言规则的，同时，也在一定程度上还原了原文的语气和语体。

《浮生六记》涉及中国古典知识分子生活的林林总总，涉及的文化现象也是五彩缤纷。当有些文化差异现象在翻译中需要保留或者无法求"同"时，林语堂采用了存"异"之法。

例1：

原文：其每日饭必用茶泡，喜食芥卤乳腐，吴呼为"臭豆腐"。①

译文：She always mixed her rice with tea, and loved to eat stale pickled bean-curd, called "stinking bean-curd" in Soochow.②

"臭豆腐"是中国传统小吃，臭不可闻，然而味绝佳，喜爱者众多。英语读者不可能理解"臭豆腐"一词，发臭变质的豆腐如何还能成为中国人的美食？此处林语堂对这种中国特殊小吃直译为"stinking bean-curd"，解释为"stale pickled bean-curd"，即虽为"发臭的豆腐"，但类似于"酸菜豆腐"，保留了原意。因为英语读者对"酸菜"比较熟悉，于是可以理解到"臭豆腐"是一种中国小吃，经过特殊类似于做酸菜的工艺处理。林语堂此种译法为英语读者的视觉带来强烈冲击，也将活灵活现的中国文化展现在异域读者面前。

例2：

原文：挥金如土，多为他人。③

译文：Spending money like dirt, all for the sake of other people.④

此处对汉语中的方言俗语采用了直译法。"挥金如土"译为"spending money like dirt"，而不是英语成语"spending money like water"（花钱如流水）。虽然有一字之差，不妨碍英语读者读到此处的心领神会，同时又使译文保留了汉语的特点。

因为教会教育的关系，林语堂从小就接触到英语。他过人的语言天赋和长期旅美生活，使他具有深厚的英语功底。赵毅衡先生说，林语堂的"中文是漂亮的中文，英文是典雅的英文……中文好到无法译成英文，英文也好到无法译成中文。"⑤他对两种语言的娴熟掌握使他成为最优秀的翻译家之一。体现在《浮

---

① 沈复，《浮生六记》，林语堂译，前引书，第41页。
② 沈复，《浮生六记》，林语堂译，前引书，第40页。
③ 沈复，《浮生六记》，林语堂译，前引书，第124页。
④ 沈复，《浮生六记》，林语堂译，前引书，第125页。
⑤ 赵毅衡，《林语堂与诺贝尔奖》，载《中华读书报》，2000年。

生六记》的翻译上，他的译文亦庄庄谐，挥洒自如。其良好的语言基础和悟性及通晓两种文化的优势使得林译《浮生六记》成为中国古典文学英译的典范之一。他被美国文化界列为"二十世纪智慧人物"之一。林译《浮生六记》一经出版，即广受读者欢迎，一版再版，还被转译为德、法、丹麦、瑞典等语言。

林语堂除英译《浮生六记》，还译有《老残游记》部分章节，组成了一个由《老残游记》部分章节与其他中国幽默故事并成的合译本，译名为 *A Nun of Taishan and Other Translations*。蓝色布面装帧，1936年由商务印书馆出版。林语堂还另编辑有中国古代短篇小说集译本《中国传奇》( *Chinese Famous Short Stories* )。《中国传奇》是他从《太平广记》《京本通俗小说》《清尊录》《聊斋志异》《清平山堂丛书》等著名古本短篇小说中选取了二十篇有代表性的传奇故事编译而成的小说集。林语堂对选材标准释为："若干篇具有远代之北京的气氛，虽有异国情调与稀奇特殊之美，但无隔阂费解之处。"这二十篇传奇故事都来自古本小说，取材"具有远代之北京的气氛"，情节的确离奇，具有"异国情调与稀奇特殊之美"。对英语读者而言，接受起来"无隔阂费解之处"。①《中国传奇》中亦选入《聊斋志异》中若干篇章。

### 3. 高罗佩

高罗佩（Robert Van Gulik），荷兰外交官，著名汉学家和作家，一生颇具传奇色彩，他懂15种语言，尤其精通中文和英文。作为一名职业外交官，他曾经先后就职于东京、重庆、南京、新德里等地。他最为著名的文学作品《狄公案》用英文写成，其中一些由他自己翻译成荷兰文和中文。1945年，他读到一本中国公案小说《武则天四大奇案》，为其中情节所吸引，于是将它翻译成英文，题名为 *Celebrated Cases of Judge Dee (Dee Goong An)*，附题是"一部中国十八世纪的真实侦探小说"( *An Authentic Eighteenth-century Chinese Detective Novel* )。译本由1949年于纽约都佛出版社（Dover Publications）出版。

高罗佩对《武则天四大奇案》的选材让当时的汉学家惊讶。小说是清代无名氏所写的一部公案小说，共64回目，主要描写了唐朝名臣狄仁杰的不凡生涯。书中，狄仁杰忠于朝廷，关心百姓疾苦，屡破奇案。这本以狄仁杰的政治生涯为主线的小说虽然仍然属于中国传统公案小说范畴，但情节曲折，布局精巧，在叙事手法上有新颖之处。高罗佩对它十分赞赏，"他惊奇地发现中国读者耽读西方三流侦探小说的三流翻译，却没有看到自己的历史上有出色得多的侦探小说"。②于是，他决心把它翻译为英语，这也成为中国公案小说唯一的一个英译本。

---

① 林语堂，《中国传奇小说》，张振玉译，上海：上海书店，1989年，序言。
② 赵毅衡，《写狄仁杰的荷兰人——名士高罗佩》，载《中华读书报》，2002年。

译本设计很漂亮，明亮的黄色封面中间是一幅狄仁杰审案的画像。事实上，高罗佩在译本中共放入九幅狄仁杰审案时的图片，并全部在封面内页作了说明。译本由四部分组成，译者前言、正文、译后记及注。高罗佩为译本写了一个长达 25 页的前言。他在前言明确阐述了自己的翻译目的、翻译文本的特点、中西侦探小说比较及自己的翻译观。某种程度上，这是一篇比较文学平行研究的论文。"中国人在犯罪文学中常常被误读"，"关于中国或者海外唐人街的神秘小说只是给情节添加了一些异域气氛"，因此，他希望能让"中国人在这个领域（犯罪小说）里有自己一席之地"。①他总结了中国大多数公案小说的特点，把它归纳为五条：小说开始即暴露了罪犯身份；小说中的鬼神因素；小说中的大量繁琐细节描写；小说中人物名字过多及小说与西方侦探小说完全不同的叙述套路，即从不留给读者太多悬念和想象。事实上，最后一个特点正是西方侦探小说和中国公案传奇的差距所在。②高罗佩认为书中所描写的狄仁杰的刑事侦讯本领，比福尔摩斯、格雷警长等现代西洋大侦探有过之而无不及。"这部小说符合我们习惯的标准：一开始不暴露罪犯身份，没有超自然力量的存在，人物不多，没有多余枝节，相对篇幅较短。同时，情节新奇，文笔优美，悬念迭出，完美地结合了悲剧与喜剧元素。它甚至满足现代西方文学标准：文本不仅是侦探的智力之旅，同时，读者也跟随侦探参与到危机四伏的探案过程之中。"③但是，高罗佩在注意到目的语读者的趣味时，也注意到小说的中国背景给读者带来的文化信息。"虽然一些中国特色在这部小说中没有那么明显，它还是非常中国式。它真实描述了中国古代刑侦人员办案的艰难，同时也给予读者关于中国古代社会的一个概貌，了解中国的刑法和一般民众生活。"④他考虑过完全改写《武则天四大奇案》，"《狄公案》如果以一种我们读者更熟悉的方式全部改写会更受欢迎"，然而，"原作中的中国氛围会消失殆尽"。所以，他选择了忠实于中文原文。高罗佩还谈到小说的娱乐性，指出"《狄公案》作者在道德说教方面很克制。全文只有一处有说教之处，即最开始作者引言性的评论中"。⑤最后，他讨论了中国传统

---

① *Celebrated Cases of Judge Dee（Dee Gong An）: An authentic eighteenth-century Chinese detective novel*, trans., Robert Van Gulik. New York, N.Y: Dover Pub., 1949, p.I.
② *Celebrated Cases of Judge Dee（Dee Gong An）: An authentic eighteenth-century Chinese detective novel.* trans., Robert Van Gulik. Ibid. p.v.
③ *Celebrated Cases of Judge Dee（Dee Gong An）: An authentic eighteenth-century Chinese detective novel.* trans., Robert Van Gulik. Ibid. p.v.
④ *Celebrated Cases of Judge Dee（Dee Gong An）: An authentic eighteenth-century Chinese detective novel.* trans., Robert Van Gulik. Ibid. p.xv.
⑤ *Celebrated Cases of Judge Dee（Dee Gong An）: An authentic eighteenth-century Chinese detective novel.* trans., Robert Van Gulik. Ibid. p.ix.

小说的一些特点，比如套语的使用，虽然他将会在翻译中将它们都删去，但希望读者能够了解这些中国传统章回小说有趣的形式。

高罗佩的译本是个编译本。《武则天四大奇案》是一部64回目的章回公案小说。高罗佩一共翻译了30回，即小说的前半部分内容。他将小说后半部分34回完全删除，这种删除并非因为译者没有时间完成整部小说的翻译，如《红楼梦》译者乔利因健康原因，译出小说前56回后中途放弃。高罗佩的内容取舍基于他对小说的理解。"原小说共64回，第一部分是关于狄仁杰前生的故事，尤其是他解决的三个精彩案件。第二部分是他在朝的仕途经历。这部分过份冗长，情节亦比较糟糕，人物刻画平面化。另外，第一部分破案部分写得很含蓄节制，而第二部分则相对比较色情，如武则天和怀义的关系。"①高罗佩的本意是带给读者一个精彩的中国古代神探的故事，他认为后面狄仁杰的仕途部分不如小说前半部分有吸引力，因此，他删去了原书与破案无关的第二部分，将译本变成一部纯粹的侦探小说。

正文后面，译者撰写了译后记，讲述了自己的翻译感想。他的翻译处理方式比较灵活，既非完全直译，亦非完全意译，做了部分改动。"虽然某些部分可能趣味性稍差，但我相信直译会使这本小说比那些根据自己贫乏的想象胡编乱造一个中国故事更好……翻译应该基本忠实于原文，但这本书面向普通读者，非汉学研究之用，因此有所例外。"②在小说的最后部分，高罗佩还为小说中出现的一些中国刑侦系统特有名词及中国文化常见意象加了注释。

高罗佩的翻译很有特点。首先，他基本忠实于小说内容，对原文本前三十回的情节没做任何改动。对中国话本小说一些特殊的结构套路，如章回回目、诗句，他基本保留。并在译后记告诉读者"这在中国小说中非常普遍"。《武则天四大奇案》是一部章回小说，开宗明义即是道德说教。为了引出说教，作者以一首诗开头：

世人但喜作高官，执法无难断案难。
宽猛相平思吕杜，严苛尚是恶申韩。
一心清正千家福，两字公平百姓案。
惟有昌平旧今尹，留传案牍后人看。③

而后，即是关于清官的重要性的长段议论。"自来奸盗即淫，无所逃其王

---

① Celebrated Cases of Judge Dee (Dee Gong An): An authentic eighteenth-century Chinese detective novel, trans., Robert Van Gulik, Ibid. p.xvii.
② Celebrated Cases of Judge Dee (Dee Gong An): An authentic eighteenth-century Chinese detective novel, trans., Robert Van Gulik, Ibid. p.243.
③ 无名氏，《武则天四大奇案》，杭州：浙江古籍出版社，1992年，第1页。

法，是非冤抑，必待白天官家，故官清则民安，民安则俗美……"对这一段议论，高罗佩全部译出，但做了一个结构的微调，将开篇的诗句翻译移到了这段议论之后。

在忠实于小说内容的同时，高罗佩也根据目的语读者的心理对原小说的一些措辞做了修改。他的主要修改原则是尽可能贴近西方侦探小说的套路，他在前言里即提到，传统的中国公案小说与西方侦探小说有几大区别。第一，中国小说凶手往往开篇出现在读者视野，而西方读者习惯保持悬念，凶手在最后一刻才会浮出水面；第二，中国自古偏爱超自然力，动物及鬼怪常常出现在小说中，而这与西方侦探小说中要求情节尽可能真实的科学精神相违背；第三，中国小说热衷于细节描写，很多探案小说都会用很长篇幅讲很多与破案无关的诗文或者哲学、生活议论，让人昏昏欲睡；第四，中国家庭结构复杂，因此，公案小说里都会有过多的人物，且人物关系复杂。①因此，高罗佩的修改原则是：

（1）保持侦探小说的悬念。

话本小说标题在于给全篇内容一个概貌，让读者知道本章节的内容，这不符合侦探小说要求的悬疑色彩，因此，高罗佩对有些诗句措辞做了一些修改，尽可能用一些模糊的用语翻译章回题目，以便最大限度地保留悬念。如第二十八回标题为"真县令扮作阎罗，假阴官审明奸妇"。小说第三个案件"铁钉案"中，周氏与人通奸，将铁钉钉入丈夫头顶将其杀害。罪犯非常狡猾，破案人员一直找不到她具体犯案的凭证。于是，狄仁杰利用了中国人的迷信说话，扮成阎罗王，伪造了一个阴曹地府，渲染出一种非常恐怖的阴间气氛，吓唬周氏要把她"投入油锅"，"永世不能转轮回"，罪犯惊吓之下，全盘招供了犯罪事实。第二十八回的内容即是狄仁假扮阎罗王吓唬周氏招供的过程。如果照章回标题"真县令扮作阎罗，假阴官审明奸妇"翻译，则本章情节在回目中全部得到揭示，最扣人心弦的审迅和招供过程顿时失去悬念。所以，高罗佩将回目做了改变，译为 A wired interrogation is conducted in the jail; A confession is obtained, and the mystery solved，意为"狱中审奇案，恶人招供解疑难"。这个译名隐藏了破案人员成功审迅的技巧方法及罪犯招供的情节，把侦察过程及最后的悬念留给读者在阅读中体会，从而不影响读者的阅读快感。同样的例子还有第二十三回标题"见毒蛇开释无辜"，案情是新娘在新婚夜晚突然离奇死去，新郎首当其冲地成为最大嫌疑人。狄仁杰对此案进行了详细调查，发掘出的真相

---

① *Celebrated Cases of Judge Dee (Dee Gong An): An authentic eighteenth-century Chinese detective novel*, trans., Robert Van Gulik, Ibid, p.xv.

是凶手竟然是一条毒蛇。原来新婚夜晚，一条毒蛇进入卧室，蛇液无意滴入茶杯，毒死了误饮有毒茶水的新娘。所以章回题名为"见毒蛇开释无辜"，"无辜"一词意指被误抓进监狱的新郎。但在真相大白前的第二十二回里，新郎被关押拷问，读者亦对真凶感到疑惑，为了保持悬念，不让"毒蛇"提前进入读者的期待视野，高罗佩把题目改译为"In the Hua mansion he revealed the bride's secret"，意为"狄公花府揭秘密"。

（2）修改不符合西方文化心理的情节。

高罗佩对原文最大的改动也是在第二十八回。狄仁杰布下假地府，为了让罪犯招供，原文营造了一个极其恐怖的虚假地府，牛头马面、阴曹阎王，气氛十分压抑阴森，周氏无法承受这种来自地府的强大震撼力，最终招供。中国读者会对这情节安排及破案过程拍案叫好，完全理解周氏惧怕阎罗王的心理。但西方读者将完全不能理解此情节，会把它当作中国人迷信观念，有排斥心理。高罗佩在这部分的翻译中对原文关于假地府的恐怖气氛的极度描绘采取了改写策略，淡化了原文中的鬼神情节。另外，高罗佩对不符合西方文化心理情节的修改还体现在对女性的态度上。中国传统提倡女子"三从四德"，对不忠于丈夫的女子口诛笔伐。如《水浒传》里作者对待潘金莲、阎婆惜这样女性角色的态度，基本代表了主流社会对不忠于夫妻关系女性的态度，恨不得尽情鞭鞑以后快。《武则天四大奇案》也不例外，周氏杀夫之罪无可恕，原文凡周氏出现之处，必直呼为"淫妇、恶婆"，体现出中国传统伦理道德对不忠女子的道德审判。高罗佩在翻译时采取了相对客观的立场，如周氏译为"Mrs. Djou"，没有掺入个人好恶。如第十回章回标题"恶淫妇阻挡收棺"，他译为"Mrs. Djou refuses to let her husband be buried"，意为"周夫人拒葬丈夫"，将"恶淫妇"译为"周夫人"，完全中性化了。

高罗佩翻译完《武则天四大奇案》后，沿用其主人公狄仁杰的名字，将中国古代小说的材料与西方侦探小说的创作手法结合起来，用英语写作了《迷宫案》(*The Chinese Maze Murder*)，在日本出版。小说情节奇妙，充满悬念，一经出版，即大受欢迎，雅俗共赏。之后，高罗佩创作不断，最终形成15个中长篇洋洋数百万言的狄仁杰办案系列，小说被"译成十多种文字，包括瑞典语，芬兰语，克罗地亚语等小语种"[①]，还被改编成电影，搬上银幕。因此，赵毅衡先生评论说，"从某种意义上说，现代西方对传播中国文化作出最大贡献的人，恐怕要算荷兰人高罗佩。他的英文《狄公案》系列小说(*Judge Dee Mysteries*)影响超过任何中国研究著作。非学术圈子里的西方人，他们

---

① 赵毅衡，《名士高罗佩与他的西洋狄公案》，载《作家杂志》，2003年第2期，第96页。

了解的中国，往往来自《狄公案》。"①

## 第五节 繁荣期的清小说译介（1949—1980）

20世纪上半期，西方世界经历了两次世界大战。战争期间，美国及其他英语世界国家兴起大量与亚洲研究有关的教育机构，由于地缘政治的需要，继哈佛大学之后，美国各大学纷纷建立中国或远东研究系所。"到了50年代末，亚洲研究已成为一门'显学'。"②到了60年代，这些亚洲研究机构继续增长，"十年之内，能够颁授东亚语言和研究专业学位的大学迅速增加到70年代初的一百零六所"③。同样在英国，"英国汉学的大发展是在1945年斯卡伯勒的《为未来呐喊》和1961年《海特报告》发表之后的那段时间。两个权威报告帮助推动了英国的东亚语言和文化的研究，在若干所大学创办了中国研究中心或汉学研究学院"。④中华人民共和国成立之后，作为东方文明的代表，继往开来、自强不息，令全世界刮目相看。英语世界的学者再一次把目光投向东方，对中国古典文学的翻译及学术研究不断发展。

中华人民共和国的成立，使翻译工作进入一个新的时期。为了有计划、系统地对外翻译出版我国优秀文学作品，外文出版社在中国作家协会外国文学委员的指导下，于1954、1956和1958年制订了古典文学、五四文学对外翻译书目，1963年又在此基础上制订了对外的《中国优秀古典文学作品出版规划》（草案）。对中国译者来说，翻译的对象有了新的变化，不但要把国外的译进来，还要把我国丰富优秀的文学和文化遗产译出去，介绍给外国人。在这种内外和外力的作用之下，中外文学交流史从此谱写了新的篇章。

### 一、译介概况

就清小说英译而言，这是一个辉煌的时期，无论是翻译对象、译者构成及译本情况都与前三个时期有了明显不同。这个阶段清小说英译最辉煌的成果当首推《红楼梦》，《红楼梦》在这段时期出现了两个节译本、两个全译本，另外还有一个没出版的全译本，成果斐然。1957年，《红楼梦》节译本由纽

---

① 赵毅衡，《名士高罗佩与他的西洋狄公案》，前引书，第94页。
② 于子桥，《2000年美国东亚研究现状》，2000年9月22-23日中国北京"东亚研究的现状与前景"研讨会，北京大学国际关系学院陈峰君教研网。
③ 于子桥，《2000年美国东亚研究现状》，2000年9月22-23日中国北京"东亚研究的现状与前景"研讨会，北京大学国际关系学院陈峰君教研网。
④ 熊文华，《英国汉学史》，北京：学苑出版社，2007年，第163页。

约的潘蒂昂公司（Pantheon Books Inc.）出版，第二年，伦敦的路莱几和可甘公司（Routleledge & Kegan Paul）也出版了这一译本。此译本译者为美国麦克休姐妹（Florence Mchugh, Isabel Mchugh），这是一个转译本，由库恩德译本转译。1958 年，王际真在 1929 年译本基础上做了修改与扩充，也出版了新的《红楼梦》节译本，由纽约的吐温出版社（Twayne Publishers）出版。1973 年至 1980 年，英国人大卫·霍克思（David Hawkes）翻译了《红楼梦》前八十回，由英国企鹅出版社（Penguin Group）分三卷出版，书名为 The Story of the Stone。80 年代，闵德福教授翻译了后四十回，推出了《红楼梦》全译本。《红楼梦》第二个全译本则由中国人杨宪益和夫人戴乃迭完成。书名为 A Dream of Red Mansions，由北京外文出版社出版，全书分三卷。其实这一时期《红楼梦》还有第三个全译本。传教士彭寿（Reverend Bonsall）经过多年努力，完成了《红楼梦》全译本，实际上，彭寿的译本本来是《红楼梦》第一个全译本，译本于 1966 年完成，"他的家人曾与两家出版社洽谈过出版事宜，但均未成功"。①潘重规在《红学六十年》一文中介绍他见到的彭寿译稿和他的翻译过程，"他从七十岁起，用坊间翻印的程甲本，每日翻译三小时，头尾十年，到八十岁，才把一百二十回书译完"。②可惜的是，在中国古典文学英译译者日益专业化的 60 年代，一直没有出版社愿意出版。

这一阶段，李渔小说开始成为关注对象。1963 年，《肉蒲团》的第一个英译本 The Prayer Mat of Flesh（又名 Jou Pu Tuan）出版。这是一个转译本，如麦克休姐妹《红楼梦》译本一样，转译自德国学者库恩（Franz Kuhn）的德译本。库恩书名为 Ein Erotisclr Moralischer Roman aus der Mins-zeit（《明代色欲与道义的传奇》），于 1957 年出版。理查德·马丁（Richard martin）将此德语译本《肉蒲团》转译为英文。译本由纽约格鲁出版公司（New York: Grove Press, INC）出版，共 376 页，其中附有 61 幅中国木刻插图。此译本因由德译本转译，里面有一些失误，虽然遭到一些学者的批评，但在 60 年代的美国引起了很多关注。华裔学者夏志清（C.T.Hsia）称此现象为"因时人对色情文学的爱好而受到追捧"。③英语世界重新审视李渔，对李渔短篇小说的翻译也开始复苏升温。1973 年，汉学家茅国权（Nathan K. Mao，又名内森茅）将《鹤归楼》译成英文，题为 Tower of the Returning Crane。此译本刊于

---

① 范圣宇，《红楼梦管窥——英译、语言与文化》，北京：中国社会科学出版社，2004 年，第 11 页。
② 转引自范圣宇，《红楼梦管窥——英译、语言与文化》，前引书，第 11 页。
③ C.T.Hsia, "Review on The Prayer Mat of Flesh by Richard Martin and Franz Kuhn", in The Journal of Asian Studies, Vol.23, No.2, 1964, p.298-301.

1973年《译丛》（Renditions）秋季号上。之后，茅国权继续翻译《十二楼》，终于，1975年，《十二楼》有了第一个英文全译本。此译本由香港中文大学出版社出版，题名为 Twelve Towers: Short Stories。1979年此译本再版时，书名简化为 Twelve Towers。此《十二楼》译本也是李渔白话短篇小说的唯一一个全译本，之后李渔其他短篇小说的翻译仍然以节选本的形式出现。茅国权还与柳存仁合写了专著《李渔》（Li Yu），对李渔的创作情况进行了综述。1977年，此书由波士顿特尼出版者公司（Twayne Publishers）出版，值得注意的是，此书中专列一章 Drama Without Words（Wu-sheng His），大概介绍了李渔另一短篇小说集《无声戏》中十二个小说的故事情节，当时，《无声戏》还没有较为完整的译本。

从翟理斯推出《聊斋志异》第一个译本后，《聊斋志异》一直是清小说英译关注热点。杨宪益与戴乃迭于20世纪中期合译了一些聊斋故事，分别载于《中国文学》1956年1月号、1962年10月号，其中，包括了《婴宁》《王成》《黄英》。1978年，美国学者、汉学家马幼桓（Y. W. MA）与刘绍铭（Jaseph S. M. Lau）重新组织译者翻译了《崂山道士》《聂小倩》《侠女》《红玉》《胭脂》等，收入纽约哥伦比亚大学出版的《中国传统故事的多样性主题》（Traditional Chinese Stories: Themes and Variations）。《中国传统故事的多样性主题》已成为海外汉学界中国传统文学研究的重要文献[①]，1966年，夏林达（Linda Hsia）与岳罗杰（Roger Yeu）合作翻译改写了《聊斋志异》，书名为 Strange Stories from a Chinese Studio。此译本选译了20个故事。译者针对英语国家里汉语的初级学习者，有意识地做了适当改编，把中国文言文译为通俗易懂，有很多俗语俚语的日常英语，以此来表现蒲松龄轻松诙谐的语言风格。每个故事后的生词都有英汉双语注释，汉语部分使用了简化字，共151页，由耶鲁大学出版社（Yale University）、远东出版局（Far Eastern Publications）出版。封面题为：Supplementary Reader for Read Chinese Series Traditional and Simplified Characters。这是一种面向汉语初级学习者的翻译典范，注重读者对原本文化的吸收，注重不同释义的考证，可读性很强。译风轻松自然，译语准确、独具一格，对英语世界普通读者了解、接受《聊斋》起了重要作用。1976年，本杰明（Benjamin Chia）完成了《聊斋》的另一个选译本：《蒲松龄：中国奇异故事选》（Chinese Tales of Supernatural）。该书共94页，由牛津大学出版社出版。译本的翻译策略是尽量忠实于原文，同时根据目的语国

---

① Victor H. Mair, "Review on Traditional Chinese Stories: Themes and Variations", in Harvard Journal of Asiatic Studies, Vol.39, No.2, 1979, p.461-469.

家的文化习惯对很多词义进行了释义、考证。吸收了中国传统注疏、文学与语义学的研究成果，译风严谨。美国著名汉学家、芝加哥大学中国文学教授余国藩（Anthony C. Yu）在《亚洲研究》（Harvard Journal of Asiatic Studie）杂志上称赞此译本译语优美、典雅，是西方汉学界对中国文化做出的可贵探索。①

在此时期有完整译本的清小说还有《儒林外史》。1957年，《儒林外史》第一个，也是到目前为止唯一的一个全译本由杨戴夫妇完成，北京外文出版社出版。杨戴夫妇还译出了《儒林外史》前七回，发表在《中国文学》杂志1954年4月号。1973年，张心沧在《中国文学：通俗小说与戏剧》中还收有《儒林外史》第三十一回和第三十二回译文，题为《慷慨大方的年青学者》。其他拥有全译本的清小说有：1952年，哈罗德·沙迪克（Harold Shadick）推出了新的《老残游记》全译本，由康乃尔大学出版社（Cornell University Press）出版。到目前为止，这仍是《老残游记》唯一的全译本。另外，林语堂的二女儿林太乙于1964年将李汝珍《镜花缘》翻译为英文，由加州大学出版社（University of California Press）出版。这是一个编译本，亦是《镜花缘》最完备、准确的译本。

晚清小说的代表作均已传入英语世界。李宝嘉的《文学小史》已有兰卡希（K.Lancashire）的英译，发表在《译丛》杂志1974年春季号上。吴沃尧《二十年目睹之怪现状》有刘师舜的选译本，译名为 Vignettes from the Late Ching: Bizarre Happenings Eyewitenessed over Two Decades，刊载于《译丛》1975年春季号上，后于1975年由香港中文大学推出节译本（见表1-3）。

表1-3 繁荣期清小说主要译本

| 出版年 | 原作 | 译本名 | 译者 | 出版社 |
|---|---|---|---|---|
| 1952 | 老残游记 | The Travels of Lao Ts'an | Harold Shadick | Cornell University Press |
| 1957 | 红楼梦 | Dream of Red Chamber | Florence Mchugh and Isabel Mchugh | Pantheon Boks Inc |
| 1957 | 儒林外史 | Schlars | The yangs | Foreign Languages Press |
| 1958 | 红楼梦 | Dream of Red Chamber | Florence Mchugh and Isabel Mchugh | Routleledge & Kegan Paul |

---

① Anthony C.Yu, "Rest, Rest, Pertubed Spirit! Ghosts in Traditional Chinese Prose Fiction", in *Harvard Journal of Asiatic Studies*, Vol.47, No.2, p.397-434.

续表

| 出版年 | 原作 | 译本名 | 译者 | 出版社 |
|---|---|---|---|---|
| 1958 | 红楼梦 | Dream of Red Chamber | Wang Chi-chen | Twayne Publishers |
| 1963 | 肉蒲团 | Jou Pu Tuan | Richard martin | Grove Press, INC |
| 1964 | 镜花缘 | Flowers in the Mirrow | Lin Taiyi | University of California Press |
| 1966 | 聊斋志异 | Strange Stories from a Chinese Studio | Linda Hsia & Rogr Yeu | Far Eastern Publications |
| 1973 | 红楼梦 | The Story of the Stone(The Golden Days) | David Hawks | Penguin Books Ltd |
| 1973 | 红楼梦 | The Story of the Stone(The Crab-Flower Club) | David Hawks | Penguin Books Ltd |
| 1973 | 红楼梦 | The Story of the Stone(The Warning Voice) | David Hawks | Penguin Books Ltd |
| 1975 | 十二楼 | Twelve Towers:Short Stories | Nathan K.Mao | Chinese University to Hong Kong |
| 1975 | 二十年目睹之怪现状 | Vignettes from the Late Ching:Bizarre Happenings Eyewitenessed over Two Decades | Liu, Shishun | Chinese University to Hong Kong |
| 1976 | 聊斋志异 | Chinese Tales of SUpernatural | Benjamin Chia | Oxford university press |
| 1978 | 红楼梦 | A Dream of Red Mansions(1) | The Yangs | Foreign Language Press |
| 1979 | 红楼梦 | A Dream of Red Mansions(2) | The Yangs | Foreign Language Press |

## 二、主要译者及其成就

1. 沙迪克

"在中国文学作品里,《老残游记》幸运地吸引了众多译者的注意力。"① 继林疑今、葛德顺的节选本 Tramp Doctor's Travelogue,杨氏夫妇的节选本 The Travel of Lao Chan,及林语堂的节选本 Lao Ts'an Yu Chi,Erh Chi 之后,

---

① Henry Mcaleavy, "Review on The Travels of Lao Ts'an by Liu T'ieh-yun by Harold Shadick", in Bulletin of the School of Oriental and African Studies, Vol.19, No.1, 1957, p.209.

1952年，哈罗德·沙迪克（Harold Shadick）推出了新的《老残游记》英译本，由美国康奈尔大学出版社（Cornell University Press）出版。

这是一个精心制作的译本，内页里首先是12幅照片，这些照片大概拍摄于1936年。图一是未发表的《老残游记·外编》手稿。图二是作者在翻译《老残游记》时，拜访刘鹗儿子刘大坤的住处的照片。图三为小说中老残据说住过的济南高升店店主。图四为小说中的场景历下亭的入口处。沙迪克标注"注意大门两侧的对联和内门上方的匾"，这亦是在小说里出现过的场景。图五是一幅风景照，照片上湖光水色，掩印着旁边的小楼，这是历下亭的景色。图六是从大明湖北远眺千佛山的景色。图七为趵突泉边的吕祖殿。图八为济南护城河边的捣衣妇女。图九为趵突泉的水涌，译者标注"其中一个正在被加盖，以供城市用水"。图十是金泉书院。图十一是济南黄河。图十二是中国古代衙门，实拍山东汶上县。所有图片都与小说场景相关，译者拜访了小说作者家乡、亲属，求证小说的细节，并到刘鹗提到过的黄河、趵突泉等场景走访，寻求第一手的历史及现实资料。这是小说文化内涵的形象化，表明译者态度的谨慎。

插画的后面，沙迪克撰写了译者导言，极具学术价值。20世纪50年代之前的清小说译本中，序言往往都是只言片语，最多数千字，介绍作者生平和创作背景。而这篇序言长达23页，有上万字，分为七个章节，系统地介绍了中国文学中的小说概念，《老残游记》小说本身及作者思想、创作的方方面面，很有研究价值。在第一章里，沙迪克引用胡适在《五十年来中国之文学》中的所说"在这五十年之中，势力最大，流行最广的文学，说也奇怪，既不是梁启超的文章，也不是林纾的小说，乃是很多白话小说……这些白话小说是中国文学最有文学价值的作品"。接下来，译者用大量篇幅讨论了胡适所说的"北方派（The Northern）"与"南方派（The Southern）"的创作，介绍了北方派的《儿女英雄传》《三侠五义》《水浒传》及南方派的《儒林外史》《官场现形记》《二十年目睹之怪现状》等代表性小说，显示了译者对中国古典小说的了解。而后，在第二章中，译者介绍了《老残游记》作者刘铁云的生平，他将刘铁云归为南方派，描述了刘鹗的童年、治理黄河、义和团运动中北京放粮、与袁世凯的交恶、采矿、经营工商、撰写《老残游记》的经过等。在第三章中，译者剖析了作者的精神世界，认为"如果由此认为此书只是发发牢骚，那就错了。书中的心态主要是对形形色色生命的兴趣，同时表现了人类互相施加的痛苦——主要是因为无知和轻率"①，并分析了原作的版本。沙迪克认为，"大多数有关这部小说的真正版本只有此处译出的二十回，而《天

---

① Liu E, *The Travels of Lao Ts'an*, trans., Harold Shadick, New York: Cornell University, 1952, p.25.

津朝日新闻》共刊出三十四回……不幸的是，最后六回已遗失。"①第四章分析了作者的思想体系主要是儒、佛和道教相结合。他崇尚自由、自然而真诚的理想状态，"对理学的暴政忧心忡忡"。②第五章中，译者分析了小说中展现出来的刘鹗的政治理想。"刘铁云反对极端的教条和暴力革命。从第一回寓言中描写一个蛊惑人心政客的两面三刀，到第十一回中对义和团和革命党人的攻击，都可以清楚地看出这一点……这本书中的政治批评主要是对那些虽然老老实实，勤勤恳恳，却又刚愎自用、心胸狭窄的官员……如果一个人清廉愚蠢又刚愎自用，那么，他的清廉将更使他危险。"③同时，沙迪克共用四点建议总结了作者的政治主张。第六章则评论了《老残游记》的文学特点。指出"按照西方文学概念，这本书缺乏情节和主题的统一性……这本书保留了传统小说的形式……作者独特的成就在于描写风景和音乐，让我们读到了直接又富有想象力的文字"。在第七章里，沙迪克谈到了翻译时遇到的问题。

　　小说译文最开始是自序，而后是章节翻译。译本共翻译了《老残游记》二十个章回，从第一回"土不制水历年成患，风能鼓浪到处可危"（The land does not hold back the water bringing disaster every year）开始，到第二十回"浪子金钱伐性斧，道人冰雪返魂香"（A wastrel's gold and silver is the axe to cut off his life, A Taoist through ice and snow seeks a quickening herb）结尾的诗词：愿天下有情人，都成了眷属；是前生注定事，莫错过姻缘（May all lovers under the sky achieve the marriage state; these things are fixed in heaven; do not miss your mate）。而后，是一个长达42页的注释，详尽地标注了文章中出现的几乎所有令英语读者理解有障碍的内容。

　　译文注释多种多样，大都与中国政治、文化、历史相关，大致可分为如下九类：① 中国历史人物，如郦道元、屈原、神农、贾探春、王昭君；② 历史故事，如杞梁之妻的故事、怒发冲冠的故事；③ 地名，如古水仙祠、千佛山、肥城县、汉中府；④ 中国书名，如《庄子内篇》《韩非子》《列子》；⑤ 中国时政事件，如义和团运动、贾让治水、天津到北京铁路开通的事件；⑥ 成语标注，如风餐露宿、否极泰来；⑦ 有文化含量的词语，如炙、昆曲、京剧、五音十二律；诗句、书本出处，如"出自杨雄《解嘲》"，"出自晁补之诗句'与可画竹时，胸中有竹子'"⑧ 有特指的中国俗语，如端茶送客、打千儿、王八旦；⑨ 宗教词语，如阿修罗、无极、佛陀。

　　注释后的附录仍然是一种注释。沙迪克专门把这一部分单列出来，注释

---

① Liu E，*The Travels of Lao Ts'an*.trans., Harold Shadick. Ibid. p.29.
② Liu E，*The Travels of Lao Ts'an*.trans., Harold Shadick. Ibid. p.31.
③ Liu E，*The Travels of Lao Ts'an*.trans., Harold Shadick. Ibid. p.35.

第九章回所录的诗歌。他的注释详尽到解释"九品莲""沧桑""张紫阳",每个名词他都用了一个段落篇幅的文字说明词语背后的文化含义。如"沧桑"一词,他的注释为:

"The ocean now rolls where mulberries grew[ts'ang sang, lit., "blue, mulberry']" comes from the Shen Hsien Chuan ("Lives of the Immortals") by Ko Hung, fouth century. A female spirit Ma Ku (second century) said to Wang Fang-P'ing, "I have seen the eastern sea become mulberry fields three times. When I went to the island of P'englai (see ch.i, n2), the water had become twice as shallow as it was before. I wonder when it will be dry land again." Ma Ku is credited with having reclaimed a coastal region of Kiangsu for mulberry growing. A more complete form of the expression is ts'ang hai sang t'ien, "blue sea, mulberry fields." The meaning is, "ages have passed in a short time."① (沧桑:语出公元4世纪时葛洪的《神仙传》。麻姑仙子(公元2世纪人)对王方平说:"接待以来,已见东海三为桑田。向到蓬莱水浅,浅于往者会时略半也。岂将复还为陵陆乎?"据说麻姑曾开垦江苏沿海地区以种植桑树。这个成语更完整的表达形式是:"沧海桑田",意为光阴似箭。)

简单"沧桑"两字,他用了114个字来详细地解释词语的最早出处、引申意义、拓展意义及审美意义。不得不让人惊叹他态度的严谨。在译文的最后部分,沙迪克还不厌其烦地附了词汇表,将文中一些专有名词加以解释。其中他解释了诸如"丈""油条""举人""府"等词汇。沙迪克对于小说里涉及中国文学和文化方方面面的注释,无疑为英语读者理解《老残游记》小说本身及至中国文化提供了方便。沙迪克的注释非常客观,没有加任何个人色彩,不似有些译者在注释时,时时会站在西方人的立场上对某种中国文化现象进行评价褒贬,将自己生活的文化系统框架中的教育和个人经验投射到评价译本中来。沙迪克的注释和文本构成了一个整体,这也使他的注释成为此译本的一大特色。黄宗泰(Timothy C.Wong)评价说:"沙迪克附有大量注释的译本是《老残游记》译本中最完全,亦是最好的一个。"②"他的译本不仅是中国所有最著名的小说之一《老残游记》第一个完整的英译本,同时也给晚清时期中国社会历史研究提供了重要的资料。"③

---

① Liu E, *The Travels of Lao Ts'an,* trans., Harold Shadick. Ibid. p.599.
② Timothy C.Wong, "Review on The Travels of Lao Ts'an, tr.Harold Shadick", in *Chinese Literature:Essays, Articles,ReviewS(Clear)*, Vol.13. trans., 1991, p.162.
③ Henry Mcaleavy, "Review on The Travels of Lao Ts'an by Liu T'ieh-yun by Harold Shadick", in *Bulletin of the School of Oriental and African Studies*, University of London. Vol.19, No.1, 1957, p.209.

沙迪克的译本忠实于原著。他成功地翻译出《老残游记》最有特色的风景和音乐描写。他在导言里说:"本翻译努力做到紧靠原文,又一直注意英语的可读性。"①他使用了亚东版中汪原放先生划分段落的方法,尽可能地加注释,以消除文化隔膜引发的理解障碍。他使用音译来翻译一些出现多次又难以解释的术语或者名词,同样以加注释的方式用词汇表中扫清读者疑惑。如前面所列"沧桑"。总的来说,他的译文是以直译(literal translation)为主,辅以意译(free translation)。为了体会沙迪克的翻译风格,我们来比较一下《老残游记》第二章的名段"王小玉说书"的三个英译版本,译者分别是亚瑟·韦利、杨宪益夫妇和沙迪克。

原文:

王小玉便启朱唇,发皓齿,唱了几句书儿。声音初不甚大,只觉入耳有说不出来的妙境;五脏六腑里,像熨斗熨过,无一处不伏贴;三万六千个毛孔,像吃了人参果,无一个毛孔不畅快。唱了十数句之后,渐渐的越唱越高,忽然拨了一个尖儿,像一线钢丝抛入天际,不禁暗暗叫绝。

译文:

(1)亚瑟韦利(Arthur Waley)译文:

Po-niu now opened her red lips, parted her white teeth and sang a short ballad. At first she sang very softly, but, as the sound reached Lao Ts'an's ears, he began to be conscious of the most ravishing sensations. It was as if someone were applying a sort of sad-iron to his nerves, stroking out all the ruffles, till everything inside him was flat and smooth. It was as if he had sucked in the root of the mandrakes through every one of the thirty-six thousand pores of his skin; from top to toe he felt the same agreeable feeling of stimulation. When she had sung some twenty lines or more, her voice gradually began to rise. Higher and higher, like a thin filament of wire stretching up into the sky.②

(2)杨宪益夫妇(The Yangs)译文:

Little Jade then parted her lips and sang a few lines; the sound was low but indescribably sweet. All the organs of the body seemed smoothed as if by an iron, each into its proper place, while the whole body felt as if after drinking nectar, and there was not a pore that was not relaxed. After she had sung a few dozen lines she gradually sang higher and higher, until suddenly she soared to a

---

① Liu E, *The Travels of Lao Ts'an,* trans., Harold. Ibid. p.22.
② Liu E, *The Singing Girl*, trans, Arthur Willay, Asia.XXIX: II( November, 1929), p. 906.

very high pitch as if a steel rope had been flung into the sky, and Lao Can was secretly amazed. But even at that high pitch her voice could still circle and revolve, and after several trills it rose to an even higher note and ascended the scale for three or four notes more.①

（3）沙迪克译文：

Little jade Wang then opened her vermilion lips, displaying her sparkling white teeth, and sang several phrases. At first the sound was not very loud, but you felt and inexpressible magic enter your ears, and it was as though the stomach and bowels had been passed over by a smoothing iron, leaving no part unrelaxed. You seemed to absorb ambrosia through the thirty-six thousand pores of the skin until every single pore tingled with delight. After the first few phrases her song rose higher and louder till suddenly she drew her voice up to a sharp high-pitched note like a thread of steel wire thrown into the vault of the sky. You could not help secretly applauding. still more amazing, she continued to move her voice up and down and in and out at that great height. After several turns her voice again began to rise, making three or four successive folds in the melody, each one higher than the last②.

原文对王小玉说唱艺术进行了夸张渲染的赞美。从王小玉出场，轻轻发声，从无音到有音，短短瞬间，听众已心醉神驰。"五脏六腑里，像熨斗熨过，无一处不伏贴"，这是一个夸张的比喻，正是这个比喻，把观众对王小玉声情并茂的说唱反应烘托了出来。少了这一比喻，就失去了原文的意韵。这组句里比喻的中心词是"五脏六腑"和"熨"，韦利的译本直接忽略了"五脏六腑"，而杨戴的译本将它转化为"all the organs of the body"，都失去了中文里"五脏六腑"那种淋漓的气势。沙迪克译本忠实地把它翻译成"stomach and bowels"，贴近原文。另外，"说不出来的妙处"，韦利译为"the most ravishing sensations（受到极大震动）"，杨戴译为"indescribably sweet（无法言喻的甜美）"，沙迪克译为"inexpressible magic（无法言喻的魔力）"，相较之下，沙译最忠实地保留了原文的情调和风格。沙迪克的翻译技巧、文化处理方式及忠实流畅再现原文的译文受到广泛的称赞，"多亏沙迪克的译本，不了解中国的读者可以通过译本探究关于中国的信息及中国小说的文学魅力，它肯定与西方小说中的中

---

① Liu E, *The Travel of Lao Can*, trans., the Yangs, Beijing: Foreign Language Press, 1982, p.22.
② Liu E, *The Travels of Lao Ts'an,* trans., Harold Shadick, New York: Cornell University, 1952, p.78.

国形象不同"。①沙译本翻译完成于1939年的北京,但当时局势动荡,没法出版,直到1952年。译本一经出版,即受到英美读者的欢迎,后来一版再版,1990年,哥伦比亚出版社邀请沙迪克重新写了序言,再次出版。国内译林出版社的"大中华文库"亦收入沙迪克译本,于2005年出了中英对照版本。

2. 麦克休

1957年,继乔利、王良志、王际真之后,美国人麦克休(Florence and Isabel McHugh)姐妹推出了《红楼梦》又一个节译本,由潘蒂昂公司(Pantheon Books)出版。与前面直接翻译自中文原文的译本不同的是,这是一个转译本。两位译者选择了德国著名翻译家弗郎兹·库恩(Franz Walter Kuhn)1932年的德译本,将它转译为英文。"库恩的译本在欧洲乃至世界拥有广大的读者,具有广泛影响。该书被转译为英、法、意、荷兰、匈牙利等多种文字,在英国、美国、加拿大、荷兰、比利时、法国、意大利、匈牙利出版,而且一种文字有多种转译本。"②

麦克休姐妹的译本由五部分组成:导言、贾家家谱图、贾府主要侍女表、译者注及正文。这是一个装帧非常精美古朴的译本,出版社很重视封面的视觉效果。译本选取34幅1884年的《红楼梦图咏》木刻画作为插图,封面为亚麻布面精装,封面上一个中国古代少女,手持小扇,凝望读者。画中人其实只是《红楼梦》中一个不起眼的小角色翠缕,但她的姿态是所有插画中最具有中国古典仕女风情的。

译本导言署名库恩,其实是库恩德译文本导言的英译。从头至尾,麦克休姐妹本人没有对《红楼梦》其书其人其译进行任何评论。库恩导言内容有关《红楼梦》的版本、作者、标题、故事时间、地点、前译本及其他问题。库恩在导言里首先简要地说明自己的译本取自的原版本。他的译本以两个版本为根据,一个是莱比锡大学东亚研究室所收藏的1832年版本,另一个是上海商务印书馆重印的三家评注本。接着,库恩对《红楼梦》的作者做了考证,库恩说"1791年每次印刷出版的《红楼梦》作者是谁,长期以来一直模糊不清。直到不久以前(1921年),北京大学文学评论家胡适教授经过深入研究,才把这问题调查清楚。"③由此可见,库恩其实受新红学运动影响。他的结论

---

① Timothy C. Wong, "Review on The Travels of Lao Ts'an, trans., Harold Shadick", in *Chinese Literature: Essays, Articles, ReviewS (Clear)*, Vol.13, 1991, p.163.
② 张桂贞,《弗朗茨·库恩及其〈红楼梦〉德文译本》,刘士聪(主编):《红楼梦评——〈红楼梦〉翻译研究论文集》,天津:南开大学出版社,2004年,432页。
③ Cao Xueqin, *Dream of the Red Chamber*, trans., Florence and Isabel McHugh. New York: Pantheon Books, 1958, p.xiii.

是"一百四十回原稿中前八十回是曹雪芹,后四十回是高鹗"。"所谓两人合著,应该理解成这样,即高鹗实际上只是一位出版者,而不是作为一位作者获得了曹雪芹的遗稿,并得到几乎已经准备好了的后半部分的写作计划。"①接着,库恩对《红楼梦》译名做了解释。他认为"《红楼梦》这个标题是双重合适的"②,因为"红楼"一词来源于佛家语,意为"尘世的显赫""奢华的生活"等概念,另一方面,宝玉在秦可卿的奢华卧室里做了一个梦,在梦中体验了小说故事的主要情节。因此,库恩支持将书名译为"Dream of The Red Chamber"。库恩推算故事发生的时间"应该在1729年到1737年间",故事发生的地点在北京。库恩说"小说不断交替地谈到京都和金陵。在清朝,京都便是北京。这虚构的地名金陵,大概是指北京附近众所周知的皇陵东陵和西陵。"③库恩此处的考证有误,金陵就是南京的别名,他显然不知这一典故。库恩接下来介绍了《红楼梦》的乔利译本和王际真译本,他评论乔利译本为"这是一项勇敢而认真的工作,但在文体和修辞方面很不成功"④,而对王际真译本他认为"除了英国汉学家亚瑟·韦利的一篇序言外,这个译本的其他方面都是失败的"。⑤而对自己的译本,库恩"我的译本约为原书的六分之五……我的译本虽非全译,但我一定要成为欧洲第一个征服《红楼梦》这座大山的主峰的人"。⑥库恩所谓"主峰",即围绕着宝玉、黛玉、宝钗这三个人物的主要情节,都要详细再现,不做缩略删减。但库恩对译本的估计有误。根据姜其煌统计,库恩译本约为中文46万字,即等于原小说的百分之四十二,即不到原书一半。⑦在导言的最后篇幅里,库恩介绍了《红楼梦》的艺术特色和儒道思想。

译本的第二部分为贾家家谱图。家谱图的呈现方式与王际真的树形家谱图不同,该译本家谱图分为四部分:Heads of the Family, The Seniors, The Juniors, Relations of the Chia Family。首先是家族领袖(Heads of the Family),由史太君和贾敷构成,然后是家族长者(The Seniors),由"贾珍""贾赦""贾政"等构成,家族少者(The Juniors)由"贾芸""贾琏""凤姐""贾环"等人物构成,家族亲戚(Relations of the Chia Family)则是"林黛玉""薛宝钗"等。第三部分主要侍女表则是"鸳鸯""袭人""晴雯"等主要侍女,译

---

① Cao Xueqin, *Dream of the Red Chamber*. trans., Florence and Isabel McHugh. Ibid. p.xiii.
② Cao Xueqin, *Dream of the Red Chamber*. trans., Florence and Isabel McHugh. Ibid. p.xiii.
③ Cao Xueqin, *Dream of the Red Chamber*. trans., Florence and Isabel McHugh. Ibid. p.xiii.
④ Cao Xueqin, *Dream of the Red Chamber*. trans., Florence and Isabel McHugh. Ibid. p.xiv.
⑤ Cao Xueqin, *Dream of the Red Chamber*. trans., Florence and Isabel McHugh. Ibid. p.xiv.
⑥ Cao Xueqin, *Dream of the Red Chamber*. trans., Florence and Isabel McHugh. Ibid. p.xv.
⑦ 姜其煌,《欧美红学》,北京:大象出版社,2005年,第177页。

者注里介绍了译者对名字、地名、人名的处理方式。"为避免混淆,男名主要音译,女名主要意译。"如黛玉译为"Black Jade",宝钗译为"Precious Clasp",宝玉译为"Pao Yu"。

译本正文部分共50章回。库恩将《红楼梦》原一百二十回缩减成五十回。从第一章"甄士隐梦幻识通灵,贾雨村风尘怀闺秀"(Shi ying is carried away in a dream and receives a revelation. Amidst the toil and welter of daily life Yu Tsun finds the maiden of his heart),到第五十章"中乡魁宝玉却尘缘,甄贾归结红楼梦"(Pao Yu passes the examination with honors and renounces the red dust of the world. Shih ying and yu Tsun meet once more and conclude the story of the stone)。与《红楼梦》原章回相比,《红楼梦》第一百一十九回"中乡魁宝玉却尘缘,沐皇恩贾家延世泽"及一百二十回"甄士隐详说太虚情,贾雨村归结红楼梦"两回被缩为一回,并修改了章回题目。

这是一个从德文删节本转译过来的英文本。麦克休姐妹忠实地全译了库恩的德文译本内容,而库恩的德文译本删节改写原则则是以宝玉、黛玉、宝钗三角恋爱为主题。凡是与此情节有关的,皆详细再现。而对于次要情节,"我根据其重要程度或充分地加以再现,或只取其大概"。①然而,库恩对中文的理解似乎没有乔利、翟理斯等译者准确,如前面所举"金陵",他理解为"皇陵东陵和西陵"。库恩对原文的理解常常有一些与作者原意不符的地方,而因为这是一个缩译本,在有些地方,库恩又根据自己的理解做出一些省略和添加,麦克休译本相应进行转译,于是创造出一些原作所没有的人物形象和人物心理。这是麦克休译本非常特殊的地方。如原文第二十一回,贾宝玉早晨去黛玉房中,看到史湘云和黛玉的睡态。

原文:"湘云……一幅桃红绸被史齐胸盖着,衬着那一弯雪白的膀子,撂在被外,上面明显着两个金镯子。"②

译文:"While little Cloud had let cover slide off her too much that her right shoulder and her right arm, decorated with two gold bangles, and even a bit of her round smooth thigh lay bare and naked."③

比较原文与译文,原文中,青春年少的湘云露了"一弯雪白的膀子""上面明显着两个金镯子",描写含蓄而纯洁,让人联想起湘云娇憨美丽的睡态。而译文如再译回中文,则变成"湘云被子滑得太多,右肩和右手很多地方露了出来。她的手上戴了两个金镯子。甚至连她圆润光滑的大腿也露了出来,

---

① Cao Xueqin, *Dream of the Red Chamber*, trans., Florence and Isabel McHugh, Ibid. p.xv.
② 曹雪芹、高鹗,《红楼梦》,上海:上海古籍出版社,1991年,第143页。
③ Cao Xueqin, *Dream of the Red Chamber*, trans, Florence and Isabel McHugh. Ibid. p.154.

裸露在外面"。"圆润光滑的大腿也露了出来，裸露在外面"这段描写不知是库恩在译成德文时加上的细节，还是麦克休转译时所添加，这个细节让湘云显得香艳无比。娇憨、大大咧咧的湘云变成了有着身体诱惑之美的青春少女。在东西文化差异的关照下，这样的翻译会令中国读者非常惊讶！

尽管麦克休与《红楼梦》中文原文有较多不符的地方，但也许因为它符合了英语读者对东方闺阁秘事的阅读期待，此译本一再重版。1958年，伦敦路脱来奇公司（Routledge & kegan Paul）再次出版，1958年，潘蒂昂公司再版。此后，1958年，加拿大的麦克兰德和斯图尔特出版社（McClelland and Stewart），1975年，格林伍德出版社（Greenwood）均重版，使译本在英国、美国、加拿大都有了初版和再版本。很多美国本土的图书馆中亦收藏有此译本，可见它在英语世界的接受程度非常之高。

3. 林太乙

林太乙，林语堂的二女儿。1964年，她受联合国教科文组织委托，将清代李汝珍《镜花缘》翻译为英文，由加州大学出版社（University of California Press）出版。直到目前为止，这仍然是《镜花缘》最完备、准确的译本。

译本由五部分组成：译者序言、世俗道教注、人物表、正文及附录注解。在译序里，林太乙首先介绍了李汝珍的生平。她评价李汝珍为"热爱生活，是个人本主义者"。①林太乙认为《镜花缘》是"一部社会评论小说和人文讽刺小说，但同时也是历史浪漫小说、神话、寓言；而且从其本原看来，是作者感兴趣的各领域知识大全，依靠作者的神奇想像联系在一起。当然，它是中国文学中最富独创性的作品，在西方文学中绝无类似之作"。② 然后，林太乙剖析了李汝珍创作《镜花缘》的意图。她认为"李汝珍写这部小说是为了表达自己独特的生活观"。林太乙在接下来的篇幅介绍了《镜花缘》的故事情节以及自己的译本对原文的处理方式及原则。

译本第二部分是世俗道教注，由林太乙撰写，旨在针对《镜花缘》中的哲学思想给读者一个思想背景介绍。林太乙开篇说："这部小说所理解的道教是世俗信仰的道教""道家哲学可粗略分为三个阶段，初始阶段、发展阶段及世俗道教阶段"。她大概勾画了老子、庄子、列子的道家思想，并阐述了在汉初淮南王提倡下民间日益兴盛的世俗道教。"有意思的是，与佛教一样，道教中凡人众生与有异禀的神仙之间界线不清。凡人可以得道成仙，神仙实际上具有人性。"她进一步提到世俗道教在今天中国社会里的存在形式。最后，她

---

① Li Ju-chen, *Flowers in the Mirrow*, trans., Lin Tai-yi, Nanjing: Yilin Press, 2005, p.1.
② Li Ju-chen, *Flowers in the Mirrow*, trans., Lin Tai-yi. Ibid. p.2.

总结"李汝珍借用世俗道教的特征表明他自己对人生的看法"。① 凡人得道成仙，神仙可下凡，小说里屡屡出现的道教概念对西语文化的读者来说不好理解，林太乙对世俗道教的介绍可以有效地扫除他们的阅读障碍。

译本第三部分是正文。林太乙译本是个缩写本，进行了省略、改写与重新编排。这首先体现在章回翻译上。译本正文共31个章回，而《镜花缘》原书共100个章回。而且与其他缩写本不同的是，德庇时、王际真、库恩的缩写本都翻译了章回，林太乙省略了章回。作为流行小说家，她清楚市场的重要性。在翻译时，她希望能够达到的主要受众是"普通读者"。"我在为联合国教科文组织准备这份译稿时，努力译出一个能够吸引西方普通读者的译本。"②《镜花缘》原书大约有四十万字，包括故事情节，很多经典文章及作者对历史、社会、诗词及音韵方面的长篇议论。她省略了这些章节，因为"非专业的读者可能不感兴趣，因此我都略去了"。③

因为省略比较多，为了联接上下文，"在有必要的地方，我写了一些连接上下文的地方，简要交待前面发生的事，以使叙述连接流畅"。④ 这是一种改写。她改写的另一部分是对话。"如果对话仅是机械地一问一答，显得累赘，我就将它们缩成了直接描写。"⑤ 另外，她对原书的材料进行了重新分段，旨在保留"原书一百回的精华所在"。

我们来看林太乙怎样进的省略、改写与重新编排。以她对原书第一回《女魁星北斗垂景象，老王母西池赐芒筵》前三段的翻译为例。原文译文如下：

原文：

女魁星北斗垂景象，老王母西池赐芒筵

昔曹大家《女诫》云："女有四行：一曰妇德，二曰妇言，三曰妇容，四曰妇功。"此四者，女人之大节而不可无者也。今开卷为何以班昭《女诫》作引？盖此书所载，虽闺阁琐事，儿女闲情，然如大家所谓四行者，历历有人：不惟金玉其质，亦且冰雪为心。非素日恪遵《女诫》，敬守良箴，何能至此。岂可因事涉杳渺，人有妍媸，一并使之混灭？故于灯前月夕，长夏余冬，濡毫戏墨，汇为一编：其贤者彰之，不肖者鄙之；女有为女，妇有为妇；常有为常，变有为变。所叙虽近琐细，而曲终之奏，要归于正，淫词秽语，概所不录。其中奇奇幻幻，悉由群芳被滴，以发其端，试观首卷，便知梗概。

---

① Li Ju-chen, *Flowers in the Mirrow*, trans., Lin Tai-yi, Ibid. p.2.
② Li Ju-chen, *Flowers in the Mirrow*, trans., Lin Tai-yi, Ibid. p.3.
③ Li Ju-chen, *Flowers in the Mirrow*, trans., Lin Tai-yi, Ibid. p.3.
④ Li Ju-chen, *Flowers in the Mirrow*, trans., Lin Tai-yi, Ibid. p.3.
⑤ Li Ju-chen, *Flowers in the Mirrow*, trans., Lin Tai-yi, Ibid. p.3.

且说天下名山，除王母所住昆仑之外，海岛中有三座名山：一名蓬莱，二名方丈，三名瀛洲。都是道路窎远，其高异常，当日《史记》曾言这三座山都是神仙聚集之处。后来《拾遗记》同《博物志》极言其中珍宝之盛，景致之佳。最可爱的，四时有不谢之花，八节有长青之草。他如仙果、瑞木、嘉谷、祥禾之类，更难枚举。

　　内中单讲蓬莱山有个薄命岩，岩上有个红颜洞，洞内有位仙姑，总司天下名花，乃群芳之主，名百花仙子，在此修行多年。这日正值三月初三王母圣诞，正要前去祝寿，有素日相契的百草仙子来约同赴"蟠桃胜会"。百花仙子即命女童捧了"百花酿"；又约了百果、百谷二位仙子，四位仙姑，各驾云头，向西方昆仑而来。行至中途，四面祥云缭绕，紫雾缤纷，原来都是各洞神仙，也去赴会，忽见北牛宫中现出万丈红光，耀人眼目，内有一位星君，跳舞而出，装束打扮，虽似魁星，而花容月貌，却是一位美女。左手执笔，右手执斗；四面红光围护，驾著彩云，也向昆仑去了。①

译文：

1

　　Of the great mountains under heaven, apart from the Kunlun, where the Western Queen Mother resides, there are known to be three in the islands overseas; the Penglai, the Fangchang, and the Yingchow. All are mountains of great height, far away and difficult to climb. In the Historical Records it is said that these are the gathering places of spirits and fairies, and in both Shih Yi Chi and Po Wu Chih are passages describing the fabulous scenery and extraordinary treasures to be found there, the flowers which are in bloom all they ear round, the grass which is green throughout the season, and the magic fruit, divine plants, and precious grains.

　　It is said that on the Cliff of Hard Luck on Penglai Mountain, in the Cave of Beauty, there lived for a long time the Fairy of a Hundred Flowers, who was in charge of all the flowers on earth.

　　On the third day of the third month one year, the air was filled with circling clouds and purple mists, all going in the western direction towards Kunlun Mountain, it was the Western Queen Mother's birthday, and the fairies and spirits, flying on clouds, were on their way to her birthday party. The Fairy of a Hundred Flowers, who was taking a gift of Hundred-flower nectar, was also on

---

① Li Ju-chen, *Flowers in the Mirrow*, trans., Lin Tai-yi, Ibid. p.529.

her way with her friends, the Fairy of a Hundred Plants, the Fairy of a Hundred Fruits, and the Fairy of a Hundred Grains.

They had not been on their way for long when there came a blinding flash of red light ten thousand feet high from the Palace of the Big Dipper, and from the middle of its stepped a beautiful girl who was holding a writing brush in her right hand and a dipper in her left. Riding on a rainbow-colored cloud, she also flew in the direction of Kunlun Mountain.①

这是全文开篇。我们来比较原文和译文，首先，原文章回题目为"女魁星北斗垂景象，老王母西池赐芒筵"，林太乙省略了题目，直接加上阿拉伯数字"1"。全书开端第一段话从"昔曹大家《女诫》云"，至"试观首卷，便知梗概"，此为中国传统小说中常见的议论式开头，译者省略了全段，直接从第二段"且说天下名山，除王母所在昆仑之外"开始翻译。原文第三段被分为三段，"这日正值三月初三王母圣诞"及"行至中途"两处单行列段。

对地名翻译，译者采取了音译与意译结合的策略。而对人名，译者主要采取了意译法。"蓬莱""方丈""瀛洲"分别译为"Penglai""Fangchang""Yingchow"，而"薄命岩""红颜洞"则译为"the Cliff of Hard Luck""the Cave of Beauty"，人名"百花仙子""西王母""百果"译为"Fairy of a Hundred Flowers""Western Queen Mother""Fairy of a Hundred Fruits"，采取了意译。

仔细阅读原文，李汝珍汉语非常漂亮，有大量的四字短语，"金玉其质""冰雪为心""祥云缭绕"，读来朗朗上口，满齿留香。译文则是流畅的现代英语，基本是主谓宾语套从句、分词及不定式。语句结构上有很大变化。当然，某种程度上文化与语言的隔膜使得优秀的文学作品是不可译的，现代英语本身很难传达出汉语精练、注重意境与意象的审美特质。

林太乙的改写不仅体现在她选择性的翻译，省略部分段落词句，还体现在她重新编排改写了部分句子。现略举数例如下：译文将小说第一回"女魁星北斗垂景象，老王母西池赐芒筵"与第二回"发正言花仙顺时令，定罚约月姊助风狂"缩减为一节。而在小说第三回"徐英公传檄起义兵，骆主簿修书寄良友"中，原文以"麻姑闻百花仙子之言"开始，讲麻姑与百花相子对弈，百花仙子忙着下棋，结果下界君王武则天醉酒，要求开花。整个第三回共六段，从对弈讲到则天醉酒赏雪。内容对应的译文在第二节，译文是这样开始第二节的描写：

In fact, the ruler on earth at this time was no man at all, but a woman, Wu

---

① Li Ju-chen, *Flowers in the Mirrow*, trans., Lin Tai-yi, Ibid. p.529.

by surname, Chao by name, who called herself Tse-tien, mother of Emperor Tang Chung-tsung whom she had deposed, and the spirit of the Heart-moon Fox incarnate.①

译文先省略段落一,而后,将段落二、三、四、五里介绍唐太祖、太宗如果剿灭隋朝,取得江山,而后中宗继位,武氏夺权,徐敬业、骆宾王反叛失败的历史事件。译本开门见山地先介绍武则天的登场:"事实上,人间这段时间的统治者不是男人,而是一个叫武则天的女人。她是她废除的君王唐中宗的母亲,也是天上心月狐的肉体凡胎。"林太乙用几句话概括了整个第三章的内容,一笔带过历史,随后进入武则天醉酒赏花责罚百花仙子的情节。我们从中可以看出,译者注重译文的故事性,以主要情节带动译本,对不符合主要情节的内容则进行删减,将富含中国古典文化信息的小说译成了一个通俗的故事,目的正在于吸引"普通读者"。

译本最后一部分是附录注解。长达12页注解里,林太乙按章节分章注解了里面出现的一些她认为会对英语读者有阅读障碍的中国文化。如前面所引第一节开篇三段中,她标注了"《拾遗记》""《博物志》""西王母""世俗道教"及"星君"。对《拾遗记》及《博物志》她的标注为"Shih yi Chi and Po Wu Chih are both books of mythology of the late Chin Dynasty"。对"西王母"她的注解如下:

Western Queen Mother. The Western Queen Mother was first mentioned in Liehtse. The Taoists wove endless legends around her. Her family name was given as Hou, yang or Ho, and her maiden name as Hui. She had nine sons and twenty-five daughters, and as the sovereign of the Western Air, was the symbol of the passive, or female, element. In the book of mythology Shan Hai Ching, she is portrayed as living in the Jade Mountain, and had a human face, the tail of a leopard, and the teeth of a tiger, and was an expert at whistling. Elsewhere, she is usually described as living in Kunlun Mountain, which some historians have identified as the Hindu Kush. Some people thought that ere is a connection between the Western Queen Mother and the Queen of Sheba. Her palace in Kunlun Mountain has 'walls which are made of pure gold, three hundred and ghirty miles in circumference, with crenellations of precious stone.' According to the History of the Chou Dynasty, emperor Mu in 985 B.C was entertained by the Western Queen Mother at the Lake of Gems, and the Emperor of Han paid her a visit round about 2200 B.C.(西王母,首次在《列子》中被提及。道家围绕

---

① Li Ju-chen, *Flowers in the Mirrow*, trans., Lin Tai-yi, Ibid. p.538.

这一人物编辑了无数传说故事。她姓侯、杨或何，出嫁前姓回。有九个儿子、二十五个女儿。作为西方的统治神，是柔顺或者"太阴之元"的象征。神话书《山海经》中，她身居玉山，是人面、豹尾、虎牙且长啸的形象。另在别处的记载中，所居之地通常被说成是昆仑山。一些历史学家认为即兴都库什。有人认为，西王母和示巴女王存在着某种联系。所居昆仑山"有城千里，玉楼二，琼华之地"。据说《穆天子传》记载，公元 985 年，周穆王在瑶池边受到她的招待。公元 100 年，汉武帝也四处寻访过她。）①

林太乙用 198 个字来解释"西王母"，内容涉及"西王母"的出处，"西王母"其人、家庭、形象及传说中的考证。其中很多内容即使是中国读者亦不甚了解，足见译者之态度认真严谨。林译本里很注意展现《镜花缘》里宗教伦理的痕迹，因此，注解里对凡是与宗教有关的词语，都详尽解释。如译文第一节的八个注解里，分别注解"《拾遗记》与《博物志》""西王母""世俗道教""星君""魁星""麻姑""孽海无边""阴阳之道"，大部分与世俗道教有关的传说人物、星宿及特定词汇。

除了宗教因素，林译本还注重注释历史人物及中国文化特有的风俗或者现象。前者如"武则天""中宗""太平公主""上官婉儿"，后者如"缠足""科举""秀才""童便"等。

4. 霍克思的古代文学翻译

大卫·霍克思（David Hawks），英国人，1948 年至 1951 年在北京大学读研究生，后任教于牛津大学。70 年代初，企鹅出版社主动联系霍克思，邀请他翻译《红楼梦》，霍克思签了出版合约。为了全心翻译《红楼梦》，他辞去牛津大学中文教授的职务，专心履行出版合同。霍克思旨在翻译一个《红楼梦》全译本，一改以前这部中国小说只有摘译本、节选本和改写本的局面。1973 年，"企鹅古典丛书"推出了《红楼梦》第一卷，而后，陆续推出第二、三、四、五卷本。

霍译版《红楼梦》的出版在中外文学交流史上是件引人瞩目的事情。海外最权威的亚洲研究杂志《亚洲研究》(*The Journal of Asian Studies*) 撰文评论说："整体而言，中国文学史上最遗憾的事情就是十八世纪最伟大的中国小说《红楼梦》一直没有一个全译本。然而，随着大卫·霍克思的《石头记》五卷本第一卷的出版，这个局面终于得到扭转。"②

---

① Li Ju-chen, *Flowers in the Mirror*, trans., Lin Tai-yi, Ibid. p.910.
② John C.Y.Wang, "Review on The Story of the Stone（Vol.1）'the Golden Days'", in *The Journal of Asian Studies*, Vol.35, No.2, 1976, p.302.

《红楼梦》霍克思闵德福译本共 120 回目，分五卷出版。译名为 *The Story of the Stone*。第一卷标题为"黄金时代"（The Golden Days），共 26 回，542 页。封面印彩色中国古画一帧，是 18 世纪中国"美人持兰花"画轴，为美国华盛顿萨克勒画廊的珍藏品。书的扉页上载有曹雪芹小传，书前有一个汉语拼音说明和一篇序言，书后刊载金陵十二钗和红楼梦曲、第一卷人物表、作者家谱等三个附录，封底还有一个小说内容简介。第二卷标题为"海棠诗社"（The Crab-Flower Club），共 27 回，603 页。扉页上有与第一卷同样的曹雪芹小传。封底内容简介亦相同。书前亦有一个汉语拼音说明和一篇序言。书后有四个附录，分别为中国律诗讲解、中国骨牌介绍、宝琴作的并未解答的十个灯谜，主要是帮助英语读者理解中国习俗。这是个相当详细的考证，从前译本中从来没有过这种尝试。为配合此卷书名，特意选取台湾故宫博物馆藏品《孔雀开屏图》中的"海棠和玉兰"片断，画师是清代著名宫廷画师意大利人朗士宁（Giuseppe Castiglione）。第三卷标题为"警世之音"（The Warning Voice），共 27 回，书前也是一个汉语拼音说明和一个序言。书后则有"秋纹、麝月、晴雯""彩云、彩霞、小霞""园心和几个小戏子"等六个附录以及本卷人物表。第四卷标题叫"泪债"（The Debt of Tears），共 18 回。封面选取插图是华盛顿弗里尔画廊藏品《西厢记》，1982 年出版。书前有一个一万字的长序，书后有五个附录。第五卷标题叫"梦醒"（The Dreamer Wakes），共 22 回，1986 年出版，书前有一个二千字的序言，书后有一个本卷人物表。封面插画是纽约大都会博物馆所收藏宋代画家高克明的手卷"雪意图"，意为"白茫茫大地真干净"，意指小说的悲剧结局。后两卷译者已经不是霍克思，而是他的女婿约翰·闵德福（John Minford）。这是一个很大的变化。①

这是一个精心打造的译本，无论是从商业还是学术角度，都有很高的价值。这首先体现在译本序言之中。由前面对《红楼梦》其他节译本的分析可知，20 世纪 70 年代之前的译本中，有的没有任何介绍性的序跋，有的只有一篇权威汉学家的序言，译者序言往往只包括最基本的作者和背景介绍。而霍克思本人所撰的第一卷长篇导言长达 32 页，1 万多字，对《红楼梦》这部小说本身、相关红学问题及自己翻译体会进行了详尽的介绍②，后面各卷的序言也对相关学术问题进行了探讨。第二卷序言介绍了前八十回中由于高鹗的校订造成的前后不一现象以及译者处理方法。第三卷序言涉及《红楼梦》成书过程的详细讨论，第四卷序言说明了作品内容的不确定性。最后一卷序

---

① 此处将主要讨论霍克思翻译的前三卷。闵德福译本解析见下一章。
② Cao Xueqin, *The Story of the Stone*（Vol 1），trans.，David Hawkes，London：Penguin Books Ltd，1973，p.15-46.

言概括了小说的最后结局。

在各篇序言之中,霍克思的第一卷导言堪称学术性序言的经典之作。这部导言首先对《红楼梦》不同版本体系进行了说明。霍克思说,他写序言时,主要依据中国学者的著作。"我写序言时,充分参考了中国学者已发表的研究成果。如俞平伯、周汝昌、吴世昌和赵冈,尤其是赵冈,我认为他关于诸多有争议问题的理论最具说服力。"①乔纳森·彭斯(Jonathan D. Spence)的《曹寅和康熙皇帝,包衣和主子》(Ts'ao Yin and the Kang-his Emperor, Bondservant and Master)一书对他也有很大启发。序言对译本选择的版本解释说:"中国文学最受欢迎的小说竟然在作者死后近三十年才得以公开发行。如此多不同版本,竟然没有一个版本正确,很让人吃惊。"因此,"在翻译这部小说时,我发现不能严格忠于单一版本。因为程高本前后更为一致,所以,虽然它不太有趣,第一章我主要还是尊重这一版本。在以后的章节中我经常参考手抄本,还修订了一些细节"。②也就是说,为了保证译本的艺术价值和前后连续,霍克思结合了《红楼梦》诸多版本。霍克思对版本选择的谨慎做法受到中国学者的称赞。戴乃迭说:"本来从霍克思教授的身份我还以为会读到一个从某个固定版本翻译出来的译本。现在的译本与以前任何一个固定版本都不一样。就算在中国,仍然有很多学者在争论关于前八十回中很多文本细节。霍克思基于他的责任心,以高鹗本为主,有时也参照其他其他版本做修订,我认为这种做法很好!"③

在接下来的章节,霍克思继续探讨了原著主题,考证了曹雪芹的生活状态及小说里几位主人公的原型。"不管宝玉是否就是作者自己,但书中的女子,大多无疑是作者年轻时认识的女子的写照。除作者的弟弟在序言中引用过的作者声明外,还有在小说第一回寓言似的开头,石头同空空道人争论时,石头说:'竟不如我半世亲见亲闻的这几个女子'。这样的论据如还嫌不足,我们还有脂砚斋的批注,他缅怀往事,无限伤感地批写:'我记得他''是的,是有这么一个人''是的,有过这件事'。"④接下来,霍克思对脂砚斋和畸笏叟两位注者的身份进行了考证,并探讨了后四十回作者的推测及高鹗的编撰过程。从曹雪芹及曹家的历史,来探讨小说的情节,提出《红楼梦》的自传体问题。总的来说,这是篇有相当学术含量的导言,说明译者对《红楼梦》

---

① Cao Xueqin, *The Story of the Stone (Vol 1)*, trans., David Hawkes, Ibid. p.17.
② Cao Xueqin, *The Story of the Stone (Vol 1)*, trans., David Hawkes, Ibid. p.18.
③ Gladys Yang, "Review on The Story of the Stone. Vol.1", in *Bulletin of the School of Oriental and African Studies*, Vol.43, No.3, 1980, p.622.
④ Cao Xueqin, *The Story of the Stone (Vol 1)*, trans., David Hawkes, Ibid. p.21-22.

下了相当工夫，阅读了大量与《红楼梦》相关的材料。国内外翻译研究和红学研究领域学者对这篇导言都非常重视，纷纷援引其中的观点。

较之于第一卷的序言，霍克思的第二卷序言简短得多，主要说明两个问题：第一，《红楼梦》的很多文化风俗内容对西方读者来说会难以理解，所以，译者采取了解释性的翻译，便于读者的阅读；第二，《红楼梦》中较多地方有前后矛盾之处，在可能的范围之内，译者根据各种版本做了一些考证和编辑工作。但译者采取的态度会非常谨慎，并没有胡乱修改编辑。第三卷的序言只有五千字，仍然是讨论小说中的一些前后矛盾的现象，其中提到第三卷中将会有一些次要人物登上舞台，发挥重要作用。

几经斟酌，霍克思的译本把书名译为 The Story of the Stone（《石头记》）。对于为何不采取之前的通行译名 The Dream of the Red Chamber，霍克思解释说：The Dream of the Red Chamber 译名有些令人误解。一个睡在大红色房间里做梦的人的想象，这会显得比较神秘和哥特，容易把读者引入歧途，使他们误认为这是一部哥特小说，非中文原意。"但是在旧中国，红色的楼房意味着富贵和奢华。"红楼者，意为富贵人家妇女所住的华丽居室楼宇，会让人联想神秘和情爱，容易"误导"。霍克思此处取意译，将它处理为"石头的故事"。选择 The Story of the Stone 的另一个原因是回避"红"字。众所周知，"红"字在中国为喜庆、吉祥、祝福之意。然而红字在西方意为"鲜血"和"危险"，产生了不一样的字面联想效果。霍克思认为，"Red"一词在英语里并没有"春天""富贵""吉祥"之意，因此，他回避了"红"字。"这部小说的狂热爱好者会发现，在我的译本当中，中文原著中弥漫的红色意象不在了。"①他的做法是将不少"红"字转译为"绿"或者"金"，如第一卷卷名"The Golden Days"，取自"红楼梦曲"。"红楼梦曲"则被译为"The Dream of Golden Days"。"这悲金悼玉的红楼梦"译为"This Dream of Goden Days"；"怡红院"译为"The House of Green Delights"，变成了"怡绿院"；"怡红公子"则译为"Happy Green Boy"，变成了"快乐的绿男孩"。这表明，霍克思尽力回避会引起文化误解的词语。冯庆华指出："霍译本较注重译语文化，翻译时尽量用译语文化来取代原语文化，或用没有明显文化倾向的语言形式来处理原文文化色彩很深的词句，让译文读者有一种宾至如归的美好感觉。这种翻译方式从翻译角度来说是归化。"②霍克思的这一做法引起了极大争论，在此笔者不做评论。长期以来，一个较为流行的研究观点是：他的译法是为了迎合英语读者的审美期待值。

---

① Cao Xueqin, *The Story of the Stone*（Vol 1）, trans., David Hawkes, Ibid. p.45.
② 冯庆华，《红译艺坛》，上海：上海外语教育出版社，2006年，第18页。

霍译本是一个非常忠实的译本。他在译本导言里说："我翻译的原则就是力求翻译'每一样东西',甚至是原文中的双关语……我认为书中每一个细节都有其目的,都应该进行处理。"①林以亮在《红楼梦西游记》里指出:霍译本最令人叹服的一点在于他对原著的态度非常"虔诚",连原著中任何一个小小的单字都不曾放过。②因此,他的翻译方式与 20 世纪 70 年代之前的译本都很不一样。出于各种目的,乔利、王良志、王际真、库恩都大量地放弃和删减了原文内容。而霍克思坚信所有细节的审美价值,极力做到完整的全译。同时,与 19 世纪译者的生硬的"行间翻译"不同,他尽可能展现出每一个细节的引申意义和审美意义,原文中的各类修辞手法、习语、俗语、诗词都在译本中得到再现。如《红楼梦》第二十九回例句,原文译文如下:

原文:

虽不曾会面,然一个在潇湘馆临风洒泪,一个在怡红院对月长吁,却不是人居两地,情发一心。

译文:

Though they had still not made it up since their quarrel, the difference between them had now vanished completely:

In Naiad's House one to the wind made moan,

In Green Delights one to the moon complained,

To parody the well-known lines, or, in homelier verses:

Though each was in a different place,

Their hearts in friendship beat as one.③

这里宝黛因为"金""玉"之事大吵一架,贾母急说他俩不是冤家不聚头。听到这话,两人怦然心动,而后潸然泪下。作者在此处使用对偶"一个在潇湘馆临风洒泪,一个在怡红院对月长吁""人居两地,情发一心",两组对偶,读来朗朗上口,富有音韵美。且句式匀称而富有变化,审美效果极佳。霍克思的译文先将与对偶无关的句意译出,再将对偶单行列出,句子整齐对称。如"In Naiad's House one to the wind made moan, In Green Delights one to the moon complained","In Naiad's House"对应"In Green Delights","one to the wind"对应"one to the moon",这样排列下来,无论是阅读还是朗诵,都富有形式和音韵的美感,语言表达非常清晰,同时,无论是原文句意还是审美

---

① Cao Xueqin, *The Story of the Stone (Vol 1)*, trans., David Hawkes, Ibid. p.18.
① Cao Xueqin, *The Story of the Stone (Vol 1)*, trans., David Hawkes, Ibid. p.46.
② 林以亮,《红楼梦西游记》,台北:台湾联经出版事业公司,1976 年,第 2 页。
③ Cao Xueqin, *The Story of the Stone (Vol 1)*, trans., David Hawkes, Ibid. p.158.

意义,每一个细节意义都传达到了目的语。

霍克思使用了流畅的现代英语来翻译《红楼梦》,但在特殊名词、修辞、诗词的翻译上很注重营造原文特色。如史湘云小时喜欢叫贾宝玉"爱哥哥",天真娇憨的小女孩湘云咬字不准的神态在这"爱"字上显现无疑。杨宪益把此字译为"Ai Brother",采用了音译,而霍克思译为"Couthin Bao",相较之下,霍译放弃"爱"字的全部音、义特征,抓住原文史湘云咬舌头的细节,用英语中的对应辞格误用词语(Malapropism),进行语音重组,再现湘云咬字不准的特色,比较具有可读性。《红楼梦》是一部有浓厚的因果报应元素的小说,里面涉及大量佛道名词。在中文里读来很有深意的僧尼的法号,如"茫茫大士""渺渺真人"译成英文,如直接采取音译,将丧失原文文化意韵。霍克思在处理时将僧尼名字或者法号基本译为拉丁文。如,他将"茫茫大士"译为"Mahasattva Impervioso",将"渺渺真人"译为"Illuminate Mysterioso"等。拉丁文是现代西方语言的缘头之一,现在,只使用在西方宗教典籍上。拉丁姓名能直接引起英语读者的宗教联想,烘托出古典气氛。另外,他将"潇湘馆"译为"The Naiad's House","Naiad"一词来自希腊神话,意为"保护河水与泉水的女神",会让人产生美丽的联想。同时,"潇湘"一词在中文原指湘江。《山海经·中山经》里写道:"帝之二女居之,是常游于江渊,澧沅风,交潇湘之渊。""潇湘"一词,原指江水,与中国古代美人娥皇和女英有关。"Naiad"的译法符合此词在原文中的审美联想,而黛玉号称"潇湘妃子",顺势译成"River Queen"。

总的来说,霍克思的《红楼梦》译本比较出众。戴乃迭给予该译本高度评价:"霍译《红楼梦》是本世纪以来最优秀的中国文学译本之一。没有其他的书能解读如此多的中国文明。"① 霍克思的翻译原则是忠实于原作又不拘泥于原作。"在现代翻译学上,一直存在'异化'与'归化'之争。两种方式各有其优劣。霍克思的《红楼梦》给我的印象是在两者中达到了完美的平衡。把他的译本与原文相比,你会发现他如何最大限度地保持对原文的忠实,同时亦避免了一些过余的解释注解。"② 霍克思保持对原文的"忠实"在于希望以最好的效果把中国文学经典呈现给英语读者。他在翻译时力图再现原文所有字、词、句、修辞手法的审美效果,传达所有原文化意象的本来及引申含义。基于这种思路,霍克思在一些具体细节上产生了创造性叛逆,如前面所

---

① Gladys yang, "Review on The Story of the Stone. Vol.1", in *Bulletin of the School of Oriental and African Studies*, Vol.43, No.3, 1980, p.621.
② John C.Y.Wang, "Review on The Story of the Stone(Vol.1), 'the Golden Days'", in *The Journal of Asian Studies*, Vol.35, No.2, 1976, p.302.

述的"红"转为"绿",中国传说中的古代美女化身为希腊传说中的女神。这些意象的转换和变形亦引发了很多讨论。霍克思的译本既非完全直译,亦非完全意译,他的出发点在于最好地传达审美效果。正如他在导言中所说:"如果我能够传达出这部带给过我快乐的中国小说的一小部分,我亦此生无憾。"①一名外国人对中国古典文学有如此深情,付出了多年汗水和辛劳,将它译为漂亮的英文。这不能不让中国人感动,致敬。

5. 杨宪益夫妇

"一位记者在谈到杨宪益时说,他的一颗心只为中国跳动;如果加上他的夫人戴乃迭的话,应该说是两颗心都曾共同为中国跳动。"②这是一对为中国文学名著英译做出了特殊贡献的夫妇,两位奇人的异文化之恋同样是中西文化交流史上的独特风景。

1934年,杨宪益漂洋过海,独自离家,到英国求学,研习古希腊罗马文学及法国、英国文学。1940年,在牛津大学学习已达六年之久的他接到吴宓和沈从文的来信。他们邀请他回国教希腊文学和拉丁文学,并附寄来西南联大的聘书,杨宪益欣然启程。此时正值人类历史有史以来最残酷的战争:第二次世界大战。杨宪益绕道加拿大、美国,经香港终于抵达重庆。此次,漂泊多年的游子还带回一位英国姑娘:戴乃迭。几个月后,他们在重庆举办了婚礼,为他们做证婚人的是中央大学校长罗家伦和南京大学校长张柏苓。这一对中英合璧的夫妻,在以后半个世纪的时间里,他们的命运和中国文学作品走向世界紧紧地联系在了一起。

两人回国之初,杨宪益先后在重庆、贵阳、成都等地的大学任教。为了帮助戴乃迭学中文,他们开始翻译中国文学作品作为练笔。先后翻译了《儒林外史》及《老残游记》的部分篇章。老残游记的手稿被一位朋友带去英国,最终在英国出版。这是他们翻译中国文学的起始阶段,也带给他们很多快乐。

1943年,一位朋友推荐杨戴夫妇去梁实秋主持的重庆北碚国立编译馆。当时的国立编译馆还只有人从事将西方经典翻译成中文的工作,没有人进行中文外译。事实上,从19世纪末以来,与外文中译的繁盛景观形成鲜明对比,中文外译一直显得势单力孤,直到20世纪40年代,西方人对中国古典文学

---

① Cao Xueqin, *The Story of the Stone( Vol 1 )*, trans., David Hawkes, London: Penguin Books Ltd, 1973, p.46.
② 转引自邹广胜,《谈杨宪益与戴乃迭古典文学英译的学术成就》,载《外国文学》,2007年第9期,第119页。

经典仍然所知甚少。梁实秋希望杨氏夫妇能够去主持一个部门，专门从事将中文经典翻译成英文的工作。1943年到1949年，他们开始了职业翻译生涯。遗憾的是，由于战乱，这一时期大部分译作手稿都已丢失。

1949年到20世纪80年代，是杨戴翻译生涯中最重要的阶段。中华人民共和国成立不久，1952年，杨宪益来到外文出版社，社长刘尊棋准备有系统地向外国介绍中国文学，刚刚创立英文版《中国文学》杂志。这在中国翻译界是个有划时代意义的大事，因为中国译者的翻译活动中，大部分以英译中为主，中译英相较之下，少得可怜。"就中国学者而言，有的擅长于英译汉，有的擅长于汉译英，就成功率而言，前者压倒多数，而后者却是凤毛麟角；就成果而言，英译汉在数量和质量上也大大超过汉译英。"①《中国文学》准备改变这种局面，向西方社会系统介绍中国文学作品。《中国文学》推出很大一部分中国古典文学名著，有的还出了单行本。杂志对全世界发行，每期发行一万多份，主要面对英语世界。《中国文学》从1951年10月创刊起，最初几年的译作几乎全部都出自杨戴夫妇与另一位美籍学者沙博理（Sidney Shapiro）。在这一时期，杨戴夫妇以惊人的速度翻译了大量作品。1957年，他们出版了清代长篇名著《儒林外史》的全译本。这也是到目前为止《儒林外史》唯一的一个全译本。1964年，杨宪益和戴乃迭接到外文出版社的任务，那就是将中国古典名著《红楼梦》全本翻译成英文。这个卷幅浩大的翻译工作因"文化大革命"一度中断，直到1978年，杨宪益、戴乃迭翻译的三卷本《红楼梦》终于出版。

"文化大革命"结束后，西方社会对中国形势非常关注，在这种情况下，杨宪益建议出版英文版的中国文学丛书——"熊猫丛书"，专门介绍有代表性的中国文学作品。"熊猫丛书"前后出版了近百种图书，其中包括杨戴二人合译的《聊斋志异》《老残游记》等有代表性的中国古典小说。丛书都以薄薄的小册子形式发行，价格便宜，易于翻阅，在西方非常畅销，为将中国文学推向世界做出切实的贡献。华盛顿大学的何谷理教授（Robert Hegel）撰文评论："毫无疑问，杨氏夫妇和他们同事的努力会改变英语世界对中国文学的看法……这可能是美国本科生第一次有机会看到中文创作的广度和深度。"②

杨戴夫妇合译的清小说译本见表1-4和表1-5。

---

① 陆国强，《英汉和汉英语义结构对比》，1999年，上海：复旦大学出版社，第315页。
② Robert Hegel, *"The panda Books Translation Series"*, in *Chinese Literature: Essays, Articles, Reviews（CLEAR）*, Vol.6, No.1/2, 1984, p.179.

表 1-4 刊载在《中国文学》上的清小说片段译文

| 刊载时间 | 作品 | 作者 | 译者 |
|---|---|---|---|
| 1954.4 | Excerpts of Scholars | Wu Jingzi | The Yangs |
| 1956.1 | Excerpts of Tales from Liao-chai | Pu Sung-Ling | The Yangs |
| 1962.10 | Excerpts of Tales from Liao-chai | Pu Sung-Ling | The Yangs |
| 1964.7 | Excerpts of a Dream of the Red Chamber | Tsao Hsueh-chin | The Yangs |
| 1964.8 | Excerpts of a Dream of the Red Chamber | Tsao Hsueh-chin | The Yangs |
| 1983 | The Travels of Lao Can | Liu E | The Yangs |

表 1-5 杨戴夫妇主要的清小说译本

| 出版年 | 作品 | 作者 | 出版社 | 出版地 | 译者 |
|---|---|---|---|---|---|
| 1947 | The Travel of Lao Can | Liu E | George Allen&Unwin Ltd | London | The Yangs |
| 1948 | The Travel of Mr.Decadent | Liu E | Tu Li Shu Tien | Hong Kong | The Yangs |
| 1957 | The Scholars | Wu Ching-Tzu | Foreign Languages Press | Peking | The Yangs |
| 1978 | A Dream of Red Mansions(1) | Tsao Hsuen-Chin and Kao Hgo | Foreign Languages Press | Peking | The Yangs |
| 1979 | A Dream of Red Mansions(2) | Tsao Hsuen-Chin and Kao Hgo | Foreign Languages Press | Peking | The Yangs |
| 1980 | A Dream of Red Mansions(3) | Tsao Hsuen-Chin and Kao Hgo | Foreign Languages Press | Peking | The Yangs |
| 1981 | Excerpts from Three Classical Chinese Novels- The Three Kindoms/Pilgrimage to the West/Flowers in the Mirror | | Foreign Languages Press | Peking | The Yangs |
| 1981 | Selected Tales of Liao Zhai | Pu Sungling | Foreign Languages Press | Peking | The Yangs |

两位翻译家的贡献远远不仅是上面这些简单而机械的表格和数字。他们与其他翻译家有着根本的不同。翻译不仅是他们的兴趣，更是推动民族文化进步，报效祖国的一种方式。戴乃迭虽然没有加入中国国籍，却始终把中国作为自己的第二个祖国。他们的学术经历和个人遭遇，在某种程度上反映了中国一代知识分子共同的历史命运。

杨氏夫妇译介了大量清小说，包括《老残游记》《儒林外史》《红楼梦》及《聊斋志异》。其中最重要的是《红楼梦》和《儒林外史》的全译本。我们先来看他们合作的第一部小说《老残游记》。《老残游记》译稿是1947年在国立编译局时期完成，译名为 *The Travel of Lao Can*，而后1948年由香港独立书局再版，书名更为 *The Travel of Mr. Decadent*，此后一版再版，到了80年代，由"熊猫丛书"再次编辑出版。译本有一个杨宪益所做序言，共翻译了12章节。杨戴的译本某种程度上是个节选本，进行了部分章节删减。杨宪益在序言里说明，"很不幸，这本小说本身从来没有真正完成，亦有人相信小说部分篇章非刘鹗所写。我们的翻译省去了第9、10、11章，因为它们据说是由作者的孙子完成。这些章节主要是一些寓言，叙事口吻与书的其他部分有异。我们还省略了第16、18、199章和12章的部分内容，因为它们与一桩谋杀案有关，里面有很多迷信元素。"① 译者能够进行如此自由地删减，比如从小说中间任意删去某两个章节而不影响小说阅读，原因是"中国小说结构上比较散漫，部分删减不会影响小说完整性"。②

《儒林外史》原文长达三十多万字。小说正文时间跨度一百多年，描写了无数封建时代知识分子的悲喜剧。杨氏《儒林外史》全译本出版于1957年，这也是到目前为止《儒林外史》唯一的一个全译本。书名译为 *Scholars*，作者吴敬梓译为 Wu Ching-Tzu。封面是庄重典雅的布面，内页首先是1954年8月程士发所绘《吴敬梓先生造象》。程士发先生还为译本画了多幅插图。画面上的吴敬梓手持书卷，表情严峻。全书共721页，包括北京大学中文教授吴组缃（Wu Tsu-hsiang）所作序言。序言中，吴组缃首先提出，"中国文学璀璨的文学传统在18世纪中叶产生了两部不朽著作：曹雪芹的《红楼梦》和吴敬梓的《儒林外史》"。吴先生在序言里介绍了吴敬梓的生平及小说艺术特点。最后附录为"《儒林外史》中提到的科举制度和官职名称"（The Examnination System and Offical Ranks Referred to in This Novel）。此部分其实是著名历史学家剪伯赞论文《《儒林外史》中提到的科举活动和官职名称》的部分节译。

---

① Liu E, *The Travel of Lao Can*, trans., The Yangs, London: George Allen&Unwin Ltd, 1947, p.7.

② Liu E, *The Travel of Lao Can*, trans, The Yangs, Ibid. p.7.

吴敬梓《儒林外史》共56回，始于"说楔子敷陈大义，借名流隐括全文"，终于"神宗帝下诏旌贤，刘尚书奉旨承祭"。杨戴译本《儒林外史》全译本共55章，始于原书第一回"说楔子敷陈大义，借名流隐括全文"（In which an introductory story of a good scholar points the moral of the book），结束于第五十五回"添四客述往思来，弹一曲高山流水"（In which four new characters are introduced to link the past with the present, and the story ends with and epilogue）。译本唯一省略编译的是原书第五十五回和五十六回，译者将这两个回目编为一回，省略了五十六回"神宗帝下诏旌贤，刘尚书奉旨承祭"里皇帝下诏旌贤、尚书承祭的情节。原书里吴敬梓不厌其烦地列举了一百多个人名及地名，杨戴译本将其删去。而后以原书结尾"词曰"结束，原文译文如下：

原文：

记得我时，我爱秦淮，偶离故乡。向梅概治后，几番啸傲……共百年易过，底须愁闷；千秋事大，也费商量。江左烟霞，淮南耆旧，写入残编总断肠！从今后，伴药炉经卷，自礼空王。①

译文：

For the love of the Chinahuai River, in the old days I left home;

I wandered up and down behind Plum Root Forge,

And strolled about in Apricot Blossom Village;

…

A hundred years are soon gone, so why despair?

Yet immortal fame is not easy to attain!

Writing of men I knew in the Yangtze Valley

Has made me sick at heart

In days to come,

I shall stay by my medicine stove and Buddhist sutras,

And practice religion alone.②

小说结尾处的诗词正好与楔子的诗词相呼应。《儒林外史》第一回目中，作者依据中国古代小说习惯，以诗词起始：

人生南北多歧路，将相神仙，也要凡人做。百代兴亡朝复暮，江风吹倒前朝树。功名富贵无凭据，费尽心情，总把流光误。浊酒三杯沉醉去，水流花谢知何处。

---

① 吴敬梓，《儒林外史》，北京：人民文学出版社，1998年，第576页。

② Wu Ching-Tzu, *The Scholars*, trans, The Yangs, Beijing: Foreign Language Press, 1957, p.716.

吴敬梓以一首诗总领全文，写出小说的意图。该诗意在唤醒一代又一代封建社会中，以毕生精力钻研对社会毫无实际价值的八股时文的"士子"们。在《儒林外史》出版前，英语世界翻译中国古典小说的译者习惯性省略这些诗词，直接进入故事情节。而杨戴译文没有省略，忠实地翻译了该段诗词，以此起篇。译文如下：

> Men in their lives
> Go on different ways
> Generals, statesmen
> Saints and even immortals
> Begin as ordinary people
> Dynasties rise and fall
> Morning change to evening
> Winds from the river
> Bring down old trees
> From a former reign
> And fame, riches, rank
> May vanish without a trace
> Then aspire not for these
> Wasting your days;
> But drink and be merry
> For who knows
> Where the waters carry the blossom
> Cast over them?①

吴敬梓深受佛学思想影响，淡泊名利，向往"清静"之地，主张归于"自然"。这两首诗词集中反映了小说的思想，杨氏夫妇将它们忠实地译出，达到前后呼应的效果。结尾附页还配了程士发先生的另一幅插画，高山之旁，两位士人模样的人弹琴唱歌，满含中国古典山水画的淡雅意境。

《儒林外史》是一部很难翻译的古代长篇白话小说。它反映了中国古代封建社会文人思想、生活，篇幅很长，其中有很多对中国古代伦理道德、风俗习惯和日常生活的生动描写，虽然它是用"纯粹白话"写成，然而作者吴敬梓生活在18世纪上半叶，"白话"文经过两百多年的演变，变化巨大。有很多词在现代汉语中都不再使用，连中国人都不懂，更不用说到目的话中找对

---

① Wu Ching-Tzu, *The Scholars*. trans., The Yangs, Ibid. p.33.

应词了，翻译难度很大。对此，译者采取了加注释的方法。《儒林外史》里前后出现了很多人名、地名、年代、风俗、典故，这些都是中国文化史上的特有词汇，对英语读者来说理解很困难。杨氏夫妇为全书加了很多注释，并在译文最后加了附录，名为"《儒林外史》中提到的科举制度和官职名称"，对《儒林外史》里出现最多的中国封建社会层层官职制度及官阶加以说明。1963年和1973年，在外文出版社重印了这个译本的第二版和第三版时，为了帮助异域文化的读者理解小说中篇幅浩瀚的众多人名，在新版中增加了"小说主要人物表"（List of Principal Characters），便于读者理清那些错综复杂的人物关系。1972年，美国纽约格罗西特和邓拉普公司重印了这个译本，附入著名美籍华裔学者夏志清所做"导言"。导言综合介绍了《儒林外史》的主要内容、写作时代背景及小说创作特点。

杨戴夫妇最重要的翻译作品当首推《红楼梦》。杨氏译本《红楼梦》分Ⅰ、Ⅱ、Ⅲ三卷，封面为典雅的蓝色，上书"Chinese Classics"（中国文学经典），每卷的封面都有一幅戴敦邦所绘展现《红楼梦》里著名情节的绘画。第一卷是"黛玉进府"，在花团锦簇的姐妹群中，贾宝玉与林黛玉初会；第二卷是"湘云醉卧"，"笑拼烂醉娇无力，一枕春酣卧绿苔"，史湘云咏完菊花诗，喝醉了酒，躺在石板上；第三卷画面是"宝黛夜读"。戴敦邦共为此《红楼梦译本》绘了36幅插图，很有明清时期特色。这些插图的选择、片段的截取都很下工夫，体现出北京外语出版社的努力。

杨氏译本共一百二十回，从第一回"甄士隐梦幻识通灵，贾雨村风尘怀闺秀"（Chen Shi-yin in a Dream Sees the Jade of Spiritual Understanding, Chia Yu-tsun in His Obscrurity is Charmed by a Maid）开始，译文将原书开篇语"此开卷第一回也，作者自云曾经历过一番梦幻之后，故将真事隐去，而借'通灵'说此《石头记》一书也"译为"This is the opening chapter of the novel. In writing this story of the stone, the author wanted to record certain of his past dreams and illusions, but he tried to hide the true facts of his experience by using the allegory of the jade of 'spiritual understanding'"。译本将原文全部译出，无一遗漏，直到最后一回"甄士隐详说太虚情，贾雨村归结红楼梦"（Chen Shih-yin Expounds the Illusory Realm, Chia Yu-tsun Concludes the Dream of Red Mansions）章回中的结束语"说到辛酸处，荒唐愈可悲。由来同一梦，休笑世人痴"（A tale of grief is told, Fantasy most melancholy. Since all love in a dream, Why laugh at other's folly?）。

杨氏选择《红楼梦》原文版本时非常慎重。译本前80回以手抄本的一种"戚蓼生序本"为原文版本，后40回译自人民文学出版社修订的程高本。在

《出版者言》里，译者明确地说："这本小说的无数译本可以分为两类：基于原来手抄本的80回本，及基于后来120回目的印刷本。我们的译本前80回译自人民文学出版社1973年出版的影印本，影印本原本为1911年左右上海有正书局出版的石刻本，该石刻本是乾隆年间戚蓼生保存下来的手抄本。而译本后四十回则译自人民文学出版社1959年校勘重印的1792年120回活字印刷本。戚蓼生的前80回手抄本是现存最早版本之一，在翻译中，我们参照其他版本，修订了抄本中的错误。"①这种科学谨慎的态度体现出此《红楼梦》版本具有很高的学术含量。

在书前的"出版者言"里，杨戴介绍了《红楼梦》成书的时代背景、作者生平，运用社会历史学的观点分析了《红楼梦》的成书原因。将《红楼梦》誉为"清朝乾隆时期写成的最伟大的中国小说"。②在随后的介绍里，由于受时代局限，译者将《红楼梦》定为"一部有关政治历史斗争的小说"，主题是"不同社会阶级之间的尖锐矛盾"。认为作者在其所处时代只能选取这种"非直接的方式表达自己的观点"，因为"他不可能公开表达那个时代的政治斗争……这位伟大的现实主义作家对万恶的现实政治制度给予猛烈的抨击……它描写了劳动人民的苦难和反抗，以及当时的政治矛盾。"③导言的内容表明译者受到20世纪50年代到70年代之间中国大陆红学研究的影响。

杨氏夫妇将《红楼梦》译为 *A Dream of Red Mansions*。较之乔利的译名 *A Dream of Red Chamber*，他们只修改了一个字，从"chamber"至"mansion"。《美国传统词典》里"chamber"释义为"a room in a house, especially a bedroom"，意为卧室房子里的房间，尤指卧室，而"a dream of red chamber"意为"那个红色卧室里的梦"。而杨宪益与戴乃迭改了一个字"mansion"。《美国传统词典》里"mansion"释义为"a large, stately house"，意为"宽敞而庄重的房子"。较之于风光旖旎的闺房卧室，"a large, stately house"与《红楼梦》中的"楼"字意义更为相近。且译者用了复数"mansions"，《红楼梦》中宁荣两府里，楼宇无数，就此演绎无数悲欢离合。杨宪益夫妇把"宁国府"与"荣国府"分别译为"the Ning Mansion"及"the Rong Mansion"，此处采用复数的"mansions"，完全符合《红楼梦》中"楼"之原意。

作为全译本，杨戴对《红楼梦》的翻译方式与乔利、王际真、库恩等都

---

① Cao Xueqin, *A Dream of Red Mansions*, trans., Yang Hsien-Yi and Glady Yang, Beijing: Foreign Language Press, 1994, p.ix.
② Cao Xueqin, *A Dream of Red Mansions*, trans., Yang Hsien-Yi and Glady Yang, Ibid. p.i.
③ Cao Xueqin, *A Dream of Red Mansions*, trans., Yang Hsien-Yi and Glady Yang, Ibid. p.iv.

很不相同。并没有像20世纪70年代之前的译者那样大量放弃和删节相关内容，而是尽力做到完整的全译。所有章节、诗词，逐一译出。杨氏的译本语言以流畅的现代英语为主，但在翻译专有名词时，很注意营造古典氛围。他们的译本力求完整，不遗漏任何细节，力图再现所有修辞手法和审美效果。与《儒林外史》提供了大量注释、官职名称、人物关系等帮助读者理解原文的做法不同，《红楼梦》译本很少有注释，也没有如王际真译本那样提供一份英美式的家谱（family tree）。然而，《红楼梦》毕竟是一部200多年前的巨著，里面多处引经据点，即使在中国也并非人人都读得懂，加注显然必不可少，但注释太多，势必影响小说的连续性、趣味性。毕竟，《红楼梦》是一部小说，并非学术著作。

杨宪益与戴乃迭在半个世纪时间里，连袂将中国文学作品译成英文。他们翻译了大量中国经典文学作品。浩瀚的翻译工程中两人形成了固有默契。在对待不同的翻译作品时，会有细节上的差别，但整体来说，两人翻译小说的策略是采取语义翻译，翻译时尽可能保持原文的语言形式。一般而言，译者尽量用直译的方法将汉语中形象的说法介绍给英语读者。在保留原文的字面意义不能传达原文真正意义时，译者考虑改变原文的形象和比喻说法，根据英语读者的心理，采用内涵相似的说法去表现原文的意思。最后，在直译行不通，亦没有对应说法时，可适当采取意译。

杨戴在多年翻译实践中，形成了自己的翻译风格。根据李国文所说，两人是"杨宪益拿着书直接口译，戴乃迭打字，打得飞快，然后再修改"。① "杨译本较注重原语文化，翻译时尽量保留原文的语言内容及形式，对原语文化的理解与消化，译者不想越俎代庖，他们把这理解与消化的空间与权力完完全全地留给了译文读者。他们这种处理方式从翻译的角度来说是异化。"②然而，无论是翻译界常讨论的"归化"，亦是"异化"，都不仅仅代表了一种翻译策略，更重要的是代表了一种翻译艺术和翻译风格。一名中国人和一名英国人相濡以沫，一同走进中国传统文学的宝库，多年来他们致力于中国古典文学西播，字数以百万计的译文使世界更了解中国。"他们的翻译并非毫无瑕疵，然而，它使得境外能够知道和欣赏中国文学……应该热烈地庆祝杨宪益和他的同事们精心推出的译本。毫无疑问，它们使那些从前没有机会接触中国文学的西方人欣赏到中国文学。"③

---

① 李国文，《杨宪益的翻译人生》，载《今日中国》，2006年第7期，第39页。
② 冯庆华，《红译艺坛》，上海：上海外语教育出版社，2006年，第18页。
③ Robert Hegel, "The panda Books Translation Series", in Chinese Literature: Essays, Articles, Reviews (CLEAR), Vol.6, No.1/2, 1984, p.182.

## 第六节　新时期的清小说译介（1980年至今）

自20世纪50年代初期到"文化大革命"结束，中国在政治文化思想领域都经历了一段严峻的历史时期，文化输出走了一条曲折的道路。"文化大革命"期间，一切处于非常状态，文学翻译自然也深受其害，对外译介基本处于停滞状态，主要译者杨宪益和戴乃迭一度遭受牢狱之灾，在北京半步桥监狱苦熬四年。20世纪70年代末，在邓小平的支持下，中国出现了解冻，经济、文化、艺术各方面发展迅速。为了让世界了解中国文化，古典文学对外传播再次呈现勃勃生机，各种形式的对外文化交流蓬勃展开，翻译作为中外文化的重要桥梁发挥了巨大作用，一批中国学者开始把中国传统文化介绍给西方。《红楼梦》《聊斋志异》等清小说都拥有了国内译者翻译的多种译本，清小说英译史上出现了文化输出的另一个翻译高潮。

### 一、译介概况

1982年，上海外国语大学的教师卢允中与陈体芳、杨立义、杨之宏合作推出选译本 *Strange Tales of Liaozhai*，由商务出版社出版。1988年，商务出版社还推出此版本的扩大加长译本，在82年版本的基础上增添了34个篇章，共85篇聊斋故事，507页。虽然此版本没有翟理斯译本的影响力大，然而，译者策略是译出一种忠实的、具有详细注解，尽可能语言优美可读的英文译本，他们标注了大量文化典故，进行歧义释义的考证，并注明中文原文题目，它面向专家和汉语修养较高的英语读者，亦注重可读性。

1983年，企鹅出版社推出"企鹅经典丛书"的《浮生六记》新译本，译名为 *Six Records of a Floating Life*，译者为白伦（Leonard Pratt）和江素惠。对于这部重要的作品，两位译者采取了极为审慎的态度。他们在前言中说，"先行者应该得到我们无比的敬意，但是我们还是觉得，将《浮生六记》完整地译成现代英语还是有可能的。通过大量的注解和地图，这个译本会将沈复的描述更加完整地展现在现代英语读者面前。沈复为彼时彼地的读者而作，而这一切都已不复存在了。我们希望为这部作品所作的一切，能有助于它存活于当代西方读者心中，正如它的作者希望它存活于自己的同辈人心中一样。"① 2006年，译林出版社再版了此版本。

1988年，外语教学与研究出版社出版了由中国学者莫若强、莫遵中、莫

---

① Leonard Pratt, Chiang Suhui, *Six Records of a Floating Life*, London: Penguin, 1983, Preface.

遵均翻译的 *Selected Translations from Pu Songling's Strange Stories of Liaozhai*，它共 186 页，隶属古代文史名著选译丛书，是国家教委古籍整理"七五"规划的重点项目。译者比较注意《聊斋》的民间故事叙事风格，有一些注释，面向普通读者，较具有可读性。

1997 年，人民中国出版社出版了郭林（Guo Lin）、郝光峰（Hao Guangfeng）等译者合译的 3 卷本 *Strange Tales from the Liaozhai Studio*，由玛莎·郭汉姆（Martha Graham）编辑，共 1013 页。译者提供脚注，对读者可能产生理解困难的文化现象均以附录形式加以说明。在正文之后，把书中汉语与英语人名进行对照，以使英语读者较为容易地了解这部名著的内容。

外文出版社出版的 *Strange Tales From Make-do Studio* 隶属"经典的回声"（Echo of Classics）系列，译者为梅丹理（Denis C. Mair）和梅维恒（Victor H. Mair）。梅丹理先生是汉学家，亦是美国著名新诗诗人。梅维恒是宾西法尼亚大学东亚文学及文化中心主任，比较文学教授，曾主编过《哥伦比亚中国文学史》，熟谙汉语。此汉英对照译本共 449 页，附有一篇 13 页的前言，选入如《画皮》《婴宁》《聂小倩》《小谢》等《聊斋志异》里最经典的 51 个故事，译者的文学及文化素养使得译本语言考究、优美、典雅，富有形式和文体美。"故事取材广泛，如拟人化的狐妖、鱼精、鬼怪及恶魔，他们和人一样有善恶、美丑、爱憎、喜乐。这些神秘的故事反映了叙述者生活的时代。"①

《聊斋志异》的最新译本出现在 21 世纪初，澳大利亚国立大学的闵福德教授（John Minford）历时 14 年，翻译出版了 *Strange Tales from a Chinese Studio*。闵教授出生于英国，热爱中国文化，他认为汉语的文字、结构优美典雅，令人心醉。在牛津求学期间，他师从英国汉学名家霍克思，两人曾合作共同译出英译本《红楼梦》。闵福德的译本由伦敦纽约企鹅出版社（Penguin）出版，选译了 104 个故事，隶属企鹅古典名著系列（Penguin Classics），共 608 页。

"八十年代可以说是美国明清小说研究的丰收期。""到了九十年代，美国明清小说的研究更呈现出不断深入的趋势。"②随着对明清小说整体研究的进展，李渔译介也揭开了新的一页。美国哈佛大学比较文学教授韩南（Patrick Hanan）从《十二楼》中选取六篇小说，选本译名为 *Tower for the Summer Heat*，共 256 页。韩南为此书写了序言，并详细加注，由哥伦比亚大学出版社于 1998 年出版。他选译的篇章为《夏宜楼》《归正楼》《萃雅楼》

---

① Vector Mair, Denis Mair, *Strange Tales From Make-Do Studio*, Beijing: Forign Language Press, 2001, Preface.
② 黄卫总，《明清小说研究在美国》，载《明清小说研究》，1995 年第 2 期，第 217-224 页。

《拂云楼》《生我楼》，译名分别为 *A Tower for the Summer Heat*、*Return-to-Right Hall*、*House of Gathered Refinements*、*The Cloud-scraper*、*Homing Crane Lodge*、*Nativity Room*。①《肉蒲团》的第二个译本仍然出自韩南教授。如果说库恩使《肉蒲团》在英语文学界初获声名，那么韩南使此书成为英语文学界东亚文学研究者耳熟能详的书名。1990 年，韩南的《肉蒲团》英译本 *The Carnal Prayer Mat* 由纽约的伯朗汀书系（Ballanting Books）出版公司出版。较之理查德·马丁的译本，这是第一次直接从汉文翻译为英文。此译本生动、流畅，展现了李渔丰富的想象力和天马行空的"情色叙事"（erotic narrative）②，引起广泛关注，在英语世界广为流传。1992 年《肉蒲团》得以再版，1995 年发行第三版。

《大中华文库》工程是我国历史上首次系统、全面地向世界推出外文版中国文化典籍的国家重大出版工程，工程于 1995 年正式立项。中国外文局下属外文出版社、新世界出版社、译林出版社等国内出版社组织翻译出版了其中的几十本著作。在清小说方面，《大中华文库》先后组织重版了《浮生六记》《红楼梦》《儿女英雄传》《聊斋志异》《老残游记》《镜花缘》《儒林外史》的优秀英译本（见表 1-6）。

表 1-6　新时期清小说主要译本

| 出版年 | 原作 | 译本名 | 译者 | 出版社 |
| --- | --- | --- | --- | --- |
| 1980 | 红楼梦 | *A Dream of Red Mansions(3)* | The Yangs | Foreign Language Press |
| 1981 | 《三国演义》《续西游记》《镜花缘》节选 | *Excerpts from Three Classical Chinese Novels- The Three Kindoms/Pilgrimage to the West/Flowers in the Mirror* | The Yangs | Foreign Languages Press |
| 1981 | 聊斋志异 | *Selected Tales of Liao Zhai* | The Yangs | Foreign Languages Press |
| 1982 | 聊斋志异 | *Strange Tales of Liaozhai* | Lu Yunzhong | 商务出版社 |
| 1982 | 红楼梦 | *The Story of the Stone(the Debt of Tears)* | David Hawks | Penguin |

① Li Yu, *Tower for the Summer Heat*, trans., Patrick Hanan, New York: Ballantine Books, 1992.
② Liangyan Ge, "Rou Putuan: Voyeurism, Exhibitionism, and the Examination Complex", in *Chinese Literature: Essays, Articles, Reviews (CLEAR)*, Vol.20, 1998, p.127-152.

续表

| 出版年 | 原作 | 译本名 | 译者 | 出版社 |
|---|---|---|---|---|
| 1983 | 浮生六记 | Six Records of a Floating Life | Leonard Pratt & Chiang Suhui | Penguin |
| 1986 | 红楼梦 | The Story of the Stone(the Dreamers wake) | John Minford | Penguin |
| 1988 | 聊斋志异 | Strange Tales of Liaozhai | Lu Yunzhong | 商务出版社 |
| 1989 | 聊斋志异 | Strange Tales from Make-do Studio | Denis C & Victor H. Mair | Foreign Language Press |
| 1990 | 无声戏 | Silent Opera | Patrick Hanan | Renditions Press |
| 1990 | 肉蒲团 | The Carnal Prayer mat | Patrick Hanan | Ballantine Books |
| 1997 | 聊斋志异 | Strange Tales from the Liaozhai Studio | Zhang, Qingnian | 人民中国出版社 |
| 1998 | 夏宜楼 | Towers of Summer Heat | Patrick Hanan | Columbia University Press |
| 2003 | 聊斋志异 | The Painted Wall and other Strange Tales | Michael Bedard | Tundra Books |
| 2003 | 儿女英雄传 | The Tale of Heroic Sons and Daughters | Fei, Zhide | New World Press |
| 2005 | 镜花缘 | Flowers in the Mirrow | Lin Tai-yi | Yilin Press |
| 2005 | 老残游记 | The Travels of Lao Ts'an | Haroald Shadick | Yilin Press |
| 2006 | 聊斋志异 | Strange Tales from Chinese Studio | John Minford | Penguin |
| 2006 | 浮生六记 | Six Records of a Floating Life | Leonard Pratt & Chiang Suhui | Yilin Press |
| 2007 | 聊斋志异 | Selection from Strange Tales from the Liaozhai Studio | Huang, Youyi | Foreign Language Press |
| 2008 | 红楼梦 | A Dream of Red mansions | Frank Huang | Foreign language teaching and research press |

## 二、主要译者及其成就

### 1. 卢允中

20世纪80年代后最受译者关注的清小说当首推《聊斋志异》。1982年，上海外国语大学的教师卢允中与陈体芳、杨立义、杨之宏合作推出选译本 *Strange Tales of Liaozhai*，开始了新时期《聊斋志异》重译活动。这个译本由商务出版社出版，共译出51篇故事。1988年，商务出版社又推出此版本的扩大加长翻译本，在82年版本的基础上增添了34个篇章，共85篇聊斋故事，507页。

卢译本《聊斋志异》由四部分组成：前言、译者导言、正文及译后记。译者前言很简短，主要谈了译本版本的选择。译者说，此译本选材的标准是"在我们看来，真正能体现作者的风格的篇章。它们都有着无与伦比的想象力，对人物和当时社会都有鲜活的描绘。"[①]卢译本是多个《聊斋志异》译本里第一个注意到版本选择的译本。"从1740年《聊斋志异》问世以来，版本众多。译者选择的版本是1978年张友鹤辑校的上海古籍出版社推出的会校、会注、会评本，俗称'三会本'。张友鹤版本采用了作者的手稿本及铸雪斋抄本，收有正文491篇，有9篇故事因为真伪有待考证，作为附录处理。这个版本比以前中国出版的任何版本都要多70篇故事，是最全的版本。"[②]

卢允中撰写的导言介绍了蒲松龄生平及《聊斋志异》创作过程，总结了小说的艺术特色。由于受其时代主流批评思想的影响，他介绍蒲松龄为"出生于穷苦地主家庭"，"自己的政治地位让自己深受封建官僚的压迫与污辱"。因此，"这种对生活的深入了解深深影响了《聊斋志异》的创作"。[③]卢允中将《聊斋志异》里的故事归为三类，《促织》一类揭发并鞭鞑黑暗封建社会的文章"，"控诉丑陋的科举告诫的文章"及"展现年轻人爱情生活的文章"。[④]在导言的最后部分，卢允中介绍了中国的志怪小说传统，以"浪漫主义"定位《聊斋志异》，"简而言之，这些故事瑰丽的幻想、天才的情节、无与伦比的场景以及直指人心的描写让我们更多地了解到明清时代的生活和社会"。[⑤]

以1988年加长版译本来考察译本选篇，此译本共选译了85篇《聊斋志异》故事，从《瞳人语》开始，至《寄生》结束。译者在目录里将每篇译文都附上中文原名，这个考虑让阅读《聊斋志异》英文版而希望能了解其中文

---

[①] 蒲松龄，《聊斋志异》，卢允中、陈体芳、杨立义、杨之宏译，北京：商务出版社，1982年，前言。
[②] 蒲松龄，《聊斋志异》，卢允中、陈体芳、杨立义、杨之宏译，前引书，前言。
[③] 蒲松龄，《聊斋志异》，卢允中、陈体芳、杨立义、杨之宏译，前引书，iv。
[④] 蒲松龄，《聊斋志异》，卢允中、陈体芳、杨立义、杨之宏译，前引书，Iv-vii。
[⑤] 蒲松龄，《聊斋志异》，卢允中、陈体芳、杨立义、杨之宏译，前引书，vii。

原文的读者很容易找到中文出处。

这是一个合译本,合作翻译是中国对外输出文化时经常采用的翻译策略。如《毛泽东选集》的翻译,集体分工协作的翻译模式能将较大的工作量分解到各译者,从而比单个译者从事翻译的速度和效率大大提高。《聊斋志异》是比较适合这种翻译模式的,因为它每篇独立成篇,不需要统一人名、地名,在质量上容易保证准确和统一。我们从译本篇名翻译中可以看出,译者使用了基本统一的翻译策略,它体现在对篇名的翻译上。《聊斋志异》有大量的篇名是关于人名的,对人名,译本全部采取了音译。如《阿钱》《婴宁》《王成》《小梅》,分别译为"A-qian""Yingning""Wang Cheng""Xiao Mei",而对于有文化含量的篇名,译者则统一采取意译。如《续黄粱》一名,本是"黄粱一梦"的简称,讲到青年人做了一个梦,梦见一生的荣华富贵,醒来后才发现仅是小睡一会。该故事意指时间短暂、飘渺,充满了人生如梦的倏忽感。此篇名翟理斯译为 Sequel to the "Yellow Millet Dream",典故的文化内涵根本没有翻译出来,英语读者对"Yellow Millet Dream"容易迷惑不解。所以,卢译本将它译为 Another Evanescent Dream,此译名将原词的文化含义基本准确地反映出来,是一个好的翻译。然而在另一个篇名的翻译中,这种处理方式似又有待商榷,如《夜叉国》,卢译为 The Land of Savages,意为"野人之国","夜叉"一词,本来来自梵文"Yaksa",意为"捷疾鬼""能咬鬼",意为轻便迅捷之鬼,是一个佛教的词语。后来流传到中国,意指阴间的一种古怪生物,形状恐怖。"野人之国"传达出形状上的可怖,然而原文那种宗教文化层面上的内韵则已消失。

在篇内字句的处理上,卢译本以意译为主,且没有加太多注释,将很多有文化内涵的词语解释性地分散在译文中。以《婴宁》为例,《婴宁》一文中开篇即说,"王子服,莒之罗店人。早孤。绝慧,十四入泮"。①"入泮"一词,不了解中国古典文化的读者恐难解其意,它意为入泮宫读者,即考取秀才。科举制度是中国固有的考试方式,书生省级院试过关,就取得秀才功名。我们来对比一下卢译本与杨戴译本的差异。

原文:

绝慧,十四入泮。

杨译:

A brilliant lad, he passed the district examination at fourteen[②]。

---

① 蒲松龄,《聊斋志异》,北京:北京十月文艺出版社,2004年,第86页。
② Pu Songling, Selected Tales of Liao Zhai, trans., The Yangs, Peking: Foreign Language Press, p.87.

卢译：

He was highly intelligent and passed the imperial examination at the county level at the age of fourteen①。

"入泮"一词，杨译为"pass the district examination"，虽解释原义，然而意思仍有一定差异。卢译为"passed the imperial examination at the county level at the age of fourteen"，意义准确，解释了它的文化含义。但杨译行文简洁，符合原文文言小说简短有力的特点，而卢译文字显得平淡，《聊斋志异》原文的文字魅力有所减弱。

在《婴宁》中，蒲松龄继续介绍王子服，我们再比较下一段译文。

原文：

聘萧氏，未嫁而夭，故求凰未就也。会上元，有舅氏吴生，邀同眺瞩。②

杨译：

His betrothed, Miss Xiao, having died, he was still unmarried when his cousin Wu asked him out for a stroll on the lantern Festival.③

卢译：

Though he had been engaged to a girl of the Xiao family, the young lady unfortunately died before marriage, and so he was still in want of a wife. Once at the Lantern Festival, Wang's cousin named Wu, son of his maternal uncle, invited him to take a stroll.④

此处有三个词语有文化含量。"求凰未就"一词，来自"凤求凰"，指男女之间爱慕之情。著名才子司马相如写下"凤兮凰兮归故乡，遨游四海求其凰"的诗句来追求卓文君，从此留下一段"凤求凰"的佳话。杨译为"still unmarried"，卢则译为"still in want of a wife"。两个译本都是意译，杨译陈述未婚状态，文化含义略去不译，而卢译的"in want of"一词，意为需要，有比较强烈的语气色彩。"上元"一词，指中国特有的元宵节，两个译本都译为"Lantern Festival"，卢译本在下面还加了一个注，注为"The fifteenth day of the first lunar month"。"舅"一词，中文中分为"娘舅"和"叔叔"，有详细的划分，这是基于中国重视亲属和人际关系的缘故。这三个词语，两种译本译法有明显差异。"舅"一词，杨译为"Cousin Wu"，简洁，对中文"舅"字的差异一带而过，略去不译。而卢则详细地译为"Wang's cousin named Wu,

---

① 蒲松龄，《聊斋志异》，卢允中、陈体芳、杨立义、杨之宏译，前引书，第95页。
② 蒲松龄，《聊斋志异》，前引书，第86页。
③ Pu Songling, *Selected Tales of Liao Zhai*, trans., The Yangs, Ibid. p.87.
④ 蒲松龄，《聊斋志异》，卢允中、陈体芳、杨立义、杨之宏译，前引书，第95页。

son of his maternal uncle",将中文人际亲属关系忠实地全部译出。我们仍然可以从这三个例子观察到杨译本的简洁,及卢译本的忠实。有趣的是,两个译本都是中国人所译,在行文处理方式仍然如此不同。文言翻译与普通文艺作品翻译相比本来就困难得多,《聊斋志异》里处处皆是典故及意思难懂的文句,对译者要求很高。翻译的难处常常就在这些简单的文句里,而这恰恰是容易被译者所忽略的。

卢译本由商务印书馆出版,是"文化大革命"后中国对外输出文化的尝试。从20世纪80年代开始,《聊斋志异》被一再重译,且大部分译本由中国人推出。如1988年外语教学与研究出版社推出的莫若强、莫遵中、莫遵谷译本;1997年,人民中国出版社出版的由郭林(Guo Lin)、郝光峰(Hao Guangfeng)等译者合译,由玛莎·郭汉姆(Martha Graham)编辑的译本。2007年,外文出版社再出版大中华文库《聊斋志异》编译本,从黄友义、闵福德、梅丹理、梅维恒的译文中选出部分篇目辑编成一个译本。如此大规模地由中国学者一再重译已经有多个译本的一部作品实属罕见,这种现象本身值得关注。

2. 梅丹理、梅维恒

梅丹理(Denis C. Mair),美国著名新诗诗人,翻译了很多中国现代诗人的作品。梅维恒(Victor H. Mair),美国宾西法尼亚大学东亚文学及文化中心主任,曾主编过《哥伦比亚中国文学史》。一位诗人,一位学者,两人继续翻译了《聊斋志异》。在20世纪80年代后的译本中,这是一个质量相当优秀的译本,译本的文学修养让它具有流畅绚丽的文风,在英语世界产生了不小影响。

这仍然是一个节选本,隶属于"凤凰书系(Phoenix Books)",1989年由北京外文出版社(Foreign Languages Press)出版,封面古朴,446页,共收入51篇《聊斋志异》里最经典的故事。译本由两部分组成,前言和正文,没有附注。

译本由王力实(Wang Lisi)和刘列茂(Liu Liemao)撰写的长篇前言开始。近万字的前言介绍了蒲松龄的生平、创作动机、创作方式、当时的社会历史环境、对待妇女的态度及婚姻观,并赞美了《聊斋志异》里的女性形象。作者认为蒲松龄在其所处年代,并不为人所知。蒲松龄出身寒微,因此了解人民疾苦。通过为过路的人奉茶听他们讲故事,他采到了大量聊斋素材。因此,《聊斋志异》与中国民间文学紧密相关,但它并不是一本纯粹的民间故事，它倾注了蒲松龄的理想与激情。"①而"为什么蒲松龄要写这么多鬼故事呢？"作者认为，这和明清时期的文字狱有关。残酷的文字禁锢让蒲松龄只能选择曲折的方式表达他的理想。"无论蒲松龄是写狐、鬼、神还是魔，他的写作的真正主题只有一个——人！"②"这些故事怪而不诞，充满奇思妙想，然而饱含人类情感……特别是那些年轻女性，她们如此鲜活，如此耀眼！她们情感真挚，让我们怦然心动，肃然起敬！"③前言介绍了婴宁和小谢的故事。生活在荒野之时，婴宁常有"银铃般的笑声"，而当她走进普通人的生活之后，"她不再笑。'即使逗她，她也不笑'。鲜明的对比使得婴宁从前的笑声更让我们怀念。"④前言将《聊斋志异》里的女性形象与《红楼梦》中的女性形象相比较，"《聊斋志异》里创作地大量活生生的女性形象，可与《红楼梦》大观园中的女性相比。这些有着独立思想的年轻妇女表明，中国的封建社会正在进一步衰败……真正的生活越来越变得不可能，不仅是对于受压迫的阶级，同样，统治阶级的青年男女亦如是。"⑤最后，前言对蒲松龄做了总结，"他不仅是一个尖锐的社会批评者，他同样描绘了他的最高理想。他敢想他人之不敢想，想象的翅膀载着他在远空翱翔"。⑥而他的想象与旧的神怪故事里的想象不同之处在于：第一，他的想象中有着尖锐的批评视角；第二，他的想象中有对人物的衷心赞美；第三，他的想象力引发了有力的疑问：为什么社会标准会巅倒是非美丑？人鬼不分？第四，他的想象力最终传达了发人深省的信息。⑦

译本正文部分共包括51篇译文，全部是《聊斋志异》里最经典的篇章。译本制作精美，从《考城隍》（*Candidate for the Post of City God*）开始，至《姬生》（*Scholar Ji*）结束。每篇译文皆配有一幅光绪十二年同文书局石刻本《聊斋志异》中所绘的插画。石刻本是《聊斋志异》最早的全图本，插画古色古香，充满中国古代书生仕女风情。每幅插画都配了诗。如《考城隍》的插画左上方，题为"人生百行孝为先，明义开宗第一篇，泣涕陈情予假日，欢承萱草喜延年"。《婴宁》（*Yingning*）一篇里，在插画右方诗题为"拈花微笑

---

① Pu Songling, *Strange Tales from Make-do Studio, trans.,* Denis C, Victor H.Mair, Beijing: Foreign Language Press, 1989, p.iii.
② Pu Songling, *Strange Tales from Make-do Studio,* trans., Denis C, Victor H.Mair, Ibid. p.iv.
③ Pu Songling, *Strange Tales from Make-do Studio,* trans., Denis C, Victor H.Mair, Ibid. p.iv.
④ Pu Songling, *Strange Tales from Make-do Studio,* trans., Denis C, Victor H.Mair, Ibid. p.v.
⑤ Pu Songling, *Strange Tales from Make-do Studio,* trans., Denis C, Victor H.Mair, Ibid. p.vii.
⑥ Pu Songling, *Strange Tales from Make-do Studio*, trans., Denis C, Victor H.Mair, Ibid. p.vii.
⑦ Pu Songling, *Strange Tales from Make-do Studio,* trans., Denis C, Victor H.Mair, Ibid. p.vii-xi.

欲倾城，情到念时转不情。一味天真何烂漫，只宜呼作太憨生"。①《聂小倩》（*Nie Xiaoqian*）一篇里，插画上方题诗为"既具光明磊落肠，不逢剑侠亦何伤。良宵自诧奇缘者，多半青磷注墓场"。②《侠女》（*A Chivalrous Woman*）插画配词为"恩仇了，飘然去，玉貌花容何处寻，光复寻常儿女态，隐娘肝胆小娥心"。③

我们来看译者的翻译策略及风格。在对卢允中译本的讨论里我们提到，《聊斋志异》原文是文言小说，其中包含了丰富的文化因素，使得翻译变得艰难。而梅丹理和梅维恒都是外国人，外国译者是怎样翻译艰涩的中国文言小说呢？从对译本的解读里我们发现，译者没有做情节上的改写，基本忠实地译出了原文内容。其次，对原文里的大量文化信息，译者基本采取了释义的意译。现举译例如下：

例1：

原文：

我鬼也。翁家尽狐。偶悦其女红亭，姑止焉。鬼为狐祟，阴骘无伤，君何必离人之缘而护之也。女之姊长亭，光艳尤绝。敬留全璧，以待高贤。彼如许字，方可为之施治；尔时我当自去。"石诺之，是夜少年不复至，女顿醒。④

译文：

"I am a ghost. Everyone in the Weng family is a werefox. I took a fancy to his daughter hong-ting and attached myself to her for a lark. Ghosts do not damage to their inner virtues when they haunt werefoxes. Why should you interfere with someone else's attachments just to protect these werefoxes? Hong-ting elder sister Changting is a dazzling beauty of the rarest kind. I have left that piece of jade intact for someone more deserving than myself. Wait to perform your cure until Changting agrees to marry you; when that times comes, I'll leave on my own." Shi assented.⑤

---

① Pu Songling, *Strange Tales from Make-do Studio*, trans., Denis C, Victor H.Mair, Ibid, p.75.
② Pu Songling, *Strange Tales from Make-do Studio*, trans., Denis C, Victor H.Mair, Ibid, p.91.
③ Pu Songling, *Strange Tales from Make-do Studio*, trans., Denis C, Victor H.Mair, Ibid, p.107.
④ 蒲松龄，《聊斋志异》，北京：北京十月文艺出版社，2004年，第135页。
⑤ Pu Songling, *Strange Tales from Make-do Studio,* trans., Denis C, Victor H.Mair, Beijing: Foreign Language Press, 1989, p.332.

我们来比较原文与译文。中国古代文言以简练为主。因此,《聊斋志异》中的句子一般都很短,如"我鬼也。翁家尽狐""鬼为狐祟,阴鸷无伤""光艳尤绝"。这种句子精练、工整、富有对仗性,显示了古汉语独有的魅力。"我鬼也""石诺之"这样的极短句子并非蒲松龄随意安排在行文之中,它们常常出现在一段叙事的开头或者结尾,形成语句节奏。"我鬼也",译者将它译为"I am ghost","石诺之"译为"Shi assented",简洁地开头,简洁地结尾,在行文中产生一种短暂的停顿感,形象生动地表现出人物的语气以及性格特征,很好地体现了原文的节奏感。而对于四字句"敬留全璧,以待高贤"的处理如下:"I have left that piece of jade intact for someone more deserving than myself."译者的处理非常到位,译文前后用了相同的时态,相同的句式,两个四字句处理成了一句由"for"联结的两个短句,文义贴近原文,对仗基本工整。

例2:

原文:

宁惧,惧方欲呼燕,忽有物裂箧而出,耀若匹练,触折窗上石棂,炎欠一射,即遽敛入,宛如电灭。①

译文:

In his fright, Ning was about to call out to Yan when an object suddenly split the side of the chest and flew out, flashing like a jet of water in instantaneous are; it broke through the stone cornice above the window, then flicked abruptly back into the chestg like a vanishing bolt of lighting.②

译文基本到位,把原文意思表达清楚,逻辑关系也比较明确。文言小说的翻译,用词讲求简洁,因此译文也尽量不显得过于冗长,如例1。但例2的翻译是个例外,译者将它翻译成了长句,这在《聊斋志异》中并不多见。先看原句,"忽有物裂箧而出,耀若匹练,触折窗上石棂,炎欠一射,即遽敛入,宛如电灭",这个长句由时间连接,由一系列的简单句构成,叙述人物的一连串动作,主语都是这个神秘的"物"。梅氏此处将这一系列动作处理成一个长句,动作一气呵成,一切在电光火石之间发生。这是个非常不错的翻译,语义连贯,意象连绵不断。

《聊斋志异》一书中有中国文化意韵的典故比比皆是。翟理斯译本的处理方式是添加大量注释,使英美读者明白某个特定词语含义,杨戴译本及

---

① 蒲松龄,《聊斋志异》,北京:北京十月文艺出版社,2004年,第116页。
② Pu Songling, *Strange Tales from Make-do Studio*, trans., Denis C, Victor H.Mair, Beijing: Foreign Language Press, 1989, p.97.

卢允中译本则采取意译，而梅氏译本注释很少，他们是怎么解决这种文化隔膜的呢？

首先，对于人名，梅氏采取音译与意译相结合的策略。《聊斋志异》中创造了诸多光彩照人的女性形象，中国文学作品讲究人如其名，所以她们的名字无论是视觉，还是听觉都让我们感觉美好。如"婴宁""聂小倩""连城"，梅氏在翻译人名时，采取了三种方式。第一种为直接音译，如"婴宁"译为"Yingning"，"连城"译为"Liancheng"；第二种翻译方式为意译，如"阿宝""黄英"，译为"Precious""Yellow Bloom"；第三种为加解释的意译，如"青凤""青娥""瑞云""晚霞"，分别译为"Fox-girl Qingfeng""Fairy-girl Qing-E""Courtesan Ruiyun""Ghost-Girl Wangxia"。三种翻译方式都各有所长，亦各有所缺。如"连城"，中文"连城"一词，暗指"价值连城"，蒲松龄用它来暗指女孩的高贵品质，这是一种赞美。而音译名"Liancheng"则忽略了中文原意。而"青凤"译为"Ghost-girl Qingfeng"，这种翻译可使读者了解其身份，然而"青凤"一词本身在汉语里所有的美好联想仍然无法获得。至于"阿宝""黄英"的译法，这种方式能够弥补由单纯拼音译法造成的信息量的缺失，这样的翻译即能传达给读者美好的联想，又能帮助读者理解。只是失去了中文拼音读法，事无完美，相较之下，此种译法最好。

对于文化术语翻译，梅氏则采取了从目的语中寻找相似的文化负载词来翻译的策略。《聊斋志异》中有大量关于科举考试的术语，如"秀才""举人""进士"。《考城煌》中"秀才"被译为"bachelor of letters"，《画壁》中"朱孝廉"被译为"Master of letters Zhu"。译者此处使用了与西方现代教育制度的三种学位做了类比，秀才、举人、进士相应译为"Bachelor of letters""Master of letters""Doctor of letters"。而对于《聊斋志异》中的大量佛教术语，这些术语在汉语本身其实是佛经译者对梵语的音译，如"罗刹""兰若""朱擅"等，译文中这些词语被分别译为"Raksassas""monastery""my good patron"。而译者在翻译时则选择了意译，这样保证意义上完成从印度佛教文化抵达中国文化，再到英语文化的过渡。

梅译本是一个优秀的译本。由于梅丹理是著名诗人，熟练掌握目的语的表达，梅维恒亦是著名翻译家，对中英文学皆有很深造诣，译者的文学及文化素养使得译本语言考究、优美、典雅，富有形式和文体美。[①]译本一经出版，即得到广大读者的欢迎。《聊斋志异》英译本中从此增添了一个行文优美，很好地讲述了遥远的东方那些拟人化的狐妖、鱼精、鬼怪及恶魔故事的译本。

---

① 何敏，《英语世界<聊斋志异>译介述评》，载《外语教学与研究》，2009 年第 2 期。

3. 黄新渠

到 20 世纪 80 年代,《红楼梦》的英译史已走过了一百余年,其中片段译文、节译本、全译本林林总总,种类繁多。而到 1991 年,《红楼梦》英译本中又增添了一个很有特色的改写本,即是四川成都人黄新渠推出的改写编译本。黄新渠在序言中说:"无论是我国青年读者或者西方的一般读者,都花不出太多时间和精力来读厚厚的几大册全译本。有鉴于此,我在美国讲授中国文化和中国文学期间,决心根据人民出版社 1982 年 3 月出版的《红楼梦》中文版和开明书店 1935 年出版的《红楼梦》节编本进一步精简,先缩写为中文稿,然后再译为英文,以帮助读者认识中国文学中的这一瑰宝,提高那些花不出时间和精力读完五大册全译本读者的兴趣。"①

由此可见,黄译本的翻译动机是"帮助读者认识中国文学中的这一瑰宝",提高"花不出时间和精力"读完篇幅浩大的全译本读者对小说的兴趣。译本目读者群是"西方的一般读者"。黄译本是个装帧非常淡雅的译本,封面为淡黄色,有模糊的红楼人物橡,译名取杨宪益戴乃迭译名 *A Dream of Red Mansions*。这是一个汉英双语精简本,共分五个部分:序、前言、主要人物表、中文原文及英文译文。

黄译本由北京大学教授李赋宁做序。李教授在序言中比较了《红楼梦》与菲尔丁的《汤姆·琼斯》的相似之处,即它们都以"情节结构、人物塑造和语言对话见长,并且二者都在各自背景的陪衬下烘托出一幅社会生活和家庭生活的现实主义图画。""两者都可作为'教育小说'来读。"②而后,李赋宁提到尽管霍克思的译本已非常完美,然而这部中国文学巨著长达 120 回,因此确有压缩的必要。在前言里,黄新渠继续了这个话题,提出自己重译《红楼梦》的原因是"帮助那些花不出时间和精力读完五大册全译本读者的兴趣"。③

和王际真、库恩一样,黄新渠也列了一个主要人物表。人物表同时附有中英文人名,以宁国府和荣国府为线索。黄新渠的人物表与库恩的人物表有类似的人物类别,亦有"家族长者""家族少者"及"家族亲戚"。只是黄新渠将人物分为三类:宁国府、荣国府及主要侍女。他将宁国府和荣国府翻译为"东府"(the West Mansion)和"西府"(The East Mansion),西府亦译为"The Honored Mansion,分为"家族长老"(Heads of the Jia Household)、"家族长者"(The Seniors)、"家族少者"(The Juniors)、"家族青年女性成员"(The

---

① Cao Xueqin, *A Dream of Red Mansions*, trans, Frank Huang, Beijing: Foreign Language Teaching and Research Press, 2008, p.v-vi.
② Cao Xueqin, *A Dream of Red Mansions*, trans, Frank Huang, Ibid. p.I.
③ Cao Xueqin, *A Dream of Red Mansions*, trans, Frank Huang, Ibid. p.vi.

Female Juniors）及"家族亲戚"（Relations of Jia Household）。"家族长老"主要是"贾母","家族长者"主要指"贾赦""贾政"等,"家族少者"主要指"贾琏""贾宝玉"、"贾兰"等男性家族成员,"家族青年女性成员"主要指三春,而"家族亲戚"则为"林黛玉""薛宝钗""刘姥姥"等。东府亦译为"The Peaceful Mansion",下面只列了主要人物,如"贾敬""贾珍""尤氏""秦可卿""惜春""尤老娘""焦大"等。"主要侍女"（Main Waiting Maids）则是"鸳鸯""琥珀"等。这个人物表里,比前面所列人物表都更复杂,成员更多。

我们来看黄新渠的翻译策略。首先,从章回上看,这是一个编译本,将《红楼梦》原文一百二十回目缩减成三十回。同时,译者保留了章回小说的文体,从第一回"一个穷书生的故事"（A Poor Scholar's tale）,到最后一回"贾宝玉看破红尘"（Magic Jade Renounces the World of Mortals）。然而黄的改写和缩写与《红楼梦》的前译者都不同:乔利译本完整地译出了前五十六回,包括书名;王际真译本缩减了大量回目,但翻译出来的章节里尽可能地保留了原回目名称;麦克休译本亦做了同样处理;而黄新渠的译本完全改变了原章回回目标题,只以宝玉和黛玉宝钗的爱情悲剧以及贾府中几位青年女性的命运为主线选择翻译的主要内容。他精减了次要情节,力图在展现一个大家族兴衰的同时,突出主要情节。因此,他的第一章回标题为"一个穷书生的故事"（A Poor Scholar's tale）,第二章回标题为"贾府的家史"（Family History of the Jia Household）,第三章回的标题为"林黛玉初会贾宝玉"（Black Jade First Meets Magic Jade）,第四章回标题为"薛蟠和一桩人命案"（Xue Pan and the Murder Case）。根据章回的改写编排,熟悉《红楼梦》的读者能明显感觉到,译者突出了小说的故事性,意在把它翻译成为一个好懂的中国古代故事。也正因为此,1994年译本在美国出版之后,因其通俗好懂,"被有的美国大专院校选作学习中国文学的入门读物"。①

黄新渠编写了小说里的不少内容,以译本开篇第一段为例。

译文:

Our story begins in one of the rich and mighty quarters beyond the imperial Gate of Suzhou, the garden city in southeastern China. It is a region of wealth and nobility. At that time, an old Buddist temple, known as the Gourd Temple, stood there in a narrow lane off Ten Miles Street. Beside it lived Zhen Shiyin, a respected gentleman, and his graceful and virtuous wife, Madam Feng.②（话说

---

① Cao Xueqin, *A Dream of Red Mansions*, trans, Frank Huang, Ibid. p.vi.
② Cao Xueqin, *A Dream of Red Mansions*, trans, Frank Huang, Ibid. p.1.

我国东南部有个花园似的姑苏城，城中阊门，乃是红尘中富贵风流之地。这阊门外有个十里长街，街内一条小巷有座古庙，人称"葫芦庙"。庙旁住着一家乡绅，叫甄士隐，娶妻封氏，性情贤淑，深明礼义。家中虽不甚富贵，然本地也推他为望族了。因这甄士隐禀性淡泊，不以功利为念，每日只观花种竹，饮酒吟诗为乐，倒是神仙一流人物。美中不足的是年过半百，膝下无儿，只有一女，乳名英莲，年方三岁。）

对比《红楼梦》原文，可以看出，译者省去了曹雪芹的"作者自云""看官你道此书从何而来"等关于石头的来历及空空道人等段落，直接讲到甄士隐的故事。引出甄士隐后，译文跳到贾雨村的来访。原文此处则是"一日炎夏永昼，士隐于书房闲坐，手倦抛书，伏几盹睡……"，然后梦见一僧一道，谈论了结风流公案、绛珠仙草、警幻仙子等。译文省略了所有与"太虚幻境"相关的情节与人物。

黄译本对人名的译法很有意思。他采取的做法是将男性角色音译，女性角色意译。如林黛玉译为"Black Jade"，四春分别译为"Beginning of Spring""Greeting of Spring""Taste of Spring""Grief of Spring"，对应"元春""迎春""探春""惜春"。而"贾赦""贾政""贾兰"，分别译为"Jia She""Jia Zheng""Jia Lan"，但贾宝玉又采取了意译，译为"Magic Jade"。这与王际真的译法相同。但王际真的译名体系与黄新渠又有一些差异，如"贾"姓家族，所有"贾"字王际真译为"Chia"，黄新渠按汉语拼音译为"Jia"，所以，"贾政"一名，王译为"Chia Cheng"，而黄译为"Jia Zheng"。"贾琏"一名，王译为"Chia Lien"，黄译为"Jia Lian"，读音有一定差异。王译名更贴近英语拼读法，而黄译名则取了完全的汉语拼音。

黄新渠译本语言浅显易懂，是针对爱好中文、想学习汉语的读者及大众读者的译本。译本 1991 年由外语教学与研究出版社出版后，即受到中外读者的好评。中国读者使用它来作语言和翻译学习工具，而外语读者则用它来作了解和学习中国文学的入门书，因此，短期内即连续重印。1994 年在美国出版，2008 年，外语教学与研究出版社又继续再版。

4. 闵福德

闵福德（John Minford），出生于英国，热爱中国文化，他认为汉语的文字、结构优美典雅，令人心醉。在牛津求学期间，他师从英国汉学名家霍克思，两人曾合作共同译出英译本《红楼梦》，他翻译了后四十回。1991 年夏天，"在遥远的法国乡村一间昏暗的小屋，在仅有一只灯泡的昏暗照射下，头顶还悬挂着一只巨型蜘蛛",他开始翻译《聊斋志异》。①他用了十四年时间翻译出版了 *Strange Tales from a Chinese Studio*。译本由伦敦纽约企鹅出版社（Penguin）出版,选译了 104 个故事,隶属企鹅古典名著系统（Penguin Classics）,共 653 页。

根据笔者在《英语世界〈聊斋志异〉译介述评》里统计,闵福德《聊斋志异》译本出现前,英语世界里《聊斋志异》已经有 13 个译本,其中译者来自源语国家 4 个,译者来自目的语国家 9 个。然而,闵福德的译本一经出版,立即在《聊斋志异》成为一个重要译本,学术性与娱乐性相结合成为闵译本的特色。

闵福德将《聊斋志异》译为 *Strange Tales from a Chinese Studio*,译本封面上是一位中国士人,手捧书卷,遥望长空。译本做得非常精致,全书共分为十部分：致辞、译者导言、文本、翻译及说明、《聊斋志异》中名字及发音的说明、译文、《聊斋自志》译、背景知识索引、中国地图、《聊斋志异》原文索引、参考资料及分章注释。

与翟克思全译的《红楼梦》每卷前的译者导言一样,闵译本前的译者导言也堪称一篇《聊斋志异》小论文。导言涉及蒲松龄生平故事,中国小说传统、叙事风格、色情描写及狐鬼传说。闵福德将《聊斋志异》与《红楼梦》相比："如果说曹雪芹的《红楼梦》代表了中国白话小说的最高境界的话,《聊斋志异》的怪异短篇故事则是中国文言小说的顶点。"②在"文学传统"小节中,闵福德评价了《聊斋志异》的文言特点及独特的叙事方式,他认为蒲松龄"非常清楚地认识到中国两种叙事文学传统：志怪和传奇,前者是怪异记叙,后者是奇怪故事。它们代表了中国文学中两种文类。与南宋时期开始的作者喜欢采用白话创作不同,这两种文类都使用了极度简练的文言文"。③闵福德认为中国读者从这两种文学形式出现之后,一直就非常喜欢这种叙述方式。传奇比志异更富有文学性,而蒲松龄"在《聊斋志异》中结合了这两种文学传统的特点"。④在"中国叙事者的故事来源和隐喻、幽默和忧郁"一节中,闵福德鉴定了《聊斋志异》的一些故事素材来源。他认为"译本中至少有十七篇故事蒲松龄感谢了给予他民间故事素材的朋友,另外十一篇故事中作者提到历史中的人物,至少有六篇故事里的事件在某些历史材料里存在过,

---

① Pu Songling, *Strange Tales from a Chinese Studio*, trans, John Minford, London: Penguin, 2006, p.xxxii.
② Pu Songling, *Strange Tales from a Chinese Studio*, trans, John Minford, Ibid. p.xii.
③ Pu Songling, *Strange Tales from a Chinese Studio*, trans, John Minford, Ibid. p.xii.
④ Pu Songling, *Strange Tales from a Chinese Studio*, trans, John Minford, Ibid. p.xiii.

三篇故事与他自己的家庭有关，七篇与他的家乡有关……"①这些来源各异的故事被蒲松龄用诙谐的笔调、抒情散文的叙述方式，形成一种了不起的文学类型。闵福德认为与其他18世纪的志怪小说家相比，蒲松龄拥有他独特的风格。他将它总结为"哲理散文似的文风""轻快调侃的语言""语义模糊多变"，而又时尔混杂了一丝"惆怅"。②在"色情描写"一节，闵福德认为蒲松龄的故事里有色情描写，但处理得很含蓄。而在"狐精"与"鬼和超自然力量"两节里，闵福德剖析了中国传统中的狐狸精传说，认为蒲松龄笔下的狐狸精代表了中国男性文人对女性肉体和情感上的欲望和爱意。狐狸精和鬼代表了"女性美和性的力量""阴的力量"，③她们都被拟人化了。

在"文本、翻译及说明"一章里，译者介绍了自己翻译具体文本处理情况。他承认自己的译本受了翟理斯译本的影响。"对有些读者来说，我的译本有些处理方式与翟理斯很相似。我第一次读到这些故事，就是在他的再版本里。"④闵福德提到他本意是翻译全部六卷本的《聊斋志异》，然而，在仔细阅读了所有故事后，他认为有些故事与"我们现在生活的时代不太合适"，会让人回忆起"十八世纪英国作者也写过的有些野蛮落后的故事"⑤，因此，他决定只翻译其中的部分篇目。

闵福德共翻译了104篇聊斋故事，比起有些译者，他的篇章不是最多的。然而，他选择翻译了很多其他译者没有处理过的故事。大多数译者喜欢翻译《聊斋志异》里故事性较强、篇幅较长、与情爱内容有关的故事，有些故事被反复翻译。闵福德翻译了很多短小精练的故事，如《尸变》《喷水》《耳中人》《瓶中怪》《狐伏》，这些故事都是第一次被译为英文，体现了译者不同的选材取向。"我尽可能地选择原文里每种类型故事有代表性的篇章。"⑥他对篇章的选择正印证了他在译者导言里对中国怪异文学传统里志怪和传奇的分析，他没有为了迎合读者只选择浪漫传奇人鬼狐妖的爱情故事，他基本选择的是极度简练、有趣、语言优美，代表了蒲松龄写作风格的故事。一半以上的故事来自原文前82回。

闵福德的《聊斋志异》篇名译法与翟理斯、杨氏夫妇、梅丹理及其他译者都不相同。《聊斋志异》里有大量篇名使用了人名、花名或其他昵称。其他

---

① Pu Songling, *Strange Tales from a Chinese Studio*, trans., John Minford, Ibid. p.xv.
② Pu Songling, *Strange Tales from a Chinese Studio*, trans., John Minford, Ibid. p.xiv-xx.
③ Pu Songling, *Strange Tales from a Chinese Studio*, trans., John Minford, Ibid. p.xxii.
④ Pu Songling, *Strange Tales from a Chinese Studio*, trans., John Minford, Ibid. p.xxxii.
⑤ Pu Songling, *Strange Tales from a Chinese Studio*, trans., John Minford, Ibid. p.xxxii.
⑥ Pu Songling, *Strange Tales from a Chinese Studio*, trans., John Minford, Ibid. p.xxxv.

译者一般使用音译、意译或音译与意译相结合的策略,大多数的篇章多采用音译。而闵福德认为在中国文化语境里,这些带着花和动物的名词很常见,人们会心领神会,但对于英语读者来说这些名词毫无含义,因此,他采取了与其他译者都不相同的译法。如《婴宁》译为 The Laughing Girl,《翩翩》译为 Butterfly,《骂鸭》译为 Duck Justice,《娇娜》译为 Grace and Pine,《董生》译为 Fox Enchantment,皆摒弃音译法,根据文章具体内容使用了意译,如婴宁最让人难忘的是她银铃般的笑声,于是译为"the laughing girl",《董生》讲了一个书生迷上狐妖的故事,所以译为"fox enchantment",《董九郎》描写男人爱上男人,于是译为"cut sleeve",意为"断袖"。蒲松龄的中文篇名里大量使用"狐""鬼",对这些篇目,闵福德则尽可能保留了这层含义。如《咬鬼》《擒狐》《汾州狐》《狐人瓶》《狐伏》等,这些篇名他分别译为 Biting Ghost、Catching Fox、Fox of Fenzhou、Fox in the Bottle、Fox Control。

闵福德对篇名采取意译,使得读者可能很难对应原文篇目。因此,他又采取了两种办法保证读者能索引到中文原文。一是译本中每篇都配有光绪十二年同文书局石刻本《聊斋志异》中所绘的插画,每幅插画都配有四句诗,标有中文原标题名。①另一个办法即是列了一个"《聊斋志异》原文索引",索引详细地介绍了104篇译文与中文版的哪一篇对应。这反映了译者态度的严谨,使得译本具有相当的学术性。

从452到653页,正文后面译者用了一百多页的篇幅从各个方面介绍《聊斋志异》的背景知识。这在所有中国古典文学英译本里恐怕都是绝无仅有的。介绍分六部分,分别为《聊斋自志》译文、"背景知识索引""中国地图"《聊斋志异》原文索引""参考资料"及"分章注释"。首先是蒲松龄《聊斋自志》的翻译。译者没有简单地翻译原文,而是先附上了译者注,认为"它可能是最精练又最意味深长的文本,基本上每个词语都有某种隐喻"。②因此,在《聊斋自志》的译文后,译者附了一个11页的注释,对每行每段里可能涉及中国文化、作者背景等方面的信息进行详细说明。"背景知识索引"则是为普通读者所提供,译者注明"此背景知识索引是为希望了解《聊斋志异》里出现的术语背后隐含的中国文化的大众读者而做。它既非出于学术目的,亦非由我原创。"③这些注释主要涉及中国科举制度、伦理观念、礼仪、信仰等,解释了"士人""秀才""狐狸精""饿鬼""狐""仁义礼智信""清明节"等概念,如"佛"(Buddhism)一词解释为:中国三大宗教中排名第三位,同

---

① 梅丹理、梅维恒译本亦配有此插画。
② Pu Songling, *Strange Tales from a Chinese Studio*, trans., John Minford, Ibid. p.453.
③ Pu Songling, *Strange Tales from a Chinese Studio*, trans., John Minford, Ibid. p.468.

时也是唯一一个外来的宗教。①而在"狐狸精"一词,译者用了两页的篇幅解释这个概念,并借用了尼古拉斯·邓尼(Nicholas Dennys)在《中国民间传说》(*The Folk-Lore of China*)中的观念,基本归纳为:中国男人认为,"狐狸精代表绝对美和欲望""一直带有色欲的信号,并可能带给人类疾病"。②也就是说,狐狸精的生存状态则类似于吸血鬼,不生不死。

"背景知识索引"后,闵福德列了一个中国行政地图及山东省分省详细地图,帮助读者了解译文里出现的地名。译本最后的一个重要部分即是"分章注解"③。从第一章《耳中人》到最后一章《杜小雷》,译者注解了每一个篇章里出现的文化信息。《聊斋志异》是中国文言小说,对外国人而言,阅读理解会有相当难度。然而,最困难的不是表达字面的意思,而是文字背后隐含的文化信息。这是所有译者面临的问题。如同闵福德所说,"对很多读者来说,阅读《聊斋志异》是一次中国文化之旅。西方读者会面临两种层面的相异之处。首先就是文化本身呈现的'他者'。"④对于这种异质的文化,很多译者采取归化策略,使用西方语境里的词语替代东方文化形象,让读者明白其意。如翟理斯使用"Ulysses"翻译"征人",用"steed"取代"dragon",前者尤利乌斯是古希腊一个漂泊的英雄,后者以骑"马"取代了原文的"驾青虬"。而闵福德则采取了异化。以《董九郎》一篇为例,董九郎是篇名,亦是篇章里喜爱男人的主人公。闵福德译为"Cut Sleeve",意为"断袖",断袖是中国古代传说里同性恋的传说。闵福德用这一个极度中国文化特色的翻译来译《董九郎》,他意识到这种文化差距,英语读者对"断袖子"一词恐怕很难理解,于是在"分章注解"里首先解释了"断袖"。他的注解是:

The cut Sleeve persuasion:Emperor Ai,last ruler of the Former Han dynasty(206BC-AD9), had a number of boy-lovers, the best-known of whom was certain Dong Xian. Once when the Emperor was sharing his couch with Dong Xian, the latter fell asleep lying across the Emperor's sleeve. When the emperor was called away to grant an audience, he took his sword and cut off his sleeve rather than disturb the sleep of his favorite. Hence the term "cut sleeve" has become a literary expression for homosexuality among men.⑤(断袖之好:汉哀

---

① Pu Songling, *Strange Tales from a Chinese Studio*, trans., John Minford, Ibid. p.469.
② 参见 474-475,尼古拉斯认为:狐狸精既不是活的,也不是死的,它生活在一片可疑的土地上,一般住在坟墓里,它的身体常常为死人所占据。
③ 参见 499-653,闵福德解释说,译本"先处理了一些常见的大众化的注释,这部分是对每章里出现的术语做一个专门解释。"
④ Pu Songling, *Strange Tales from a Chinese Studio*, trans., John Minford, Ibid. p.xxxiv.
⑤ 参见 537-538,此处译者注明引自高罗佩《古代中国性文化考》。

帝有很多男宠,其中最著名的叫董贤。一次皇帝与他在榻上躺着,董贤睡着了,卧在皇帝袖子上。当随行叫皇帝去上朝时,皇帝拔剑断自己的衣袖,也不愿意惊扰他所爱的好梦。从此"断袖"一词成为男同性恋的通称。)

以富含中国文化隐喻的词语翻译篇名,而后又给出注释,让读者明白它的文化根源。这是闵福德的独特之处。同时,他的注释并非全部出自原创,"有一些注释是从其他评论者那里摘引过来的,因为它们也许对理解某些特定细节有用"。① 同样在《董九郎》一篇中,有一个注释为 "The passion of Cut Sleeve, Of half-eaten peach" ②,注释里同样解释 "half-eaten peach" 为

"of half-eaten peach: Mi Zixia, one of the most celebrated homosexuals in Chinese history and the favorite for a time of Duke Ling of Wei(534-493BC). He was strolling with the ruler in an orchard and, biting into a peach and finding it sweet, he stopped eating and gave the remaining half to the ruler to enjoy." ③(半桃:弥子瑕,中国历史上最有名的同性恋,是卫国国君的最爱。他与国王一起游览,将一个桃子咬了一口,觉得太甜,于是递给国王吃。)

从上面注释例子我们可以看出,闵福德相当尊重、忠实于原文,此处忠实指忠实于中国文化,非忠实于原文的字面意义。译文展现了一个美好的想象世界,所有狐鬼花神都性情真挚。他的译文译注结合,是一个原汁原味的深富中国文化内涵的译本,同时具有相当高的学术性与娱乐性。在《聊斋志异》诸多的英译文本中,他的译本一经出版,立即成为典范,受到学术界的重视和普通读者的欢迎。

除了《聊斋志异》,闵福德还与霍克思合作,翻译了《红楼梦》后两卷,主要是高鹗续写的部分,分为第四卷《泪债》(*The Debt of Tears*),共18回,1982年出版,以及第五卷《梦醒》(*The Dreamer Wakes*),共22回,1986年出版。他的翻译使霍版《红楼梦》译本成为一个完整的译本,也成为学术界最看重的《红楼梦》译本。

---

① Pu Songling, *Strange Tales from a Chinese Studio*, trans., John Minford, Ibid. p.xxxiii.
② Pu Songling, *Strange Tales from a Chinese Studio*, trans., John Minford, Ibid. p.275.
③ 参见539页注解,译者注明引自布特·亨奇(Bret Hinsch)的《中国断袖考》(*Passions of the Cut Sleeve*)第20页。

# 第二章 英语世界清小说译介史的总结与思考

清小说英译前后跨越了两个多世纪，译本众多，异彩纷呈。由于历史环境不同，译者的价值取向、翻译策略和目的不同，翻译参考系统和个人解读视角各异，加之中国古典文学文本本身的难度和其他诸多方面的因素，不同时期译本呈现出不同特色，即使是同一时期的译本之间，也存在着一定差异。本章集中对清小说英译特点进行总结，以彰显清小说英译过程中各阶段的共同点和不同点，并在宏观层面上考察清小说翻译策略问题。

## 第一节 清小说英译特点的总结

### 一、萌芽期译介特点

1. 编译为主的版本

18世纪中期出版的珀西译《好逑传》不但是清小说英译史，亦是整个翻译史上的一个罕见的例子。这是一个编译本，译者本人不懂中文，他根据威尔金森的练习稿进行加工，无法对照《好逑传》原文，因此，与原文相比，误译、疏漏及增加之处比比皆是。他删去了原著的回目、结束语及大量诗词，对原著的叙述和情节亦做出相应删改，在有些段落也为原文添加了一些解说性文字。德庇时爵士在把珀西译本与中国原本对读之后，发现译者的汉语程度非常有限，连基础知识都有问题。珀西译本误译、漏译之处颇多。如小说中有大量中国俗语谚语，对此珀西总省去不译。

珀西的错漏在当时的文化环境之下是不可避免的。在18世纪的英国，能够说汉语的人寥寥无几，翻译一本长篇小说更难上加难。所以，学者认为："珀西先生对译本的不完美不应该负任何责任，他自己对手稿的部分都很疑惑，他在译本的很多地方表达了这种疑惑。事实上，一百多年前，没有一个英国人能够将一本小说从中文翻译成英文。"①

珀西译本最大的特点是重新把故事进行了编排。《好逑传》是中国传统的章回小说，共有四卷，第一、二卷每卷五回，第三、四卷每卷四回，总共十八回目。珀西出于适应英国读者阅读习惯的目的，在翻译中重新划分了原文的章回回目。中文章回的第一到第十回，每回目被划分为两章，第十一、十四、十五回每回分为三章，第十二、十三回每回分为两章，第十六、十七、十八回，译文打乱顺序，共分为七章。因此，柏西的《好逑传》英译本共有四十章回，分四卷，每卷十章。前十五回遵循了中国故事顺序。而后三回，即第十六、十七、十八回，译文重新编排了顺序，共分为21个情节，现略举如下：

第十六回章回回目为"美人局否厮缠实难领教"，主要包含八个故事情节：（1）主人公铁中玉与水冰心婚后感情甚好；（2）过学士仇太监不满他们，继续设计骗亲；（3）仇太监假传圣旨；（4）铁中玉题画；（5）仇太监逼婚水冰心；（6）铁中玉中仇计；（7）候总兵为铁水二人困境解围；（8）过学士与仇太监暂时承认失败，意图再谋。

第十七回章回回目为"察出隐情方表人情真义侠"，共包含六个故事情节：（9）过学士给皇帝上书，污蔑铁水二人；（10）铁水二人再度花烛之夜；（11）万谔在过学士授意下参劾铁中玉；（12）韦佩受审；（13）铁水二人上书申述；（14）诸参本齐上朝廷。

第十八回章回回目为"验明完璧始成名教终好逑"，共分为七个故事情节：（15）皇上亲自与百官商议铁水奇事；（16）鲍知县上书；（17）皇上亲察明情；（18）圣殿上铁水与过仇对质真相；（19）皇后亲验水冰心贞洁完整；（20）皇帝奖惩善恶；（21）铁水第三次度花烛夜，终成好逑。

译文对原文重新进行了编排，将这最后三回分为七章，即：情节一至四编为第四卷第四章；情节五为第五章；情节六至九为第六章；情节十至十二为第七章；情节十三至十七为第八章；情节十八至十九为第九章；情节二十一单独为最后一章。这种编排方法打乱了原文的章回安排。在内容上，柏西也根据自己对小说的认识重新进行了省略或者有所扩张。如第四章包含四个故事情节，而第五章仅包含一个故事情节，后人对这种编排方法褒贬有之，《好逑传》后来译者德庇时爵士就认为："这部小说原有的章回，经过不合理的排比，在珀西的《怡情史》中，变得混乱而不清楚了。"②

---

① John Francis Davis, *Drama, Novels, And Romances, from Chinese Miscellanies*, London: John Murray, 1865, p.104.

② John Francis Davis, *The Fortunate Union, A Chinese Romance*, London: J.L.Cox, 1829.

## 2. 大量的注释和索引

珀西译《好逑传》的另一大特色即是编译。译者采用了大量的注释；译者还列了索引表，使得译文本身和注释都有了索引。这使得《好逑传》译成英文后，从才子佳人小说变成了一本中国文化普及性读物。

珀西不通中文，无法阅读中文原文文献，他援引的几乎全是二手材料。他花了大量精力，孜孜不倦地从各个方面收集相关材料，以帮助英国读者更好地了解小说情节及人物行为的根源。《好逑传》的序言里有一份书目，上面所列的中文书籍达到二十五六种，其中有些还是多卷本。在18世纪的中叶，欧洲人能够列出如此多的有关中国的书籍，这相当令人惊叹！尤其是其中相当部分还是哲学、政治读物，读来并不轻松，不由得让后人对珀西的工作量感到敬佩。

珀西的注释分如下几方面：（1）对中国价值观的注释，如孔子、宗教、道德；（2）对中国官仕制度的注释，如科学考试、文官制度；（3）对中国社会日常生活用品的注释，如瓷器、陶器、宝塔、人参、茶、酒、白酒、药草；（4）对中国家庭生活的注释，如妇女地位、家庭生活模式。

珀西的注释有长有短，有些比较简短，寥寥数语，有些则是长篇大论，注释就达到了好几页。可以这样说，在《好逑传》之前，英语世界从来没有一部小说有这么详细的注释。某种程度上，他的《好逑传》可看为一本中国文化风俗考。而珀西本人就坦言，他的注释一方面想对残缺不全的译稿做一定补充，另一方面，他亦想编订一本关于中国人的手册。在《好逑传》的序言里，他说："编者的愿望是：这部中国小说和他的注释合在一起，可以成为阐述中国人的一本简明扼要而又不是破绽百出的书，这样，一方面能使绝大多数读者的好奇心得到满足，同时，又帮助其他读者能够重新整理他们的记忆。"①

珀西的《好逑传》的索引亦很有特色。在18世纪英国出版的小说中，大概只有《好逑传》做到了这一点。索引项目很多，长短不一，涉及中国社会、政治、文化、生活的方方面面，成为英国人了解中国的一扇窗口。索引介绍了中国人的性格，分为光明的方面和阴暗的方面。光明的方面有：勤劳勇敢、慷慨好客、彬彬有礼、孝顺父母、忠君爱国、热爱文学等，而阴暗的方面有：装腔作势、诡计多端、胆小怕事、迟钝贪婪等。有些方面似乎彼此自相矛盾，但是总的看来，阴暗面远远超过光明面。珀西对此用长篇大论做了说明。如，

---

① Thomas Percy, *Hau Kiou Choaan or The Pleasing History*, London: General Books LLC., 1761, Preface.

珀西认为中国人生性贪婪,地位一旦得到提升,有权有势,就变得更贪婪了(rapacious and greedy)。那么,有没有法律可以制裁呢?在中国,法律是有的,而且是繁复的法律,但法律不能像基督教国家那样以身后的审判来起警戒作用,因此,只能束缚身体,不能影响内心世界。在小说人物的评价上,珀西认为铁中玉有时虚情假意,装腔作势(affected)①,大惊小怪,不像个男人。而中国人及哥德热爱的水冰心,珀西认为她诡计多端(willy and crafty)②,而这正是中国人的特性。

珀西还有很多短的索引,涉及中国很多风俗习惯,如:刑罚中的砍头、中国的铃与钟、中国人怎样订婚、怎样吃燕窝、怎样庆祝生日、怎样举行婚礼,甚至包括比干谏死、豫让报智伯、荆轲刺秦王这类历史小故事。珀西的注释与索引主要参考了传教士李明、杜赫德以及安森子爵(Lord Anson)部下所写的环球航海记录,总的说来,没有摆脱一般西方人对中国当时的成见和偏见。

18世纪中期,尽管中英之间已有了一定交流,但由于传教士的误导,中国在英国人眼中仍有着神秘色彩。所以,普通英国人对中国有着极强的好奇心。珀西认为《好逑传》比当时在华传教士在中国的记录更好地描绘出中国及中国人的特征。珀西的《好逑传》满足了英国人了解中国文化的心理,它浅显易懂,又充满异国风情,很快赢得了英国读者的喜爱。《中国杂记》评论说:"尽管它有很多错误和遗漏,然而,这本小说的出现给了我们了解中国风俗和社会的最好镜像。"③

## 二、初创期译介特点

### 1. 译者的特殊身份:外交官与传教士

1816年,在马戛尔尼勋爵访华约23年之后,英国特使阿美德勋爵率英国使团第二次访问北京,提议推进欧洲的汉语研究。建议英国人在学习中文时,不妨把中国文学作品作为翻译练笔之用。远赴中国的英国人在翻译枯燥的公文之余,把目光转到优美的中国古典文学,根据个人兴趣爱好,做了最早的翻译努力。因为对于很多学习中文的学生来说,"不少有关经典的学习都枯燥而困难",而"许多故事和传奇,可以让我们获得一种愉快的调剂"。因

---

① Thomas Percy, *Hau Kiou Choaan or The Pleasing History*, volI, Ibid. p.127-129.
② Thomas Percy, *Hau Kiou Choaan or The Pleasing History*, vol.11, London: General Books LLC, 1761, p.129.
③ John Francis Davis, *Chinese Miscellanies*, London: John Murray, 1865, p.104.

此,"每个学习中文的学生,都应该给予适当的关注。""你可以通过这种阅读方式,知道人们是怎么思想的。"为此评论者认为,"你可以从这里找寻到人们的一般写作风格,他们的日常思想,他们的社会风俗习惯,他们的政府,他们的历史与未来。"①

清小说英译第一人德庇时爵士少年时代,因为对中国的憧憬和向往,18岁到了广州,起初,他在东印度公司任职,后来成为英国使团成员。过去中国古典小说译介研究里对他的身份一直语焉不详,以为他仅仅是东印度公司一名翻译官,对他具体译介的内容也有一些错误之处。实际上,根据历史材料对其生平进行梳理,可以发现:他曾是驻华商务总督,而且,1834年的《汉文诗解》的扉页还表明了他的另外两种身份:"…by John Francis Davis, F. R. S & c./President for the East India Company in China"②。"F.R.S"是英国皇家学会会员的缩写,"President for the East India Company in China"指的是中国东印度公司总裁。从1844年到1848年,他担任香港第二任总督,被称为"爹核士",至今,香港仍有以他的名字命名的街道"爹核士街"。同时,根据《上海地方志》2004年2月出版的《大事载》:"1844年9月19日,英国驻华公使德庇时抵沪,会晤上海道台官慕久。"③由此可见,德庇时在担任香港总督之时,同时又担任英国驻华公使,身份颇高。可惜的是,在他担任港督期间,因为税收等方面的问题,他后来被媒体冠以历史上最不受香港居民欢迎的总督之名。

罗伯聃(Robert Thom),《红楼梦》第二位译者,他将《红楼梦》第六回的一些片段译为英语,刊登于《正音撮要》(*The Chinese Speaker*)。这是第一个具有故事情节的《红楼梦》译本,因此,国内有红学研究者将他的译本作为《红楼梦》第一个真正的英译本。④而罗伯聃的另一个身份是英国驻宁波首任领事。他于1834年来华,曾任英国驻华通译官,为人精明能干,很有语言天份。鸦片战争爆发前后,罗伯聃进入外交界,积极投身于殖民国家驻华各种业务,他甚至是《虎门条约》中的《海关税则》的起草者,并一手促

---

① 以上评论皆出自于 The China Review, or Notes and Queries on Far East, Vol.22, No.6, 1897, p.759.
② John Francis Davis, "On the Poetry of the Chinese, from *the Royal Asiatic Transactions*", in *Poeseos Sinensis Commentar II*. Macao: The Honorable East India Company's Press, 1834, Preface.
③《上海地方志·大事记》http://www.shtong.gov.cn/node2/node2245/node4526/node57703/index.html。
④ 帅雯霖,《英国世界〈红楼梦〉译本综述》,载《汉学研究》第二集,北京:中国和平出版社,第503-509页。

成了宁波开埠通商。罗伯聃是一个相当实际的人,他对文学研究毫无兴趣,而他在华有过很多著述与翻译,其目的无非是让它们成为语言学习材料。他曾翻译《伊索寓言》,这是一个中英对照本,在在华殖民者中流传很广,在该书序言中,罗直陈其翻译的目的也是为了帮助殖民者们"看故事学中文"。1843年,他出版了《华英通用杂话》(Chinese and English Vocabulary),1846年他继续出版《正音撮要》,目的就是为了帮助英国人学习汉语,所译《红楼梦》片段即为语言学习材料。正如另一位《红楼梦》翻译者英国驻澳门副领事乔利(H. Bencraft Joly)所说,"我翻译《红楼梦》决不是要将我自己列入汉学家的行列。"① 他说得很清楚,他只把翻译文本当作给在华殖民者的语言学习读本。所以,他的译本没有标出作者名字,也没有前言后记对作者或作品做任何介绍。

鲍拉(Edward Charles Bowra)是另一位《红楼梦》译者。他的官方职务是英驻中海关税务司。鸦片战争后,中国失去了海关行政权,海关税务司一职从此由英国人担任。鲍拉曾在中国海关服务,在此期间,即1868年,他翻译了《红楼梦》片段。

《好逑传》另一位译者威妥玛(Thomas Francis Wade)更是中英外交史上一名重要人物。1838年他加入英国陆军,1841年参加鸦片战争,后任香港英国殖民当局翻译。退伍后,他历任英国驻华商务监督署汉文副使、英国驻上海副领事、上海海关第一任外国税务司、驻华公使馆汉文正使。他曾参与中英《天津条约》《北京条约》的签订活动。1861年,他担任英国驻华使馆参赞,后升任驻华公使。1876年,威妥玛借马嘉理案强迫清政府签订《烟台条约》,扩大英国在华特权。退职回英国后,他担任了剑桥大学首任汉语教授。他是英国中国问题研究专家,同时,因为在华多年,在汉语学习方面为英国人提出了很多有益建议。

第一个翻译《聊斋志异》的卫三畏身份是美国传教士。他在中国的活动是近代中美关系史上不可忽视的篇章。他在中国生活了40年,编过报纸(《中国丛报》),当过使馆翻译,还当过美国驻华公使代办。1858年6月18日,中国和美国签订《天津条约》时,卫三畏时任美国公使馆头等参赞兼翻译,在谈判时,他主张把宽容传教的内容加进去。这是一件在中西文化交流史上非常重要的事情,因为从此以后,西方传教士在中国的传教就完全合法化了。在此以前的康熙年间,由于中国的天主教各派发生"礼仪之争"以及罗马教

---

① Cao Xueqin, *Hung Lou Meng*(Book I&II), trans., H.Bencraft Joly, Doylestown Pennsylvania: Wildside, 翻印自1862版本, 扉页。

廷干涉中国内政,康熙皇帝曾于1720年颁布命令,禁止传教。1874年,他陪同美国驻华公使艾弗里到北京,以完全平等的方式向同治皇帝递交国书。卫三畏对中国的情况十分了解,掌握了大量的一手资料,是美国第一位重要的研究中国问题的专家,被称为美国"汉学之父"。其名著《中国总论》把中国研究作为一种纯粹的文化来进行综合的研究,是标志美国汉学开端的里程碑,该书与他所编《汉英拼音字典》过去一直是外国人研究中国的必备之书。

1967年,翟理斯(Hebert Allen GIles)通过英国外交部选拔驻华外交官考试,成为英驻华领馆外交官。此后,他历任天津、宁波、汉口、广州、汕头、厦门、福州、上海、淡水等地英国领事馆翻译、助理领事、代领事、副领事、领事等职,直至1893年以健康欠佳为由辞职返英,前后历时25年,除五度返英休假之外,其余时间均在中国度过。他是早期最重要的《聊斋志异》译者。

从以上对19世纪清小说几位主要译者的具体职务进行梳理,我们不难发现19世纪英语读者接受清小说的具体方式和倾向。从历史、文化、教育等角度来看,在这一阶段的中国与英国国家关系中,"贸易"两个字始终占据着至关重要的地位。"英国人学汉语的目标在于更有效地理解汉语口语和书面语。只要能够签属商业协议,解读正式文件,就没有必要再说汉语了。这一历史事实使得学中文成了一种大众科目,而不是一种系统的学科。"[①]学习可以交流的汉语成为殖民者第一诉求,虽然在19世纪以前,当时的天主教传教士在中国已得到认可,翻译了不少中文古典典籍。然而,文言的艰涩使得儒家经典很难作为语言学习材料。这些在华外交官员、传教士们面对的是非常具体的殖民事务,语言交流、了解中国文化成为最迫切的需要。正如德庇时所说:"似乎没有更现成或更合适的方式对一个民族进行更密切的了解……这种了解现在大部分还是从他们那些取之不竭的轻松文学宝库中得到的。"[②]这正暗示了20世纪之前清小说英译的主要预期目的和译本所发挥的社会功能。这是一种社会功利性很强的翻译行为。

2. 特殊的翻译目的:提供语言学习材料和娱乐性读物

如前所述,在19世纪清小说的主要译者中,德庇时为英国驻华公使和港督,卫三畏是美国外交官员,翟理斯是英国驻华外交官员,罗伯聃、鲍拉、

---

① Shang-Lin Fu, "One Generation of Chinese Studies in Cambridge: An Appreciation of Professor H.A.Giles", in *The Chinese Social & Polititcal Science Review*, Vol.XV, No.1, April, 1931, p.86.

② John Francis Davis, *Chinese Miscellanies*, London: John Murray, 1865, p.51.

梅辉立、乔利均为驻华外交官。德庇时、翟理斯对中国文学研究较深，翻译了较多的小说篇章，卫三畏、罗伯聃、乔利的翻译目的就是为汉语学习者提供学习汉语的教材，使他们能通过阅读译本，更熟练地掌握汉语。他们在第一次鸦片战争前后来到中国。战争改变了中英关系，成为中国近代史的开端，中国被迫敞开国门，接受此前一直排斥的异域文化。越来越多的英国人来到中国，寻求贸易通商可能，谋求殖民利益，语言学习成为他们首先面临的问题。

1813年，德庇时爵士进入东印度公司，协同编著《英华字典》。"英国人研究汉语的首要目标自然是增进了解和熟悉汉语知识。"中英两次鸦片战争完全扫清了英国汉语研究的障碍，在此之前，中国清政府都不允许洋人学习和研究汉语，英国对外扩张的迫切需要最终催生出诸多具有造诣的汉学家，他们编写了一些很重要的字典，并在业余之时，偶尔翻译中国小说，作为汉语学习材料。

德庇时身为英国驻华高官，自然致力于推进英国在华政策的实施。语言的沟通成为重要问题。所以，德庇时提出将中国文学读本作为语言学习材料，推进英国人的汉语学习。"我以为在处理那些只能被少数人理解鉴赏的高深学问之前，更重要的是先着手翻译历史、宗教、道德、习俗、文学等方面的著作。因为这几方面的著作更具通俗性、更能让人理解中国。"①对殖民者而言，翻译中国的文学作品并非出于研究中国文学的需要，而是为了学习汉语。德庇时翻译了李渔小说和《好逑传》，在他的节选译本导言中，他明确提出："这些人认为中华帝国的文学值得关注。当我们想到从上世纪中叶起发展的与中国经贸关系时，这种考虑无疑是正确的……中国人自己不愿意在这方面做出努力。然而，双方中必得有一方对另一方语言有足够了解，以方便彼此的共同联系。"②

威妥玛是英国驻华公使。他在1859年为汉语初学者刊行其时最实用的《寻津录》(*Book of Experiments*)，开拓了学习北京方言的简易途径。他在语言教学上最大的贡献是1868年的汉语课本《语言自迩集》。该书在当时是一部权威性的北京话课本，它系统地记录了19世纪中期的北京官话音系。作为课本，语音、汉字、语汇、阅读并重，共有1500多条注释，为读者提供了丰富的中国语言、社会、文化背景知识。在这课本中，他设计拉丁字母拼写汉字，时称威妥玛式拼音，方便外国人学汉语，此拼音法过去曾被广泛沿用。威妥玛在导言中明确指出，编写此书，是为方便在中国的英国官员、商人，或

---

① John Francis Davis, Chinese Miscellanies, Ibid. p.70.
② John Francis Davis, *Chinese Novels, Translated From The Originals*, London: John Murray, 1822, Preface.

者希望到中国学习汉语的英国人。威妥玛拼音后来被普遍用来拼写中国的人名地名等，对后世影响巨大。同样，威妥玛翻译的《好逑传》也以帮助学生学习汉语为目的。德庇时在《中国杂记》第三章"中国文学在英国的兴起和发展"里说：威妥玛"更准确地从中文原文翻译了《好逑传》。他的译本分为上下两卷，同时提供了英文和中文原文，让学生比较阅读，参照学习。"①

"虽然英国第一个中文大学教授席位早在1838年就在伦敦设立，然而，直到第二次世界大战，这些研究才名副其实地开始繁荣起来。"②罗伯聃在《正音撮要》里也明确说明："《正音撮要》内容选自《官话汇编》，包括一些以地道北京官话写成的作品。编者罗伯聃将其编撰作为语言学习材料之用。"③原文是中国人所选，罗伯聃将其译为英文，并将中文内容加上马礼逊拼音（Kr.Morrison's System of Orthography），标注在对应的英文翻译上，以方便学习者阅读。所以中文扉页上有"大清静亭高氏撰辑/大英罗伯聃译述"的字样。罗伯聃对读者提出四点非常实际的语言学习指导建议，"由于没有更充分的指导意见，以下几条匆忙提出的建议或者有益于中文学习者。"④罗伯聃为《正音撮要》撰写的导言现摘略如下：

第一，找一个聪明的北京本地人做老师来学习中文。他读，你跟，就好像教堂的执事跟着牧师朗诵圣经。北京人教说北京话是最好的，其他地方的人不可能比本地人发音更好。

第二，不要为四声烦恼，尽力模仿老师发音就好。如果你可以尽力模仿到他的语音，读得和他一样，不要害怕你说不了这门语言。

第三，如果四声总是阻碍你读好，忽略四声，语言能够被理解就是最好。汉语很多词是无音节的，也有很多词是多音节。重音分布亦有不同，有些重音在最后一个音节，有些在倒数第二个，有些在倒数第三个，……

第四，我们使用的是马礼逊博士的拼音系统，这是最适合英语读者的拼音系统。⑤

---

① John Francis Davis, *Chinese Miscellanies*, London: John Murray, 1865, p.72.
② Raymond Dawson, *The Chinese Chameleon: An Analysis of European Conceptions of Chinese Civilization*, London: Oxford University Press, 1967, p.9.
③ Robert Thom, *The Chinese Speaker: or, Extracts from Works Written in the Mandarin Language, as Spoken at Peking/Compiled for the Students*, Ningpo: Presbyterian Mission Press, 1846, Preface.
④ Robert Thom, *The Chinese Speaker: or, Extracts from Works Written in the Mandarin Language, as Spoken at Peking/Compiled for the Students*, Ibid. Preface.
⑤ Robert Thom, *The Chinese Speaker: or, Extracts from Works Written in the Mandarin Language, as Spoken at Peking/Compiled for the Students*, Ibid. Preface.

罗伯聃的建议非常实用，直接针对初学者学习汉语时的困惑：四声的难辨。他建议模仿地道的发音，能交流即可，不要求达到声调的完美。这些建议对今天的语言学习者都是有效的。这些建议也正说明了他翻译此书的初衷：提供语言学习材料，与文学性无关。他的《红楼梦》译文每个汉字都标出拼音，放在对应译文之上。他逐字逐句地翻译，一行行地把汉语读音，英文直译的意思，以及汉语原文的言外之意都用括号标列出来。译文是理解原文词语或单字服务的，因此成为严格的字面翻译。这是种非常特殊的中国文学英译方式，可以看出，译者翻译此书的目的就在于指导英语国家的人学习汉语。

1874年，梅辉立（William Frederick Mayers，1831—1878）出版了《中国辞汇》(The Chinese Reader's Manual)，在其中使用了自编的音译方法，虽然这种拼法不久即为他放弃。在《中国政府——名目手册》(The Chinese Government: Manual of Chinese Titles, Categorically Arranged and Explained)第二版（1878年第一版，1886年第二版）出版之后，梅氏重新采用了"流行的威妥玛拼法"。

乔利是《红楼梦》第一个正式译本的翻译者，虽然他的译本客观上较具有文学性，但这与译者本人的文学修养有关，其翻译目的与罗伯聃并无区别。现摘取乔利的导言如下：

本译本的产生，并非由于我想跻身入汉学家的行列，而是因为我在北京求学时，在学完《自迩传》①之后，不得不接触到《红楼梦》，从而遇到了种种解读的疑惑与困难。我相信，无论是非韵文还是打油诗，残破的韵脚都存在一些缺点，在翻译诗歌时我紧扣意思而非韵律。然而，只要能给现在和将来学习汉语的学生提供些微的帮助，我就心满意足了。②

乔利在导言里明确指出自己翻译《红楼梦》的动机是在语言学习中遇到困难，所以选择了翻译小说文本以帮助自己学习汉语，同时希望这种翻译活动对其他中文学习者亦有所帮助。当然，乔利的译本长达56章，且较为生动详尽，具有一定文学性。然而，从另一个角度出发，我们仍然可以判断，在当时的历史语境下，乔利的翻译仍然是从语言学习的角度来进行的。

翟理斯与乔利有相通之处。相当具有文学修养，对中国文化颇感兴趣，希望促进英国人的汉语学习。翟理斯在自传中回顾一生时说："从1867年算起，我主要有两大抱负：（1）帮助人们更容易、更正确地掌握汉语（包括书面

---

① 《自迩集》为当时在华外国人学习汉语的一种教材。
② Cao Xueqin, *Hung Lou Meng( Book I-II )*, trans, H.Bencraft Joly, Doylestown Pensylvania: Wildside, 1892, Preface.

语和口语）并为此做出贡献；（2）激发人们对中国文学、历史、宗教、艺术、哲学、习惯和风俗的更广泛和更深刻的兴趣。如果要说我为实现第一个抱负得到过什么成绩的话，那就是我编撰的《华英字典》和《古今姓氏族谱》。"①1873年底，他在信中对父亲说："我刚刚找到了一种令人兴奋的东西——我有希望能够根据拼音对汉字进行分类，或者不管怎么说，我马上就要发现这一线索了……这种音标并不是希望给你一个精确的发音，而是得出精确发音的一种辅助手段……"②1874年，翟理斯开始着手收集资料编撰汉英字典。1892年，《华英字典》问世，其中，他改进了威妥玛拼法。《华英字典》取得了巨大的成功，很快成为"外国学生人手必备的日常工具书"。③翟理斯在准备《华英字典》的同时亦在翻译《聊斋志异》，1880年，他出版了《聊斋志异》的第一个英文译本。在为其译本做序时，翟理斯说，译本对"增进我们对中国民间故事的了解，同时对了解辽阔中华帝国的社会风俗和生活习惯，是一种指南……同时，作品亦可作为我们了解中国语言的范本"。④从中我们可以看出，翟理斯翻译《聊斋志异》正好与他的两大抱负相关：为帮助人们更好地掌握汉语提供学习材料以及文学审美及娱乐性读物。

1914年，曾任清廷财政顾问的英国汉学家禧在明（Walter Caine Hillier）将《聊斋志异》中《赵城虎》《瞳人语》等十二篇改写为北方口语，收入其所编《华英文义津逮》第二卷（*The Chinese Language: How to Learn It*, 1914），作为外国人学习汉语的课本。禧在明在改写时，不是生硬地把文言翻译成白话，而是进行了加工，使整体语言风格由书面变成了自然流畅的白话，并通过增加心理描写、对话描写和细节描绘等，大大加强了课文的感染力，增加了作品的可读性和趣味性，具有独立的艺术特征和价值。

我们可以看到：20世纪以前，译者翻译清小说的目的基本是让它们作为语言学习材料或消遣娱乐性读物，译者的身份基本都是在华传教士或外交官，这种翻译行为其实正是当时在华英语国家殖民者熟悉中国社会的具体方式。

---

① H.A.Giles, *Autobibliographical*, etc, Add.Ms.8964（1）, Cambridge University Library, p.173.
② 贾尔斯牧师日记中的第623封信. Journal, 1871, Shelfmark: MS.Eng.b.2102, fol.242, in Journals of John Allen Giles, c.1815—1884, Bodleian Library, University of Oxford
③ H.A.Giles, "Giles's Dictionary, Second Edition", in *Journal of the North-China Branch of the Royal Asiatic Society*, Vol, 1914, p.165.
④ Pu Songling, *Strange Stories from a Chinese Studio*, Revised Edition, trans, H.A.Giles, Shanghai: Kelly&Walsh, Limited, 1908, Preface.

3. 翻译特点：节译与改编为主的翻译

文学作品不同的翻译方式及翻译特点可以说明原作在译者心目中的地位以及预期社会功能。在晚清来华的汉学家那里，小说并非他们给予了最多重视的文类，这并非仅仅因为小说在中国文学中所处地位的缘故，这与汉学家们自己对小说的价值认识也有密切关联。尽管有汉学家明确地指出："有谁不喜欢好的故事？在我们的图书馆里，小说都占据相当部分的书架，甚至是绝大部分。"①但是，也有人发出与之不同的声音，认为即便在当时的英国知识界，也存在这样的认识，即小说阅读浪费时间，非常不值得。②这种观点与中国知识分子对待小说的态度不谋而合。中国士大夫对小说的鄙视，不独在于它的琐屑，更在于它诲淫诲盗，与传统"修齐治平"的价值观过于相异。

而敏感的外国人注意到了在中国文学中被称为"Siu Shut"（小说）或者"Small Talk"的"Chinese Fiction"这种文体，"被那些士大夫阶层不屑一顾，至少理论上如此"。"要是你问一个读书人，是否读过这本小说或者那本小说，他们会觉得受了羞辱。"这种观点，部分来自于对中国文化和知识传统的敏锐考察，更多则直接来自于外国人在中国的生活经历。因为那些士大夫"可能花了几个小说去阅读甚至享受那些美妙动人的故事"。③这种矛盾心理及表现正好说明了中国小说自身的独特魅力及当时中国知识分子文化本位对小说文类的轻视。所以，最初来华的译者虽并不排斥中国小说的文学价值，但他们可能更关注中国文学经典文本及古代思想文化传统读本。反映在翻译文本的选择上，当时的儒家经典和古典诗歌几乎都有了普遍的英文译本及接受对象，而小说方面，除了《聊斋志异》有了摘译本，其他大都是零星的翻译，且基本为节选、改编。

节译和编译都属于创造性叛逆。造成节译和编译的原因有多种，比如：为了适应文化接受国的风俗习惯；为了迎合文化接受国读者的趣味、道德修养、政治风向；或是仅仅为了方便传播。19世纪清小说翻译大多属摘译、节译、编译，与其时的社会文化环境有密切关系。

我们来看看《红楼梦》的翻译，德庇时在翻译《红楼梦》时，仅仅摘取了其中两首诗词《西江月》，提及《红楼梦》只有一句话，而且只是为了介绍自己要翻译的诗词。罗伯聃的翻译目的在于帮助外国人学汉语，所以只节取

---

① *The China Review*, *or Notes and Queries on Far East*, Vol.22, No.6（1897），p.758.
② *The China Review*, *or Notes and Queries on Far East*, Vol.1, No.5（1873），p.248.
③ *The China Review*, *or Notes and Queries on Far East*, Vol.22, No.6（1897），p.759.

了对话异常生动的第六回进行翻译。抄本系统和程高本系统的原文版本都题为"贾宝玉初试云雨情，刘姥姥一进荣国府"。罗伯聃的译文只简单地译为"Hung-Low-Meng，Chapter Ⅵ"，没有对回目里的"刘姥姥""贾宝玉初试云雨情"这些内容做出任何说明。乔利的译文只出了两卷，第一卷二十四回，第二卷三十二回，书为大开本，褐色绸面精装，印刷纸张都相当漂亮。标题是《红楼梦》，但无曹雪芹的字样，因为译者并不知道作者姓名。这是《红楼梦》英译史上的重要事件，乔译本是第一个带有真正全译性质的译本，具有承上启下的重要作用。然而，他也只完成了前五十六回的翻译。乔利在翻译时，小心翼翼，紧扣原文，从无增删。而后64回的翻译则成了编译，在编译中，乔利大幅度压缩或节略景物描写、心理描写，删去了很多语句、段落、议论等，只给出《红楼梦》后64回的大致故事梗概。这是翻译史上很有趣的一种尝试，节译与编译相结合，最终，乔利给出了一个相对完整的《红楼梦》故事情节介绍。天津《大公报》"文学副刊"第75期（1929年6月17日），又刊载了余生（即吴宓）的一篇评论文章，题目是《王际真英译节本〈红楼梦〉述评》。吴宓认为："焦里氏（乔利）之英文译本……系逐句直译，虽无精彩，而力求密合原文，无所删汰。""逐句直译""无精彩""密合原文""无所删汰"四个词组，准确地总结出乔利译本特点。

《聊斋志异》的早期翻译皆以摘译为主，出现在各种杂志、文选中，主要是传教士和外交官们依据个人的喜好兴趣来对自己接触到的一些篇章做一些一般性质的描述介绍，或者选取某些有趣的篇章做翻译练习。《聊斋志异》最早出现在英语世界就是裨治文的简介阐述性文字，裨氏称之为"来自聊斋的非凡传奇"。卫三畏的《种梨》和《骂鸭》两篇英译文只是《聊斋》丰富世界中的两个小短篇。梅辉立前后一共翻译了《酒友》《嫦娥》《织女》及另两篇聊斋故事。19世纪《聊斋》翻译成果较多的译者是阿连壁和翟理斯，前者在《中国评论》上连载了18篇自己翻译的《聊斋故事选》，篇目为：《宋焘成神》《狐嫁女》《轿娜》《细柳》《赵城虎》《长清僧》《劳山道士》等。后者最终整理出版了第一个《聊斋志异》节译本。翟理斯在出版节译本之前发表的单篇译文分别有《罗刹海市》《续黄粱》《金和尚》《聊斋自志》《死而复生》《中国德约拿》。1880年，经过三年的努力，翟理斯2卷本的选译本《聊斋志异》在伦敦出版。翟理斯其实可以翻译出版一个完整的《聊斋志异》，然而，他的道德观和品味决定了他认为蒲松龄人鬼狐妖的艺术世界中"有些故事与我们所生活的当下不是很适合"，而"另有一些作品，则完全没有意义，或是在稍微扩展的形式下对其他作品的重复而已"。所以，翟理斯选择了164个他认为

"最好而且最有特色的故事。"①而对于他认为繁琐、无趣的文章,则进行了删减或者改写。

19世纪最重要的汉学家之一德庇时的英译作品也基本是摘译和节译。《红楼梦》他选取了两首诗词。基于李渔短篇小说翻译成的 *Chinese Novels, Translated from the Originals* 主要翻译了《十二楼》里的三楼:《夺锦楼》《合影楼》《三与楼》。《好逑传》是他翻译得最仔细的小说,然而也只是把十八回目的《好逑传》改写成了十个回目,分为上下两卷。这一时期译本以摘译和节译为主,并没有选取某本小说的全本进行翻译。

### 三、发展期译介特点

1. 翻译主体的改变:华裔译者涉足翻译活动

19世纪的译者基本是传教士或者外交官,而到了20世纪,从第一次世界大战至中华人民共和国成立,清小说的优秀译本大部分是由中国人完成的。为什么此阶段的翻译主体会发生如此有趣的转变?这些精通中英两国语言的华人译者出于什么目的来翻译中国古典文学?他们的翻译又有什么特点?

学术领域形成规律性的现象往往不是单纯的爱好那么简单。19世纪主要是西方人来到东方,为学习语言提供素材而翻译中国古典小说,而后,鸦片战争更促成西方人出于实用主义的目的学习汉语,因此引发第一次中国古典文学翻译热潮。而20世纪是一个逐步走向开放的世纪,有很多中国人开始走出国门,走向西方。这种走出国门之势,始于洋务运动。

鸦片战争不但促成西方人的汉语学习热潮,中国人亦不得不睁开沉重的铁眼皮,放眼世界。在与中国传统文明异常鲜明的对比中,洋务派开始提倡学习西洋,"师夷长技以制夷"。他们在寻求军事科技现代化的同时,无意中还促成了教育的现代化。废除科举考试,派遣留学生,这些行为都为现代知识分子的诞生提供了可能。1872年,中国第一批幼童留学生被派出,以后越派越多,不仅有官派留学,也鼓励国人自费留学。张之洞说,"出洋一年,胜于读西书五年。"②在官方的鼓动下,留学潮一浪高过一浪。

清政府派遣留学生,本意是想让他们在海外学实用技术、医学、科学理论,学成回国好为官方所用。而人员一旦派出,在海外受到不同文化的熏陶影响,对中国传统文化即有了新的看法。他们吸收西洋文化,另一方面,他

---

① Pu Songling, *Strange Stories from a Chinese Studio*, Translated and Annotated by Herbert A. Giles, 2 Vols, London: De La Rue and Co., 1880, Preface.
② 张之洞,《劝学篇》,郑州:中州古籍出版社,1998年,第116页。

们也将中国传统文化带到西方。如果说清小说英译的前两个阶段皆以传教士、外交官这些外国人为主，到了这一时期，饱濡国学的旅外学者也加入了翻译行列，译者国籍变得多元化。从19世纪到20世纪初，中国国力衰微，文化自然不受重视。至20世纪20年代，中国已进入民国时期，尽管国力依然很弱，但与国外交流明显增多，西学东渐成为热潮，吸收了大量的外国文化。此时，国外也有一些人想了解古老的中国文化，输出中国文化的时机也成熟了。

我们来看20世纪20年代翻译《红楼梦》的两位译者身份。1927年，王良志节译本《红楼梦》在美国出版。这是第一本由中国人推出的《红楼梦》节译本，共九十五章，约六十万字。明恩博为此书做序言。可惜的是，之后此译本由于出版量少，影响范围有限，现已佚失，汉学界几不可考证。

1927年的王良志译本已难寻踪迹。其后的所有《红楼梦》英译本导言在回溯《红楼梦》英译史时，均没有提及此译本。国内对王良志的介绍转引全部来自王农1979年发表于《社会科学战线》的文章《简介〈红楼梦〉的一种英译本》。根据王农的资料，王良志是一位20世纪早期的中国留学生，他在北京大学外文系学习时，胡适正在该校任教。毕业之后，他留学美国，后在美国纽约大学讲授古典文学。从王农的只言片语中我们得到的信息是：王良志毕业于北京大学，后在美留学任教。虽然对他如何出国，后来有没有再回国的资料不可考证。我们可以确认的两点是：王良志是一名中国人，他是首批将清小说外译的旅外学者。

继王良志之后，1929年，王际真出版了另一个《红楼梦》译本。王际真出身于良好的文化家庭，父亲是光绪年间进士，后为知县，还曾任山乐省副参议长。可以说，王际真家境优裕，因此得以有在留美预备学堂（清华大学前身）求学机会。而王际真学习勤奋，中英文俱佳，1922年被选派赴美留学，先后在威斯康星及哥伦比亚大学学习政治及新闻学，获学士学位。毕业后，他先在纽约艺术博物馆（Metropolitan Museum of Art）任职。1929年，哥伦比亚大学东亚系首次聘请了一位中国学者任教，那就是王际真。同年，他出版了《红楼梦》的节译本。

王际真一生大部分时间在美国生活，他的学术成果虽然在海外影响颇大，在国内却不大为人提及。然而，他在哥伦比亚大学任教的年月默默为中西文化和文学交流做出不可磨灭的贡献。他是文学批评家、文学史家和翻译家，翻译并出版了大量著作。他也是最早把鲁迅等现代作家介绍到美国的学者，在美国有着中国古代和现代小说研究奠基人的地位。正因为他的引荐，夏志清才获得在哥伦比亚东亚系的教职。因此，王际真被誉为美国当代汉学的开山之人。他长期主持哥伦比亚大学中文系,奠定了哥大中文学习和研究的基础。多年来他不断往返中美两国,与中国现代文坛"新月派"代表人物徐志摩、沈从文私交甚好。1980年,沈从文访美后,还写了一篇题为《友情》的文章,记述他在美国与王际真的聚会情况,并回忆他们的交往。可以说,王际真是夏志清、王德威之前海外汉学界的先驱者,在古典文学西传方面做了很多切实有益的工作。

1919年夏开始,清华教员林语堂离开中国,赴哈佛大学文学系求学。1922年获文学硕士学位,而后转到德国莱比锡大学,专攻语言学。1922年,不到半年时间,他获得语言学博士学位,论文题目为《中国古代语音学》,而后回国,任北京大学教授。1936年,他再次移居美国,在美国生活了三十多年,成为国际国内文坛享有极高知名度的作家和翻译家。林语堂的大部分作品是用英语创作,如:1936年出版的《吾国与吾民》,向英语读者展现了中国人在性格、心理、思想方面的特点和社会、政治、文学、艺术等生活的各个侧面,虽然国内对此书褒贬不一,却在美国引起了轰动。1937年,他的第二部著作《生活的艺术》继续在美国发行,向西方社会全面介绍中国人的生活方式和人生哲学。这部著作在美国连续五十二周位居畅销书榜首。他借鉴《红楼梦》创作的《京华烟云》,亦同样在美国热销,被《时代周刊》评为"现代小说的经典之作"。1939年,林语堂翻译出版的《浮生六记》再次在美国引起轰动,《浮生六记》一版再版,极受欢迎。虽然国内由于鲁迅先生对林语堂的评价极大地影响了当时主流的学术观点,对他的关注亦于1936年他离开中国定居美国而逐渐消失。20世纪80年代起,他又重新吸引了大陆学术界的目光。然而在国外,他一直深受欢迎。

从这一时期主要华人译者的经历看,王良志、王际真、林语堂,这些生于中国,熟知中华灿烂文化的海外华人学者,承载着中华民族的集体无意识。他们的乡土情绪与西方文化相遇,受到激化,促使他们致力于中国古代文学与文化在西方的传播。王际真毕生致力于把东方文学介绍到西方,翻译了《红楼梦》及多篇鲁迅小说,在哥伦比亚大学中文系教授中文。林语堂毕生创作和翻译书写东西文化,写作《吾国与吾民》《生活的艺术》,宣传中国文化,翻译《老残游记》,进行着文学传递和交流。他以一幅对联评价自己:"两脚踏东西文化,一心评宇宙文章。"站在中西方哲学、文化交汇地带,这些学者的文本翻译活动本身便是文化冲击的物化表现形式。他们的翻译体现了本源文化在面对文化冲击时的姿态和立场,他们在翻译中的修辞选择和策略常常彰显文化冲击的结果。他们改变了英语世界对中国古典文学的独自言说局面,充分体现了游走于中西文化间学者在面对文化冲击时的因势利导的积极主体作用。

## 2. 译者的翻译目的：适应英美普通读者口味的译本

在这一时期的主要译者中，王良志是纽约大学教授，王际真是哥伦比亚大学中文教授，林语堂是享誉中西的旅美作家。他们都出生在中国，亦有着多年在西方国家生活的经历，他们的创作、译作都以西方读者为主要目标。因此，要在异域中求得生存，他们需要适应这个与他们的出生之地完全不同的新的文化环境。他们的翻译行为已经不可能以中国文化为标准，而是必须顺应美国主流社会的规范。同时，为了避免完全受主流文化的同化而导致自身个性消失，他们亦必须保存自己的民族文化资源。最后，中国传统知识分子向来以"修身养性""治国齐家"为座右铭，远居海外的华裔译者自觉地承载了传播中国文化的使命。他们东西方的生活环境与他们所熟知的东西方文化赋予了他们双重的文化身份和背景，使他们投入了中国古典小说的翻译事业。他们的翻译目的不再是仅仅为了给来华学习者提供学习汉语的教材，帮助他们增进汉语知识。他们面向西方，译本不只"针对狭窄的专家队伍，而是广大的有教养的读者"。[①]希望中国文化能为除了少数研究中国专家之外的广大读者所接受。

另一点值得注意的是，这些译者们基本都居住在美国。20世纪20年代起，美国社会正好出现了一股中国热潮，中国题材读物在美国读者中很受欢迎，一度成为美国畅销书常见题材。美国读者对遥远东方的异国风情，浪漫故事的传奇色彩向往不已。因此，这类题材读物成功地占有部分市场份额。1931年，赛珍珠的小说《大地》在美国出版，不但成为畅销读物，最后还获得诺贝尔文学奖。林语堂于1937年出版的《生活的艺术》、1942年的《京华烟云》都大获成功，登上《时代周刊》的榜首。20世纪20年代清小说在域外出版其实正好成了美国图书市场这股中国潮的一部分，最终成功融入美国本土文化市场。

美国为何会出现这股中国热潮？最重要的原因即是读者的兴趣和要求。第一次世界大战之前，美国就开始关注东亚。1908年退还庚子赔款，加强与中国的关系。第一次世界大战期间，美国趁欧洲各国忙于大战，无暇顾及远东，大力扩张在中国的势力。从20世纪起美国先后建立各种基金会，为社会科学研究提供资金。林语堂、王际真赴美，正因为这些资金的支持。一些学会组织亦纷纷成立。1928年，以促进亚洲文化和教育出版工作为目的的哈佛燕京学社（Harvard-Yenching Institute）成立，与先期成立的太平洋学会

---

[①] FranzKuhn. "Introductions", in *The Dream of Red Chamber*, trans., Florence & Isabel McHugh, New York: Pantheon Books, 1958, p.XIV.

（American Council of Institute of Pacific Relations）成为当时美国研究亚洲与中国，培养中国问题专家的摇篮。政府的关注给了民众暗示，反映在文化市场上，就形成这股中国热潮。出版商迎合读者心理，策划出版中国古典小说，意在投放畅销书市场。因此，译者必须考虑读者的实际接受能力和欣赏趣味，译文呈现商业化倾向。

为了让译本更好地被大众所接受，首先必须考虑到读者的"期待视野"。要知道西方读者与中国文化的期待与中国本土读者的期待是不一样的，所以需要顺应西方的主流文化，并适应西方读者对作品内容和审美的期待。译者所创造的整体中国形象必须获得异国读者的喜爱，与西方读者"期盼视野"相符合，符合西方社会对中国的"社会集体想象"。要满足西方读者的"社会总体想象物"①，面对英语读者的译者必须针对目的语读者采取特定的翻译策略。

《红楼梦》的两个译本鲜明的特点即是顺应了美国大众读者的要求，美国读者对中国的古典小说的兴趣，常常集中在两点：第一，通过小说去接触异国风情的生活；第二，中国古代小说的传奇情节，也让美国读者感到好奇。所以，美国的出版商们严格规定两位译者必须按照读者的需求进行翻译，于是，这两个译本就有了自己的特点，即只保留了宝玉和黛玉的爱情故事，删除了一切和宝玉黛玉爱情无关的内容，《红楼梦》的主题也被简化为"浪漫的情欲之爱"，两位译者把《红楼梦》中几乎所有描写封建社会生活的内容删掉了。②庞大繁复的《红楼梦》因此简化成为才子佳人浪漫的爱情故事。而后，译本请来汉学界的权威人士作序，并在媒体上展开宣传。1929 年 6 月 2 日《纽约时报》对王际真译本进行了高度评价，第一句话就是："it is vouched for by Arthur Waley, the gifted translator of Lady Murasaki's 'take of Genji'…"③为王际真译本作序的阿瑟·韦利是 20 世纪英国伟大的翻译家和汉学家，享有国际声誉。权威汉学家作序有效地提高了译本的地位，权威媒体《纽约时报》的高度评价又进一步提高了译本的商业价值。1958 年版的王际真译本再次请来美国文学理论家马克·范·多伦作序，在序言中，他将宝黛爱情悲剧比作莎剧《罗密欧与朱丽叶》（*Romeo and Juliet*）中爱情悲剧④，这种形象而浅显

---

① 曹顺庆,《比较文学论》, 成都：四川教育出版社, 2002 年, 第 152 页。
② 1958 年，王际真在 1929 年版本基础上做了一定修改，推出一个新的译本。1958 年译本增加了大家庭生活的线索，深化了译本的主题。
③ Tsao Hsueh-chin, *Dream of Red Chamber*, trans., Wang Chi-chen, New York：Twayne Publisheers, 1958.
④ Mark Van Doren, "Preface".in *Dream of the Red Chamber*, trans., Wang Chih-chen, New York：Twayne Publisheers, 1958, p.v-vi.

的比附有效地拉近了英美读者与中国古典名著的距离，使他们部分理解并接受《红楼梦》。

1932年，美籍作家赛珍珠与丈夫出版商沃尔什约林语堂写一本关于中国的书，林语堂用十个月时间完成了《吾国与吾民》，由沃尔什的出版公司约翰日公司（John Day Company）出版。一经出版，即在美国畅销书排行榜名列第一。赛珍珠夫妇意识到林语堂的学识和文笔符合西方读者的口味，于是邀请林语堂到美国居住创作。1937年，林语堂在美国完成《生活的艺术》，继续宣扬中国文化，这次引起的轰动比《吾国与吾民》更大，每月读书会把它列为12月的特别推荐书。之后，林语堂本来想翻译《红楼梦》，但考虑到《红楼梦》的篇幅和读者效应，当时正是抗战时期，美国人民对深受战火荼毒的中国深为关切，于是林语堂转而创作《京华烟云》，同年出版翻译作品《浮生六记》。

林语堂在美国的书开始都是由赛珍珠夫妇名下的出版公司出版的。经济利益往往是这种合作需要考虑的关键因素。林语堂的书是否畅销，直接关系到其朋友兼老板的利益。因此，赢利也成为林语堂必须迎合西方市场需求的原因。林语堂的大部分英文创作和翻译作品都是以中国历史文化为主题。《浮生六记》渲染了中国古代知识分子悠闲豁达的生活态度和知足常乐精神。在当时饱受战火蹂躏或者威胁的欧美，这种闲适符合了人们的期待，亦在很大程度上满足西方对神秘东方的兴趣和好奇。《浮生六记》洋溢着浓郁的东方情调："雪可赏，雨可听，风可吟，月可弄，山可观，水可玩，云可看，石可鉴"，是"最令西人听来如痴如醉之题目"。这种主题无疑迎合了大批读者的审美视野和精神诉求。①《浮生六记》还创造了一个与西方主体审美迥乎不同的女性形象，林语堂在序言里说："芸，我想，是中国文学史上一个最可爱的女人。"②芸知性、美丽、通情达理，同时又绝对服从男权世界，体现在她为丈夫纳妾，并为纳妾不成功一病不起。这种男女关系对普通美国读者来讲，完全不可思议。然而，这正符合了他们对中国女性形象的期待，满足了他们的好奇心。

英译《中国传奇》是一个编译本，是林语堂从《太平广记》《京本通俗小说》《清尊录》《聊斋志异》《清平山堂丛书》等著名古本短篇小说中选取了二十篇有代表性的传奇故事编译而成的小说集。林语堂在序言里如是说：

本书所收各篇，皆为中国最著名之短篇小说杰作。当然中国短篇小说杰作并不止此。本书系写给西洋人阅读，故选择与重编皆受限制。或因主题，

---

① 万平近，《林语堂评传》重庆：重庆出版社，2001年，第232页。
② 沈复，《浮生六记》，林语堂译，上海：西风社，1941年，序言。

或因材料，或因社会与时代基本之差异，致使甚多名作无法重编，故未选入。所选各篇皆具有一般性，适合现代短篇小说之要旨。"①

　　林语堂很明确译本的受众。"本书系写给西洋人阅读"，因此，在选材上，"选择与重编皆受限制"。他将具体的选材标准解释为："若干篇具有远方远代之背景与气氛，虽有异国情调与稀奇特殊之美，但无隔阂费解之处。"换而言之，材料来自中国古本小说，都"具有远方远代之背景与气氛"，情节离奇，因此具有"异国情调与稀奇特殊之美"。对英语读者而言，接受起来"无隔阂费解之处"。为了拉近英语读者的理解距离，王际真译本序言将宝黛爱情悲剧比作莎剧《罗密欧与朱丽叶》，而林语堂则将中国唐朝比作伊丽莎白时期。"在唐代，犹如英国之伊丽沙白时代，謇拙之写实主义尚未兴起，时人思想奔放，幻想自由，心情轻松，皆非后人可及。"②

　　《中国传奇》中的《小谢》选自《聊斋志异》，原作者蒲松龄笔下的主人公陶生"夙倜傥，好狎妓，……友人故使妓奔就之，亦笑而不拒；而实夜终无所沾染……"林语堂编译时格外增加解释文字："他研究道术之时，经道士秘密传授之后，他也曾经试验采补密术，经久不泄，以求延年益寿。在此期间，所御女人甚多，后来皆弃置不顾——他好像对女人已经看透了。"在《小谢》篇里，陶生坐怀不乱的美谈，眼中有妓，心中无妓，这种境界中国知识分子会深为认同。然而西方读者或许会对此诧异，林语堂考虑到了异质文化语境中读者对此的费解，格外增加了关于道士炼金益寿术的解释性文字。客观上，这种道士炼金，导致延年益寿的传说也勾起了英语读者对东方文化的猎奇心理。

### 3. 翻译特点：意译与编译为主的翻译

　　根据前面分析，这一时期译者的作品都以普通英语读者为受众，他们的翻译行为已经不可能以中国人眼中的中国文学理想样态为标准。他们必须顺应美国主流社会的审美规范。表现在翻译策略的选择上，则有以下两点：一、他们对小说篇幅进行了删改，尽可能把侧重点放在爱情故事及展现古老东方的异国风情；二、尽可能选择通俗的英语来展现小说故事情节。

　　这一时期，译者们普遍首先简化了小说内容，进行了篇幅的删改。《红楼梦》洋洋百万篇幅，西洋读者会望而生畏。为了吸引读者兴趣，对原文篇幅做了适当的改编（adaptation）。根据王农对王良志译本的介绍，可以看出：王良志译本"在节译取舍方面纯以'闺友闺情'为标准，凡与宝黛爱情有关

---

① 林语堂，《中国传奇小说》，张振玉译，上海：上海书店，1989年，序言。
② 林语堂，《中国传奇小说》，张振玉译，前引书，序言。

的章节，则取而译之；凡与儿女私情无关的情节，则舍而不译。"[1]因此，王良志基本翻译了一个带有"浪漫主义情欲"色彩的"爱情"故事。只是与中国传统小说有所不同的是：一般传统小说都习惯以悲剧开场，喜剧爱情"大团圆"结尾，而《红楼梦》则反过来，先"欢"后"悲"，先"合"后"离"，也因此，"对西方读者具有特殊魅力"。翻译时，"必须抓住这一线索，删去一些无关紧要的情节"。经过这样的编排处理，王良志重新改编了《红楼梦》，使译本成了贾宝玉和林黛玉的恋爱故事，浪漫的爱情始终贯穿全部小说，最终以"殉情"结束。小说的魅力正在于这种"殉情"式的东方爱情故事。

王良志不仅在章节选择上煞费苦心，在细节上也颇多斟酌。凡是对宝黛浪漫关系起重要作用的情节都大肆渲染。如，在黛玉葬花、黛玉梦稿的情节中，他用夸张手法（Hyperbole）把"《西厢记》妙词通戏语"译成"Appreciating 'West Chamber' in the west chamber"（西厢下共赏《西厢记》），把宝黛比喻成莺莺和张生。又用对比手法（Contrast）把"黛玉梦稿断痴情"译成"Poems easier burnt than love"（诗稿易焚情难收），意为"诗稿虽然化为灰烟，情意延绵，仍难斩断"。他还用对偶法（Antithesis）把"埋香冢飞燕泣残红"译为"Flower lover pitied flower burier"（惜花人怜葬花人），"惜花人"指"宝玉"，葬花人指"黛玉"，虽不忠实原文，但充分烘托了气氛，使宝黛情感悲剧感动人心。

王际真使用了与王良志同样的改编方式。他的翻译以编译为主，将原文巨幅篇章改编为一个前言及 39 章回，侧重点是宝黛爱情及保留中国大量独特风俗。他在导言第五部分"Some remarks on the Scheme of The Present Adaptation"里，介绍了自己改编的标准。他考虑到美国读者想要了解异域风情，却难以在短时间内读完《红楼梦》这一客观现实，决定以宝黛爱情悲剧为主线进行编译。全书第一至五十七回删节较少，后面则大刀阔斧，凡与宝黛爱情无关情节，皆略去不译。"他保留了表现宝玉和黛玉关系的几乎所有描写……"[2]对于不服务于宝黛爱情的其他枝节，他简单地用一两句话概述。

王际真的译本对一些中国文化风俗进行了保留，因为这些描写饱含"异国风情"，符合西方读者的中国想象。对此，他在序言里直言不讳，译者"努力地保留所有表现中国特点的风俗、习惯或文化特质的插曲和片段。例如译本第九章和第十章中的秦氏豪华婚礼的描写"。渲染一个浪漫的爱情故事以及大量展现与西方文化完全相异的中国民俗，前者是普通读者对译本的普遍期

---

[1] 王农，《简介〈红楼梦〉的一种英译本》，载《社会科学战线》，1979 年，第 1 期。
[2] Tsao Hsueh-chin, *Dream of Red Chamber*, trans., Wang Chi-chen, London: George Routledge&Sons, Limited, 1929, p.XX.

待,后者满足读者期待新奇的愿望,王际真的译本充分迎合了英语读者的品味。《纽约时报》(*New York Times*)对此心领神会,这个美国的权威媒体1929年6月2日书评的第一句话就是:"《红楼梦》是一部深具异国情调的东方现实主义小说。""异国情调"是第一个卖点,其次才是"东方现实主义"。对这种取舍标准,吴宓深表赞同,"惟能显示中国之风俗习惯为西人所欲知者,则亦存留"。①

王际真翻译的《红楼梦》展现一个大家庭中一对表兄妹的浪漫爱情故事,为了帮助读者理解这个大家庭错综复杂的人名及亲戚关系,他还依照西方家族树(Family Tree)的模式,画了一张家族关系图(见图2-1)。

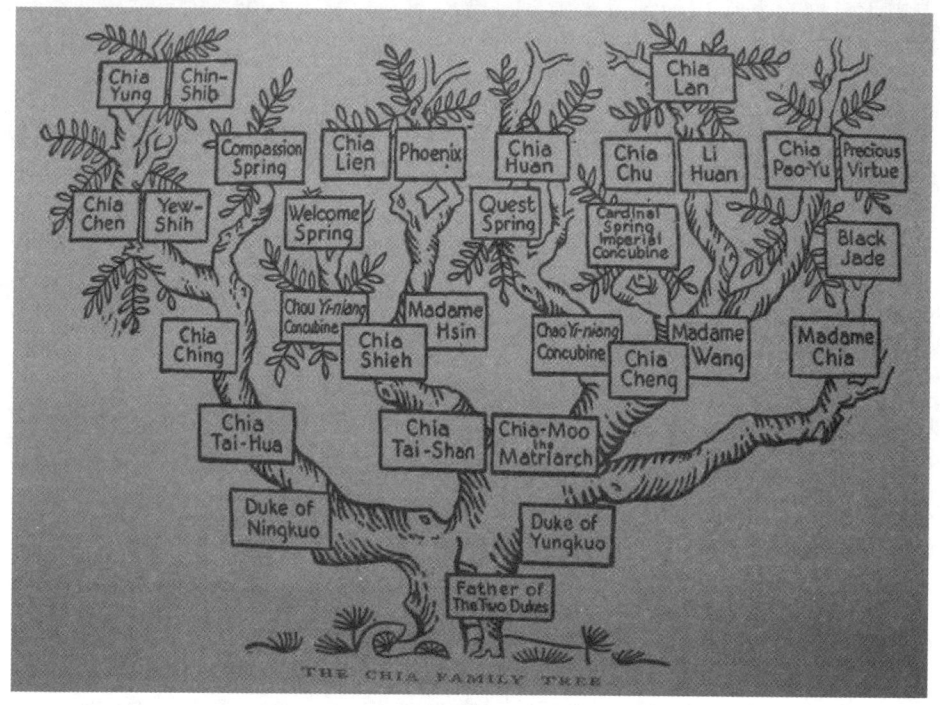

图 2-1　王际真《红楼梦》译本贾氏家族树②

　　Family Tree,又为族谱,或者家族树。虽然中西方同有族谱文化,这种树形的族谱画法是西方文化里的典型产物。据统计,贾史王薛四大家庭在《红楼梦》人物谱里共有 721 人,王际真只选取了贾家,家族树把它简化为 36

---

① 余生(吴宓),《王际真英译红楼梦述评》,天津《大公报文学副刊》,第75期,1929年。
② Tsao Hsueh-chin, *Dream of Red Chamber*, trans., Wang Chi-chen, London: George Routledge&Sons, Limited, 1929, Appendix 1.

人。该译本因通俗受到广泛欢迎。张爱玲就说："我在美国中西部一个大学城里待过些时日，知道《红楼梦》的学生倒不少，都以为跟巴金的《家》似的，都是旧家庭里表兄妹的恋爱悲剧。男生就关心宝玉这样女性化，是否同性恋者。他们虽然程度不同，也不是没有鉴别力。"①这从侧面充分证明了王际真译本产生的读者效应，美国普通读者对宝玉的性取向好奇，对表兄妹的爱情悲剧好奇，这都是王译本《红楼梦》产生的通俗效应。

林语堂英译《中国传奇》是一个编译本，是他在中国古代著名短篇小说中选取了二十篇有代表性的传奇故事编译而成的小说集。"本书之作，并非严格之翻译。有时严格之翻译实不可能。语言风俗之差异，必须加以解释，读者方易了解。而在现代短篇小说之技巧上，尤不能拘泥于原文，毫不改变，因此本书采用重编办法，而以新形式写出。重编之时，若干故事中，作者普有所省略，有所增加，冀其更能美妙动人。"林语堂在翻译时采取了归化处理，对原文大刀阔斧地删节、改编或增译，某种程度上，译文和原文已相去甚远。

琼罗斯的 *Chinese Ghost and Love Stories* 也进行了大幅度的删节。她只从431篇《聊斋志异》故事中选取了40篇，选篇不及中文原版十分之一。她的译本没有标明中文原文题目，是一个纯粹的编译本。有时还会在文中加上自己的描述启发读者的想象力，并配以很多插画，帮助读者理解。这是一个通俗的译本，韩玉山（Yu-Shan Han）在《西方民俗》（*Western Folklore*）杂志上发表评论，认为"她选择了《聊斋志异》中的40个故事，其中至少有一半已由翟理斯先生翻译或者改写过，她的选篇不足中国通行本431个故事中的十分之一"。②

## 四、繁荣期译介特点

1. 清小说翻译的全译时代

1952年，沙迪克推出了现存《老残游记》中文本的全译本，1957年，杨宪益与戴乃迭翻译了全本《儒林外史》，1973年，《红楼梦》第一部英文全译本的第一册在英国出版，1978年，杨宪益与戴乃迭的另一部《红楼梦》全译本第一卷问世，1973年，茅国权推出《十二楼》全译本。事实上，不仅是清小说，中国其他古典名著的英文全译本也纷纷出现在这一时期。如：1973年，赫登（H. Herdan）翻译了《唐诗三百首》全本；1977年，著名汉学家余国藩

---

① 张爱玲，《红楼梦魇》，合肥：安徽文艺出版社，1922年，第3页。
② Yu-Shan Han, "Chinese Ghost and Love Stories by P'u Sung Ling, Rose Quong", in *Western Folklore*, Vol.6, No.4, 1947, p.392.

(Anthony Yu)翻译了《西游记》全译本；同年，陈莉莉（Li-li Ch'en）翻译了董解元的《西厢记诸宫调》英文全文；1979年，钟铃与雷克斯罗斯合译了《李清照全集》；同年，《水浒传》百回全译本推出，译者沙博里（S. Shapiro）等。上述作品都是在这一时期第一次出现全译本。夏志清将这一时期称为"全译时期"（The age of full translation）。①为什么这一时期清小说出现了大量来自不同国家，不同出版社的各种全译本呢？

　　读者的期待视野是前译本出现的前提条件。如前所述，从第二次世界大战爆发开始，由于中国在亚洲有着举足轻重的地位，美国加大资金投入，注重对汉语人才的培养。继哈佛大学之后，美国各大学纷纷建立中国或远东研究系所。中华人民共和国成立之后，美国密切关注中国的动向。1956年，哈佛大学东亚研究中心（The East Asia Research Center at harvard）作为哈佛大学在燕京学社成立以后的另一个以研究中国近代政治、经济、文化为主的东亚研究中心成立。中心制订人才培养计划，初建时期每年有14名研究生从这里毕业，他们首先在中心修完两年硕士学位课程，然后回到大学和研究机构去工作，也有人留在哈佛继续攻读博士学位，以打好语言和专业研究基础。哈佛东亚研究中心还出版《哈佛东亚研究》（Harvard East Asia Studies）、《中国资料》（Papers on China）、《哈佛东亚丛刊》（Harvard East Asia Seriew）及《哈佛东亚专刊》（Harvard East Asian Monographs），这些刊物成为研究中国政治经济文学文化的权威刊物。1958年美国通过的"国防教育法"（National Defense Education Act）规定，高等学校的研究机构必须开设非英语语言课程，其中，要求中文作为必修课程，培养中国问题研究专门人才。根据这项法律，美国为国内21所大学提供了64份奖学金鼓励中国研究，很多大学纷纷成立了亚洲研究机构。到了20世纪60年代，这些亚洲研究机构的数量继续增长，研究队伍迅速扩大。"1960—1969年10年中全美取得中国学学士学位的有1700人，获得博士学位的有412人……到1979年，在美国各大学中任教与从事研究的中国学博士有1000人，而美国整个中国学专家的队伍（不包括研究生）大约有3000人左右。"②此处，"中国学"是一个泛指，指对中国经济、政治、文化及文学的研究，不全指文学研究者。蓬勃发展的中国学研究推进了美国中文学习的热潮，"60年代初，美国700所大学中三分之一开设中文课程，各大学学习中文的学生约为1800人，到70年代初增加到5000人。"③

　　美国学习汉语学生人数激增之时，英国汉学则进入了一个缓慢、持续发

---

① C.T.Hsia, On Chinese Literature, New York: Columbia University Press, 2004, p.10.
② 何寅、许光华,《国外汉学史》,上海：上海外语教育出版社,2002年,第425页。
③ 何寅、许光华,《国外汉学史》,前引书,第426页。

展的时期。从20世纪上半期开始，英国在华势力范围已经确定，对中国的兴趣也相应减弱，不似19世纪有大批外交官及商人、学生来到中国学习汉语。第二次世界大战结束后，英国失去了世界霸主的地位，英国在远东的地位由美国所取代，对中国的研究规模日益萎缩。但是，也许是因为上个世纪打好的良好基础，这一阶段中英人民之间的交流并没有中断。仍然有不少英国青年学生愿意学习中文，并从中涌现出来新一代的翻译家。这一时期的译者不再以传教士和外交官为主体，而是由大学学者充当主力军。这批学者主要集中在牛津大学、剑桥大学、伦敦大学三所大学，这三所大学依然是汉学重镇，培养了大批学习汉语的学生。

因此，20世纪50年代起，一方面由于政治经济因素的影响，欧美出版市场对东亚话题很感兴趣，且有资金支持。另一方面，从读者群来说，越来越多的外国学生开始学习汉语，希望读到更多、更好、更完整的中国文学译本。同时，普通大众读者也有这个需要，希望更多了解中华文化及文学。

20世纪上半叶，美国本土出版社策划出版了《红楼梦》《聊斋志异》的译本。译本尽力迎合读者口味，走的是畅销书路线。到了三四十年代，第二次世界大战时期的美国出现了中国题材出版热潮。读者对远东文明，特别是中国植根于自然本能，追求和谐的文化产生浓厚兴趣。同时，两次世界大战集中暴露了西方社会的矛盾，饱受战争重创的欧美在第二次世界大战后开始面临信念危机。许多学者对西方文化进行了认真的检讨，他们不再满足希腊-罗马文明之树的传统，对西方文明深感绝望。他们在东方文化，特别是中国人的漫长文明和文化中，寻找到一种植根于自然本能，追求和谐的理想样态。认为只有这种向内用力的含蓄文化才是解除欧洲危机的良药。无论是学院里的学者，还是普通读者，都对中国题材深感兴趣。正如夏志清所言，"我应该强调一下美国读者对中国的好奇心以及二战以来中美作家创作过的那些畅销书。"①因此产生了希望了解中国文化的"饥饿的读者"（hungry reader），他们不再满足于节译本、改编本里简单的故事。对没有翻译成英文的优秀作品，他们希望读到译文，对已经有了译本的作品，他们希望读到更完全的作品。而其时的中国文学译本基本是节译和选编本，如王际真、库恩的《红楼梦》译本基本是在讲表姐弟的三角恋故事，李渔的《十二楼》之前只有"三楼"为他们所知。不同阶层的读者对中国古典文学作品的兴趣促使出版社寻找更多的中国作品，促成了一个又一个译本，最终是全译本的诞生。

---

① C.T.Hsia, *On Chinese Literature*, New York: Columbia University Press, 2004, p.8.

我们注意到这一时期的全译本不仅由欧美国家推出，亦有不少是由源语国家，即中国推出。《儒林外史》的全译本及《红楼梦》的杨戴译本就是由北京外文出版社出版。在此之前，从 19 世纪到 20 世纪中叶，源语国家出版社仅出版过《聊斋志异》《老残游记》的节译本。这中间的分界点正是中华人民共和国的成立，它标志着大规模源语文化对外宣传的开始，翻译工作因而进入一个最兴盛的时期。在中国对外文化联络事务局局长洪深倡议、文化部副部长周扬支持下，1951 年由刚从英国回来的作家叶君健筹备、创办了英文版《中国文学》杂志。1952 年，北京外文出版社社长刘尊琪列了一个单子，准备系统地对外国介绍中国文学。刘尊琪从《诗经》开始列了一个单子，共有一百多种中国古典文学名著。为了有计划、系统地对外翻译出版我国优秀文学作品，外文出版社先后于 1954、1956 和 1958 年制订了古典文学、五四文学对外翻译书目，1963 年，又在此基础上制订了对外的《中国优秀古典文学作品出版规划》（草案）。于是，外文出版社主推的《中国文学》杂志，主要负责把中国古典文学中的精华作品如小说、诗歌、戏剧向外推介。杨宪益、戴乃迭的《儒林外史》《红楼梦》译稿，即为外文出版社所约稿。这一期间国内推出古典文学英语译介非常有目的性，正如李国文所说，"曾经有段时间，因为杨老会希腊和拉丁文章，组织上把他调去译《荷马史诗》，后来为了翻译《红楼梦》，出版社又将他调了回来。"① 这说明，与欧美译者翻译选题基本出自兴趣爱好不同，杨戴夫妇选择全译《红楼梦》和《儒林外史》，不仅是出于自身兴趣，更是当时社会历史的需要。源语国家出于对外宣传中华文学与文化的目的，制定选题，提供翻译条件及出版条件。因此，内力和外力一起作用，最终促成了"全译时代"的来临。

2. 专业人士为主的译者

勒弗菲尔使用"专业文学读者"（professional readers of literature）②这一术语指称文学专业的教师和学生。这一时期，无论是欧美人还是华人，从事汉学研究和比较文学研究的大学青年学生和学者大量涌现，这些学习汉语，或者从事汉学和比较文学研究的教师、学生和研究人员无疑就属于这样的"专业读者"。勒弗菲尔同时认为，控制文学系统的有两个因素，"专业人士"及"赞助人"（patronage），前者是"批评家、评论家和翻译者"，后者"它应该被理解为某种权力（人或者机构），这种权力能够促成或阻止文学的阅读、写

---

① 李国文，《杨宪益的翻译人生》，载《今日中国》，2006 年第 7 期，第 39 页。
② Andre Lefevere, "Text, System and Refraction in a Theory of Literature", From Lawrence Venuti, *TheTranslation Studies Reader*, London and New York: Routledge, 2000, p.234.

作和改写。"①在英语世界清小说研究中,"专业人士"意味着汉学领域和比较文学领域的专业学者。

回顾清小说的英译历程,19世纪的译者都是外交官和传教士,不是学院派"专业人士",虽然翟理斯和德庇时回到英国后,成为大学中文教授,那亦是因为他们在中国的翻译及创作活动及对中国的了解所致。德庇时和翟理斯这样的汉学家被称为"侨居地汉学家",即"后来成为汉学家的在华外交官、传教士和部分商人",而不是"本国大学等研究机构成长起来的汉学家"②,即学院派汉学家。较之于19世纪和20世纪上半期,这一时期的译者主体构成上起了巨大变化。

我们来看这一时期主要译者的经历。杨戴夫妇受过英国牛津大学的系统训练,先后是国立编译局及中国外文出版社的专职译员。20世纪50年代至60年代,杨戴夫妇和沙博理一直都是中国古典文学与文化的窗口杂志《中国文学》的主要译者。霍克思在接受《红楼梦》翻译任务前,是英国牛津大学的中文教授,到过北京大学读书,对中国古代文学与文化研究有相当心得,是一名著名的汉学家,在英译《红楼梦》之前,他曾译介中国古典文学名著《楚辞》,并对唐代大诗人杜甫也颇有研究,编译过《杜诗初步》,深受好评。翻译《老残游记》的沙迪克毕业于多伦多大学,曾在中国燕京大学任西语系主任、教授,精通中文并熟悉中国文化,回国后,他曾在康奈尔大学任教。林太乙是作家,出生在中国,亦曾获耶鲁大学教职,主编《读者文摘》杂志。同样在耶鲁大学任教职的还有《聊斋志异》译者夏林达和岳罗杰,而著名汉学家茅国权则来自香港,曾相继在耶鲁大学、威斯康星大学攻读学位,后来在宾夕法尼亚希彭兹堡州立学院任中文教授。他著有专著《李渔》,还与人合译了钱钟书的《围城》。这些重要译者几乎都就读于欧美著名大学,受过西方知识系统的教育和严密的哲学思维训练,有过在汉语及英语两种世界里生活或者求学的经历。他们大多数是知名汉学家,是汉学领域和比较文学领域中的佼佼者。

为什么这一时期的译者有如此惊人的相似性呢?如前所述,20世纪50年代开始,美国政府及企业为中国研究提供了大量经费,由于有足够的经费和资料,当时美国许多大学的学生学习中文、从事中国问题研究不仅可以得到全额奖学金,而且还可以免费去中国进修汉语。这些得天独厚的条件吸引

---

① Andre Lefevere, "Text, System and Refraction in a Theory of Literature", From Lawrence Venuti, *The Translation Studies Reader*, London and New York: Routledge, 2000, p.233-248.
② 王毅,《皇家亚洲支会北中国支会研究》,上海:上海书店出版社,2005年,第161页。

了大批青年学生。霍克思、韩南都是在这一时期来到北京大学学习中文。同样,从20世纪上半期起,一些华裔学者如杨宪益、林太乙、茅国权、夏志清等首先在中国接受大学教育,而后到欧美国家求学,他们中一部分毕业后选择回到中国,亦有部分毕业后留在美国大学任教。他们既有在中国接受教育时打下坚实的中文基础,到西方后又受到西方知识系统的教育和严密的哲学思维训练。他们理论背景宽厚丰富,又精通中西两种语言,了解两国文化,因而能更好地选择译文的形式。他们的译本具有三个明显特征:译者的权威汉学家身份,较高学术含量和内容的完整或者相对完整,因此,译作更容易为西方人所理解和接受。

3. 富含学术价值的译文

这一时期的译本质量普遍很高,具有相当的商业和学术价值。沙迪克的《老残游记》译本是至今为止唯一的全译本,霍克思的《红楼梦》译本被认为是最好的《红楼梦》英译本,而杨戴夫妇的《儒林外史》亦是小说唯一的全译本。继林太乙译写《镜花缘》之后,《镜花缘》至今没有产生其他译本。

译本的商业价值体现在出版社制作的精心。《老残游记》所配的译者采访文中老残可能走过的地方,精心拍摄了12幅照片,并做了说明。霍译《红楼梦》里的插画,皆为当时在英、美及台湾故宫博物院收藏的藏品。

这一时期译本的转变标志之一在于导言的撰写方式。20世纪50年代之前的清小说译本中,序言往往都是只言片语,最多达千字,介绍作者生平和创作背景。德庇时的导言只提到自己翻译中国文学是为了学习汉语,翟理斯的导言是早期清小说英译中难得的较长篇幅的导言,主要内容是作者介绍、当时中国社会背景及自己翻译的一些处理方式。而乔利译本根本就没有导言,只有一个序言,说自己的翻译只是为了给当时在华英国人学习汉语提供语言材料,他甚至没有标出作者曹雪芹的名字。20世纪20年代到50年代的译本之中,开始有权威汉学家提供的序言,但这种序言一般只有最基本的作者介绍和背景介绍,对译本而言只是一种装点。到了20世纪50年代,大多数译本开始重视导言的撰写。如《老残游记》沙迪克的译言长达23页,有上万字,分为七个章节。系统地介绍了中国文学中的小说概念、《老残游记》小说本身及作者思想、创作的方方面面。这是第一次译者在导言中对中国"小说"这种文类概念进行研究,很有价值。同时,沙迪克还剖析了刘鹗的政治观、道德观和文学特点,导言本身就是一篇刘鹗研究的重要论文。同样,霍克思为译本所撰的第一卷长篇导言长达32页,一万多字,对《红楼梦》这部小说作者、版本系统、相关红学问题及自己翻译体会进行了详尽的介绍，①后面各卷的序言也对相关学术问题进行了探讨，包括由于高鹗的校订造成的前后不一现象以及译者处理方法和《红楼梦》成书过程。这是一篇后来"红学"研究者屡屡引用的专业论文。《儒林外史》的序言则由著名文学评论家、北京大学中文教授吴组缃所作，吴先生序言共17页，除了考证小说作者，还主要介绍了小说中的"讽刺"艺术。综上所述，这些导言都是对原文某个角度的研究论文，它们从学者的视角出发解读原文，为读者提供了理解原文阐释空间的某种可能，这正是译文学术含量的体现。

这一时期译本的学术含量还体现在对原文版本的考证和选择上。大多数译者都考虑到版本的选择问题，体现了较强的学术动机和学术自觉，也体现了西方译者对中国文化态度的转变。他们不再把清小说看成没有作者，可以随意操纵的文本了，开始意识到中国古典文学的深邃与广阔，力图与中国国内研究同步。沙迪克译本说，"大部分有关这部小说的真正版本只有此处译出的二十回，而《天津日日新闻》总共刊登了三十四回。刘家保存了一套最初刊登此小说的报纸的剪存本，但不幸的是，最后六回已经遗失。1935年，林语堂从刘学人手中获得二十一回至二十六回的文本，将其以《老残游记二集》名发表，这是老残游历故事的续编。"②沙迪克深谙《老残游记》所有译本，甚至了解林语堂译本的来源，这体现了他对《老残游记》的了解。

《镜花缘》译者林太乙也挑选了自己的版本，她在序言中说"该译本译自1932年上海亚东图书馆的版本"。③林太乙没有详细说明自己版本的挑选过程，然而，亚东图书馆在中国现代史和现代文学史上，曾是一个创造过文化奇迹的出版社。鲁迅在《为半农题记〈何典〉后，作》一文中说："我以为许多事是做的人必须有这一门特长的，这才做得好。譬如，标点只能让汪原放，作序只能推胡适之，出版只能由亚东图书馆。"当时国内一些知名学者，如陈独秀、钱玄同、胡适、梁漱溟、俞平伯的著作，都由亚东经销，亚东图书馆成了新文化运动的传播阵地。中国古典小说第一部，由汪原放标点、分段的《水浒》就是1920年由亚东正式发行。而后，亚东图书馆推出《儒林外史》《红楼梦》《西游记》《镜花缘》等古典小说，都由胡适作序，在科学考证的同

---

① Cao Xueqin, *The Story of the Stone( Vol 1 )*, trans., David Hawkes., London: Penguin Books Ltd., 1973, p.15-46.
② Liu E, *The Travels of Lao Ts'an*, trans., Harold Shadick, New York: Cornell University, 1952, p.14.
③ Li Ju-chen, *Flowers in the Mirrow*, trans., Lin Tai-yi, Nanjing: Yilin Press, 2005, p.4.

时，将这些小说在中国文学史上重新定义和评价。"高质量的名家序言，配以严谨的新式分段标点和校正，使得亚东版的古典小说风行一时。"①因此成为后来古典小说重印时的权威版本。这正是林太乙选取的版本。林太乙选亚东图书馆的版本体现了她版本选择的慎重。

《红楼梦》在中国古典小说中的地位毋庸置疑，然而，其版本众多，亦是古典小说翻译时最难选择的。库恩在导言里说，他的译本以两个版本为根据，一个是莱比锡大学东亚研究室所收藏的1832年版本，另一个是上海商务印书馆重印的三家评注本。②而霍克思的选择则更为精心，他在序言中说，"我写序言时，充分参考了中国学者已发表的研究成果。如俞平伯、周汝昌、吴世昌和赵冈，尤其是赵冈，我认为他关于诸多有争议问题的理论最具说服力。"③乔纳森·彭斯（Jonathan D. Spence）的《曹寅和康熙皇帝，包衣和主子》（*Ts'ao Yin and the Kang-his Emperor, Bondservant and Master*）一书对他也有很大启发。这表明霍克思充分意识到红学研究的蓬勃发展，努力与中国国内红学研究同步，因此，他对国内著名红学家成果都了如指掌。《红楼梦》的版本一直是一个红学家争论不休的话题。"在翻译这部小说时，我发现不能严格忠于单一版本。因为程高本前后更为一致，所以，虽然它不太有趣，第一章我主要还是尊重这一版本。在以后的章节中我经常参考手抄本，还修订了一些细节。"④霍克思在此处明白地说明，为了保证译本的艺术价值和前后连续，他结合了《红楼梦》诸多版本，形成了自己的版本。而杨戴夫妇怎么选择版本的呢？"我们的译本前80回译自人民文学出版社1973年出版的影印本，影印本原本为1911年左右上海有正书局出版的石刻本，该石刻本是乾隆年间戚蓼生保存下来的手抄本。而译本后四十回则译自人民文学出版社1959年校勘重印的1792年120回活字印刷本。戚蓼生的前80回手抄本是现存最早版本之一，在翻译中，我们参照其他版本，修订了抄本中的错误。"⑤版本选择虽然不同，译者都煞费苦心。如果译者对文学研究所知无多，他可能完全意识不到一篇小说不同版本之间的差异。由此可见，此时期的译者非常注意译作的艺术价值，花费了大量心血研究原文，挑选合适的版本。

---

① 徐雁平，《胡适和上海亚东图书馆》，载《编辑学刊》，1995年第5期。
② Cao Xueqin, *Dream of the Red Chamber*, trans., Florence and Isabel McHugh. New York: Pantheon Books, 1958, p.xiii.
③ Cao Xueqin, *The Story of the Stone（Vol 1）*, trans., David Hawkes, Ibid. p.17.
④ Cao Xueqin, *The Story of the Stone（Vol 1）*, trans., David Hawkes, Ibid. p.18.
⑤ Cao Xueqin, *A Dream of Red Mansions*, trans, The Yangs, Beijing: Foreign Language Press, 1994, p.ix.

这一时期译本的学术含量还体现译者对译本所做的详尽注释上。沙迪克的译本附有两种注释，第一种注释长达 22 页，详细地标注了文章中出现的几乎所有令英语读者理解有障碍的内容。而注释后的附录则是对第九章回诗歌的专门注释，也是另一种注释。沙迪克本人也说，尽管《老残游记》之前有过两个节译本，"但这两个译本不易见得，而且，绝对比不上这个有注解的全译本"。①可见他把注释看成他尽最大可能诠释中国文化的一种方式。而林太乙的《镜花缘》尽管是个编译本，译本最后附有 12 页的注解。这些注解是译者按章节分章注解的一些属于中国宗教文化所特有，但英语读者可能会不理解的专有文化名词，特别是道教方面的词语。林太乙很关注《镜花缘》中体现出来的道教思想，不仅在译本前专门列了"世俗道教注"，帮助西方读者了解这一不同于基督教、佛教、伊斯兰教这三大宗教之外的中国本土宗教。无论是前面的"世俗道教注"，还是后面的注释，都体现了林太乙本人对中国道教的研究。而《儒林外史》的附录则为"《儒林外史》中提到的科举制度和官职名称"，附录本身就是一篇学术论文，它是著名历史学家剪伯赞论文《〈儒林外史〉中提到的科举活动和官职名称》的部分节译。

## 五、新时期译介特点

### 1. 以合译和重译为主的译介

从 20 世纪 80 年代开始，《聊斋志异》被一再重译，且大部分译本由中国人推出。如 1981 年，外文出版社出版的杨宪益、戴乃迭合译本；1982 年，卢允中、陈体芳、杨立义、杨之宏合译本；1988 年，莫若强、莫遵中、莫遵均推出另一个合译本；1989 年，外文出版社出版梅丹理、梅维恒合译本；1997 年，人民中国出版社出版的由玛莎·郭汉姆编辑，郭林、郝光峰等译者合译的 3 卷本；2006 年，外文出版社推出闵福德教授的译本，闵福德教授此前与霍克思合译《红楼梦》，他翻译的《红楼梦》后四十回亦于 1986 年出版。2007 年，外文出版社再出版大中华文库《聊斋志异》编译本，从黄友义、闵福德、梅丹理、梅维恒的译文中选出部分篇目辑编成一个合译本。其他清小说在这一时期亦屡屡重译，如 1991 年，黄新渠重译《红楼梦》，推出了改编本。1983 年，白伦推出《浮生六记》的重译本。纵观这一时期的译本，大多数译本均为合译本，且除了费致德的《儿女英雄传》为初次出版，其他均为重译本。

---

① Liu E, *The Travels of Lao Ts'an*, trans., Harold Shadick New York: Cornell University, 1952, p.21.

合作翻译是一种常见的翻译现象，从古代的佛经翻译和《圣经》翻译，到现在的科技翻译及文学翻译，合作翻译在翻译实践中一直占有重要的地位，它旨在保证翻译质量的同时尽可能缩短翻译时间，加快出版周期，在现代翻译中，越来越普遍。清小说英译的合作翻译，应该始自杨宪益、戴乃迭夫妇。他们的合作翻译始于20世纪40年代国立编译馆时期，为了帮助戴乃迭学习中文，两人开始合作翻译，而后在长达半个多世纪的时间里，从先秦散文到现当代作家，他们联袂翻译了百余种作品，近千万字，这在中外文学史上都极为罕见。根据李国文转述，杨宪益说，"我拿着书直接口译，她打字，打得飞快，然后再修改……最快的时候，翻译鲁迅的《中国小说史略》，要求越快越好，结果一个礼拜就译完了。这完全得益于两个人的合作。"①至于《红楼梦》英译，从更重要的现实方面看，速度的要求决定了合作翻译，尤其是集体协作是翻译中的必然现象。翻译是一项艰巨的劳动，周期往往很漫长，霍克思倾注十年时间，才翻译完《红楼梦》前三卷，其中艰辛可想而知。

杨戴合译方式属于一位译员负责主译，另一名译者负责润色和修改，这对提高翻译速度显然非常有效。这种方式也保证了前后衔接和地名、人名及各种专有名词的一致性，语言和文体风格也出自一人之手，因而整体性较好，避免了多人分工合作造成文体风格不统一的现象。从目前的翻译实践来看，中国译者与外国译者通力合作更为有效，因为他们可以各自发挥自己的母语优势，相辅相成，进一步提高译文水平。杨戴夫妇一位是中国人，一位是英国人，中译英时，中国人对语言的输入更敏感，而英国人对输出更擅长，正好很好地保证了语义的传达。这种效率与质量的结合值得赞赏。

霍克思与闵福德的《红楼梦》合作英译方式则与杨戴方式不同。20世纪70年代初，企鹅出版社主动联系霍克思，邀请他翻译《红楼梦》，霍克思签了出版合约。为了全心翻译《红楼梦》，他甚至辞去牛津大学中文教授的职务，专心履行出版合同。"企鹅古典丛书"推出了《红楼梦》第一卷，而后，陆续推出第二、三、四、五卷本。1982出版的第四卷已经是闵福德所译，到了1986年的第五卷，则是他的女婿约翰·闵福德所译。霍闵的合作方式是一个人翻译前三卷，一个人翻译后两卷，在单一时间内，只有一名译者在翻译，在时间效率上并没有节省。此种翻译方式类同于曹雪芹和高鹗的《红楼梦》前八十回与后四十回的创作方式，相似的是，霍翻译了前八十回，闵翻译了后四十回。霍克思没有完成整本书的翻译的主要原因，也许就是他翻译态度的严

---

① 转引自李国文，《杨宪益的翻译人生》，载《今日中国》，2006年第7期，第39页。

谨导致翻译周期的漫长，最终精力不济。

卢允中的《聊斋志异》合译本合作方式则是合作翻译中最常见的翻译方式。四位译者都是在上海的高校教师，卢允中任教于上海外国语大学，陈体芳在上海科技大学外语系任教，杨立义在上海复旦大学，杨之宏亦于上海外国语大学任教。四人经商务印书馆约稿，决定重译《聊斋志异》，于是定下翻译篇章，再分工合作，因此，这个译本每个篇目后面，都标有该篇目的具体译者名字。比如，《娇娜》的译者为杨之宏，《青凤》《妖术》译者为卢允中，《叶生》《成仙》译者为陈体芳，《西湖主》译者为杨立义，其中，卢允中和陈体芳翻译了里面绝大多数篇章。莫若强、莫遵中、莫遵均的译本及梅丹理、梅维恒均属于此种模式，将任务分工。

人民中国出版社出版的，由玛莎·郭汉姆编辑，郭林、郝光峰等译者合译的3卷本则有所不同。玛莎·郭汉姆组织多名译员一起翻译《聊斋志异》，这样的翻译很有效率，而组织者需要做好协调各名不同译者间的一致性，保持译文系统、完整。

《聊斋志异》在短期内出现五六个重译本，这种现象本身值得玩味。作品在什么条件下会屡屡出现重译？大量的重译本出现是好事还是坏事？是对译事的贡献，还是某种程度上对人力物力的浪费？哪种复译本是成功的？或是失败的？许渊冲教授对重译定为：“重译有两个意思，一是自己译过的作品，重新再译一次；二是别人译过的作品，自己重复再译一次。”①此处的重译我们指的是第二种意思。译者萌发重译的念头，无外乎如下原因：随着对经典名著研究的不断深入，人们发现旧译对原文的理解欠妥或者处理不当，提出新的看法和见解。或是随着社会历史文化的发展，不同时期读者有不同的审美情趣和审美期待值，需要对旧译进行调整和修改。作品意思是多元的，一个译本只是特定历史、文化时代的产物。时代变化了，作品的时代意义也会发生变化，有了重译的可能，重译本亦可以反映出这种变化。名著复译本就古典文学对外翻译本身来说，是一件好事，说明有更多的人对古典文学翻译感兴趣，也标志着读者群对它们的需求，因此成就更多优秀的重译，促进中国古典文学对外传播的发展。

然而，重译的过程中也必然存在许多争议和分歧，有些译本不尽如人意，质量平平。怎样才能尽可能提高翻译质量，在旧译的基础上找到更好的语言和文体表现形式，推出更优秀的译本？这是译者和出版机构都值得考虑的问题。重译作为对旧译的挑战，是使译本趋于完美的一个重要途径

---

① 许渊冲，《翻译的艺术》，北京：中国对外翻译出版公司，1984年，第85页。

和手段。1995年，罗国林在《中国翻译》第2期《名著重译刍议》里说：重译中"容易处理的是旧译错了的地方；难处理的是旧译中译得好，甚至精彩的地方，因为你必须千方百计译得比它更好，更精彩"。《聊斋志异》重译本中的梅丹理与梅维恒译本因为译者的文学修养，译本具有很高的文学价值，且基本挑选的《聊斋志异》里的精彩片段，篇章故事都充满了各种瑰丽的想象力。此译本在国外很受欢迎，成为继翟理斯后《聊斋志异》流传最广的版本。以美国马塞诸斯州（Massachusetts）为参照，全州45所大学的联合馆藏目录中，21所大学存有翟理斯译本，23所大学存有梅丹理梅维恒译本。其他译本中，9所大学存有琼罗斯译本，7所大学有岳罗杰译本，而仅有4所大学存有其他各种译本。但是，同样对中国大学馆藏进行搜索，国外译者如翟理斯与梅丹理梅维恒译本馆藏量仍然丰富，但是国内译者的译本在这些图书馆馆藏量便很大。域外与域内读者的接受形成鲜明对照。这个现象值得讨论。重译目的为何？目标读者是谁？重译要有所发展，有所前进，应该怎样才能推出东西方读者都能更好接受的译本？这对重译者的水平和能力提出了更高的要求。重译可以帮助读者更好地理解原作和原作者，理解中国文化。因此，这亦是中国文化对外传播的大势所趋，不可阻挡。无论是重译的必要性还是重要性，清小说的优秀重译都是我们所需要的。我们期待更优秀的重译作品。

2. 翻译赞助人的强烈意识：对外传播中国文化

如前所述，这一时期的《聊斋志异》译本分别由外文出版社、商务出版社、外语教学与研究出版社、人民中国出版社及译林出版社出版，其中外文出版社先后出版了三个译本。外文出版社还出版了《红楼梦》杨戴重译本、《浮生六记》《老残游记》及《儒林外史》再版本。黄新渠《红楼梦》改编本由外语教学与研究出版社出版。此外，《大中华文库》以外文出版社、译林出版社、外语教学与研究出版为主，推出了一系列中国经典译本，包括费致德翻译的《儿女英雄传》。仔细审视这些译本，我们会发现，除了韩南的译本，新出现的译本大多数为中国人翻译，即使是外国人闵福德、梅丹理、梅维恒的译本，亦首先在国内出版社出版。国内出版社亦屡屡再版以前的经典英译版本。国内出版社为何有这样强烈的出版愿望？到底是什么力量在操纵这种变化？从长期看，这些译本在国外接受状况如何呢？

翻译的操纵理论认为，决定制约翻译因素的有三要素，即"意识形态、诗学和赞助人"。谢天振指出，"'赞助人'并不是指某一个具体'赞助'的个人，而是包括政府或政党的有关行政部门或权力（如审查）机构，以及报刊、杂志、出版社等。"①也就是说，如果译出国的有关部门鼓励或者倡导本国文化输出，要求本国翻译专业人士翻译出版某些国内作品到外国，那么，就会有大量译介作品出现。

从中华人民共和国成立以来，我国就开始关注文化输出，以《中国文学》杂志为核心，外文出版社做了很多切实的努力。然而，由于在长期的东西文化交流中，"西学东渐"一直是具有压倒性优势的主流，尽管一些西方传教士、汉学家以及中国学者把部分中国经典介绍到了西方，在东学西渐方面做了不少切实的工作，但从整体上讲，对于中国文学的介绍还不够，世界对于中国文学与文化仍然缺乏深入全面的了解。20世纪80年代，《中国文学》新任主编杨宪益倡议出版"熊猫丛书"（丛书以国宝熊猫为标记）。在此之前，《中国文学》上译载的作品有部分已编入外文图书出版社的书籍里。"熊猫丛书"则先将杂志上已译载过、但还没出过书的作品结集出版。随着丛书的发展，又增加了新译的作品。一经推出，立即受到国外读者的广泛欢迎和好评，许多书重印或再版。从1981年以来，"熊猫丛书"发行到150多个国家和地区，有190多种，成为中国外文译介领域的金字招牌。出版了大量中国优秀的文学作品，包括《聊斋志异》《老残游记》《儒林外史》，几乎成为很长时期内国外研究中国汉学、对中国文学有兴趣的人了解中国文学的唯一的窗口。20世纪80年代中期，"熊猫丛书"达到了鼎盛时期，在国外的影响也比较大。中国文学出版社总编辑唐家龙说："无论在伦敦、纽约还是巴黎，人们都可以在书店中看到我们出版的'熊猫丛书'。一位法国外交家说：'熊猫丛书的每本书我都买了，因为这是我了解中国的唯一途径。'"②

"熊猫丛书"的出版目的非常明确：让世界了解中国文化。《中国文学》杂志本来就是由中国对外文化联络事务局局长洪深倡议、文化部副部长周扬支持下成立。1952年，外文出版社社长刘尊琪"从《诗经》开始列了一个单子，共有一百多种中国古典文学名著"③，准备有系统地对外国介绍中国文学。几十年来，外文出版社在这方面做了大量切实的工作，组织了国内最好的译者，翻译出版了中国大量经典。继"熊猫丛书"系列之后，20世纪80年代末外文出版社又出版了"经典的回声"汉英对照系列，到90年代末，又承担了"大中华文库"的部分出版任务。

2006年，中共中央办公厅、国务院办公厅印发《关于进一步加强和改进文化产品和服务出口工作的意见》的通知（中办发〔2005〕20号文件），其

---

① 谢天振，《多元系统理论：翻译研究领域的拓展》，载《外国语》，2003年第4期，第63页。
② 唐家龙，《"熊猫丛书"走向世界》，载《对外大传播》，1995年第1期，第78页。
③ 李国文，《杨宪益的翻译人生》，载《今日中国》，2006年第7期，第39页。

中明确指出：要抓好大型对外出版工程"文化中国""大中华文库"的出版翻译工作，精心组织实施"中国百部当代文学精品翻译工程"。文件中所指的《大中华文库》即是1995年由新闻出版总署批准，列入国家规划的重大出版工程，并得到国家财政的支持。这个项目被北京新闻媒体称之为"一座跨世界的文化桥梁"。国家新闻出版署认为："这既是弘扬中国民族优秀传统文化的基础工程，是深层次的对外宣传工作，又是对世界文化发展的重大贡献，意义深远重大。"①到目前为止，它推出的清小说有：《红楼梦》的杨戴全译本、《儒林外史》杨戴译本、《儿女英雄传》贾致德译本、《镜花缘》林太乙译本、《老残游记》的沙迪克译本，其中，除了贾致德的《儿女英雄传》为这一时期推出的新译本之外，其余全为再版本。

除了译介中国古典文学作品，中国古典"经、史、子、集"也进入国内出版机构的视野。1995年，湖南出版社组织国内专业学者重新翻译了部分国内典籍，组织者说："本世纪以来，许多中外名家学者在译介中国古典名著方面做了很多工作，为中国文化走向世界付出了艰苦的劳动……但他们的译介多欠系统全面，译介中存在不少偏见，未能全面适度地反映中华传统文化的本质和全貌……其中错误、缺漏之处不少。有鉴于此，我们组织编译校注出版本丛书，以期推动中国文化对外宣传介绍工作。"②这种解说诠释了大规模组织重译或者再版优秀中国古典文学和文化作品的原因。目标非常明确，"适度地反映中华传统文化的本质和全貌"，正如"大中华文库"总编杨牧之在《总序》中说："中华民族有着悠久的历史和灿烂的文化，系统、准确地将中华民族的文化经典翻译成外文，编辑出版，介绍给全世界，是几代中国人的愿望。早在几十年前，西方一位学者翻译《红楼梦》，书名译为《一个红楼上的梦》，将林黛玉译为'黑色的玉'。我们一方面对外国学者将中国的名著介绍到世界上表示由衷的感谢，一方面为祖国的名著还不被完全认识，甚至受到曲解，而感到常常遗憾……还有许多资深、友善的汉学家译介中国古代的哲学著作，在把中华民族文化介绍给全世界的工作方面做出了重大贡献，但或囿于理解有误，或缘于对中国文学认识的局限，质量上乘的并不多，常常是隔靴搔痒，说不到点子上。"③

杨牧之的序言里提到《大中华文库》的主要出版目的："系统、准确地将中华民族的文化经典翻译成外文，编辑出版，介绍给全世界。"这表示出中国学界对经典作品外译的一个普遍看法，认为尽管西方学者翻译了很多中国作

---

① 转引自《〈大中华文库〉丛书计划启动》，载《对外大传播》，1996年第2期，第63页。
② 转引自许渊冲，《〈诗经〉出版说明》，长沙：湖南出版社，1993年，前言。
③ 杨牧之，《大中华文库镜花缘》I，北京：外文出版社，总序，2008年。

品，但由于文化的隔膜，他们没法理解中国文化的精神实质，即使他们学养深厚，他们的翻译中亦难免有很多误译，造成"质量上乘的并不多"，"祖国的名著还不被完全认识，甚至受到曲解"。杨牧之举的将林黛玉译为"黑色的玉"的例子，恐怕指的是王良志、王际真到库恩麦克休版本的"Black Jade"版林黛玉。王良志、王际真、库恩麦克休推出的《红楼梦》译本都是由目的语国家出版社推出的译本，出版机构的意愿会极大影响到译者的具体翻译方式。输出性译介和接受性译介肯定有着不同的立场，接受性译介下目的语出版机构作为"赞助人"，会以西方读者对中国文化的期待视野及接受偏好为优先考虑，因此译本都着重强调了三个表兄弟姐妹的三角恋爱故事，以吸引读者。然而有趣的是，正是这几个译本在国外销量很好，甚至连美国很多中学生都知道这故事。如果他们选择"系统、准确"地翻译《红楼梦》，恐怕当初这几个译本的读者市场会受到一定影响。同为全译本，"准确"地翻译出了《红楼梦》的杨戴译本在国外认同度其实远远低于霍译本。在国外对于中国文学史的批评或者文学史选集中，作者一般会将杨戴译本及霍译本并列列为参考书目，以示对杨译本的尊重，然而在实际需要引用原文片段时，选用的都是霍译本。《朗曼世界文学选集》选的是霍译本片段，《哥伦比亚中国文学史》亦如是。同样以美国马塞诸斯州为参照，全州45所大学的联合馆藏目录中，10所大学存有霍克思译本，只有1所大学存有杨译本。这种状况不得不引发我们深思。翻译中华民族的文化经典是个漫长的过程，要做到"系统、准确"，而又能让域外读者很好地接受，这是中国对外出版机构需要继续摸索积累经验的长期课题。

### 结　语

对不同历史时期清小说英译过程及其特点的全面梳理，已将清小说英译事业的发展脉络清晰地展现在我们面前。这一浩瀚繁琐的历程跨越了两百多年，包括几十种不同译本，其发展脉络可以概括为表2-1所示的六个方面。从这些研究中我们可以发现：

（1）中国文化与英美文化的兴衰消长对特定历史时期中国文学英译活动会产生重大影响，由此导致译者翻译意图、译本选择与翻译策略的不断变化；

（2）作为翻译文学，清小说英译本在英语文学多元系统中的地位和社会功能随着历史文化的变化亦不断产生变化。

表 2-1　清小说英译发展脉络

| 阶段 | 第一阶段 | 第二阶段 | 第三阶段 | 第四阶段 | 第五阶段 |
| --- | --- | --- | --- | --- | --- |
| 翻译目的 | 了解中国 | 提供汉语学习材料 | 传递异国风情、东方文化 | 充分再现原文艺术价值,展现中国文学魅力 | 满足不同层次读者的需要,输出东方文化 |
| 翻译形式 | 编译与改写 | 片段选译、编译和节译 | 片段选译、编译和节译 | 节译、编译、全译 | 节译、编译、全译 |
| 对原文版本选择 | 任意选择 | 任意选择 | 任意选择 | 选择版本 | 选择版本 |
| 译者身份 | 从未到过中国的英国主教 | 到中国的传教士和外交官 | 受"五四"影响的中国新知识分子和有过中国生活经历的外国人 | 国外大学教授及国内专业译者 | 国内外大学教授和专业译者 |
| 译本在英美文化多元系统中地位 | 了解中国的窗口 | 语言学习材料 | 以异国风情吸引读者 | 从边缘向中心的过渡,开始被视为世界文学名著 | 继续从边缘到中心,畅销书与经典作品相结合 |

## 第二节　清小说英译策略的研究

　　文学翻译主要是一种落实在语言层面的艺术,语言是思想附着的外衣,对语言的操纵将直接决定着文本思想的传达。面对一个译本,研究它的翻译主体、策略与翻译效果必不可少。翻译的根本任务是准确而恰当地传达源语文化在语言、文化和诗学方面的陌生性,以便为目的语文化所吸收与接纳,从而促进异质文化之间的交流、互补。清小说英译的具体过程中,翻译主体有哪些类型,具体运用了哪些翻译策略,并实现了哪些翻译效果,将是我们在这一节重点探讨的内容。

### 一、清小说英译的三种策略

　　回顾翻译史,归化翻译可追溯至 17 世纪的英国。在英国翻译史上,众多翻译家,如 Delhram、Dryden 和 Tytler 都主张通顺地翻译原文,因而,在英美文化中，归化的翻译占据了主导地位。19世纪初，异化的翻译在德国兴起。德国浪漫主义文学家和翻译家在翻译外国作品时，非常注重从外国文学作品中汲取一些词汇和特殊的表达方式，来充实德国的语言。因为在他们看来，德语的发展还很不完善，可以通过翻译对德国的语言来进行丰富和扩展。在这种思想的指导下，他们对原文的语言形式表现出很大的重视。因此，1813年，德国古典语言学家、翻译理论家施莱尔马赫在《论翻译的方法》中提出：翻译的途径有两种："一种是尽可能让作者安居不动，而引导读者去接近读者。"①根据上述两种方法，施莱尔马赫提出了以作者为中心的译法和以读者为中心的译法，这一做法突破了传统的直译和意译的界限，对后来的学者影响很大。

1995年，美国翻译理论家劳伦斯·韦努蒂（Lawrence Venuti）在《译者的隐身》(*The Translator's Invisibility*)中，以批判的方法追溯了从17世纪到当代的翻译，将第一种方法称为"异化法"（foreignizing method），将第二种方法称为"归化法"（domesticating method）。他在考察17世纪以来的当代西方翻译实践的基础上，指出"通顺的翻译"策略一直是翻译界的主流，其根本原因是西方要以自己的意识形态对异已的文学作品进行思想内容上的操控，重塑外国及外国文学的形象。实质上就是欧美中心主义的表现。这样的翻译把外国文化烙上目的语文化意识形态的烙印，因此，对源语文化的歪曲不可避免。韦努蒂把这样一种"通顺的译法"称为归化译法，认为它其实是"欧美中心主义"的表现。为了有效地阻止这种文化殖民主义，韦努蒂提出异化的翻译方法，即"在目的语文化价值观中输入外国文本的语言、文化差异，是将读者送出国外"。这是一种"抵抗性"的翻译策略，译者使用这种策略时，往往以一种不通顺，或异样的翻译风格使译者显身，彰显源语文本的异质成分，使之免受目的语文化意识形态的侵占。概括而言，异化法要求译者向作者靠拢，采取相似于作者所使用的源语表达方式，来传达原文的内容，即异化则主张以源语或原文作者为归宿（source language culture oriented），提倡译文应当尽量去适应、照顾源语文化及原作者的语言习惯，尽量保留作品原貌；而归化法则要求译文应以目的语或译文读者为归宿（target Language culture oriented），主张译文应尽量适应、照顾目的语文化的习惯，为读者着想，替读者扫清障碍。要求译者向目的语读者靠拢。从这个界定而言，异化相当于直译，归化大致相当于意译。然而，施莱尔马赫的理论是基于德国的

---

① Fridrich Schleiermacher, *On the Dfferent Methods of Translating*, in Schute, R&J.Biguenet, eds., *Theories of Translation*. Chicago, IL and London: University of Chicago Press, 1992, p.41.

阐释学之上的，而韦努蒂却加以创新，将施氏的论点放在后殖民的语境下考察从而得出了归化/异化的翻译主张。

韦努蒂的归化/异化的翻译策略是处在政治意识形态中的两个对立的概念，处在话语权利的两个极端，它们不存在调和或妥协。它与翻译史上另一对长期争论的概念直译/意译（free translation/literal translation）明显不同。在翻译研究中，直译/意译作为两种翻译方法，一直是争论的焦点，而归化/异化作为一对概念，只是在近些年的学术著作中才得到阐述。二者有相同之处，但就其本质而言，有明显差别。不少中国译者把归化理解为意译，把异化理解为直译，在讨论时常常把它们当成对等的概念来对待，这是不全面的。这样做，可能会带来理论的误解和实践上的困惑。直译/意译虽然被认为是韦努蒂提出的异化/归化译法的源头，然而，在文化翻译研究视野中，它们却是两组截然不同的概念。"归化与异化可看作直译和意译的概念延伸，但并不完全等同于直译和意译。作为文化转身的产物，归化和异化必然包含了深刻的文化、文学甚至政治内涵。如果说直译和意译只是语言层次的讨论，那么归化和异化则是将语言层次的讨论延续升格至文化、诗学和政治层面。也就是说，直译和意译之争的靶心是意义和形式的得失问题。而归化和异化之争的靶心则是处在意义和形式漩涡中的文化身份、文学性甚至话语权力的得失问题。"①也就是说，归化/异化与诗学和政治相关。在韦努蒂看来，"归化翻译用本土的主流语言文化价值观抹去了来自异域文化的差异，使英美读者感受不到差异的存在，在本土文化中潜移默化了一种自我中心的文化自恋情绪，久而久之，这个文化的成员就会养成一种唯我独尊、舍我其谁、心胸狭隘的自私、傲慢心理……而异化翻译则可以向英美文化引进他者的种种差异，重构被翻译文化的文化身份和原型，让异样的差异价值观冲击英美的文化自恋，进而建立真正平等的、民主的文化交流。"②

韦努蒂对归化/异化策略的倡导受到西方不少翻译家的支持。特贾斯维莉·尼南贾纳认为，"殖民"主体——由权力/知识的应用或实践而成的建构——便是在多重话语网内且是在多个场点之上产生出来的。翻译就是这样一个场点。作为一种实践，翻译构塑了殖民状态下不对称的权力关系"。③但美国的后殖民学者罗宾逊对此不以为然，"难道用同化的方式翻译了西方的文本就

---

① 王东风，《归化与异化：矛与盾的交锋？》，载《中国翻译》，2002年第5期，第24-25页。
② 王东风，《帝国的翻译暴力与翻译的文化抵抗：韦努蒂抵抗式翻译观解读》，载《中国比较文学》，2007年第4期，第78页。
③ 特贾斯维莉.尼南贾纳，《为翻译定位》，许宝强、袁伟选编，《语言与翻译的政治》，北京：中央编译出版社，2000年，第117页。

会使殖民化的意识形态作品永垂不朽了吗？当然不是。"他认为，当异化论者攻击同化翻译时，他们实际上在谈霸权文化对受制文化的翻译。如果是受制文化用同化方法翻译殖民文化的文本，则应被视为一种积极的反应。①罗宾逊的话可以说是对翻译研究者的一个提醒，在解读韦努蒂式的后殖民主义归化/异化翻译策略时，还应该考虑到一个角度问题。如果东方和西方都能客观地面对他者，面对差异，那么双方就可以在对方镜像中，看到一个更真实的自我，然后相互学习，取长补短。

通过对韦努蒂归化/异化策略的梳理，我们不难看出，所谓"归化"与"异化"，实际上是以译者的文化立场为基本点来加以区分的。在这种文化立场上，我们可以看到译者所要选择的翻译策略。纵观中外翻译史，包括归化异化在内的许多问题其实都是"二元对立"现象的反映。"若我们留意在翻译史上反复出现的一场场争论，我们不难发现这样一个事实，那就是争论的问题看似很多，诸如直译与意译，束缚与自由，忠实与叛逆，形与神，异与同，归化与异化，科学与艺术，可译与不可译等，甚至译与不译都成了一个不可回避的问题，成了哈姆雷特的'to be or not to be'式的一个二难的选择。但这些问题的提出往往都基于一个对立的前提，非此即彼，就如同一个问题的两极，一正一负，一积极一消极，让人们在两难的选择中陷入矛盾的重重旋涡之中，讨论的双方各执一词，在对立中坚守着各自的一方。有趣的是，这一个个对立的两元，既可以在道的层面形成理论上的一个个难题，又可以在技的层面以一个个具体而微的障碍或困难的形式出现。"②我们不能对这种二元对立的思维模式全盘否定，然而，在当前的翻译研究中，二元对立的思维模式本身所固有的简单化、静态化、直线性和排他性表现得非常明显。文学翻译过程中文化因素必不可少，一般对此的处理就是采用归化与异化的策略，可是，这个"化"的度又是如何把握，才能避免"过"与"不及"这两个极端？

中英两种文字有不同的渊源，在文化背景和传统习惯以及运用环境方面都存在很大的差异。在中西诗学体系上"道"与"逻各斯"所体现的内涵和特征都有着极大的不同，反映在翻译理论和策略的选择上，语言不能作为束缚思想的工具，而是要切合本文化的实际。直译、意译只是译者翻译过程中的技巧，而归化、异化的论证则有过于简单二元对立的嫌疑。在清小说翻译策略的归纳上，我们要针对本土文化的特点，借鉴各种理论的研究成果。结合施莱尔马赫理论中对读者的接受的考虑，笔者认为：不同译者的具体翻译

---

① Douglas Robinson, *Translation and Empire*. Manchester, UK: St Jerome. 1997. p.110-111.
② 许均，《翻译论》，武汉：湖北教育出版社，2003年，第256页。

中都各自体现出归化/异化倾向，译者常常对某种策略比较倾向，但有时各种策略也会相互夹杂，归化与异化之间并非泾渭分明。基于前面梳理的清小说英译史的客观实际，同时参照文化翻译研究中的目的论原则和安德烈·勒菲弗尔的控制论，本文将清小说英译策略大致划分为以下三种类型：（1）异化性策略，即译者以源语文化为归宿，趋向于忠实于原文；（2）归化性策略，译者以目的语文化为归宿，采用将原文同化于目的语文化和语言价值观的方式，趋向于忠实目的语读者；（3）融合化策略，译者以中西文化平等交流为前提，在翻译中归化与异化相互补充，进行融合化翻译。其中主要的翻译方法共分六种，包括阐释、替换、省译、直译、字译、音译及注释。其中替换为归化策略中的典型手段，直译及字译为异化策略的典型手段。

## 二、异化策略

在 19 世纪清小说英译过程中，产生了一个很有趣的现象。在翻译出版的过程中，译者各有各的翻译目的，比如德庇时对中国诗歌很感兴趣，因此翻译《红楼梦》中的两首《西江月》，而其他一些译者则出于实用主义目的进行翻译，翻译形式和出版方式都相当随意和草率。但是，在对摘取的内容进行翻译时，这段时期的译本基本采取了异化策略。我们首先通过文本分析来描述这一现象，再对个中原因进行分析。

首先看德庇时的翻译。德庇时对自己翻译《红楼梦》里《西江月》的方式做如下解释"以下译文是行间翻译，甚至是逐字翻译，只求与原文意义极为贴近。"①

我们来看他如何做到"极为贴近"的"逐字"翻译。

原文：
无故寻愁觅恨
有时似俊如狂
纵然生得好皮囊
一肠原来是莽②

译文：
The paths of trouble heedlessly he braves,
Now shines a wit-and now a madman raves;

---

① John Francis Davis, "On the Poetry of the Chinese (from the Royal Asiatic Transactions)", in *Poeseos Sinensis Commentar II*, Macao: The Honorable East India Company's Press, 1834, P69.

② 曹雪芹、高鹗，《红楼梦》（底本为程乙本），上海：上海古籍出版社，1991 年，第 21 页。

His outward form by nature's bounty drest

Foul weeds usrp'd the wilderness, his breast.①

"有时似俊若狂",实质上"俊"字在原文里是"傻"字。德庇时翻译选择的原文版本应为程乙本,所以是"有时似傻若狂",意思是宝玉虽然出身富贵,长相俊美,却空有一幅好皮相,行为乖张,处处惹事,与普通富贵家庭出来的公子都不同。德庇时此处将这个写错了的"俊"理解为"聪明",将"有时似俊如狂"翻译为"Now shines a wit-and now a madman raves",意为"时而聪明,时而癫狂"。"俊"字一译,忠实了原文字意,却与曹雪芹的原意南辕北辙。

德庇时译《好逑传》亦有同样特征。我们来看《好逑传》中的译例。

原文:

话说前朝北直隶大名府,有一个秀才,姓铁,双名中玉,表字挺生。甚生得丰姿俊秀,就象一个美人,因此里中起个诨名,叫做"铁美人"。(《好逑传》第一回)

译文:

It is related that there Uved during a former dynasty, in the city of Taming a young student, whose family name, with the addition of his personal appellation, was Teihchungyuy and his adopted title Tingseng.

The features of this youth were so regular and perfect, as to resemble those of some beautiful woman, and gained for him, among his neighbors and acquaintance the nickname of the "fair lady".②

德庇时此处忠实地把中文原意全部译出。"铁中玉"音译为拗口的"Teihchungyuy","表字"是古代中国人在名字之外,为自己取的与本名意义相关的别名。德庇时译为"adopted title",意为"别称"。铁中玉生得"丰姿俊秀,就象一个美人",译文为"the feathers of this youth were soregular and perfect, as to resemble those of some beautiful woman",完全还原原意。原文"大名府"位于今河北大名县一带,唐朝建立的郡县。德庇时在下面给出附注"One of the principal cities of the chief province, in which Peking the capital, is situated"整段译文没有漏掉一个细节,每个字都能找到对应的翻译。德庇时对原文的理解程度令人吃惊,由此可见,他的文学翻译实践的确在他的汉语学习中发挥了重要作用。

---

① John Francis Davis, "On the Poetry of the Chinese", Ibid. p.69.
② John Francis Davis, *The Fortunate Union*, *A Chinese Romance*, London: J.L.Cox, 1829, p.1.

德庇时的译文还比较通顺,而《红楼梦》译者罗伯聃的译文则变得极端,成为"行间翻译"(interlinear translation)。著名翻译家纽马克给"行间翻译"的定义是:"原文所有单词的基本意义都被译出,似乎与上下文分离,但仍然保持原文顺序。主要目的是理解源语的语言结构,或是为复杂的原文作译前准备的过程。"①罗伯聃摘译的《红楼梦》片段从《正音撮要》第62页开始,至89页结束,每一页前面是中文,之后附有一页英文相对应。下面,我们以此摘译开篇第一段做为例子,来观察这种翻译史上难得一见的特殊翻译方式。

原文:

红楼梦 第六回
按荣府一宅中合算起来人品虽不多从上至下也
有三百余口事虽不多一天也有一二十件竟如乱
麻一般并没个头绪可作纲领正思从哪一件事②

译文:

62

EXTRACT

HUNG-LOW-MUNG, CHAPTER VI

An　　　　　Yung-foo　yi-tsih-chung, ho-soan-ke-lai
Now as regards the interior of the town-mansion of the Yung family, on summing them

Jin-kow　suy　puh　to, tsung　shang　che　　hea
Up, although the inmates may not be accounted many, still with one and another they

Yay　yew　san　pih　yu　　k'ow　　sze　　suy
Amounted to some three hundred and odd mouths (to feed); and the business transacted

Puh　to,　yi-teen　yay　yew　yee　urh-she　keen
Altho'not much, yet every day they had always some ten or twenty cases (to attend).③

---

① Peter Newmak, *Communicative Translation and Semantic Translation II*, 申雨平编《西方翻译理论精选》,北京:外语教学与研究出版社,2002年,第615-628页。

② Robert Thom, "Extracts from Wung Low Meung", in *the Chinese Speaker, or, Extracts from works written in the Mandarin language, as spoken at Peking/omplied for the students*. Ningpo: Presbyterian Mission Press, 1846, p.61.

③ Robert Thom, *"Extracts from Wung Low Meung"*, Ibid. p.62.

译文排版是隔行的，上面一行为中文拼音，下面一行为英文译文，拼音标注的是马礼逊拼音。这样拼音加译文后面，再附上一页竖行排版的中文原文。这种"行间翻译"是种极端的翻译方式，它保证了绝对以原文为中心，为了保持原文句法结构，可以牺牲译文句法结构。《正音撮要》的《致读者》足以说明，罗伯聃译《红楼梦》给在华殖民者作为语言教材，重在纠正发音，所以每个汉字都标出了马礼逊拼音，放在对应的译文上面。译文只是为理解原文词语或者单字，并教会读者怎样正确阅读中文词语服务的。如原文第二行的"三百余口"的翻译，罗伯聃将它译为"three hundred and odd mounths（to feed）"，这个"口"字颇费苦心，竟然翻译为"months（to feed）"。口的直译为"month"，然而，"口"在此处的意思是"人口"，所以成为"months（to feed）"。这样可以使语言学习者掌握了它的字面意思，补充的（to feed）亦可以帮助读者理解原意。罗伯聃的翻译可谓认真负责，他花了大量精力将译文中每一个增加出来的英文词汇都用括号标出，以告诉读者这并非中文原文内容。如此忠实于原文的译文在翻译史上极为少见，不顾源语语言和目的语语言的语言结构及文化差异，只将译文作为语言学习材料，以学习拼音字句为唯一目的，这也成为翻译史上一个很有价值的研究范本。

德庇时与罗伯聃英译的异化倾向与其说是对中国文化的尊重，不如说是出于对读者接受的关怀。译者所要针对的读者并非一般英语读者，而是那些想要在中国经商、贸易和从事各种活动的中文学习者，译本本身服从于这一需要，成为语言学习材料。所以，这些译文并没有采取英美读者熟悉的表达方式，甚至翻译得极为生硬，让英语读者读来甚为难解。这种异化体现出对原文字面意义的固守。乔利的译本亦有同样的特征。乔利计划完成整部《红楼梦》翻译，但天不遂人愿，中途因病去世，只译出前五十六回。这五十六回的译文几乎是一字一句，紧紧跟随原文，没有任何删节。如《红楼梦》第一回回目是：

甄士隐梦幻识通灵，贾雨村风尘怀闺秀。

乔利译文：

Chen Shih-yin, in a vision, apprehends perception and spirituality.

Chia Yue-ts'un, in the（windy and dusty）world, cherishes fond thoughts of a beautiful maiden[①]

18 个字的原文译为 26 个字，且亦步亦趋，完全遵守了原文的字里行间

---

① Cao Xueqin, *Hung Lou Meng*（Book I）, trans., H. Bencraft Joly, Doylestown Pensylvania: Wildside, 1892, p.1.

顺序规范，没做任何调整。我们再看第六回回目的翻译：

原文：

贾宝玉初试云雨情，刘姥姥一进荣国府

译文：

Chia Pao-yue reaps his first experience in licentious love.
Old Goody Liu pays a visit to the Jung Kuo Mansion.①

比较原文与译文，译文忠实地译出原文每一个字，然而译文非常生硬。这种生硬不仅体现在章回题目上，通读乔利整个译本，会发现程乙本前五十六回原文每一个字基本都被乔利对应译出。

从德庇时到乔利的翻译，实践证明过份异化的翻译导致译文支离破碎不连贯、晦涩难懂，会给读者带来极度的陌生感和疏离感。姜其煌评乔利为"西欧译《红楼梦》的第一人，但译笔不好，连英国人看来都不大好懂"。②"西欧译《红楼梦》第一人"意指第一个完整译本，而"译笔不好，连英国人看来都不大好懂"，正是因为乔利实行了极端的异化式译法，"连英国人看来都不大好懂"，如果目的语文化读者感到与文本的距离感而不好亲近与理解，就妨碍了理解与勾通，与翻译本来的目的相违背了。"异化的翻译充满危险，也难以出版，出版了也往往受到非议"，③指的正是这种情况。

每个文本都是一定文化环境的产物。具体到翻译活动中，原文的文化视角是由作者的文化认同所决定的，彰显的是作者所认同的文化价值观。一种文化价值观即意味着一种面对异质外来文化的态度，面对外来文化，人们也面对了一系列的选择。如何看待这种外来文化和其中的异质性？对其中的异质因素是接受还是排斥？是否任由这种异质性进入本土文化？换言之，是抵抗还是认同这种外来文化？如果认同，又在多大程度上认同？译者作为面临两种文化的人，必然会遇到两种文化价值观的冲突，他的文化身份必然会导致他偏向一方。就清小说翻译而言，以汉语为母语的译者，出于对自己本土文化强烈的认同感，因此倾向于在汉英翻译中，保留汉语相对于英语的特质，表现为译文在文化上与原语的亲近和与译语的疏离。

我们来看20世纪上半叶林语堂的异化翻译。仔细研读林译《浮生六记》，不难发现，译者凭借扎实的双语功底和对东西方文化的深刻了解，处理文字驾轻就熟，游刃有余。且看他在翻译中运用异化翻译策略的实例，原文译文如下：

---

① Cao Xueqin, *Hung Lou Meng*（Book I），trans., H.Bencraft Joly, Ibid. p.66.
② 姜其煌，《红楼梦》欧美译本，出自《欧美红学》，郑州：大象出版社，2005年，第18页。
③ 郭建中，《当代美国翻译理论》，武汉：湖北教育出版社，1999年，第197页。

原文：

（芸）于腰间折而缝之，外加马褂。①

译文：

She tucked it round the waist and put on a makua on top.②

原文：

芸曰："妾见市中卖馄饨者，其担锅灶无不备……"③

译文：

She said："I have seen wonton sellers in the streets who carry along a stove and a pan and everything we need…"④

与罗伯聃、乔利对中文句法的拘泥固守不同，林语堂的异化策略体现在对词汇文化含义的尊重上。每个国家都有其独特的民族词汇，反映其文化。汉语中有数量庞大的独具民族特色的词汇，对这类词汇，林语堂采用了异化策略。在第一句中，"马褂"是清朝满族人所着无袖外衣，与西式服装样式相差很大，没有英语单词可以对应。第二句中的"馄饨"一词虽有西方读者熟悉的"dumpling"，但"dumpling"一词另有汤圆之义，在语义上与"馄饨"无法完全对等。林在此处将两个深具东方文化概念的词采取音译，植入英语文化，是典型的异化式译法。正是这种翻译让原文词汇中的异国韵味得以保留，以丰富读者的语言体验。又如，对俗语"挥金如土"⑤的翻译，林没有译为英文中已有成语"spending money like water"，而是译为"spending money like dirt"。"时当六月，内室炎蒸"，"六月"此处按照阴历译为"six moon"，而不是按照阳历译为"June"。这些词语的选择都可谓用心良苦。异化策略是为保持原著文化信息的畅通，林语堂在处理具有民族特色、异国情调的事物、形象或表达方式时，尽量做到保持其特色，即做到"异化"。林语堂在具有民族特色的词汇上选择异化的翻译策略是很成功的，浓厚的异国情调深深吸引了对中国充满好奇心的美国读者。他的译文挥洒自如，游刃有余。其良好的语言基础和悟性及通晓两种文化的优势使得《浮生六记》成为中国古典文学英译的典范之一。《浮生六记》一经出版，即广受美国读者欢迎，一版再版，还被转译为德、法、丹麦、瑞典等语言。

杨戴夫妇的《红楼梦》全译本亦在多处采取了异化策略。正如杨宪益本

---

① 沈复，《浮生六记》，林语堂译，上海：西风社，1942年，第58页。
② 沈复，《浮生六记》，林语堂译，前引书，第59页。
③ 沈复，《浮生六记》，林语堂译，前引书，第114页。
④ 沈复，《浮生六记》，林语堂译，前引书，第115页。
⑤ 沈复，《浮生六记》，林语堂译，前引书，第124页。

人谈到自己的翻译原则时所说,"翻译时不能做过多的解释。译者应重视原文。我重视原文,比较强调'信'。古人说了三个字:信、达、雅。当然,光'信'不'达'也是不可能,那是不要人懂。所谓'信',就是不能和原文走得太远。如外国人觉得 rose 了不起,中国人觉得牡丹是最好的,把玫瑰翻译成牡丹,这就只做到了'达',忽略了信。"①

我们来看杨戴夫妇的"信"。在欣赏《红楼梦》的章回目录时,我们不难发现其中有许多深刻的寓意与比喻。在翻译这些标题时,杨戴夫妇很注重原文的文化与语言形式,忠实于原文,以作者为基点。如第二十八回回目是:

原文:

蒋玉菡怀赠茜香罗,薛宝钗羞笼红麝串

译文:

Jiang Yuhan Gives a New Friend a Scarlet Perfumed Sash

Baochai Bashfully Shows Her Red Bracelet Scented with Musk②

出于尽可能地把中国文化介绍给英美读者的目的,杨译采取了典型的中文词序,原文中的主谓宾结构也被完整地保留了下来,体现出汉语思维特征。这不仅在杨译的英文目录里体现出来,其正文中对成语及谚语的翻译中亦体现了这种原则。如将"常言说得好:三年被毒蛇咬了,如今梦见一条绳子也是害怕"译为 "A man who has been bitten by a poisonous snake will be frightened if he dreams of a rope three years after"。③对这些有文化气息的成语、俗语,杨戴译本保留了源语的文化因素。"一朝被蛇咬,十年怕井绳",比喻一次遇到挫折,会一直心有余悸。杨译采取字面翻译,不作过多引申或注释,保留原文风格。又如"人说塞翁失马焉知是福是祸",杨译为"when the old man at the frontier lost his horse, he thought it might be a good thing.(An allusion to a story popular for more than 2000 years in China. When an old man lost his horse, neighbours condoled with him.'This may be a good thing,'he said. The horse came back with another horse, and the old man's neighbors congratulated him.'This may prove unlucky,'he said. When his son, who liked the new horse, rode it and broke his leg, once more the neighbors expressed their sympathy.'This may turn out for the best,'said the old man. And indeed, just

---

① 周谨,《真水无香——记翻译家杨宪益先生》,见人民网 http://www.people.com.cn/GB/14677/22114/41180/41185/3015312.html。

② Cao Xueqin, *A Dream of Red Mansions*, trans, Yang Hsien-Yi and Glady Yang, Beijing: Foreign Language Press, 1994, p.401.

③ Cao Xueqin, *A Dream of Red Mansions*, trans, Yang Hsien-Yi and Glady Yang, Ibid. p.286.

then the huns invaded the country and most able-bodies men in the country were conscripted and killed in the battle. But thanks to his broken leg the old man's son survived )."① "塞翁失马，焉知福祸"，比喻坏事在一定条件下可变为好事。考虑到读者缺乏相关文化背景知识，在理解上易出现盲区，阻碍文化信息的接收。杨戴在此做了变通处理，先采取直译即字面翻译，再通过加注说明典故来源。在整部《红楼梦》的英译中，杨戴翻译的基本主导思想以保留原文中的文化词本来的表达形式为主，并在译者认为必要的时候使用替换和阐释手段，以强化译文的可读性。这也与杨戴一贯的翻译主张相符合。杨戴译《儒林外史》亦采用了相同的翻译策略，基本采取直译来翻译《儒林外史》中大部分文化词语，没有增添很多注释和解释，使用中国文化信息忠实地传递给目的语读者。如杨戴使用"like a whirl wind scattering wisps of cloud"翻译"如风卷残云一般"，"a toad trying to swallow a swan"翻译"癞哈蟆想吃天鹅肉"，"stealthily like stray dogs, swiftly as fish escaping from the net"翻译"忙忙如丧家之狗，急急如漏网之鱼"，均体现了杨戴实践自己理论的努力。

　　翻译策略的选择往往涉及译者自身的意识形态及其所处的文化环境。杨宪益以汉文化为其母语文化，受汉文化熏陶，因而在英译《红楼梦》的过程中，以汉文化为立足点，以介绍汉文化为目的，使汉文化在与西方强势文化的交流碰撞中发挥其应有的影响，以期改变汉文化相对英美文化所处的边缘地位。在这种文化意识形态及环境的影响下，杨戴译本以异化为主要翻译策略似乎是不可避免的。"我国人们应该知道外国的文化遗产，外国也应该了解中国有多么丰富的文化遗产。"所以汉译英时，"译者应该尽量忠实于原文的形象，要以忠实的翻译'信'于中国文化的核心，中国文明的精神。这不仅仅是一个翻译中国文化遗产的问题，还涉及忠实传达中国文化的价值、灵魂，传达中国人的人生，他们的乐与悲、爱与恨、怜与怨、喜与怒"。②从这段文字，我们可以看出，杨戴的翻译原则是尽量将一切都传递出来，在读者与文本之间，他对文本，确切来说是对原文的重视远胜于对读者反应的重视。

　　异化翻译以保留、彰显原作的异质性为己任，它具体体现在翻译选材，翻译所使用的语言及所形成的文本之"异"上。译文越接近原文的措词，读者就会越觉得异质，就越有可能修正主流语言。这样，语言的"异"便能改变读者阅读译文的方式。以林语堂、杨戴夫妇为代表的采取异化翻译策略的译者在翻译过程中采用英美文化里少见的、非标准语的词汇，将俚语、新词

---

① Cao Xueqin, *A Dream of Red Mansions*, trans, Yang Hsien-Yi and Glady Yang, Ibid. p.978.
② 任生名，《杨宪益的文学翻译思想散记》，载《中国翻译》1993 年第 4 期，第 33-35 页。

或古词混用，以达到异质的效果。从跨文化交流的角度来看，这种异化的翻译策略有利于实现人类文化的增长，推动文明的共同进步，体现了对异质文化尊重的态度。从接受美学的角度看，异化的翻译对读者的能力给予信任，还给译语读者一个适当的阅读和审美空间。20世纪以来，随着东西方文化交流不断开展，双方交流不断加强，了解亦不断深入，读者对异质文化的接受能力得以提高。人们希望能够透过翻译看到一些异国的、新鲜的东西。而翻译家在正确的翻译理论指导及对异域文化的正确态度下，开始有意识地选择异化策略。这种异化策略不是不加分辨地全篇照搬原文，对原文步步跟随，而是保留原文中独特而具有中国特色的意象。与前期极端的服务于殖民体系的异化策略相反，异化策略在此处体现了译者对"他者"文化较为平等、尊重的态度。

必须指出的是，异化的翻译必须要有对读者接受能力的考察和文化接受环境的认可，不可过度，过度的异化将不利于文化交流的顺利开展。对读者认知能力的忽略将会导致文化交流的失败。由于语言文化的差异，完全的异化是不可能的，极端的异化做法便是我们前面所提到的逐字翻译甚至"行间翻译"。清小说早期译者们在翻译实践中，受到当时的历史条件影响，采取字字对应的办法。然而，"隔行对照的译文只不过是一份词汇表而已，只是纯粹解释词义，一定程度的移位或发挥的折衷产物"。①这样的译文仅仅在当时由于特定原因成为小部分读者的参考资料，而后，由于读者的不认同会很快被遗忘。如今，汉学界里对罗伯聃、乔利译文的价值都停留在其史学资料价值而已，很少有读者会去阅读他们的译文。过犹不及，过度异化同样达不到文化交流的目的，反而会造成读者对异域文化望而生畏。

### 三、归化策略

与异化相反，归化策略旨在尽量减少译文中的异国情调，为目的语读者提供自然流畅、靠近目的语文化的译文。当前，在对归化问题的认识上，翻译界应该区分归化法的两种前提：一是忠实原则下的归化；二是非忠实前提下的归化。前者总体上是规定性的，后者则是描述性的；前者是原语中心论的，后者则是译语和译语文化取向的。简而言之，忠实原则下的归化是语言层面的，关心的是翻译的艺术效果，是一种翻译方法；非忠实前提下的归化是文化层面的，关心的是翻译的意识形态，是一种翻译策略，是一种文化的思考。

韦努蒂提出归化概念，主要是针对长期以来西方翻译界的流利倾向

---

① 廖七一等，《当代英国翻译理论》，武汉：湖北教育出版社，2001年，第114页。

(fluency tendency)，针对的主要是从外语向英语的翻译。长期以来，英美文化的强势地位使得弱小民族的文学作品要想译成英语，并在英语世界流传开来，必须符合英语国家读者所乐于接受的形式和内容，否则就面临读者接受的难题。最有名的例子是印度诗人泰戈尔，为了迎合西方人的欣赏习惯，泰戈尔以归化的方式把自己的诗歌翻译成英语。他的译文纯粹以英语文化和英语诗学为规范，在内容和风格远远迥异于他用孟加拉文创作的诗歌。"泰戈尔的创作表明他是一个民族主义者，但他的英语译诗，则表明他是一个殖民主义者。"①但也正因为是归化的、通顺的翻译，才使泰戈尔的作品在英语世界广泛流传，最终获得了诺贝尔文学奖。同样，在中国清小说英译史中，除了19世纪最早的英译者将清小说作为语言学习材料而采取了极度忠实的直译，甚至行间翻译之后，20世纪初，以1901年翟理斯发表《中国文学史》(*A History of Chinese Literature*)为标志，英美汉学家正式将清小说纳入学院化研究范畴，之后，越来越多的西方学者开始介入清小说的译介，他们的翻译行为其实亦是当时欧美国家殖民者熟悉和接受中国社会的具体方式，他们的宗教、政治意图和价值倾向决定了他们在译介中国文化、接受中国文化时，采取了靠近目的语文化的策略，在翻译过程中，曲解、误读甚至盲目比附目的语文化的现象比比皆是。

  翟理斯具有英美文化背景，在他的时代，由于英语相对于汉语处于强势地位，以英语为母语的译者具有文化上的优越感，这种优越感又继而强化了译者对英语文化的认同感。在这种情况下，他们往往倾向于采用与源语文化偏离的策略。《聊斋志异》是中国古典文言小说集大成者，充满了中国文化的各种意象，翟理斯在翻译时明显采取了归化的策略。这种归化不仅体现在语言层面的处理，而且体现在译者对原文不符合他价值观念的部分进行大量删节改写，从而适应他本人的文化取向及读者的阅读口味，即将书中的主要观念和意象转变为英语世界读者熟悉的成分。欧美文明有两大源头：古希腊罗马及《圣经》。翟理斯本人是一个虔诚的天主教徒，他的宗教倾向使他在译介时对《聊斋志异》里很多中国文化意象进行了宗教变形。如他翻译的一个单篇《孙必振》，在翟理斯的笔下就成了"A Chinese Jonah"，回译成中文即"中国的约拿"。约拿是《旧约》中的先知。《旧约·约拿书》记载说，上帝要约拿去尼尼微城传教，约拿没有听从上帝的旨意，企图乘坐渔船，远走他乡，不料被海上的风暴抛入了大海，险些葬身鱼腹。在鱼腹中过了三天之后，约

---

① 郭建中，《劳伦斯·韦努蒂及其解构主义的翻译策略》，载《中国翻译》，2001年第1期，第52页。

拿被吐到了岸上，至此，他大彻大悟，遵从了上帝的旨意，动身前往尼尼微，从而拯救了全城百姓。将这个译名与原文相比，我们发现除了其中孙必振乘船渡江的情节之外，两人全无相似之处，然而，翟理斯放弃了单纯的意译，采用了这深具有宗教内涵的约拿的译名，其根本原因就在于约拿是《圣经》中的人物，广为西方读者所熟悉。这样的例子不仅一处，如《太原狱》译为"Another Solomom"等，用圣经中素以智慧著称的所罗门王，替换狱案中明察秋毫，终使死者沉冤得雪的断案者。

我们来看翟译本中最明显地使用了文化因素替换的十篇篇名（见表2-2）

表2-2　翟理斯译本中使用文化因素替换的篇名及翻译

| 序号 | 原文篇名 | 译本篇名 |
| --- | --- | --- |
| 1 | 折狱 | A Chinese Solomon |
| 2 | 太原狱 | Another Solomon |
| 3 | 孙必振 | A Chinese Jonah |
| 4 | 夜叉国 | The Country of the Cannibals |
| 5 | 红毛毡 | The Dutch Carpet |
| 6 | 考城隍 | Examination for the Post of Guardian Angel |
| 7 | 阎罗宴 | Feasting the Ruler of Purgatory |
| 8 | 香玉 | The FLower-nymphs |
| 9 | 贾凤雉 | A Rip van Winkle |
| 10 | 三仙 | The Three Genii |

翟理斯依照自己的价值取向对《聊斋志异》的改编还体现在对部分内容的改写上。他按照自己的宗教准则改编了选译的聊斋故事。天主教强调男女关系的纯洁，反对通奸。翟理斯的译文因此变得无比纯洁。在面对《聊斋志异》中涉及男欢女爱的篇章时，他竭尽所能，将原著中涉及两情缱绻、性、生殖、血腥，甚至有关人体部位的所有内容删得干干净净。如在《莲香》的翻译中，他直接删除了不少在他看来是"不雅"的段落。

例1：

原文：

既而罗襦衿解，俨然处子。女曰："妾为情缘，葳蕤之质，一朝失守。不嫌鄙陋，愿常侍枕席。房中得无有人否？"①

---

① 蒲松龄，《聊斋志异》，北京：北京十月文艺出版社，2004年，第67页。

在翟理斯的译文中这句话被完全删除了。

例 2：

原文：

问："何需？"曰："樱口中一点香唾耳。我一丸进，烦接口面唾之。"李晕生颐颊，俯首转侧而视其履。莲戏曰："妹所得意惟履耳。"李益惭，俯仰无所容。莲曰："此平时熟技，今何吝焉？"遂以丸纳生特，转促逼之。李不得已，唾之。莲曰："再！"又唾之。凡三四唾，丸已下咽。少间，腹殷然如雷鸣。复纳一丸，自乃接唇而布以气。生觉丹田火热，精神焕发。莲曰："愈矣！"①

译文：

Miss Li did as she was told, and put the pills Lien-hsiang gave her one after another into Sang's mouth. They burnt his inside like fire; but soon vitality began to return, and Lien-hsiang cried out, "He is cured!"②

翟理斯对这段话中的细节大肆删节，原文热辣辣的描写荡然无存，英文不过是一个再普通不过的治疗结果，去除了原文中任何可能引起不雅联想的部分。

又如在《画壁》中，原文有这样一个句子：

女回首，举手中花，遥遥作招状。乃趋之。舍内寂无人；遽拥之，亦不甚拒，遂与狎好。既而闭户去，嘱勿咳。③

原文中讲的是一名女子与男子偶遇，趁四下无人，于是欢好。翟理斯对这种行为明显不可接受。于是，他将译文改为：

But the young lady, looking back, waved the flowers she had in her hand as though beckoning him to come on. He accordingly entered and found nobody else within. Then they fell on heir knees and worshipped heaven and earth together, and rose up as man and wife, after which the bride went away, bidding Mr.Chu keep quiet until she came back.④

原文的"遂与狎好"被译为"Then they fell on their knees and worshipped heaven and earth together, and rose up as man and wife"（他们下跪，拜天地，成为夫妻）。两个男女偶遇欢好经他翻译被修改成立刻结为了夫妻。翟理斯唯

---

① 蒲松龄，《聊斋志异》，前引书，第 67 页。
② Pu Songling, *Strange Stories from a Chinese Studio*, trans., H. A. Giles, Revised Edition, Shanghai: Kelly & Walsh, Limited, 1908, p.106.
③ 蒲松龄，《聊斋志异》，北京：北京十月文艺出版社，2004 年，第 7 页。
④ Pu Songling, *Strange Stories from a Chinese Studio*, trans., H.A.Giles, Revised Edition, Ibid. p.6.

恐英语读者还不能明白其中的含义，在此句之后加了一个关于中国古代结婚礼仪的注解："The all-important item of a Chinese marriage ceremony; amounting, in fact, to calling God to witness the contract"。① 在此，翟理斯还用西方上帝为婚约作见证与中西结婚习俗进行了类比。这充分体现了译者的文化立场成为翻译策略选择的主导力量，翟理斯的宗教立场使他在翻译过程中毫不犹豫地进行了文化比附及信息扭曲、变形。

在具体字词的处理中，我们亦可以看到归化法的运用。如在《莲香》中：

原文

生意友人之复戏也，启门延入，则倾国之姝。

译文：

...and Sang, thinking his friends were at their old tricks, opened it at once, and asked here to walk in. She did so; and he behald to his astonishment a perfect Helen for beauty.②

翟在此还加了注：

Literally, "a young lady whose beauty would overthrow a kindom" in allusion to an old story which it is not necessary to reproduce here.

翟的注表明，"倾城之姝"，形容一名女性非常美貌。这在中国本来是有个故事出处的，但这故事在此处无需再提。"倾城之姝"被译成了"一个完美如海伦的美女"。海伦是希腊神话中的一个意象，自然，这个意象取代了中国文化中形容美女的"倾国倾城"。翟理斯的译文中利用圣经与希腊神话中的意象取代中国文化中的意象可谓比比皆是。如《聊斋志异·罗刹海市》中的"征人"和"荡妇"二词被替换成西方希腊和罗马神话中的人物"Ulysses"和"Penvelope"。

文化意象的替换为归化策略中的典型手段。梅维恒和梅丹理的《聊斋志异》译本里，亦大量使用了文化意象的替换。如"转念阿宝未必美如天人"中，"美如天人"译为"have the beauty of an angel"③。把"天人"译为"angel"，天上的仙女变成了基督教信仰中的使者。"绝惠，十四入泮"一句中，梅氏译为"An Absolute brilliant student, he received the baccalaureate at thirteen"④，

---

① Pu Songling, *Strange Stories from a Chinese Studio*, trans., H.A.Giles, Revised Edition, Ibid. p.6.
② Pu Songling, *Strange Stories from a Chinese Studio*, trans., H.A.Giles, Revised Edition, Ibid. p.107.
③ Pu Songling, *Strange Tals from Make-Do Studio*, trans., Mail, D.C, V.H.Mair, Beijing: Foreign Language Press, 2004, p.116.
④ Pu Songling, *Strange Tals from Make-Do Studio*, trans., Mail, D.C, V.H.Mair, Ibid. p.51.

将"入泮",即考取秀才译为"取得学士学位",用英语读者熟悉的文化意象替换了陌生的中国词语,然而,意思上已经有很大出入。"盈盈一水,青鸟难通"译为"the messager is hard put to cross this great expanse water"①,将中国神话中喻为通信使者的"青鸟"译为"the messager",舍弃文化意象,归化为"信使"。

  本文在前一节提到,异化翻译策略下,译者会使译文努力接近原文的措词,这样使读者感觉到异质。采取异化翻译策略的译者在翻译过程中常常采用英美文化里少见的、非标准语的词汇,来替代、解释某些深具中国文化内涵的词语,以达到异质的效果。而归化译法中,译者正是采用英美文化里常见的、标准的词汇,来替代、阐释某些对英美读者来说是"异"的词语,以取得审美认同。译者通过这种英语化的措辞和句法,剥夺了读者对异质文化体认的机会,成功地传递了译者本人对待异质文化的态度。这在文化交流中对异质文化的有意误读,势必造成对读者的误导。上文中所举例子,经过归化翻译后的措辞与原文深具中国文化内涵的字词含义都已相去甚远。

  "归化"翻译使译文对西方读者来说通顺、透明,将异域文本中的"异质性"降到最低,因此,译者往往使用英美国家的价值观改写原文文本,服务于本土主流的文化政治议事日程。然而,采用归化策略的不仅是来自英语国家的译者,一些以汉语为母语的译者,虽然同样拥有对自己本土文化的强烈认同感,但东方物质上落后于西方的现实,导致不同译者在文化认同上出现差异。有些译者虽然眷恋自己的本土文化,然而在西方面前对自我产生了怀疑,转而更认同西方文化。在翻译策略上,他们趋向于尽量向英语文化靠拢,以西方读者的审美意识和接受程度为中心,采用归化译法。王际真的《红楼梦》译本即为其中一例。

  如前一章所述,王际真的译本产生于20世纪20年代的美国,译文非常简单浅显,基本采取意译,意在面向"大多数读者"。与《红楼梦》之前直译的译本相比,王际真属于相当自由的意译。"我越发避免直译,因此删去了很多不必要的词语。"②为了让欧美读者更好地理解译文,在翻译中,他尽可能使用简单的英语词汇,将原文按照当代英语作品的模式进行改编和翻译以符合目的语读者的理解能力和阅读期待。

  王际真是有意识地采用这一语言风格进行翻译。在1958年译本导言中,他主动将罗伯聃译本的开头两段与自己1929年译本同样段落的译本进行对

---

① Pu Songling, *Strange Tals from Make-Do Studio*, trans., Mail, D.C, V.H.Mair, Ibid. p.165.
② Tsao Hsueh-chin, *Dream of Red Chamber*, trans., Wang Chi-chen, New York: Twayne Publisher, 1929, Preface.

比,意在"让读者明白,原文风格怎样,我采取了多大的自由度,进行了何种改写"。①前文在分析罗伯聃的翻译风格时,我们也正好引用了这段译文的一部分。在此我们将原文、罗译、乔译再次列出,与王际真译文进行对比。

原文:

按荣府一宅中合算起来人口虽不多从上至下也有三百余口事虽不多王码也有一二十件(竟如乱麻一般并没有个头绪可作纲领正思从哪一件事)(《红楼梦》第六回)

罗伯聃译文:

　　An　　　　　　Yung-foo　yi-tsih-chung,　ho-soan-ke-lai
Now as regards the interior of the town-mansion of the Yung family, on summing them

　　　　　Jin-kow　suy　puh　to,　tsung　shang　che　　　hea
Up, although the inmates may not be accounted many, still with one and another they

　　Yay　yew　san　pih　yu　　k'ow　　sze　　　　suy
Amounted to some three hundred and odd mounths9to feed; 0 and the business9transacted0

　　Puh　to,　yi-teen　yay　yew　yee　urh-she　keen
Altho'not much, yet every day they had always some ten or twenty cases to attend).②

乔利译文:

As regards the household of the Jung Mansion, the inmates may, on adding up the total number, not have been found many; yet, counting the high as well as the low, there three hundreds persons and more. Their affairs may not have been very numerous, still there were, every day, ten and twenty matters to settle.

王际真译文:

ALTHOUGH the Yungkuofu was not unduly large, there were over three hundred mouths from master to servant, and mistress to maid. Although the household duties were not unduly burdensome, there occurred daily at least a

---

① Tsao Hsueh-chin, *Dream of Red Chamber*, trans., Wang Chi-chen, Ibid. Preface.
② Robert Thom, "Extracts from Wung Low Meung", in *the Chinese Speaker; or, Extracts from works written in the Mandarin language, as spoken at Peking/omplied for the students*, Ningpo: Presbyterian Mission Press, 1846, p.62.

score of tasks and cares to be attended to.

将这三段译文与原文比较，我们可以观察到，罗伯聃和乔利的翻译都比较接近中文句法，显得生硬。相比之下，王际真的翻译简略浅显，接近现代英语，使用的字词也最少。如，"一二十件"的翻译从"a score of takes and cares"变成"a score of things"。

范·多伦在王际真 1958 年译本序言中写道，要将这样一部小说翻译成当代英语作品是很不容易的。"这种长篇著作的翻译容易走两个极端，一个极端是出现字面直译，最后译文会非常奇怪；另一个极端则是太过自由的意译。"[1]比较三个译本，会发现，罗译本与乔译本呈现出来的正是前一个极端，王译本倾向于后一个极端。有意思的是外国人罗伯聃和乔利译本使用异化策略，尽量字面直译，保持原作风味。而中国人王际真则使用归化策略，相对自由发挥。[2]这正是历史语境的改变，导致了截然不同的翻译目的。罗伯聃与乔利面对的是在华有学习汉语需要的殖民者，而王际真则针对的是英美国家中的普通读者。

王际真在序言中即明白表示：翻译中应该突出西方读者感兴趣的东西。因此，他非常注重译本的可接受性。为了使普通英语读者产生阅读的兴趣和信心，他大量简化原文内容，只保留了宝黛爱情悲剧这条主线，凡与宝黛爱情无关情节，皆略去不译。"他保留了表现宝玉和黛玉关系的几乎所有描写……"[3]对小说中的女性人名，他一律采用意译，"黛玉"译为"Black Jade"，"袭人"译为"Pervading Fragrance"，"平儿"译为"Patience"，"四春"分别译为"Cardinal Spring""Welcome Spring""Quest Spring""Compassion Spring"等。因为王际真认为，"如果人名对中国人来说都比较难记，那它们对于西方人一定会困难得多"。[4]而对男性名字，王际真采取音译，这样做的目的是为了帮助欧美读者很好地辨认男女角色。这种做法产生了一些奇特的阅读体验和效果，它成功地满足了英语世界读者对中国文学的猎奇心理，展示了异域风情，在某种程度上增强了译本的吸引力。

归化是用自身文化中既有的概念去传达异域文化中特有概念的翻译方法，也就是用自身文化中熟悉的东西去表现、传达异域文化中的差异性。因

---

[1] Mark Van Doren, *Dream of the Red Chamber*, trans., Wang Chi-chen, New York: Twayne Pubishers, 1958, Preface, p.v.

[2] 吴世昌,《红楼梦的西文译本和论文》, 载《文学遗产》增刊九辑, 1963 年。

[3] Tsao Hsueh-chin, *Dream of Red Chamber*, trans., Wang Chi-chen, London: George Routledge&Sons, Limited, 1929, XXi.

[4] Tsao Hsueh-chin, *Dream of Red Chamber*, trans., Wang Chi-chen, Ibid. p.xx.

此,归化的译文往往可读性较强,语言流畅,没有翻译痕迹。但同时,很多源语文化中特有的语言和文化特征就会被归化的手法所淹没,最终导致文化"侵吞"。我们应对此有深刻的自觉。然而,必须承认的是,这种现象往往是异质文化接触之时的文化窘境。在不同国家和民族文化之间的相互交流和渗透中,人们对另一国家和民族的文化及语言都不可能甚为了解,会有大量新鲜陌生的概念和术语。异化译法能保持源语文化中的文化形象,然而,亦会加重读者对译文的陌生感和疏离感,造成阅读障碍,加大读者接受的难度,因此妨碍不同国家和民族之间的文化交流。这种文化交流中的实际状况决定了归化的可理解性。中国古典文学的跨文化翻译,是一项复杂的工作,需要系统全面地进行分析探讨。文学翻译要求既要在翻译中体现和保持源语文化的特征,又要考虑译入语承载异族文化时对目的语读者产生的理解障碍,考虑对译入语文化的心理冲突。要解决这一矛盾,翻译策略的层面上必须实现多样化。单纯的归化或者异化都是不妥当的。

## 四、融合化策略

上文所讨论的异化与归化策略之争,实际上是直译意译之争从语言层次向文化层次的延伸,是翻译理论研究得到深入的表现。异化和归化分别体现了译者出于各自的政治意识形态目的和文化身份对文本的操纵。从文学接受和审美接受的角度,我们必须承认:越是本土化的就越易被接受。翻译的根本任务是忠实再现原作的思想和风格,而原作的思想和风格都带有浓厚的异国情调,翻译中不采用异化的方法,很难完成这一使命;与此同时,为了达到译文像原作一样通顺的要求,译者在语言表达中,又不得不做出必要的归化。因此,在翻译实践中,其实不可能永远只遵循一种翻译策略,过度的异化和归化都会有损译文的质量。

在跨文化的双向交流中,译者作为文化交流的媒介,应当对两种文化和语言都有深入的了解,运用适当的翻译策略,将异质因素植入目的语语言,并使它得到读者认同。适当策略的选择需要译者充分考虑读者的审美接受能力和审美需要需求,以达到译者与读者之间的对话。在翻译中,译者要处理所涉及文化之间的空缺、交叉与冲突等问题。具体操作时,译者应妥善处理,在两者之间取得较合理的平衡:既要不折不扣地、忠实地向读者传递源语文化,保证译文的新颖感或陌生感,又要适度照顾读者的接受和审美习惯,减少阅读难度,确保译文的整体性和流畅性。因此,清小说英译史上,不少立场客观,尊重并热爱中国文化的译者既忠实于中文原文,努力最大限度地传达出原文中的文化意象,同时,为了让读者接受,对原文的表达和思想亦进行了积极的变通。这些译文会对原文中的一些与西方文化相"异"的的观念与特象进行转换,但其目的是为了读者最大程度地接受原文意韵,不带任何主观价值评判的色彩。因此,本书将这种不掺入译者意识形态、价值观念,以客观、平等、尊重的态度对待异质文化并为读者审美及接受考虑的翻译策略命名为"融合化策略",以描述既在文化内容层面上尊重"他者",保存"异国情调",不将自身的价值观和思想观念体系移植到文本中,因而使译文显得"原汁原味",又在语言形式层面上生动流畅,兼顾目的语读者阅读习惯的翻译行为。

在英语世界流传最广,最权威的《红楼梦》译本当推霍克思的《红楼梦》全译本。霍译本产生于20世纪70年代,与《红楼梦》之前的译本明显不同。19世纪的几种译本明显体现出在华殖民者的实用主义需求,20世纪初至50年代末的译本则表现出出版市场对翻译行为的操纵,政治经济因素的介入都十分明显。而霍译本却更多体现出译者自身的选择,翻译行为并未受到社会历史因素的明显制约,或与政治经济利益直接挂钩。事实上,20世纪60年代,随着清小说研究在英语世界的开展,清小说翻译和研究已经进入专业化和学术化阶段。英国的企鹅出版社约稿翻译《红楼梦》,将其列入企鹅经典丛书,译者霍克思本人身份则是牛津大学教授,中国古典文学专家,对红学研究也相当在行。霍为了全心翻译《红楼梦》甚至辞去了牛津大学的职务,专心从事翻译。霍克思本人对《红楼梦》原著持一种相当忠诚的态度,著名学者林以亮指出,霍译本最令人叹服的一点就在于:原著中任何一个小小的单字都不曾放过。这对原著不仅是"负责",简直是"虔诚"了。①霍克思本人也在译本导言中说:"我的原则就是力求翻译'每一样东西',甚至是文中的双关语。因为这虽然是一部'未完成之作',但却是由一位伟大的艺术家以他全部心血写就。因此,我认为,书中的任何细节都有其目的,都应该处理。我不能说每一处翻译都很成功,但是,如果我能够将这部中国小说带给我的欢乐表达出一小部分,我也就不枉此生了。"②

霍克思坚持"翻译每一样东西",这无疑是一种对原文的"忠实""信",对原文的固守,而他在翻译中想要表达的"这部中国小说带给我的欢乐",即是小说作为文学作品的审美意义,而不是作为语言材料的字面意义,或是小说作为商业作品的市场价值。因此,他的翻译中,首先遵循了"信"的原则。

---

① 林以亮,《红楼梦西游记》,台北:台湾联经出版事业公司,1976年,第2页。
② Cao Xueqin, *The Story of the Stone Vol.1*(*The Golden Days*), trans., David Hawkes, London: Penguin Books Ltd., 1973, p.46.

他不像20世纪50年代的那几位译者那样大量删减原文内容,而是相信所有细节的审美价值,极力做到完整的直译。同时,他的翻译方式与19世纪早期译者对《红楼梦》的直译方式也很不相同,后者的直译是将原文视作学习汉语的工具和材料,而霍克思则努力兼顾所有细节的引申意义和审美意义。基于这种原则,霍克思的译本使得原文的各类修辞手法、谚语、诗词都以不同形式得到再现。因为东西文化的差异,原文有些细节本来可能成为理解的困难和障碍,霍克思也巧妙地进行处理,基本较为完满地传达出作者本义,同时不影响译文的审美趣味和可读性。如原文中湘云说话喜欢咬舌头,将贾宝玉"二哥哥"唤成"爱哥哥",这在英文中是很难表现的。杨戴译本采用了英译加注的方式,准确地表达了中文意思,只是英文读起来有令人费解之处。而霍克思采取了特殊的拼写方式"couthin(cousin)""thee(see)"来表现湘云咬舌头的口音和情态。①而且,对比《红楼梦》各译本,王际真译本和麦克休译本都放弃了原文中绝大多数的诗词,霍译本则将原文诗词对联全部译出,形式也十分优美,极具文采,不像乔利那样不顾英文语法和英诗特点进行冗长生硬的直译。

  翻译的目的就是为了文化交流,因此,译者的责任之一就是避免文化冲突。所以,译者在把一种文本移植到另一种文化中去时,要仔细权衡文化中思想意识的内涵,消除隔阂,把源语文化的意义传递给目的语文化的读者。尽管现代要求译文"原汁原味"异化呼声很高,但在文学作品的翻译中,英语属于印欧语系,汉语与之差别实在是太大。汉语中的某些修辞手法、特殊词、句法以及韵律、文化意象在英语世界无法找到能与之对应的表达。因此,在忠实于原文的思想、内容之外,霍克思在有些地方对原文做了一定的变通。这首先体现在他对《红楼梦》中"红"色的处理上。我们先来看书名的翻译,在霍克思之前的译者通用的译名为 *The Dream of the Red Chamber*,杨戴译为 *The Dream of the Red Mansions*,都再现了原文中的"红"字。而霍克思对此十分反感。他在导言中说"这些小说译名都有误导性,让人想到一个人在红色房间里睡觉,它诚然很神秘很哥特,然而,它绝不是中文原文所引申的意思。"②中国传统文化中的"红楼"无疑是权贵人家居住的华丽楼宇,然而,"The Dream of the Red Chamber"引发的英文联想却是神秘与情爱,与原文意象相去甚远。此外,"红"字在英文中的联想意义是"流血"与"革命",与

---

① Cao Xueqin, *The Story of the Stone Vol.1 ( The Golden Days )*, trans., David Hawkes, Ibid. p.249.
② Cao Xueqin, *The Story of the Stone Vol.1 ( The Golden Days )*, trans., David Hawkes, Ibid. p.14.

小说中的闺阁闲情及贵族女子们的末世之梦亦风马牛不相及。霍克思将小说名字译为"The Story of the Stone"（石头记），避开了"红"字。不仅如此，他将《红楼梦》中很多"红"的意象都进行了转换，如"红楼梦曲"译为"Dream of Golden Days"，"这悲金悼玉的红楼梦"译为"This Dream of Golden Days"，"怡红院"译为"The House of Green Delights"，进行了文化意象的变形。同时，他亦在不少地方保留了了"红"色，如"绛珠草"译为"Crimson Pearl Flower"，"绛芸轩"译为"Red Rue Study"。"红"字到底应该怎样翻译？霍克思本人亦说"在我的译本中，小说中遍布着红色的意象不见了。它的中文书名之一就以'红'字开头，而且'红'作为一种象征不断出现，贯穿了整部小说——有时象征春天，有时是青春，有时是荣华富贵。然而，除了玫瑰色面颊和红唇以外，'红'在英文中并不带有这样的引申意义。于是，我将'红'译为'金'或'绿'。我知道这样存在遗憾，但我无力避免。"①

霍克思对"红"字的变形处理并非为了迎合英语读者的口味，而是为了忠于原作，希望最大程度上传达出原文意象的引申意义，这是一种对原文内涵的忠实。他的确考虑到读者的理解，然而，这一考虑仍然是以原作为中心的，他希望读者能从最大程度上理解他所领会的作者本义。这与《红楼梦》前几种译本删改原文，以突出宝黛爱情故事和中国民俗为中心从而引起读者兴趣的做法是截然不同的。只要考虑到译者的意象变形是出于文化传播的善良动机和对特定读者群的人文关怀，并非出于意识形态的故意扭曲或者比附，我们会对他的变形策略给予公允的评价。

在翻译中涉及的两种文化的对应情况一般可分为完全对应、部分对应和不对应三种。对此，好的译者可以根本不同情况而采取不同的翻译策略。在第一种情况下，由于中英两种语言有着相同或类似的文化认知语料库，翻译时可以采用互相替换的策略，这样就能够在目的语中全面准确地表达源语所承载的文化信息。如："to strike while the iron is hot"（趁热打铁），这种对应反映了不同民族语言和文化之间的互通性。在第二种情况下，两种语言所传达的文化信息与表达方式不尽相同，这时候，译者可以将它归化为目的语中的表达方式。如：在汉语和英语中都有表示两腿发软无力的表达方式，汉语为"软得像棉花"，英语则说"软得像果冻"（fell like jelly）。究其原因，中国是农业文明，棉花与人们生活息息相关，而英国人对果冻则再熟悉不过了，是他们最喜欢的日常甜食之一。由此看来，这种表达方式虽然相近，但却体现出不同民族的文化特征。在霍译本中，这种变化比比皆是，如第六回刘姥

---

① Cao Xueqin, *The Story of the Stone Vol.1*（*The Golden Days*）, trans., David Hawkes, Ibid. p.45.

姥说的"谋事在人，成事在天"，霍译为"Man proposes, Heaven disposes"。译者充分利用英语成语"Man proposes, God disposes"，然而，他没有直接利用这原装的成语，而是将西方文化的"God"变为中国文化的"Heaven"，一字之替，妙处尽现。在第三种情况下，由于一种语言的表达方式和信息在另一种语言里空缺，这时，译者选择策略就见仁见智。有的译者采用趋同于目的语文化，有的采用保留原文文化意象。的确，异域文化因素会给读者带来一定的理解障碍，但同时也给目的语文化增添了新的活力，增进不同语言文化之间的交流，展现不同文化的广阔视野。因此，译者此时需要策略上的平衡。完全的信息对等是很难做到的。霍氏在《红楼梦》的翻译中，对这种空缺的文化信息亦采取了不同的处理方式。如第六十三回的"醍醐灌顶"译为"Buddha has suddenly shown him the light"。所谓"醍醐灌顶"，指人茅塞顿开，突然醒悟。"醍醐"作为一种宗教用词，在英语中文化是是空缺的。因此，霍的"Buddha"使译文具有了宗教意味，但省略了"醍醐"一词。虽然做了省略，也准确地传达了原文核心意义。而《红楼梦》中弥漫的"红"色的翻译将是翻译界继续讨论的话题，霍克思的融合化译法为译界亦提供了一种有效的思路。

  在翻译实践中，译者策略的不同会导致目的语文本的面貌不同。采用何种翻译策略要结合具体的社会情境和文本目的，而优秀译者的翻译策略常常是共通的，杨戴夫妇的清小说译本在很多地方亦采取了与霍克思相似的策略。如第一章节在分析杨戴翻译风格时所述，虽然语言风格很不相同，在对待完全对应、部分对应和不对应的文化意象处理时，杨戴译本亦采取了如下策略：在对待完全对应的文化意象时，尽量采取直译；在对待部分对应和不对应的文化意象时，如英语里有内涵相似的说法，则以之代替，如果没有相似的表达方式，则采取意译。如《儒林外史》中"龙凤之表"译为"he looked every inch a king"，为避免"龙"和"凤"在英语文化里的不同含义，杨戴将它归化为"every inch a king"，表达了作者的原意。须要特别指出的是，译者具体采取的翻译手段并没有高下之分，只是阅读效果会有所不同。

  我们来比较一下杨戴夫妇与霍克思对《红楼梦》里谜语的不同译法。

原文：

  贾母道："这个自然。"说着便念道：

      猴子身轻站树梢。

         ——打一果名。

  贾政已知是荔枝，便胡乱猜别的，罚了许多东西，然后方猜着，也得了贾母的东西。（第二十二回）

杨译：

"Of Course." then she recited, "The monkey, being light of limb, stands on the topmost branch. It's the name of a fruit.

Jia Zheng knew of course that the answer was lichee, but he deliberately gave wrong answers and had to pay several forfeits before he guessed right and received a prize from his mother.（Homophone for "stand on a branch."）①

霍译：

"OF course," said grandmother Jia. "the monkey's tale reaches from tree-top to ground. It's the name of a fruit."

Jia Zheng knew that the answer to this hoary old chesnut was "a longan" (long'un), but pretended not to, and made all kinds of absurd guesses, each time incurring the obligation to pay his mother a forfeit, before finally giving the right answer and receiving the old lady's prize.②

贾母说的谜语谜意是"立枝"，谐音法可得"荔枝"。这个谐音谜语编得巧妙自然。对这个谐音谜语的处理，杨宪益夫妇与霍克思采取了不同的译法。杨译使用了异化译法，采用直译加脚注，告诉读者："lichee"（荔枝）与"stand on a branch"（立枝）是同音词。这种翻译很正确，既帮助读者了解谜语之意，又使读者很好地理解作品。虽然对于异域读者而言，作为水果的 lichee 与一个动词短语"stand on a branch"是同音词显得有些难以理解。然而，这种难以理解正彰显出汉语的异质性。译本通过注释的方式把承载异质文化的内容表达出来而遵守目的语规范，为我们处理不同文化之间的翻译策略提供了成功的范例。

霍译的处理方式则更多地为读者做了考虑。霍译的原则是：与其保持译文字面上的表面忠实造成理解困难，倒不如在不改变原文意旨的前提下，稍做修订。这种修订至少基于以下两点考虑：修订后的译文的"不忠实"只能是表层的，译文思想与内容和立意仍然需要与原文达到一致，并且，修订后的译文给读者的感受应该因为该修订而更接近原文给原语读者的感受。因此，霍克思将"猴子身轻站树梢"的谜面经过再加工，修订成"猴子站树梢，尾巴掉到地面上"。同样是"打一水果名"，谜底不再是"荔枝"，而是"龙眼"。在这里，霍克思运用了龙眼与"long'un"是谐音，而"'un"是"one"在英语中的方言变体这两个因素，而达成二者逻辑上的默契，"long'un"的意思变成"猴子尾巴

---

① Cao Xueqin, *A Dream of Red Mansions*, trans., Yang Hsien-Yi and Glady Yang, Beijing: Foreign Language Press, 1994, p.188.
② Cao Xueqin, *The Story of the Stone( Vol 1 )*, trans., David Hawkes, London: Penguin Books Ltd., 1973, p.221.

很长"。这种修订是基于更好地表达出原文的引申意义的良好愿望,从表达效果来讲,亦是积极而有分寸的。相信作为原作者的曹雪芹所关注的并不是谜面、谜底本身,而是整个细节在作品中为表现人物、刻画性格中发挥的积极作用。霍克思的修订跨越了因汉英语言体系的不同而造成在谐音翻译方面的种种障碍,经过有意识的创造性叛逆,最大限度地实现了曹雪芹的创作初衷。

每种翻译策略都有自己的优缺点。杨译可以让人更大程度地窥见原貌,霍译可以让读者更容易理解。两者没有优劣之分。许均认为,"一部译作,只能是对原作的一种理解,一种阐释。翻译,作为原作生命在时间和空间上的延伸和扩展,其本身却又不可能是超越时间和空间的'不朽'。任何一个阐释者只能给读者提供一个尽可能接受原著的本子。"①说到底,翻译作品是为一定的读者群服务的。从历史发展的角度看,不同时代读者的接受意识会有所不同,且随着地点、时间乃至文化、经济、政治环境的变化而变化,特别是对翻译作品的语言更有着时代的要求。翻译是否能造成文化影响,又造成了怎样的影响,其实并不在于语言转换的过程,而完全视其主体文化如何制约,又如何接受这个过程的产物。因此,我们在观察译者的翻译策略时,不能把目光局限于文本,而忽视主体文化所发挥的决定性作用。而无论是中国译者还是欧美译者,好的翻译既要做到忠实于原文文化和意境,又要求译文表达自然、规范。单独异化或者归化都会失之偏颇,唯有融合多种翻译手段,鼓励策略的多样性及均衡。比如杨戴夫妇趋向于直译又不放弃在特定条件下意译的策略原则,霍克思趋向于意译但尊重中文原文,努力表达出中文所有引申意义的努力都是融合化翻译策略的典范。

中英两种文字源自不同的文明之树。汉语文字是由象形文字演变而来,英文单词是由字母组合而成。这种差异在诗学、逻辑基础上都有反映。而具体到翻译策略的选择,笔者认为:译者要站在世界主义的立场,以文化平等为准则,针对源语文化和目的语文化各自的特点,不能拘泥于某种特定的翻译手段,才能达到跨文化、跨语言的交际目的。"翻译家所做的不是一种简单的技术性的语言转换工作,而是一种赋予一种艺术以另一种面貌,让艺术作品在跨越了时代、语言、民族的界限之后继续保持艺术的魅力,让产生于某一民族的国家的艺术能为其他民族和国家、甚至能为世界各国人民所共享的创造性工作。"②文学翻译作品如何传达原作的独特艺术个性,延伸其艺术生命力,这就不仅仅是某种单一翻译策略的问题了。

---

① 许均,《翻译论》,武汉:湖北教育出版社,2003年,第128页。
② 谢天振,《译介学》,上海:上海外语教育出版社,1999年,第21页。

## 第三节　关于清小说对外译介的意义与启示

### 一、中国古典文学该由谁来翻译

译者是译本产生的主体。从清小说翻译实践来看，我们根据译者的文化身份和其所处的社会环境，将清小说译者大概划分为以下三种类型：（1）中国国内译者。他们长期受到中华文化的熏陶，内心都怀有深厚的民族传统文化情结，因此，他们翻译的特点是忠实于中国传统文化，以弘扬民族文化为已任；（2）英语世界西方译者，他们更趋向于照顾西方读者的感觉；（3）英语世界华裔译者。作为身处西方社会的华裔，他们既忠实于传播中华文化，同时亦能兼顾欧美读者的审美需求。总的来说，即是出身中国文化的译者和西方译者之分。

以英国汉学家格雷厄姆（A. C. Graham）为代表的一些国内外学者，认为中国古典文学英译只能由英语译者"译入"，而不能由汉语学者"译出"。他认为："我们实在不能把翻译工作交给中国人去做，因为按照一般规律，翻译通常是从外语译成母语，而不是从母语译成外语。"[①]潘文国认为这一主张的提出有如下原因：翻译一般只能是译入母语而不是译成外语；由于翻译家翻译的不是自己的母语和母文化，在评论上翻译有必要依靠中国人，但翻译不行；一些中国译者的翻译造成了令人难以忍受的"中国英语"。笔者从三十年来国际政治与翻译理论、语言学理论的发展角度出发，对以上理由分别进行了批评。他呼吁中国译者应在加强中英语言与文化修养的基础上，理直气壮地从事汉语外译工作，为在新世纪弘扬中华文化做出自己的贡献。持这一理论的人一般会举一些失败的译例来证明中国译者的译文"不自然""不够英语""既破坏了英语的句法，又没能教会英语读者汉语的句法"，结果造成生硬的中国式英语。[②]

与格氏相对立的观点则是中国译者应在加强中英语言与文化修养的基础上，理直气壮地进行中国文学的英译工作，承担起传播中华民族文化的职责。持这一观点的代表人物有潘文国、汪榕培等。潘文国的《译入与译出》一文从30年来国际政治与翻译理论、语言学理论的发展出发，对格氏的观点进行了批评，并呼吁中国译者为在新世纪弘扬中华文化做出自己的贡献。潘文国的观点无疑是正确的。文学翻译必须把一种语言转换成另一种语言。西方译

---

[①] 转引自潘文国，《译入与译出——谈中国译者从事汉籍英译的意义》，载《中国翻译》，2004年第2期，第40-43页。

[②] 潘文国，《译入与译出——谈中国译者从事汉籍英译的意义》，前引书，第42页。

者认为：汉译英只能由目的语译者才能译成地道的英语，因为英语是他们的母语。然而，他们忽视了西方译者在翻译过程中，对汉语理解的差异。汉英语言存在着本质性的差异，对西方译者来说，这一语言障碍正如英语之于中国译者一样难以充分跨越。清小说英译语言层面上的错误，绝大多数是由于西方译者不懂汉语引起的。不能正确理解汉语，又谈何地道译文呢？况且，翻译是一种跨文化的交流，中国古典诗学与审美感知方式与西方诗学及审美模式都存在着很大的区别，西方译者缺乏对清小说中比比皆是的文化意象和传统审美情趣的真正理解，难免会导致翻译中的误译。

汪榕培于1995年撰文指出"古典名著汉译外是我国文学翻译领域的短线"，"希望更多有志从事翻译工作的学者能把精力投入到我国古典名著汉译外方面来"。[1]笔者赞同两位学者的观点，并在此基础上提出中国译者与西方译者合作翻译的概念：汉语译者应该成为中国古典文学翻译的主体，独立完成翻译作品，而后，可以由以英语为母语的人对所译完的作品进行语言文字方面的润色加工，这种润色只是锦上添花。这种方式可以保证中国古典文学精髓能够充分植入异域文化，避免无论出于无心或者有意的误译及扭曲。纽马克认为，"任何一种重要的翻译都应该由另一位以译入语为习惯使用语言的译者来审阅。他们能找出几乎不可避免的失误，以及任何译者都可能犯的意思（事实与语言）及用法的不当和错误之处。而且，在翻译的初始阶段，最好还要由一位以原语为习惯使用语言的译者来检查原文是否得到正确的理解。"[2]在中国古典文学英译史上，中国人杨宪益与英国人戴乃迭的组合至今仍是中国文学对外译介最杰出的代表。他们的《红楼梦》和《儒林外史》全译本出版亦无疑是中国文学对外译介的大事。他们代表了中国文学对外译介的最高水平。他们的翻译方式正是这种合作翻译的方式，杨宪益口述，戴乃迭打字，以杨译为主，戴润为辅，正是这种合作模式产生了大量优秀的译作。以《红楼梦》翻译为例，他们慎重选择原文底本，前八十回以手抄本的一种"戚蓼生序本"为原文版本，后四十回则是人民文学出版社修订的程高本。同时，在翻译中，他们还参照了其他版本，修订了抄本中的错误。他们的慎重使译本体现出很高的学术含量。译文忠实、准确、流畅，译本的设计也很精致。

我们必须承认，西方译者对译入语语言文字的把握的确可能会优于以英语为外语的中国译者。但首先我们要明确：翻译不仅仅意味着字符的转换，不仅仅是把一种语言用另一种语言表达出来那么简单。如果仅仅是字符转换，

---

[1] 汪榕培，《古典名著汉译外是我国文学翻译领域的短线》，载《外语与外语教学》，1995年第1期。

[2] Peter Newmart, *About Translation*, Clevedon: Multilingual Maters Ltd, 1991, p.28.

罗伯聃、乔利的译文充分体现了字符转换的功能,然而,为何他们的译文在今天除了做学术研究的学者会有兴趣考察,普通或者专业读者已无人关注?这正是因为他们的译文不具备文化交流沟通功能。翻译既是语言之间的转换,更是文化之间的交流。不同民族有不同的思维习惯和思维方式,从而表达方式亦因此不同。翻译的实质是不同族群之间的文化沟通、交流和对话。要实现无障碍的沟通、交流和对话,译者首先必须了解源语民族的历史文化、风俗习惯,当然,也要对目的语文化有清楚的认识。否则难免出现误译,曲解。格氏及其追随者以一些具体误译的例子来否定中国译者的翻译行为,英语译者是否又能尽善尽美呢?

霍克思的《红楼梦》译文在西方享有很高的声誉,在学术圈及普通读者群中都获得了广泛的认同。尽管《红楼梦》有多种译本,霍译本出现后,英美相继出版了几种英文的中国文学史、文学选集和文学概论,这些学术性著作在引述《红楼梦》时,都直接收录或援引霍译本片段。除此之外,英语世界有关《红楼梦》的期刊论文、专著和论文集一般也选择霍译本作为引文来源。可见专业人士对霍译本普遍采取认同态度。同时,霍译本在英美普通读者中也产生了巨大影响。我们来看英语世界最大的购书网站亚马逊网站(Amazon)上的普通读者对霍译本的评价。来自北京的布兰登·欧凯恩(Brandan O'kane)评论说:"霍克思与闵德福的翻译妙笔生花,译本本身就可以视为一部伟大的文学作品。"①网站现存的15篇评论分别给该译本打分,满分为5颗星,15篇评论全部给予了正面评价,满是溢美之辞,10位读者打了5颗星,4位给了4颗星,最低的是3颗星,只有1位读者给出这个分数。可以看出,欧美读者对霍译本整体是相当满意的。亚马逊网站的读者评论群体是英语世界一个随意抽取的普通读者群体。作为英美最大的购书网站,它的顾客反馈能够代表某一书籍在英语世界的整体市场效果和读者的反应。由此,我们可以看出,在对《红楼梦》英译进行阅读的英美普通读者当中,霍译本很有声望。

然而,尽管霍克思译本在英语专业和普通读者群中受到广泛赞赏,在中国翻译界却一直有质疑之声。这在很大程度上源于译作中所出现的不当之处及误译。作为西方人,尽管霍克思努力避免将自己的价值观带入译本,然而,译本中仍时时可见西方文化的烙印。同样在亚马逊网站上,一位名叫玛丽亚·特丽莎(Maria Teresa)的法国读者评价说:"这是世界文学中的伟大之作。我读了两个译本,个人更喜欢这个译本。尽管霍克思的译本对英语读者

---

① http://www.amazon.com/Golden-Story-Stone-Dream-Chamber/dp/0140442936/ref=cm_cr_dp_orig_sub

而言显得更顺畅，更文学化，我认为杨译本更好地展现了十七八世纪的中国风貌以及上层社会贵族贾府内各色人等复杂的人际关系。"①由此可见，霍译本的读者倾向使得它易于被英语读者所接受，然而，中国译者杨宪益更能在翻译中体会并传达中华文化，体现中国特色。

笔者提倡由出身于中国文化的译者来翻译中国古典文学，并非一概否定西方译者的劳动。西方译者无论出于怎样的翻译目的和背景，推出什么样的译文或译本，都直接或间接地为中华文化的传播做出贡献。然而，我们不能单纯依靠这些汉学家来承担起传播中华文化的重任。因为"文化的传播不是完全无序的。如果说'译入'体现了一种文化对外来文化的选择，则'译出'更体现了一种文化希望实现的对外界文化的干预。"②西方人对中国文化、中国文学作品的评介有他们自己的标准，其翻译作品的总和构成了西方对中国文化的总体印象。由于文化差异、历史原因等，英语译者很难对中国文化做出全面、系统和公正的判断和评价。因此，他们所选择翻译的作品很难真正代表中华文化的真正面貌。如果任由西方译者自己选择来翻译中国文学作品，那么我们会失去弘扬中国传统文化的自主权。我们应尊重西方译者的选择，但要完整地把清小说介绍给西方读者，中国译者必须进行清小说的翻译工作。正如乐黛云所说："如果只用外来话语构成的模式来诠释和截取本土文化，那么，大量最具本土特色和独创性的文化现象，就有可能因不符合这一模式而被摒弃在外，结果是所谓世界文化对话也仍然只是一个调子的独白，而达不到沟通和交往的目的。"③

然而，并不是任何懂英语的中国人都能成为中国文学的翻译者。英语不是我们的母语，这就对从事中国文学翻译的人提出了很高的要求：既要精通中英两种语言，又要熟悉双方文化和历史。可这样学贯中西的人并不多。因此，笔者认为在条件允许的情况下，以中国译者为主，英语译者为辅，内在文化及精神层面上的精髓由中国译者把握，而外在语言用法、措辞可由英语译者处理，这样中西合璧的译本应该是中国古典文学和文化的最好表达。

## 二、中国古典文学翻译中存在的问题

根据前文所梳理的清小说译本和译文情况，可以看出，大量的清小说已

---

① http://www.amazon.com/Debt-Tears-Story-Stone/dp/0140443711/ref=sid_dp_dp
② 潘文国，《译入与译出——谈中国译者从事汉籍英译的意义》，载《中国翻译》，2004年第2期，第40-43页。
③ 乐黛云，《以特色和主动进入世界文化对话》，载《跨文化之桥》，北京：北京大学出版社，2002年，第80页。

经被翻译成英文，传入英语世界。但与清代篇幅众多的小说数量相比，清小说英译与出版事业仍然存在不少问题。主要体现在以下几点：

1. 翻译力量分布不均衡

清王朝从 1644 年建国到 1911 年灭亡，经历了两个多世纪的漫长岁月。这是中国封建社会逐渐解体的一个转折时期，也是中国古典小说蓬勃发展的一个全盛时期。"清小说创作继续和发展了明朝的传统，数量众多，流派分呈，形成一种群星争辉的繁荣局面。"①根据江苏省社会科学院明清小说研究中心编《中国通俗小说总目提要》收录，清代初期至末期的章回小说大约有三百三四十部，根据《中国文言小说书目》著录，文言小说总数约有五百余种。可谓各成流派，百花齐放。而英语世界对清小说的译介主要集中在一部分优秀著作，如《红楼梦》共有 11 种英译本、《聊斋志异》共有 13 种译本，片段译文更篇幅众多。而其他的清小说译本则比较单一，如《儒林外史》仅有杨戴全译本。有些优秀清小说则还完全没有译本，如《林兰香》《野叟曝言》等。对优秀清小说的复译本越来越多，而尚有大片清小说翻译领域无人涉及。大量复译本出现是好事还是坏事？是对译事的贡献，还是一种无益的人力财力的浪费？哪些复译本是成功的，或是失败的，甚至有抄袭之嫌？为何翻译力量集中如此不均衡？这都是古典小说英译中需要思考的问题。

2. 重翻译理论而轻实践之风盛行

霍恩比（Mary Snell-Hornby）在其新著《翻译研究的转向——新范式还是新视角？》中综述了世界翻译研究近三十年来的多重转向，如语言学转向、语用学转向、文化转向、实证转向、全球化转向、后殖民转向、翻译转向、意识形态转向、社会学转向等。种种研究可谓你方唱罢我登场。国内翻译界亦大多跟风而上。纵观国内翻译研究论文、论著，言必称国外如何如何，满是当代翻译研究新术语，充满"叛逆、政治、权力、暴力、改写、操纵、后殖民、解构"等术语，学者们远离翻译实际，闭门造车，高谈阔论，鲜有自己真正的翻译实践。重理论而轻实践之风相当严重。试想，没有自己的翻译实践，何以参与世界范围内的翻译探讨交流之"百家争鸣"？其实，老一代翻译大家历来坚持理论与实践相结合，不尚空谈。因此，他们能够继续和发展传统译论，结合自己的翻译实践，提出自己的翻译理论和翻译标准。如林语堂的"忠顺美"，杨宪益的"不增不减"，刘重德"信达切"，许渊冲的"信

---

① 张俊、沈治钧，《清小说简史》，太原：山西人民出版社，2005 年，第 1 页。

达优",汪榕培的"传神达意"等。可以说,新时期的译者在这一点上必须向老一辈译家们学习。

3. 对翻译的学术界定和翻译人才教育培养认识有误区

当前,人们对翻译成果的学术水平界定、翻译专业的人才培养、翻译教学的重点等基础性和制度性工作方面的认识仍然有误区。如在高校,翻译成果一直以来基本算不上科研成果。翻译教学中理论与实践脱节。外语专业的师生很少进行"汉译英"的实践,甚至不屑于翻译实践。本科生、研究生和博士生一窝蜂进行纯翻译理论研究,高谈阔论,建空中楼阁。因此,影响颇大的"韩素音青年翻译奖"多次呼吁高校外语专业调整翻译教学的思路和措施,允许学位论文"以译代论"或"以评代论"等。这些来自专业译家的意见值得教育界和翻译界深思。翻译人才如果后续无力,优秀古典文学作品的英译本将难以出现。

## 三、当代古典文学英译的策略选择

古典文学翻译对于促进中外文化交流具有重大意义,这已是当今国内外翻译界所达成的一个共识。历代中外知名译者的翻译实践都为我们树立了古典文学英译的好榜样。他们遵循各自尊重的翻译标准,为中国古典文学西传做出了贡献。21世纪以来,国内知名译界学者先后就发展中国古典文学英译事业的政策和措施做出了探讨,关注中西互译的特殊性和其中存在的一些问题,提出"建设四个工程",包括翻译精品工程、译品研究工程、工具书编纂工程和人才培养工程等。翻译作为一种重要的渠道,在跨国、跨文明的文学交流中占据着举足轻重的地位。针对本文前面章节所讨论的清小说英译的主要翻译策略,再参考中外知名译家关于古典文学英译标准的表述,笔者拟提出当代古典文学英译译者应注意的策略选择。

1. 译者应该有正确的翻译观以指导翻译实践

"翻译标准问题说到底是一个观念问题,翻译观决定翻译标准,这就与哲学有了关联。"①因此,树立正确的翻译观有助于译者提高翻译的质量。我们知道,语言是人类用来表达思想、交流感情的工具。世界上不同国家或民族的人民所使用的语言之间有着广泛的共性,但是,由于各民族的社会制度、历史文化背景、地理环境、人们的生活方式和思维方式不一样,语言表达上

---

① 杨晓荣,《翻译批评导论》,北京:中国对外翻译出版公司,2005年,第23页。

就存在着很大差异。语言作为文化的载体，它浸透了民族文化。文化包含语言又影响语言。翻译的实质为：在两种语言进行交流的同时进行文化交流。它不是简单的语言字符转换，而是从一种文化中的语言表现形式转换为另一种文化中的语言表现形式。因此，翻译是一种跨文化交流。翻译的目的是突破语言障碍，实现并促进文化交流，实现跨文化信息传递，是译者用译语重现原作的文化活动。因此，译者在翻译时应既考虑历史、文化及社会背景，又注重那些有同有异、大同小异、同中有异的词语。译者应保持清晰的思维，既要注重文化深层的含义，又要了解语言表层含义的异同之处。译者的职责、历史责任心、文化使命感及中国文学英译的不同特点都要求译者必须树立正确的文化翻译观，既关注当代翻译理论的发展趋势，也不要为当前翻译研究种种新鲜潮流理论所困惑，从而迷失翻译之道及翻译标准。当代译者应该学习老一辈译者如林语堂、杨宪益的学识及人格修养，刻苦用功，学贯中西，克服中西学术研究、理论与实践的"两张皮"现象，自觉学习掌握翻译理论，大胆参与古典文学英译的理论研究与实践，为传播和弘扬中华文化、促进世界多元文化交流做出贡献。

2. 译者应注重对旧译本的分析及比较研究

古典文学英译的目的就是让不懂中文的广大英语读者知道、了解、欣赏原文，读到与原文意义相当、语义相近、文体相仿、风格相称的英译本，从而了解博大精深的中华文化。实现这一目的是译者的根本任务和应有职责。因此，古典文学英译译者应该关注这一翻译目的的充分实现，尽自己创造性的努力，在忠实性和可读性之间保持良好的平衡。目前，一些优秀的清小说已有中外译者的多种译本，如《红楼梦》《聊斋志异》，分别有了十余种译本。中国译者有译得好的，也有译得不好的；西方译者也有译得好的和不好的。有的译本是由于其特殊的翻译目的，导致翻译文本质量不高，有的译本由于其商业目的，过于浅显，让本来内蕴丰富的原文变成了肤浅的爱情故事。这自然都无法忠实地传递原文丰厚的文化内涵。因此，中国文学英译译者必须树立正确的翻译观，以"传神达意"或类似这样的翻译标准来指导自己的翻译研究与实践。要认真对待旧译，研究、学习旧译，借鉴其长处。而不少旧译也的确是在某方面有其独到之处，是译界前辈呕心沥血的成果。但正因为旧译是开拓性的尝试，囿于种种原因，无法一步到位，有些地方不一定完美。如同人们第一次走出来的道路，难免弯曲歪斜，需要改进。但诚然，正是这些旧译为后来人奠定了基础。复译是对旧译的挑战，为使新译本达到超越原译本的目的，必须推进译本比较研究。只有通过针对性强的研究，才能发现旧译的成功及失败之处，以使新译能够超越旧译。

3. 无论采取何种翻译策略，译者应以"传神达意"为基本原则，兼顾译本的忠实性与可读性

翻译的忠实性与可读性一直是历代优秀译者所坚持的翻译标准，只是侧重点各有不同。杨宪益、林语堂、季羡林等我国著名翻译家的翻译标准虽然表述不一，但都充分关注翻译目的实现，尽自己的创造性，努力在忠实性与可读性二者之间保持良好平衡。总体来说，无论是直译、意译、音译、释译，或具体化，或泛化处理，或文化与词语增益、或减省，或变通，或补偿，或用注，或兼顾使用多种方法，译者都需要全面透彻地理解原文，忠实流畅地传递原文文化内涵及审美风格。

# 第三章　英语世界清小说研究方向及特色

英语世界清小说研究包括英文的报刊杂志、译本序跋、书评、中国文学及世界文学选集、文学史、教材、学位论文、期刊论文、专著等对清小说的介绍、评论和研究。这是一个非常庞杂的观察对象，亦几乎不可能穷尽考察。具体地说，英语世界清小说研究在思想体系、文学观念、价值取向和评判标准方面都呈现出多元开放的形态。正因为这一原因，在经历了漫长的一百多年发展之后，清小说研究从20世纪中后期开始，迅速发展壮大，呈现出开阔活跃的研究格局。研究方法多样，研究视野不断拓展。这些研究可大体分为：（1）文学史与文学选集的收录；（2）与作者相关的研究，即研究小说作者所处的历史和文化背景（生平与时代）及作者的意图、价值观和创作风格；（3）与作品本身相关的研究，即文本的语言、形式及该作品与其他文本和文学作品的联系；（4）对小说作为独立文类的研究；（5）从哲学、社会学、宗教学、伦理学等角度进行的研究，关注文化及历史因素如何影响作者的创造及读者对作品的理解。研究常常纵横交错，呈现交叉趋势，同时涉及到上面诸方面中的一个或多个。

## 第一节　文学史和文学选集中的清小说

1901年，伦敦威廉·海涅漫公司（William Heinemann & Co.）准备出版一套《世界文学简史》（*Short History of the Literature of the World*），主编为爱德蒙·高斯（Edmund Gosse）。高斯邀请翟理斯撰写其中的中国文学部分。翟理斯欣然接受了这个邀请，他说："从来没有一件比这更令我高兴的事了。"[①] "在过去25年里，我一直都在翻译各种体裁的中国文学作品，积累了大量足以完成这本著作的必要素材。"[②] 于是，翟理斯编著了《中国文

---

① Herbert Giles, *Autobibliographical*, etc, Add.MS.8964(1), Cambridge Univesity Library, p.75.
② Herbert Giles, *Autobibliographical*, Ibid. p.76.

学史》（*A History of Chinese Literature*），这是"包括汉语的所有语言之中第一次编写中国文学史的尝试"①，在海外汉学研究及中国文学研究里具有十分重要的意义。

翟理斯的《中国文学史》基本沿用了西方文学史编写体例，系统介绍了中国文学史发展历程。全书共分为八卷，分别为：封建时期、汉代、小朝代、唐代、宋代、元代、明代、清代。第八卷清代部分共分为四章，分别为：第一章、《聊斋》——《红楼梦》；第二章、康熙皇帝和乾隆皇帝；第三章、古典和各类文学——诗歌；第四章、揭贴——报刊文学——智慧与幽默——谚语与格言。作者的章节分法显得有些奇怪，比如专门用一章讨论康熙和乾隆的作品，清代章回小说中也只选择了两部小说，遗漏了很多著名的清小说，然而，本卷第一章用了50页的篇幅来介绍《聊斋志异》和《红楼梦》这两部小说。翟理斯开篇简述了明末清初中国政治状况，翟理斯清楚地看到清小说在当时的历史地位是："小说和戏剧不能登中国纯文学作品的大堂。"②然而，"本朝代文学可以说始于一个讲故事的人。"③翟理斯认为蒲松龄在中国文学史中有着非常重要的地位，他简要介绍了蒲松龄的生平，并节选了《聊斋志异》中如《瞳人语》《崂山道士》《狐嫁女》等经典的故事。而后，翟理斯用了长达30页的篇幅介绍了《红楼梦》。内容比全书对"五经"的介绍还要多，并对《红楼梦》给予了高度评价。作者认为《红楼梦》"是中国小说发展所能达到的最高峰"④，并撰写了《红楼梦》的长篇概述⑤，足见此书在他心目中的地位。

翟理斯的概述别开生面。他精心剪裁原文内容，选取小说中很多生动的片段进行连缀，不时插入自己的观点，夹叙夹议。他的情节都是原文存在的情节，但部分进行了细节的调整和迁移。他将这些片段揉和在一起，译述结合，形成一个很有特点的概述文本，具有相当的文学性和可读性。他的介绍里没有当下学术著作中常见的术语、概念和理论。如本书前文所述，19世纪的翻译活动和汉学研究主要是传教士或者外交官的副业，目的是向西方介绍中国文化，提供语言读本，所以，即使对中国最优秀的小说，作品分析也不过是内容介绍和主观评价而已。然而，翟理斯的《中国文学史》"第一次以文

---

① Herbert Giles, *A History of Chinese Literature*, New York: Grove Press INC, Originally published in 1923 by D.Appleton and Company, p.V.
② Herbert Giles, *A History of Chinese Literature*, New York: Grove Press INC, Originally published in 1923 by D.Appleton and Company, p.338.
③ Herbert Giles, *A History of Chinese Literature*, Ibid. p.339.
④ Herbert Giles, *A History of Chinese Literature*, Ibid. p.355.
⑤ Herbert Giles, *A History of Chinese Literature*, Ibid. p.356-384.

学史的形式,向英国读者展现了中国文学在悠久的发展过程中的全貌——虽然是尚有欠缺与谬误的全貌,这无异是向英国读者呈现了一个富有东方异国风味的文学长廊。因此,它是十九世纪以来英国译介中国文学的一个重要成果。"①

继翟理斯后,英语世界里从文学史的角度对中国清小说进行的研究一片沉寂。直到1958年,汉学研究重镇哥伦比亚大学召开了一次"东方经典研讨会",会后,由哥伦比亚大学出版社出版了狄百瑞(Theodore De Barry)主编的两部关于亚洲及东方文学的论著,分别为《亚洲经典探索》(Approaches to the Asian Classics)及《东方经典探索》(Approaches to the Oriental Classics: Asian Literature and Thought in General Education)。《亚洲经典探索》是一部在亚洲地域范围内介绍各国文学作品的著作。编者以"伊斯兰经典""印度经典""中国经典"及"日本经典"划分章节,在"中国经典"中,选入了夏志清(C. T. Hsia)介绍的《红楼梦》。② 而在《东方经典探索》中,收入梅仪慈(Yi-Tse Mei Feuerwerker)撰写的《中国长篇小说》(The Chinese Novel)一文,简要介绍了中国小说的发展过程。文章以中国三部经典小说《红楼梦》《西游记》《金瓶梅》为例,详细讨论了中国小说的特点。作者重点强调《红楼梦》在中国文学史上的经典地位:"它被通常认为是中国小说传统的最高峰。"③

1964年,赖明(Lai Ming)在伦敦由深悟出版社(The Shenval Press Ltd)出版了《中国文学史》(A History of Chinese Literature)。林语堂为此书作序,认为"也许较之于其他任何国家的文学传统,中国文学都显示出一种明确的文类演变。因此,我们可以以'唐诗''宋词''元曲''明清小说'来为中国文学历史上某个阶段文学分类。"④赖明正是以林语堂的此标准来对中国文学进行了文类演变介绍。全书共分为十七章,从殷周时期民间诗歌谈起,直到现代中国小说、诗歌及戏剧。第十五章题为"清代长篇小说"(The Novels of the Ching Dynasty),分为三小节:"社会讽刺小说"(The Novels of Social Satire)、"情爱小说"(The Love Romance)及"理念小说"(The Novel of Ideas),

---

① 张弘,《中国文学在英国》,广州:花城出版社,1992年,第83页。
② C.T.Hsia, "Red Dream Chamber", in Theodore de Bary and Irene Bloom(ed.), *Approaches to The Asian Classics*, New York: Columbia University Press, 1958, p.263-274.
③ Yi-Tse Mei Feuerwerker, "The Chinese Novel", in Theodore De Barry(ed.), *Approaches to the Oriental Classics: Asian Literature and Thought in General Education*, New York and London: Columbia University Press, 1958, p171-185. (p181).
④ Ling Yutang, "Preface", in Lai Ming(ed), *A Hisotory of Chinese Literature*, London: The Shenval Press Ltd., 1964, p.vii.

分别主要介绍了三部清小说《儒林外史》《红楼梦》和《镜花缘》。①第一节主要介绍了吴敬梓《儒林外史》的社会讽刺功能，作者通过对吴敬梓的生平介绍及杜少卿的性格分析，评析小说中出现的清代学者群相。在第二节开篇，作者认为："《红楼梦》在中国小说中的地位就好比《诗经》《离骚》《史记》、李杜诗歌、关汉卿的元曲在各自体裁中的地位。中国人无比推崇这部小说，乃至出现了长达 50 年的红学，研究作者生平、身份、小说价值等等。"②随后，作者介绍了曹雪芹生平，对《红楼梦》作者进行了简单考证，并选取小说里一些片段分析贾宝玉和林黛玉性格。在最后一节"理念小说"里，作者介绍了由于清代满族统治者迫害，引发大规模"文字狱"，人们只能选择以曲折委婉的方式表达自己的文学理想及人生理想。李汝珍的《镜花缘》即为其中代表作。随后，作者介绍了李汝珍生平际遇及小说中体现的理想世界。

1966 年，著名汉学家柳无忌（Liu Wu-Chi）推出了《中国文学概论》(*An Introduction to Chinese Literature*)，由印第安纳大学出版社出版，共十八章，其中第十六章命名为"无名作家的长篇巨著"。柳无忌的评价是："中国的长篇小说从明代中叶到晚清与短篇小说同时繁荣发展，许多作家把自己的时间与精力全部投入小说写作，特别是在晚清时期，他们的产量是可观的。"③他认为，"在过去几个世纪写成的汗牛充栋的中国小说中，有四部，如果说不算最了不起的，也是意义最为重大的，它们是《西游记》《金瓶梅》《红楼梦》和《儒林外史》。"④柳无忌对此的分类是：《西游记》是神话小说，《金瓶梅》和《红楼梦》是现实主义的家庭小说，而《儒林外史》是一部讽刺小说。柳无忌接下来简要介绍了这四部小说的创作背景、小说结构、内容及价值。在评价《红楼梦》时，柳无忌认为《红楼梦》是一部带有自传意味的小说，同时，它"也是中国历史悠久的现实主义评书艺术的高峰"。⑤而在对《儒林外史》的评介中，柳无忌认为讽刺小说本来是现实主义的一根分支，然而，在中国古典小说中，讽刺小说如此重要，必须看作是中国小说的一种重要类型。以《儒林外史》为代表的讽刺小说与以《红楼梦》为代表的社会人情小说区别不在内容、技巧与风格，而在目的与着重面，甚至在它们的目的，其实它们的目的也多少有相似之处；不过在以现实主义方法描写家庭与社会生活令

---

① Lai Ming，*A Hisotory of Chinese Literatur*e，London：The Shenval Press Ltd.，1964，p.326-345.

② Lai Ming，*A Hisotory of Chinese Literature*，Ibid. p.332.

③ Liu Wu-Chi，*An Introduction to Chinese Literature*，Bldoomington and London：Indiana University Press，1966，p.237.

④ Liu Wu-Chi，*An Introduction to Chinese Literature*. Ibid. p.238.

⑤ Liu Wu-Chi，*An Introduction to Chinese Literature*. Ibid. p.256.

人厌恶的方面，前者的讽刺广泛、强烈、露骨得多，而后者则是含蓄的，且着重于就事论事。

1968年，由卡耐基公司和美国教育局先后赞助，著名汉学家夏志清出版了《中国古典小说史论》(*The Classical Chinese Novel: A critical Introduction*)，它是美国东方研究会发起编辑的"亚洲研究指南系列丛书"之一。这套丛书包括书目指南、文摘及向接受普通教育的学生和一般读者介绍亚洲文明不同侧面的概况。狄百瑞为之作序，指出"在任何对于中国文学的研究中，中国古典小说都是一个突出的方面。它们是对中国文化传统的主要表现；其中有些作品同世界文学中的主要作品一样值得重视。"夏志清的著作主要讨论了六部中国古典小说：《三国演义》《水浒传》《西游记》《金瓶梅》《儒林外史》和《红楼梦》，其中《红楼梦》论文集来自1961年在芝加哥召开的亚洲研究学会年会中宣读的论文《〈红楼梦〉中的爱与怜悯》，而《儒林外史》则是海外第一篇对该小说进行正式研究的学术文章。该书共分为八章，第一章是"导论"，主要谈论现代批评对于中国古典小说的认识变化，介绍古典小说艺术形式和语言特色脱胎于话本的演变历史，提出儒佛道三教在古典小说思想和内容中的表现实质和道德矛盾问题。第二至七章分别探讨了六部长篇小说，其中包括两部清小说《儒林外史》和《红楼梦》。最后一章则以"中国古代短篇小说中的社会和个人"为重点，剖析了冯梦龙的"三言"小说。《中国古典小说史论》已成为西方汉学界研究中国文学的博士学位必读书目，受到英美同行的敬重。其书于1980年由印第安那大学出版社再版，至今仍是汉学界的经典书目之一。

同样出版于1968年的针对清小说的文学工具书还有李田意（Tien-yi Li）编著的《中国小说研究论著目录》(*Chinese Fiction: A Bibliography of Books and Articles in Chinese and English*)，由耶鲁大学出版社出版，共242页，隶属于耶鲁大学"远东出版系列"。这是一部别开生面的著作，李田意在序言中说，"本书出版的目的是想为中国小说研究做个索引。"①全书共用了85页的篇幅以目录索引的形式介绍了海内外学界对清小说研究的论文、论著及译本，分为"短篇故事"（Short Stories）及"长篇小说"（Novels）两部分。"短篇故事"部分主要介绍了"京本通俗小说"（Ching-pen t'ung-su Hsiao-shuo）及《聊斋志异》（Liao-chai Chih-i），"长篇小说"部分则介绍了从《歧路灯》（*Ch'I-lu Teng*）到《野叟曝言》（*Yeh-sou p'u-yen*）等21部较为著名的清小说研究，其

---

① Tien-yi Li, *Chinese Fiction: A Bibliography of Books and Articles in Chinese and English*, New Haven: Yale University, 1968, Preface.

中不少小说是第一次出现在英语世界。①这部工具性的目录索引书为清代文学在英语世界的传播起了重要作用。

1972年,白之(Cybil Birch)在纽约编辑出版了《中国文学选集》(*Anthology of Chinese Literature*),由葛入出版社(Grove Press)出版,共分为上下两卷,上卷是从远古时代到14世纪,下卷为14世纪至今的中国文学,主要是一些中国经典诗歌、散文及小说的选篇编辑。白之的章节划分颇为有趣,在"清朝文学"部分,白之将清文学分为"清初诗歌"(Early Ch'ing Lyrics)、"关于生活艺术"(On the Art of Living)、"神鬼传说"(More Ghosts and Fantasies)、"一位乾隆诗人"(A Poet of The CH'ien-lung Period)、"《红楼梦》"(Red Chamber Dream)、"新自传文学"(The New Art of Autobiography)、"晚清诗歌"(Late Ch'ing Lyrics)。"神鬼传说"中,白之选入《罗刹海市》(*The Rakshas and the Sea Market*)及《婴宁》(*Ying Ning*)两篇译文。而《红楼梦》里,白之除了选入小说译文片段,并做了总结评价。白之认为:"《红楼梦》是世界上真正伟大的小说之一。它感性、复杂而深刻,是中国古典小说的代表。"②"新自传文学"部分中,白之选入沈复《浮生六记》的译文片段。

20世纪70年代还出现了另一本关于中国古典小说的重要工具书。1978年,汉学家杨立宇(Winston Y. Yang)、李彼得(Peter Li)和茅国权(Nathan K.Mao)等编著了《中国古典小说:欣赏论文和书目指南》(*Classical Chinese Fiction: A guide to Its Study and Appreciation Essays and Bibliographies*),对清小说在西方的翻译、批评和传播进行了概述。杨立宇在序言中说,编辑此书的目的是为了满足大众"对中国小说不断增长的兴趣",因此在"过去二三十年里,西方人已经很好地接受了很多中国古典小说。各种选集中不断选入中国小说片段,很多文学评论里亦包含了对中国小说的研究欣赏。这种兴趣不仅来自于专门研究中国文学的学者,亦来自对东西比较文学感兴趣的学生,甚至是普遍大众。"③编者为了达到这样的目的做了很多努力,最明显,亦是这本工具书区别于其他中国文学研究资料的是:本书分成两部分,即论文(Essay)与索引(Bibliography)。总体说来,论文部分意在提供对中国主要传统小说及短篇故事一个大致介绍,而索引部分则为读者提供了关于这些小说的深入评析。论文分为九部分,分别介绍了"早期故事""传奇故事与《聊

---

① Tien-yi Li, *Chinese Fiction: A Bibliography of Books and Articles in Chinese and English*, Ibid, p.158-242.

② Cybil Birch, *Anthology of Chinese Literature (volume 2)*, New York: Grove Press, 1972, p.201.

③ Winston L. Yang, Peter Li, Nathan K.Mao, *Classical Chinese Fiction: A guide to Its Study and Appreciation Essays and Bibliographies*, Boston: C.K.hall&Co, 1978, p.xiii.

斋志异》""口传故事""《三国演义》和《水浒传》""《金瓶梅》和《肉蒲团》"
"《西游记》和《镜花缘》""《儒林外史》""《红楼梦》""《老残游记》和《二十
世纪目睹之怪现状》",关于清小说重点介绍了七部。论文部分对这些小说的
介绍往往立足于作者简介、作品成书背景、框架,如在《聊斋志异》的简述
中,主要集中于蒲松龄其人,唐传奇对《聊斋志异》的影响,狐鬼传说在中
国文化中的变迁,小说的故事来源及内容。①编者对《肉蒲团》《红楼梦》及
《儒林外史》评价极高,认为"《肉蒲团》是中国最著名的色情小说②"。"《红楼
梦》是世界文学中的杰作,是最伟大的中国小说。"③而《儒林外史》则被评
价为"中国最好的讽刺小说"。④本书最引人注目的部分则是其索引部分,编
者基本收录了当时存在的所有与中国小说有关的译本、研究资料,其中有五
个章节是关于清小说的资料索引,从李渔的《十二楼》到《聊斋志异》《儒林
外史》《红楼梦》《官场现形记》《镜花缘》《二十年目睹之怪现状》《老残游记》
《绿野仙踪》《施公案》《儿女英雄传》等共 26 部清小说的英译及研究资料,
资料之全、涉及清小说篇目之多,皆为空前。这是汉学界相当有资料价值的
著作。

东方文学一直是比较文学界关注的重点。1996 年,伊安·麦克格瑞尔(Ian
P.Mcgreal)主编的《东方文学中的伟大文学》(*Great Literature of the Eastern
World*)出版。该书副题为"中国、印度、日本、朝鲜和中西的主要散文、诗
歌和戏剧作品"(The major works of prose, poetry and drama from China, India,
Japan, Korea and the Middle East),在"中国卷"部分,编者收录了《聊斋
志异》《儒林外史》和《红楼梦》三部清小说作品。每部小说的介绍文字都有
相同的格式,分别为作品译名、作者、生卒年月、文学体裁、出版年月、主
要主题。《聊斋志异》的评介中,作者简要介绍了蒲松龄生平,认为蒲松龄不
但是《聊斋志异》的作者,还写了《醒世姻缘传》。⑤对《聊斋志异》的评介
主要从该书的成书背景、地狱主题、《蟋蟀》一文显露出来的社会批叛主题、
女性狐鬼的形象几个方面分析评介《聊斋志异》的特点。《儒林外史》则从吴

---

① Winston L. Yang, Peter Li, Nathan K.Mao, *Classical Chinese Fiction: A guide to Its Study and Appreciation Essays and Bibliographies*,Ibid. p.23-27.
② Winston L.Y.yang, Peter Li, Nathan K.Mao, *Classical Chinese Fiction: A guide to Its Study and Appreciation Essays and Bibliographies*. Ibid. p.60.
③ Winston L.Y.yang, Peter Li, Nathan K.Mao, *Classical Chinese Fiction: A guide to Its Study and Appreciation Essays and Bibliographies*,Ibid. p.247.
④ Winston L.Y.yang, Peter Li, Nathan K.Mao, *Classical Chinese Fiction: A guide to Its Study and Appreciation Essays and Bibliographies*,Ibid. p.85.
⑤ Fatima Wu, "Strange Stories from a Chinese Studio",in Ian P.Mcgreal(ed.),*Great Literature of the Eastern World*,New York:Harpercollions,1996,p.138.

敬梓其人、小说的讽刺艺术、隐士理想、叙事方面的突破、新女性形象及小说对后世的影响入手。《红楼梦》的评介重点则是小说的角色分析、社会现实意义、小说的隐喻、符号及宗教范畴。

1994年，罗伯特·马丁（Robert Martin）主持了"哥伦比亚大学核心课程中的亚洲经典"（Columbia Project on Asia in the Core Curriculum）项目，由巴巴拉·斯都勒·米勒（Barbara Stoler Miller）主编了《比较文学视野中的亚洲经典文学作品》（*Masterworks of Asian Literature in Comparative Perspective*）。此选集意在为教授比较文学的教师提供书目参考，扉页上注明是一本"教学参考用书"。此书由美国夏普出版公司（M. E. Sharpe）出版，主要内容是欧美汉学家对亚洲文学概况的介绍和具体文本解读。全书分为三部分，第一部分是"亚洲文学世界"（The Worlds of Asian Literature），第二部分为"印度文本"（Indian Texts），第三部分为"中国文本"（Chinese Texts），最后一部分为"日本文本"（Japanese Texts）。第三部分"中国文本"介绍了中国诗歌、叙事文本及戏剧。在"叙事文本"部分，介绍了两部清小说《红楼梦》及《老残游记》，分别为著名汉学家余国藩和夏志清对这两篇小说的介绍性文章。余国藩所认为，《红楼梦》是中国"古典散文体小说中最受欢迎，最为人们称赞的一部。"[①]而夏志清则评价说："晚清有四位小说家在中国文学史中占有重要地位，分别是：李保嘉、吴研人、曾朴及刘铁云。刘铁云的《老残游记》到今天仍然是晚清小说中最受欢迎的一部，中国读者喜欢它，西方读者也同样为它深深打动。"[②]

同样在1994年，汉学家梅维恒（Victor Mair）精选中国古典文学英译已有译文，并组织译者另外翻译了部分篇章，编辑成《哥伦比亚中国古典文学选集》（*The Columbia Anthology of Traditional Chinese Literature*），这是哥伦比亚大学在亚洲文学经典翻译中的重要尝试。梅维恒在序言中指出："本选集旨在以一卷本内提供尽可能广泛的关于中国古典文学的各种文本资料的专业译文，以使读者管窥中国文学全貌。"[③]因此，全书基本是中国古典文学精品的英译选编，共1321页，在"小说部分"，"怪异故事"（Tales of the Strange）编收入《聊斋志异》的《婴宁》《小谢》《崂山道士》等篇章

---

① Anthony C.Yu, "Cao Xueqin's Hongloumeng", in Barbara Stoler Miller( ed. ), *Masterworks of Asian Literature in Comparative Perspective*, New York: M.E.Sharpe, 1994. p.285-296.
② C.T.Hsia, "Liu E's The Travels of Lao Can". in Barbara Stoler Miller ( ed. ), *Masterworks of Asian Literature in Comparative Perspective*, New York: M.E.Sharpe, 1994, p.297-308.
③ Victor Mair, ed., *The Columbia History of Chinese Literature*, New York: Columbia University Press, 2001, Preface.

英译,"白话短篇故事"(Vernacular Short Stories)编收入李渔部分短篇小说译文,"长篇小说"(Novel),编收入《儒林外史》《镜花缘》《红楼梦》《老残游记》片段。

2001年,梅维恒继续推出了《哥伦比亚中国文学史》(The Columbia History of Chinese Literature)。在"小说部分"(Fiction),编者邀请了汉学界知名学者们撰写了八个章节,分别讨论了中国小说中的不同种类。吴燕娜(Yenna Wu)撰写的《白话短篇小说》(Vernacular Stories)部分评析了中国古典白话短篇小说的历史,在"清初"一节中,吴燕娜重点讨论了李渔的《无声戏》与《十二楼》,吴燕娜认为李渔是"清朝最优秀的小说家"①,对《无声戏》与《十二楼》给予高度评价。李惠仪(Wai-Yee Li)持笔的《长篇白话小说》(Full-longth Vernacular Fiction)则清点了中国白话长篇小说的历史,对多部单回小说进行了介绍和分析。在清朝长篇小说部分,李惠仪详细介绍了《儒林外史》《红楼梦》《镜花缘》与《孽海花》的小说内容、结构及各自特色。他认为《儒林外史》是一部将社会现实与不加掩饰的讽刺修辞手法完美结合的典范。②而《红楼梦》是"中国白话小说的皇冠"③,"从某种意义上,《红楼梦》总结了中国文化,但该书更伟大的一点是对这一传统文化提出了尖锐的质疑"④。《镜花缘》的优秀之处在于"小说本身的悲剧怜悯,更在于小说的想象力量及作者的博学多识"。⑤曾朴的《孽海花》则将"女性的性乱及英雄气概矛盾地融合在一起"。李惠仪在文章的最后还提到《老残游记》,认为它与《孽海花》一样,是清末最优秀的长篇小说。⑥戴瑞·伯格(Daria Berg)撰写的《传统白话小说:一些较少为人知的作品》(Traditional Vernacular Novels: Some Lesser-Known Works),介绍了西方汉学界里关注相对较少的明清时期白话小说。在色情小说部分,伯格认为《肉蒲团》"展示了中国传统小

---

① Yenna Wu, "Vernacular Stories", in Victor Mair (ed.), *The Columbia History of Chinese Literature*, New York: Columbia University Press, 2001, p.496.
② Wai-Yee Li, "Full-length Vernacular Fiction", in Victor Mair (ed.), *The Columbia History of Chinese Literature*, New York: Columbia University Press, 2001, p.643.
③ Wai-Yee Li, "Full-length Vernacular Fiction", in Victor Mair (ed.), *The Columbia History of Chinese Literature*, New York: Columbia University Press, 2001, p.647.
④ Wai-Yee Li, "Full-length Vernacular Fiction", in Victor Mair (ed.), *The Columbia History of Chinese Literature*, New York: Columbia University Press, 2001, p.652.
⑤ Wai-Yee Li, "Full-length Vernacular Fiction", in Victor Mair (ed.), *The Columbia History of Chinese Literature*, New York: Columbia University Press, 2001, p.655.
⑥ Daria Berg, "Traditional Vernacular Novels: Some Lesser-Known Works", in Victor Mair (ed.), *The Columbia History of Chinese Literature*, New York: Columbia University Press, 2001, p.656.

说的一个主题：描写了一个在欲海里放纵自己的主人公并让他受到惩罚和救赎"。①此章伯格主要以简介一些重要小说的内容和特色为主，出现的篇目有《平山冷燕》《好逑传》《野叟爆言》《林兰香》《歧路灯》《儿女英雄传》《品花宝鉴》《风月鉴》《海上花列传》《孽海花》。白亚仁（Allan. H. Barr）撰写的第37章是对中国古典文言小说的简介，题名为《晚期文言小说》（The Later Classical Tale），清代部分的文言小说重点介绍了《聊斋志异》《阅微草堂笔记》和《子不语》。白亚仁认为"《聊斋志异》是中国清代最优秀的文言小说"②，对蒲松龄给予了高度评价。

一百多年来，英语世界出现了多种与中国文学相关的文学史、文学选集和文学概论。这些论著中分别选入多篇清代优秀小说，并不约而同地给予了其中几部小说相当高的评价，使之成为无可争议的区域文学经典。清小说因此最终进入主要英语国家的世界文学选集，成为其中代表中国和亚洲文学的极少数作品之一。

## 第二节 对个体作者的研究

英语世界对个体作家的研究多集中于少数著名小说作者，讨论集中于他们的创作背景、创作特色。如对李渔、吴敬梓、蒲松龄、曹雪芹、李汝珍、刘鹗、曾朴的研究。

### 一、李渔研究

1. 茅国权和柳存仁的研究

英语世界里的作者研究成果最丰硕的当首推对李渔的研究。20世纪60年代起，李渔的作品翻译逐渐升温，1975年，茅国权（Nathan K. Mao）推出《十二楼》的全译本。1977年，茅国权和柳存仁（Liu Ts'un-yan）合作，推出一个"对这位清初非传统的多面文人极具可读性，十分有趣而又有深察洞见的专著《李渔》"。③该书由特尼世界作家系列（Twayne's world authors series）出版，主要聚焦于李渔的两部短篇小说作品《十二楼》及《无声戏》及长篇

---

① Daria Berg, "Traditional Vernacular Novels: Some Lesser-Known Works" Ibid. p 664.
② Allan.H.Barr, "The Later Classical Tale", in Victor Mair (ed.), *The Columbia History of Chinese Literature*, New York: Columbia University Press, 2001, p.691.
③ Peter Li, "Review on Li Yu", in *The Journal of Asian Studies*, Vol.38, No.3, 1979, p.578-580.

小说《肉蒲团》，重点讨论了因理查德·马丁的译本而在西方闻名的色情小说《肉蒲团》。研究涉及李渔的创作及生活的方方面面。这是英语世界关于李渔研究最早的专著，具有划时代的意义，推动了李渔研究的发展。

茅国权和柳存仁的研究分为七个部分："李渔其人及生活艺术"（The Man and His Art of Living）、"无声戏"（Drama Without Sound）、"十二楼"（Twelve Towers）、"李渔的叙事成就"（Li's Achievement as Storyteller）、"肉蒲团"（Prayer Mat of Flesh）、"李渔的戏剧理论"（Li's Dramatic Theory）、"回顾总结"（Looking Backward）。作者在前言中说，"李渔是一位多才多艺的诗人、小说家及文艺评论家。他的生活非常丰富，生活哲学也非比寻常，他的小说与戏剧作品都既有娱乐性，又发人深省。然而尽管他在中国文学史中是非常独特的一位，英语世界至今没有一个对他的全面研究，因此，我们的研究意在填补这个空白。"①

该书第一章"李渔其人及生活艺术"首先介绍了李渔的生活经历及剧团创作和演出情况。李渔虽然作为一名作家、编辑、出版商及戏剧家，但因为生活开支过大，一直处于贫困之中。在"他的生活艺术"一节里，作者认为从李渔的作品中可以看出，他的哲学思想与中国占统治地位的传统儒家思想截然不同，与老庄或墨子思想也相去甚远。李渔的思想与西方古典伊壁鸠鲁（Epicurean）式的"吃、喝和欢乐"的哲学倒很有相似之处。他深知人生短暂，而又充满艰难，会被即将面临的死亡的必然性所折磨，所以提倡尽可能享受生活。他讲究吃穿，有很多闲情逸致，同时重视家庭生活，尊重女性。因此，作者的结论是：尽管李渔"出生在明朝衰亡的时候，科举失意，经济总是困难，他从没有失去对生活的兴趣，他是一位生活艺术的鉴赏者"。②

第二章"无声戏"主要讨了中国白话短篇小说的发展，并分别介绍了《无声戏》中十二个短篇故事的情节。该书对《无声戏》介绍的意义在于，此前尚未有过《无声戏》的译本，作者对李渔精彩短篇小说集的介绍可使没有读过此书的人得窥其貌。而第三章"十二楼"里，因为《十二楼》此前已由作者推出一个完整的译本，因此阐发角度有所不同。此章里作者以《十二楼》里每个单篇故事为小标题，分别分析了每一"楼"的艺术特点。作者首先将《合影楼》与莎士比亚及伊丽莎白时代戏剧相类比，指出《合影楼》的浪漫喜剧特征。如：主人公是俊男美女，爱情的路上有种种障碍，但最终有一个圆满结局。它与中国传统才子佳人小说的差异在于它富有惊喜、悬念，故事发展中的种种戏剧争端构成的内在张力会给读者留下深刻

---

① Nathan K.Mao, Liu Ts'un-yan, *Li Yu*, New York: Twayne Publishers, 1977, Preface.
② Nathan K.Mao, Liu Ts'un-yan, *Li Yu*, Ibid. p.30.

印象。而《三与楼》则讨论了人性是否本恶的问题。小说描绘了两组相反的人物性格，引出剥削和人性的贪婪这两大主题。此外，《十二楼》中其余故事亦均从不同角度讲了世间悲观离合、人生百态。李渔始终以一种疏离的姿态，观察众生。

在简要介绍了李渔主要短篇小说以后，第四章从结构、语言、角色塑造及情节方面总结了李渔的叙事风格。作者认为李渔对中国白话小说既有继承又有创新，继承之处在于他结构上采用了传统小说的写作套路，对联式的章回介绍，一些诗词开篇，结尾有叙事者插话评论。他的章回开头会给一些小说内容的伏笔或暗示，总的说来，他总以幽默的小事件开篇，这些小故事预示了整个故事的主题轮廓。而李渔同时是一位无与伦比的语言大师，尽管受到中国古典文学的熏陶，他故意在小说里大量使用直截了当的口语化语言。同时，他穿插在小说里的诗歌也展现出不同风格。最后，在人物塑造方面，李渔小说里的人物都很平面，根据西方文学批评对平面人物与立体人物的评价标准，他的人物形象不让人满意。然而，李渔的人物来自社会不同阶层，他们展现了不同职业里的不同人物类型：无情的妓女、聪明的小贩、浪漫的书生、势力的乡绅、腐败的官僚等，这些都是我们熟悉的形象，把他们组合在一起，构成了17世纪的中国生活画卷。李渔常常用全知的视角告诉读者他小说中人物的动机，他使得这些常规人物个性化，最终创造出全新又让人难忘的人物形象。

第五章是关于李渔长篇小说《肉蒲团》的批评，这是英语世界对李渔这一经典长篇较早的文学批评文章。茅国权和柳存仁从传统文学批评的视角探讨了《肉蒲团》的作者考证、中国色情文学文类源流、《肉蒲团》的结构、情节、角色隐喻、机智又充满喜剧色彩的对话及小说中的幽默场景。第六章则研究了李渔的戏剧理论。

茅国权和柳存仁合著的《李渔》是一部非常优秀的作者研究专著。该书语言平实、描述有趣、观点新颖，很具有可读性，成为英语世界李渔研究中必读之作。1978年，坡兰德（D. E. Pollard）发表评论，认为该书"能让更多人重新认识李渔"，但书里"关于李渔小说的文学评论部分则显得有些肤浅"。[①]而李彼得在《亚洲研究》则盛赞此书"以与李渔文风相称的生动活泼的语言对文学史重新评价李渔及其作品做出重要贡献"。[②]

---

[①] D.E.Pollard, "Review on Li Yu". *Bulletin of the School of Oriental and African Studies*, University of London, Vol.41, No.2（1978）, p.406.

[②] Peter Li, "Review on Li Yu". *The Journal of Asian Studies*, Vol.38, No.3（May, 1979）, p.578-580.

## 2. 韩南的研究

1988年，哈佛大学汉学家韩南（Patrick Hanan）的《李渔的创造》（*The Invention of Li Yu*）出版。这是一本别开生面的李渔评传，以李渔的创造精神为核心，揭示了从李渔生活到其文学作品中展现出来的富有个性的创造力。关于书名中的"创造"（invention）一词，韩南在序言中明确指出："题目的创造有几层意思：他对自己的创造（他创造出来一个'假'（false）的李渔）；他对生活和文学原创性的执著；他在多个领域的创造性；他创造性的直接受益对象——那些他设计创造的所有房屋和花园以及他的小说、戏剧和杂文"。[①] 韩南给予李渔高度评价，认为"在所有中国古典小说作者中，李渔给我们最好的机会来研究他的思想和艺术。没有其他作者如他一样广泛涉足多种文类，同时，他热衷于把自己的观点以一种明白无误且连贯的方式阐释给读者。"[②] 韩南关注的重心，正如他的标题所示，是李渔的喜剧性、娱乐性及李渔以一种崭新的方式诠释的戏剧传统、小说传统及杂文传统。

该书基本可分为两大部分。第一部分，即前四个章节，主要介绍李渔的个人生活。第二部分，亦是后四个章节，主要是关于他的主要作品。此处笔者拟重点论述前六章，略去第七、八章关于李渔戏曲部分的讨论。

该书第一章题名为"谋生方式"（Making a Living），主要讲李渔的生平。除了一些传统李渔研究中都会提到的李渔生平细节，当时的社会和政治处境，一些在李渔生命中具有重要意义的事件及家庭变迁，韩南开篇即提到李渔的北京之行。1673年，李渔因家庭经济情况犯愁，不得不去"打秋风"，因此与乔王二姬来到北京，两位妾侍都已怀孕，李渔身无分文，无法立足，来去不能。他在北京的主要联系人是位著名诗人及官员，其时却刚刚因病去职，无法相助。在困境之中，朋友将李渔推荐给权臣索额图。索额图对李渔的才华赞叹不已，李渔受到索额图的亲自接见。索额图要求李渔留在北京，然而李渔思乡心切，想要回家，却因为"驴价飙升"，一时之间，筹不到交通费，无法离开。韩南以这个插曲开篇意在说明："其时李渔的主要作品都已付印，他与北京朋友的信件往来的确说明他的原创性及引发争议和笑声的能力，这能力在传统中国是不同寻常的。这插曲也同样说明了他一生都无法维系收支平衡，这也是制约了他大多数创作的一个重要因素。"[③] 这段背景介绍容易帮助读者理解他作品中的商业化倾向。

---

[①] Patrick Hanan, *The Invention of Li Yu*, Cambridge: Harvard University Press, 1988, p.vii.

[②] Patrick Hanan, *The Invention of Li Yu*. Ibid. p.viii.

[③] Patrick Hanan, *The Invention of Li Yu*. Ibid. p.6.

韩南在第二章"创造自我"（Creating a Self）与第三章"创造的需要"（the Necessity of Invention）里对李渔的创造进行了阐发。在大量涉猎了李渔的各种作品之后，他发现所有文学作品中李渔都展现出一个他自己的影子——创造出来的自我。"在某种惊人的程度上，李渔本人在他所有的作品中都是看得见听得着的存在。"①"李渔处于作品的中心，他的经验和观点随时为小说的需要服务。"②韩南认为这一点构成了李渔整个文学创作的基本特征之一，在小说中表现得尤其突出。随后，韩南主要从叙事学的层面来探讨和解释这一风格的成因。③

第四章"娱乐当先"（The Primacy of Pleasure）主要以《闲情偶寄》为例讨论了李渔作品的娱乐性。"除了形式方面的创新之外，李渔作品中最重要的价值即在其娱乐性——审美的娱乐及平实生活中的娱乐。"④韩南认为，自宋代通俗白话小说兴起后，小说的娱乐性成为小说的重要特征。在中国古典文学发展史上，并不是只存在着"文以载道"式的文学，而是富含着娱乐性的种子。李渔可以说是中国作家中罕见的只创作喜剧的作家，即使是《肉蒲团》这样的情色小说，他也将其写得趣味盎然，笑料百出。这与李渔的生存哲学有关，他持快乐为本、乐世好生的生活态度，作为一个文人、商人、艺人三合一的人物，他有自己立身处世的一套生活观念。

第五章"自相矛盾的滑稽人物"（Paradoxical Farceur）和第六章"堕落的喜剧人物"（Comic Erotiker）致力于探讨李渔小说中人物的滑稽性和喜剧性。"李渔作品中一个不可缺少的特征即是他将一个新奇的概念巧妙地展现出来"，在很多故事中，有时这个新奇是角色的出彩之处，因为他喜欢创新，喜欢赋予他们一些前所未有的东西。⑤如《生我楼》故事里，李渔将收养者由父母变成了孩子，是孩子去收养一个无家可归的老人来做父亲，而非老人收养孤儿来做孩子。《浮云楼》故事里，小说重点落在表现机智、自信、有计谋的"能红"这一侍女形象，李渔的叙述兴趣不再如传统才子佳人小说那样，突出表现男女主人公如何克服千难万险终成眷属，爱情故事只成为人物演出的一个舞台而已。同样，《奈何天》里对才子配佳人亦作了极端的颠覆，小说讲述了一个又丑又笨的男人接连娶了三位才貌双全的女子，且个个聪明坚强勇敢，但始终无法逃脱婚姻的厄运。韩南发现，李渔远没有停留在叙述故事

---

① Patrick Hanan, *The Invention of Li Yu. Ibid.* p.31.
② Patrick Hanan, *The Invention of Li Yu. Ibid.* p.32.
③ 详见后文。
④ Patrick Hanan, *The Invention of Li Yu. Ibid.* p.59.
⑤ Patrick Hanan, *The Invention of Li Yu. Ibid.* p.77.

的表面，他在小说的"入话"和正文中都发表了大量议论，"试图超越事实层面进入某种具有普遍性的规则层面，即越是美丽有才气的女子越有可能嫁给又丑又笨的男人"。①按照李渔的理论，红颜本身是一种诅咒，惩罚女子前世的错误，因此，女子越美丽有才，男人就越丑陋愚笨，越因此产生极度的怨恨和痛苦，这恰恰是惩罚得以实施的途径。而《男孟母教合三迁》则更是一则滑稽得出奇的白话故事，李渔把男欢女爱、婚姻、亲情、寡妇的忠贞和抚养孩子全部转移到了男同性恋身上，这其实已经威胁到了儒家基本的伦理规范。韩南认为这篇小说其实是把儒家家庭伦理复制到了同性恋身上，并让它们得到完美实现，由此讽刺现实中男女之间的伦理危机，揭示出儒家家庭伦理范式的喜剧性。而在李渔的长篇小说《肉蒲团》里，"李渔的性喜剧将生活中的欲望以一种新奇、坦白、富有想象力及幽默感的方式来处理"。②韩南认为《肉蒲团》也在传统色情小说的背景下做了创新。韩南研究了李渔的谋生方式、李渔对创新的嗜好、李渔的小说和戏曲、李渔的生活和哲学诸多方面，但整个研究核心是李渔的创新。以创新为导向，韩南提出李渔小说在情节、叙述方式上的创新。韩南指出，李渔对社会常识的推翻，对已成套路小说题材的颠覆都是李渔的创新。而李渔得以实现这些创新的手段就在于颠覆。这样，韩南把重心转移到了创新上，颠覆只是手段，创新才是目的。同时，韩南提醒批评者不应该忘记李渔是一位职业文人，读者的喜好必然会影响其写作倾向，因此，创新的重要目的其实也就是通过惊骇或者新奇来吸引读者兴趣，从而使作品达到更为畅销的目的。韩南实际就是以创新为核心，揭示出李渔整个人生和文学作品之种种不同于前人的突破，这就是研究的意义所在。

3. 张春树和骆雪伦的研究

1992年，汉学家张春树（Chun-shu Chang）与骆雪伦（Shelley Hsueh-lun Chang）合著的《十七世纪中国的危机与变革：李渔世界中的社会、文化与现代化》（*Crisis and Transformation in Seventeenth-century China: Society, Culture, and Modernity in Li Yu's World*）由美国密西根大学出版。这是一部从新的角度来研究李渔及其作品所处时代的著作，全书分五大章，厚达468页，取材于中国第一手资料，是迄今为止最新最全面研究李渔及其作品的专著。该书的研究角度是很有新意的。他们运用了历史学、社会学等研究方法，重视外部客观环境以及社会历史传承等对李渔创作的影响，作者着眼于发掘

---

① Patrick Hanan，*The Invention of Li Yu. Ibid.* p.92.
② Patrick Hanan，*The Invention of Li Yu. Ibid.* p.111.

李渔的生活轨迹、生活方式、生活哲学本身所展示出来的强烈而典型的时代特征。一句话，时代造就了李渔，李渔是那个时代的缩影。

该书共分五章，第一章题为"政治社会的变革以及个人的反应：过渡时代中李渔的生平事迹"，梳理了李渔的生平轨迹。关于李渔生平的研究，国内学界基本上参照孙楷第在《李笠翁与十二楼》中的李渔生平简介①。孙先生的论述比较概括笼统，并没有对李渔一生中一些重大事件做深入的考察和分析。张春树与骆雪伦在此章对李渔生平所作的研究，在详实的历史文献考证基础上，突出了李渔主体的心理因素以及外界社会历史环境的客观因素这两方面对李渔人生道路、人生选择的影响。本章共分五部分，"每部分着重李渔个人生活的一个阶段。在每个阶段，李渔都经历了国家的和他所在的那个地区因危机而发生政治、社会和文化的变迁，这一切对他一生都有着不可磨灭的影响"。②

在李渔漫长而充满坎坷的生命中，几个重大人生选择影响了他的生活。张春树与骆雪伦认为，李渔人生中第一个重大的抉择是放弃科举入仕。他们运用心理学的方法对李渔的内心世界演变进行了细致的剖析，并结合大量历史资料揭示影响李渔做出这一决定的历史大背景和个人小背景，从主、客观两方面论述李渔弃绝中国绝大多数传统知识分子入世之道的原因。

在客观方面，"在婺州，李渔的人生主要目标是考取功名。在1643年初他写的一首诗中，对已往没有好好准备考试深感反悔"。③然而，当时"外在世界正经历着巨变，这是李渔不曾预料的。明王朝的世界将面临全面崩溃。当李渔1643年移居婺州时，他心怀希望，踌躇满志，可是却因屠杀和破坏不得不度过好几个月悲惨的逃难生活，好多次面临死亡。他的物质财产丧失，事业梦想落空，尤为重要的是，他对于人性的理想主义以及儒家经世之道的信仰也随之幻灭。因此，李渔如同明清之际的很多学子，在他成年生活的关键阶段，经历了希望毁于一旦，他求取功名的事业不再可能"。④

在主观方面，张春树与骆雪伦指出，李渔参加1639年科举失败，之后回到兰溪，开始无忧无虑的三年田园生活。如同他在《闲情偶寄》中回忆：

---

① 孙楷第，《笠翁与十二楼》，北京：人民文学出版社，1999，第251-272页。
② Chun-shu Chang, Shelley Hsueh-lun Chang, *Crisis and Transformation in Seventeenth-century China: Society, Culture, and Modernity in Li Yu's World*, Michigan: The University of Michigan Press, 1998, p.31.
③ Chun-shu Chang, Shelley Hsueh-lun Chang, *Crisis and Transformation in Seventeenth-century China: Society, Culture, and Modernity in Li Yu's World*, Ibid. p.40.
④ Chun-shu Chang, Shelley Hsueh-lun Chang, *Crisis and Transformation in Seventeenth-century China: Society, Culture, and Modernity in Li Yu's World*, Ibid. p.48.

追忆明朝失措政以后，大清革命之先，予绝意浮名，不干寸禄，山居避乱，反以无事为荣。夏不谒客，亦无客至，匪止头巾不设，并衫裩而废之。或裸处乱荷之中，妻孥觅之不得，或偃卧长松之下，猿鹤过而不知。①

张骆二人认为李渔这段时间的心理和生活状态"相当于现代心理学的术语'暂出世'的特点，属于年轻人自我认同危机中的症状。现代的研究发现历史上很多著名的极有创造力的人物都经历过这类认同危机。李渔的行为是现代心理学家所谓'社会的无人之地'，拒绝已有的社会方式，尚不认同成年人的价值，不履行其责任，逃离生活的必需，寻求一种简单、容易的自由生活方式"。②而随之而来母亲去世，李渔被迫重新回到社会舞台，再次奋发，重新认同传统人生价值观，试图走科举之路，但接下来的混战使他连最基本的生命都无法保证，于是科举之路被活生生地切断。明清王朝的更替，对刚刚而立之年的李渔影响巨大，时代迫使李渔对人性、对社会、对政治做出自己的思考，最终导致他走上非主流的人生道路——职业文人生涯。

张骆二人认为，杭州生活十年后，李渔移居南京，是他生命中另一次大胆的突破。因为他成功开创了一种"集职业文人、出版商、书店经销商、家庭戏班主于一身的社会角色"。③选择移居南京，也是李渔个人对时代作出的明智应对。大清王朝的统治已经巩固，南京是个相对稳定的区域，又是中国南方的政治、经济、文化中心。休闲业的发展，城市人口对知识文化的渴求，出版业的繁荣，时代、社会对个体发展造成巨大影响，李渔的选择最终使得他在小说、戏剧领域获得巨大成功。

继第一章对李渔生平事迹介绍之后，该书第二章、第三章则集中讨论明清社会转型期间中国历史特殊而又短暂的时代对塑造李渔所起的作用。研究认为，要理解李渔其人，除了需要关注他个人本身独特的个性因素外，他所受教育时所在地区的民俗和学术传统以及整个社会经济政治文化背景，特别是中国社会在转型这个阶段涌现出来的种种新的因素不可忽视。这显示了两位学者在对李渔的研究上有着更为广阔的学术视野，他们没有把李渔单纯看作一个独立的人，而是一个与地区文化传统、与社会大背景相关的存在。为此，张骆强调了兰溪、金华地区对李渔性格和思想形成的影响，晚明社会文化的转变时，作家的社会环境及其社会责任。两地身处富庶的江南，有张扬

---

① 李渔，《闲情偶寄》，天津：天津古籍出版社，1996年，第78页。
② Chun-shu Chang, Shelley Hsueh-lun Chang, *Crisis and Transformation in Seventeenth-century China: Society, Culture, and Modernity in Li Yu's World*, Ibid. p.37.
③ Chun-shu Chang, Shelley Hsueh-lun Chang, *Crisis and Transformation in Seventeenth-century China: Society, Culture, and Modernity in Li Yu's World*, Ibid. p.62.

的民风，重视名利，这为李渔成为职业作家、出版商提供了客观环境。而两地的地区文学性格一直重视个人表达，认为评判文学的标准并不在于作品本身的思想深度或者反映社会的广度，而在于作品怎样更好地传达出作者个人的思想、感情、生活经验、人生哲学等。这无疑对李渔产生了重要影响。①

第四章"小道与大道之间：李渔小说中所反映的个人和社会"则将关注点放在了李渔白话小说上。张骆将重点放在李渔小说背后所存在的明清转换之际文学背后的社会习惯和思想上，"在讨论李渔小说时，我们关心的不是这些小说的文学技巧、模式及内在价值。我们将重点放在与个人有关的问题上，尤其是那些处理人与人之间的关系及人文状况的问题"。②他们首先考察了李渔小说的真实性和内容，认为《无声戏》和《十二楼》为李渔所作，而对于"两部据说是李渔所做的小说：《肉蒲团》和《合锦回文传》，我们对李渔是实际作者的说法持保留意见。首先，李渔及其友人从没有提到过这两部小说是李渔的作品。这极不寻常，因为李渔所有的戏剧和小说在他自己和友人的文字中提到过。其次，已有的证据不足以证明李渔是这两部小说作者这个结论"。③随后，两人讨论了《无声戏》和《十二楼》小说世界中展现出来的明清时代社会形象和个人精神。他们对《十二楼》评价很高，认为"《十二楼》显现出李渔小说的独特风格。他的文学表达大胆而清晰，语言生动而流畅，文笔简洁，透露出才智的灵魂。故事不但有新意，而且娱乐性很强，不仅如此，小说的叙述模式也有新的布局"。④本章最后讨论了在社会转变之际，新社会、新经济最终导致新文学，即白话小说价值与功能的转变。

本书最后一章题为"明清过渡时期知识分子的危机和思想革命：从历史角度看李渔的世界"。在本章，张骆讨论了李渔作品中所反映出来的明清时代政治、社会、经济和文化状况的深度和广度，即李渔的作品如何成为他那个时代的一面镜子。他们使用了两种研究方法，一个是文学的社会学家的"社会背景"研究法，将重点放在作家的社会处境上，看他所处的独特既定条件是怎样影响作家的作品和个性。另一个是"镜像透视"分析法，将重点放在文学作品的文献价值上，探索这些作品在多大程度上反映当时的社会与时代。

---

① Chun-shu Chang, Shelley Hsueh-lun Chang, *Crisis and Transformation in Seventeenth-century China: Society, Culture, and Modernity in Li Yu's World*, Ibid. p.132-146.

② Chun-shu Chang, Shelley Hsueh-lun Chang, *Crisis and Transformation in Seventeenth-century China: Society, Culture, and Modernity in Li Yu's World*, Ibid. p.174.

③ Chun-shu Chang, Shelley Hsueh-lun Chang, *Crisis and Transformation in Seventeenth-century China: Society, Culture, and Modernity in Li Yu's World*, Ibid. p.176.

④ Chun-shu Chang, Shelley Hsueh-lun Chang, *Crisis and Transformation in Seventeenth-century China: Society, Culture, and Modernity in Li Yu's World*, Ibid. p.189.

因此，本章着重分析了李渔的小说世界里展现出来的如下问题：崩溃中的帝国、晚明社会的都市化、男风及民间宗教、李渔思想中的理性批判和实证观念及晚明时期新思想发展和科技革命。最后，两位学者对李渔的评价是，李渔有"一个很复杂的文人的肤浅表面。但李渔也有极其严肃的一面，这点在他的作品中显而易见。真诚、正直、理智、热心的李渔是他的时代最严肃最有洞察力的政治和社会观察家之一"。①

## 二、吴敬梓研究

### 1. 黄宗智的研究

英语世界对吴敬梓的研究较多，其中最著名的是由特尼世界作家系列（Twayne's world authors series）出版的《吴敬梓》。该书由著名汉学家黄宗智（Timothy C.Wong）所作。作者在序言中说，《儒林外史》可与《红楼梦》《西游记》《金瓶梅》《水浒传》一起，并列为中国最伟大的古典小说。然而，因为西方批评者从他们的批评视角出发，把他们文学评论方法和原则普遍适用于所有文学批评，因此不看重不符合他们传统的异质中国小说。"《儒林外史》可能是最受误解的重要的中国传统小说。"②因此，黄宗智经过多年研究，要在该书中探讨《儒林外史》的文学成就，特别探讨吴敬梓的讽刺艺术。

该书共分为六个章节，分别是"讽刺大师的形成"（The Evolution of a Satirist）、"讽刺和风刺"（Satire and Feng-tz'u）、"道德：《儒林外史》中隐士的理想"（Morality：The Eremitic Ideal in the Ju-lin ai-shih）、"机智：《儒林外史》的情节和技巧"（Wit：Plot and Techcnique in the Ju-lin wai-shih）、"现实主义和修辞学"（Realism and Rhetoric）、"吴敬梓和中国小说"（Wu Ching-tzu and Chinese Fiction），集中讨论了吴敬梓在《儒林外史》中展现出来的讽刺风格。

在"讽刺大师的形成"一章中，黄宗智从吴敬梓的家族谈起，集中介绍了吴敬梓的童年、少年及忧患的青年时代、举家迁往南京及这过程中反复科举失败对他世界观的影响。生活上，他由出生时的富裕跌入后来的贫困。思想上，坎坷起伏的生活给了他对于功名富贵别样的视角。他生长在累代科甲之家，一生时间大半消磨在南京和扬州两地，见惯官僚土豪、八旗子弟、举业中人、名士、清客，种种人间百态，这一切都反映在《儒林外史》小说中，并导致他使用讽刺艺术，观察身边追名逐利的人群。虽然"吴敬梓也写诗和

---

① Chun-shu Chang, Shelley Hsueh-lun Chang, *Crisis and Transformation in Seventeenth-century China: Society, Culture, and Modernity in Li Yu's World*, Ibid. p.205.

② Timothy C.Wong, *Wu Ching-tzu*, New York: Twayne Publishers, 1978, Preface.

散文,只是已经失传。但即使他的这些作品会被发现,也不会像《儒林外史》这部小说一样给予他在中国讽刺文学中的先锋地位"。① "他独特的生活经历——父亲缺乏世俗意义的成功,自身的失望、贫困,使得他成为一个成熟的社会批判者。如果不是这一切,即使他很有天份,他的讽刺艺术也很有可能无法充分发展。"②

在"讽刺和风刺"一章中,作者重点介绍了讽刺艺术。"讽刺源于批评的本能;它是变成了艺术的批评。"③作者先梳理了文学批评中的讽刺定义及历史,从西方和中国批评家的角度介绍了讽刺的含义。根据鲁迅在《中国小说史略》中观点:吴敬梓是中国第一位批评社会时事,又不带任何个人情绪的作家。他的风格温暖而恢谐,轻缓又充满冷嘲热讽。《儒林外史》可被认为是中国第一部社会讽刺小说。黄宗智认同鲁迅的批评观点,进而在论述中阐述了《儒林外史》中的讽刺特点。他区分了两组批评概念:纯幽默和讽刺(pure humor and satire),以及纯粹的鞭挞和讽刺(pure invective and satire)。讽刺与这两个概念的界限常常难以划分,有时有重叠之处。以纯幽默和讽刺而言,区别是幽默可以不具备任何攻击性,讽刺也可以不带任何幽默色彩。正如乔治·奥威尔的《1984》,小说具有强烈的讽刺性,毫无幽默可言。而吴敬梓的小说中,我们时而可以观察到作者嘲笑他人的愿望超越了批评的愿望,时而故事也没有讽刺之意,只是为了取得幽默效果。黄宗智举了第十章为例:

须臾,坐定了席一乐声止了。蘧公孙下来告过丈人同二位表叔的席,又和两山人平行了礼,入席坐了。戏子上来参了堂,磕头下去,打动锣鼓,跳了一出"加官",演了一出"张仙送子",一出"封赠"。这时下了两天雨才住,地下还不甚干,戏子穿着新靴,都从廊下板上大宽转走了上来。唱完三出头,副末执着戏单上来点戏,才走到蘧公孙席前跪下,恰好侍席的管家捧上头一碗脍燕窝来上在桌上。管家叫一声"免",副末立起,呈上戏单。忽然乒乓一声响,屋梁上掉下一件东西来,不左不右,不上不下,端端正正掉在燕窝碗里,将碗打翻。那热汤溅了副末一脸,碗里的菜泼了一桌子。定睛看时,原来是一个老鼠从梁上走滑了脚,掉将下来。那老鼠掉在滚热的汤里,吓了一惊,把碗跳翻,爬起就从新郎官身上跳了下去,把簇新的大红缎补服都弄油了……④

尽管《儒林外史》处处皆讽刺,黄宗智仍然认为这段文字展示的是吴敬

---

① Timothy C.Wong, *Wu Ching-tzu*, Ibid. p.16.
② Timothy C.Wong, *Wu Ching-tzu*, Ibid. p.38.
③ Timothy C.Wong, *Wu Ching-tzu*, Ibid. p.39.
④ Timothy C.Wong, *Wu Ching-tzu*, Ibid. p.43.

梓的幽默感。"这段话显示了作者的幽默感及这段场景描写带来的乐趣。"①读者明显可以从他的笔端感受到这一点。接着，黄宗智进一步界定了两个批评概念：纯粹的鞭挞和讽刺（pure invective and satire），二者都有对人或事攻击责备之意，然而，"理论上说，鞭挞不是讽刺，因为它主要集中于道德漏洞，对它的攻击会很直接，不会采用机智非直接的方式。它表达的情感是愤怒，单纯而简单的愤怒，没有讽刺艺术所必需的与对象理性的距离"。②黄宗智认为《儒林外史》绝大多数片段都有讽刺性，因为它们与直接而毫无艺术的攻击无关。然而，的确有一个片段体现了吴敬梓的鞭挞之意。小说第四十四至四十八章，一开始，小说笔调明显即从讽刺转向了鞭挞。

不多几日，余有达果然辞了主人，收拾行李，回五河……此时五河县发了一个姓彭的人家，中了几个进士，选了两个翰林，五河人眼界小，便阖县人同去奉承他。又有一家，是徽州人，姓方，在五河开典当行盐，就冒了籍，要同本地人做姻亲。初时这余家巷的余家还和一个老乡绅的虞家是世世为婚姻的，这两家不肯同方家做亲。后来这两家出了几个没廉耻的人，贪图方家赔赠，娶了他家女儿，彼此做起亲来。所以这两家不顾祖宗脸色的有两种人：一种是呆子，那呆子有八俱字的行为："非方不亲，非彭不友。"一种是乖子，那乖子也有八个字的行为："非方不心，非彭不口。"这话是说那些呆而无耻的人。③

直接骂人是最直接的鞭挞方式。小说其他地方对世事嬉笑怒骂，但在此处，一直表现得很节制理性的讽刺大师的愤怒达到极点，终于放弃非直接的讽刺方式，以鞭挞取而代之。

根据黄宗智的分析，纯幽默和纯鞭挞代表着讽刺的两个极端。幽默靠近非直接的机智表达一端，而鞭挞靠近道德评价的一端。讽刺则在二者之中，亦可以视为二者中的动态对应，根据作者的倾向，表达方式时有变化。三者之间关系表示如下：

    机智  ⟵⟶  讽刺  ⟵⟶  道德
  （纯幽默）           （纯鞭挞）

在界定了讽刺的范畴之后，黄宗智进一步讨论了吴敬梓的讽刺艺术。他仍然举了小说中的例子。小说第三章回描写了穷困潦倒的老秀才范进。范进是广东人，中了秀才，老丈人胡屠户送了副猪大肠，随大肠附送劈头盖脸一顿数落；而女婿一旦中了举人，老丈人立刻送了七八斤肉，把以前鄙视的女婿恭维成"文曲星"。范一旦中举，立刻获得张乡绅的巴结。因儿子中举欢喜

---

① Timothy C. Wong, *Wu Ching-tzu*, Ibid. p.43.
② Timothy C. Wong, *Wu Ching-tzu*, Ibid. p.44.
③ Timothy C. Wong, *Wu Ching-tzu*, Ibid. p.45.

过度的老母亲在第四章痰迷心窍死去,范进丁忧去不得会试,搭起了老爷架子又坐吃山空,要弄两个钱花。张乡绅劝范去高要县打秋风,拜访汤知县,汤接待了他们。

  拱进后堂,摆上酒来。席上燕窝、鸡、鸭,此外就是广东出的柔鱼、苦瓜,也做两碗。知县安了席坐下,用的都是银镶杯箸。范进退前缩后的不举杯箸,知县不解其故。静斋笑道:"世先生因遵制,想是不用这个杯箸。"知县忙叫换去,换了一个磁杯,一双象箸来,范进又不肯举。静斋道:"这个箸也不用。"随即换了一双白颜色竹子的来,方才罢了。知县疑惑他居丧如此尽礼,倘或不用荤酒,却是不曾备办。落后看见他在燕窝碗里拣了一个大虾元子送在嘴里,方才放心,因说道:"却是得罪的紧。我这敝教,酒席没有什么吃得,只这几样小菜,权且用个便饭。敝教只是个牛羊肉,又恐贵教老爷们不用,所以不敢上席。现今奉旨禁宰耕牛,上司行来牌票甚紧,衙门里都也莫得吃。"掌上烛来,将牌拿出来看着。一个贴身的小厮在知县耳跟前悄悄说了几句话,知县起身向二位道:"外边有个书办回话,弟去一去就来。"去了一时,只听得吩咐道:"且放在那里。"回来又入席坐下,说了失陪;向张静斋道:"张世兄,你是做过官的,这件事正该商之于你,就是断牛肉的话——方才有几个教亲,共备了五十斤牛肉,请出一位老师夫来求我,说是要断尽了,他们就没有饭吃,求我略松宽些,叫作'瞒上不瞒下',送五十斤牛肉在这里与我,却是受得受不得?"张静斋道:"老世叔,这话断断使不得的了。你我做官的人,只知有皇上,那知有教亲?想起洪武年间,刘老先生?"汤知县道:"那个刘老先生?"静斋道:"讳基的了。他是洪武三年开科的进士,'天下有道'三句中的第五名。"范进插口道:"想是第三名?"静斋道:"是第五名。那墨卷是弟读过的。后来入了翰林。洪武私行到他家,就如'雪夜访普'的一般。恰好江南张王送了他一坛小菜,当面打开看,都是些瓜子金。洪武圣上恼了,说道:'他以为天下事都靠着你们书生!'到第二日,把刘老先生贬为青田县知县,又用毒药摆死了。这个如何了得!"知县见他说的口若悬河,又是本朝确切典故,不由得不信;问道:"这事如何处置?"张静斋道:"依小侄愚见,世叔就在这事上出个大名。今晚叫他伺候,明日早堂,将这老师夫拿进来,打他几十个板子,取一面大枷枷了,把牛肉堆在枷上,出一张告示在傍,申明他大胆之处。上司访知,见世叔一丝不苟,升迁就在指日。"知县点头道:"十分有理。"当下席终,留二位在书房住了。①

  张范拜见汤知县,汤知县正好为五十斤牛肉的贿赂该不该收而为难,因

---

① Timothy C. Wong, *Wu Ching-tzu*, Ibid. p.55.

此询问张静斋与范进该如何处理。张静斋举旧例建议该严惩，这糟糕的建议让汤第二天把五十斤牛肉堆在枷上，枷死了老人，一时间闹出民族纷争，穆斯林们不服，开始闹事，让汤知县蒙羞。在上面这段叙述里，充满了对三人的讽刺，三人表面遵守礼制，范进因为丁忧表面不吃肉，却吃了大虾，三人讨论的"刘老先生"刘基本来是元朝进士，人明担任要职，没有中进士，人翰林，贬知县等事。而"瓜子金"一事是宋朝赵匡胤与赵普之间的典故，三人毫无常识，张冠李戴，信口开河。这段话充满了对三人愚蠢的暗示和讽刺，汤知县因为太无知而丝毫没能力质疑一下对五十斤牛肉处理方法的建议是否妥当，最终导致悲剧，真是一幅淋漓尽致的儒林士子群丑图。

在"道德：《儒林外史》中隐士的理想"一章中，黄宗智探讨了吴敬梓想通过《儒林外史》表达的个人理想。黄宗智先比较了"马克思主义解读"及"虚无主义解读"，指出吴敬梓其实所持的还是传统中国的儒家理念。而这种理念其实可以从多方面解读，从小说里的几个人物来分析，"王冕"代表了吴敬梓的儒家理想状态，而第 55 章中的四个异人（the four eccentrics）虽然着墨不多，很明显，他们同样反映了吴敬梓在王冕身上寄托的儒家隐世理想。这四个人物不似道家隐士一样完全与社会脱离，儒家隐士在某些方面会显得怪异，他们有闲情逸致，寄望山水，很可能是谦虚的学者，住在自己的土地上，从事教书或者其他职业，自得其乐。社会所谓的正经事业与他们无缘。黄宗智总结为：知足常乐使这些隐士免于世俗忧患。唯有知足常乐，满足于简单生活，才能追求真正的德行及自身潜力的全面发展。黄宗智此处将"王冕"式隐士与"匡超人"做了比较，指出后者在人生之初虽然是一个简单质朴的书生，但后来因为陷身于名利之中，最终失去自我。黄宗智认为："匡超人的故事是以现代自然主义科学试验式技巧展现出来的。作者开始带给我们一个有着谦逊美德的年轻人，然后将功名富贵注入他的内心，让我们看到他后来的转变，没有一点带个人色彩的评论。匡唯一真正的错误，也是他与王冕唯一的区别，就在于他缺乏道德及智性方面的自觉性，能在本质上明白知足常乐之理，因此可以保持自己的道德及智性上的完整，抵挡名利的诱惑。"[①]"王冕"寄托了吴敬梓心目中的理想人格典范，这是一个超乎完美的人物形象。他光明磊落，超凡脱俗，既有儒家匡正济世的情怀，又有道家遗世独立的风姿，吴敬梓将他作为一个理想人物放在卷首是有特殊意义的，那就是"借名流隐括全文"。他与全文那些追名逐利不讲道德文行的假道学、腐儒、假名士形成鲜明对比。

---

① Timothy C.Wong, *Wu Ching-tzu*, Ibid. p.85.

前三章都是关于讽刺的概念界定以及《儒林外史》中折射出来的吴敬梓的人生和社会理想及小说与道德伦理的关系。在第四章中，黄宗智开始从情节、技巧、叙事者的角度讨论《儒林外史》为了达到好的讽刺效果采取的形式上的技巧。黄宗智认为：讽刺小说作为一种特殊的小说样式，有其独特的艺术风貌。它总在运用一定的讽刺手法，试图最大限度地实现作家的讽刺意图，以达到最佳效果。讽刺手法运用是否得当，成为评判作品优劣的重要标准。在《儒林外史》中，吴敬梓很好地运用了讽刺手法。这种手法的基本特点是：很少打断故事，对故事中的行为发表评论。他更多是将评价留给读者，就像历史学家，会倾向于把事实或者对话展现出来，让读者自己去回味其中含义。这正是《儒林外史》的基本讽刺方法，冷静而客观。讽刺场面越热烈，作者的笔锋就越臻冷静犀利。这种方法的好处是：一、它增加了小说的可信度，小说中人物没有谁是面目过份可憎的大坏蛋，也没有在一个充满隐喻的世界里展现他们的无趣。他们都来自于长江平原的城市乡镇，逛茶楼，下饭店，结婚，迁移，吃五谷杂粮，吟诗作赋，看戏，有家庭争端。总而言之，他们过着那个时代中国人的日常生活，没有任何出奇之处，不需要进入一个隐喻或者乌托邦的世界。二、这种平实地展现生活的叙述方式没有机械武断地给读者一个评价标准，留给他们思考的空间。三、在小说结束，了解到这一百零八个角色各自的故事，读者会无意识地转到作者的立场，或愤怒于这些人物的残忍，或嘲笑他们的愚蠢。很自然地接受作者的道德判断方式，也许还会自我反省。同时，吴敬梓还运用了夸张、对比、白描、议论等多种手法，让读者感到夸张下面的高度真实。小说的明暗调子般的强烈对比，使清者愈见其清，而浊者愈显其浊。

在第五章"现实主义和修辞学"（Realism and Rhetoric）与第六章"吴敬梓和中国小说"（Wu Ching-tzu and Chinese Fiction）中，黄宗智集中讨论了《儒林外史》中的现实主义因素及《儒林外史》在中国小说范式演变中的意义。虽然中国小说与西方小说因为源流不同，使用"现实主义"这样的西方文学术语评价它会引发争端。然而，"不妨采用中间立声，谨慎地使用西方现实主义观点来鉴赏中国小说"。[①]中国古典的讽刺文学始于《诗经》而绵延至清末，《儒林外史》之前，在古代的诸子寓言、唐传奇、元明戏曲中，都有讽刺作品或带有讽刺意味的描写。特别是到了明朝以后，讽刺手法的运用更为广泛。然而总体来看，在儒家"温柔敦厚"的文学思想影响下，讽刺文学的发展极为艰难。到了清代，特殊的外部社会背景和内部自然发展规律使讽刺文学焕

---

① Timothy C.Wong, *Wu Ching-tzu*, Ibid. p.110.

发出新的光彩,以《儒林外史》为代表的长篇讽刺小说的创作达到了中国古代讽刺文学史的高峰,也成就了讽刺小说的典范。从《儒林外史》开始,到清末的四大谴责小说,清代中晚期的长篇讽刺小说既体现了一定的传承性,又各具其独特的艺术风貌。讽刺视角不断转换,赞颂对象亦呈现转移,讽刺手法的传承与翻新,风格不断流变。吴敬梓创作《儒林外史》本为抒写个人的心灵世界,经过长期生活积淀,最终完成此作品,因此形成其深沉厚重,婉而多讽的艺术风格。《儒林外史》与《红楼梦》创作背景相似,这种在忧患之中对于生命存在的痛苦咀嚼,大抵是伟大作品产生的状态。

2. 罗溥洛的研究

1981年,罗溥洛(Paul S. Ropp)的《中国近代早期的持异见知识分子》(Dissent in Early Modern China)出版,这是本从社会历史学角度研究吴敬梓与《儒林外史》的著作,与黄宗智的《吴敬梓》刚好互相补充。

该书分四部分,前两部分陈述了一位西方历史学家眼中的18世纪的中国及吴敬梓的生活。第一部分"清朝社会批评格局"(The Setting of Ch'ing Social Criticism)鸟瞰式地简介中国清代十七八世纪的社会风貌全景。作者认为,"在全盘考虑吴敬梓的生活和社会批评时,应当首先把作者放回到他生活的18世纪,体会那个时代的基本社会特征。"①因此,罗溥洛首先通盘考察了清代十七八世纪社会的基本状况,他把吴敬梓放到精英文化和大众文化的交界部分,让他能更好地体会到"巨大的文化和心理压力"②。罗溥洛认为这种处于社会中间层模糊不清的状态导致了明清之际文化创造力的巨大发展。书的第二部分"吴敬梓其人"(Wu CHing-tzu the Man)介绍了吴敬梓生平及其作品。

第三部分"《儒林外史》及清朝早中期的社会批评"(Ju-Lin Wai-Shih and Social Criticism in the Early and Mid-Ch'ing)是该书的中心,共分三章,阐述了《儒林外史》及清代早期和中期的社会批评,研究吴在三方面的观点:科举制度的不公正及虚伪,女性在中国社会中的地位及迷信活动在社会中的泛滥,分别是"知识分子作为文学的奴隶"(Intellectuals as Literary Slaves)、"男性眼中的女性"(Women in Men's Eyes)、"迷信的泛滥"(The Use and Abuse of the Supernatural)。第一章是关于罗溥洛考察知识分子对清代考试制度的异见,罗溥洛认为:"《儒林外史》一直被批评者认为是对中国科举制度的抨击,本章主要讨论吴作为一名清代有着改良科举考试制度思想知识分子对科举的

---

① Paul S.Ropp, *Dissent in Early Modern China*, Michigan: University of Michigan Press, 1981, p.11.
② Paul S.Ropp, *Dissent in Early Modern China*, Ibid. p.31.

批评。"①罗溥洛从明朝开始考察科举制度在中国的变迁,到了清朝,八股举业成为普通知识分子出人头地的唯一出路,绝大多数知识分子按照按照考试要求,学习的重点内容皆是朝廷规定的宋儒注疏的四书五经和八股文。吴敬梓也不例外,这一方面使他在理论上接受儒家思想,而且身体力行,另一方面,使他在科举失意之后,转而质疑考试系统,成为有改良思想的小说家。

第二章主要涉及对女性社会地位的批评,罗溥洛回顾了女性在中国封建社会的从属地位,元代以来,理学定于一尊,在妇女问题上大力提倡节烈,贞节观念变得非常狭隘,差不多成了宗教。女子既受封建礼教束缚,又被剥夺了受教育的权利,到了《儒林外史》时代,程朱理学占思想统治地位,男尊女卑思想被进一步强化,"小脚即是女性从属地位的最明显的身体象征"。②而"吴敬梓是那批虽然数量极少,但正在一点点变多的意识到应该尊重女性,改变女性处境和地位的知识分子之一"。③吴敬梓对清朝女性地位的观点是积极正面的,持同情态度。④《儒林外史》第一回中,"王冕"的母亲就是一位很有见识的女性,有远见卓识和才干。"而沈琼枝更是吴塑造的一个有个性有思想的集胆识才于一身的女子。在她的探婚、逃婚、南京谋生、被拘等一系列事件中,她表现出敏于观察,做事果断,有胆识的特点。面对盐商宋要骗她做妾时父亲的束手无策,她沉着冷静。在南京,她像男人一样独立谋生。恶少欺辱她时,她敢大吵大闹,官差敲诈时,她能有理节地抗争。吴敬梓通过杜少卿之口说:"盐商富贵奢华,多少士大夫见了就消魂夺魄;你一个弱女子,视如草芥,这就可敬的极了。"⑤第三章是关于大众信仰。罗溥洛强调"使《儒林外史》与其他早期小说作品区分开的重要标志正是他对大众信仰、占星术、算命等阴阳轮回报应等思想的怀疑态度。尽管大多数儒家知识分子比起大众而言,都对此持一定怀疑,但吴敬梓是第一个猛烈抨击了这些迷信思想的作者"。⑥

第四部分为"《儒林外史》在中国社会和知识分子历史中的意义"(The Significance of Ju-lin ai-shih in Chinese Social and Intellectual History)罗溥洛回顾了近现代对小说的主要评价,并提出自己的主张,认为应当把道家思想列入吴敬梓思想的重要组成部分,并阐述了《儒林外史》在中国社会和知识分子历的意义。

---

① Paul S.Ropp, *Dissent in Early Modern China*, Ibid. p.91.
② Paul S.Ropp, *Dissent in Early Modern China*, Ibid. p.122.
③ Paul S.Ropp, *Dissent in Early Modern China*, Ibid. p.151.
④ Paul S.Ropp, *Dissent in Early Modern China*, Ibid. p.120.
⑤ Paul S.Ropp, *Dissent in Early Modern China*, Ibid. p.142.
⑥ Paul S.Ropp, *Dissent in Early Modern China*, Ibid. p.152.

### 三、蒲松龄研究

英语世界对《聊斋志异》的研究主要从《聊斋》的叙事手法、鬼怪花妖形象及民间文学等角度出发，对作者蒲松龄本身的研究相对较少。这方面的主要著作有芝加哥大学教授蔡九迪（Judith T. Zeilin）的专著《异史氏：蒲松龄及中国文言小说》（*Historian of the Strange：Pu Songling and the Chinese Classical Tale*）。"这本关于'异'的书对了解中国的怪异文学和蒲松龄的小说艺术提供了相当有深度的见解。作品的成就在于作者博闻多识及了不起的细读工夫。"①

与其他蒲松龄研究或者《聊斋志异》研究不同，蔡九迪的著作没有关注常见的蒲松龄的身世、生活的时代氛围、个人遭遇等内容，她的研究共分为两部分。在第一部分，蔡九迪追溯了中国志怪传奇小说的文学传统，从不同的方面揭示它高出于六朝志怪书和唐人传奇的地方，清理了从 17 到 19 世纪的读者是如何解读蒲松龄的"怪异"故事。同时，她详细地阐释了蒲松龄自命名为"异史氏"的由来及解读了《聊斋志异》的序言《聊斋自志》。蔡九迪的研究重心关注在"异"（strange）一词上，她说，"我对'异'非常关注，因为之前的《聊斋志异》研究者习惯于忽视，甚至否认它的存在。这种否认显示出中国传统文化的力量，是中国阅读的传统。"②她认为中华人民共和国成立之后的政治和文化氛围使得谈"异"成为禁忌，尽管 20 世纪 80 年代之后，人们开始展现出对《聊斋》故事的兴趣，然而，"异"总是引起人们不适之感。可是，尽管文化界、批评界否定"异"的存在，中国的小说创作传统却一直对"异"有浓厚的兴趣。这种兴趣始于六朝志怪和唐传奇，"《聊斋志异》的作品同时属于传奇和志怪，这两种中国古代记'异'的主要文类。到了近现代，传奇与志怪都同时被称为文言小说，以区分于占统治地位的通俗小说类型。《聊斋志异》不仅仅是文言小说在风格、复杂性、范围上的最高峰，可以毫不夸张地说，这本小说集定义了我们对这种文学传统演变下的文类"。③这种文类的关键在一个"异"字，"异"与"怪"或者"奇"有着不同的语义特征。"在这三个字之间，蒲松龄的"异"字适用范畴最广，最灵活。它有'异'（different）、'怪'（anomalous）、'奇'（mavelous）之义。它的基

---

① Karl S. Y. Kao, "Review on Historian of the Strange, Pu Songling and the Chinese Classical *Tales*", in *Harvard Journal of Asiatic Studies*, Vol.55, No.2, 1995, p.556.
② Judith T. Zeitlin, *Historian of the Strange：Pu Songling and the Chinese Classical Tales*, Stanford: Stanford University Press, 1993. p.3.
③ Judith T. Zeitlin, *Historian of the Strange：Pu Songling and the Chinese Classical Tales*, Ibid. p.4.

本含义是'相异'（difference）或者'有所区分'（to differentiate），意含非凡的（extraordinary）、杰出的（outstanding），不一样的（foreign），奇怪的（eccentric），所有一切与常规不同的东西。'怪'字在词义上最狭隘，意指古怪的（weird）、奇特的（feakish）、变态的（abnormal），不可测度的（unfathomable），有一种隐隐的贬义……'奇'字则从审美角度来说一直得到认可，代表着少见的（rare）、原创的（original）、了不起的（fantastic）、让人惊叹的（terrific）、奇怪的（odd），是个褒义词汇。"①这三者之间有微妙差别，但详细区分，会让读者头痛。"异"究竟可以定义吗？或者，"异"的基本性质在于它纯粹的不合常理？"异"和"正常"之间的界限常常模糊不清，不断变化，重新被定义，蒲松龄记录的是"异"的历史，因为他自称"异史氏"，如同司马迁自称"太史公"，他们记录的都是历史，不过一个是"异"的历史，与作者的个人表达有关，真实性无需考证，另一个是"正常"的历史，即历史学家所记录下来的事实的历史。

　　该书的第二部分共有三章，是蔡九迪论述的中心部分。这一部分蔡九迪关注《聊斋志异》里的故事本身，特别是那些和"癖"（obsession）有关的故事，这些故事通过跨越生死、美异、人妖、人鬼及各种相异的界限因而产生"异"感。蔡九迪在第三章定义了"癖"字，她认为《聊斋志异》的所有故事都和作者毕生对'异'迷恋成癖相关"。②她梳理了中国历史对"癖"字的理解，认为从传统而言，这是一个病理学相关的名词。癖常常指对书本、书法、古董、花、草、植物及各种物体收集的狂热爱好，这种行为本身会被人们认为是通过对一种特殊对象的爱好，实现自我表达和自我实现的意愿。蔡九迪引用袁宏道的观点，认为蒲松龄对"异"事的爱好是一种"自我对自我的热爱"，它使得"主体与客体之间的界限被完全消解了"。③随后，蔡九迪选取三篇文章，附上原文译文，分别从不同角度诠释界限的消解。她主要从性别的消解和梦的消解来解析"异"的产生。如在第四章"性别错乱"中，蔡九迪选取《聊斋志异》卷12中的《人妖》，《人妖》讲的是明朝成化年间的一桩秩事，主人公马万宝生性风流好色，其妻田氏与他一样不拘小节。一次马万宝欲勾引漂亮女子王二喜，以妻子生病为由，骗王二喜过来给妻子看病。事实是王二喜本来就是男扮女装，看上了田氏，马万宝的邀请正合他心意。

---

① Judith T.Zeitlin, *Historian of the Strange：Pu Songling and the Chinese Classical Tales*, Ibid. p.6.
② Judith T.Zeitlin, *Historian of the Strange：Pu Songling and the Chinese Classical Tales*, Ibid. p.62.
③ Judith T.Zeitlin, *Historian of the Strange：Pu Songling and the Chinese Classical Tales*, Ibid. p.70.

当夜王二喜过来，马万宝假扮田氏躺在床上，结果两名男子发现自己都上当受骗。故事结局是马万宝阉割了漂亮的王二喜，让他从此成为了自己的小妾，侍候自己一生。而二喜死后，也葬在马家祖坟旁边，修成正果。蔡九迪认为这个故事的"异"在于蒲松龄消解了敏感的性别差异。这是一个双重跨越和被命运捉弄的故事。蒲松龄记述了一个有女性气质的美貌男性试图扮成女性引诱一位女性，结果却被对方的丈夫捕获，被消除了自己身上的男性象征，从此终生以女性身份侍奉他人。在蔡九迪看来，故事中阉割的行为是一种象征，把故事分为两半，阉割最终"导致生命的保存和长期稳定的性的结合，尽管它是一个悖论"。①《聊斋志异》里面有很多性别错乱的故事，除了古典叙事里常见的女扮男装，甚至还有变性故事。如另一篇《化男》，讲一对老夫妻老来无子，只有一女，一晚该女被天上掉下来的陨石打中，化身为男，让父母甚为欢喜。如果说前篇故事讲的是男性身体变形，这篇故事则是女性身体变形，故事的核心是父母老来无子，这变形虽来自外力，然而却是人类隐秘的意愿，仿佛希望它就可以发生。蒲松龄用了志怪体来叙述这个跨越不同性别的故事，然而这个故事符合社会规范，老夫妻在女儿变形后的欣喜类同于范进中举后的疯狂，反映了社会对性别的认知状态。如果是一个儿子变身为女儿，恐怕父母的反应就会大不一样。蔡九迪认为这个故事反映了中国封建社会男尊女卑、重男轻女的社会习俗，同样的性别消解因此具有不一样的含义。

## 四、曹雪芹研究

英语世界对《红楼梦》研究很多，但对其作者曹雪芹的研究并没有占主要地位，至今为止，作者研究方面的专著主要是中国学者吴世昌用英文所著的《红楼梦探源》，以及《红楼梦》各个译本前的译者导言及零散发表在各个学术期刊上的一些论文。

1. 吴世昌的研究

1947年，吴世昌应聘赴英国牛津大学讲学，1961年，他出版了他讲学期间用英文写成的《红楼梦探源》。该书共分五卷：抄本探源、评者探源、作者探源、本书探源及续书探源，使用了考证派研究方法，以研究《红楼梦》版本、成书过程为主，兼及作者与脂砚斋其人研究。吴世昌在序言里即说："在西欧，最畅销的书是《新旧约圣经》；在中国，自18世纪末以后，最畅销的

---

① Judith T.Zeitlin, *Historian of the Strange: Pu Songling and the Chinese Classical Tales*, Ibid. p.103.

书除了《时宪书》(即日历)和幼童教本(即《百家姓》《千字文》)之外,要算是《红楼梦》。把《圣经》比作言情小说,似乎不伦不类,那么,我们可以说:中国的《红楼梦》,大致相当于英国的莎士比亚作品。"①"我写此书,本来不是批评《红楼梦》的文学价值,也谈不到什么理论观点……我觉得在研究这些问题之前,必须先弄清楚若干基本问题:例如,在全书一百二十回中,哪一部分是曹氏作品,哪一部分是高氏续作?在高氏续作时,有无曹氏原稿在内?如果不把这些问题弄清楚,则在批评曹雪芹思想时,会把高鹗的思想算在他的帐上,在研究曹氏的文艺造就时,也会把经高鹗删改的结果,归诸雪芹。"②

吴世昌《红楼梦探源》共分五卷,第一卷为《抄本探源》。吴氏写此书时,问世的抄本还很少,而因身在英国,他所见到的更少,故他所据以研究的其实只有脂京本(即庚辰本)和俞平伯的《脂砚斋红楼梦辑评》(收有五个抄本的脂评文字)。然而,即使在此种情况下,吴氏仍然对胡适的抄本命名和垄断脂残本(即甲戌本)提出了质疑,此质疑是否合理且不论,但确实引起了良性反馈——胡适在1962年出版了脂残本。

第二卷《评者探源》是本书的精华所在,研究针对"脂砚斋是谁"的探讨,影响较大。吴世昌考证脂砚斋的目的是想弄清楚:"脂砚斋到底是谁?他和曹雪芹有何关系?这关系是朋友,还是亲戚?他为什么要评《红楼梦》。从1754年以前,一直评到1774年?他和《红楼梦》的背景有无关系?他是曹雪芹的什么人?比他大或者少多少岁?他为什么为《红楼梦》一书如此伤感,哭得眼泪都要流尽了?"③首先,吴世昌对周汝昌的"脂砚斋即史湘云"的观点表示异议,并提出了两项否定证据:第一,脂砚斋在评语中承认他与梨园弟子交往的经验很"广",并且还"迷陷过乃情",又说他"卅年来得遇金刚之样人不少"。此等经验决非侯门闺秀所得而有。第二,脂砚斋还在评语中承认自己见过1707年康熙末次南巡的盛况,这样,他应比作者年长十八至二十岁。而小说中的史湘云比宝玉小两岁。同时,吴世昌认为,宝玉的原型有时是脂砚斋自己。吴世昌的这一观点,影响很大,比如张爱玲在《红楼梦魇》中就以此为立论基础。

回答出"脂砚斋到底是谁"这个问题,有助于帮助读者了解作者曹雪芹的若干问题。因此,本书第三卷题为《作者探源》,分为三章:作者的生卒年,

---

① 吴世昌,《吴世昌全集》第七卷《红楼梦探源》,石家庄:河北教育出版社,2002年,序言。
② 吴世昌,《吴世昌全集》,前引书,序言。
③ 吴世昌,《吴世昌全集》,前引书,序言。

作者的空世及其生活、诗人曹霑。曹雪芹生卒年问题是考证派红学的必争之地。胡适认为是"壬末除夕"（1763年2月12日），周汝昌认为是"癸末除夕"（1764年2月1日），两说长期争论不休。对此，吴世昌认为要考证曹雪芹的卒年及其病死前后家属状况，应该是敦诚的挽诗最为正确而详尽。从挽诗看，诗本身即为甲申年初所写，则曹雪芹之卒在癸末除夕而非"壬末除夕"，即1764年2月1日。

第四卷《本书探源》主要考证"大观园"原址，后三十回中作者未完稿和佚文及曹雪芹原定写作计划。吴世昌认为，脂评《红楼梦》的出版使读者借助脂评可以再现曹雪芹的写作计划，从而得知高鄂的续作很多地方与曹雪芹原意不符。"前八十回中还有许多情节，如不与脂评参读，初看似乎只是一些游离的断片，但一经脂评指点，便知这些插曲与脂砚见过的佚稿中的后文故事遥相呼应。"吴氏认为高鄂的续作与前文脱了节，不独浪费自己的笔墨，还破坏了曹雪芹设计的脉络。全书有很多关键，使得繁华的大观园表面欢乐幸福的生活急转直下，连遇大祸，终于导致贾府的衰亡。这些关节，曹雪芹在前文赶时埋了很多伏笔，如小说第十八回元妃省亲时点过四出折子戏：豪宴、乞巧、仙缘、离魂，这些戏虽似表面信手拈来，漫不经心，但脂砚在评语中破解说"第一出伏贾家之败，第二出，伏元妃之死，第三出，伏宝玉送玉，第四出，伏黛玉之死。"这四出戏剧隐含四事乃是整本书之关键。这些转折点必在八十回后发生，然而在高鄂续书里，皆变了模样。第五卷《续书探源》则研究了高鄂在前八十回所做的修改及后四十回的作者问题。

就红学研究史来看，《红楼梦探源》一书堪比胡适的《红楼梦考证》、俞平伯的《红楼梦辨》及周汝昌《红楼梦新证》，体大思精，研究规模和气魄都是红学研究中的不可多得的专著。

2. 其他研究

霍克思的《红楼梦》译本第一卷长篇导言长达万字，对《红楼梦》不同版本体系进行了说明，探讨了原著主题，考证了曹雪芹的生活状态及小说里几位主人公生活中的原型，是一篇对曹雪芹进行作者研究的优秀论文。霍克思用大段篇幅从曹雪芹和其家族历史，来探讨小说的情节。他认为："不管宝玉是否就是作者自己，但书中的女子，大多无疑是作者年轻时所认识的女子的写照。除作者的弟弟在序言中引用过的作者自己的声明外，还有在小说第一回寓言式的开头，石头同空空道人争论时说的话：'竟不如我半世亲见亲闻的这几个女子。'这样的证据如还嫌不足，我们还有脂砚斋的批注，他缅怀往事,无限伤感,自言自语地在原文旁批道:'我记得他''是的,是有这么一个人',等等。"①霍克思肯定了小说中几个女子的原型就是曹雪芹的几个姑姑。接着,霍氏谈到了曹雪芹的身世、品行、爱好和外貌。又从曹的家史,谈到清初的历史,曹家的亲戚等。"江宁织造是一个有权有势的人,他可以使唤两三千个下属,一年经手几十万两银子,可以向北京的皇帝告密。但像曹寅和他的内兄李煦,虽然声势显赫,终究是皇帝的奴隶,皇帝一时心血来潮,可以把他们马上毁灭。"②"在曹寅生前,家族达到了繁荣的顶峰……但是曹寅于 1712 年去世,留下了巨大的亏空。"③霍克思认为曹寅的去世是家族衰败的开始,后来,曹雪芹打算把自己家族衰亡史作为小说背景。最可能的是,曹雪芹是曹寅独生子的遗腹子,也就是他的孙子。"书中的女子大概就是曹寅那些没有结婚的女儿。"④而对于"脂砚斋"到底是谁?霍克思认同赵冈的观点,认为"脂砚"大概是曹寅很值钱的一台古砚,作为传家宝,最后传给了孙子曹天佑,后来他可能自称为"脂砚斋",即曹雪芹自己。而谁是后四十回的续作者呢?霍克思提出一个新的猜想:"有一个不识字的满洲寡妇,她是脂砚斋的,或者是畸笏的,更可能是曹雪芹的'新妇'。她珍藏着这部旧稿,请一些男性亲戚朋友加工,其结果就是程伟元买去并请高鄂校订这部稿子。作为一个严谨的学者,高鄂的工作就是要使这部新发现的后四十回稿子,同他用作前八十回的脂砚斋本相一致。"⑤

霍克思的序言学术含量很高。霍氏阅读了大量与《红楼梦》相关的材料,态度极其严谨认真。国内外翻译研究和红学研究领域学者对这篇导言都非常重视,纷纷援引其中的观点。

1986 年,陈冰(Bing C. Chan)的《〈红楼梦〉里的作者身份》(*The Authorship of The Dream of The Red Chamber*)一书出版,该书的视角相当独特,陈冰通过电脑对《红楼梦》中的词汇进行研究,最终推导出其作者身份。一反国内红学研究主要采取的考证方法或者索引方法,陈冰的研究方法是"科学的、客观的"。⑥陈冰希望没有数据学及电脑知识的读者不要对他研究过程中取用的数据及专有名词望而生畏,他主要探讨的对象是《红楼梦》后四十

---

① Cao Xueqin, The Story of the Stone( Vol 1 ), trans., David Hawkes, London:Penguin Books Ltd., 1973, p.21-22.
② Cao Xueqin, The Story of the Stone ( Vol 1 ), trans., David Hawkes. Ibid. p.27
③ Cao Xueqin, The Story of the Stone ( Vol 1 ), trans., David Hawkes. Ibid. p.30
④ Cao Xueqin, The Story of the Stone ( Vol 1 ), trans., David Hawkes. Ibid. p.33
⑤ Cao Xueqin, The Story of the Stone ( Vol 1 ), trans., David Hawkes. Ibid. p.41
⑥ Bing C.Chang, *The Authorship of the Dream of the Red Chamber*, HK:Joint Publishing, 1986, Preface.

回作者是否与前八十回不一致，是否真为高鄂所作。程冰使用电脑对庚辰本和程乙本中的词汇进行数据分析，他取样原书120章节里的240 000个单词，划分了动词、名词、形容词、介词、冠词五个范畴，他的研究结果认为《红楼梦》全书为一人所做，并非如大众所认为：高鄂续写了后四十回作品。

1996年，余少军（Hsiao-jung Yu）发表了题为《红楼梦中的疑问句及作者身份问题》(*The Interrogatives Emplyed in Honglou Meng and Their Bearing on the Problem of Authorship*)的论文，同样采取数据统计的方法根据《红楼梦》中疑问句的使用来研究作者身份问题。余少军也试图研究小说前八十回与后四十回作者身份是否一致，然而，他运用数据统计得出了不同的结论，即："经过对小说里疑问句的仔细检查，笔者发现前八十回与后四十回句型有着明显的不一致。这个不一致是疑问代词及语义结构的不一致，显而易见，我们可以从前八十回里发现曹雪芹的家乡话南京话的语法结构。这正是《红楼梦》作者应该为两人的证据。"①

### 五、刘鹗研究

对刘鹗的研究至今仍然没有专门的著述。目前为止，刘鹗研究主要集中在几篇有影响的论文及部分未出版的博士论文。

#### 1. 黄宗智的研究

1992年，黄宗智（Timothy C.Wong）发表《方士传统中的刘鹗》，认为如果从中国方士传统出发，可以帮助读者更好地理解刘鹗的生活与小说。黄宗智认为，刘鹗在《老残游记》里使用的笔名"洪都百炼生"，实质为读者提供解读他写作的一个途径。"百炼"，明显指的是刘鹗的成年岁月里无数的失意。"青年时代，他从没有认真参加科举考试，他兴趣广泛，把精力灌注于各种其他科目的学习之中。他广泛的收藏及著述表明：他精通诗歌、音乐、一部分西方科技、占卜、语言学、数学、河道治理及传统中医学。他受过传统教育，然而，决定走自己的道路，于是，投身于太谷学派。这是产生于清嘉庆、道光年间的儒家学派在民间的一个学术暗流，中国最后一个儒学学派，对儒家学说做了很多新的解释。然而，这个学派本身尽管以儒家学说为核心，却又吸收了道、佛两家的思想，比起传统儒学，有了新变化。学派的学说要求他投身于为国家服务，一段时间，他经商，又从政，但他的商业与政治历

---

① Hsiao-jung Yu, "The Interrogatives Emplyed in Honglou Meng and Their Bearing on the Problem of Authorship", in *Journal of The American Oriental Society*, Vol.116, No.4, 1996, p.730.

程都是一个接一个的失败。他试图使用外国资本帮助中国工业,结果只招致同僚的鄙视,被称为叛徒。他一生多生活游宦于河南、山东、北京、上海等地,历经沉浮。最终,把自己的经历和心境投射到他小说中的主人公老残身上。"在刘鹗写《老残游记》的时候,他早已经历各种失意与失望。"百炼",正是"千锤百炼"之意。

这些众所周知的刘鹗生平正好帮助我们理解他创造了"洪都"作为自己的出生之地。在《老残游记》第一编中,他写的是"洪都",而在第二编中,他改为"鸿都"。他做此改变的最好解释来自于他自己1929年的《老残游记》外编,他解释如下:

在下姓百名炼生,鸿都人氏。这个'鸿都',却不是'南昌故郡,洪都新府'的那个'洪都',倒是'临邛道士鸿都客,能以精神致魂魄'的那个'鸿'都。究竟属哪一省哪一府,连我也不知道,大约不过是北京、上海等处便是。

"临邛道士鸿都客,能以精神致魂魄"诗句出自白居易《长恨歌》,"临邛道士"中的"道士"即是"方士"。"对刘鹗而言,鸿都可以是北京,这帝国的心脏,或者上海,商业的中心,在世纪之交控制着中国的财富之地。"①

黄宗智引用肯尼斯·德瓦斯金(Kenneth DeWoskin)对"方士"的定义,"方士是一群在中国历史上拥有医药、占卜或者魔法技巧,擅长讲述故事和政治劝导,但不受主流重视及尊敬的有专业技巧的人。"他分析了方士的起源、发展,认为"在《老残游记》中,刘鹗既是作者,又是主人公,他使用了小说这一媒介,记述他自己生命中的人和事。刘鹗把自己看作一名方士,这点是无需置疑的"。②刘鹗像传统方士一样多才多艺,突破传统观念,拥有多方面的技巧,正如"方"意为"四面八方、多种多样",方士拥有的技巧也是多种多样的。刘鹗本人不通八股,却治理黄河、经商、懂占卜中医,老残也不通八股,却治理黄河、行医、占卜、懂音乐地理以及国外科技,这都与刘鹗自身一模一样。认识到传统的方士能帮助读者理解刘鹗的自画像——老残的背景与行为。作为一名旅行者,老残不属于他走过的地方,亦不属于他参与活动的任何集体,无论是掌权的精英,还是他们统治的普通人。老残也许得到当权者的尊重,但他与他们根本很疏离。黄宗智认为,根据鲁迅和胡适的观点,《老残游记》讽刺了清明的酷吏,然而,如果说老残完全站在"玉贤""刚弼"等官员的对立面,这是不对的。刘鹗也会依赖一些尊重他的官员,如"申东造""庄宫保""张曜"。他正如旧时代的方士,在他们赞助人的帮助下,

---

① Timothy C. Wong, "Liu E in the Fang-shih Tradition", in *Journal of the American Oriental Society*, Vol.112, No.2, 1992, p.302.

② Timothy C. Wong, "Liu E in the Fang-shih Tradition", Ibid. p.304.

在一些专门领域做成一些事情。刘鹗在黄河治理方面影响了"张曜",正如小说十三、十四章所描述,如果他的建议被忽视,将会引发灾难性的后果。

刘鹗与官方相互依赖的关系正好符合德瓦斯金的界定,方士"取悦于宫廷,亦闻名于普通人。他们从官方得到保护,官方也需要他们,因为有权势的人从有很好声名的方士那里得到有益建议,这也是他们了解民意的一个好办法"。①《老残游记》里老残因为他的非官方身份了解了人间疾苦,然后把这些反映到他信任的官员处解决问题。老残的角色正是刘鹗的角色,一个20世纪的方士。确认刘鹗的这一方士角色能帮助我们更好地解释他的生活。刘鹗与方士的联系展现给我们晚清中国小说与它遥远的过去之间的联系,让我们区分开传统中国小说作品与现代作品。对文艺批评而言,这给了我们关于《老残游记》两个重要的结论,因为作品确实批评了中国的官僚主义,所以,它符合鲁迅界定的"谴责"范畴。同时,也表现出它是中国传统小说与现代小说转换之间的作品。刘鹗对方士传统的坚持在另一方面表明他从没有远离中国传统,因为方士常常辅助正统儒家官员。同时,方士本身亦是特殊的群体,他们博闻强记,知识面极广,这正好解释了刘鹗对现代及西方事物的兴趣及了解。

2. 王卢克的研究

2001年,王卢克(Luke S. K. Kwong)发表《近代中国的自我与社会:刘鹗与〈老残游记〉》(*Self and Society in Modern China: Liu E (1857—1909) and "Laocan youji"*)。这是篇刘鹗研究的重要论文,全文共32页,作者从社会历史学的角度出发,把刘鹗放回晚清那广阔的社会文化背景,通过探讨刘鹗的生平与事业来研究晚清精英知识分子思想、情感及追求。王卢克认为,"刘鹗是一位有着广泛兴趣的传统中国学者,一名'文艺复兴时代的人',却陷在晚清多灾多难的时空之中。"②王卢克的论文首先对刘鹗的祖籍进行了考证,他认为,刘鹗是北宋武将刘光世的后裔,他出身于官宦之家,两次科举不第使他回到家乡淮安,专心研究经世之学。虽然科举不成功,他经过自学学会了数学、测量、绘图等新式学问。青年时代的刘鹗在淮安开过烟草社,在扬州行医,在上海开设过印书局,他对生活有过很多选择,这些实践虽然并不成功,却展现出一种与旧式知识分子不同的生活道路。他曾帮助治理黄河,促成河堤并拢,却在光绪皇帝降旨奖励治河有功人员时,把荣誉让给了自己的哥哥。他唯一的长篇小说《老残游记》通过老残——一个受到官场欢

---

① 转引自 Timothy C. Wong, "Liu E in the Fang-shih Tradition", Ibid. p.305.
② Luke S.K.Kwong, "Self and Society in Modern China: Liu E (1857—1909) and "Laocan youji", in *T'oung Pao*, Second Series, Vol.87, Fasc.4/5, 2001, p.361.

迎的走方郎中的旅行，揭露了其时中国的弊病，特别是那些表面是清官，其实是酷吏的厚颜无耻的罪行。小说文字流畅，描绘了很多让人难以忘怀的场景，如"王小玉说书"，给人给强烈的感染。《老残游记》不是自传，然而，老残身上有着刘鹗太多个人影子及自我呈现，某种程度上，"老残"就是刘鹗的替身。在小说的人物中，能找到刘鹗的许多朋友与敌人，如："庄宫保"代表了刘鹗的保护人"张曜"。而"玉贤"和"刚弼"则代表了两个满族官员"毓贤"和"刚毅"。刘鹗一生做了很多别人想不到更做不到的事，他的才华、兴趣和财富本来让他可以在他人无法涉足的领域做出成绩，然而，生在满清时代，才华出众如他不会有好命运。他最终被流放至死。"刘鹗对中国政治的批评展现了中国近代转型重要的一点，如果维新运动代表了近代中国政治党内的有组织的活动，刘鹗的实业救国亦代表了知识分子阶层另一种可能的救国选择。刘鹗毕生没有认为政治改良是解决中国问题的观点，因此，多纳德·荷洛有理由怀疑夏志清将《老残游记》定性为政治小说，因为小说本身是非常反对政治改良的。"①刘鹗在一百年前希望开矿山、修铁路、整治黄河、办织布厂、经营房地产，还计划在京津等地开办自来水、电车、电灯厂等实业，在那时就有引进外资的思想和实践，这都是常人远不能及的。如果一百年前他的想法变成现实，那么，一百年来中国的历史将会有怎样的改变！刘鹗的悲剧是中国社会历史的悲剧，这悲剧对他个人也许是独有的，但对中国社会，却是普遍的。

## 六、李汝珍研究

英语世界对李汝珍的研究亦较多，首先仍然是由特尼世界作家系列（Twayne's world authors series）1981年推出的专著《李汝珍》（*Li Ju-Chen*）。该书由拉文大学（University of La Verne）的中文教授高张信生（Hsin-Sheng C.Kao）所作，硬壳，共149页，高张信生在序言中自陈关注李汝珍的原因是："尽管最近汉学界对清小说兴趣日增，19世纪最有名的中国小说家，《镜花缘》的作者李汝珍在现代批评学界得到的关注并不多。"②她将原因归为"尽管《镜花缘》一书旁征博引，学问涉及琴、棋、书、画、医、卜、星相、灯谜等中国传统文化，同时小说中还包含了新颖的思想和新奇的想象。然而，小说中的细节对西方批评家来说，常常有一些解读上的困难。"

---

① Luke S. K. Kwong, "Self and Society in Modern China: Liu E (1857—1909) and "Laocan youji", *T'oung Pao*, Second Series, Vol.87, Fasc.4/5, 2001, p.391.

② Hsin-sheng C.Kao, *Li Ju-chen*, Boston: A Division of G.K.Hall&Co., 1981, preface.

《李汝珍》共分七章，第一章题为"李汝珍的生平与时代"（Li Ju-Chen's Life and Times）。高张信生首先阐述李汝珍的生平、所处的明清社会背景，分析其思想及艺术成因。李汝珍的出生和创作时期位于清朝中后期，也是中国封建社会最后一个高峰——康乾盛世的末期，社会形势急转直下，传统的封建帝国已经走向了无可挽回的没落之路，而康乾盛世本身就是封建制度走向灭亡之前的回光返照。可以说，李汝珍正是生活于1840年之前的最后一批没有接触西方思想的旧知识分子代表。其时清王朝内部矛盾重重，社会矛盾激化，世风日下，呈山雨欲来风满楼之势。信奉"达则兼济天下，穷则独善其身"的文人，在中国传统文化的影响下，面对没落的社会必然会积极地思考探索，探寻自我心灵的解脱和灵魂和归宿。"从38岁完成《李氏音鉴》到55岁完成著作《镜花缘》，我们可以观察到李汝珍从有着相当学术闲情逸致的学者到文学大师的转变轨迹。"①

　　第二章题为"李汝珍小说艺术"（The Art of Li's Fiction），高张信生认为李汝珍作为艺术家及美学家的声名主要来缘于《镜花缘》这本他创作的唯一小说。小说是继《红楼梦》和《儒林外史》之后其时代最优秀的中国古典小说。小说着眼于幻想与现实的双重面貌，李汝珍将这两重特征赋予了两大主人公："唐敖"和"百花仙子"。《镜花缘》与《红楼梦》和《儒林外史》一样，有着很多相似的结构及主题内容，因此，李汝珍完全可以凭此小说跻身清朝同时代的主流文学大师之中。作者的写作技巧可以从其故事和文体中首先得到体现。《镜花缘》与《红楼梦》相似，用神话结构来进行艺术构思，将神话世界与现实世界连结起来。《镜花缘》对这些世界的描述与中国诗性智慧的根本特征有关，中国诗性文化在文化底蕴上显示出天人合一的境界，作者在叙述方式上普遍表现出重直观而轻逻辑推理的童话式表达，包括《红楼梦》等作品，无一不表现出顽石、花木等因其灵性和对生命的热爱而从无限宇宙洪荒中表现出来的诗意主旨。《镜花缘》中鲜明地张扬了这种不死的智慧精神，小说第六回即进入这种不死的永生世界。

　　第三章"《镜花缘》的隐喻"（Allegory in Ching-hua Yuan）讨论了李汝珍在小说中所设隐喻的本质。高张信生首先回顾了"隐喻"概念的含义。"隐喻"本身是个会随时代及文本内容变化的概念，它总含有两个层面的含义：字面意义及抽象意义。"《镜花缘》小说中使用了有历史典故的神话形象作为隐喻，李汝珍小说里对历史和神话的重构显示了他无论是从隐喻理论的功能层面还是审美层面的自觉性。隐喻理论的核心在于虚构现实由选定的神话、历史或

---

① Hsin-sheng C.Kao, *Li Ju-chen*, Ibid. p.27.

者试验性的材料所构成，从这个角度出发，我们可以将《镜花缘》中的神话形象和历史典故理解为李汝珍本人对社会的隐晦看法，是一个隐喻。"①接着，高张信生在本章详细讨论了《镜花缘》中的"神话原型和魔鬼诱惑"②，高张信生认为李汝珍借小说中人物的神性及潜在的魔性显示了人精神层面的好与坏的两面性。在《镜花缘》中，人的神-魔内在分裂显示在昆仑山上西王母寿宴上百花仙子与嫦娥的对峙。由嫦娥引发的争端最终导致百花仙子下凡，这是一个受难、救赎的过程，显示了人性对精神救赎的要求，而"镜花缘"这个题目本身就是小说两面性的一个显示。"镜中之花"是事物表面与真相之间斗争的一个比喻，"镜"只能指代真相，而不是表面的虚幻物质。李汝珍同样用"水中月"表达了百花仙子对尘世表相的迷恋。在小说里，李汝珍将"实际的历史"与"虚构的神话"相结合，创造出"元小说"，这一点，特别值得引起关注。③

第四章 "《镜花缘》中的讽刺"（Satire in Ching-hua Yuan）讨论了《镜花缘》中的讽刺艺术和乌托邦理想。高张信生指出：如果吴敬梓的《儒林外史》讽刺了18世纪的中国文化，《镜花缘》的讽刺对象就是19世纪的中国社会。李汝珍以辛辣幽默的文笔，对当时社会众生相做了嘲讽。金玉其外、败絮其中的冒牌儒生，装腔作势不学无术的学究先生，一心想占便宜的唯利是图者。表面聪明正直的读书人，穿着儒服，斤斤计较，十分吝啬，酒足饭饱连吃剩下的盐豆都揣到怀里。第七章主人公唐敖在他的梦里无意得道成仙，体会成仙之趣，于是，他开始了海外游历。某种程度上，这正是李汝珍一种乌托邦式的隐士理想，这种理想也体现在他对一些海外国家的描述上。"《镜花缘》继承了《山海经》中的《海外西经》《大荒西经》的一些材料，再凭借作者的想象力和讽刺幽默的笔调，最终创造出这样一个乌托邦式的海外世界。"④

第五章 "《镜花缘》的叙事与结构"（Narrative and Structure in Ching-hua Yuan）讨论的是小说中的叙事模式和结构问题。高张信生认为，从叙事角度来说，阅读《镜花缘》的困难在于李汝珍讲故事的方式。他使小说在两个世界之中游离——道家天堂和红尘俗世。因此，读者有时会感觉到无法跟上他叙事的脚步。然而实际上，李汝珍其实用了道教的谪仙回归模式造就了其循环式的小说结构。虽然《镜花缘》的故事情节纷繁华复杂，但纵观全书，至少可以理清一主一次两大故事线索，从小说主要线索看，百花仙子及群花被

---

① Hsin-sheng C.Kao，*Li Ju-chen*，Ibid. p.43.
② Hsin-sheng C.Kao，*Li Ju-chen*，Ibid. p.46.
③ Hsin-sheng C.Kao，*Li Ju-chen*，Ibid. p.64.
④ Hsin-sheng C.Kao，*Li Ju-chen*，Ibid. p.87.

贬谪入世是开端,而副线则是唐敖等勤王党与武则天的斗争,这条副线依然运用了同样的模式,所有人物都非肉体凡胎,都是天上星宿下凡,来人间体验尘世的。所以,故事结构无论是主副线都遵循了思凡—人间—回归天上的故事过程,完成降凡—历劫红尘—悟道回归的叙事任务。

第六章是"结论"(Conclusion)。在这一章节里,高张信生认为:"李汝珍的《镜花缘》文本表层展示了虚幻浪漫的万般世相,而其深处却左突右奔,体现出其对生命的热爱、执著与对死亡的敬畏、疑惑,这种巨大张力支撑起作者深沉悲痛的宇宙意识。这种对人类生存根本性问题的追问才是小说最具魅力的部分。"①

## 七、曾朴研究

### 1. 李彼得的研究

对清小说家曾朴的研究最有影响的是著名汉学家李彼得(Peter Li)的《曾朴》(Tseng P'u)一书。该书出版于1980年,是作者在芝加哥大学攻读博士学位时所撰写博士论文,后来由特尼世界作家系列(Twayne's world authors series)出版。这是清小说作家研究中出版较早的作品,在英语世界对晚清小说作家的研究中有着重要的影响。全书共分为七章,"青少年时期"(Childhood and Youth)、"科举之路"(Examinations and Classical Scholarship)、"曾朴与法国文学"(Tseng P'u and French Literature)、"孽海花,一部政治小说"(Nieh-hai hua, A political novel)、"孽海花和晚清世界"(Nieh-hai hua and the late Ch'ing World)、"作家、出版商和翻译"(A writer, Publisher and Translator)以及"文学旅程的终结"(The End of a Literary Journey)。该书详细地介绍了曾朴的生平,分析了他的生活经历对作品风格的影响,并分析了《孽海花》一书中的政治叙事。该书对晚清时候的小说风格有好的解说,使英语读者对曾朴有了一个深入了解。

在前言里,李彼得简要介绍了自己的创作原因。"我写这本书的原因有三个。(1)介绍一位现代中国早期作家的生平故事;(2)给出一个社会变化影响到写作的个案分析;(3)探讨晚清时期复杂的社会和文学现象。"②在第一章中,李彼得详细介绍了曾朴的青少年时代,从他出生的社会背景、他的童年、少年时期到十八岁时他第一次参加科举考试。李彼得认为《孽海花》是半自传体作品,曾朴在小说创作中,实际上重新清理了他自己的童年和少年

---

① Hsin-sheng C. Kao, *Li Ju-chen*, Ibid. p.115.
② Peter Li, *Tsent P'u*, Boston: Twayne Publishers, 1980, Preface.

时代。"这本自传性的书有治疗的作用。它给了曾朴机会重新经历他的青春时代,以成年人的智慧去重新回味那些快乐的往昔:幸福的童年、忧喜交加的学校生活、激情澎湃的爱恋及它最终产生的后果、对考试的态度及他的婚姻。它同样坦白地展现给读者他的情感和精神争端。"①

李彼得在第二章中继续介绍了曾朴写作的东方因素:经历过的科举考试及考试训练过程对他产生的文学影响。在第三章中,李彼得介绍了曾朴与法国文学结缘的经过。因为甲午战争的失败,清政府重新开设同文馆,同年底,曾朴开始了法语学习。在同文馆里,曾朴认识了很多当时的一流学者,大大开阔了视野。同时,在与法国文学接触的过程中,最终形成他浪漫主义文风的起源。法国文学成为对他的创作产生影响的外部因素,最终影响了《孽海花》的创作。

在剩下的四章中,李彼得从不同的角度总结了《孽海花》的特色和创作技巧。第四章介绍了《孽海花》中的政治叙事。李彼得认为《孽海花》是一部非常标准的中国旧体小说,使用了大量传统小说中的套路,如文本中诗歌的出现、对联式的章回标题、才子佳人的故事情节及叙事者的评论。但是,《孽海花》绝不是一部单纯的传统小说,它反映了晚清时期文学和社会的新思潮和发展。《孽海花》里描绘的中国不再是那一成不变的中国,它描绘的是处在火山口上,有爆发可能的中国。从地理上说,小说场景从苏州、上海、北京移到了柏林和彼得堡,培根和中国著名诗人李白、苏东坡交替出现,各种改良或者改革的社会思潮在小说中都有体现,才子佳人的传奇与现代派恋人的激情并生共存。"《孽海花》中有太多的时代印迹。"②李彼得还在这一章介绍了小说的结构特征、主人公的悲剧性和小说的讽刺艺术。

在第五章中,李彼得描述了晚清时期小说的特征。他以胡适与鲁迅对《孽海花》的不同看法为例,指出晚清时期中国传统小说正经历巨大变化。胡适因为他的西方教育背景,认为《孽海花》"结构松散、大而无当,完全是部二流小说"。③而鲁迅则持相反意见,鲁迅认为因为外国势力的入侵和义和团运动,中国政治和社会局势动荡,晚清小说开始出现揭露社会不公及政府丑陋的一面,批评社会传统习俗,他将这类小说归为"谴责小说",其中包括《官场现形记》《孽海花》《老残游记》等。胡适与鲁迅的不同观念正说明晚清小说面临的不同批评意见。李彼得认同鲁迅提出的政治及社会变化对晚清小说产生重要影响观点,他同时认为,晚清时代小说家有个重要特征,即是"他

---

① Peter Li, *Tsent P'u*, Boston: Twayne Publishers, 1980, p.17.
② Peter Li, *Tsent P'u*, Ibid. p.80.
③ Peter Li, *Tsent P'u*, Ibid. p.91.

们为了谋生而写作"。①这使得他们的小说缺乏早期小说的优雅和精致。然而，以晚清小说为整体来考察，这批小说显示出如下特征：现代印刷及出版方式；庞大的中等阶层阅读群体；令人日益无法忍受的政治环境；对新的文学和语言的意识；西方文学的影响；大量印刷的杂志和出版物。《孽海花》正展示了这所有的特点。第六章李彼得讨论了集作家、出版商及翻译家为一身的曾朴，第七章讨论了曾朴后来对《孽海花》的改写和润色。

李彼得的著作是目前唯一一部关于曾朴的专著，它主要从当时的社会及曾朴的个人经历来研究他的创作思想和风格。李彼得的研究可以让我们从个体作家和影响他文学因素之间的关系中管窥晚清时代整体的文学和政治生活。

2. 叶凯蒂的研究

叶凯蒂（Catherine Vance Yeh）的《海上四文人的生活状态》(The Life-style of Four Wenren in Late Qing Shanghai)是另一篇研究曾朴的重要论文。1997年，叶凯蒂在《哈佛亚洲研究学报》(Harvard Journal of Asiatic Studies)发表一篇51页的论文，主要从晚清上海四名文人生活状态出发，对上海城市和城市文学的产生与文学形式做一个具体的分析，叶凯蒂关注的四名文人分别为曾朴、王韬、陈季同、金松岑。

晚清是中国社会文化发展一个极其重要的转型时期。中西文化的正面冲突、传统文化与现代文化的相互碰撞和融合都在这一时期出现。这一时期的上海十里洋场可以说是这一时代风貌的集中体现者。无论是经济还是文化，上海都扮演着引领潮流的角色，也因此，"上海成为一个文人（知识分子）思考国家和自身命运的理所当然的好地方。文人纷纷来到这座城市，因为这座城市给予他们五光十色，各种新的挑战和新的命运的可能"。②上海的繁华、现代化使这座城市成为中西文化交汇之所，而对于文人而言，他"对国家前途命运感到无可奈何，他面对着在这座国际化大城市里基本的生存问题，同时，上海也是文人'客居'的好地方。作为一名外来者，他无需担忧自己的道德伦理。他完全可以把这座城市当成一个巨大的游乐场，不用担心自己在其中究竟扮演何种角色"。③上海成为一座新兴殖民大都会，它的城区和街道的拓展为人群的移动提供了必要的物质条件，城市因人群的移动而流动，上海成为一个文化符号，承载了四面八方文人的梦想和命运。

---

① Peter Li, *Tsent P'u*, Boston: Twayne Publishers, 1980, p.93.
② Catherine Vance Yeh, "The Life-style of Four Wenren in Late Qing Shanghai", in *Harvard Journal of Asiatic Studies*, Vol.57, No.2, p.419.
③ Catherine Vance Yeh, "the Life-style of Four Wenren in Late Qing Shanghai", Ibid. p.421.

"如同大多数其他江南文人一样,曾朴第一次来到上海,取道此处,去北京参加科举考试。1897年,他又回到此地,绝了科举之念。这一次,他希望这座城市能给他灵感,怎样开始新的生活。"①19世纪末的上海是一个梦想之地,生活对一名外来者而言,有多种可能。曾朴本来想经商,然而,他发现大多数来自首都的朋友都聚集在上海,计划政治改良运动。在这种理想主义的大氛围之下,他放弃了追求经商求官等实际目标,成为其中一员。他与陈季同的交往对他影响至深。陈不但影响了他的政治理想,同时让他爱上了法国文学。然而,晚清的上海正值中国内忧外患交并,社会思潮急速变化的转换性时代。政治腐败使得年轻的曾朴报国无门,反而险些因思想激进,与维新派康有力、林旭等来往密切而招致不幸。1904年,他与丁祖荫共同创立了《女子世界》月刊,这成为中国最早的妇女刊物之一,宣传男女平等,提倡女权,政治时事性与倾向性成为刊物显著特点。曾朴把文艺看作宣传政治主张的工具,继《女子世界》之后,转入出版业,创办"小说林出版社",出版各种小说,并在此基础上创办了《小说林》,大力提倡翻译小说,刊物成为晚清四大刊物之首。曾朴本人也翻译了不少小说,包括法国小说《九三年》和《银瓶怨》。而其时的上海虽然繁华喧嚣如旧,中国的政治前景仍然一片茫然。曾朴开始对前途失望,也就在此时,他开始创作《孽海花》。《孽海花》的第一二回其实是由金松岑所作,后来由曾朴拿去修改,续写至三十五回。它的头二十回是关于从同治初年起到甲午战败的三十年社会历史,小说围绕着"洪钧"和傅彩云两个人物展开,把晚清三十年历史分为"旧学时代""甲午时代""庚子时代""革新时代""海外运动"等六个阶段,这是一幅晚清历史的全景描画,曾朴把它交由自己的小说林出版社出版,一经出版,即引起轰动。

因为小说林出版社的成功,曾朴可以继续致力于他的政治改良理想和对法国文学的爱好。《小说林》杂志在普及西方文学方面起了重要作用。曾朴此时致力于法国浪漫文学的引介,并模仿其风格进行写作。然而,"迷恋一种新的审美观念与将它在付诸实现之间有着一定距离,这距离由于上海环境进一步扩大。晚清居住在上海的文人某种程度上可以远离中国传统文化模式,但他们终究不能实现自己跟上西方脚步的野心。这座城市是他们的精神休憩之地,给了他们很多在其他地方不可能具有的选择,同时,也无情地挫败他们的梦想,让他们失意"。"因此,上海给了文人新的视野,但缺乏这个容量去让他们实现。这造成了压力,最终从他们的个人生活中可以看见端倪。"②

---

① Catherine Vance Yeh, "The Life-style of Four Wenren in Late Qing Shanghai", Ibid. p.449.
② Catherine Vance Yeh, "The Life-style of Four Wenren in Late Qing Shanghai", Ibid. p.455.

叶凯蒂认为：对曾朴而言，上海城市本身充满了欲望，他把这座城市解读成巴黎一样的城市。这使得他在精神上沉浸于法国文学，实际上却过着地地道道的中国生活。他把上海幻想成巴黎，"上海梧桐树给了他一个场景去'体现西方文化'。作为回报，曾朴也帮助构建这个法国文化环境。他走在上海梧桐树下，想象与西方的相遇，也帮助界定了上海文化的核心词语：中国的西方"。①

### 3. 庄国欧的研究

《想象中国：作为民族叙事的孽海花》(*Imagining China: NieHai Hua as National Narrative*②)是一篇使用后殖民理论讨论《孽海花》的博士论文。庄国欧意在指出《孽海花》作为一种民族叙事，证实了中国小说模式的现代转型。该研究将《孽海花》置于19世纪晚期的全球化大环境中，指出小说展示了中国人在现代世界中的身份危机。

研究共分五部分，第一部分为"作为民族叙事的《孽海花》：帝国晚期的中国小说"(Niehai Hua as a National narrative: Modern Chinese Fiction in the Late Imperial Age)，主要陈述了《孽海花》作为晚清四大"谴责小说"之一，诞生于满清帝国末落之时。当时中国正面临内忧外患，国家日益衰配末落。《孽海花》以开阔的视角，向人们展示了中国近代社会风云突变的局势。它展现了中国其时的政治、经济和文化的全球化过程，同时，揭示出其时的中国知识分子正面临严重的身份危机。

第二部分"与'他者'的相遇和自我的建立：神话、寓言和民族主义"(Encounter with the Other and Construction of the Self: Myth, Allegory and Nationalism)描绘了中国人想象中的西方国家。这正是中国民族身份建立的关键之处。中国在与其他民族之间划分距离的同时建立起自身的身份认定。作为一个有五千年历史的民族，中国从来没有停止它对身份的追寻，对"他者"的想象是身份建立的基础，本部分使用比较研究的手法，探讨中国在不同时期想象"他者"及建立自我民族身份的努力。

"性与民族主义"(Sexuality and Nationalism)主要探讨了《孽海花》中的主人公"彩云"。传统中国小说的主角常常是英雄或者带有英雄气的才子，或者道德完美的佳人。而《孽海花》的主人公是一个不守规范而又没有操守的女人，按照中国传统文化或小说观念，她在传奇故事中只能做一个配角，绝对不能成为主要人物。而《孽海花》中的主要情节之一即是"彩云"与德国军官的

---

① Catherine Vance Yeh, "The Life-style of Four Wenren in Late Qing Shanghai", Ibid. p.458.
② Guo-ou Zhuang, *Imagining China: Niehai Hua as a National narrative*, Unpublished PhD dissertation, University of South California, 2000.

情爱故事。曾朴对这个人物的塑造，显然不再基于传统道德对她大加鞭挞。"彩云"的性感在小说中呈现出勾人心魄的美，这是人性的描绘，法国文学的影响隐约可见。而"彩云"与镇压义和团的德国人的恋爱已不仅仅是中国与西方国家之间的桃色绯闻，他们的故事是中国与西方势力之间的隐喻，作者将中国文学中传统的使用男女两性关系作为比喻的技巧引入新的历史场景，这段插曲成为重新审视后殖民语境下中国知识分子对历史的反省和对现实的批判。

"怀旧之情 vs 对新世界的疑惑：文化分割之痛与现代性之诱"（Nostalgia of the Old VS Wonder of the New: The Agony of Cultural Disenchantment and the Temptation of Modernity）描绘了中国知识分子面对变化了的新世界的无力感。他们怀念旧世界，亦对变化了的新世界的现代性迷恋不已。正是在这种夹缝中，他们从传统文人转化为现代知识分子。当小说由政治启蒙变成了文化反省和文化批判，小说的叙述也就摆脱了当时政治小说的概念化，于是，《孽海花》着力刻画和展示了一个与世界隔绝的知识群体。《孽海花》以小说家言表达着中国近代启蒙者的历史意识与现实关怀。

"民族渴望一种形式与渴望一种民族形式"（National Longing for a Form and Longing for a National Form）中，庄国欧分析了现代中国文艺评论趋向于使用西方叙事美学来批评中国小说。梁启超作为提倡"新小说"革命的主要成员，也是中国政治改良的旗手。小说范式的革命预示着对政治革命的要求。庄国欧认为："新小说"革命从更广泛的文化层而言，显示了与民族叙事传统的分离及与西方审美的融合与吸纳。

## 第三节 文类研究

### 一、韩南的白话小说研究

著名汉学家、哈佛大学东亚语言与文明系教授韩南（Patrick Hanan）在中国古典小说方面的研究与翻译硕果累累。他的主要研究著述有：《中国的短篇小说：关于年代、作者和撰述问题的研究》（*The Chinese Short Story: Studies in Dating, Authorship and Composition*）、《中国白话小说史》（*The Chinese Verncular Story*）、《李渔的创造》（*The Invention of Li Yu*）、《中国近代长篇小说的兴起》（*The Rise of Modern Chinese Novel*），他还翻译了李渔的长篇小说《肉蒲团》、短篇小说集《无声戏》及清末小说《恨海》。从这些著作看，韩南的研究领域主要在以下三个方面。

1. 对中国白话小说的研究

在中国传统叙事文学中，有两种小说：文言和白话，它们都在社会中流通，共同构成叙事文学的组成部分。在汉学界，韩南是以对中国通俗文学，特别是白话小说的研究而著名。从早年对话本小说的研究，到中国19世纪小说，尤其是晚清小说的研究。他的《中国白话小说史》一书运用西方叙事学理论，以"叙述者的演变"为主要线索，对中国白话小说的发展和演变做了重新梳理，发现了文人作家介入话本创作后对白话小说所做的突破和创新。正是在这个学术研究的视角和背景下，韩南发现了李渔，发现了李渔的短篇白话小说在中国小说史上的价值，特别是在清初白话小说中的地位。

2. 对清初作家李渔的研究

相对于戏曲和戏曲理论而言，李渔的白话小说长期以来并未引起国内外学者的关注和重视。虽然早在19世纪二三十年代，郑振铎、范烟桥、谭正壁等已经对李渔小说的成就给予肯定，然而长期以来国内学者对李渔的研究一直比较忽视。而韩南认为：李渔是一个重要的小说家，在中国所有的小说家中，唯有李渔有完整的别集传世，他留下的材料比曹雪芹、吴敬梓留下的都多，涉及不同领域，是中国文学史上很难发现的可以进行总体研究的作家。另外，在李渔的作品中，有种比较一致的特点，由此体现出他的创作个性。韩南认为"李渔强调文学的独创性甚于中国任何批评家，或许也甚于20世纪以前的任何欧洲批评家"。"他认为世间一切都要新，而文学尤甚。一个人如果不驱除掉头脑里的陈腐，是很难和他谈戏曲写作问题的。新，对作品的内容比对它的技巧更重要。"①

从20世纪80年代起，叙述学在国外方兴未艾，韩南结合叙述学理论来研究李渔的小说提供了一个崭新的视角，一种对李渔小说进行再认识的途径，也为以后的研究者开启了一个崭新的方向。韩南引进了"叙述者"这个概念。他认为由于文言文学向白话小说的扩展，中国白话小说中的"叙述者实际已经发生很大的变化——即'带普遍性的叙述者'逐渐被'有个性的叙述者'所取代"。正是找到了"叙述者的变迁"这个角度，他认为李渔正是他所说的"有个性的叙述者"的典型。韩南认为李渔与凌濛初最为接近，小说都是喜剧，前面有一段聪明机智的入话说明全篇主旨。他的小说带有明显的个人标志，即：李渔小说中，不仅喜剧占主导地位，有机智的评论，同时，主题和母题也一再重复。这些重复的集子把他的两个短篇小说集和长篇小说《肉蒲团》

---

① Patrick Hanan，*The Invention of Li Yu*，Cambridge：Harvard University Press，1988，p.164.

联系起来，表现了它们之间的关系。

韩南在《李渔的创造》一书中，对李渔作为一名"有个性的叙述者"做了进一步的阐发。他认为李渔运用"个性化的自我"取代了传统白话小说中全知全能的叙事者，因此把个人观点通过叙述者的评论传达出来。"无论是长篇小说还是短篇小说，李渔几乎都把传统的全知全能的叙述者变成了个人，这样，他个人的观点就能渗入整个叙述。在《无声戏》中，前面的入话和后面的尾声以及夹杂在小说中的大量议论使用使得李渔的小说不再如传统平庸小说那般进行道德说教，而是成为有了其鲜明个性及观点和短篇小说。这种趋势在《十二楼》中愈发明显。"[①]韩南肯定了李渔小说中的叙述者的个性化对改造传统小说旧的叙述套话所起的作用，他从两个方面探讨了李渔小说中的评论性因素：整个小说立意的思辨性和叙述过程中的发散性议论，这也正是李渔自我在小说中的呈现。韩南发现李渔的所有作品都有一个他创造出来的自我，"他不断地向读者'贩卖'他的个人经验、品味、兴趣、观点，一切所谓的学术和权威都是为了表现其个人观点和原创性服务的"。韩南认为这一点已经成了李渔整个文学创作的基本特征。

在《中国白话小说史》中，韩南主要把李渔的小说按照写作时间顺序逐篇研究，看它们的发展变化，同时，研究其共通之处。在《李渔的创造》中，韩南则以李渔的创新为中心，继续深化了这一主题。他将李渔小说与萧伯纳作比较，他认为：李渔大多数小说的中心是由于推翻了某种神话或陈旧的套路而形成社会反论，萧伯纳也是一位善于运用社会反论的作家（例如他的新士兵、新女性）。李渔的社会反论在《无声戏》中最为突出，如：《无声戏》中第七篇与古代话本《卖油浪独占花魁》有相似之处，同样是年轻美貌妓女的崇拜者，然而，卖油郎最终抱得美人归，而李渔的主人公就很倒霉，那个妓女竟然掠夺了他，让他最终一文不名。此处，李渔就推翻了传统套路中如杜十娘、霍小玉等美貌纯朴妓女的形象，和前人唱了反调。而《无声戏》第一篇更彻底颠倒了传统"才子佳人"的主题，让一个丑得不堪入目的男子娶了三位才貌双全的好女子。三名女子最初仇恨逃避，后来居然认了命，勉强结为夫妻，后来居然相安无事，生了儿子。

3. 对中国19世纪小说尤其是晚清言情小说的研究

关于这一时期的小说研究，虽然经常成为热点，但过去人们主要关注谴责小说，几乎完全忽略言情小说。韩南是通过对"新小说"的梳理研究来切

---

① Patrick Hanan, *The Invention of Li Yu*, Ibid. p.33.

入这一课题的。"新小说"是梁启超在 1905 年提出的概念,但"新小说"创作本身早已有之。韩南对"新小说"的研究从探讨《恨海》《禽海石》和《黄金崇》等开始,论述了这一倾向开始出现时的诸因素及其主要特征,揭示了与后来有关作品发展的关系,同时,更以对《风月梦》的个案研究,进一步说明"新小说"的特点。在韩南看来,《风月梦》是中国第一部城市小说,它所描写的几乎全部是扬州以及活跃其中的文人,它的出现与扬州通俗文化极有关系。而联系到后来的《海上花列传》,又可以探讨上海文化和扬州文化之间的关系。中国的通俗文化中,青楼文化是一个非常重要的方面,在明代,青楼文化在南京非常发达,到了清代,扬州的盐商空前兴盛,影响了社会文化。在《风月梦》的结束,有一个很有意思的情节,即作为主人公的妓女从扬州搬到上海。这是 1900 年前后的事,这是否意味着世纪转折之际,通俗文化的中心由扬州转移到了上海呢?韩南这一看法非常重要,其由特殊上升到一般的方法也值得借鉴。

## 二、浦安迪的叙事学研究

浦安迪(Andrew H. Plaks),美国普林斯顿大学东亚系和比较文学系资深教授,并兼任以色列希伯莱大学东亚教授。他的研究重心主要是中国古代文学,包括明清小说、中国早期哲学和历史文本,他在中国长篇章回小说的叙事学研究方面成果卓越,这方面他的主要著述有:《明代小说四大奇书》(The Four Masterworks of the Ming Novel:Ssu ta Chi'I-Shu)、《中国叙事学》,并编有《中国叙事文:批评与理论文集》(Chinese Narrative:Critical and Theoretical Essays)。浦安迪在红学方面亦颇有心得,其研究思路受结构主义影响极大。

浦安迪最重要的成就在中国小说叙事理论研究方面。作为一种形式主义文论,叙事学注重从形式上抽象出小说的共同本质。浦安迪重视古代章回小说结构的整体性,他在《中国叙事学》中对"结构"的定义是:"作家们在写作的时候,一定要在人类经验的大流上套上一个外形,这个'外形'就是我们所谓的最广义的结构。"他认为"叙事作品的结构可以借它们外在的'外形'而加以区别。所谓'外形',指的是任何一个故事、一段话或者一个情节,无论'单元'大小,都有一个开始和结尾。在开始与结尾之间,由于所表达的人生经验和作者的讲述特征不同,构成了一个并非任意的'外形'。"章回小说是中国长篇小说独有的结构模式,针对西方一些小说批评家认为章回小说缺乏统一的艺术性,结构零散的观点,浦安迪提出中国长篇章回小说有着结构方面的整一性,指出中国长篇章回小说常见的"百回"定型结构是数字中反映的中国传统审美追求,从而揭示中国古代小说结构的空间性。浦安迪对"中国叙事学"的分析给我们观察古代长篇章回小说一个崭新的眼光。同时,他研究中大量引用明清评点,又让我们发现,他是站在一个西方文化学者的立场上,利用中国古代文论中包含的叙事理论资源,对我们再认识明清小说评点理论的价值也颇具启发意义。

浦安迪很关注中西叙事传统、美学背景的差异,对于中西不同的美学背景,他是从中西叙事传统、中西神话中不同的美学原型角度来论述的。首先,他比较了中西不同的叙事传统,以建立对应的研究途径。对中西传统小说不同结构偏向,他从中西不同的叙事传统加以论述。他指出,西方文学经历了一个经由史诗—传奇—小说的主流叙事传统,所以"小说"(novel)所代表的人生和艺术理想在整个西方叙事文体的发展过程中具有承接历史、维系传统的特殊地位。西方学者会不自觉地运用亚里士多德式的古典标准来分析小说这一新兴文体,因此,小说源自一个特殊的文化背景,完全不能作为一种放之四海而皆准的现成模式,随便套用到其他文化传统中去。中国叙事文体来自一个完全不同的文化传统,遵循一个"神话—史文—明清奇书文体"的发展路线,与西方叙事传统形成鲜明对比,应该有一条与之相异的研究途径。浦安迪认为:中西神话的一大分水岭在于,希腊神话可归入"叙述性"原型,而中国神话则属于"非叙述性"原型,前者以时间性为架构的原则,后者以空间化为经营的中心。西方神话注重保留传说中的具体细节,而中国神话注重保留的只是它的骨架和神韵。中国神话之所以缺乏叙述性,是因为在中国美学的原动力里缺乏一种要求"头、身、尾"的结构原型,这一点也与西方神话不同,因此,也导致中西几千年来叙事传统的分流。

浦安迪把研究视野投入中国叙事文体中的"原型"问题,1976年出版的《红楼梦中的原型和寓意》(*Archetype and Allegory in the Dream of The red Chamber*)就从"原型"和"寓意"这两种批评概念切入《红楼梦》的解读。浦安迪对《红楼梦》进行了"细读"(close reading)和"结构分析"(structural analysis)[①]。他的专著分为九章:中国文学的原型和神话、女娲和伏羲的婚姻、互补两级和多元周期、《红楼梦》的原型结构以及对大观园寓意的解读等。他首先考察了中国文学中的原型,再将这一原型套用于《红楼梦》的解读。浦安迪选择解读女娲伏羲的神话,这是中国创世神话的重要内容。在女娲神话中,有一个重要母题:女娲与伏羲的婚姻象征皇天后土,匡正乱象。浦安

---

① Andrew H.Plaks, *Archetype and Allegory in the Dream of The red Chamber*, Surrey: Princeton University Press, 1976, p.vii.

迪正是从这一母题开始进行讨论，使女娲神话成为其原型解读的基础。女娲和伏羲"本为两不相干的天神"，然而在汉代神话中却结为一体，他们亦分亦合，比较诡密。在浦安迪眼里，这恰好象征"中国文化同时呈现正反互补的倾向"。①而《红楼梦》的意义和结构中，则充斥着这类的现象。该书中另一个重要批评概念"寓意"，它并不是指这部小说体现的某种深刻含义，《红楼梦》小说本身能够解读出来的深刻含义并不比某些其他反映生活现实的写实小说多。"寓意"是一种特定的写作模式，在这一模式当中，作者通过叙事故意经营某种思想内容，有意对人物和行为进行安排，从而为预先铸就的思想模式提供基础。《红楼梦》结构上的"二元补衬"正是寓意创作的标志。中国小说戏剧不管悲观离合，荣枯成败的描写，然而《红楼梦》在情节陡转之处，也无不暗含阴暗哲理的结构形式。如，小说第七十五和第七十六回贾府在中秋佳节时的强颜欢笑，小说最后凄凉的收场，都是复杂的二元错迭的例子。《红楼梦》寓意结构的主脉是"真假"，小说中出现真假宝玉人魂并现的情节："真"宝玉缅怀自己南京的家园，"假"宝玉在南京真真假假的梦幻。这个"真假"情节道出全书的寓意，实是作者苦心策划的。另外，甄士隐和贾雨村一真一假的"真假"脉络，作者意图透露得尤其清楚。《红楼梦》小说结构中无处不呈现出来的"互补两级"和"多元周期"的"原型模式"，正是中国叙事传统及整个中国文明的再现，也正体现了这种"二元性"。②小说也因此具有了"寓言"这一写作模式的特征。浦安迪的关注点是:《红楼梦》如何通过"寓言"式写作来呈现某些神话原型，他从"寓言式写作"这一视角对大观园进行分析，认为大观园正好对应这样一种原型。浦安迪于此处将中国的花园与西方的花园进行对比，认为中国文学中的花园是整个世界的缩影，与西方作为真实形象的花园截然不同。"大观"的概念在中国传统作品屡见不鲜，通常用来指一种扩大的视野。骤观《红楼梦》之中的大观世界：钗黛之间、社会责任和个人修身，以及爱情与死亡之间那种几近辩证对立的关系，宛如互补共济的钟摆，在单一的人生观基础上往复不停地摆动着，也正于此处，才体现出大观园的寓意。大观园寓含着万物富足之意，同时也暗示出人生的无常。大观隐含须臾人生的表面冲突，正是在这种包含万物变化的大观系统之中，体现出一种中庸之美的状态。全书最后引用脂砚斋的评论：

　　所以此始于情终于悟者，既能终于悟而止，则情不得滥漫而涉于淫佚之事矣。一人前事一人了法，皆非弃竹而复悯笋之意。③

---

① Andrew H.Plaks, *Archetype and Allegory in the Dream of The red Chamber*, Ibid. p.40.
② Andrew H.Plaks, *Archetype and Allegory in the Dream of The red Chamber*, Ibid. p.7.
③ Andrew H.Plaks, *Archetype and Allegory in the Dream of The red Chamber*, Ibid. p.210.

宝玉最后的遁入空门是一种"以情悟道",这里无论他的行为是正确或者错误,"这是他的自我与世界、完整与分离、存在与非存在之间表面上的悖反,它表现出小说的思想:人活在循环之中,最终会进入轮回。当从宇宙中观察宝玉的红尘生活时,他最终的遁世不过是和谐完整的整体之中不可缺少的一部分。而当这同样的故事从个体角色或者读者的角度看来,尽管它可能引起他们的怜悯之心,它不过是这个隐喻性文本完整的结构所传达出来的非大观者"。①

### 三、夏志清独特的史论方法

夏志清(C.T.Hsia),哥伦比亚大学东方语言文化系教授,著名华人学者。他的两部英文代表著作《中国古典小说史论》(*The Classic Chinese Novel: A Critical Introduction*)和《中国现代小说史》(*A History of Modern Chinese Fiction*)对中国现代和古典小说进行重新梳理、评价与阐释,是具有世界眼光的中国小说史论专著,以其开创性的意义和独特的批评视野,被誉为西方汉学界研究中国小说的奠基和经典之作,由此确立他在该学术领域的权威地位,并直接或者间接影响了中国学界的研究。夏志清在清小说批评方面的代表作品是《中国古典小说史论》,共收入对六部中国古典小说的讨论,其中包括清小说《儒林外史》和《红楼梦》,他的《儒林外史》是海外第一篇对该小说进行正式研究的学术文章。②该著作已成为本学科博士学位必读书目,受到英美同行的尊重。

夏志清与其他文学批评家和文学史家相异的特点是:他的中国小说史论著作采用一种特有的方法,即史论结合的批评研究方法;另外还有他的小说史意识。他反对文学史"流水账"式的写法,认为文学史应该有所侧重,亦应该有鲜明的问题意识。研究者应当亲自阅读经典文学作品并做出判断,不能人云亦云,炒别人的剩饭。对于文学史上有过较多讨论的作品,在重新剖析时,必须提出自己新的论证角度和观点。同时,不应该把注意力只放在那几部重要作品,要关注发掘一些受人忽略的佳作。可以说,夏志清批评对象要求文学要"经典"化,而"经典"本身的要求是作品本身优美真挚,具有自己的独到之处,并能引起众多读者共鸣,经得住漫长的时间考验。

可以说,鲁迅的《中国小说史略》奠定了国内对中国古典小说研究的基础,这种研究模式是追根溯源,从早期中国小说的起源、雏形,从神话传说

---

① Andrew H.Plaks, *Archetype and Allegory in the Dream of The red Chamber*, Ibid. p.211.
② C.T.Hsia, *The Classical Chinese Novel*, New York and London: Columbia Uniersity Press, 1968, p.1.

直述至明清小说。而《中国古典小说史论》则具有截然不同的特色,除了在导言部分有一些简略的背景式勾画,夏志清直接切入正文几部经典作品的讨论。他选取了六部作品,皆为中国古典小说的巅峰之作,他的选材标准是:"这几部作品固然不见得都是中国小说中写得最出色的,即使我们不把现代小说算在内,我相信中国传统小说中还有几部作品,虽然其重要性尚未得到批评界的普遍认可。但若以艺术而言,它们比之这六部小说还是要胜过一筹。但毋需置疑,这六部作品是长短小说这种文学类型在历史上最重要的里程碑,每部作品都在各自的时代开拓了新的境界,为中国小说扩展了新的重要领域。直到今天,它们仍然是中国人心目中最心爱的小说。"①他的选材方法可谓别具一格。中国古典小说宝库里有着数量众多,篇幅浩瀚复杂的诸多佳作,这种选材方法可以有效减少头绪的纷杂,集中批评的注意力。某种程度上,我们可以说《中国古典小说史论》只是专论明清小说的经典之作,而不是整个中国古典小说的完整史论。这种选材还有一个特点即是打破了传统的分类方法。亦是从鲁迅开始,传统小说史习惯将小说分为世情小说、才子佳人小说、公案侦探小说、神魔小说、讽刺谴责小说等,而夏志清集中探讨几部经典名著,并不纠缠于作品分类和类型的问题,也不深究小说产生、演变的内外原因,因此在小说史论研究的格局和思路上,别有特色。

在《中国古典小说史论》的讨论中,夏志清肯定了《儒林外史》在艺术风格和技巧方面的革新意义,能摆脱流行的宗教道德观念,谈论吴敬梓个人阅历和小说情节的关联;分析小说的主题、"王冕"的形象及其局限,指出小说首创的戏剧性表现手法及其荒谬的喜剧性描绘和笑料的优点及弊端。夏志清集中论述了小说中的讽刺手法,他细致区分了吴敬梓对几种类型文人的讽刺区别,尤其是年轻的投机钻营者"匡超人""牛浦郎",并质疑作者所推崇的"杜少卿"的清高性格。他认为杜似的文人有着不从流俗的自我意识,因此瞧不起那些头脑狭隘、粗俗不堪的醉心科举的文人,但是小说的讽刺力量就在于:吴敬梓对这两种类型的文人采取了一种公允的态度,并没有有所偏爱。②夏志清认为:吴敬梓在小说的大部分态度都比较公允,整部小说前面都是普遍的讽刺,然而他在第三部分的讽刺里,把个人的好恶带进对文人和一些乡野之士的评论之中,对不能认识他价值的故乡居民激烈地嘲笑和奚落,措辞刻毒,此处,作家的讽刺艺术就变得带有太多私人情感色彩,令人难堪了。③同时,在《中国古典小说史论》的最后部分,夏志清强调了吴敬梓讽

---

① C.T.Hsia,*The Classical Chinese Novel*,Ibid. p.3.
② C.T.Hsia,*The Classical Chinese Novel*,Ibid. p.233.
③ C.T.Hsia,*The Classical Chinese Novel*,Ibid. p.246.

刺写法的局限性,提出作为特定时代的作家,吴还没有开始学会开拓内心意识世界的描写。他认为在最佳状态下,吴敬梓改选了由文人们编撰的笑话和轶闻趣事,使之服务于人物性格的表现。但有时仅仅由于独立的喜剧价值而将它们插入,却不顾其讽刺的贴切性和故事正文是否有联系,结果妨害了小说。如在《儒林外史》第五、六回"严监生"之死的场面,这是个素为批评者称道的描写吝啬鬼的精妙场面,夏志清的看法是如果脱离上下文看,这是一幅守财奴的绝妙漫画,但对于小说家而言,写这个精彩篇章时首先应该考虑:它是否合适。夏志清认为此前"严致和"为妻子丧事花费不菲,给读者印象是个不小气的人,但最后安排他临终"两根灯芯"的情节,使他作为吝啬鬼而死,故事虽妙,但与小说前面章节相矛盾。夏志清对这个为众多批评家所称道的细节的质疑显示了他敏锐严正的审美眼光。这是一个一直被正面评价的场景,"严致和"成为中外闻名的"吝啬鬼"典范,但夏志清结合小说语境重新判断,关注的是这种具有独立讽刺价值的细节是否能和小说的人物品性或整体格调紧密结合,而不是喧宾夺主,甚至自相矛盾。

夏志清对《红楼梦》的论述来自1961年在芝加哥召开的亚洲研究学会年会中宣读的论文《〈红楼梦〉中的爱与怜悯》,在这篇论文中,他的结论是:"《红楼梦》最终关怀的是爱筵远胜爱,是怜悯与同情远胜情欲。"[①]这是对《红楼梦》中的"情"进行剖析的英文论述中相当经典的一段。此处夏志清借用了基督教术语"爱筵"(agape)来表达他对《红楼梦》所表达的情感的理解,认为这是一种广大的同情和悲悯,一种对人间苦难的感同身受。在《中国古典小说史论》中他进一步分析了《红楼梦》中的情感。他首先把曹雪芹和同时代的吴敬梓做了比较,并回顾红学研究对该小说版本和作者问题的考证推测。接着,夏志清介绍了《红楼梦》小说的重要人物和基本情节,讨论小说对欲念和情感的矛盾描写及其悲剧认识。在对小说中梦的解析中,夏志清主要集中在对梦进行深层次的心理意识的挖掘。他评议小说的一系列悲剧事故对贾宝玉的刺激和影响,使他在爱和自我拯救的激烈冲突中饱受折磨,最终因绝望而寻求遁世解脱,这实质上正是关于爱、怜悯与自我拯救之间不可调和的哲学争论。夏志清运用心理分析对林黛玉性格进行了颇有新意的解读,他有感于既定的评论偏袒林妹妹,于是通过分析林黛玉的人格,拆解人们对她的定论。他从人物自身入手,对性格等内部原因进行剖析,并以一种现代健全、甚至高尚的人格标准来衡量林黛玉。他认为,虽然人们惋惜贾宝玉和林黛玉无缘结合,但宝林黛二人尽管趣味相投,性情气质却完全相反。宝玉

---

① C.T.Hsia, "Love and Compassion in 'Dram of Red Chamber'", in *Criticism*, V, 1983, p.262-268.

好动，富有同情心，最能自我超脱，黛玉却以自我为中心，神经过敏，最终招致自我毁灭。宝玉被她吸引，不仅是出于她的纤弱及其诗人的细腻敏感，还因为他与她正好相反的特性——多疑多忌和自我纠缠。在小说寓意性的构思中，林黛玉应以眼泪还债，但她的眼泪实际上带有自我怜悯的意味，并非出自感激。一个完全的悲剧人物，被要求有崇高的仁慈善良、慷慨大度及自我认识，这显然是林黛玉所达不到的，尽管她完全具备这种智力。她过份沉溺于一种不安全感中，无法用客观、自嘲的眼光来看自己，因此她是个相当悲剧性的角色，以充分展示自我中心意识对人的生理和心理所造成的摧残，尽管这种摧残过程描写得相当生动和诗意。林的悲剧来自于她无法自我超越的性格悲剧和局限。夏志清的这个认识来自于他站在现代人的立场和视角，虽然有所偏颇片面，然不乏新意。

《中国古典小说史论》获得了学界的一致认可。著名汉学家如柳存仁、韩南、白之、霍克思、卜立德以及刘绍铭、白先勇等都为该书写了书评。如同狄百瑞（Theodore De Barry）所指出，夏志清此书对中国古典小说的探讨重在阐释。围绕着一部博大精深的作品，常常存在许多版本和历史问题，他不求一一澄清这些问题，而是从这样的研究中提取最必须的资料，为对作品本身的基本理解和欣赏服务[①]。虽然也有学者发表异议，不满夏志清的文化偏见，但该书出版30年后，王德威再做回顾，仍肯定了夏志清的《中国古典小说史论》是欧美汉学界的首屈一指之作。王德威认为夏志清通过细腻的解读、精妙的翻译、引领读者进入一个截然不同的叙事传说及人文情境。书中体现了夏对文学的历史脉络、道德承担、修辞特征与人物情节都有深刻的思考，仿佛夏志清摆脱了布鲁克斯及李维斯等大师的影子，从事他可独当一面的文学研究。中国文学的独特性，亦在他笔下凸显[②]。夏志清的批评一方面基于西方传统的人文主义批评精神，尊重个人的尊严和自由，尊重女性。在方法论上，对各种新批评方式兼容并包，同时以比较文化研究的眼光，采用了人类学、社会学、心理学、神话学、女权主义符号学与原型批评等新的观念和技巧，在文学评论中把传统与现代有机地揉和在一起，体现了一种坚实的功力。另一方面，他又能汲取中国文化中儒道佛结合的思想，入世而又超然物外，他对作家作品的分析研究不仅着重传统的结构、技巧的钻研，更执着于"感时忧国"和"悲天悯人"的古代中国传统中的人本主义思想，这使他能够

---

[①] Theodore De Barry, *The Classical Chinese Novel*, New York and London: Columbia Uniersity Press, 1968, Preface.

[②] 王德威，《重读夏志清教授〈中国现代文学史〉——英文本第三版导言》，载夏志清《中国现代小说史·作者中译本序》，刘绍铭等译，香港中文大学出版社，2001年，p.xxviii.

以真正汉学家的境界和眼光来评价中国文化,他的理论具有沉重的历史感和感人的力量。

### 四、米列娜对世纪转折时期中国小说的研究

捷克汉学家米列娜(Milena Dolezelova-Velingerova)主编的《从传统到现代——世纪转折时期的中国小说》(*The Chinese Novel at the Turn of the Century*)是一部用多层面分析方法试图"寻求中国现代文学的根",以便五四运动不被人"误解为一个与中国的过去断然分隔的文学事件"的著作。①

米列娜的学术动机来自于她对中国文化与西方文化差异的清醒认识。在米列娜看来,五四新文化运动常常被人误解为一个与中国的过去断然分隔的文学事件,因而成为一个困扰人的难题,而晚清又是中西接触交往的关键历史时期,因此,她从一个异于中国人的角度来从事中国文学研究,晚清是一个适宜的题目。她认为:"如果将晚清小说视为中国传统小说与现代小说的过渡阶段,那么,认为中国现代小说是由五四运动引起的剧变而造成的学术观点不由令人怀疑。因此,晚清文学发生的变化及将其作为过渡现象加以研究是必要的。"②米列娜参考了捷克和苏联的亚洲文学研究专家的成果,认为晚清小说不仅是中国,也是全亚洲发生的普遍演化过程的一个重要阶段。这个阶段是一个关键性的文化变革时期。只有对晚清小说进行深入研究,才能揭示出它对于这一过程的贡献。然而,因为晚清小说数量巨大,分析将只能基于有限的一些作品。

米列娜论文集的选材标准是"既要注意作家的文学才华,也要注意某些特定作品对于文学发展的历史贡献,因而所选作品中有一些是公认的杰作。它们包括李宝嘉的《官场现形记》、刘鹗的《老残游记》、吴沃尧的《二十年目睹之怪现状》以及曾朴的《孽海花》,也包括不太著名的作品,如李宝嘉的《文明小史》、吴沃尧的《恨海》和《九命奇冤》;还有几乎完全湮没的作品,如张春帆的《九尾龟》。"③她认为这些小说中可以发现的特征虽然并非完全彻底,然而,已足够代表整个时期。

该书共选入九篇论文,详尽地论述了中国"新小说"的兴起,晚清小说

---

① Milena Dolezelova-Velingerova, *The Chinese Novel at the Turn of the Century*, Milena Dolezelova-Velingerova (ed.), Toronto: Unversity of Toronto Press, 1980, p.2.
② Milena Dolezelova-Velingerova, *The Chinese Novel at the Turn of the Century*, Milena Dolezelova-Velingerova (ed.), Toronto: Unversity of Toronto Press, 1980, p.2.
③ Milena Dolezelova-Velingerova, *The Chinese Novel at the Turn of the Century*, Milena Dolezelova-Velingerova (ed.), Toronto: Unversity of Toronto Press, 1980, p.3.

情节结构的类型及叙事模式，考察了晚清小说的一般性质及其基本成分。米列娜认为：晚清小说表现出中国许多现代小说发展的性质，体现出白话小说的艺术特点。从小说主题来说，所有这些小说描写的都是1880到1910年的中国，其中绝大部分小说直接涉及这段时期发生的事件，如义和团运动、外敌入侵和中央集权的衰败等，使得知识分子强烈意识到传统的败落及与现代化的必要性。正因为小说抓住这些气氛，才吸引了读者的心。同时，晚清小说地点背景极其多变，反映出一个处于现代化过程中的国家，它的流动性正在日益增长。除了《老残游记》，所有其他小说人物都自由来往于各省地之间，甚至越过国界。如李宝嘉的《文明小史》描写了首批中国海外留学生在日本的活动。因此，晚清小说描绘的社会场景也十分广阔，各种阶层的人在情节发展中都起着或多或少的作用，下层人物也得到充分描写，如《九尾龟》就详细描写了妓女的生活。更为重要的是，对这些社会阶层的描写注重了它们之间的相互关系，这与传统儒家观念正好形成鲜明对比。如在《老残游记》《官场现形记》《二十年目睹之怪现状》《九尾龟》中，作家常常将官场生活与娼妓和盗贼的下层生活联系起来，并加以对比。而社会事件也并非晚清小说唯一主题，爱情与感情的主题也日益增长，在《孽海花》《恨海》和《九尾龟》中，这两种主题的交织表现出敏感的个人命运与社会力量之间的冲突。简而言之，晚清小说抓住了正在形成的中国现代社会的全部复杂性、多样性和不确定性，其叙事形式、手段和风格的惊人多样性配合了主题与背景的广阔，它是一个巨大的融炉，传统叙事手段和试验性的叙事手段在此融为一体。在《〈九命奇冤〉中的时间：西方影响和本国传统》一文中，讨论了为什么只有某些外国小说创作技法能被成功采用，而其他技法则没有被纳入考虑范围。各种试验大大激发了新小说创作方法的产生，从而表明：作家才能控制并决定最终的叙事形式。[1]因此，《〈孽海花〉的戏剧结构》一文指出，《孽海花》的情节仍然是按照传统小说那种典型的宇宙轮回和佛教的报应说构思的[2]。《晚清小说情节结构的类型》一文表明，这种传统情节结构方式，在对《官场现形记》的讨论中，证明了该书的情节是依照小说中所描写的中国各个阶层之间的关系系统来安排的。然而，米列娜指出，在《老残游记》《二十年目睹之怪现状》《九尾龟》中，主人公是通过从一个社会集团进入另一个社会集体

---

[1] Gilbert Chee Fun Fong, "Time in Nine Murders: Western Influence and Domestic Tradition", in *The Chinese Novel at the Turn of the Century*, Milena Dolezelova-Velingerova (ed.), Toronto: Unveristy of Toronto Press, 1980, p.116-125.

[2] Peter Li, "The Dramatic Stucture of Niehai Hua", in *The Chinese Novel at the Turn of the Century*, Milena Dolezelova-Velingerova( ed ), Toronto: Unveristy of Toronto Press, 1980, p. 150-164.

发生联系，主人公与强大的社会力量斗争最终是不成功的。唯一的例外是《九尾龟》的主人公，他虽未功成名就，然而，在幸福的爱情中终于得到安慰。米列娜认为：这部小说的双重结尾及强烈的感伤主义标志着注重政治的晚清小说的衰退，预示着本世纪最初十年感伤和色情小说的流行。①

该书最重要的研究成果之一是发现晚清小说家的作品中具有的各种独特的风格和思想。从为现实辩护的《老残游记》，到相信历史报应的《孽海花》，企图在内心天堂逃避社会的《九尾龟》，对于社会力量主控个人命运认识的《恨海》和《二十年目睹之怪现状》，以及对于现存制度彻底否定的《官场现形记》。作家的意图不仅仅是嘲笑、揭露社会弊端，它们表达了形形色色的思想，也体现出作者的风格同样是多样化和个性化的。米列娜认为吴沃尧是其中最多才多艺的人，是他把第一人称叙事引进中国白话小说，并掌握了多种叙事方式。他使传统的历史和探案小说符合注重政治问题的文学的需要，而他最大的力量蕴含在他对处于社会矛盾之中的主人公感情世界的描写。李宝嘉的小说是吴沃尧小说的补充，又与他形成对照②。李宝嘉批判的是社会各阶层，在他对社会包罗万象的描画中，没有为复杂性格的塑造留下余地。他的人物只是社会各阶层的一些类型人物，略显苍白。然而，他们的小说风格有一系列的共同特点：即叙事者评价性议论和表白的声音，这种风格也表明他们与中国的说书有明显的关系。而刘鹗与曾朴则与他们不同，刘鄂与曾朴代表着中国小说一个不同的潮流，象征性是他们小说的主要风格。该书有两篇文章《〈老残游记〉的讽喻叙事》和《〈孽海花〉的戏剧结构》，都讨论到了这两部小说的象征性。

### 五、黄卫总的自传写作研究

黄卫总（Martin Huang）的专著《文人和自我的再表现——18 世纪中国小说中的自传倾向》（*Literati and Self-Re/Presentation : Autobiographical Sensibility in the Eighteen-Century Chinese Novel*），从社会学和心理学角度出发，通过文本细读的方式，主要讨论《红楼梦》《儒林外史》和《野叟曝言》这三部 18 世纪小说的自传特点。

该书共分四章，第一章"问题中的文人自我和小说中的自传倾向"（The Problematic Literati Self and Autobiographical Sensibility in the Novel）从传统

---

① Milena Dolezelova-Velingerova, "Narrative Modes in Late Qing Novels", in *The Chinese Novel at the Turn of the Century*, Milena Dolezelova-Velingerova（ed.）, Toronto: Unveristy of Toronto Press, 1980, p.57-75.

② Milena Dolezelova-Velingerova, *The Chinese Novel at the Turn of the Century*, Milena Dolezelova-Velingerova（ed.）, Toronto: Unveristy of Toronto Press, 1980, p.15.

小说发展史的角度阐述了自传倾向在 18 世纪小说中抬头的原因以及它与当时文人作者自身面临的自我意识危机的密切联系。"文人"一词来自中国传统文化中的"士",受儒家传统文化影响,他们受过良好教育,大多以入仕为官为人生理想。然而这种愿望常为现实所挫,因而有了文化传统中文人的"发奋著书"。这种创作趋势到了 17 世纪,影响到小说作者开始采用小说形式作为自我表达和自我呈现的手段。正如诗歌中的"立言",不少小说创作亦有了强烈的自传性。这同样是因为作者身份(authorship)的变化,以明清小说《醒世姻缘传》为例,该小说明显是由一位作者所完成,而在十七八世纪,大多数的白话小说的作者都为单一作者,较之于从前"中国小说往往是由群体创作,涉及很多作者"①,这是一个很大的变化。在《醒世姻缘传》《续金瓶梅》《隋唐演义》《西游记》中,都可以看见强烈的个人化创作的影响。黄卫总认为这是传统小说"文人化"不断深入的必然结果。"在这些小说中,文人成为自我观察和审视的对象,换句话说,十七八世纪的中国小说较之从前任何世纪而言,都更像如创作者本身一样的'文人'的自我表现。"②

  第二章"面具化的自我:《儒林外史》中的自传性策略"(The Self Masqueraded: Auto/biographical Strategies in "the Scholars")探讨了《儒林外史》中吴敬梓的自传性写作自我呈现。黄卫总首先定义了"self"(自我)和"自我的再呈现"。黄卫总指出:

  "自我"同时由"展现出的自我"(作者在小说中展现出来的自我形象)和"创造出的自我"(角色)所构成。"自我的再表现"这一术语意指作品中展现来的我认为"自我呈现"(作者明确表述出来的自我)与"自我再呈现"(作者对其他"自我",即角色)之间的密切联系。"自我再呈现"是不同的自我(作者和角色)以复杂的方式展现出来,正如白居易的《琵琶行》中自我的呈现方式,诗里的歌女的自我表现与诗外白居易自我的表现融合在一起,构成复杂的叙事。此处,"再"与"呈现"意为非直接的表现形式,即是它的间接性。这与西方一般的自传小说只集中描写一个主人公的写法很不一样,这里用"自况"一词来形容这些小说的自传特点可能是最恰当的。在这些中国传统小说里,作者的自传往往是通过描写塑造一连串的人物来间接完成的,这就是所谓的"再呈现"。③

---

① Martin Huang, *Literati and Self-Re/Presentation: Autobiographical Sensibility in the Eighteenth-Century Chinese Novel*, Stanford: Stanford University Press, 1995, p.19.
② Martin Huang, *Literati and Self-Re/Presentation: Autobiographical Sensibility in the Eighteenth-Century Chinese Novel*, Ibid. p.22.
③ Martin Huang, *Literati and Self-Re/Presentation: Autobiographical Sensibility in the Eighteenth-Century Chinese Novel*, Ibid. p.48.

根据以上对"自我再呈现"的界定，黄卫总分析了《儒林外史》中的吴敬梓"自我再呈现"。《儒林外史》是一部有着众多角色的小说，与常见的西方自传性小说中单一主角很不相同。吴敬梓的自传性是怎样在小说中体现出来的呢？黄卫总认为：尽管小说有几百个角色，然而，小说有着明确的结构模式。小说第一部分，即2至7章节，讨论的是在科举制度中取得成功的儒生群相；小说第二部分，即8至30章节，主要关注那些追名逐利的"名士"群相；小说第三部分，即31到46章，描绘了一些以"杜少卿"为代表的正直的儒生；最后一部分，即47到55章节，描绘的是一代文人的集体堕落与绝望感。这四部分正好和吴敬梓生平的起伏相联，小说第一部分描绘的是吴敬梓发奋读书，企图考取功名的早年。据记载，吴敬梓本人对他在科举考试中的成功非常骄傲，常对人言及，得意之情溢于言表。当联系到作者的生平，小说中这部分的描写是一种自嘲，"把自己曾做过的愚蠢事情安排在他人身上，无疑让自嘲变得不那么痛苦。"① 小说第二部分亦同样是作者的自嘲体现，而吴敬梓移居南京后，亦过着所谓隐居的"名士"生活。然而，真正的隐居者与伪隐居者之间有一定距离，吴本人对此距离可能都不十分清楚。第三部分是最能体现小说自传色彩的，然而，本部分以"杜少卿"和他意气相投的朋友对社会改良及理想的幻灭而结束。这个结局让人看不到希望，是一幅"垮掉的一代"的生动描绘，我们从中可以看到文人的身份危机和对理想的绝望。作者用一个虚幻的人物"王冕"来体现他的儒家理想，这最终证明吴敬梓本人的理想走向绝望。吴敬梓的一生都为对先人的荣耀的记忆所困，记忆成为负担，在对小说详细的解读中，我们可以看到，吴敬梓在书中呈现出来的对科举功名的态度是非常模糊不清的。对吴敬梓而言，小说的写作是他摆脱这种模糊性的努力，亦是对现世生活中他不被认可的才能因而产生的愤怒与对先人的罪恶感的平衡。

第三章"镜位的自我：《红楼梦》中的女性与成长"（The Self Displaced: Women and Growing Up in the Dream of the Red Chamber）集中以"宝玉"为例，讨论了《红楼梦》的自传因素。黄卫总认为，曹雪芹无与伦比的自传写作技巧使他能释放他作为一名失败的文人的焦虑，重建过去的自我。世人公认《红楼梦》描绘了一系列卓越的女性形象，对女性态度相当尊重。在小说一开始，作者就自承：小说将会写到他一生中所遇见的那些女性。读者得知那些女性都非常可爱，在女性面前，叙述者"我"的态度是自卑的。这体现

---

① Martin Huang, *Literati and Self-Re/Presentation: Autobiographical Sensibility in the Eighteenth-Century Chinese Novel*, Ibid. p.52.

出男性角色的焦虑。曹雪芹的自我呈现不仅体现在"宝玉"的行为中,它同样体现在其他角色身上。曹雪芹无与伦比的叙事技巧使得他利用了性别的错位,通过"宝玉"和那些女性重建他的回忆与自我。宝玉是有着成长焦虑的女性化男性,虽然他倾慕女性,他的爱慕只限于未婚女子,而对女性而言,没有比婚姻更意味着进入成年世界的了。小说中宝玉不断为成长所困,当听到紫鹃戏弄说林黛玉长大后将嫁人离家,他甚至为此几乎发狂。小说中的宝玉使用所有他能想到的办法来阻止时间的流动,阻止成长,以停留在童年和少年时代,以此忘记可能的未来,简单地生活在现在。大观园在小说中同样有让时间静止的效用。而《红楼梦》是一部追忆往事的作品,作者在作品中并没有过多运用第一人称叙事,即作品中的"我"站在现在时的角度追忆过去,因为现实的"我"和过去的"我"时间距离已经拉长。这种自传性写作在处理叙事时间时,必然体现写作时间与小说世界时间和谐与裂变矛盾又完美的结合。小说中宝玉历经一生的喜怒哀乐,然而,直到他参透人生,看破红尘,回归青埂峰下,他仍然是一名不满20岁的青年。《红楼梦》中有很多时间处理的错位,有很多的模糊、混乱、停滞,甚至错误的时间定位,这是因为自传性小说在追忆往事时,以现在成熟的"我"叙述往昔的"我"的故事,自然会出现时间上的不和谐以及人物判断成熟化倾向。《红楼梦》解决宝玉自我危机的方式似乎就是让宝玉永远停留在没有到达成年的状态,这样,他永远不会面对成年世界,被迫承担成年后作为文人要承担的社会责任。

第四章"重建的自我:《野叟曝言》中的记忆与遗忘"(Memory and Forgetfulness in The Humble Words of an Old Rustic)讨论了《野叟曝言》中自传性的呈现。黄卫总指出,《野叟曝言》是一部作者与他的主人公相距甚远的小说。小说中的主人公"文素臣"虽是一名落第秀才,却是孔子思想言行之嫡传后人。他才识超人,一路除暴安良,济困扶危,最终功成名就。除夕之夜,文氏梦见上天授意他为圣贤,排名在韩愈之上,全书以此梦结束。而小说作者夏敬渠的人生与他辉煌的主人公截然相反,夏敬渠一生不得意于科场,连秀才都没有考上,穷困终生。连连落第造成他与仕途绝缘,所持的"学而优则仕"和"修齐治平"的传统儒家理想全然落空,不仅在物质上穷困潦倒,在精神上亦非常失意。在同时代的文人作家中,夏敬渠可以说是最失败的。然而,一如其时文人"发愤著书",《野叟曝言》正是表达他现实与幻想之作。"正如大多数的西方自传小说,《野叟曝言》围绕着单一角色文素臣展开。这在中国传统小说中是非常不寻常的。中国传统小说大多结构涣散,由多个角色组成,没有任何一名角色在其中占据中心地位(《红楼梦》

中的宝玉除外)。"①这种非同寻常的叙事手法大概来自于夏敬渠致力于塑造一位理想人物。与《儒林外史》中群儒的失败不同,文素臣人生非常成功,他富有才华,无论在爱情、功名、家庭上,皆取得了不起的成就。黄卫总认为:夏敬渠对文素臣的描绘,正是表明他较强的个人化动机。夏功名失意,著小说以明志,记录生平,炫耀才华,以补偿其现实中的人生缺憾,满足个人的幻想。"稍微仔细的读者应该会从主人公非凡的成就中,发现作者隐藏的挫败感。"②夏敬渠的写作是典型的"面具"(mask)式写作,这种通过假面具来达到作者的自传目的的特点,与中国古代的特殊传记文学传统以及18世纪保守的文化环境有一定的关系。

## 六、王德威的晚清小说研究

有关中国文学现代化的问题是近年学界的一个热点。五四文学革命的典范意义,引起众多讨论。而其中最值得注意的,当属晚清文化的重新定位。王德威的《被压抑的现代性——晚清小说新论》(Fin-de-Siecle Splendor: Repressed Modernities of Late Qing Fiction)通过对晚清四种小说文类的探讨,试图回答如下问题:20世纪中国文学的现代性到底在哪里?究竟是什么使得晚清小说堪称现代,并以之与五四传统所构造的现代话语相对应?又是什么阻止后来人理解晚清时期被压抑的多重现代性?

王德威的著作共分为六章,在导论"没有晚清,何来'五四'"里,他首先界定了"晚清"的范畴。"我所谓的晚清文学界,指的是太平天国前后,以至宣统退位的六十年。"③而关于何以定义"现代"中国文学问题,王德威认为:"'现代'一词,众说纷纭,此处指的是"一种自觉的求新求变的意识,一种贵今薄古的创造性策略。晚清小说家对小说形式内容的种种试验,都称得上具有现代性"。④虽然五四时代的文学纷繁多样,但总体来说,五四精英的文学口味其实远较晚清时作家狭窄。五四时期延续了"新小说"感时忧国的叙述,却摒弃了其他已经成形的试验,五四时期时人专推写实主义,而其他西方现代主义文学,基本无人问津。因此,他认为,要梳理中国小说的现代性,不妨退回晚清。

在第一章"被压抑的现代性"中,王德威首先描述了晚清小说得以兴起

---

① Martin Huang, *Literati and Self-Re/Presentation: Autobiographical Sensibility in the Eighteenth-Century Chinese Novel*, Ibid. p.115.
② Martin Huang, *Literati and Self-Re/Presentation: Autobiographical Sensibility in the Eighteenth-Century Chinese Novel*, Ibid. p.122.
③ David Der-wei Wang, *Fin-de-Siecle Splendor: Repressed Modernities of Late Qing Fiction, 1848—1911*, Stanford: Stanford University Press, 1997, p.vii.
④ David Der-wei Wang, *Fin-de-Siecle Splendor: Repressed Modernities of Late Qing Fiction, 1848—1911*, Ibid. p.viii.

的历史与理论环境。他认为晚清时代小说已经开始触及有关"现代"的议题。如果五四文学以启蒙、革命、情感与理性对话,以及写实主义的表达实践为主要特征,其实晚清小说早已具备以上特点。晚清是中国叙事小说相当发达的时期,中国叙事小说史上,像在晚清那般复杂的情况,可谓绝无仅有。在这段时期,小说创作、印刷、流通及探讨,其方式之多,在古典小说史上是空前的。日后中国现代文学里的渴望、挑战、恐惧及困境,在这个时期都已经开始浮现。然而,由于晚清大部分小说艺术粗糙,不具备所谓意识形态,一般批评家认为晚清小说对中国现代小说的形成少有贡献。然而,王德威认为,要回答"20世纪中国文学的现代性到底在哪里"这个问题,方式之一就是跳出五四文人所设立的限制,重新思考如下问题:有哪些现代文类、风格、主题及人物,是被后来所谓"现代"的中国文学话语所压抑了的?为什么有些晚清文学变革不被认为是"现代"?王德威主张:"晚清小说并不仅仅是中国'现代'文学的前奏,它其实就是'现代'之前最为活跃的一个时期。"而"被压抑的现代性"可以作如下方面理解:(1)它指的是中国文学传统之内一种有传承性的创造力;(2)它也指向操控作家思考、谈论"现代"的心理与意识形态的机制。作家在探讨作品时所说的,可能与他们在作品中表达的内容是两码事;(3)它还指对文学史的反思。"被压抑的现代性"还指晚清以来,一向被有意无意排除在文学正统之外的某些中国小说,它们包括:科幻小说、狎邪小说、谴责小说、鸳鸯蝴蝶派小说等文类,这些文类发人深省,虽然它们从来不以主流自居,亦从来不自称为"现代"。然而,批评家们在选择压抑这些文类里隐含的现代性时,其实亦错过了中国文学的全貌。

第二章"寓教于恶"探讨了晚清狎邪小说如何超越情色的成规,重新界定了爱欲、情感的范畴。王德威认为,晚清涌现出大量狎邪小说,这类小说重新界定了传统浪漫与艳情的社会空间与叙事,同时,它也展现了一种暧昧的身体政治,因为它政治化了欲望的角逐,亦情色化了权力的游戏。晚清狎邪小说在某种程度上翻新了传统浪漫文学与情色小说的欲望叙事学,并促使了有关欲望与性的现代话语的兴起。狎邪之为狎邪,正在于欲望总是蠢蠢欲动,欲望总是一言难尽。晚清狎邪无所顾忌地探究人的欲望潜能,以此作为反抗权威的行动,王德威选取了数部晚清作品讨论晚清狎邪小说的不同层面。它们分别是:《品花宝鉴》《花月痕》《九尾龟》《海上花列传》《孽海花》。作为晚清狎邪小说先驱的《品花宝鉴》最具反讽意义,借着异性恋、同性恋与假凤虚凰,小说揭示出女性如何成为男性性幻想的对象,可任男性想象玩弄。《花月痕》和《九尾龟》则代表了晚清爱与欲的两极,前者有典雅之至的浪漫修辞,刻意美化青楼中无望的爱情,而后者则赤裸裸地揭露那些假恋爱之名的色情游戏。《海上花列传》则颇有新意地描述妓女生活的浪漫想象与残酷现实的对应,颠覆了传统狎邪小说的形象。《九尾龟》和《孽海花》同时借名妓赛金花的传奇,作为进入政治与道德迷宫的途径,并加以嘲弄,改写了晚清历史。

第三章"虚张的正义"讨论了晚清时的侠义公案小说。"侠义公案小说,指的是古典侠义小说和公案小说两种类型的合并。"①中国古典侠义小说以描绘蔑视权威的侠客为主,公案小说则刻画的是恢复社会秩序的清官,这两种模式的主题、来源、情节皆相差甚远,然而,文学史却见证了两者之间的互动。王德威认为,晚清侠义公案小说的出现,表达了其时代要求政治和司法变革的迫切要求。这类小说既不拥护旧制度,也不期望新制度,它只是重组了反叛与革命、个人主义与保皇主义、果报和公正、道德义气和司法公正之间的关系,从中,一个社会希望强烈变革的渴望昭然若揭。王德威选择的几部具体分析的文本分别为:《荡寇志》《三侠五义》《老残游记》《儿女英雄传》和《活地狱》。其中,《荡寇志》是一部批判性重写《水浒传》的小说,它强化,而不是驱散了传统《水浒传》中暧昧的政治思想。《三侠五义》和《老残游记》在政治机器越发错综复杂的时候,重新促使人们思考侠义的特性。《儿女英雄传》则提供了一个独特的视角考察历史变革时期侠义与女性的关系及其对现代革命的启发。《活地狱》揭露了晚清司法体制的黑暗,令人毛骨悚然,它颠覆了侠义公案小说所构造的叙事成规。

第四章"荒凉的狂欢"讨论了丑怪谴责小说,王德威认为晚清流行的各种小说中,以谴责小说对后世的影响为最。这种丑怪谴责小说是一种中国式的怪异现实主义,其叙事模式是通过戏弄、扭曲主题来表达故事。晚清谴责小说比其他任何文类都更大胆地揭露了价值系统的危机,而这种丑怪叙事的核心,是一种价值论的放纵狂欢。它激烈地瓦解了现有价值观,并以"闹剧"作为文学表达形式。王德威认为这种丑怪写实主义与价值论的狂欢符合巴赫金的"狂欢"理论。总而言之,晚清谴责小说是一种相当不同的文学试验。《二十年目睹之怪现状》和《官场现形记》体现了一种魅幻的价值观,该价值观并不否认现存价值体系,而是以李代桃僵的方式,借复制来掏空此系统。这种价值观正是晚清谴责小说美学之关键所在。同时,晚清谴责小说体现了"荒诞"意识。无论《文明小史》是反对,还是拥护维新,它都揭露了时人的道德沦丧,而在《市声》中,新兴企业家却成为儒家价值观的代言人。在本章最后一节中,王德威思考了丑怪写实主义兴起的理论前提及其对中国现代小说的影响。

---

① David Der-wei Wang, *Fin-de-Siecle Splendor: Repressed Modernities of Late Qing Fiction*, 1848—1911, Ibid. p.105.

第五章"混乱的视野"研究重点在科幻狂想小说。科幻狂想是传统晚清小说研究最被忽视的类别。尽管它在晚清时风行一时，胡适和阿英嫌它难登大雅之堂，后世对它也一直很忽视。王德威专门列出一章来讲这个类别，此处，"科幻狂想"意为"science fantasy"，与传统科幻小说（science fiction）有所不同，具有更为混杂的文类特征。王德威梳理了晚清科幻狂想小说的特征，认为这一文类在其时的流行促发了一套新生的文学阐释学及思想的尝试。在历史层面，科幻狂想小说的风行暗示了晚清作者与读者迫切地关注国家与民族的命运，以及思考历史背后的真理。此外，科幻狂想小说的流行亦预示着知识的进步，或者，时人对知识进步的渴望。而此类小说的叙事风格引人入胜，这是一种新的叙事风格，是传统志怪美学的发展。此类小说的逼真性，来自于书中呈现出来的事实与现实的冲击，这是一种文学的"陌生化"，提醒我们对于真理与现实的注意，它与旧的对世界的认知截然不同，亦因此具有了"现代性"。《荡寇志》这一战争演义不仅重现了传统的神魔小说手法，更融合了本土和域外有关武器的想象。《新石头记》中，时间的逆行以及乌托邦的讨论彻底打破了传统叙事的时空概念。《月球殖民地小说》与《新法螺先生谭》是太空历险记，这是对古典探险小说模式的颠覆。《新中国未来记》与《新纪元》的预言式景观，则为民族主义与自我意识之间的辩证关系提供了原型。

王著一经出版，即引起学界重视。无论是海外汉学界，还是国内学界，皆开始对"现代性"热烈讨论。批评家盛赞"《被压抑的现代性》是现存任何语言的专著中对晚清小说最好的介绍。"①"王德威的著作对晚清文学的研究及中国文学的现代性研究是一巨大贡献。"②"《被压抑的现代性》是一个巨大的成功。王德威对现代中国文学的精准理解延伸到了19世纪中叶，他对纷繁复杂的材料的掌握是前所未有的。"③该著已由宋伟杰翻译成中文，由北京大学出版社出版。

王德威精通西方文学和文化理论，他的视域跨越了现代和后现代各个时段。他对西方流行一时的后现代文化理论相当熟悉，虽然有时他也会斥责后

---

① Theodore Huters, "Review on Fin-de-Siecle Splendor: Repressed Modernities of Late Qing Fiction, 1849—1911 by David Wang", in *the Journal of Asian Studies*, Vol.58, No.1, 1999, p.173.
② Xiaobing Tang, "Review on Fin-de-Siecle Splendor: Repressed Modernities of Late Qing Fiction, 1849—1911 by David Wang", in *Harvard Journal of Asiatic Studies*, Vol.58, No.2, 1998, p.630.
③ Robert E.Hegel, "Review on Fin-de-Siecle Splendor: Repressed Modernities of Late Qing Fiction, 1849—1911 by David Wang", in *Chinese Literature: Essays, Articles, Reviews (CLEAR)*, Vol.20, 1998, p.206.

现代的解构主义是陈词滥调，但他本人对解构主义大师福柯的思想有深入的理解，在他的文学研究和文本批评中流露出解构主义的思想痕迹。王德威的"晚清现代性"研究正是沿用了福柯的知识考古学方法，立足于中国文学的命脉，从本国文学自身的发展进程寻求现代文学发生、发展和流变的源头。他本人对此亦直言不讳。应该承认，王德威以他评价作品的独到的鉴赏力和艺术感悟力，以他对于目前各种文学理论的熟悉和非常全面的理论素养，以他对中国历史、文学和社会的洞察，从新的维度对晚清小说作出不同的阐释。但在肯定他的文学研究和文学批评的成绩的同时，应当指出的是，王德威的文学史观是在西方文化语境影响下形成的，他继承了夏志清以来的海外文学史叙述的传统，在这个背景中铸就他的文学研究和批评的思想特色，使他在评价作品时不可避免地掺杂进自己的思想观念，表达出强烈的倾向性，有时在使用西方理论以说明中国文学现象时会显得生硬，这些都是我们在进入王德威的批评世界时不能忽视的。

## 七、性别研究观照下的清小说研究

性别研究视角下的清小说研究是英语世界清小说研究的一个重要组成部分，这部分研究有自己鲜明的特点：首先，同前文所讨论的其他批评流派、批评概念不同，在海外汉学界的学术解读中，女性主义批评集中涌现于20世纪90年代的数年之间；其次，前文所讨论的汉学界研究都受到新批评的"文本细读"的影响，无论采用何种批评理论和概念切入清小说解读，其出发点和最终归依都回到小说文本本身，而女性主义视角下的清小说研究却体现出强烈的社会文化诉求。正如李木兰所言："从一开始就必须说明，女性主义对文学的解读并不是一种无性别的，中立或是纯粹审美意义上的批评实践。相反，女性主义的分析意味着由政治因素所引发的批评概念。"①

1. 马克梦的一夫多妻制研究

马克梦（Keith McMahon）的《吝啬鬼、泼妇、一夫多妻者：十八世纪中国小说中的性与男女关系》(*Misers, Shrews, and Polygamists: Sexuality and Male-Female Relations in Eighteenth-Century Chinese Fiction*) 从性别与性现象角度出发，致力于研究18世纪中国白话通俗小说中呈现出来的一夫多妻制度和家庭男女关系。马克梦阅读了大量18世纪的中国小说，其中包括大量未

---

① Louise Edwards, "Women in Honglou meng: Prescriptions of Parity in the Femininity of Qing Dynasty China", *Modern China.* Vol.16, No.4, 1990, p.407.

曾被翻译成英文的中文文本,"笔者使用的众多文本对当代读者和学者来说完全陌生;其中的很大一部分从来没有且可能永远不会被译成英文"。①他认为:在18世纪的中国,一夫多妻被视作理所当然,当时基本上没有人公开对之提出过质疑。然而小说中随处可见的这种夫妻关系使得学者从这个角度研究婚姻关系成为可能。马克梦的研究动机既与清代的社会现实和清小说的内容有关,也因为"学者们迄今对这一课题的探讨仅是蜻蜓点水,很少有人从性、性别和男女关系中的主体性这些方面探讨一夫多妻制下性角色的构成。也许他们认为一夫多妻制只不过是宗法家庭制和男尊女卑社会的一个侧面,是一个不值得探讨的课题。然而,从社会符号秩序来看,明清时期的一夫多妻制是一种成功的模式,也是处于社会下层的男人甚至女人向往的完美婚姻制度"。②

该书共分为十四章。第一章重点区分了小说中的人物类型,梳理了小说中关于男女关系表现出的主体性的描写,及这些描写在一夫多妻的宗法家庭中的历史和社会意义。第二章则概述了小说和传统模式中中国的一夫多妻制家庭。他使用"吝啬鬼"(miser)和"泼妇"(shrew)这两个概念来喻指小说所塑造和刻画的男女关系中的两极。他把全书涉及的人物类型分为八种,主要包括:(1)吝啬鬼和禁欲者,他们拒绝一夫多妻制,自制力很强,是彻头彻尾的禁欲主义者;(2)泼妇和荡妇,她们竭力想控制或者勾引一夫多妻者;(3)软弱、惧内的丈夫,他们是被泼妇制服的丈夫;(4)放纵的一夫多妻者和纨绔子弟,他们招惹泼妇发怒,因此极力想躲避之,他们的行为使得吝啬鬼的节制行为毫无意义;(5)溺爱儿子的母亲,她们的溺爱使儿子成为纨绔子弟,令丈夫对她们极其厌恶;(6)自我牺牲的女人,她们是一夫多妻者和泼妇的受害者;(7)性欲旺盛、乐善好施的一夫多妻者,他们像改邪归正的纨绔子弟;(8)具有男子气质、才貌双全的女人和像女人的俊俏书生,他们代表一夫一妻制家庭的和谐、美满。通过研究这些人物,马克梦要解决的问题是:妻妾成群的男人是怎样周旋于众多女子之间而保持其性权威?造成纨绔子弟堕落的因素是什么?享有社会特权的男人为什么经常完全或者部分放弃自己的既定权力,甚至在泼妇面前低三下四?女人是怎样迁就或者纵容男人,又是如何抗拒、压制甚至改变男人的?最后,男人屈从于在精神和道德上优于自己的女人究竟是出于一种什么逻辑,能服从到什么程度?马克

---

① Keith McMahon, *Misers, Shrews, and Polygamists: Sexuality and Male-Female Relations in Eighteenth-Century Chinese Fiction*. Durham:Duke University Press, 1995, Preface.

② Keith McMahon, *Misers, Shrews, and Polygamists: Sexuality and Male-Female Relations in Eighteenth-Century Chinese Fiction*, Ibid. p.3.

梦根据其时的政治和经济秩序的思维方式以及关于社会符号秩序的集体幻想来分析这些人物。他认为性别关系的核心意义产生于宗法结构,宗法决定了社会符号秩序,这种秩序主要由父系家庭的整个家庭秩序所构成。这种秩序的象征功能实质上在人物出生前即为每个人在宗族内划定了一个位置,一个角色。马克梦研究的一个基本前提是:这种宗法制度的确立不是出于先天或者自然的需要,而是历史和社会的组织结构使然。"从本书的研究目的出发,吝啬鬼和他的吝啬行为可以用来喻指清小说所描绘的社会生产方式。换言之,他和他所表现出来的吝啬节欲范式是这些人和寓言式社会现实的缩影。"①

该书第三、第四章具体解读了男女关系的两极:17、18世纪白话小说中的泼妇与嫉妒及所谓吝啬鬼——自我节制的男人和出家人。清小说中的泼妇多以凶悍面目出现,为了控制男人,慑服所有同性对手,她一意排拒一夫之下多妻共处的家庭局面。对泼妇可做如下理解:"第一,她是个对男人及对她构成威胁的其他家庭成员大发雷霆的女人;第二,她是男人想象的一种产物,根据想象:女人的精力,尤其是她的愤怒与欲望,简直是无穷无尽,男人只能俯首贴耳。"②实质上,吝啬鬼和泼妇都是代表既定男尊女卑社会秩序的巅倒,泼妇是阳刚气十足的男人,而吝啬鬼是阴柔的女人。泼妇何以如此强大?这与古代中国的房中术及女人的性力量有关。几部主要的泼妇小说,如《疗妒缘》通过叙事形式表明了对一夫多妻制的支持;《醒世姻缘传》则详尽地描写了妻子对丈夫的折磨,即女人仇恨男人,折磨男人;《醋葫芦》则描写了一个嫉妒心强的"醋婆"如何转变为男人喜欢的贤良淑德的女人的故事。这三部小说分别代表了三种清代的宗法制度解决"泼妇问题"的方法:一、男人认识到自身命运应承担的责任,懂得夫妻之间的敌对是命中注定的;二、根据有关传说,用药物或食物来治疗嫉妒;三、超越自我,这是《醋葫芦》中《怕婆经》所提出的一种方式。"如果男人决心完成摆脱泼妇的艰难任务,他必须效法三种不受女人引诱的男人中的一种:讲求节制的一夫多妻者,吝啬鬼和出家人。"③吝啬鬼喻指任何一个实行自我节制,虽足不出户,却君临天下的男人,他在家庭中,效仿道家所推崇的统治者无为而治。明清小说中

---

① Keith McMahon, *Misers, Shrews, and Polygamists: Sexuality and Male-Female Relations in Eighteenth-Century Chinese Fiction*, Ibid. p.6.
② Keith McMahon, *Misers, Shrews, and Polygamists: Sexuality and Male-Female Relations in Eighteenth-Century Chinese Fiction*, Ibid. p.57.
③ Keith McMahon, *Misers, Shrews, and Polygamists: Sexuality and Male-Female Relations in Eighteenth-Century Chinese Fiction*, Ibid. p.83.

的吝啬鬼与清代经济生活方式常常有很深的关联,他们常常是地方上的豪强,是出租土地和财物以换取高额利息的地主。他们讲求控制,常常随心所欲地从古人关于修身养性和统治术的论述中挑选对自己有利的措辞和谋略。吝啬鬼的另一半形象——出家人,在清小说中也颇为多见。

第五章与第六章讨论了才子佳人小说。才貌双全、文质彬彬的佳人和才子组成的清代白话才子佳人小说里,展示了一个女人不靠专横也能达到一夫一妻制的世界。正如泼妇终于降住了惧内的才子,佳人也成功地驾驭了男子。佳人的驾驭手段在于她高度的聪明和才智。以《白圭志》《凤凰池》《玉娇梨》《宛如红》《驻春园》小说为代表,从明清两朝的政治背景看,这些作品中的改良及守礼意识反映了清初政治的稳定和对新王朝普遍抱有的信心。而第六章里,马克梦以《玉楼春》《桃花影》等清小说为文本讨论的色情化的才子佳人小说里则描绘了另一个世界:一个男人拥有一大群聪明又性感的女人,这些女人之间居然并不彼此妒嫉和拉帮结派,其核心在于这种男人懂得如何在过分纵欲和过分吝啬之间找到一个平衡点。

马克梦在本书后面的章节里分别以《野叟曝言》《红楼梦》《林兰香》《歧路灯》《绿野仙踪》《儿女英雄传》及《蜃楼志》为代表,具体检验了这些小说中呈现的极其详尽的、错综复杂的性与性别关系的描写。这些作品中大都有泼妇和吝啬鬼的形象,这些小说成书的社会背景是18世纪,中国当时社会安定,尚没有受到西方列强的大规模入侵和影响。它们是最后一批相对而言反映没受外来侵扰的中国社会生活的作品。作为儒家两性学说真实写照的《野叟曝言》中纯情的一夫多妻;《红楼梦》中的一夫多妻、性别交错以及女子异能,《林兰香》中的众妻妾贤淑超群,男人却放荡不羁;《歧路灯》中娇生惯养的儿子和溺爱成性的母亲;《绿野仙踪》中的浪子与妓女;《儿女英雄传》里面柔弱的男主人公及侠义勇敢具有男性性格的女人。马克梦认为,在这些纷繁复杂的家庭关系中,可以观察出当时社会的社会和经济秩序:"以天子名义统治全国的皇帝俨然是一个乐善好施的一夫多妻家庭的大家长,他依靠一帮官员实现自己的统治。这些官员薪水不高但有权有势,他们的思想浸透着封建礼教,拥有显赫地位。"[①]他们的下面还有各级官员、商人、小生产者和农民,小说再现了社会的思维方式和社会符号秩序,这一广义的再现系统由小说里呈现出来的家庭关系里的男男女女形象和故事组成。

---

① Keith McMahon, *Misers, Shrews, and Polygamists: Sexuality and Male-Female Relations in Eighteenth-Century Chinese Fiction*, Ibid. p.6.

## 2. 艾梅兰的社会性别研究

在中国传统文学与文化话语中，对于性别角色的解释从未远离哲学上关于仪礼、人欲，甚至宇宙和谐的思考。艾梅兰（Maram Epstein）的《竞争的话语——明清小说中的正统性、本真性及所生成之意义》（Competing Discourses: Orthodoxy, Authenticity, and Engendered Meanings in Late Imperial Chinese FIction）一书通过研究 17 世纪中叶到 19 世纪中叶的五部清小说，试图描绘古典小说对于社会性别处理中所隐含的意识形态和美学的意义。艾梅兰认为，在当代西方话语中，男女两性的差别首先体现在生物学的差别，因此这差别具有必然性。而中国的儒家系统却重在论证"有关相互均衡的性别角色的自然和社会逻辑"。①这是一种生物学性别"Sex"和社会性别"Gender"之间的不同，西方人强调个人身体的物质性本质，而中国人看重的却是维持男女两性间的均衡关系，这种均衡既是自然秩序，也是社会秩序特征的体现。

全书共分六章，第一章"正统性的叙事结构"中，艾梅兰界定了本研究的关键词语"正统性"，艾梅兰自陈用了"相当含糊的术语'正统话语'和'正统修辞'来描述一种特殊的说教式写作。英语中'正统'一词指有明确界定的、被认可的文本和行为准则，但是，正如我们将要看到的，在晚期帝国时期正统的概念更多地与权威性、合法性和权力的诉求相关，而不是与一种普遍准则的发展相关"。"我用此术语意指一个文本中的那些因素，它们暗示着主流理学的理念，即礼仪行为积极地影响了社会、政治和自然秩序的同一性结构。"艾梅兰认为正统叙事形象地描绘了走向一种适宜的儒家生活会得到什么样的报偿，或者，与此相反，不能那样生活将会失去什么，以此激励读者去修身养性，企盼对于自身德行的回报。中国的小说文本虽然并非中国传统的所谓"经典"行列，难登大雅之堂，但却常常通过这种所谓的"正统修辞"的策略来宣扬儒家的价值观。这种正统话语与晚期帝国的理学意识形态密切相关。从晚明时期起，如果说儒家正统为这个社会提供了社会意识形态结构，那么礼的仪式就是建筑这一结构的砖瓦，清小说中常常强调个人的小小过失会引发可怕的因果循环，这对西方读者而言虽然是一种晦涩的说教逻辑，然而这种逻辑正始于中国自宋代起的程朱理学对"礼"的推崇。这种礼法从外部限定自我，强调得体的行为，更多地关注道德意志的内在生长。

第二章"晚明对人性和欲之生成的再解释"中，艾梅兰界定了另一个概念"情"。艾梅兰指出，与重建稳固的儒家秩序当作最高价值的正统话语相对，

---

① Maram Epstein, *Competing Discourses: Orthodoxy, Authenticity, and Engendered Meanings in Late Imperial Chinese Fiction*, Boston: Harvard University Press, p.25.

自晚明起,中国小说出现了"尚情"的趋势,这种尚情正是珍视个人表达的本真性。在正统话语里,对性别角色恰当得体的阐述被当作社会稳定的基础,与此相对,那些尚情的本真文本则对性别采取了一种更具游戏性的态度。这两种话语性的模式常常同时在一个文本中出现,甚至相互交织,但二者的意识形态动机是对立的。正统性以被礼限定的自我为基础,它把社会稳定当成一种比追求个人欲望更有价值的天然目标,本真性则赞赏个体欲望和情感的表达,把它当作自身真正的基础。清小说最值得注意的趋势就是传统小说从它所植根的严格的正统道德话语移向了更具主体性的价值观,与把人欲妖魔化的正统叙事相对,本真性的言情叙事开始把欲的表达看作是使个人、文化甚至政治得到救赎的良药。

第三、四、五、六章则分别解读了五部清小说。艾梅兰认为,"在这五部小说中,性别扮演了重要的语义学和美学的角色。"艾梅兰对这五部分小说做了形式主义的解读,重点分析了性别模式如何赋予文本以结构的连贯性。在对这五部小说的解读中,艾梅兰使用了形式主义的方法,意在描绘一些与小说中性别模式相联系的美学和语义学意义。艾梅兰解读的重心集中在抽象的"阴"和"阳"这对概念上。在第三章中,艾梅兰考察明末清初小说《醒世姻缘传》,把它当作正统叙事的范本。艾梅兰认为,"《醒世姻缘传》的特点在于它塑造了中国文学中最凶狠的泼妇形象。"①这部小说中的男主人公和他的家庭险些被这位泼妇妻子毁了,"素姐"代表的泼妇与儒家所提倡的隐忍服从的妻子完全是两种形象,这类泼妇使用性来统治男人的行为威胁到规范的儒家秩序。这是一种对正统的颠倒。《醒世姻缘传》形象地说明当那些本应行使控制权的人放弃了他们的职责,为欲所控制时,人类的关系会发生怎样的变化。

第四章则解析了充分表达本真性的清小说《红楼梦》,艾梅兰认为,没有一部白话小说在表达本真性的价值观和审美观上比18世纪中叶的《红楼梦》更充分。亦没有一部小说如《红楼梦》那样,"把情与女子气紧紧地缠绕在一起。事实上,这是一部赋予女子以特殊地位的文本"。②不止男主人公宝玉身上有女子气,小说中一系列的青年男子都有相同的特质:女性般的美丽容颜及痴情,这与大观园的纯美世界很协调,如秦钟、北静王、蒋玉函和柳湘莲。这种戏谑性的性别错位以及小说中的重情轻礼都是本真性的象征。在该小说中,大观园的构建即是远离传统社会要求的自然空间,在大观园里,宝玉简化了所有

---

① Maram Epstein, *Competing Discourses: Orthodoxy, Authenticity, and Engendered Meanings in Late Imperial Chinese Fiction*, Ibid. p.98.
② Maram Epstein, *Competing Discourses: Orthodoxy, Authenticity, and Engendered Meanings in Late Imperial Chinese Fiction*, Ibid. p.121.

的人际关系，在这里，正统的社会关系被解构了。躲进大观园，宝玉就躲开了外界强加给他的责任和角色压力，并创造出一种本真的身份。然而，即使在小说中比比皆是的对本真性和情的礼赞中，依然有一条叙事线索体现着曹雪芹的正统性，即"风月宝鉴"那几章的生硬说教。虽然大多数批评者不把它当回事，然而，那几章正构建成了以阴阳八卦学为基础的前后相关联的行为序列。"风月宝鉴"的叙事虚构了一个送给贾瑞的双面镜，其中的一面是骷髅相，这条正统的叙事线索被整合进小说，构成小说的全部意义。两种话语的交织导致小说中两种性别符号的效用：一种积极地将女子气与本真性的自我表达相关联，另一种则是一系列的悍妇，她们几乎成功地毁灭了贾家。

该书第六章接着研究了《野叟曝言》，艾梅兰认为，小说成功地刻画了一位充满阳刚之气，热情洋溢的英雄，他根除了这个既成世界中的异端，就地建立起一个恢复了儒家正统的世界。小说没有赋予女子气以文化救赎的可能，而是发展了一种膨胀了的儒家帝国主义的男权主义想象。尽管男主人公"文素臣"被描写为有情郎，然而，夏敬渠从某种方式转化了才子佳人的叙事套路，以体现他那有悖于传统的本真性，结果，人物形象塑造从女子气转向男子气，为的是与小说所要传达的正统训谕相一致。男性化最直接的表达即是男主人公六位美丽妻子的才艺不是传统的音乐、美术、文学，而是数学、医学、军事等。夏敬渠巧妙地在本真性的话语中混合进了有关正统的权力，最后结果是塑造了"文素臣"这个大儒的形象。

该书第六章讨论了李汝珍的《镜花缘》和文康的《儿女英雄传》，艾梅兰着重剖析了这两部小说中的人物性别倒置，他认为，19世纪小说中的性别倒置更多是一种美学姿态，而不是对于标准化的儒家秩序的挑战。这两部小说都以对理想化的女主人公描写而著名，这些女人把男人从统治者位置上置换下来，最终，又以恢复新生的男性主导的正统秩序而结束。

3. 李木兰的《红楼梦》性别研究

澳大利亚学者李木兰（Louise Edwards）是从女性主义视角对《红楼梦》进行性别研究的重要学者，她曾发表多篇论文及两本专著，从不同角度对《红楼梦》进行解读。她主要是从社会历史和政治意识形态的视角对《红楼梦》中呈现出来的妇女问题进行探讨，在明清性别研究中，她的论著无疑占有非常重要的地位。她先后出版了两本关于《红楼梦》的批评专著：《清代中国的男人和女人：〈红楼梦〉中的性别》（*Men and Women in Qing China: Gender in the Red Chamber Dream*）和《文学经典再创造：对〈红楼梦〉中妇女形象的共产主义评论》（*Recreating the Literary Canon: Communist Critiques of Women in the Red Chamber Dream*)。《清代中国的男人和女人:〈红楼梦〉中的性别》被学界认为是最全面地运用女性主义方法研究《红楼梦》的英文著述,该书主要考察了《红楼梦》表现清代中国性别差异的方式,李木兰的研究重点落在小说中"如何将性别的不平等合理化,将其变得'正常'并可以接受"。该书共分为五章,李木兰在第一章总结了《红楼梦》小说的复杂性,指出它在不同时代有无限阅读的可能。第二章讨论了贾宝玉的"双性倾向",指出贾宝玉这个角色身上混杂有复杂的阴柔与阳刚两种特性,而他身上更多体现出来的阴柔气质在他生活的时代使他承受了很多误解与批评。该书第三、四、五章则分别讨论了《红楼梦》中国的三位女性:王熙凤、林黛玉和薛宝钗。

　　女性主义批评认为,一部文学作品本身不具有客观地位,而是深受作家和读者的性别及他们所持的性别态度影响。这种批评观点认为,由于性别差异,男性与女性在写作、阅读和阐释文本时均会有所不同。李木兰尤其关注中国传统的性别观念如何在《红楼梦》中得以体现。具体地说,她研究了女性气质与男性气质在清代的概念涵义,并探讨了这两个概念与社会权力之间的联系。她在第三章的解析相当精彩,主要讨论了《红楼梦》如何通过儿媳地位来折射当时的性别意识而不是挑战这种性别意识。她认为:"《红楼梦》对书中许多人物持赞赏态度,它明确关注女性,并公开质疑传统观念中'女子无才便是德'。这种观念充满了内在矛盾与模糊性,同时也糊略地构建起一个父权性别秩序。而曹雪芹的伟大之处就在于他能在小说文本中制造出这样的矛盾与模糊。"①她认为,像《红楼梦》这样的小说,若想真正表达反对父权的思想及与父权性别秩序完全决裂的态度,就必然不仅让性别秩序倒置(如《红楼梦》对性别秩序的处理手法),还得设法解构,而不仅仅只是简单地反驳那种试图"消解两性间的不平等与模糊特点"的观念。②简言之,综合多种分析来看,李木兰认为《红楼梦》实际上是强化了父权统治思想,默认了传统的女性角色。她给出的例证即是小说对众儿媳,特别是对王熙凤和秦可卿的描写。"儿媳的身份"意味着一种不稳固的地位,她们拥有一定的实权,或者拥有潜权力,同时又柔弱无力。李木兰的结论是:通过观察小说中的女性人物及她们与社会权力、性别和社会秩序的联系会发现,《红楼梦》"描绘了一幅中国女性的生存状况图,而此图所展示的内容比森严的等级制度下的二元权力模式将女

---

① Louise Edwards, *Men and women in Qing China: Gender in the Red Chamber Dream*. Hawaii: Hawaii University Press, 2001, p.6.
② Louise Edwards, *Men and women in Qing China: Gender in the Red Chamber Dream*, Ibid. p.7.

性置于受压迫地位的性别角色理论有更为复杂的内涵"。①

批评家认为:"本书的特别之处在于它强有力地用女性主义批评视角来研究《红楼梦》,这与中国大陆红学解读主要侧重在其阶级差异及社会性很不相同。"②《文学经典再创造:对〈红楼梦〉中妇女形象的共产主义评论》则重点分析了从 1979 年至 1989 年十年间中国对金陵十二钗的评论。李木兰仔细地梳理了中国批评界的评论趋向,认为这些评论已经开始建立了一套性别平等的话语,但这种话语模式并非出自重视女性权利,而是出自批评家意在将《红楼梦》经典化的诉求。

李木兰另在不同杂志发表多篇论文,从不同角度对《红楼梦》中性别进行阐发。《红楼梦中的妇女:清代中国女性特征中的纯洁规范》(Women in Honglou meng: Prescriptions of Purity in the Femininity of Qing Dynasty China)一文着重分析了《红楼梦》中所创造的"洁净"(Purity)与"污浊"(Profanity)两个概念。在此文中李木兰直言不讳地宣称:"寓言、现实主义及结构主义的解读都已经过时了,《红楼梦》现在需要以女性主义文学批评的方法来进行深入解析。"③"本文旨在以现代性别意识观念来讨论这部小说,及曹雪芹写作的伟大之处。"④她认为过去红学仅仅单纯认为《红楼梦》反对父权中心主义,这是一个过于简单化的结论。事实上,《红楼梦》作者并非简单地巅倒性别,或者尊敬女性,而是对性和道德的区分提出了根本性的疑问,这才是对中国传统性别意识的真正触动。李木兰的另一篇论文《〈红楼梦〉中的性别压迫:宝玉的双性趋向》(Gender Imperaties in Honglou Meng: Baoyu's Bisexuality)则从结构主义及语义学角度出发,分析宝玉身上同时存在的阳刚气与阴柔性。李木兰的所有著述都对《红楼梦》中的人物性别形象进行了别开生面的剖析,对有关权威评论亦进行了质疑,她的研究表现出对"性别政治"的关注,这正是女性主义批评的重要特征。

4. 其他性别研究

无论是东方还是西方,文学与哲学历来密不可分。中西文学史历来不缺

---

① Louise Edwards, *Men and women in Qing China: Gender in the Red Chamber Dream*, Ibid. p.86.
② Ellen Widmer, "Review on Men and Women in Qing China: Gender in the Red Chamber Dream by Louise Edwards", in *Journal of the Economic and Social History of the Orient*, Vol.38, No.2, Women's History, 1995, p.240.
③ Louise Edwards, "Women in Honglou Meng: Prescriptions of Purity in the Feminity of Qing Dynasty China", in *Modern China*, Vol.16, No.4, 1990, p.407.
④ Louise Edwards, "Women in Honglou Meng: Prescriptions of Purity in the Feminity of Qing Dynasty China", Ibid. p.408.

乏各种叙事形态的乌托邦。作为一种文类的乌托邦（Utopia）本来是英国人文主义者托马斯·莫尔创造的一个哲学术语，源自两个希腊词，Eutopia，意指"美好的地方"，另一个词语是"Outopia"，意指"乌有之乡"。在欧美文学史上，乌托邦业已形成丰富而系统的叙事传统。20世纪90年代起，海外汉学界连续出现两部从女性主义视角比较研究中外乌托邦文学的专著和一篇博士论文，分别是吴青云（Qingyun Wu）的《中英文学乌托邦中的女性权力》（*Female Rule in Chinese and English Literary Utopias*），马倩（Qian Ma）的《十八世纪中英小说中的女性乌托邦话语》（*Feminist Utopian Discourse in Eighteenth-Century Chinese and English Fiction*）及梁英（Ying Liang）的《18至20世纪中美乡村女性乌托邦小说比较研究》（*A Comparative Study of Eighteenth to Twentieth Century Chinese and American Country-of-Women Utopian FIctions*）。

1989年，安·华特纳（Ann Waltner）在芝加哥大学的《痕迹》（Signs）杂志发表论文《不做女主角：林黛玉和崔莺莺》（*On Not Becoming a Heroine: Ling Dai-Yu and Cui Ying-ying*），这是一篇较早从女性主义批评视角对清小说进行解读的论文。华特纳的解读出发点是"女性阅读"，着重分析了《红楼梦》中的林黛玉作为一名女性读者阅读了《西厢记》，并对其中的女主角"崔莺莺"有独特的理解方式。很多少女读者阅读小说的期待值往往是希望成为其中的女主角。然而，在《红楼梦》中，少女林黛玉阅读《西厢记》，反而产生了恐惧之情。一方面，她因此期待爱情，另一方面，也引起她对因果报应、命运循环的认识。虽然在小说中，少女林黛玉所阅读的小说的确让她产生对爱情生活的渴望，但她的理性使她将小说与现实区分得很清楚，因为她清楚地认识到在当时的中国社会现实中，一旦成为崔式的角色，结局将只能是悲剧。"莺莺使得黛玉的无名恐惧有了缘由，她不愿意成为丑闻桃色小说中的女主角。"①

1992年，柏蒂娜·耐普（Berttina L. Knapp）出版专著《中国妇女形象：一个西方人的观点》（*Images of Chinese Women: A Westerner's View*）。耐普在序言里指出，"与其他东方姐妹们一样，中国女性一直努力争取与男性平等的话语权利。然而，那些旧的价值观从不会灭绝，它们在褪去，速度很缓慢。"②耐普认为：虽然道家哲学的概念核心在于阴阳两级之间的均衡，而中国的绝

---

① Ann Waltner, "On Not Becoming a Heroine: Lin Dai-Yu and Cui Ying-Ying", in *Signs*, Vol.15, No.1, 1989, p.74.

② Bettina L.Knapp, *Images of Chinese Women: A Westerner's View*, New York: The Whitston Publishing Company, 1992, p.vii.

对男权社会却导致阴阳一直失衡。"从十来岁开始,女孩开始学会做'女性化的女人':她们谦虚、贞洁、被动、顺从,美丽的意义在于有张苍白的脸,小脚,如冬天的梅花,而不是怒放的向日葵……女子无才便是德,她不能参加科举考试,所以,中国文学中有很多描写女性的作品,然而却极少有女性自身的作品。"①中国传统哲学无论儒家、佛家,对女性的轻视都显而易见。只有道家的阴阳平衡论对女性有所尊重。因此,耐普在这部著作里力图讨论"中国的绝对父权体系对女性书写的影响。尽管中国女性书写总体来说很少见,然而,它们仍然提供了一个了解中国历史和文化的窗口"。该书分八章,从班超、唐代仕女、李清照一直到新时代的女性作家。其中,第六章"红楼梦:纠正女性失衡状态"(The Dream of the Red Chamber: Redressing the Feminine Imbalance)讨论了《红楼梦》里的家庭统治系统。耐普认为《红楼梦》是一部优秀的小说,提供了无限解读的可能。从阴阳两极平衡角度看,贾府虽然表面上由父权统治,实际上却是由一位女家长,即史太君所控制。曹雪芹正是以这种方式打破父权体系,纠正阴阳两级之间的失衡状态。小说以甄士隐的"梦"开始,"《红楼梦》以梦开始,暗示着自然与超越人类认知的世界及潜意识的膨胀,这种与宇宙合为一体的状态意指个人抵达无限的一种可能"。②这种潜意识对主人公产生影响。在贾家,一位八十多岁的老太太统治着这两大支派,"从隐喻的角度说,史太君扮演的正是地母的角色"。③耐普接下来继续分析了《红楼梦》中几位主要人物,"对阴性法则的低估可以通过黛玉的形象加以纠正,因为她代表了生命的精神和审美源头,而宝钗则是阴性法则在世俗和物质世界的体现"。④耐普认为:《红楼梦》的主题之一是要纠正18世纪中国对妇女的负面看法。在这本著作中,耐普对小说人物的解析显得粗糙,然而,她将道家阴阳哲学引入女性主义批评,这本身是一种可贵的尝试。

白保罗(Frrederick P. Brandauer)的《镜花缘中的女性:儒家理想式的解放》(Women in the CHing-hua yuan: Emancipation toward a Confucian Ideal)一文是探讨《镜花缘》中呈现出来的女性主义视角的早期论文。白保罗认为,《镜花缘》小说大胆突破当时封建礼教的种种规定,倾情描写了各类女性的杰出才能及其大胆行为,使她们的潜能能够得到充分开发,这不仅表现了作者进步的女性观,亦是作者从男女角色地位来关注女性如何能够摆脱父权社会

---

① Bettina L.Knapp, *Images of Chinese Women: A Westerner's View*, Ibid. p.vii.
② Bettina L.Knapp, *Images of Chinese Women: A Westerner's View*, Ibid. p.139.
③ Bettina L.Knapp, *Images of Chinese Women: A Westerner's View*, Ibid. p141.
④ Bettina L.Knapp, *Images of Chinese Women: A Westerner's View*, Ibid. p.158.

的束缚，成为社会活动的积极参与者。而李汝珍书中塑造的女性其实符合中国传统儒家关于女性道德标准的理想，"李汝珍小说开始便盛赞班超的女性理想，小说后面的情节都可视为朝那个理想的迈进"。①

艾梅兰（Maram Epstein）的《威胁秩序：清小说〈镜花缘〉中的结构、性别和意义》(Engendering Order: Structure, Gender, and Meaning in the Qing Novel Jinghua yuan)一文详细解析了《镜花缘》中呈现出来的隐喻结构，及小说中的"阴阳"两种力量。艾梅兰认为小说中"阴"的力量威胁着男性社会的"阳"性秩序。"小说从各方面都在考验男性角色的道德。在阅读中，读者不断面对男性的质疑，及对花仙毫无疑义美德的赞扬。考虑到晚明和清时代对儒家理想的重新定义，《镜花缘》中的秩序可视为对那个动荡年代理想秩序的渴求。"②"尽管李汝珍的小说夸张了男性的脆弱和离位，然而，小说中对女性权力的'宣言'并非是文学史上绝无仅有的。"③

1993年，耶鲁大学召开学术会议，主题为"明清中国的妇女和文学"。四年后，会议论文集《晚期中华帝国的妇女书写》(Writing Women in Late Imperial China)结集出版，主编为魏爱莲（Ellen Widmer）和孙康宜（Kang-I Sun Chang）。论文集共分为四部分，分别为"宫廷写作"（Writing the Coourtesan）、"形式与自我"（Norms and Selves）、"文本中的诗歌"（Poems in Context）及"红楼梦"（Hong Lou Meng）。第四部分"红楼梦"共收入三篇论文，分别为著名汉学家苏源熙（Haun Saussy）的《〈红楼梦〉之前及其中的女性写作》(Women's Writing Before and Within the Hong Lou meng)、吴煌的（Wu Huang）《定式以外：清朝宫廷艺术和〈红楼梦〉中的十二钗》(Beyond Stereotypes: The Twelve Beauties in Qing Court Art and The Dream of the Red Chamber)及魏爱莲的《明朝遗民以及红楼梦之后小说中妇女的声音》(Ming Loyalism and the Woman's Voice in Fiction after Hong Lou meng)，分别从不同角度探讨了《红楼梦》中的女性问题。这三篇论文中，吴煌的论文探讨了《红楼梦》中的虚拟女性写作，而另外两篇则分析受到《红楼梦》影响的实际女性写作。《〈红楼梦〉之前及其中的女性写作》立足点在小说中的诗词，主要探讨了《红楼梦》中以林黛玉、薛宝钗为代表的女性角色创作的诗词，包括

---

① Frederick P.Brandauer, "Women in the Ching-hua yuan: Emancipation Toward a Confucian Ideal", in *The Journal of Asian Studies*, Vol.36, No.4, 1977, p.657.

② Maram Epstein, "Engendering Order: Structure, Gender, and Meaning in the Qing Novel Jinghua Yuan", in *Chinese Literature: Essays, Articles, Reviews (CLEAR)*, Vol. 18, 1996, p.126.

③ Maram Epstein, "Engendering Order: Structure, Gender, and Meaning in the Qing Novel Jinghua Yuan", Ibid. p.127.

她们所结的"菊花社"及在元春省亲时创作的诗歌及灯谜,这些诗词"并不被简单地归入中国妇女写作的范畴。它们需要从角色本身、文本、情节、人物性格、隐喻、关于女性的语义陈述等各方面进行重新解读"。①吴煌的解析从大观园咏诗开始,指出"小说中的女性创作始于第18章,以一位地位极高的女性,即元春的咏诗开始小说里的女性诗歌创作。"②而后,吴煌分析了黛玉、宝钗、李纨的诗歌创作,论文还以"女性历史学家"及"女性的历史"两小节对宝琴的几首咏史诗进行了分析。《定式以外:清朝宫廷艺术和〈红楼梦〉中的十二钗》则将清代宫廷艺术与红楼十二钗联系起来,探讨了文学和视学艺术表达的共同模式。《明朝遗民以及红楼梦之后小说中妇女的声音》则详细分析了明末遗民对清初女作家王端淑的影响以及《红楼梦》对另一位清代女作家汪端的影响。王端淑与汪端都是清代女诗人,然而论文选取的文本却是王端淑的小说《元明铁史》,魏爱莲分析了该小说写作和佚失的原因,并讨论了汪端交游圈中另外一些女性的小说创作实践,如满族女作家顾太清所著的《红楼梦影》,"虽然中国很多小说续书都以无名氏形式出现,《红楼梦》续书中却确实有女性身影,如《红楼复梦》的编辑可以证明为一名女性编辑。"③而顾太清则是唯一确定的续书女作者。魏爱莲详细地论证了顾太清为《红楼梦影》作者的原因,同时以此剖析了明清时期中国女性的写作。魏爱莲的结论是"《红楼梦》对汪端圈子的影响是使得她们更紧密地联结起来,开始白话小说的创作。"④

正如孙康宜指出,"起初,主要是西方女性主义批评的核心概念'差异'启发汉学家们开启新的研究方向。但是,随着过程的展开,汉学家们发现他们在研究中所面对的中国材料常常指向不同的社会背景,因此,他们有必要不断地反思女性主义的差异概念。"上述所介绍的西方汉学界对清小说中性别研究的成果都主要体现为西方"性别批评"的核心概念对汉学家的启发。性别研究已成为西方汉学研究中的重要分支领域,特别是在近年来,研究成果不断呈现。而其中,"以明清妇女文学成就卓著"。⑤耶鲁会议之后,2006年,

---

① Haun Saussy, "Women's Writing Before and Within the Hong Lou Meng", in Ellen Widmer& Kang-I Sun Chang ( ed. ), *Writing Women in Late Imperial China*, Stanford: Stanford University Press, 1997, p.286.

② Haun Saussy, "Women's Writing Before and Within the Hong Lou Meng", Ibid. p.287.

③ Ellen Widmer, "Ming Loyalism and the Woman's voice in Fiction after Hong Lou Meng", in Ellen Widmer& Kang-I Sun Chang ( ed. ), *Writing Women in Late Imperial China*, Stanford: Stanford University Press, 1997, p.392.

④ Ellen Widmer, "Ming Loyalism and the Woman's voice in Fiction after Hong Lou Meng", Ibid. p.386.

⑤ 孙康宜、钱南秀,《美国汉学研究中的性别研究——与孙康宜教授对话》,载《社会科学论坛》,2007年第1期,第102页。

哈佛大学由方秀洁（Grace S. Fong）、魏爱莲再次召开学术会议，会议议题为"由现代视角看传统中国女性"（Traditional Chinese Women Through a Modern Lens），庆祝麦基尔——哈佛明清妇女文学数据库的完成。这次会议将明清妇女文学研究引向了更多的文本研究，在西方汉学性别研究上，又是一大贡献。正如孙康宜所言，"中国研究方面的学者已经做出对女性的开拓性的研究成果，并且对流行的性别关系理论著作构成激烈的挑战。"① 越来越多的对清小说中的性别研究成果，无疑是对汉学研究的重要启发和推进。

## 第四节  社会、哲学、伦理批评视域中的清小说研究

西方文艺理论观照下的清小说研究常常将西方哲学、社会学、伦理概念作为解读的切入点。最常见的概念有"自我""爱""情"等。精神分析视角下的"本我"（ego）与哲学和伦理意义上的"自我"（self）和"身份"（identity）同样是清小说解读所重视的概念。有不少论著论题即明确与这些概念相关。

### 一、何谷理的通俗文学研究

华盛顿大学亚洲与近东语言文学系教授，著名汉学家何谷理（Robert H. Hegel）研究兴趣集中在中国古代文学，特别是明清文学的研究上。他的重要专著《十七世纪中国的长篇小说》（The Novel in Seventeenth Century China）和《中华帝国晚期插图小说的阅读》（Reading Illustrated Fictin in Late Imperial China）从多元角度来考察明清小说，为这一领域的研究提供了借鉴。除了这两部专著，何谷理还发表过多篇论文，在明清小说研究上堪称硕果累累，他的研究可分为三个阶段：20 世纪 70 至 80 年代注重考证和对小说思想、艺术、结构的分析；80 年代中期至 90 年代，他的研究范围不断扩大，扩展到明清小说接受和传播；到了 21 世纪，研究则向更深的角度发展，正在从事有关清代刑科题本和明清文学叙事传统的比较研究。

何谷理的《十七世纪中国的长篇小说》是汉学界研究白话小说发展的重要著作。何谷理的学术动机缘于清代的小说观念比之明代，已有长足进步。明代人对小说认识常常攀附经史子集，强调其"扶持纲常""劝善惩恶"的社会效果，而 16 世纪四部长篇小说《三国演义》《水浒传》《西游记》和《金瓶

---

① 孙康宜著，叶舒宪译，《性别理论与美国汉学的互动研究》，载《清华大学学报》，2002 年第 1 期，第 55 页。

梅》则是明代小说创作的不朽杰作,它们标志着中国白话小说的创作进入了一个新阶段,影响到后来小说家的创作观念。这个白话长篇章回小说的传统到了18世纪由另外两部清代优秀小说《儒林外史》与《红楼梦》承继。然而,在16至18世纪之间,即明末清初17世纪这个关键时期,白话小说创作继续和发展了前人的传统,创作数量和质量亦有了很大的发展。其中,历史演义和英雄传奇小说最为欣欣向荣。虽然这些小说比起明代四大小说及清代后来的小说传播度、接受度都要小得多,然而,它们与18世纪的《儒林外史》与《红楼梦》这样重要的杰作有着重要联系。研究这些17世纪的白话小说有助于汉学界理解白话小说的发展趋势。因此,何谷理选择了《隋唐演义》《隋炀帝艳史》《隋史遗文》《肉蒲团》《西游补》及金圣叹评点版的《水浒传》作为研究对象,探究17世纪白话小说的演变。该书第一章"小说背后的世纪:十七世纪的中国"(The World Behind the Novel: China in the Seventeenth Century)和第二章"小说家的世纪:传统与革新"(The Novelist's world: Tradition and Innovation)从地理、社会、经济、政治和思想背景对17世纪的中国做了分析,指出这是一个战乱频繁,社会剧变的时代,整个中国面临沧桑变革,动荡不安,小说家的创作观念也因此受到影响,白话小说在这个时代开始得到发展,出现很多杰出的作家和作品。何谷理认为:"我们选择的作品此处是接受良好教育的精英阶层的审美标准和表达。"①他认为"17世纪的小说是作家们用以表达他们严肃的艺术实验追求和精神表达的文学形式,很多作家得用小说来提出或解答他们对涉及人类生存意义的疑问。"②这里,何谷理反驳了汉学界的传统观念,认为其时的白话小说应该属于民间文学,符合大众品味。该书第三章题为"小说中的政治现象:过去是现在的隐喻"(Political Realities in Fictional Garb: Past as Metaphor for the Present),研究了金圣叹评点版的《水浒传》和《隋炀帝艳史》。第四章"人作为有责备能力的存在:个人、社会角色和天国"(Man as Responsible Being: The Individual, Social Role and Heaven)继续讨论了《隋炀帝艳史》和另一部袁于令的早已被现代人遗忘的小说《隋史遗文》。第五章"个人是精神还是身体"(Self as Mind or as Body)解读了董说的《西游补》和李渔的《肉蒲团》。第六章"一个有秩序的世界观中的灾难和更新"(Disaster and Renewal in an Ordered Universe)解读了《隋唐演义》。最后一章"文学变革和十七世纪小说的遗产"(Literary Innovation and the Legacy of Seventeenth-Century Novels)得出结论:

---

① Robert E.Hegel, *The Novel in Seventeenth Century China*, New York: Columbia University Press, 1981, p.2.
② Robert E.Hegel, *The Novel in Seventeenth Century China*, Ibid. p.3.

"在批评家关注这个时代小说艺术技巧的同时,本书中研究过的作品增强了17世纪白话小说的道德意义。17世纪对中国精英知识分子而言,无论在阅读还是写作方面都是一个转折点,分水岭。"①

何谷理的研究是承上启下的研究,在他之前,汉学家对明代四大奇书及18世纪中国小说都已经做出了相当深入的研究,他的研究填补了17世纪中国小说研究的空白,对帮助汉学界了解白话小说的演变做出巨大贡献。然而,他的研究同样存在一些问题。首先在他的选材上,有批评家认为:虽然他并不认为自己选择了这个时代最完全的作品,然而,在选择讨论对象时,他的确省略掉了另一些也相当不错可以入选的作品。例如,何谷理选择《西游补》以论证续书往往质量劣于原本,然而,如果他考虑到《水浒后传》或者《后水浒传》,他也许会得出一个不一样的结论,即这类作品或因有所借鉴,扬长补缺,或因托古言今,舒郁泄愤,因此亦有相当成就。②另外,批评界对何谷理对精英文学的定义,对他认为李渔的《肉蒲团》是要"传达一个道德信息"③的观点也有所质疑。④

在白话小说研究领域,对小说创作的分析一直是研究主流。何谷理从20世纪90年代起,开始试图跳出传统的研究框架,他发表多篇论文及专著《中华帝国晚期插图小说的阅读》(*Reading Illustrated Fictin in Late Imperial China*),从接受和传播方面来探讨白话小说的发展。在小说接受方面,首先,他通过总体及个案分析,清理出明清白话小说的接受者层次。通过对小说中展现的人物阅读文本的场景,小说的语言特征做出分析,他认为"明清时期有可能阅读白话小说的人非常广泛,包括官员、文人、科举落第者;那些有一般文化程度的人,如富家的妇人和商人之子也应该读过小说,阅读技能相对比较低的人也可能构成阅读群的一部分"。⑤而在《明清白话文学的读者辨识——个案研究》一文中,何谷理以隋唐李密故事为线索,将《隋唐遗文》《隋唐演义》《隋唐两朝志传》《大唐秦王词话》和《说唐》等五部白话文本中与李密有关的事件全部列出,进行分析和数据统计,得出结论:

---

① Robert E.Hegel, *The Novel in Seventeenth Century China*, Ibid. p.226-227.
② David Roy, "Review on The Novel in Seventeenth Century China by Robert E.Hegel", *China Literature: Essays, Articles, Reviews (CLEAR)*, Vol.4, No.1, 1982, p.707.
③ Robert E.Hegel, *The Novel in Seventeenth Century China*, New York: Columbia University Press, 1981, p.171.
④ Ellen B.Widmer, "Review on The Novel in Seventeenth Century China by Robert E.Hegel", in *Harvard Journal of Asiatic Studies*, Vol.42, No.2, 1982, p.709.
⑤ Robet E.Hegel, *Reading Illustrated Fiction in Late Imperial China*, Stranford: Stanford Uniersity Press, 1998, p.302-303.

"白话文本整体是由为全部这些读者而设计的材料所组成的。"①这里的"全部这些读者",即为上面所概括的白话小说读者群。其次,何谷理通过对长篇小说的文本历史追溯,进行作者研究,分析文本关系和一些重要主题,探讨明清小说的阅读问题,即"为什么长篇小说流行将近两个世纪"。②他发现:从明代开始,出版商很注意营销模式,长篇小说开始有了插图。这种图文结合的方式给予了读者强烈视觉冲击。这些插图对读者理解小说有辅助作用。不仅如此,何谷理还对插图进行了纵向与横向的比较,发现同类型小说的插图有着惊人的相似性,它显示了对某种类型小说的隐含归类,让喜爱这类小说的读者从插图中可以得到对该小说的直观印象。某种程度上,这正是小说通俗化的过程,这种策略迎合了最广大的小说读者。插图的设计也很合理,符合绝大多数人的看图习惯。正如中国传统戏曲中类型化的角色,如京剧中的生、旦、净、末、丑,其呈现形貌都是脸谱化的。正因为类型化的插图起了辅助作用,迎合了最大多数人的趣味,小说因此变得更有吸引力和更有趣味。

何谷理在清小说传播方面也颇有心得。他关注到小说传播的技术层面,注意到了小说的载体"书"其有形特征对小说传播产生的影响。他在《关于明清通俗文学和印刷术的几点看法》中梳理了"书"在中国的演变、印刷术对促进"书"的传播的作用、中国纸与墨的历史、雕版印刷过程、明清时期书籍装帧方式的类型及其演变。何谷理认为印刷术对小说的传播起了至关重要的作用,如果仍然是古代竹简书籍,小说不可能得到如此广泛的传播。印刷术的发展就是书籍"标准化"的过程,正如现代大工业生产,"书籍如同其他产品一样,一旦组合部分标准化,生产起来成本便会降低。同样,产品一旦受标准化影响,便更易掌握和普及。"③因此他认为,书籍印刷生产中两大标准化:刻书字体的标准化和书籍装帧方式的标准化对小说的兴起有着巨大的作用。而在小说的传播者方面,何谷理对出版者亦做了深入研究。他注意到"从明代中期开始,大部分书籍已经不再由政府机关刻印或个别私人刻印,而是由书商们刻印出版。商业出版的兴起引起了印刷书籍的激增"。④他的结论是商业出版的激增促进了通俗文学的繁荣。

---

① 何谷理,《明清白话文学的读者层辨识——个案研究》,载《北美中国古典文学研究名家十年文选》,南京:江苏人民出版社,1996,第 461 页。
② Robet E.Hegel, *Reading Illustrated Fiction in Late Imperial China*, Ibid. Preface.
③ 何谷理,《关于明清通俗文学和印刷术的几点看法》,载《中国图书文史子集》,北京:现代出版社,1992,第 385 页。
④ Robet E.Hegel. *Reading Illustrated Fiction in Late Imperial China*, Stranford: Stanford Uniersity Press,1998, p.129.

## 二、余国藩的"情欲"与"虚构"

芝加哥大学教授余国藩(Anthony C. Yu)既以《西游记》英译闻名于世,还因为对《红楼梦》及中国传统思想文化的深刻理解饮誉汉学界。他的《重读石头记:〈红楼梦〉里的情欲与虚构》(Rereading the Stone: Desire and the Making of Fiction in Dream of The Red Chamber)引起中西学界对"虚构"的省思,成为汉学界研究清小说的重要著作。全书共分五章,"阅读"(Reading)、"情欲"(Desire)、"石头"(Stone)、"文学"(Literature)及"悲剧"(Tragedy)。余国藩善于在文字边缘推敲,探索文本的中心呈现。《重读石头记:〈红楼梦〉里的情欲与虚构》问世之后,其扎实的内容与全新的见解在学界引起很大反响,其研究贯穿两条主线:首先是论证《红楼梦》区别于自传和历史记录的虚构性,其次论证《红楼梦》整个小说结构事实是"欲望的叙事"。

在第一章"阅读"中,余国藩从寓言的角度,以小说中开篇的对子"假作真时真亦假;无为有处有还无"引发"真假"的讨论,余认为《红楼梦》是长篇巨制,书中的很多文字游戏都涉及真假的问题。甄士隐是贯穿书首的人物,他的名字和书中其他许多角色一样,都在玩声音的游戏,双关到了"真士隐"之义。那么,书中隐去的"真人真事"系何指呢?余国藩列举了大量对脂砚斋评点的考证,他不认同索引派和自传说的学者,认为他们视《红楼梦》为历史文献,他指出:在所有考证派的努力中,"虚构"每每和"历史"混为一淡,最终让《红楼梦》成为各种历史文献里的一种。而究竟应该如何阅读《红楼梦》呢?即"使用小说希望我们阅读的方式去阅读"。①也就是对小说再作诠释。余认为"阅读《红楼梦》就像所有的文学阅读一样,乃是对文学文本的修辞回应,因为认识若此,我才同意萨特如下的观察:'阅读似乎是感受和创造的综合体'。而所谓修辞,就其最广义而言,可指各种语言结构,亦即设以'兴发我们的感情'的'文字陷阱',或是设来'让我们朝之走去'的机关。"②即,使《红楼梦》"真正取得小说的地位",③亦即承认小说的"虚构性"。

余国藩接下来在"情欲"与"石头"两章中对《红楼梦》中的"情"和石头的"虚构"进行了透彻的剖析。他回顾了传统中国哲学中"情"字的意义和内涵变化,并以不同的西方哲学概念来解释"情"的不同内涵,如"欲望"(desire)、"性情"(disposition)、"柔情"(sentiment)、"对自然的感受"(feeling to nature)、"爱"(love)、"情感"(emotion)、"热情"(passion)等,

---

① Anthony C. Yu, *Rereading the Stone*, Princeton: preceton University Press, 1997, p.21.
② Anthony C. Yu, *Rereading the Stone*, Ibid. p.22.
③ Anthony C. Yu, *Rereading the Stone*, Ibid. p.21.

"情"的话语体系事实上是"哲学和诗之间的争吵"。①众所周知，在《红楼梦》的世界里，贾宝玉幻形转世之前是神瑛侍者，而余国藩认为：青梗峰上这颗顽石正是《红楼梦》象征结构的枢纽所在，《红楼梦》中所有的情欲纠缠全因此而展开，全书的所有后设性格也与此有关。"情"为何物？《红楼梦》的叙述者满篇谈情，它无疑是人性的根本，而小说叙述者如此"尊情"，究竟由何而生。余国藩认为契机源自道家，始于六朝竹林七贤打破礼教束缚的狂放作风。青梗顽石即是神话中的补天弃石，又是神瑛侍者与来日的贾宝玉同体二身的"他"。贾宝玉是全书的主角，"他"也正是读者阅读到的《红楼梦》文本本身。文本的虚构、石头的虚构，甄宝玉果为贾宝玉的另一个自我，就像现代主义文学中许多类似角色一般，"甄宝玉及修齐治平的大业果是宝玉的镜象，是他的第二个或分裂的我"。②

第五章"文学"中，余国藩引用《儒林外史》中"蘧公孙"招赘鲁府中鲁小姐督促新郎读举业的故事，引发对薛宝钗的人物剖析及《红楼梦》中叙述者诗学的讨论。而在第六章"悲剧"中，余国藩根据亚里士多德的悲剧理论对林黛玉的悲剧形象给予精彩剖析。林黛玉在小说的开头出现时就是个孤女，不得不到贾府仰人鼻息，处处小心。虽然贾府上下对她都爱护有加，但她仍然有深切的恐惧感，害怕自己难测的命运。而认清她的这种不安全感，即可洞悉宝黛之恋的悲剧性本质。他们的交往迂回曲折，这并非毫无道理，他们极欲明白彼此心意，却欲语还休。到最终，虽然彼此明了内心，却因"金玉良缘"，导致爱的希望与幻灭。薛宝钗和林黛玉代表了两种不同类型的女性，"一个完全以儒家论为准，一个则较独立，勇于抗拒，勇于怀疑。宝玉和她们的困境，不是因为黛玉仙逝才能解开。实情是：黛玉之死，才是这困境的开始"。③黛玉之死对读者有极大的震撼，然而，黛玉之死并非完全由外因造成，余国藩认为黛玉的很多表现可用肺结核的症状来解释。正因为她的身体时好时坏，常常情郁于心，使得一向爱护她的贾母最终失去信心，认为她命薄，决定找人当她的替身为宝玉完婚。而黛玉在宝玉完婚前因海棠花开，开始自欺欺人求得心安，"这种悲剧缺陷的凝重感使人想起索福克勒斯的《安提尼戈》：以恶为善令智昏，转眼之际遭天谴"。④余国藩更进一步将黛玉恶梦醒后，兴起虚无缥缈的希望与欧里庇得斯的《特洛伊妇女》剧情相提并论。在《特洛伊妇女》中特洛伊失守后，城里满目疮痍，赫卡柏面临家园失守，亲人

---

① Anthony C.Yu, *Rereading the Stone*, Ibid. p.53.
② Anthony C.Yu, *Rereading the Stone*, Ibid. p.108.
③ Anthony C.Yu, *Rereading the Stone*, Ibid. p.203.
④ Anthony C.Yu, *Rereading the Stone*, Ibid. p.208.

或离散或身亡的情景,却幻想连连,以为特洛伊妇女可能逃脱魔掌,国家还可以重新兴旺。黛玉看到海棠盛开的幻觉引发的悲剧性与此相似。林黛玉的际遇反映出女性在整个中国文化中的恐惧与挫折,她最终敌不过世间的骗局,挡不了神话观念的侵害。"苦难的多寡并非衡量黛玉悲剧形象的唯一尺度,也得考虑她曾如何拼命地反抗苦难。言谈、诗、泪水,甚至是梦,都是她反抗的工具。而各种不测横生,如排山倒海般,她也得挡住,终于赢得宝玉的心,然而,结局终非她力所能及。她的遭遇正如雷特菲谈悲剧情节时所云:'似乎在证明人类背后有某种敌意存在着。'"① 古希腊悲剧中,悲剧英雄都会有难逃之"劫",不管它来自诸神,还是命运,等到英雄认清时,已经"在劫难逃"了。余国藩认为林黛玉最终如他们一样,难逃失败和毁灭的命运。

最近十年,清小说中有关"情"的话题引发了英语世界很大的兴趣。继余国藩后,继续探讨"情"这一概念的有:艾梅兰,他在《省思欲望:红楼梦中的性别诗学》(*Reflections of Desire: The Poetics of Gender in Dream of the Red Chamber*)一文中把情归纳总结为四组:"情"在生理学、精神、现象学和美学上的定义,而后将"情"的含义置于清早期文学中的历史背景中考察,并研究了"情"观在《红楼梦》中的表现;黄卫总,他在2001年发表的著作《晚清的情与小说叙事》(*Desire and Fictional Narrative in Late Imperial China*)一书从叙事学角度考察了中国传统小说"情"的历史与《红楼梦》中"情"和"欲"之区别和表现。

### 三、关于"自我"的研究

1995年,黄卫总发表专著《文人和自我表现:18世纪中国小说中的自传性感受》(*Literati and Self-Re/Presentation: Autobiographical Sensibility in the Eighteen-Century Chinese Novel*),该书则主要从社会学和心理学角度讨论《红楼梦》《儒林外史》和《野叟曝言》这三部18世纪小说的自传特点。该书从传统小说发展史的角度阐述了自传倾向在18世纪小说中抬头的原因以及它与当时文人作者自身面临的自我意识危机的密切联系。黄卫总认为这是传统小说"文人化"不断深入的必然结果,并指出这些小说自传性的一大特点即是它的间接性。这与西方一般的自传小说只集中描写一个主人公的写法很不一样,这里用"自况"一词来形容这些小说的自传特点可能是最恰当的。在这些中国传统小说里,作者的自传往往是通过描写塑造一连串的人物来间接完成的,这就是所谓的"再呈现。"这种通过假面具来达到作者自传目的的特点与

---

① Anthony C. Yu, *Rereading the Stone*, Ibid. p.211.

中国古代的特殊传记文学传统以及18世纪保守的文化环境有一定的关系。①

对"自我"概念进行探讨的其他论文及论著有：1985年，何谷理主编的《中国文学中自我的表达》中，收入《红楼梦中的侍女和仆人：个人主义和社会秩序》一文，探讨了《红楼梦》中的侍女和仆人如晴雯、鸳鸯、焦大这类小人物的"自我表达"方式。何谷理认为，《红楼梦》作为一部长篇巨著，不仅关注到上层贵族青年男女的自我表达问题，对下层人物亦进行了有效关注，而这正是《红楼梦》小说不可分割的一部分。"我对小说中侍女和仆人角色的关注，不仅因为他们是独立的个体，更因为他们是小说丰富的社会和文学结构中的一部分。"②安吉利娜·易（Angelina Yee）的论文《〈红楼梦〉中的自我、性欲和写作》（Self, Sexuality, and Writing in Honglou Meng）强调，整部《红楼梦》小说就是一部关于自我的文本。它是中国第一个使用叙事体裁来探讨多种复杂内省情感的重要文本。从头至尾，小说中的主人公都"徘徊在自我确认、自我界定、自我怀疑、自怜、自爱及自我超越的不同状态"。③

李海燕（Haiyan Lee）的论文《情还是欲？红楼中的情感自我》（Love or Lust? The Sentimental Self in Honglou Meng）独出心裁，关注了两个重要概念："自我"和"情"。李海燕从明清时期以"情"为中心的知识和文学思潮语境出发，分析《红楼梦》中的情感审美方式。李海燕详细梳理了王阳明的"心学"和冯梦龙的"情教"在明清知识分子中的发展演变过程，认为它们对清代知识分子产生了积极效应。正是在这种"情教"的影响下，曹雪芹为《红楼梦》定位了"情"与"自我"的关系以及"自我"与"社会"之间的联系。小说中，宝玉和黛玉都是"有情人"，宝玉的身份更是从一开始就被界定。最终，他做到了以情悟道。美丽的世外桃源大观园则是宝玉和女孩们怡"情"之地，最终，书中人物因"情"走向各自的命运。"看到宝玉在弃绝世界时，同时亦弃绝了情感乌托邦的梦想，这令人很悲伤。然而，对普通读者而言，有一点仍然值得欣慰，在整部小说中，宝玉没有一刻弃绝过他的情感自我。"④

2001年，王卢克（Luke S. K. Kwong）发表《近代中国的自我与社会：刘鹗与〈老残游记〉》（Self and Society in Modern China: Liu E（1857—1909）

---

① 参见前文对该书的介绍。
② Marsha L. Wagner, "Maids and Servants in Drream of the Red Chamber: Individuality and the Social Order", in Robert Hegel & Richard Hessney( ed.), *Expressions of Self in Chinese Literature*, New York: Columbia University Press, 1985, p.252.
③ Angelina Yee, "Self, Sexuality and Writing in Honglou Meng", in *Harvard Journal of Asiatic Studies*, Vol.55, No.2, 1995, p.378.
④ Haiyan Lee, "Love or Lust? The Sentimental Self in Honglou Meng", in *Chinese Literature: Essays, Articles, Reviews (CLEAR)*, Vol.19, 1997, p.111.

and "Laocan Youji")。王卢克从社会历史学的角度出发,把刘鹗放回晚清那广阔的社会文化背景,通过探讨刘鹗的生平与事业来研究晚清精英知识分子思想、情感及追求。王卢克认为,"刘鹗是一位有着广泛兴趣的传统中国学者,一名'文艺复兴时代的人',却陷在晚清多灾多难的时空之中。"[1]《老残游记》不是自传,然而,老残身上有着刘鹗太多个人影子及自我呈现,某种程度上,"老残"就是刘鹗的替身。在小说的人物中,能找到刘鹗的许多朋友与敌人。

2003 年,候玉明(Kaniel Yu-ming Hou)的博士论文《在展示与隐藏之间:关于〈老残游记〉中刘鹗的自我表达》(Between Revelation and Concealment: An Exploration of Liu E's Self-Representatio in the Travels of Lao Ts'an)从小说中反映出来的自传体色彩讨论了刘鹗,并探讨他在小说中展现和隐藏的自我。论文共分五章。第一章中候玉明认为:尽管西方评论家容易认为《老残游记》缺乏叙事连贯和统一,经过对小说中人物、场景的仔细分析,刘鹗的小说是自传体小说,因此,根据西方的自传体写作理论,《老残游记》在故事中展出来关于"自我"的隐喻是一致的。第二章中,候玉明分析刘鹗在这部旅行小说中处理时间与空间的技巧,主要探讨刘鹗在小说中不同时空关系中意识到的自我与社会、国家的关系。第三章候玉明分析了小说中著名的桃花山场景,刘鹗流露出来的哲学伦理思想以及在动荡的晚清时期个人的哲学信念及文化身份。第四章候玉明试图从刘鹗关于"清官"的描述中,分析是否有其他动机导致他个人对"清官"的厌憎。最后一章中,候玉明分析刘鹗在小说每章结尾的评论中,都从叙事者的角度转为评论者,对故事发表看法,而这正是他以这部小说表达自我的方式。

2005 年,蒋兴珍(Sing-Chen Lydia Chiang)发表《集中自我:中华帝国晚期怪异叙事中的身体与身份》(Collecting the Self: Body and Identity in Strange Tale Collection of Late Imperial China),主要探讨了清朝中期怪异叙事文集中关于身份建构的诗学与政治。"我的探讨对象主要是人和动物的鬼魂、精灵、狐仙、妖怪、不死者、超人、怪人,非凡的自然现象如洪水、火灾、地震及其他与正常的自然有悖的事物。我通过关注清中期的怪异叙事研究作者的主体性。"[2]该研究共分为五部分,分别追溯了中国怪异叙事历史,《聊斋志异》中的自我呈现,《聊斋志异》中的身体、权力和想象性叙事方法,《子不语》中的怪异叙事和文人身份认定及《阅微草堂笔记》中鬼怪诗人的叙事方式。

---

[1] Luke S.K.Kwong, "Self and Society in Modern China: Liu E(1857—1909) and 'Laocan Youji'", *T'oung Pao*, Second Series, Vol.87, Fasc.4/5, 2001, p.361.

[2] Sing-chen Lydia Chiang, *Collecting the Self: Body and Identity in Starnge Tale Collections of Late Imperial Cina*, Leiden: Brill, 2005, p.1.

# 第四章 英语世界清小说研究的创新性及借鉴意义

## 第一节 英语世界清小说研究阶段及特点分析

同清小说英译一样，英语世界清小说研究的历史亦同样源自于19世纪传教士的活动。最早可见的对清小说的评介来自1842年德国传教士郭实腊在《中国丛报》刊登的关于《聊斋志异》的阐述性文字，至今也经历了一百六十多年的时间。

### 一、资料来源说明

如前所述，英语世界对清小说进行研究的文本篇幅堪称浩瀚，包括各种报刊杂志、译本序跋、书评、中国文学及世界文学选集、文学史、教材、学位论文、期刊论文、专著等对清小说的介绍、评论和研究，有必要对资料来源加以说明。本研究在收集英语世界清小说相关研究资料时所依据的资料主要来自以下工具书、资源库、图书馆书目和相关研究。

（1）美国JSTOR期刊网（JSTOR Journal Archive）：这是一个网上资源库，共提供上千种英文学术期刊自创刊开始至2001年的目录及原文。内容非常全面，包括十九世纪的中国研究文章。

（2）美国EBSCO学术搜索引擎（EBSCO：Academic Search Premier）：网上资源库，提供1990年至今的4500种杂志和学术期刊的全文资料及8000多种杂志和学术期刊的摘要和目录。

（3）PQDD学术论文网（ProQuest Digital Dissertations）：网上资料库，收录有欧美1000余所大学文、理、工、农、医等领域的硕士、博士学位论文目录及原文。

（4）中国国家图书馆：提供20世纪20年代后的外文书刊，是国内典藏外文书刊最多的图书馆。其中，微缩资料馆提供1895年前西方出版的有关中国的书籍和早期来华传教士文献。

（5）美国哈佛大学燕京图书馆：哈佛燕京图书馆堪称西方亚洲研究重镇。书籍总量超过947000册。另有多种杂志、报纸、微缩胶卷，内容涉及中国历史、文学、哲学、宗教、艺术等诸多领域。

（6）美国芝加哥大学图书馆：美国重要亚洲研究基地，美国中部最大的图书馆之一，纸质及电子资源都十分丰富，有多种关于中国研究的书籍，包括杂志、报纸、微缩胶卷。

（7）四川大学图书馆：西南地区藏书规模最大的大学图书馆，馆藏纸质文献达699.75余万册，并拥有丰富的电子资源，内容涵盖多种领域。其中，文理图书馆中的外文馆有多种亚洲研究书籍。

（8）《中国小说研究论著目录》(Chinese Fiction: A Bibliography of Books and Articles in Chinese and English)，李田意（Tien-yi Li）编著，耶鲁大学出版社出版。全书共用了85页的篇幅以目录索引的形式介绍了海内外学界对清小说研究的论文、论著及译本，分为"短篇故事"（Short Stories）及"长篇小说"（Novels）两部分。

（9）《中国古典小说：研究和欣赏论文和书目指南》(Classical Chinese Fiction: A Guide to Its Study and Appreciation Essays and Bibliographies)：1978年，汉学家杨立宇（Winston Y. Yang）、李彼得（Peter Li）和茅国权（Nathan K. Mao）等编著了此书，对中国古典小说在西方的翻译、批评和传播进行了概述。提供了从20世纪初至1977年英语世界所发表的清小说研究资料。本书分成两部分：论文（Essay）与索引（Bibliography）。总体说来，论文部分意在对中国主要传统小说及短篇故事做一个大致介绍，而索引部分则为读者提供了关于这些小说的深入评析。

（10）《比较文学视野中的亚洲经典文学作品》(Masterworks of Asian Literature in Comparative Perspective)：此选集意在为教授比较文学的教师提供书目参考，扉页上注明是一本"教学参考用书"。此书由美国夏普出版公司（M.E. Sharpe）出版，主要内容是欧美汉学家对亚洲文学概况的介绍和具体文本解读。该书由由巴巴拉·斯都勒·米勒（Barbara Stoler Miller）主编，提供了1994年之前英语世界清小说研究的重要参考书目。

以上图书馆、网上资源库、工具书、书目索引和相关研究相互补充，覆盖了英语世界清小说研究所跨越的整个时间段。根据上述来源所提供的书目，笔者收集到自19世纪至2009年英语世界清小说研究的著作和论文等一手资料或相关信息四百余种，其中，20世纪80年代以后的资料有三百余种。相当部分的资料在国内相关研究中皆为空白，从没有人涉及，这是对海外汉学研究的一个有益补充。本章谨在掌握了较为翔实和完备资料的基础上对英语世界清小说的研究进行系统研究，研究将立足于原始资料，以求全面客观地说明问题。

## 二、早期的英语世界清小说研究方向和特色

从笔者所掌握的清小说研究资料的情况可以看出：从19世纪中叶到20世纪50年代末，英语世界清小说研究的总量并不大，研究文章比较零碎，有些甚至只有只言片语，主要包括报刊杂志的介绍性文章、书评、译本序跋及少量学术性评价文章，主要关注作品梗概、作者生平、作品反映的史实、全书的思想内容这些问题。

第一个发表关于清小说英语论文的学者是德国传教士郭实腊（Karl Gutzlaff），他在《中国丛报》（*Chinese Repository*）第11卷第4期（1842年4月），刊登了关于《聊斋志异》中九个短篇的阐述性文字，称之为"来自聊斋的非凡传奇"（extraordinary legends from Liao Chai），并有一篇总体阐述性质的前言。郭实腊论述了中国人的迷信思想，并附上对小说的介绍，作为中国人迷信的佐证。作为传教士，郭实腊的介绍仅仅只是为了证明中国人迷信，随后，他开始布道，认为只有用真正的基督教才能感化他们。郭实腊另在后一期的《中国丛报》发表了一篇短文，题目为《红楼梦》（*Hung Lau Mung, or Dreams in the Red Chamber*）。郭实腊在该文中提供了《红楼梦》的故事梗概，虽然郭对《聊斋志异》的介绍和《红楼梦》的梗概错误百出，甚至认为贾宝玉是女孩，然而这的确是英语世界对清小说最早的研究。

英国汉学家李思达（Alfred Lister）不仅在《中国评论》上发表了《玉娇梨》的多篇译文，且在1873年1月7日在香港圣安德鲁会堂（S. Andrew Hall）就中国浪漫小说做了演讲，演讲中李思达就中国小说、小说写作及小说阅读的民族文化差异做出了比较，并谈到他眼中"最好的一部中国小说"《玉娇梨》。李思达对《玉娇梨》中男女主人公极尽理想化的描画及才艺大加赞赏，他认为相较于《红楼梦》，《玉娇梨》不仅写作时间在前，而且，《红楼梦》在篇幅上显得拖沓冗长，没有《玉娇梨》在线索上紧凑。①

英语世界早期关于清小说最重要的研究应首推翟理斯编著的《中国文学史》（*A History of Chinese Literature*），这是"包括汉语在内的所有语言之中第一次编写中国文学史的尝试"②，在海外汉学研究及中国文学研究里具有

---

① Alfred Lister, "An Hour with A Chinese Romance", in *The China Review, or Notes and Queries on Far East*. Vol.1, No.5, 1873, p.287.

② Herbert Giles, *A History of Chinese Literature*, New York: Grove Press INC., Originally published in 1923 by D.Appleton and Company, p.v.

十分重要的意义。这是第一本沿用西方文学史编写体例，系统介绍了中国文学史发展历程的中国文学史著作。全书共分为八卷，分别为：封建时期、汉代、小朝代、唐代、宋代、元代、明代、清代。第八卷清代部分共分为四章，分别为：第一章、《聊斋》——《红楼梦》；第二章、康熙皇帝和乾隆皇帝；第三章：古典和各类文学——诗歌；第四章：揭贴——报刊文学——智慧与幽默——谚语。在本卷中，翟理斯用了50页的篇幅来介绍《聊斋志异》和《红楼梦》这两部小说。首先，翟理斯开篇简述了明末清初中国政治状况，翟理斯清楚地看到清小说在当时的历史地位"惯例是：小说和戏剧不能登中国纯文学作品的大堂"。①然而，"本朝代文学可以说始于一个讲故事的人"。②翟理斯认为蒲松龄在中国文学史中有着非常重要的地位，他简要介绍了蒲松龄的生平，并节选了《聊斋志异》中如《瞳人语》《崂山道士》《狐嫁女》等经典故事。而后，翟理斯用了长达30页的篇幅介绍了《红楼梦》，内容比全书对"五经"的介绍还要多，并给予《红楼梦》高度评价。翟理斯认为《红楼梦》"是中国小说发展所能达到的最高峰"③，并撰写了《红楼梦》的长篇概述④，足见此书在他心目中的地位。

  翟理斯的概述别开生面。他精心剪裁原文内容，选取小说中很多生动的片段进行连缀，不时插入自己的观点，夹叙夹议。他的情节都是原文存在的情节，但部分进行了细节的调整和迁移。他将这些片段揉和在一起，译述结合，形成一个很有特点的概述文本，具有相当的文学性和可读性。然而，他的介绍里没有当下学术著作中常见的术语、概念和理论，如本书前文所述，19世纪的翻译活动和汉学研究主要是传教士或者外交官的副业，目的是向西方介绍中国文化，提供语言读本，所以，即使对中国最优秀的小说，作品分析也不过是内容介绍和直观评价而已。然而，翟理斯的《中国文学史》"第一次以文学史的形式，向英国读者展现了中国文学在悠久的发展过程中的全貌——虽然是尚有欠缺与谬误的全貌，这无异是向英国读者呈现了一个富有东方异国风味的文学长廊。因此，它是19世纪以来英国译介中国文学的一个重要成果。"⑤

  这一时期值得注目的清小说研究还有几种译本序言。首先是翟理斯为《聊斋志异》译本作的导言，该导言堪称《聊斋志异》早期研究的典范。导言共分为三部分，翟理斯在导言中介绍了自己选择翻译《聊斋志异》的原因，蒲

---

① Herbert Giles, *A History of Chinese Literature*, Ibid. p.338.
② Herbert Giles, *A History of Chinese Literature*, Ibid. p.339.
③ Herbert Giles, *A History of Chinese Literature*, Ibid. p.355.
④ Herbert Giles, *A History of Chinese Literature*, Ibid. p.356-384.
⑤ 张弘，《中国文学在英国》，广州：花城出版社，1992年，第83页。

松龄生平故事,当时中国社会形态及自己翻译的一些处理方式。

由著名汉学家亚瑟·韦利(Arthur Walley)为王际真的《红楼梦》所做序言探讨了中国小说的历史地位、中国小说的历史及发展及《红楼梦》版本情况。亚瑟·韦利的序言后是译者王际真的导言。王际真在导言里谈到胡适提出的"自传说",他明确说明,受新红学研究成果的影响,译者更重视曹雪芹的前八十回。他还认为:《红楼梦》是中国第一部现实主义小说,打破了中国小说传统大团圆结局;同时,《红楼梦》是一部自传体小说。

高罗佩《武则天四大奇案》译本的前言是一篇比较文学平行研究的论文。在这篇前言中,高罗佩明确阐述了自己的翻译目的、翻译文本的特点、中西侦探小说比较及自己的翻译观。他总结了中国大多数公案小说的特点,把它归纳为五条:罪犯身份在小说开始就暴露出来;小说里面总有些鬼神因素;中国人喜欢细节,因此,小说在细节上有很多描写;小说中人物名字过多及小说与西方侦探小说套路完全不同,不喜欢留给读者太多悬念和想象。事实上,这正是西方侦探小说和中国公案传奇的差距所在。高罗佩比较了中国侦探狄仁杰和西洋侦探福尔摩斯、格雷警长的刑事侦讯本领,认为狄仁杰的刑侦手段更为先进,有过之而无不及。

沙迪克为《老残游记》译本撰写的译者导言亦有相当的学术价值。这篇长篇序言有上万字,共分为七个章节。系统地介绍了中国文学中的小说概念、《老残游记》小说本身及作者思想、创作的方方面面,很有研究价值。沙迪克分别探讨了中国白话小说的发展,他分析了胡适所说的"北方派"(The Northern)与"南方派"(The Southern)的创作,介绍了北方派的《儿女英雄传》《三侠五义》《水浒传》及南方派的《儒林外史》《官场现形记》《二十年目睹之怪现状》等代表性小说;在关于《老残游记》作者的研究中,译者介绍了《老残游记》作者刘鹗的生平,剖析了他的精神世界、思想体系及政治观。沙迪克认为刘鹗的思想主要是儒、佛和道教相结合。他崇尚自由、自然而真诚的理想状态,"对理学的暴政忧心忡忡"。①沙迪克还评论了《老残游记》的文学特点及翻译时遇到的问题。简而言之,这是一篇涉及中国小说史、作者及作品研究的独到论文,在《老残游记》研究中不可忽视。

值得关注的还有麦克休《红楼梦》德文转译本中库恩所做导言,其内容有关《红楼梦》的版本、作者、标题、故事时间、地点、前译本及其他问题。库恩的译本谈到了《红楼梦》的版本考证及作者考证。受新红学运动影响,

---

① Liu E, *The Travels of Lao Ts'an*.trans., Harold Shadick New York:Cornell University,1952,p.31.

关于小说作者，他认为："一百四十回原稿中前八十回是曹雪芹，后四十回是高鹗……所谓两人合著，应该理解成这样，即高鹗实际上只是一位出版者，而不是作为一位作者获得了曹雪芹的遗稿，并得到几乎已经准备好了的后半部分的写作计划。"①库恩还考证了《红楼梦》的故事时间，推算故事发生的时间"应该在1729年到1737年间"，故事发生的地点在北京，因为"小说不断交替地谈到京都和金陵。在清朝，京都便是北京。这虚构的地名金陵，大概是指北京附近众所周知的皇陵东陵和西陵"。②在导言的最后篇幅里，库恩介绍了《红楼梦》的艺术特色和小说中反映出来的中国传统文化的儒道思想。

书评亦是英语世界对清小说研究的重要组成部分。英语世界对清小说早期发表在学术杂志上的评论文章以对《聊斋志异》关注最多。如翟理斯《聊斋志异》译本发行后，先后出现了数篇对它进行评介的文章。最早的书评是1881年《民俗记录》(*The Folk-Lore Record*)上的评论。这是一篇很简洁的评论，一共只有两页，讨论了翟理斯对小说标题的处理，并对蒲松龄生平做了简单介绍。"这本有价值的作品尽管并不完全是一部关于民间传说之作，然而，亦在此方面有所成就。"③发表在1926年《美国民俗杂志》(*The Journal of American Folklore*)上的长篇评论文章介绍了《聊斋志异》成书历史、短篇小说的篇幅及标题含义。"尽管翟理斯的译本已出版45年，还没有文章对《聊斋志异》的内容进行专门研究，没有人费力去研究《聊斋志异》中展示出来的中国民俗特点。这部选集是一个了解中国文化的矿藏，它对17世纪中国社会文化提供了一幅准确的图画，包括中国人的梦想、信仰、鬼神文化、变异、精灵、救赎及报复，等等。"④"狐狸在这些故事中占据着重要的地位，这些狐狸具有人的形状与情感，具有超自然的法力，成善或成恶。"⑤该文还选择了《聊斋志异》中几篇具有代表性的文章，分别分析了狸狸、女鬼和花仙的形象。

琼罗斯《聊斋志异》译本发行后，学术杂志上亦先后出现两篇评论文章，分别发表在1947年《西方民俗》及1948年《美国民俗杂志》上。《西方民俗》上的评论文章比较了翟理斯与琼罗斯译本，认为"琼罗斯的译本

---

① Cao Xueqin, *Dream of the Red Chamber*, trans., Florence and Isabel McHugh, New York: Pantheon Books, 1958, p.xiii.
② Cao Xueqin, *Dream of the Red Chamber*, Ibid. p.xiii.
③ Taylor&Francis, "Review on Strange Stories from a Chinese Studio by Herbert A.Giles", in *The FolkLore Record*, Vol.4, 1881, p.191.
④ B.Laufer, "Review on Strange Stories from a Chinese Studio by Herbert A.Giles", in *The Journal of Americana Folklore*, Vol.39, No.151, 1926, p.87.
⑤ B.Laufer, "Review on Strange Stories from a Chinese Studio by Herbert A.Giles", Ibid. p.88.

有其独到之处：她对原文把握更精准，她对小说中性的处理也非常巧妙，贴合中国人对性的态度。中国人生活中有性的存在，但从来不占主导地位，亦不是生活的目标。翟译本对此的态度就要闪避多了"。①《美国民俗杂志》上的评论文章主要介绍了《聊斋志异》不可思议的想象世界和鬼神观。"这些故事中表现出来的'亲密和和谐'的气氛显示了'中国人对超常世界的态度'。在基督国家，人和鬼的世界是截然分离的，讲究身后的惩罚、救赎和审判，而在中国，我们可以说，人和鬼怪世界是'同一个宇宙秩序'中两个和谐的部分。"②

王际真的《红楼梦》译本出版后，白之（Cyril Birch）在《亚洲研究期刊》上发表了一篇译评。白之非常关注译本导言对红学研究的利用情况，"王际真的导言简洁地说明了《红楼梦》在中国小说中的杰出地位，而且利用了周汝昌的著作，很清晰地呈现出曹雪芹其人及其家世。"③白之对王译本和库恩译本做了比较，认为库恩译本在翻译原文时有些地方把握不够准确，而王际真的译本则更好地表现了中国文化。作为一名专业的中国文学研究者，他对两种译本的删节都感到可惜。

《纽约时报》(New York Times)亦对《红楼梦》译本发表过数篇商业书评。1926年6月2日，《纽约时报》发表预告，"《红楼梦》是一本具有异国情调的东方现实主义小说，该译本由《源氏物语》的译者阿瑟·韦利作序"。④"异国情调"四字此处彰显出报刊评论的商业性，以吸引读者眼光为主要目的。《纽约时报》1958年亦发表对王际真再版本和麦克休译本的书评，称"《红楼梦》是中国最伟大的小说，第一次出版相当完整的英文译本，这不仅对美国人而言是一个重要的文学事件，对英语世界的人而言都有同样意义"。⑤和前面的学术性书评比较而言，商业书评充满溢美之辞，往往是泛泛的赞美和好评。而学术性书评则比较忠实原著，从不同切入视角出发，对译本同时进行肯定与质疑，体现出评论者很高的文学鉴赏能力和思考深度。

除了译本序跋和书评，英语世界还有少量对清小说的早期研究文章。但

---

① Yu-Shan Han, "Review on Chinese Ghost and Love Stories by P'u Sung Ling; Rose Quong", in *Wstern Folklore*, Vol.6, No.4, 1947, p.392.
② Francis L.K.Hsu, "Review on Chinese Ghost and Love Stories by P'u Sungling; Rose Quong", in *The journal of American Folklore*, Vol.61, No.242, 1948, p.400.
③ Cyril Birch, "Review on The Dream of the Red Chamer", *The Journal of Asian Studies*, Vol.18, No.33, 1959, p.386.
④ Francis Green, "That Rara Avis, a Realistic Novel out of the Orient", *in New York Times*, June 2th, 1929, p.2.
⑤ Peggy Durdin, "Review on Dream of Red Chamber", in New York Times, Mar 30th, 1958, p.4.

这些研究文章基本比较零散，大都为散见于报刊杂志的只言片语，学术含量不高。这个阶段值得一提的著作有《清代名人传略》(Eminent Chinese of the Ch'ing Period)。此书是一本著名的研究参考资料，内有曹雪芹、吴敬梓、李渔等清小说作者介绍及他们的生平介绍。这在汉学界堪具开创意义，也是首次对这些作者的生平做出英文介绍。

50 年代的美国比较文学已经有了长足发展。美国学者在新批评理论的影响下开始走向自己的道路。比较文学美国学派方兴未艾，致力于建立起自身的理论，开始明确、系统地阐明自己的比较文学观。开始出现学者从比较文学研究领域对清小说进行研究，1949 年，《比较文学》杂志在俄勒冈创刊，1953 年，海陶伟 (Robert Hightower) 在该杂志上发表《世界文学语境中的中国文学》(Chinese Literature in the Context of World Literature)，这标志着美国比较文学界对中国文学开始重视。1959 年，《远东季刊》(Far Eastern Quarterly) 上发表了哈佛大学比较文学博士约翰·毕肖普 (John Bishop) 的《中国小说的几种局限》(Some Limitations of Chinese Fiction)，从比较文学的角度中国小说进行探讨。文章体现出明显的跨文化研究立场，"我必然承认，我在任意使用西方小说理念作为标准来衡量一种与其并无关联的文学。如果是为了做出价值判断，这一行为是可疑的。但如果是为了评估两种不同的文学中类似体裁的不同发展，并呈现其各自特色，这一方法又是可行的"。①毕肖普此处提出的方法即是比较文学跨文化的研究方法，他通过将中国传统白话小说与西方同时代小说进行对比，指出中国传统白话小说的局限在于叙事传统的局限和写作目标的局限。他认为中国旧的叙事方法过于简单陈旧，也缺乏心理描写的传统。毕肖普的方法也许过于机械，但这是比较文学领域的可贵尝试。

1958 年，哥伦比亚大学召开了一次"东方经典研讨会"，会后，由哥伦比亚大学出版社出版了狄百瑞 (Theodore De Barry) 主编的两部关于亚洲及东方文学的论著，分别为《亚洲经典探索》(Approaches to the Asian Classics) 及《东方经典探索》(Approaches to the Oriental Classics: Asian Literature and Thought in General Education)。《亚洲经典探索》在亚洲地域范围内介绍各国文学作品。在"中国经典"中，选入了夏志清 (C. T. Hsia) 介绍的《红楼梦》。②而

---

① John L. Bishop, "Some Limitations of Chinese Fiction", in *The Far Eastern Quarterly*, Vol.15, No.2, 1956, p.240.
② C. T. Hsia, "Red Dream Chamber", in Theodore de Bary and Irene Bloom (ed.), *Approaches to The Asian Classics*, New York: Columbia University Press, 1958, p.263-274.

在《东方经典探索》中，收入梅仪慈（Yi-Tse Mei Feuerwerker）撰写的《中国长篇小说》(*The Chinese Novel*)一文，简要介绍了中国小说的发展过程。文章以中国三部经典小说《红楼梦》《西游记》《金瓶梅》为例，详细讨论了中国小说的特点。

### 三、20世纪60年代以后在西方文艺理论观照下的清小说研究

清小说引起海外汉学广泛关注开始于20世纪60年代，此后，清小说的英文研究文章与著作激增，它们或是汉学研究或比较文学研究的学术著作或论文，或是由教育研究机构所发行的教材或教科书，就连译本序言也以十分专精的研究论文形式出现。为什么英语世界对清小说的接受会在这个时期出现这种学术转向和变化呢？下面，我们从当时的社会背景和学术氛围来做一简单说明。

正如前文在梳理清小说英翻译史时指出，第二次世界大战期间，美国及其他英语世界国家兴起大量与亚洲研究有关的教育机构，由于地缘政治的需要，美国政府和各大基金会积极资助各大学和研究机构开展对中国的研究，继哈佛大学之后，美国各大学纷纷建立中国或远东研究系所。开设东亚学的学术机构不断激增，"到了50年代末，亚洲研究已成为一门'显学'"。[1]哥伦比亚大学、康奈尔大学、哈佛大学、约翰·霍普金斯大学、密歇根大学、加州大学各分校、华盛顿大学、耶鲁大学等知名大学都已经建立起能够培养亚洲学学者的学科专业，开设有完全的东亚研究硕士生课程。到了20世纪60年代，这些亚洲研究机构继续增长，"十年之内，能够颁授东亚语言和研究专业学位的大学迅速增加到70年代初的一百零六所"。[2]英国亦有同样的发展。这些研究机构为研究中国文化与文化提供了物质上的可能。从整体上来说，这一时期的中国研究固然有延续19世纪以来为政治服务的一面，但从20世纪60年代以来，力求科学地重新认识中国的倾向日益增强，研究范围也较旧汉学为宽，与中国古典文学有关的许多课题正是在这样的情形下入选的。不少对东方文化感兴趣的欧美人开始涉足汉学领域，从事中国古典文学与文化的研究。中国古典文学虽然并不是这些东亚研究中的重点，但却是其中的有机组成部分，在对东亚研究热潮的大环境下，在对清小说的研究关注度不断增加。20世纪60年代亦是比较文学美国学派欣欣向荣的时期，1960

---

[1] 于子桥，《2000年美国东亚研究现状》，2000年9月22-23日中国北京"东亚研究的现状与前景"研讨会，北京大学国际关系学院陈峰君教研网。

[2] 于子桥，《2000年美国东亚研究现状》，2000年9月22-23日中国北京"东亚研究的现状与前景"研讨会，北京大学国际关系学院陈峰君教研网。

年成立的美国比较文学学会亦促进了从比较文学角度研究中国古典文学的发展。正如黄卫总指出："严格地说，美国的中国明清小说研究是在60年代才开始起步的。"①

在20世纪60年代，英语世界清小说研究起初只是以考证版本为主，如耶鲁大学著名历史学家史景迁（Jonathan Spence）发表了一本关于曹雪芹祖父的传记《曹寅与康熙：一个皇定宠臣的生涯揭密》（*Tsao Yin and the K'and-his Emperor: Bondservant and master*）。该书详细描述了清代包衣体制，探究了曹氏家庭背景和家庭盛衰的原因。在该书结尾部分，史景迁对引起学界极大兴趣的大观园原型做出推测，他提出：大观园是文学性的重构意象，其原型是曹家位于江荣西北山上的家庭花园和曹寅在织造衙门中的花园。

从文学批评的角度对清小说进行深入探讨研究则在60年代后期才开始。夏志清于1968年出版了《中国古典小说导论》一书，这是第一部对明清小说进行详尽艺术分析的英文著作。书中有不少精彩的论述至今仍为人称道，此书的问世也标志着汉学界的中国清小说研究已经进入了新阶段——研究的范围不再局限于版本考据了。夏志清本人正是耶鲁大学20世纪60年代的博士毕业生，当时在美国文学批评界最流行的是"新批评"派，所以夏志清充分使用了"新批评"的"细读"方法，对中国最优秀的几部古典小说做了精彩剖析。该书代表了西方汉学的一个重要转折：从基于对文学的基本常识、作者及小说的创作时间等问题的研究转到应用文学批评理论方法和分析方法来解读清小说。他在书中采用西方批评理论，以西方19、20世纪小说的标准来衡量中国小说，因此认为中国大多数小说作品都"质量平平，读来无所收益"。他说：

> 除非我们以西方小说的尺度来，我们将无法给予中国小说以完全公正的评价。小说的现代读者是在福楼拜与亨利·詹姆斯的实践和理论影响下成长起来的：他期望得到一个首尾一致的观点，一个由独具匠心的艺术大师构想设计出来的对人生的一致印象，以及一种完全与作者对待其题地的情感态度相谐和的独特的风格；他厌恶作者的公然说教和枝节话，厌恶作品杂乱无章的结构以及分散他注意力的其他种种笨拙的表现方式。不过即使在欧洲，有意识地把小说当作一种艺术，无疑也是近代才有的事情。我们不能指望中国的白话小说以其脱胎于说书人的低微出身能满足现代高格调的欣赏口味。②

夏志清的这段话为20世纪六七十年代西方汉学界研究中国古典小说方

---

① 黄卫总，《明清小说研究在美国》，载《明清小说研究》，1995年第2期，第217页。
② C. T. Hsia, *The Classical Chinese Novel*, New York and London: Columbia Uniersity Press, 1968, p.7.

法做了典型注解：以西释中。正如余国藩指出，"过去20年里，在一场旨在鼓励人们把各种西方的批评观念应用到中国传统文学运动中，这种趋势正在不断地迅猛地发展，预示着比较文学的某种鼓舞人心的发展的到来。"① "以西释中"，意为以西方文学理论和小说观念来阐释中国小说，夏志清的《中国古典小说导论》即是以"新批评"方法解读《儒林外史》和《红楼梦》。他主要从故事的主体发展趋势、中心人物及一些关键问题入手来研究小说，对小说中很多人物都进行了颇有新意的解读，如在对林黛玉的人格分析中，他通过文本分析认为：虽然人们惋惜贾宝玉和林妹妹无缘结合，但二人尽管志趣相投，性情气质却完全相反。宝玉好动，富有同情心，能自我超脱，黛玉则以自我为中心，神经过敏，最终招致自我毁灭。宝玉被她吸引，不仅是由于她的纤弱之美及其诗人的气质，还因为他与她正好相反的特性：多疑多忌和自我纠缠。

夏志清的论著中有大量顺手拈来式的作家作品比较，如他自己所言，"援引一些可比的西方文学作品，只是为了更好地帮助人们评定要比较的作品，而非要在他们之间寻找联系或影响"。②他在《中国古典小说导论》中开篇即比较了中西小说观念，他的比较特点是在介绍中国小说的特殊传统时，把西方小说观念作为一个参照的标准。他把具体文本与西方小说进行对比，而后发掘出它们的优点与不足。他发现中国小说与西方小说很重要的一点差异在于道德伦理方面的差异，这包括了宗教信仰和传统观念，属于文化思想根源的范畴。他在读了西洋著作之后反顾中国小说，发现其宗教信仰逃不出"因果报应""万恶淫为首"等粗浅观念，他认为凭这些观念要写出发人深省的作品，实在难上加难。大半传统小说中的宗教信仰只能归为迷信。为此，他将《红楼梦》中的宝玉与陀思妥耶夫斯基笔下《白痴》的主人公米什金公爵相对比，说明他俩都处于一个堕落的世界里。在这样的世界中，一个充满同情和爱的人总被怀疑是白痴。两人都发现这世上有无法忍受的苦难，并经过长期精神折磨，最终结局悲惨。米什金公爵成了白痴，随着娜塔西亚之死，他认识到基督之爱对这个现实的世界毫无效用。而宝玉在黛玉死后，同样也认识到爱情的幻灭，不同的是，宝玉选择了抛弃这个世界，表现出一种遁世的冷漠。这正是两人文化背景不同导致，如果曹雪芹处于西方文化背景之中，可能会用完全不同的方式来结束他的故事。宝玉会如米什金一样，处于一种精神死亡的状态，或像阿廖沙·卡拉玛佐夫一样，重新获得人类的美德，成为

---

① 余国藩,《中西文学关系的问题与前景》,李达三、罗纲主编,《中外比较文学的里程碑》,北京：人民文学出版社,1997年,第13页。
② 夏志清,《论对中国现代文学的"科学"研究——答普实克教授》,《中国现代小说史》附录一,上海：复旦大学出版社,2005年,第326页。

仁慈博爱的基督榜样。但是曹雪芹与基督徒故事无缘，所以，他写了一个具有佛教色彩的故事，展示出人在现世的无望与解脱。夏志清的这段比较是从宗教色彩的异同来比较中西小说。他不但把贾宝玉和米什金公爵进行比较，亦比较了贾宝玉和《卡拉马佐夫兄弟》中的阿廖沙·卡拉玛佐夫。他在分析宝玉思想的纯洁性及习惯将少女从淫荡丑恶的世界中拯救出来的习惯时，亦对照了宝玉和《麦田守望者》中的主人公。夏志清的比较意识不仅能够让英语世界的读者更好地了解中国文本，也为后来的研究者以西释中提供了一种可借鉴的方法。这样的比较研究给了后来者启示，促成了20世纪70年代英语世界对清小说研究的作品开始不断涌现。

20世纪70年代起，英语世界的清小说研究取得了长足的进步，"本世纪涌现的形形色色的新方法，如诗歌意象研究、新批评、结构主义、神话与原型批评、口头创作研究、文类学、叙事学、符号学等也被陆续引进了过来。其理论主张之繁多，触及范畴之宽广，透视角度之灵活，已非三五范例所能概括。总之，移植新旧西论的试图，使中国文学在短时间内便拥有了多种多样的研究方法"。①以西释中越来越成为研究清小说的主流，大多数的文本细读研究都非常敏感地对现代西方文艺批评理论作出反应。在这些研究当中，有些学者使用的批评概念盛行于20世纪的文学批评界，具有较为丰富的内涵，但并不局限于某一特定的批评流派；有些学者所使用的批评概念则专属于某一现代批评流派，显示出很鲜明的学派特色。越来越多的博士生都开始以清小说作为博士论文题目，其中的佼佼者当属毕业于普林斯顿大学的浦安迪。1974年，在普林斯顿召开了美国第一次以中国古典小说研究为主题的会议，这次会议可谓汉学界中国古典小说研究的一次空前盛会，会后出版的浦安迪（Andrew Plaks）主编的文集《中国叙事文学论文集》（*Chinese Narrative: Critical and Theoretical Essays*）反映了当时学界中国古典小说研究的最高水平，尤其是浦安迪自己撰写的《对中国叙事文学的理论构想》（*Towards a Critical Theory of Chinese Narrative*）一文，份量尤重。这篇文章对整个中国的叙事传统做了理论性的解析，很有见地，极见作者在比较文学研究中的功力。该书另收有两篇重要论文：林顺夫的《礼与〈儒林外史〉的叙事结构》及高友工的《中国叙事传统中的抒情性：读〈红楼梦〉和〈儒林外史〉》，它们分别从不同角度使用叙事学理论对清小说做出精彩解析。1978年，浦安迪在《新亚学院学报》（*New Asia Academic Bulletin*）发表了《章回小说与西方

---

① 周发祥，《西方文论与中国文学碰撞的轨迹》，载《中国文化研究》，1997年第2期，第124页。

小说——一个文体上的重新评估》(Full-length Hsiao-shuo and Western Novel: A Generic Reappraisal),从对中西方小说的比较中对中国章回小说文体做了理论上的阐述。该文用卢卡契等西方理论家有关中国小说的理论来比较中西方小说,认为二者的共同点是所谓的"反讽"(Irony)。黄卫总认为,"这两篇文章所达到的理论高度至今还没被其他学者超过,尽管文中观点并不完全无可非议。"①浦安迪擅用西方文论术语来观照中国文学作品,其中,"原型""寓言""反讽"皆为他所用,对清小说做出精彩的解读。如1976年出版的专著《红楼梦中的原型及寓言》(Archetype and Allegory in the Dream of the Red Chamber)一书,在海外汉学界对清小说的研究中颇具革命性。作者运用当时流行的结构主义及原型批评的文学原理来研读《红楼梦》,使人耳目一新,书中对大观园和中国园林传统的论述更是极富见地,影响了后来的研究者思路。浦安迪在该书中的两个关键批评词语是"原型"和"寓意","寓言"是西方经典研究中常常涉及的概念,也常见于20世纪的中世纪文学批评,但丁的《神曲》、弥尔顿的《失乐园》都是寓言式写作的典型范例。浦安迪引用但丁的说法,认为"寓言"是一种"特定的写作模式",在这一模式之中,"纯粹的文学叙述形式被用作传达超验性真理的方式",②在这一定义的基础上,他认为《红楼梦》小说结构呈现出"互补两级""多元周期"的"原型模式"正体现了这样一种"二元性"。③小说也因此具有了"寓言"这一写作模式的特征。他的结论是《红楼梦》是一种百科全书式的容器,在这部作品中,可以找到包括原型和寓意在内的整个中国文学的传统。原型理论是荣格在20世纪30年代建立起的理论,弗莱进而在50年代提出了文学原型批评的整套体系,浦安迪敏感地使用这个现代术语来解读了《红楼梦》。他的解读方式是首先考察了中国文学的原型与神话,再将这一原型套用于文本解读,其前提假设仍然是《红楼梦》既然是百科全书式的,就应该符合主要原型。浦安迪对《红楼构》的解读相当新颖,然而,其中亦明显有武断之处,《红楼梦》与《神曲》生长于两种不同的文明,分属两种不同源的文明范畴,存在较大的异质性。原型和神话批评是源自西方学术传统的批评话语,中国诗学本来与西方诗学有不同的思维特征,此处浦安迪使用《红楼梦》文本来作为证明西方文论术语的材料,完全忽视了中西文明的异质性,这样的立论基础很值得怀疑。因此,王靖宇(John C. Y. Wang)认为,"寓言"这一术语是一种定义明确的西方形式,《红

---

① [美]黄卫总,《明清小说研究在美国》,载《明清小说研究》,1995年,第2期。
② Andrew H.Plaks, *Archetype and Allegory in the Dream of the Red Chamber*, Princeton and Guidford, Surrey: Princeton University Press, 1976, p.86.
③ Andrew H.Plaks, *Archetype and Allegory in the Dream of the Red Chamber*, Ibid. p.7.

楼梦》作为东方文学作品,与典型的西方寓言式作品很不相同,此处浦安迪对术语的应用并不合理,对"原型"术语的使用亦有偏颇之嫌。①

同样使用"寓言"和"原型"批评术语解读《红楼梦》的有米乐山(Lucien Miller)在1975年出版的《红楼梦中虚构的假面具——语言、模仿和角色》(*Mask of Fiction in Honglou Meng: Allegory, Mimesis, and Persona*)。米氏运用新批评和原型批评理论从另一角度揭示了《红楼梦》的不同层面。此书对《红楼梦》开头几章的分析尤其精彩。米氏与浦安迪的关注点几乎完全相同,即《红楼梦》如何通过"寓言式写作"来呈现某些神话原型,弗莱的批评体系亦成为他的理论归依和术语来源。然而,与浦安迪先考察中国文学中的原型,再用它来套用小说中的解读不同,米氏从小说本身出发,在文本细读中,考察小说中呈现出来的原型模式。

《儒林外史》亦是备受西方批评家关注的清小说,对《儒林外史》的批评大都从文艺学和社会学角度出发,使用西方批评理论来进行解读。20世纪60年代对《儒林外史》的批评集中于对其情节结构提出批评。柳无忌认为《儒林外史》"缺少有机结构"②,并将其与英国小说家萨克雷的《势利者》一书的松散结构相提并论。夏志清继续此观点,认为《儒林外史》无结构无情节,全书勉强联系在一起,由不断变换的人物所带动的事件组成。③70年代的批评者开始尝试从结构主义叙事学理论考察《儒林外史》的叙事艺术问题,得到了很多独特的发现。张心沧(H. C. Chang)在其专著《中国文学:通俗小说与戏剧》(*Chinese Literature: Popular Fiction and Drama*)中对《儒林外史》的叙事时间与结构重新做出分析。张心沧认为:在《儒林外史》中,线性的客观历史时间并不那么重要。重要的是吴敬梓通过诸多人物和场景所传达出来的生活经验,如同中国古代画卷《清明上河图》,一卷一卷的画面中,一个个人物和场景最终构成了生活的实在经验。这样的画卷是历时和线性的,没有所谓贯穿全文的明确时间线索。因此,张心沧反驳之前夏志清认为《儒林外史》结构松散的观点,认为企图在小说中寻找线性情节发展结构无异缘木求鱼。因此,《儒林外史》一书有其独特的统一性。④

---

① John C.Y.Wang, "Review on Archetype and Allegory in the Dream of the Red Chamber", in *Journal of the American Oriental Society*, Vol.99, No.1, 1979, p.128.
② Liu Wu-chi, *An Introduction to Chinese Literature*, Bloomington: Indinana University Press, 1967, p.228-246.
③ C. T. Hsia, *The Classical Chinese Novel: A Critical Introduction*, New York: Columbia University Press, 1968, p.228-246.
④ H. C. Chang, *Chinese Literature: Popular Fiction and Drama*, Ediinburgh: Edinburgh University Press, 1973, p.20-21.

1978年是清小说研究的一个重要年份,这一年,比较文学主题学研究进入研究者视野。由约瑟夫(Joseph S. M. Lau)和马幼桓(Ma. Yao-wood)合著的《中国传统故事的多样性主题》一书从主题学角度对中国传统小说主题进行了归类。该书的新颖之处还在于将《聊斋志异》与西方哥特式小说进行了比较研究。著者认为:《聊斋志异》虽然也有描写鬼怪的哥特式因素,但却没有流行于欧洲的哥特小说那种荒郊古堡内神秘恐怖故事的色彩,因为蒲松龄在鬼怪形象身上增添了较多的人情味,可以说是创造出了中国式的哥特小说。

　　这一时期亦涌现了不少介绍清小说的工具书、参考书及教材。它们包括:1964年,赖明(Lai Ming)在伦敦出版的《中国文学史》(A History of Chinese Literature);1966年,柳无忌(Liu Wu-Chi)推出的《中国文学概论》(An Introduction to Chinese Literature);1968年,李田意推出的重要文学工具书《中国小说研究论著目录》(Chinese Fiction: A Bibliography of Books and Articles in Chinese and English);1972年,白之(Cybil Birch)在纽约编辑出版的《中国文学选集》(Anthology of Chinese Literature)。70年代还出现了另一本关于中国古典小说的重要工具书。1978年,杨立宇、李彼得和茅国权等编著了《中国古典小说:欣赏论文和书目指南》(Classical Chinese Fiction: A guide to Its Study and Appreciation Essays and Bibliographies)。这些参考书、教材和工具书的出版标志着清小说研究在汉学界的进一步推进和发展。

　　20世纪70年代起,出现了一系列以作家为重点的专论,对清小说中一些优秀作家的生平、经历、思想、创作进行了扎实深入的研究,把中国古典小说作家群推到世界面前,为此后的多向度研究奠定了学术基础。由美国波士顿毫尔公司出版的《特尼世界作家丛书》(Twayne's World Authors Series)是学术质量较高,在全世界很有影响的一套丛书。特尼出版公司的初衷是向世界介绍各国著名的作家,以便对这些作家进行学术性的评论和分析研究,因而,它对著者的要求是非常清楚的:即要求在内容上涵盖作家的生平和相关历史资料,同时其语言必须清晰简练。即内容忠实,语言朴实。也就是说,该系列丛书的大部分作者不仅是研究者,同时也担任了翻译工作。茅国权和柳存仁合著的《李渔》和黄宗智所著的《吴敬梓》是"中国作家专辑"里较早问世的两种,也是英语世界第一部全面介绍这两位清代作家的研究专著。茅国权和柳存仁的《李渔》重点讨论了李渔的两部短篇小说集《十二楼》《无声戏》及长篇小说《肉蒲团》,该研究涉及李渔的创作和生活的方方面面,推动了李渔研究的发展。而黄宗智的《吴敬梓》则集中讨论了《儒林外史》的文学成就,特别是小说中的讽刺风格。在书中两位研究者都不乏有以西释中的范例,如黄宗智在《吴敬梓》第五章中集中讨论了《儒林外史》中的现实主义因素。他意识到虽然中国小说与西方小说因为源流不同，使用"现实主义"这样的西方文学术语评价它会引发争端。然而，"不妨采用中间立声，谨慎地使用西方现实主义观点来鉴赏中国小说"。[①]这说明研究者已经意识到单纯"以西释中"的局限和片面，虽然这种研究常常能够发现前人之未见，然而，过分的生搬硬套有时会给人生吞活剥之感。正如周英雄所说，"西方理论在其本土自有其历史性和合法性，可是一经转移，西方理论的阐释度可就相应降低，因此不应强加诸于中国文学。"[②]

20世纪六七十年代的清小说研究虽然在作家本体研究、文本研究方面取得了堪称精彩的成就，然而，毕竟研究方法显得比较单一，研究视野受到局限。虽然有局限和不足之处，六七十年代学者们的努力仍然让我们看到了英语世界中国古典文学研究的方向。特别是同一时期的中国大陆比较文学界此时正处于发展的滞缓阶段，以夏志清、浦安迪为代表的学术探索在这一时期起到了承前启后的作用，为汉学界的中国文学研究奠定了基础，开拓了视野和思路。

四、20世纪80年代以后的清小说研究：研究方法多样，研究视角不断拓展

20世纪80年代可以说是英语世界清小说研究成绩卓著的阶段，在这一时期，关于中国文学的领域开始引发学者越来越浓厚的兴趣。中国的改革开放政策使得西方学者从中国获取研究资料变得越来越容易。一些有关亚洲研究的著名杂志，如《哈佛亚洲研究学刊》(*The Harvard Journal of Asiatic Studies*)、《亚洲研究》(*Journal of Asian Studies*)、《通报》(*T'oung Pao*)、《晚清研究》(*Late Imperil China*)等杂志经常刊载清小说研究论文，《中国文学：随笔、报道和评论》(*CLEAR: Chinese Literature: Essays, Articles and Reviews*)和《淡江评论》(*Tamkang Review*)这两种专门刊载中国文学研究文章的杂志亦推出不少关于清小说的优秀论文。研究亚洲和中国文学的参考书籍也开始大量收入清代资料，如《哥伦比亚中国文学史》(*Columbia history of Chinese Literature*)、《印第安那中国传统文学指南》(*The Indiana Companion to Traditional Chinese Literature*)、《哥伦比亚文学选集》(*Columbia Anthology of Chinese Literature*)。这一阶段出现了很多专门研究清小说或部分内容涉及清小说的专著，一些优秀小说如《红楼梦》《儒林外史》《镜花缘》等作品得到了进一步的研究，研究方法多样，研究视野不断拓展。

作家本体研究进一步受到重视。《特尼世界作家丛书》(*Twayne's World*

---

[①] Timothy C. Wong, *Wu Ching-tzu*, New York: Twayne Publishers, 1978, p.110.
[②] 周英雄，《比较文学与小说诠释》，北京：北京大学出版社，1990年，第4页。

Authors Series）的"中国作家系列"继推出《李渔》与《吴敬梓》之后，继续于20世纪80年代推出了高张信生所著的《李汝珍》(*Li Ju-Chen*)与李彼得的《曾朴》(*Tseng P'u*)。在《李汝珍》一书中，高张信生借用"隐喻"的概念及小说的讽刺艺术，分析了李汝珍在小说中所设隐喻的本质及李汝珍借小说阐发的乌托邦理想。高张信生的见解令人耳目一新，受其研究的启发，20世纪90年代起海外汉学界连续出现两部从女性主义视角比较研究中外乌托邦文学的专著，一篇博士论文，分别是吴青云（Qingyun Wu）的《中英文学乌托邦中的女性权力》(*Female Rule in Chinese and English Literary Utopias*)，马倩（Qian Ma）的《十八世纪中英小说中的女性乌托邦话语》(*Feminist Utopian Discourse in Eighteenth-Century Chinese and English Fiction*)及梁英（Ying Liang）的《18至20世纪中美乡村女性乌托邦小说比较研究》(*A Comparative Study of Eighteenth to Twentieth Century Chinese and American Country-of-Women Utopian FIctions*)。而李彼得的《曾朴》是从社会学的角度来阐发《孽海花》中呈现出来的中国社会风貌，考察曾朴的个人生活经历及当时社会现实对他创作的影响。该书的精彩之处在于对《孽海花》一书中的政治叙事的分析，2000年，庄国欧（Guo-ou Zhuang）的博士论文《想象中国：作为民族叙事的〈孽海花〉》(*Imagining China，NieHai Hua as National Narrative*)对此话题继续进行了探讨。

　　20世纪80年代以后，李渔成为汉学界的研究热点。继茅国权之后，1988年，哈佛大学汉学家韩南的《李渔的创造》出版。该书集中于李渔的创新精神，揭示了李渔的生活及其文学作品中展现出来的富有个性的创造力。对清小说作者的其他研究专著还有汉学家张春树（Chun-shu Chang）与骆雪伦（Shelley Hsueh-lun Chang）合著的《十七世纪中国的危机与变革：李渔世界中的社会、文化与现代化》(*Crisis and Transformation in Seventeenth-century China：Society，Culture，and Modernity in Li Yu's World*)、罗溥洛的（Paul S. Ropp）的《中国近代持异见知识分子》(*Dissent in Early Modern China*)、蔡九迪（Judith T. Zeilin）的《异史氏：蒲松龄及中国文言小说》(*Historian of the Strange：Pu Songling and the Chinese Classical Tale*)。

　　文类研究是比较文学研究中的领域，如何在比较文学的框架内进行小说文类学的研究，一直是汉学家们关注的对象。汉学界对小说的文类研究首先关注小说这种体裁在中西两种文学中的不同发展过程。"小说是叙事体文类的主要形式。人们普遍认为小说的起源是古代神话、寓言故事和英雄传说等。"[①]

---

[①] Yenna Wu, "Vernacular Stories", in Victor H.Mair,（ed.）, *The Columbia History of Chinese Literature*, New York：Columbia University Press, 2002, p.591.

小说研究主要被分成两类：文言小说和白话小说。《哥伦比亚中国文学史》的"小说"单元共分为八章，分别从不同角度探讨了中国文言小说与白话小说的情况。编辑对文言小说的评价是："文言小说是自宋代起以古典文言创作的较长篇幅的故事。"①白话小说则分为"白话短篇小说，或者话本、拟话本或小说，指的是自宋代到清代的以白话写成的短篇小说"②以及"白话长篇章回小说，源自'演义'或'野史'，最初从宋元说话艺术发展而来，明清时期成为重要的文学体裁"。③吴燕娜（Yanna Wu）撰写的《短篇白话小说》（*Vernacular Stories*）评析了中国古典白话短篇小说的历史。吴燕娜梳理了中国小说的概念，她认为，《庄子·外物》中的"饰小说以干县令"中的"小说"一词的出现并没有文体分类学的意义，而《汉书·艺文志》中"小说家者流，盖出于稗官。街谈巷语，道听途说之所造也"中的概念被沿用至明清。因此，与西方"小说"一词意指想象性、虚构性的叙事文学概念不同。中国的"小说"概念因此过于宽泛，范畴模糊不清。

吴燕娜将短篇白话小说发展阶段分为宋元话本、明代话本及清初拟话本。韩南《中国白话小说史》中的分类法则有所不同，他认为，中国真正的白话文学始自唐代。他将短篇白话小说发展阶段分为三个阶段：缘自口头文学的早期白话小说，以冯梦龙、凌蒙初为代表的中期白话小说，以李渔和艾衲为代表的后期白话小说。韩南关于文言小说与白话小说的比较是比较富有启发性的，"白话文学和文言文学、口头文学都有渊源关系。它可以是对口头文学的改写（一种材料还可有多种必定版本），在改写中加进作者自己的观点。也可以是取白话文学的形式，同时采用文言文学的哲学和美学的价值观。但白话文学和文言文学毕竟是不相同的"。④韩南总结为：语言上，文言小说使用的语言有三个特点：精选性、同质性和保守性，而这正是白话所不具备的。从叙述者而言，文言小说是由一个本身不重要的人来叙述，而白话小说叙述者则以面对一群听众的说书人自居。叙述者及其为了达一某种艺术效果而在人物与读者之间的周旋活动，即布斯所谓"小说的修辞"（rhetoric of fiction），在白话小说中显露无疑，在文言小说中则深藏不露。白话小说的叙述有意制造读者与人物之间的距离效果，文言小说的叙述者则常常把读者带进某个人物的视角或主观世界，通过这个人物的眼光来描述场景和人物，从而构成第

---

① Yenna Wu, "Vernacular Stories", Ibid. p.591.
② Yenna Wu, "Vernacular Stories", Ibid. p.592.
③ Wai-yee Li, *"Full-Length Vernacular Fiction"*, in Victor H.Mair, (ed.), *The Columbia History of Chinese Literature*, New York: Columbia University Press, 2002, p.621.
④ Patrick Hanan, *The Chinese Vernacular Story*, Boston: Harvard University Press, 1981, p.13.

三人物意识中心或第一人称内视角，叙述者以此有意无意地模糊读者与人物的距离；就语言层面而言，白话文长于指物，言无不尽，人物语言尽可能符合其特定的个性，文言文则长于示意，言语简约，意义深远，便于表现作者的文采；就时空观念而言，白话小说习惯采用全知视角，而在文言小说内，叙述时空常常限定在人物主角的所知范围之内，被描述出来的情景背后常常隐有更大的时间和空间。因此，如果说中国古典白话小说更倾向于对外部现实世界的模仿，文言小说则更倾向于对个人主观的隐秘世界的展示。而中国白话小说中的短篇（话本）和长篇有何不同呢？韩南认为："对欧洲文学研究者来说，'novel'和'novella'之间的区别是不成问题的。艾克亨保曾说'二者并不是同质事物的不同形式，相反，两者根本就是陌生人。'这代表了西方研究者的一般看法。根据他的看法，'novel'是综合的，'novella'是单元素的。前者源于史书和游记，后者源于轶事和小故事。两者之间的区别是原则性的。不同文化和不同作家各自致力于其中一种，决不能兼顾。但中国小说却不同，长篇和长篇小说的来源、叙述形式、历史，大体上相同，唯一的区别也只在篇幅和情节结构。"[①]

　　比较文学视野中对小说的研究的另一个重点则是阐发法研究，即运用西方文类观点考察中国文学作品。韩南的《中国白话小说史》和以后出现的几部中国白话短篇小说集进行了较全面的论述。他的著作在美国成了研究中国传统白话短篇小说的必读书。华盛顿大学的何谷理教授（Robert Hegel）则将研究兴趣集中于17世纪章回小说。他的重要著作《十七世纪中国长篇小说》详细讨论了几部大多数小说史家重视的17世纪小说，如《隋唐演义》和《肉蒲团》。何谷理的研究方法承继中国学界的传统治学方法，以历史文献为主，论证严谨，没有空理论、花架子，重视版本考证。他特别强调了思想史、社会史和小说发展的关系。一般来讲，学术界对18世纪的清小说黄金时代注意得较多，而该书则是第一本对17世纪长篇小说作系统探讨的学术书籍，它填补了中国小说史一页明显的空白。余国藩（Anthony C. Yu）既以《西游记》英译闻名于世，还因为对《红楼梦》及中国传统思想文化的深刻理解饮誉汉学界。他的《重读石头记：〈红楼梦〉里的情欲与虚构》（*Rereading the Stone: Desire and The Making of Fiction in Dream of The Red Chamber*）关注《红楼梦》作为一部杰出的具有想象力小说的主要特点，引起中西学界对"虚构"的省思。该书已成为汉学界研究清小说最具影响力的著作之一。陆大伟（David Roston）《中国传统章回小说读法》（*How to Read the Chinese Novel*）全面反

---

[①] Patrick Hanan, *The Chinese Vernacular Story*, Ibid. p.23.

映了传统小说理论研究的最新成果,为读者在这方面的研究提供了很大方便。黄卫总(Martin Huang)的专著《文人和自我的再表现——18世纪中国小说中的自传倾向》(Literati and Self-Re/Presentation: Autobiographical Sensibility in the Eighteen-Century Chinese Novel)从社会学和心理学角度出发,通过文本细读的方式,主要讨论《红楼梦》《儒林外史》和《野叟曝言》这三部18世纪小说的自传特点,另外,他的重要论文《中国传统小说评点中的作者与读者以及权威的建立》(Authority and Reader in Traditional Chinese Xiaoshuo Commentary)则从阐释学和接受美学的角度分析了小说评点中作者、读者和批评者三者的关系。20世纪90年代兴起的对晚清小说的讨论中,出现的两部重要著作分别是王德威的《被压抑的现代性——晚清小说新论》以及米列娜的《从传统到现代——世纪转折时期的中国小说》。有关中国文学现代化的问题是近年学界的一个热点。五四文学革命的典范意义,引起众多讨论。而其中最值得注意的,当属晚清文化的重新定位。王德威的专著通过对晚清四种小说文类的探讨,试图回答如下问题:20世纪中国文学的现代性到底在哪里?究竟是什么使得晚清小说堪称现代,并以之与五四传统所构造的现代话语相对应?王著在学界引起了热烈的反响,汉学界学者们都对这话题继续进行了深入的探讨。而捷克汉学家米列娜(Milena Dolezelova-Velingerova)主编的《从传统到现代——世纪转折时期的中国小说》(The Chinese Novel at the Turn of the Century)是一部用多层面分析方法试图寻求中国现代文学之根,从而更好地理解五四运动与晚清文学关系的著作。李千城(Li Qiancheng)发表的《启蒙小说:〈西游记〉〈西游补〉和〈红楼梦〉》(Fictions of Enlightenment: Journey to the West, Tower of Myriad Mirrors, and Dream of the Red Chamber)则从宗教的角度解读了宗教思想对这三部小说的结构和意旨的重要影响。在文言小说研究方面,蔡九迪(Judith T. Zeilin)的《异史氏:蒲松龄及中国文言小说》(Historian of the Strange: Pu Songling and the Chinese Classical Tale)是文言小说、《聊斋志异》作者及作品研究领域的杰出成果。陈德鸿(Chan Tak-hung Leo)的《论狐和鬼》(The Discourse on Foxes and Ghosts: Ji Yun and Eithteenth-century Literati Storytelling)则从中国志怪小说的传统方面对18世纪志怪小说进行了专门研究,是传统志怪小说研究方面的代表作。文言小说方面的最新著作是2005年美国出版的《晚清中华帝国志怪小说集中的身体与身份》(Body and Identity in Strange Tales Collections of Late Imperial China),对《聊斋志异》《子不语》等志怪小说集中描述的神秘现象及其中体现出的封建社会中人的身体与文化身份的关系进行了总结与分析。

除了以上重要著作,这一时期亦涌现了大批对清小说进行文类研究的重要论文,如:以研究中国传统小说主题学闻名的马幼垣(Y. W. Ma)的《公案小说:历史和批评源流考》(Kung-an Fiction: A Historical and Critical Introduction)及《〈龙图公案〉主题和角色考辨》(Themes and Characterization in the "Lung-t'u Kung-an");以研究《聊斋志异》闻名的白亚仁(Allan Barr)的《〈聊斋志异〉中早期和晚期故事的比较研究》(A Comparative Study of Early and Late Tales in Liaozhai Zhiyi);余国藩的《"睡吧,睡吧,被打扰的灵魂!"传统中国文言小说中的鬼坛》("Rest, Rest, Perturbed Spirit!" Ghosts in Traditional Chinese Classical Fiction);鲁晓鹏(Sheldon H.Lu)的《唤醒现代性:晚清文言小说》(Waking to Modernity: The Classical Tale in Late-Qing China)等。

这一时期亦是以西方文学理论来研究中国传统小说的高峰期。研究者几乎运用了所有的当代西方文艺批评理论来解读清小说,新批评、结构主义文论、女性主义批评、互文性及哲学视域解读层出不穷,不同的研究方法和阐释视角让清小说在异域呈现出不同的面貌。值得关注的是许多学者在研究某个问题时,常同时应用两种或以上的方法,或是中西方法并用。捷克汉学家史罗甫(Zgigniew Slupski)的《〈儒林外史〉组成上的三个层次》亦是从结构主义叙事学理论方面对《儒林外史》的叙事层次做出分析的范例。史罗甫认为,《儒林外史》有一个根据整体构想而精心设计出的组织结构,整部小说可分为互相叠合的三个层次。余珍珠(Angelina Yee)的《红楼梦中的复笔与互现》(Counterpoise in Honglou Meng)则从叙事学理论剖析《红楼梦》的的复笔作为一种有意为之的叙述模式,通过成对互现的手法来展现人物形象。王静(Jing Wang)出版的《石头的故事——文际关系和红楼梦、水浒传、西游记中石头象征以及中国古典的石头神话》(The Story of Stone: Intertextuality, Ancient Chinese Stone Lore, and the Stone Symbolism in Dream of the Red Chamber, Water Margin, and the Journey to the West),该书运用西方文学理论中的"文际关系"以及后结构主义概念探讨了三部小说中石头象征含义的关系,很有新意。2002年,葛良彦(Liangyan Ge)继续使用互文性的概念,发表了《〈红楼梦〉中的神石:兼论明清小说批评的互文》(The Mythic Stone in Honglou Meng and an Intertext of Ming-Qing Fiction Ctiticism)一文,又一次将石头意象和互文作为解读的切入点。多尔·利维(Dore J. Levy)的《石头记中的理想与现实》(Ideal and Actual in the Story of the Stone)则继续使用"反讽"术语,探讨《红楼梦》的内在构成和叙事机制。继浦安迪之后,裔锦声的论文《红楼梦:爱的寓言》亦继续使用"寓言"这一批评概念,将中世纪欧洲的寓言传统与《红楼梦》进行比较研究。与浦安迪在做"原型批评"时先总结了中国神话原型,再套入《红楼梦》的解析之中的做法不同,裔锦声在参照西方寓言式写作传统时,与浦安迪的研究路径正好相反。该书先关注寓言在《红楼梦》中的实现方式,再做出理论性的结论。这一阶段值得关注的从叙事学角度观照清小说的重要论文还有:维易德波(Vibeke Bordahl)的《中国叙事中叙事者的态度》(The Storyteller's Manner in Chinese Storytelling)、陈德鸿(Leo Tak-ung Chan)的《文本和话语:传统中国和口头叙事情境中的文言小说》(Text and Talk: Classical Literary Tales in Traditional China and the Context of Casual Oral Storytelling)、余国藩的《历史、小说和中国叙事的阅读》(History, Fiction and the Reading of Chinese Narrative)、高辛勇(Karl S. Y. Kao)的《报和报应:中国小说中的因果叙事和外部动机》(Bao and Baoying: Narrative Causality and External Motivations in Chinese FIction)、胡志德(Theordore Huters)的《一种新的书写方式:晚清文学的可能性,1895—1908》(A New Way of Writing: The Possibilities for Literature in Late Qing China, 1895—1908)等。

20世纪90年代兴起的另一个研究热点是女性主义视角下的性别研究。马克梦的《吝啬鬼、泼妇、一夫多妻者:十八世纪中国小说中的性与男女关系》(Misers, Shrews, and Polygamists: Sexuality and Male-Female Relations in Eighteenth-Century Chinese Fiction)、艾梅兰的《竞争的话语——明清小说中的正统性、本真性及所生成之意义》、黄卫总的《晚清的情与小说叙事》(Desire and Fictional Narrative in late Imperial China)皆是这一领域的重要成果。李木兰(Louise Edwards)是明清小说性别研究的重要学者,她先后出版了两本关于《红楼梦》的批评专著:《清代中国的男人和女人:〈红楼梦〉中的性别》(Men and Women in Qing China: Gender in the Red Chamber Dream)和《文学经典再创造:对〈红楼梦〉中妇女形象的共产主义评论》(Recreating the Literary Canon: Communist Critiques of Women in the Red Chamber Dream),主要从社会历史和政治视角对妇女问题进行关注。同性恋问题亦列入研究范畴,苏菲·沃普(Sophie Volpp)的《界定情欲:十七世纪的男色潮流》(Classifying Lust: The Seventeenth-Century Vogue for Male Love)一文探讨了17世纪小说文本中体现出来的"男色"风尚①。同样关注情色叙事的还有马克梦的《晚明清初小说中的色情文学:美丽仙境与情色战场》(Eroticism in Late Ming, Early Qing Fiction: The Beauteous Realm and the Sexual Battlefield)。

---

① Sophie Volpp, "Classifying Lust: The Seventeenth-Century Vogue for Male Love", *Harvard Journal of Asiatic Studies*, Vol.61, No.1, 2001, p.77-117.

探讨清小说中性别话题的论文还有：白亚仁的《征服入侵者：聊斋志异中的异类女性》(Disarming Intruders: Alien Women in Liaozhai Zhiyi)、艾梅兰(Maram Epstein)的《威胁秩序：清小说〈镜花缘〉中的结构、性别和意义》(Engendering Order: Structure, Gender, and Meaning in the Qing Novel Jinghua Yuan)、约翰·克里斯托·汉姆(John Christopher Hamm)的《阅读女剑客的传奇：十三妹和〈儿女英雄传〉》(Reading the Swordswoman's Tale: Shisanmei and "Ernu Yingxiong Zhuan")、李木兰的《红楼梦中的妇女：清代中国女性特征中的纯洁规范》(Women in Honglou Meng: Prescriptions of Purity in the Femininity of Qing Dynasty China)；白保罗(Frrederick P. Brandauer)的《镜花缘中的女性：儒家理想式的解放》(Women in the Ching-hua Yuan: Emancipation toward a Confucian Ideal)等。

1993年，耶鲁大学召开学术会议，主题为"明清中国的妇女和文学"。四年后，会议论文集《晚期中华帝国的妇女书写》(Writing Women in Late Imperial China)结集出版，这次会议将明清妇女文学研究引向了更多的文本研究，在西方汉学性别研究上，又是一大贡献。

从这一阶段的研究总体可以看出，当时西方学界较为流行的一些方法都不同程度地得到运用。值得肯定的是，多种理论和方法的运用大大推动了英语世界的清小说研究，赋予了研究者丰富的思维、多变的视角、层出不穷的问题意识，使得研究呈现出纷繁色彩，这也成为海外汉学界中国古典文学研究的一个重要特点。

英语世界清小说研究这种开放多元格局的形成有着多方面原因，从研究者构成看，既有华裔学者，又有欧美本土学者。而这些学者的文化背景、成长经历各异，很自然就在研究、诠释清小说的过程中将自己的人生感受、价值倾向、文化特征带入其研究中，使得英语世界的学术研究在内在的深层次上有所区别。从价值倾向、社会意识的层面看，欧美研究者的立场也相当不同，捷克、荷兰、瑞典为代表的学界与北美学界之间存在着巨大差异。就在北美学界内部，亦有很明显的分歧。有相当多的欧美学者自然不自然地从"西方中心论"出发，以一种居高临下的眼光来看待中国古典文学。而20世纪80年代起，随着后现代、后殖民思潮在西方的扩散，越来越多的西方学者开始摆脱原有观念，开始注重从中国文化传统及社会实际出发来评估清小说的内涵和价值。从学术思想、研究方法的层面上看，欧美学界在整个20世纪，都不断呈现出社会思想、文化思潮、文学观念的激荡更新。在对清小说研究开始形成的60至70年代，是以西方新批评为代表的推崇纯审美价值、注重纯粹文本细读内部批评方法盛行的时期。夏志清等学者明显受了他们的影响。

70年代后期起,西方各种文艺思潮如结构主义、解构主义、符号学、叙事学、阐释学、后殖民主义、新历史主义、女权主义等不断涌现,呈现出发散、多元、摆脱中心的特征。在这种背景之下,清小说研究的研究思路、问题意识、研究方法也日益丰富活跃。尤其是进入90年代之后,清小说研究领域引进的理论的深度和广度,运用理论的频繁和娴熟程度,已经远远超过了以往,学术研究不断推陈出新,异彩纷呈,整体上显示出从来没有的活力。学者们从各自的思想立场、研究观念出发,沿着不同的学术向度多元化发展,在发展中学者们的研究或交叉重叠,或并行不悖,或交流互渗,或相遇碰撞,在多样化的格局中形成了多变的形态。既相互融合又互相碰撞相抗,这样的学术场域正是西方学术能够持续发展、繁荣的根本保障,亦是值得我们效法借鉴的宝贵资源。

## 第二节 比较文学视野中的英语世界清小说研究

从20世纪60年代以来,英语世界对清小说研究开始不断深入。这种跨文化、跨语言、跨国界的世界文化行为正与比较文学研究的特性相契合。从一定意义上说,清小说与中国比较文学学科有着密切的关联与渊源。清小说中的优秀作品作为中国古代小说的典范,不仅属于中国文学与文化,而且通过翻译传播,已经成为世界文学中不可缺少的部分,并产生重要影响。清小说从民族文学成为世界文学,这一事实本身就必然成为中国比较文学研究的重要对象与内容。英语世界清小说研究关联到中国比较文学的诸多方法论和学科门类,而中国比较文学研究又进一步拓展了清小说研究的范畴与影响,使之在世界文学的意义上开始更为广泛的跨文化对话与交流。

### 一、公案小说影响下的高罗佩的创作

从19世纪传入英语世界开始,清小说在国外的接受情况主要是翻译和介绍。通过中外译介者的共同努力,清小说逐渐为英语读者所了解和熟悉。清小说的文学成就在获得国外读者认可的同时,也对一些作家的创作产生了影响。其中,最具有代表性的即是高罗佩的《狄公案》侦探小说系列。高罗佩独具慧眼地将中国传统公案小说《武则天四大奇案》译入英语世界,又在此基础上尝试着将中国古代的材料与西方侦探小说的创作手法结合起来,以狄仁杰为主人公创作了130万字的侦探系列小说,即《狄公案》系列,后来,中国译者又将此系列小说译回中文,搬上电视屏幕,使高罗佩式的狄仁杰在

中国成为家喻户晓的人物。《狄公案》这一系列的流动过程，为我们提供了一个考察比较文学影响研究范畴内的中国公案小说与西方侦探小说之间互动式循环交流的最佳案例。

《狄公案》系列小说的主角是唐朝名臣狄仁杰，在历史上确有其人。高罗佩通过一本清初的传统章回体公案小说《武则天四大奇案》了解到他。《武则天四大奇案》共64回目，主要描写狄仁杰于武则天年间所断的四个奇案。这本以狄仁杰的政治生涯为主线的小说虽然仍然属于中国传统公案小说范畴，但情节曲折，布局精巧，在叙事手法上有新颖之处。高罗佩对它十分赞赏，"他惊奇地发现中国读者耽读西方三流侦探小说的三流翻译，却没有看到自己的历史上有出色得多的侦探小说"。①于是高罗佩将《武则天四大奇案》译成英文。他在翻译中认为原作后三十回与断案无关，可能是他人续作，于是，只翻译了前30回。通过对此小说的翻译，他着重思考了中国人在犯罪文学中的形象，在深切了解中国古代文化基础上对犯罪文学进行再定义，梳理出中国古代侦探小说及公案小说与西方侦探小说不同的特点：

首先，在通常情况下，罪犯在书的开头就被正式介绍给读者，包括他的全名，过往经历，犯罪动机。第二，中国人对于侦探小说有着天生的爱好。多数中国侦探小说中鬼神出没，动物和厨房用品都可以出庭作证。第三，中国人行事从容，注重细节，因此，所有小说都枝节众多，诗歌、哲学讨论及作者议论充满了小说。第四，中国人注重家庭关系，擅长记忆人名。第五，中国人对于侦探小说应该讲述什么，什么应该留给读者去想象与西方人有不同的看法。中国人期望看到罪犯被处决的详细描述，喜欢看到坏人在阴间受到惩罚。这样的结局满足了中国人的正义感，但冒犯了西方读者。他们并不认同让一个已经认错的人万劫不复的做法。②

从以上对中国公案小说的总结可以看出，高罗佩对中西小说的差异已经有清楚的认识。中国公案小说与西方侦探小说虽然题材都涉及犯罪与惩罚，但对题材的处理却截然不同，也因此形成完全不一样的叙事方法。侦探小说重视悬念的设置以及由此而来的阅读上的吸引力，公案小说关心的不是破案过程而是人物的命运，是案件的结果，尤其重视"有益于世道人心"的道德任务。正是在这种异质文化交流过程中，高罗佩进行了文化选择，创作出了《狄公案》系列。"中国公案小说有许多精彩的故事情节和刑事案例。因此我

---

① 赵毅衡，《写狄仁杰的荷兰人——名士高罗佩》，载《中华读书报》，2002年2月13日。
② Robert Van Gulik, *Celebrated Cases of Judge Dee (Dee Gong An): An authentic eighteenth-century Chinese detective novel*, trans., Robert Van Gulik, New York, N.Y: Dover Pub, 1949, p.xv.

觉得，利用过去中国小说使用过的一些情节由自己来写一部中国风格的公案小说，将是一个有趣的尝试。"①《狄公案》吸收了中国公案小说的特点，亦沿袭了西方侦探小说的主要创作手法，小说结构因此显得错综复杂。同时，高罗佩将小说背景置于中国，对绝大多数西方人来说，中国是那么遥远而古老，带有神秘色彩，这种文化背景之下创造出来的狄仁杰大侦探形象当然令他们耳目一新。实际上，高罗佩笔下的狄仁杰与原作中中国传统的清官有着本质区别。可以说，《狄公案》中的狄仁杰跨越了东西文化差距，成为一名汇通中西的大法官。

高罗佩的《狄公案》系列洋洋洒洒一百三十余万字，描写了多个侦探故事。具体说来，高著《狄公案》与原作《武则天四大奇案》明显一致的地方有如下几处：人物的一致，某些情节、人物形象作案手段的一致，结构的一致。两部小说中主人公都是狄仁杰及其手下四名随员洪亮、马荣、乔泰和陶干，在具体案例上，高罗佩借用了中国公案小说中的诸多情节。"我是从中国古代公案小说中借用了一些情节，以中国古代著名大法官狄仁杰为主人公进行再创作。"②"我写作的狄公故事情节，很多都有出处。"③高著《铁钉案》中寡妇陈宝珍的言行以及铁钉做凶器的作案方式，完全是以《武则天四大奇案》中寡妇周氏为原型。"铁钉杀人手法"最早出现于《棠阴比事》，后被《武则天四大奇案》作者借用，最终启发了高罗佩的《铁钉案》。另外，该案件侦探过程中，狄公开棺验尸的情节也来自《武则天四大奇案》，可见高罗佩的小说对原作案例的成功应用及改写。《黄金案》中王县令奇怪的死法，也与《武则天四大奇案》中孝廉华国祥儿媳暴死案有类似之处。除了《武则天四大奇案》，高罗佩还从其他公案小说中获取原型，如《迷宫案》中"倪氏财产纠纷案"在《龙图公案》中亦曾出现。

《狄公案》虽然是西洋侦探小说，但可以看出，高罗佩明显借鉴了《武则天四大奇案》中前30回的结构方式，亦即中国公案小说的传统结构方式，这具体体现在：首先，他保留了中国传统小说的章回结构模式。他模仿中国的章回书目，给小说加上对偶式的小标题，使得英文《狄公案》每章开始时仍然如中国小说一般，附有概括本章内容的题头诗句，总领全章；另外，在案件布局上，两部小说皆在小说开始即展开案情，布下悬念，小说结尾才最终暴露作者，提示真相，追求意料之外而又在情理之中的效果。

---

① 高罗佩，《大唐狄公案》(上册)，陈来元、胡明等译，海南出版社，2008年，第1页。
② 高罗佩，《大唐狄公案》(上册)，陈来元、胡明等译，海南出版社，2008年，第2页。
③ 高罗佩，《大唐狄公案》(下册)，陈来元、胡明等译，海南出版社，2008年，第489页。

我们可以明显从以上比较看到原作对高罗佩创作的影响。高罗佩对从中国古代小说获取的素材进行大量加工，丰富了原作的内容，提高了原作的品质，起到了很好的传播作用。这些相似表明：高罗佩从原作中得到启发，沿袭了主要人物并成功借鉴了某些情节、结构。然而，高罗佩的创作仍然是对原作做了彻头彻尾的改编，这正是一种借鉴与超越，是对其中国"原装货"的再认识、借有与改造的努力。高罗佩从西方人的角度出发，跳出原作传统的忠君爱国主题、创作思路和创作模式，从思维方式、价值观念、情感类型到创作手法都赋予了《狄公案》异域文化的特色，两书因此亦截然不同。这种差异感主要表现在如下方面：

首先，从小说类型看，《武则天四大奇案》是公案小说，体现出中国传统公案章回小说的特征，使用了说书人的全知叙事视角，有大量套语和诗词，以时间线性发展为顺序，节奏舒缓。某种程度上，可以说缺少悬念，罪犯姓名、历史、作案动机往往一开始就泄露给了读者。读者看到章回篇目可能就对案件已做到心中有数。而高著属于西方侦探小说，在主要创作手法上与缘出于西方的侦探小说一脉相承。虽然他对少量全知视角和套语仍然有所保留，但在叙事手法上往往倾向于现代侦探小说的叙事技巧，"各篇一般开卷便展示案情，布下悬念。故事发展往往是一波未平，一波又起，或数案齐发，犬牙交错。情节曲折奇特，扑簌迷离。最终百川归海，真相大白"。①在时间顺序上，《狄公案》系列主要采用案件发生、侦探调查、案件解决的模式。在叙事顺序上多以倒叙为主，多使用限制叙事的视角，强调悬念的应用。他的小说中最常使用的是狄仁杰的视角，通过他阅读卷宗、观察犯罪现场、审讯疑犯来获取对破案有用的线索。具体来说，他在创作中揉和了中西小说风格，首先利用倒叙手法引发悬念，对于单个案件叙述则采用西方侦探小说风格增强故事逻辑性、趣味性和悬念感，再用中国公案小说多线并进的组合方式将单个案件串连起来，构成了复杂的小说结构。

其次，狄仁杰法官的形象在两书中亦很不相同。中国传统文化注重德行，原作强调狄公的高尚道德及耿直清廉。"不但是个忠臣，而且是个循吏；不但是个循吏，而且是个聪明精细、仁义长厚的君子。"②在这段对狄公的判断中，首先注重的是高尚的道德，智慧被排在了第二位。对中国公案小说而言，法官狄仁杰首先应该是位忠君报国的臣子，其次才是聪明的法官。而西方文化侧重点很不相同。西方文化从"逻各斯"开始注重理性与科学实证精神，因

---

① 高罗佩，《大唐狄公案》（上册），陈来元、胡明等译，海南出版社，2008年，第16页。
② [清]无名氏，《武则天四大奇案》，杭州：浙江古籍出版社，1992年，第4页。

此高著受到西方文化的影响，强调狄公办案过程中体现出来的智慧，关注正义是否能得到伸张，恶人是否能被绳之以法。狄公的英文译名"Judge Dee"（狄大法官）即突出了其与法律及案件有关的身份，忽略了其作为县令的其他行政职能。因此，"Judge Dee"变成了侦探、法官，而不是包拯、海瑞一类的传统中国清官形象。

在办案方式上，两书亦呈现出不同的特征。《武则天四大奇案》作为中国公案小说，办案方式秉承中国古代办案人员的常见方法。法官多在公堂上断案，对被告常常大动各种刑法，因此常常屈打成招，造成冤假错案。原著中的狄仁杰办案也常常沿袭这种方式。高罗佩的狄仁杰法官使用这种传统办案方法却很少，虽然在《铁钉案》中他仍然抽了陈宝珍十鞭，但大多数时候他以取证为主，让罪犯伏法。他重调查，重取证，常常走出公堂，四处寻访，取得可能的真相线索，最终将凶手归案，做出正确的判断。

在对待中国的传统文化方面，两书态度有一定区别。以两部作品中对鬼神的态度为例，中国传统公案小说里常常有冤鬼显灵的描写，给法官提供线索。在原作第28回，狄仁杰布下假地府，为了让罪犯招供，作者对假地府的种种牛头马面造成的阴森气氛大力渲染，最终，罪犯承受不住这种震慑力而招供。原作这种情节在中国公案小说中比比皆是，它亦是中国民间大众迷信心理的反映。同时，中国传统公案小说还习惯把罪犯到了阴间之后如何上刀山下油锅，受到来自冥界的审判描绘得淋漓尽致，以此劝善惩恶，但西方读者将对这样的情节完全不可理解，只会认为它是中国人迷信观念加以排斥。这种随处可见的鬼神现象与现代侦探小说强调智慧和理性的文学宗旨背道而驰。高罗佩在《狄仁杰奇案》序言中写道："然此类书籍，见有狗獭告状，杯锅禀词，阎王指犯，魔鬼断案，类此妄说，颇乖常识，不足以引今人之趣。"① 高罗佩此处的"今人"，主要指的是西方读者。因此，在他创作的《狄公案》中的破案过程中，都以狄仁杰的分析推理及实际调查来发现事情的真相，破案过程中并没有什么鬼神来帮忙。以《四漆屏》为例，《四漆屏》原型来自《警世通言》中的《三现身包龙图断案》，原文本来是一篇典型的冤鬼显灵案件，作者虽然借用了《三现身包龙图断案》中凶手的作案手法，但在情节设置、结构安排等诸多方面都做了大量改进，尤其是对故事原型中鬼神成分做了小心翼翼的处理，力求既保持原文的悬疑气氛，又试图给出符合逻辑的解释。高罗佩趋向于在小说中给悬疑一个合理自然的解释。他的作品在创造出一种神秘气氛之后，最后揭开谜底时，他都要用完全符合逻辑的解释来排除鬼神

---

① 高罗佩，《狄仁杰奇案》，王筱云校点，北京：群众出版社，2000年，序言。

作案的可能。高罗佩的努力既保存了中国公案小说中鬼神这一重要的常见元素，同时，又在西方科学理性话语之下给予了它一个新的解释。他的诠释让我们看到一名西方学者努力进行文化传播和文化融合的实例。

在对待女性问题上，两书亦体现出不同的态度。以《铁钉案》为例，《武则天四大奇案》中的"铁钉案"女主角周氏为与人通奸而杀死丈夫，这在中国传统道德中明显是十恶不赦的大罪，原文凡周氏出现之处，必直呼为"淫妇、恶婆"，不仅暗示了罪犯的身份，亦体现了传统的道德审判。通奸和杀夫，在公案小说中此类罪恶足以让犯案者成为所有丑行的化身。因此，原作中作者将周氏刻画成恶和淫的典型，嫌贫爱富、见异思迁。她的种种举止行为无一不引起读者的恶感，她的杀人动机是见色起意，同时又非常贪财，让人十分厌憎，审讯中她还反咬了奸夫一口，更增添了读者对她人品的鄙视。在原文中周氏是一个完全无可取之处的角色，体现了作者对不符合妇女行为准则的通奸行为的严厉谴责态度。而高罗佩的创作在借用"铁钉杀人"情节和周氏形象时，将周氏进行了改造。《铁钉案》中的陈宝珍的确杀了人，她亦的确强硬、泼辣，但她亦有其人性的一面，有时候，她亦可以显得温情、多情和聪慧。她将铁钉从丈夫鼻腔钉入，让伤口隐蔽，让狄仁杰开棺无法验到伤痕。她收买证人，表现得很聪明。审讯时，她自诉道：

> 我自小爱强，不甘人后。偏偏命苦，错报了八字，嫁了陆明这个窝囊废，夫妻间毫无恩爱可言。生了女儿后他还定要我再生儿子。他天天守着算盘、帐册、银子，全不顾我母女生趣。①

从这段诉说中我们可以看到，陈宝珍的婚姻生活非常苦闷，丈夫愚蠢、贪财，不关心妻子女儿，重男轻女，她的婚姻非常不幸。同时，她并非在丈夫生前即有了情人，而是在他死后，才偶遇蓝大魁，心生爱意。她对蓝的感情十分真诚，然而，好强的她不能容忍蓝的拒绝，同时也害怕杀夫秘密泄露，于是决然杀死蓝。在审讯时，她本来一直很平静，唯独供述杀蓝时她开始显得痛苦。

> 我爱上了他。他像一团烈火，也爱我。但我见他心情矛盾，有时很痛苦。他果然很快后悔了，要摆脱我。我心里明白，但我不甘心，我心性就爱强，我威胁说，他如果要甩掉我，我绝不罢休。他并不在意……我一向说得出做得到。见他不以我的警告为意，我就动手了……他临死才知道我的手段，明白了一个发狂地爱他的女人会发狂地置他于死地。他不屑我的爱，我就不屑他的性命。于今我独个儿活着还有什么滋味？左右是一个死，是杀是剐，一

---

① 高罗佩，《大唐狄公案》（下册），陈来元、胡明等译，海南出版社，2008年，第491页。

任你们的便了。我想我的供词还令老爷满意吧。①

　　这段表白绝望而疯狂，最后一句话还含有强烈的对公堂的蔑视，很难想象一位中国古代妇女会在公堂上有如此强烈的言语。至此，陈宝珍复杂的性格跃然纸上。她的确可恨、可鄙，但亦可悲、可怜。两个有区别的女性形象体现出两种文化差异，中国传统提倡女子"三从四德"，从来对女性幸福和爱情的需求视而不见。西方文化追求个性张扬与解放，女性亦有与男性同样追求幸福的权利。高罗佩的陈宝珍与周氏形象已完全不同，陈宝珍已成为中西合璧的周氏，在性格特征、行为方式上有着丰富的多面性。而高罗佩在《铁钉案》中的处理手法亦体现了理性与法律上的观点，他对因婚姻不幸而杀人的女性寄予了同情，但会选择维护法律的尊严。

　　高罗佩创作系列小说《狄公案》的目的十分明确，即他认为中国古代的公案传奇远比西方流行的侦探小说历史悠久、手段高明。他以狄仁杰这一人物形象塑造出一个完美可信的中国古代封建大法官，让西方人了解到中国古代法官的本领，尤其是逻辑推理能力和犯罪心理学、尸体检验方面研究的造诣。他的英文《狄公案》系列在西方大受欢迎。他原打算以英文版《狄公案》为蓝本加以改写，再出版中文版本，以便让中国人了解在传统犯罪文学中断案如神的大侦探形象。可惜由于各种原因，仅有撰写于英文《迷宫案》基础上的《狄仁杰奇案》面世。赵毅衡说，"狄公小说在西方流行已久。狄公小说译成十多种文字，包括瑞典语、芬兰语、克罗地亚语等小语种。有好几次拍成电影。"②美国就曾经拍过《庙祟案》（*Haunted Monastry*）。鉴于《狄公案》在海外的巨大影响，国人又再次把它译回为中文。由陈来元、胡明翻译的《狄公案》系列小说先后由北岳文艺出版社和海南出版社、三环出版社出版。1987年，山西电视台拍摄了电视连续剧《狄公案》之后，狄仁杰大法官的形象栩栩如生地出现在屏幕之上，一下子在中国亦成为家喻户晓的人物。的确，高罗佩塑造的狄仁杰是一个在中国历史上的真实人物，公案小说中已有此文学形象。他身上既有高罗佩广泛阅读中国古代小说之后的心得体会，也有作者作为一个西方人所固有的世界观和文化观留下的痕迹。而中国译者再将这已经中西合璧的狄仁杰迎回故里的时候，继续处理了原文文本中一些为适应西方读者而设计的细节，对狄仁杰进行了中国式的"再认识和借用与改造"。

　　首先，与英文原文本相比较，《狄公案》中译本在结构和情节上体现出相当大的调整和改动。译者在很多地方还加上了自己对于源文本的理解和感想。

---

① 高罗佩，《大唐狄公案》（下册），前引书，第492页。
② 赵毅衡，《写狄仁杰的荷兰人——名士高罗佩》，载《中华读书报》，2002年2月13日。

如前所叙，高罗佩的英文创作很尊重中国公案小说，基本保留了明清小说的章回结构模式。以《迷宫案》为例，高著保留了章回小说的格式，有传统公案小说的判词和套语，作者以第一人称自述偶遇一位老人，两人相谈甚欢。老人原是狄仁杰的后裔，两人饮酒言谈，而后沉沉入睡，醒来时，老者已不见。作者一时迷惑，不能肯定是梦境亦是真实，于是凭记忆记下老者所叙三件狄公奇案。可以看出，这种布局方法有些类似于《红楼梦》的开篇，借石头上的文字来引出下文，这是中国古代小说的惯用手法。陈来元和胡明的中文译本《迷宫案》则摒弃了这种古典小说的布局，译本不仅删除了原文中所有的章回题诗、判词、说书套语，而且，译者认为第一章的叙述形式已经陈旧，于是将"我"与老者的相遇部分全部删除，使用现代侦探小说常用的开门见山的方式，故事直接从狄仁杰破案开始。

另外，中译本对高罗佩原文的情节也进行了一定的改造。《迷宫案》中有一个关键人物：李夫人。高罗佩与中文译者对此人物的处理态度亦完全不同。李夫人的隐藏身份是原文中的凶手，在小说叙述过程中，李夫人多次出现，一直充当证人身份，提供一些不重要的信息。直到结局时才揭示，她就是凶手。她与《迷宫案》主角倪太守是朋友，有机会得知他所建迷宫的奥秘，于是利用迷宫囚禁并杀死了白兰。至于谋杀动机，英文原本中的李夫人被设计为一个女同性恋，她与太守夫人梅氏有过一段不寻常的交情，这种性取向和激情亦导致了她对白兰的囚禁与杀心。高罗佩原文明确揭示了李夫人性取向，如：倪夫人在谈到李夫人时会突然表情尴尬。黑兰来到李夫人卧室时李夫人露骨地说"纵然你与白兰不同，有点儿野性，不用许久，自会叫你老老实实听从我的摆布"。①结尾处更通过转述李夫人的话道出真相："李夫人一直爱慕倪夫人，但只要太守还活着，她就不敢对倪夫人表达爱意。"②狄仁杰在破案时已经猜测到了李夫人的犯罪动机，因此原文有这样的陈述："李夫人对于年轻女子有一种变态的兴趣……她保守着迷宫的秘密，以备将来不时之需。"③李夫人的性取向成为她的谋杀动机，这是《迷宫案》原文的重要细节。而在中文译本中，译者出于文化考虑，大量删除了李夫人与倪夫人旧交情的细节，并凭空增加了一个人物：牛二。李夫人的谋杀动机从同性恋因爱杀人变成：牛二发现李夫人与人通奸，杀死自己丈夫，于是开始勒索她。为摆脱其纠缠，李夫人软禁白兰，交给牛二，以达到让牛二封口的目的。译文可以说对原文

---

① Robert Van Gulik, *The Chinese Maze Murder*, Chicago: University of Chicago Press, 1997, p.105.

② Robert Van Gulik, *The Chinese Maze Murder*, Ibid. p.126.

③ Robert Van Gulik, *The Chinese Maze Murder*, Ibid. p.136.

做了一种重新的编排。众所周知,侦探小说中的谋杀动机是小说的重要元素,译文对有暗示李夫人性取向的文本只字不译,把因同性情感杀人变成了普通的勒索杀人。

我们来分析造成这种结构和细节上改编的原因。谢天振指出:"一旦一部作品进入了跨越时代、跨越地理、跨越民族、跨越语言的传播时,其中的创造性叛逆是不言而喻的了。不同的文化背景、不同的审美标准、不同的生活习俗,无不在这部作品上打上各自的印记。这时的创造性叛逆已经超出了单纯的文学接受的范畴,它反映的是文学翻译中的不同文化的交流和碰撞,不同文化的误解和误释。"①《大唐狄公案》里对原文的改编是有意识地改变原文形态,文化接受国的道德伦理观念对文学翻译产生了直接影响,这种改编在比较文学研究上具有重要的意义。高罗佩热爱中国文化,他的英文创作带有向西方读者介绍中国文学文化样式的目的,因此保留了明清小说的章回结构模式。而译回中文的《迷宫案》翻译于20世纪80年代。其时,普通中国读者不但对中国古代公案小说已经陌生,且已经十分熟悉并接受西方现代通俗小说技法,因此,采用简洁直接的西方小说结构方式具有可行性。而在李夫人细节的改编上,高罗佩是西方人,西洋文学中非常态恋情如同性恋、乱伦恋、虐恋等题材并不少见,这种极端情感常常成为作家挖掘人性的极好素材,有些作家甚至偏好描写这种非常态的激情。而在中国,"变态"题材一直受到主流的排斥,同性恋向来被认为是"变态"行为,描写同性恋的文字常常难以得到主流社会的认同,即使到了20世纪,描写同性恋的中国电影《蓝宇》仍然难以上映。因此,20世纪80年代之时,同性恋情节仍然在中文小说文本中比较少见。而侦探小说是通俗文学,需要面向大众读者,照顾到大众的阅读和审美趣味,同性恋这个话题在译者看来对当时的中国读者不太适宜,因此,勒索杀人比同性恋杀人明显更容易为中国读者所接受。因此,译者为了不与中国传统的道德观念相悖,做了这种改编。正如译者在译本前言中所坦言,翻译中做了一定改编,"这里还有一点需要说明的是:为使这部作品更接受中国公案小说本色及更符合国情,我们在翻译过程中对原著里的有关情节、诗词、描写及人物对话等进行了适当意译"。②译者的这一改编是译者掺入了本人的审美和道德观念后很自然的反应。

让我们来回顾、观察和分析狄仁杰在中西的流动过程。原本的唐代名臣狄仁杰,根据《旧唐书》记载,在担任大理寺丞相时,断案如神。他的

---

① 谢天振,《译介学》,上海:上海外语教育出版社,1999年,第141页。
② 高罗佩,《大唐狄公案》,陈来元、胡明等译,海南出版社,2006年,序言。

事迹进入中国传统章回体公案小说《武则天四大奇案》。《武则天四大奇案》以狄仁杰的政治生涯为主线，共64回目，属于中国传统公案小说范畴。高罗佩在远东工作期间，《武则天四大奇案》引起他的重视，于是动手将它翻译成英文。但高罗佩只翻译了小说与狄仁杰判案有关的前30回，对后面充满政治倾向性和说教意味的34回摒弃不译。在翻译完此书后，高罗佩沿用其主人公狄仁杰，用英文写了《铜钟案》，此书出版后大获成功，一发不可收拾，因此共创作十三本《狄公案》破案系列小说。"他的英文《狄公案》系列小说影响远超过任何中国研究著作，他的狄仁杰法官形象在西方读者心中的地位如同福尔摩斯在中国读者心目中的地位一样，非学术圈子里的西方人，他们了解的中国，往往来自《狄公案》。"[①]高罗佩的狄公身上既保留有中国古代狄仁杰丞相一些特征，亦有西方文化留下的痕迹，可谓汇通中西。《狄公案》在英语世界获得巨大成功后，被介绍回狄仁杰的原产地中国，中文译者翻译了《狄公案》系列，再次因为中国传统文化和其他因素对译本做了一定改编，并把狄仁杰搬上银屏，使狄仁杰法官亦在中国成为家喻户晓的人物。

从《旧唐书》中的聪明丞相，到"东方福尔摩斯"式的狄仁杰大法官，狄公最终成为享誉中西的神探。在中西文化差异巨大，长期交流不畅又有诸多误解的情况下，神探狄仁杰的出现是中西文化双向交流中的一个范本，对英文《狄公案》而言，它的意义不仅是畅销的英文侦探小说，也是西方普通读者了解东方的一扇窗口。高罗佩作为一名热爱中国传统文化的西方人，针对近代中国普遍存在的文化迷失现象，以一己之力进行着文化传播和文化融合方面的大胆尝试，实践着西方发现东方和向西方输出东方文化的努力。同时，在文化交流不畅，东方形象不断被扭曲和误解的20世纪中叶，他的研究和创作对试图纠正西方对中国的误读，建立中国正常、正面的形象有一定意义。而他的创作通过中国译者的翻译回到中国读者中间，并受到了欢迎，帮助中国读者重新对历史上的狄仁杰产生兴趣。中文译本用明清白话体翻译的《大唐狄公案》甚至使很多不了解中国古代小说的读者对古代公案小说和传奇重新产生了兴趣。这种通过翻译和创作将两种文化有机地结合起来，是一种典型的起点—终点—返回起点的影响与接受的双向交流模式。在不断地继续、超越和发展中，这种从选择文化对象—翻译融入异质文化—再次通过翻译返销回原文的循环过程，从文化角度来看是非常罕见的成功案例，它代表着比较文学的价值与意义。

---

① 赵毅衡，《名士高罗佩与他的西洋狄公案》，作家杂志，2003年第2期，94页。

## 二、平行研究视野中的中西小说比较批评

平行研究使得一国文学能够超越法国学派影响，研究注重事实联系的局限，能够在文学性与审美性的平台上，与其他国家文学开展更为广泛的意义诠释和价值评估。从平行研究的角度，将清小说与世界文学作品进行研究，既是清小说研究的新思路，也是比较文学的重要实践内容之一。

### 1.《格列佛游记》与《镜花缘》的比较研究

王安琪（An-chi Wang）的《〈格列佛游记〉与〈镜花缘〉再探：曼氏讽刺理论诠释》(*Gulliver's Travels and Ching-hua yuan Revisited*)是使用比较文学平行研究方法探讨《格列佛游记》与《镜花缘》中讽刺手法的专著。作者在前言里即说明："英国小说《格列佛游记》与中国小说《镜花缘》的联系是中西比较文学中倍受关注的课题之一，这是因为两部作品惊人的相似性：同样是在遥远海外异国的旅程，同样的瑰丽想象，冒险探索，同样饱含对社会现实与政治的批判，乌托邦似的元素，哲学隐喻与象征相结合，黑色幽默与喜剧讽刺，诸如此类。然而，两部作品的确来自不同的文学和文化传统，它们的创作过程之间并没有明显的联系。所以，两部作品之间不存在影响或者模仿的关系。"①所以，这两部作品之间惊人的相似性只是一种巧合，一定要强行施加影响关系是不可取的。因此，王安琪使用了比较文学平行研究的手法，借用西方批评传统里的曼氏讽刺理论，重新诠释中国小说《镜花缘》，以期为汉学研究提供一种新的批评视角。

该书共分为五章，第一章"引言"开篇释义，解答了如下四个问题：为什么再探一个被前人探究过的课题？批评理论中的曼氏讽刺究竟是什么？研究者是否强行借用西方理论诠释中国文学？这种"再探"中西比较文学研究有何意义？王安琪认为，尽管学界已有不少关于这两部作品联系的讨论，且在两部作品都是优秀的讽刺文学上已达成共识，然而，仅仅用讽刺了人的愚蠢及鞭挞社会时弊这样的结论来总结两部作品的讽刺效果是远远不够的。"李汝珍将观察视角从常见的男性视角转化为女性视角并分解了传统的以男性话语为中心的叙述方式，这正符合典型的曼氏批评特征。"②而什么是曼氏讽刺手法呢？王安琪在此简洁地总结其为一种西方讽刺理论，以戏拟、讽喻为主要特征。而研究者是否机械套用西方批评话语解释中国文学作品呢？王安琪

---

① An-chi Wang, *Gulliver's Travels and Ching-hua Yuan Revisited: A Menippean Approach*, New York: Peter Lang, 1994, p.1.

② An-chi Wang, *Gulliver's Travels and Ching-hua Yuan Revisited: A Menippean Approach*, Ibid. p.4.

认为,《格列佛游记》与《镜花缘》源于两个不同的文化体系,有其不同的文化背景,这从英文 satire 与中文"讽刺"一词的异同处可以看出。虽然"讽刺"一词是 satire 非常相近相似的诠释,然而,"'讽刺'一词在中国文学作品里有更多的政治与社会讽喻意味,承载的文化内容有所不同"。①因此,王安琪虽然试图使用一种西方理论话语来诠释中国文学作品,然而,会把作品分别放回它们不同的文化社会背景及文类特征中去探讨其异同,希冀以此对中西比较文学发展作出贡献。

该书第二章"曼氏讽刺"(The Menippean Satire)探讨了曼氏讽刺的定义、追溯其历史渊源、理论形成及在西方批评传统中的实践。"menippean"一词来自古希腊文"曼庇埃"(menippeane),曼庇埃是一位极有特色的讽刺作家,他的作品常常诗文混杂,习惯使用史诗、悲剧等严肃体裁中的诗句,将它们放入轻松的日常生活对话中,风格笑谑,独具一格,显得既诙谐幽默,又充满调侃与嘲弄。他的讽刺是把辛辣的批判锋芒放入艺术的节制之中。巴赫金认为,"曼氏讽刺"是一种"狂欢化了的体裁"。狂欢是一种揭露性的艺术视角,正反颠倒,使人们习以为常的社会生活受到质疑,一切都变得有相对性与两重性。曼氏讽刺手法是一种西方讽刺手法,主要形式以戏拟、笑谑为主,是一种喜剧性讽刺。它被称为古希腊的"新闻体",因其敏锐地反映当下思想现实,充满对当下各种大大小小事件的暗喻,触摸到生活真实,评价当下总的精神趋势。因此,具有这种特征的文学作品具有新闻性、政论性、讽刺性和鲜明的现实性。

第三章"中国的'讽刺'概念"(The Chinese Concept of feng-ts'u)详尽地探讨了中国文学传统里的"讽刺","讽刺"一词最早来自于《诗大序》中的"风刺":"上以风化下,下以风刺上,上文而谲谏,言之者无罪,闻之者足以戒,故曰风。"这段话基本设定了中国文学传统中的"风"的基调,它同时从统治者和臣民的角度出发,含义复杂,"'风刺'一词同时意在美化社会秩序及加强自身修养,含有文学为统治服务之义"。②而后,当后世的"风刺"变为"讽刺"时,词语的侧重点落到了"刺"上,"'讽'此时变成了一个修饰词,指代为达到'刺'目的使用的技巧或嘲弄"。③渐渐地,"讽刺"在中国文学传统里失去了"讽喻"之意。在这个过程中,政治和道德责任一直是

---

① An-chi Wang, *Gulliver's Travels and Ching-hua Yuan Revisited: A Menippean Approach*, Ibid. p.11.
② An-chi Wang, *Gulliver's Travels and Ching-hua Yuan Revisited: A Menippean Approach*, Ibid. p.56.
③ An-chi Wang, *Gulliver's Travels and Ching-hua Yuan Revisited: A Menippean Approach*, Ibid. p.57.

其艺术效果的主要考虑。"无论是'风刺''讽刺''讽喻'或者'讽谏',它们都有一种为达到辩证互动关系的考虑,希冀能够交流思想与观点,将自身的意识投之于他人,最终检测真理。"①这正契合了曼氏理论的精髓所在:曼氏理论关照下的文学作品无论主人公有如何的行动,总是服从于一个明确的目的——考验某种哲理和思想,而不是塑造人物性格形象。它总与当下思想现实有关,关注现实事件。

该书第四章"镜花缘"(Ching-hua yuan)与第五章"格列佛游记"(Gulliver's Travel)分别探讨了两部小说的曼氏特征。王安琪认为,《镜花缘》是一部长期以来被误解与误读的作品,表面上,无论是学者亦是大众都认为它是一部很振奋人心,很有趣,很有想象力的作品,有着丰富的智慧,充满幽默感,冒险和试验精神。它全力支持中国传统价值体系。然而,"它是如此传统与反传统,遵照习俗又反对社会习俗,小说的复杂与多样性是符合曼氏理论批评标准的"。②《镜花缘》与《格列佛游记》一样,都有作者安排主人公经历不同寻常的遭遇,远赴海外,游历乌有之乡,虚构的惊险故事总与对哲理思想的追求结合在一起,离奇的故事情节服从于一个明确的目的:《镜花缘》仍然是在维护儒家伦理标准,"《镜花缘》全书充满了对文本、理念、传统、哲学和意识形态的隐喻,它通过消解的方式描绘赞扬了中国传统的儒家伦理道德思想"。③而在《格列佛游记》中,无论是批评小人国的愚蠢、国王的昏庸、官场的争斗、宗教腐败、飞岛国不切实际的科学研究,还是褒扬大人国的开明,肯定智马国对理性的崇尚,对仁慈与友谊的重视等,都服从于当时英国民主政治的理想社会理念。两者都具有曼氏讽刺的显著特征:关注当下,考验证明某种哲理和思想。同时,虽然对《镜花缘》的批评大多集中于创作形式、体裁、创作方法和女性主义批评,然而,沿用一般的现实主义或者浪漫主义批评标准去要求和看待《镜花缘》,无疑会有认识上的偏差。曼氏讽刺浸透着民间狂欢化文学的因素,它使一切被现实的等级化世界所禁锢分割与抛弃的东西又融合起来,使许多相互矛盾的东西奇妙地结合在一起,如神圣与粗俗、崇高与卑下、伟大与渺小、明智与愚蠢等。如《镜花缘》中的百花获遣、百女才子应试、唐敖父女远游中的种种奇奇怪怪的异域见闻;又如嫌贫爱富的两面国中,国人对着人是一张脸,背着人又是一张脸,变幻

---

① An-chi Wang, *Gulliver's Travels and Ching-hua Yuan Revisited: A Menippean Approach*, Ibid. p.63.
② An-chi Wang, *Gulliver's Travels and Ching-hua Yuan Revisited: A Menippean Approach*, Ibid. p.99.
③ An-chi Wang, *Gulliver's Travels and Ching-hua Yuan Revisited: A Menippean Approach*, Ibid. p.100.

无常，捉摸不定；无肠国的人则处处刻薄，为富不仁，甚至用大便养仆人；喜好奉承的翼民国，好让不争；坦坦荡荡的君子国；民风淳厚的大人国；聪明好学上进的黑齿国等，每一个故事都充满了这样鲜明的对照与矛盾，处处洋溢着由此而产生的讽刺和荒诞色彩。同样，《格列佛游记》中的小人国、大人国、飞岛、巫人岛、智马国等，其夸张变形的形象，离奇的境遇，让人们摆脱正统观点和思维方式，产生怪异感和陌生感，在漫画式的描绘中讽刺英国的社会现实，寄托作者的社会理想。这种审美形象及表达方式亦与传统的文学形象和美学风格有所不同，表现出曼氏讽刺美学中的"狂欢化"特征。

王安琪的研究并非机械地把两部无直接关系的作品排列在一起进行比较，比较文学法国学派强调实证联系，批评 X+Y 式的浅层次比附文学。然而，在比较文学发展到第三阶段的今天，跨文明研究已成为比较文学的研究重点，跨文明研究，"也就是东西方异质文化间的文学研究成为比较文学研究最主要的视野后的根本特征。在这种研究中，文化异质性与互补性应当成为关注焦点"。①平行研究与跨文明研究中可比性的重点是类同性、异质性和互补性，此处，《镜花缘》与《格列佛游记》显示出了没有直接关联的隶属于不同文明的文学之间在风格、形式、情节、技巧、手法、形象上的相似与契合之处，它们之间存在着类同性、异质性和互补性。王安琪对此亦有所自觉，"本研究并非是一个机械的一对一比附，将来自两种文学传统的作品强行揉和在一起"。②"我的标题暗示着将使用一种西方理论来诠释中国文本，我将把两种文本分别放回它们自身的文学背景，在不同的篇章分别处理它们的文类特征。我并不是要将西方模式强加于《镜花缘》，我希望能够用一种已成体系的西方讽刺理论，在中国传统的基础之上建立一种可以安全解读《镜花缘》的话语方式。"③为此，王安琪在解读中将《镜花缘》置于第四章，放在第五章《格列佛游记》之前，因为"在中西比较文学实践中，常常是将西方作品解读置于前面，中国作品被动地置于后面。这种现象可部分解释为比较文学在中国是一个从西方泊来的产品这一事实，部分原因则是很多学者更为熟悉西方文艺理论。这种现象让很多中国比较文学学者感觉受到'文化歧视'，因此质疑这种基于西方理论的比较模式的可行性"。④王安琪在第二章梳理完曼氏讽刺

---

① 曹顺庆，《比较文学论》，成都：四川教育出版社，2002年，第48页。
② An-chi Wang, *Gulliver's Travels and Ching-hua yuan Revisited: A Menippean Approach*, New York: Peter Lang, 1994, p.9.
③ An-chi Wang, *Gulliver's Travels and Ching-hua yuan Revisited: A Menippean Approach*. Ibid. p.12.
④ An-chi Wang, *Gulliver's Travels and Ching-hua yuan Revisited: A Menippean Approach*. Ibid. p.12.

理论历史后，在第三章用了大量篇幅梳理中国文学与文化里的"讽刺"传统，提炼出中国讽刺里一直隐含的政治和道德责任感，并以《儒林外史》《老残游记》为例，证明中国讽刺里一脉相承的表达作者某种特定理念诉求的愿望，从中分析基于中国文化的讽刺与曼氏讽刺里的某种类同性，在异质性的基础上寻求类同性，以此作为比较依据来进行《镜花缘》与《格列佛游记》的探讨。这是比较文学平行研究和跨文明研究中的一个可贵尝试。

2. 对中英小说中女性乌托邦的研究

作为一种文类的乌托邦（Utopia）本来是英国人文主义者托马斯·莫尔创造的一个哲学术语，源自两个希腊词，"Eutopia"，意指"美好的地方"，另一个词语是"Outopia"，意指"乌有之乡"。乌托邦文学是一种重要的文学类型，中西乌托邦文学皆有其漫长独立的传统，因此吸引了不少研究者。吴青云的《中英文学乌托邦中的女性权力》使用平行研究的方法，分析了中英文学中的女性乌托邦及父权压迫的传统，展现了不同国家和地区女性内在对永恒、无限和平等完美渴望和冲动的统一性。吴青云在导言中开门见山地指出，"女性乌托邦可被视为两个层面：作为女性生生不息逃避及超越男权社会压迫的冲动及梦想，以及作为特定妇女运动目标的展现。"①因基于中国的女性乌托邦书写基本与妇女运动无关，因此，吴青云的比较研究立足于第一个层面。吴青云将"乌托邦书写"界定为"表达因现存社会阻隔的冲动和热望的书写"。而女性乌托邦更有反抗父系压迫的诉求，是女性对超越自身有限，超越男权控制和孤独的存在境遇的向往。吴青云将"女性权力"定义为"女性在政府中的控制性权力"和"她们改变性别及性关系的权力"。吴青云的专著从"女性权力"出发，梳理了中西乌托邦的传统。在该书的主体部分，吴青云共比较分析了六部女性乌托邦小说。其中，第三章从比较文学跨文明研究的角度分析了英国小说《她乡》与清小说《镜花缘》中的女儿国，对两部小说中一中一西两个女儿国进行平行比较，试图揭示它们之间的异同。

《镜花缘》中，有关女儿国的陈述出现在小说的 32 至 37 回，小说主人公唐敖曾读过有关"女治外事，男治内事"的女儿国记载，因此途经此国时，颇为好奇，发现女儿国果然是女尊男卑，从国王到一般官员，整个国家政权掌控在女性手中。女儿国国王还看上了唐敖的小舅子林之洋，强行欲纳之为妾。而夏洛特·吉尔曼的《她乡》讲述的也是三名男性闯入女儿国的故事。三名男性参加了丛林探险之旅，途中误打误撞闯进了女儿国，在女儿国期间，

---

① Qingyun Wu, *Female Rule in Chinese and English Literary Utopias*, New York: Syracuse University Press, 1995, p.vvi.

三名男性分别和当地女性产生感情，缔结了婚姻。可惜由于其中一名男性基于大男子主义思想不尊重妻子，三人最终被驱逐出"她乡"。

吴青云从女性在政治中的权力、叙述结构、情节设置、对父权社会的批判、对女性气质的建构性方面比较了两部小说的相似性，《镜花缘》与《她乡》讲述的都是男性闯入女性权力控制世界的故事，两部小说主干情节均为"好奇—探索—奇遇—离开"，各有三名男性，都富有冒险精神，对新鲜世界充满好奇。透过他们的眼睛，我们看到一个陌生的女性世界。在这个陌生的世界中，女性在政治中都拥有绝对权力。在这个女儿国中，他们都失去了男性所独享的尊崇地位，体会到现实和心理落差，这正是两部小说戏剧化张力的所在，用陌生化的效果为读者提供了一个全新的阅读体验。更重要的是，两部小说都创造了女儿国这个想象的乌托邦，颠覆了男尊女卑的社会等级制度，揭露了父权社会推崇备至的"女性气质"背后隐藏的男性中心主义意识形态。吴青云认为，在《镜花缘》的世界中，李汝珍使用反讽的手法，身为男性的林之洋深陷女儿国，体会到男性社会加诸女性的种种束缚和酷刑。如，林之洋进宫后，被穿了耳洞以戴耳环，这让他疼痛不已，继尔裹小脚的遭遇更是非人的折磨。他曾经试图反抗，然而只是换来毒打和更加严格的监控。肉体的痛苦损害了他的精神，他开始变得脆弱，不停流泪，动辄柔肠寸断，充分具备了所谓的女性气质。林之洋的例子充分说明，女性气质是社会胁迫的产物，男性可以拥有女性气质。"在女儿国中，男儿是妇人，妇人是丈夫，性别身份的倒错与等级社会权力的翻转紧密相连，由此可见，女性的柔顺并不是女性的本质属性，建立在此基础上的父权制度合法性可堪质疑。女儿国的出现体现了一种女性权力的置换，这正是乌托邦式的女性权力变革。"①在《她乡》中，吉尔曼同样让女性身体充满力量，让她们不再是男性欲望的对象，而是自主的象征。女性负担起了治理国家的重任，整个国家是一种集体管理式的理想社会模式，没有高高在上的政府元首，社会中最受人尊敬的是身为母亲的年长女性。"《她乡》所勾勒出来的社会，彻底摆脱了建立在父权意识形态基础上的公共领域和私人领域的划分。"②

虽然两部作品都颠覆了旧传统的男女等级制度，提出了女性拥有权力的构想，两者之间却存在着明显差别。《镜花缘》中的女儿国运作模式反传统的男权社会之道而行之，所有大权均掌控在女性之手，然而，无论统治者是男性还是女性，整个社会还是建立在二元对立的等级制度之上，在男性社会中，

---

① Qingyun Wu, *Female Rule in Chinese and English Literary Utopias*, Ibid. p.138.
② Qingyun Wu, *Female Rule in Chinese and English Literary Utopias*, Ibid. p.140.

女性是受害者，在女儿国中，被害者则换为男性，依然是统治者与被统治者的二元关系，只是换了性别而已。女儿国中的女王，其实是父权社会中男性帝王的女性翻版。所以，李汝珍虽然在女儿国的乌托邦式想象中，用讽喻的手法，揭示了男权社会的荒谬，建立起女性主义乌托邦，却只破不立，无法真正摆脱其基于中国儒家文化传统里的天与地、尊与卑、君主与臣子的二元思想定式。而吉尔曼在《她乡》中则建立起了以女性主义价值观为基础的乌托邦社会模式：没有战争，整个社会摆脱了男性社会的竞争模式、物化模式，人与自然和谐共处，没有工业化社会的异化景象，没有等级制度。《她乡》中的女性并不把男性当作玩物，她们尊重男性，这与林之洋在女儿国的遭遇截然不同。可是，《她乡》中女性虽然渴望建立起一种和谐的两性关系，这梦想却最终被大男子主义碾碎，三人被驱逐出境。吉尔曼构建了一个建立在平等与关爱等女性价值基础上的理想国度，这体现了西方民主制思想的演进，可是由于现实社会终究并不是由女性这一单一性别组成，小说中的她乡最终并不能为两性真正意义上和谐共处提供成功的范式。

继吴青云之后，马倩（Qian Ma）的《十八世纪中英小说中的女性乌托邦话语》（*Feminist Utopian Discourse in Eighteenth-Century Chinese and English Fiction*）将女性乌托邦文学扩展到一个更广泛的视野。她将乌托邦话语中的"女性权力"延伸到包括所有着眼于如何在父系社会现实中使女性建立起一种理想的生活模式。该书共分六章，通过对18世纪中英六部小说的比较研究，从求同出发，进而辨异，探讨18世纪中国与英国社会女性乌托邦文学的特征。

第一章"父系社会：女性乌托邦背后的世界"（Patriarchy: The World Behind Feminist Utopias）从历史背景的角度回顾了父权社会对女性的压迫及18世纪中英社会中的妇女地位，旨在提示它们不同的文学历史传统，是更好地认识、把握本书后面各章分析中所呈现出来的异质性的基础与前提。18世纪中英社会妇女基本都处于受压迫的从属地位，正如马倩开门见山地说，"尽管父权社会起源无从考究，但父系社会已成为人类社会一种固定社会规范"。①因此，中英文学史几乎都是一部由男性主宰的历史。父权制度的影响是全面的，它得到了法律的保障及社会伦理的支持。它具体体现为："传统中国对女性的压迫主要表现在如下三个方面：儒家对女性'恰当'行为的伦理要求；对女性贞洁的无止境的强调，与此同时，男性却享受充分的性自由；在心理

---

① Qian Ma, *Feminist Utopian Discourse in Eighteen-Century Chinese and English Fiction*, Cornwall: MPG Books Ltd. p.11.

和生理方面捆绑妇女的缠足习俗。"①儒家对妇女的思想禁锢主要体现为"三从四德"。②清朝被认为是妇女最黑暗的时代,对女性贞洁的要求、思想的禁锢及缠足到了登峰造极的程度。而18世纪的英国妇女社会现实状况又是怎样的呢?18世纪的英国妇女并没能和男性一样,充分享受到科技工业革命带来的自由,女性仍然处于从属地位,然而,"18世纪的英国社会产生了一个新的妇女阶层,职业人士、商人的妻女们,她们受过良好教育,生活无忧,不为日常生活所烦恼。正是从这个阶层中产生出来一些女性作家和小说中的女主人公"。③马倩通过对中英两国妇女社会地位的梳理最后得出结论:"中国妇女比起西方妇女而言,受到更多的思想压迫和身体束缚"。可尽管18世纪的中英女性在社会地位上有一定差异,他们仍然有一个共同点:女作家的出现。"尽管女性作家并不是这个时代才出现的,这个时代在中英社会都出现了前所未有的女性写作者。"④

第二章"女性的冒险:女性乌托邦主义及浪漫传奇小说"(Women's Adventures: Utopian Feminism and Romance Fiction)重点比较分析了两部女性冒险叙事的中英浪漫传奇小说:夏洛蒂·莱诺克斯(Charlotte Lennox)的代表作《女吉诃德》或《阿拉贝拉历险记》(*The Female Quixote or The Adventures of Arabella*)和陈端生的《再生缘》。莱诺克斯是一位受过良好教育的女作家,《女吉诃德》是一部用戏仿的手法写成的通俗爱情小说,其中包含有如塞万提斯《堂吉诃德》般复杂的嘲弄和自嘲。一如堂吉诃德,女主角阿拉贝拉把现实当成虚幻的小说世界,把日常生活当成浪漫的"爱情冒险",做出一系列令人捧腹的荒唐事情。《再生缘》则是中国女作家陈端生的作品,孟丽君是其中最光彩夺目的女主人公。孟丽君在皇帝下旨选美,父亲、未婚夫都无力保护自己的情况下,公然违抗圣旨,离家出走,女扮男装,连中三元,被封为保和殿大学士。本章的关注点在这两部带有浪漫传奇色彩文本中,女性、传奇和女性主义之间的关系。"用当代标准来看,浪漫传奇故事不一定是女性主义,然而,莱诺克斯和陈端生都在她们的时代为女性主义提供了一种视角。"⑤"在两部小说中,是挑战,而不是顺从驱动了叙述的发展。文本

---

① Qian Ma, *Feminist Utopian Discourse in Eighteen-Century Chinese and English Fiction*, Ibid. p.14.
② Qian Ma, *Feminist Utopian Discourse in Eighteen-Century Chinese and English Fiction*, Ibid. p.18.
③ Qian Ma, *Feminist Utopian Discourse in Eighteen-Century Chinese and English Fiction*, Ibid. p. 21.
④ Qian Ma, *Feminist Utopian Discourse in Eighteen-Century Chinese and English Fiction*, Ibid. p.24.
⑤ Qian Ma, *Feminist Utopian Discourse in Eighteen-Century Chinese and English Fiction*. Ibid. p.34.

内外的性别话题提出了关于女作家及女性话语的很多问题。两部小说中,女主人公都活在自己的世界里,不能为周围的人所了解。"①阿拉贝拉是生存在幻想与现实之间的女性,她对幸福的追求如同堂吉诃德对正义的追求一样,在抽象层面迫近人类终极价值。然而,她的想象只能来自浪漫传奇小说,在结尾,她终于"醒悟",并陷入传统的婚姻。而孟丽君表面上超越了性别,在男性政治话语世界最终获得权力,然而,在中国传统的社会,一个人成名建功首要前提就是他的男性身份,孟丽君的所有成功都建立在她的女扮男装获得的男性身份上,女扮男装不仅仅是男女衣服的对换,亦是社会和性别秩序的标志。孟丽君最终拒绝换回女性服装,这亦表明对她的女性本体的拒绝。"两部小说都可被视为抽象的女性乌托邦小说,因为它们都是想象性的,与自我愿望幻想的满足有关,而不是为实际的父系社会提供一种可实践参考的模式。"②阿拉贝拉以婚姻结束想象中的乌托邦爱情世界,孟丽君拒绝恢复女性本身亦是社会对女性想象乌托邦的最终拒绝。

在第三章"女性天堂:女权主义者的理想与女性社区"(Women's paradise: Feminist Ideals and Communities of Women)中,马倩探讨了两部中英小说中创建出来的父权世界围绕着的女性乌托邦隐避园地。马倩选取的比较文本是萨拉·司各特(Sara Scott)的《米列娜大厅的描绘》(Descriptions of Millennium Hall)和《红楼梦》。虽然"除了它们都成书于18世纪中叶,从它们的社会和历史背景出发,这两部小说都鲜有共同之处"。③《红楼梦》在中国堪称最伟大的小说之一,作者用了毕生精力,几度修改而未能最终完成。而《米列娜大厅的描绘》则只是一部普通的由一名婚姻失意的英国女作家在一个月时间内草草而写的小说,然而,两部小说中有个共通之处,即对某个理想天地的描绘。《红楼梦》中的大观园是中国文学中的花园隐喻的延伸,"在传统中国文学中,花园常与女性、浪漫的情爱及梦想有关。花园可能是女性除了自己的闺阁之外唯一可漫步行动的场所,在传统才子佳人小说中,花园亦是才子与佳人个遇之所"。④ "而西方花园则来自于圣经伊甸园的形象,象征美、舒适、宁静、和谐。"马倩认为大观园与米列娜大厅的共同点即为它们无与伦比的自然美,它们的贞洁、干净及与父系社会的分离及自给自足性。大观园

---

① Qian Ma, *Feminist Utopian Discourse in Eighteen-Century Chinese and English Fiction*, Ibid. p.68.
② Qian Ma, *Feminist Utopian Discourse in Eighteen-Century Chinese and English Fiction*, Ibid. p.69.
③ Qian Ma, *Feminist Utopian Discourse in Eighteen-Century Chinese and English Fiction*, Ibid. p.77.
④ Qian Ma, *Feminist Utopian Discourse in Eighteen-Century Chinese and English Fiction*, Ibid. p.80.

主要是女性的天地，它代表着宝玉和黛玉的非世俗之爱，性在此园地中是禁区，因此亦有了第73章节中的钱包情节，此情节象征着性对花园的侵入，亦预示着伊甸园中的蛇对纯洁之地的侵犯。米列娜大厅的气氛亦如在观园，纯洁、和谐，没有男性的出现。

曹雪芹和萨拉·司各特创造出来的理想天地如沙漠中的绿洲，是"隐居起来的女性主义"①，在父权社会话语占主导地位的世界里无异于乌托邦的存在。然而，大观园在地理位置上处于宁府与贾府之间，宁静如它，仍然为男性主流话语所包围，并最终面临来自父权主流话语的威胁，终至覆灭。而米列娜大厅在地理上则有所不同，离代表男性世界的城镇有数英里的距离，显得相对安全。所以，某种程度上它导致了小说结局的不同，米列娜大厅在父权社会里存在了下来，作者预示了它可能的延伸，而曹雪芹的大观园则走过了青春、梦想、爱情的乌托邦，最终走向死亡。马倩的结论是：两本小说不同的结局预示了两种不同的女性乌托邦传统及18世纪中国与英国女性不同的处境。曹雪芹的大观园出现于18世纪这个中国女性地位最低下，对女性压迫最残酷的年代，大观园的不朽在于它在这样的时代下创造出来一个理想中的完美世界。大观园盛赞了园林之美，少女的纯洁与青春之美，尽管中国女性乌托邦早有传统，然而，从前的乌托邦世界总是存在于远离人群之所，没有如大观园这样与男性世界紧密相联。曹雪芹超越了传统，创建出大观园，并把它置于父权社会对女性理想与生活毁灭性的力量之下。而在萨拉·司各特生活的英国社会，女性主义声音已然兴起，一些上层社会的女性因其经济独立性已开始拒绝婚姻。中英社会现状及文化传统的差异导致两部小说中乌托邦世界面临不同的走向，曹雪芹无力超越他生活的满清社会现实，给女性一个美满的结局，而司各特则可以让她的主人公面临一个有希望的未来。

在第四章"乌托邦女性：女主人公的愿望和女英雄"（Utopian Women: The Heroine's Will and the Female Hero）中，马倩剖析了两位代表中英乌托邦理想的小说女主人公：林黛玉和克莱丽莎。林黛玉是《红楼梦》中的女主角，而克莱丽莎则是塞缪尔·理查逊（Samuel Richardson）的《克莱丽莎》中的女主人翁，两部小说大约成书于同一时期，18世纪中叶。虽然一部是书信体小说，一部是中国古典文学作品，两书都刻画了一位理想中的女性人物。克莱丽莎被公认为是英国小说中最出色的女性悲剧形象，而林黛玉更是中国小说史上最动人的女性悲剧典型。"黛玉和克莱丽莎都可被视为代表着女性理想

---

① Qian Ma, *Feminist Utopian Discourse in Eighteen-Century Chinese and English Fiction*, Ibid. p.103.

的乌托邦人物,这理想体现在她们对命运的抗争,她们的不合时宜及她们身上所代表的完美女性品格及她们最终注定的死亡。她们充满争议和矛盾,她们的自我表达和自我意志夹杂在父权社会对女性所要求的消失自我之中。两名女性都不认同传统社会价值观中的自我牺牲和消解自我,而坚持要拥有自己的独立意志。"①最终,两人都付出了生命的代价。

然而,克莱丽莎和林黛玉的文学形象又有着迥然相异性。克莱丽莎的死是因为遭受污辱。作为一名虔诚的基督教徒,她笃信来生,认为遭受污辱之后的生活毫无意义,企求离开现世,获得灵魂"救赎"。克莱丽莎如同一名基督圣女,一心关注拯救众生及自我救赎,死前为仇人祝福,并留下可称楷模的生活记录以警示女子免遭受自己同样的命运。与此相反,林黛玉关注的只是自己,她没有留下任何诗文,情愿将它们统统焚化。没有为其他世人祝福,没有呼唤上帝的救助,没有渴望来世的救赎,只有为自己流泪,绝望地呼喊着恋人的名字离去,这种离去的方式,亦表明她不相信自己的救赎和来世。两者形象的同与不同,正反映了两位女主人公所处的社会文化语境。《红楼梦》所在的中国文化传统以儒道佛为主要话语系统,如同小说开端的"一僧一道",以及小说中不停出现的佛家神秘色彩。《红楼梦》反儒,对儒家学说大加批判,而要反儒则必然借助另外两支中华文化的传统力量:佛家和道家。佛道并非是基督教那样的人生理想信仰,而是主人公对抗儒家话语的一种工具。林黛玉受过良好教育,她并不存来世幸福的幻想,相反,她努力寻求现世幸福。佛道两家都认为个人不应过于纠缠世事,不要受习俗束缚,淡泊人生。因此,当死亡来临时,黛玉没有考虑别人,她关心的是自身的纯洁干净,别人怎样想都无关紧要,当自身的幸福不可能时,所有来世都变得毫无意义。而克莱丽莎之死证明现实世界虽然得不到公正,上帝会在来世主持正义。基督徒的救赎观使她认为她可以在死后进入天国,因此,她可以原谅敌人,平静地离去。两人对死亡的态度正揭示了以儒道佛为主的中国文明与西方基督文明的相异。

该书第五章则只探讨了一部中国小说:李汝珍的《镜花缘》。马倩把侧重点放在"镜花缘"这一名字的诠释上,指出在中国文字中,"镜花"意旨"镜中之花",原是一种完美而虚幻的不可能性。小说对女性主义的贡献首先在于它的题目"镜花缘",指代女性解放这种理想的完美和虚幻性。小说以人间的武则天称帝开始,神界人间两位统治者皆为女性,而在小说结束,统治者恢复了秩序,虽然百花仙子下凡,历经尘劫,显示出女性非同一般的创造力,

---

① Qian Ma, *Feminist Utopian Discourse in Eighteen-Century Chinese and English Fiction*, Ibid. p.122.

然而,小说的结束最终恢复的是男性社会的秩序。然而,"虽然小说最终恢复了秩序,女性能够参与政治生活和教育生活的理想并没有完全消失。阴若花,这位海外女儿国的新国王的诞生预示着女性解放的某种可能。有理由相信阴若花和她的女宰相能够使女儿国成为女性生活和梦想的理想之地"。①而天上由西王母领导的道家圣地小蓬莱则是另一个女性乌托邦世界。女儿国和小蓬莱都远离人间,在普通人类不可触及之地,它寄予着李汝珍的女性乌托邦理想,遥远,不可触摸,而仍有渺茫希望所在。

《中英文学乌托邦中的女性权力》及《十八世纪中英小说中的女性乌托邦话语》主要运用比较文学平行研究的方法,附以叙事学、文类学等理论,本着跨异质文化平等对话和沟通互补的立场和原则,通过对中国和英国乌托邦小说的比较,突出其各自的文学特色,显示其各自所处的文学传统,进而探讨它们在不同的文化中共同以及相异的审美本质。《中英文学乌托邦中的女性权力》从比较的角度,较为系统地探讨了中国和英国文学的乌托邦传统,这是第一部比较研究中英乌托邦文类的专著。而《十八世纪中英小说中的女性乌托邦话语》则对几部18世纪的女性乌托邦小说作了细致的分析,将中国与英国的不同小说互为参照比较,从不同的角度更为全面、细密地考察了女性乌托邦的比较研究在世界文学整体系统中的状态,促进并加强了这两种具有明显异质性的小说的平等对话与交流。正如马倩在结语中所说:"因为18世纪的中国和英国文学之间并无直接的影响联系,所以,这是一个关于18世纪中英小说中女性乌托邦主义的平行研究。"②的确,18世纪的中国与英国小说地距欧亚大陆,从历史考证而言,并无直接联系,无法产生如法国学派所要求的建立在实证基础上的影响联系。然而,在比较文学经由法国学派、美国学派至中国学派的发展,我们能够辨认出某些看似迥异的小说的确在人生理想、审美思维及艺术表现方面有着一致性。这种一致性就是它们能够对话交流的基础,而求同中的辨异,正是两者各自存在于不同文化传统的表现。这种差异不仅需要在平等对话中得到相互承认与尊重,亦应得到相互理解。吴青云和马倩的研究表明,中西方民族虽然信仰不同,文化传统迥异,但仍然拥有共同的审美原则及相互理解的心理基础。这正是研究者能够从比较、跨越的角度,尝试研究中国文学与文化内核完全相异的英国乌托邦文学的相互关系的基础。

---

① Qian Ma, *Feminist Utopian Discourse in Eighteen-Century Chinese and English Fiction*, Ibid. p.176.
② Qian Ma, *Feminist Utopian Discourse in Eighteen-Century Chinese and English Fiction*, Ibid. p.215.

## 三、跨文明阐发法的尝试

比较文学视野中对小说研究的另一个重点则是阐发法研究，即运用西方文论观点考察中国文学作品。从前文的梳理中可以看出，研究者使用了西方各种理论和方法，来研究分析清代作品。如结构主义研究、叙事学研究在韩南等人的分析中得到运用，心理学研究的方法在米列娜等人深入研究作品时有所体现，在浦安迪的研究中可以看到原型和寓意研究及风格学研究的方法发挥了作用，在黄卫总的研究中可以看到心理分析的痕迹，而读者反应批评的理论对余国藩的研究大有助益。以西释中成为清小说阐发的主流。

值得一提的是，有汉学家敏锐地意识到西方学术研究中存在的"西方中心论"倾向，他们从中国研究的现实出发，认为研究中国文学必须充分正视中国文化的特殊性，必须大力摆脱西方学界沿袭已久的模式，而真正从中国文学本身的实际来理解阐发清代作品。例如，林顺夫（Shuen-fu Lin）的《礼与儒林外史的叙事结构》（*Ritual and Narrative Structure in Ju-lin Wai-shih*）是一篇使用结构主义叙事学理论讨论《儒林外史》结构的优秀论文。林顺夫认为，单单承认《儒林外史》在结构上有着内在统一性还远远不够，正如张心沧所说，《儒林外史》是一幅如《清明上河图》般的中国封建社会特定历史时期的巨幅画卷，那么，这画卷上所有的人与事件正是由礼统一起来的。《儒林外史》开篇明义，就阐述了它要讲述的是世人在功名富贵前的种种丑态。小说正是把礼的希望寄托在各色人在人生舞台上的种种表演之中，这些人或者体现了知识分子中礼的沦丧，或寄托了作者对复礼的希望。礼作为一种内在联系，把为夏志清所批评的表面松散的小说整合成了几大块，这几大块围绕着礼相互呼应，相互牵制，因此，作品就有了一种结构上的和谐，有了一种整体性。

结构主义文论强调"形式出内容"，林顺夫显然受到此观念的影响。然而，该文不仅对《儒林外史》结构做出全面透彻分析，更明确提出：汉学界习惯批评中国小说结构的松散，认为它缺乏整体，这实质上是对整个中国叙事传统的批评。它缘起于本世纪初的西学东渐之风。在此之前，中国传统叙事文学评点大家如金圣叹、毛宗岗从来没觉得中国小说存在结构或者情节上的问题，现代文学批评中以西方文学理论来评介中国文学作品的做法正是削中国叙事文学之足，适西方文学类型标准之履，这种做法非常机械，对中国叙事文学非常不公平。

在西方文艺批评理论影响下对中国小说结构方面常见的指责正是"以西释中"常见的弊病：无视中西传统文化的差异。西方文论话语特征起源于一条由求知—观察—追问原因—总结规律这样链条组成的哲学话语规则与路径,而中国文论话语特征则起源于崇尚"无"的"道"。中国文学艺术及文论中的"虚实相生"论,"虚静"论等,显然与"无"有密切关系。老子的重"无"将中国文论引向了重神遗形,正如林顺夫所指出:中国人有其独特的宇宙观。中国人的观念里没有上帝,没有造物主,中国人从来不把自己当成是"原因—后果"这链状关系中的一环。即使中国有着因果轮回之说,也不像西方人那样,执着的是线性的(历时的)因果关系和逻辑推理;没有造物主带给中国人人生观和价值观的另一个影响是中国人认为任何事物都是和谐的,都有其自在、自生、生生不息的状态,换句话说,每个人都是宇宙中的参与者。因此,正如孔子所强调的"和",中国人重视的是人与世界的和谐状态,而不是单一的逻辑联系。西方人与此正好相反,喜欢线性排列的因果关系,而中国人看重的是事物之间全面铺开的网状关系,这些关系互相渗透,互相影响,共同组成世界的一部分。这网状关系中的任何一点都很重要,都不是无足轻重的。中国人的这种宇宙观不可避免要反映到文学中来,因此,中国传统小说中所谓结构松散,叙述分开,无非是其宇宙观在小说中的反映。每一个网上的节点都很重要,因此,西方人没有理由为中国古典小说中的独特结构感到大惊小怪,认为它缺乏了线性情节结构或主导人物,就该招致批评,这完全是两种不同文化传统在文学中的映证。①

林顺夫的可贵之处在于他使用西方结构主义叙事学理论来阐发《儒林外史》,但同时,他非常重视中国传统诗学特征。一种文化只有回归到民族本位,才不会患上"失语症"。林顺夫从西方现代文艺观念出发,立足中国传统文化,又能跳出传统文化的拘囿,以更宽广的视野对清小说进行解析。这是跨文明阐发法的可贵尝试。

韩南亦意识到了中西文化的异质性。他的一个研究重点即是从叙事学理论出发,探讨中国小说的叙述问题。早在20世纪60年代,夏志清就提出中国古典小说受了历史叙事的影响,除了像《三国演义》这样的作品之外,其他叙事风格大都平淡无奇,有严重的说教意图。中国古典小说"即使以其中最好的作品判断,它与现代西方小说的不同,不仅因为它对小说形式的注重方面与西方小说相去甚远,还因为它代表了一种完全不同的小说观念。现代读者把小说看成是虚构叙事,其真实性唯有作者明了,而在中国明清时代,如同西方与之相应的时代一样,作者与读者对小说里的事实都比对小说本身更感兴趣"。②即使

---

① Shuen-fu Lin, "*Ritual and Narrative Structure in Ju-lin Wai-shih*", in Andrew H. Plaks(ed.), *Chinese Narrative: Critical and Theoretical Essays*, Princeton: Princeton University Press, 1977, p.245-265.

② C.T.Hsia, *The Classical Chinese Novel*, New York and London: Columbia Uniersity Press, 1968, p.14.

是《儒林外史》这样的优秀之作，也免不了说书式的叙事方式。而中国小说情节散漫，作者难以尽情集中发挥重要情节，即使是"《红楼梦》这样一部堪与西方传统最伟大的小说相媲美的作品，作者难免刻意维护故事堆积性的传统，附带叙述了许多次要的小故事，而这些故事可以完全删除"。①夏志清的批评明显忽略了中西文化的异质性，没能立足中国小说发展的实际，而是将中国小说装进西方叙事学的范畴、公式中，做出基于中国文化传统的归纳和总结。韩南的白话小说批评则尽力避免了这一常见的以西格中的阐发误区，他认为，要从学术上讨论中国小说的叙事，首先要有一个恰当的分析方法。韩南因此提出一个自己设想的关于分析方法的纲要，这一纲要的基本观念是文学分析的各"层次"。正如语言学的分析有语音、句法、语义等各层次，文学分析亦类似。韩南把那些足以表现文学前后连续性质的各项列为他所需要的分析"层次"。他将此"层次"分为如下诸项：说话者层次、焦点层次、谈话型层次、风格层次、意义层次、语音层次。每一类文学所包含的层次都有很大的区别。此处的"类"，即是文类。韩南将文学的四大类定为：抒情类、戏剧、史诗或叙事类、主题或说明文。韩南的这四大分类正基于西方文类学最基本的文学作品划分标准。每一类下面又有很多亚类，小说正属于"叙事类"下面的分类。在叙事文中，不管叙述者是否是故事中的人物，都应当把一般文学中的"说话人层次"改称为"叙述者层次"。因此，和这个层次有关的三个问题是：谁在叙述？对谁叙述？在什么情况下叙述？对这三个问题的回答即涉及了白话小说和文言小说的演变及它们之间的相互关系。中国白话小说的特点即是喜欢使用专业说书人的叙述形式，即使《儒林外史》《红楼梦》这样的长篇小说已经有了很多变化，仍可看出这种说书人口头文学的影响。晚清以前的白话小说全部是第三人称叙述，并采用历史编年或传记类的叙述方式，显示出口头文学的深远影响。

　　西方叙事学是20世纪中叶才建构起来的文艺理论，是文学批评更加注目文本创作行为和结构形式的结果。韩南的研究揭开了白话小说作者与叙述者、叙述者与被叙述者之间的复杂关系，并总结出一些法则、范式，为解析小说提供了文本内层结构及叙述方式的思路和观察点。他的阐释方式是基于中国文学本身，做出符合实际的分析、归纳和总结，而不是机械地照搬西方叙事学的理论，将中国古代小说装进另一个文化模子。他注意到中西民族文化的异质性，意识到中西小说作品对叙事形式的处理采取了各具特色的视角和思路，这给以后的研究者提供了可贵的借鉴。

　　浦安迪在这方面也做出了可贵探索。1994年，浦安迪将他在北京大学教

---

① C.T.Hsia，*The Classical Chinese Novel*，Ibid. p.15.

授课程时所做的讲义做了改进，并结合他多年研究中国叙事文学方面的成果，出版《中国叙事学》，以比较文学的方法探讨与研究中国明清小说。研究者出身于西方文化的研究视角及以西释中的视域使本书成为比较文学及叙事学领域经典之作。浦安迪意识到中西叙事传统的差异性，他明确提出，中国与西方有不同的叙事传统，要讨论中国文学中的叙事，必须了解中西方在叙事上的差异。古代以抒情诗为主的中国文学传统与以早期叙事文学为核心的西方文学叙事传统具有本质区别，这是中西在叙事观念上的重大差异。西方文学的叙事主流是"epic"（史诗）—"romance"（传奇）—"novel"（小说），在西方文学史家看来，novel 的出现正是史诗在新历史时期的复活，所以他们可以用一整套亚里士多德的古典标准，如"结构完整性"和"时间秩序感"来分析"小说"。而中国也有自己的一套发展源流，即：三百篇—骚—赋—乐府—律诗—词曲—小说（文言与白话小说）的传统，这是一个抒情文学占主导地位的叙事传统。所以，中西文学在传统、源流、流向和重心等方面都各有不同。因此，不仅需要研究中国叙事文学本身的传统，亦需要研究中国叙事文学与世界其他各国的叙事文学之间的关联。明清章回小说与西方的"小说"传统并不存在对应的关联，所以，西方的传统叙事理论不能被直接套用在中国章回小说的探讨上。要将西方理论运用于中国的叙事文学之上，研究者必须找出两者之间的对应关系。浦安迪认为，以比较文学的方法研究中国章回小说，一方面以西方叙述理论为参照，另一方面对先秦以来中国叙事文体的长期深化过程做一番认真的清理，最终才能进入中国古典长篇小说的叙事分析。

　　跨文明阐发是在两个异质文明体系之间进行相互比较和阐释。以上几位学者的跨文明阐发尝试都尊重了文化对等原则，坚持了中西文化之间的平等对话立场。他们深入到中西文化之源寻找差异原因，而不是简单移植西方文学观念来任意阐释中国文学。只是在目前英语世界对清小说的研究中，基本都是用西方文学理论来阐发中国文学，还鲜见学者使用中国文论来进行考察和分析，这不得不说是种缺陷。

## 第三节　英语世界清小说研究的反思

### 一、研究格局的反思

　　一百多年来，英语世界清小说的研究在汉学界已具有相当规模，根据笔者查询，相关论著、论文已有五六百种之多。在研究范围上，研究趋向于集中几部作品，《红楼梦》是受到关注最多的清小说，其次为《儒林外史》《镜花缘》《聊斋志异》，只是这几部小说受到的关注度远远不能与《红楼梦》相比。因此，所谓汉学界清小说的研究，实质上可以说是几部名著的研究。这种研究格局有其合理性，名著是清小说里的珍品，它们具有永久的魅力，理应得到研究者的格外重视。然而，研究集中必然导致大量雷同与重复。如"寓言""反讽""原型"等术语在研究中反复出现，《红楼梦》中"大观园"的意象亦成为众多研究者屡屡关注的话题。而且，尽管研究者注意力集中在少数作品上，相反，有不少问题是至今尚未能解决，让人感到遗憾。

"多"的另一头则是"少"。一是对文言小说研究过少，在文言小说里，《聊斋志异》受到最多关注，《阅微草堂笔记》《子不语》等只在有些论文里略有提及。二是作家研究中，对一般作家作品的研究过少。虽然近年来略呈上升趋势，但增长缓慢。文学研究不需要为研究某些作品而有意无意地拔高其价值，但价值取向的判断也应该有所改变。卓越与平庸是相比较而言，而又互相依存，即使是一些平庸之作，亦在当时能够大量出现并广泛流传，本身价值不高的作品亦可引出一系列重要课题。目前这一方面的研究尚属鲜见，重要原因之一是汉学界对作品的价值判断已有成见，且对那些作品还缺乏深入了解。三是就英语世界清小说研究而言，很多研究还比较浅，主要还是读者对象的问题。许多专题研究，外围知识介绍占大多数。另外，占有较大比重的是翻译选读或是导读之类的读物。此外，值得注意的是国外学界对中国的研究成果关注亦较少，很多论著大都集中于引用国外研究者的成果，对中国的传统研究角度不屑一顾，或知之甚少。

## 二、以西释中

近40年来，以西方现代批评理论为基础的批评和诠释一直贯穿了英语世界清小说研究。笔者在前文对这一现象已进行了详尽的描述，以西释中始终是研究清小说的主流。无论是数量还是质量，使用西方批评理论和研究方法研究中国古典小说的成果已经超越了以前所有的尝试，特别是在明清白话小说研究领域。研究者几乎运用了所有的当代西方文艺批评理论来解读清小说，新批评、结构主义文论、女性主义批评、互文性及哲学视域解读层出不穷，不同的研究方法和阐释视角让清小说在异域呈现出不同的面貌。值得关注的是许多学者在研究某个问题时，常同时应用两种或以上的方法。这种单向阐发早就引起了学界的忧虑。在中西文化对话关系问题上，单纯的"以西释中"完全站在西方文化立场上，不能让异质文化间的对话处于一种平等的地位，其实质就是西方文论是一种放之四海而皆准的标准，最终只是西方文化的一家之言，不是中西文化之间的双向对话。这种文学理论的单向式阐发导致了中国文论的"失语",这是一种严重的文化病态。"这种病态,是中西文化剧烈冲撞(甚至可能是极为剧烈的冲撞)的结果。"①

在19世纪末20世纪初,中国文化遭受了前所未有的冲击。冲击给传统文化带来的后果优劣并存,给中国文学带来的影响也见仁见智。五四是一种文化大破坏,然而,在"大河改道"之时,传统的文学理论被彻底打倒,新的文学理论尚未形成之时,西方各种理论已经登陆,占据了中国文学批评视界。中国近现代以来的文学理论大多是由西方引入的,文学批评和文学史研究中的理论方式甚至文学术语、分析技巧,都套用了西方模式。特别是在海外汉学界,无论是西方学者,还是华裔学者,他们接受的是完整的西方文论话语系统训练,因此,他们对清小说的解读不可避免地要带上西方文论话语的烙印。他们普遍认为,尽管中国古代文学有其批评方式及独特视野,但比较而言,它与西方的条理化、规范化、重逻辑和易传播是有区别的。中国传统文学理论更具有灵感性的顿悟、即兴式的评点、天马行空的想象和独到的美学视角,这虽然有其辉煌杰出之处,但亦容易让人感觉羚羊挂角、难寻其规律而困惑不已。因此,使用西方文论话语将更容易解说清楚一种文学现象。这最终导致了在对中国古典文学的解读中,西方文论成为最常见的评价标准,来套用在清小说的解读上。可以说,这种完全以西方文论标准研究中国古典文学的方法在清小说研究中比比皆是。

曹顺庆指出:"无论是以中释西,还是以西释中,弄不好很有可能只片面地站在某一文化立场上,从而把某种文学简单地当作另一种文学理论的图解材料。中西比较文学领域里就出现过这样的情况,有的学者不作实事求是的具体分析,简单地把西方的文学批评理论移用到对中国古典文学作品的阐发上,结果产生了不少令人瞠目结舌的奇谈怪论。"②研究者借西方理论之光,来阐释中国文学作品本来是完全可行的。这种阐发研究从不同的理论层面对清小说进行新的意义生成与价值阐发,丰富了清小说的文学内涵,促进了清小说与世界文学与哲学的对话,具有积极意义。但同时,也存在着某种隐忧与不足:西方文学理论的过度滥用和过度诠释,在某种程度上使源自中国传统文化的清小说的意义出现碎片化倾向,甚至发生扭曲和变形。这里面存在着一个重要问题,那就是西方理论在中国古典文学研究中的适用度与契合度。因此,"拿来"的同时,还要会"送出"。我们不反对援引西方理论研究中国文学,然而,在这个过程中,我们要学会根据中国文学与文化的传统和特征

---

① 曹顺庆,《中外比较文论史·上古时期》,青岛:山东教育出版社,1998年,第247页。
② 曹顺庆,《比较文学论》,成都:四川教育出版社,2002年,第353页。

来进行调整和修正,最终,更要用中国文学理论的观点来阐发自己的作品。理论输出如果只是单向性,那就非常危险。以西释中并非研究中国文学的唯一标准和可能。中国古代文论本是世界三大文论体系之一,在数千年的艺术实践中,形成了一整套行之有效的理论话语体系。中西文学理论之间本应该求同存异,"异"意味着对中西文学民族特色的关注,对中西文学独特价值的探寻,其效果不仅仅是沟通和融汇,而且是互相补充,取长补短。

### 三、对国内学界有何启示

通过对英语世界清小说研究的梳理,我们发现,尽管有不足之处,在中西文学与文论的相互对话中,英语世界学者们采用了多种研究方法,取得了丰硕的成果。具体而言,英语世界对清小说研究有如下方面值得国内学者借鉴。

(1)开阔的研究视野。这是笔者在阅读国外有关清小说研究论著最突出的感受。翻开任何一本研究论著的附录,大部分都由这几部分组成:① 简称目录;② 详细注释、微引诸家之说;③ 文献索引,将有关的研究成果,包括中文、日文、英文分门别类,几尽穷尽之能事;④ 书目人名索引;⑤ 全书总索引。暂且不论该论著的价值如何,这样的附录基本上让人对某一专题的文献和研究状况先有了大致的了解。这是因为西方学者大都受到比较严格的学术训练,如美国比较文学博士学位资格申请基本都要求除了母语之外,还要熟练掌握两门外语,甚至三门外语,因此,他们往往可以跨越多重语言的障碍。国外中国古典文学的研究者往往能做到除了中文之外,还可以阅读参考日文、欧洲等汉学著作,用一种国际性的眼光来看待中国的传统课题。这是国内从事中国古典文学研究的学者极为欠缺的一点。而且,西方学者往往还持有跨学科的视野。如余国藩的《红楼梦》研究很有新意,这是因为作者是华裔学者,对中国传统文化非常熟悉,是比较文学教授,可谓学贯中西,同时,余先生亦是芝加哥大学宗教神学教授,因此,他的研究体现了中西合璧的特点。

(2)多角度的研究方法。首先是比较文学的方法。西方学者常常把清代作家作品或文学现象放到世界文学的广泛范围中去考察,如夏志清在研究中国古典小说时,时时把对象放到其时世界文学宏观的地平线上加以比较。研究《红楼梦》时,他不但把贾宝玉和米什金公爵进行比较,还比较了贾宝玉和《卡拉马佐夫兄弟》中的阿廖沙·卡拉玛佐夫。他在分析宝玉思想的纯洁性及习惯将少女从淫荡丑恶的世界中拯救出来的习惯时,亦对照了宝玉和《麦田守望者》中的主人公。把清小说放到这么宏观阔大的文化背景中去评定作品的文化价值和文学价值,自然能让西方读者更好地理解《红楼梦》源文本。比较文学法国学派和美国学派注重影响研究、平行研究,在影响研究、平行研究方面国外学者都有一定成果,对我们也较有参考价值。对国内学界最具有借鉴意义的是比较文学跨文明研究的研究方法,无论是法国学派,或是美国学派的研究方法,都没有面临跨越东西方巨大文化差异的挑战。源出古希腊—罗马文明的欧洲文明圈与中华文化之间有着巨大的差异,英语世界清小说研究者在研究中首先面临的就是文化差异问题。20世纪六七十年代以来,在清小说研究领域,国外学者充分发挥了他们比较熟悉西方文学和理论的长处,在尊重文化对等原则,坚持中西文化之间的平等对话的基础上,促成了异质文明之间的双向对话。这方面的研究成果往往最为显著,对我们也最有借鉴价值。西方学者广泛采用的方法还有历史主义方法、传统社会批评的方法、心理批评方法、结构主义批评方法等,这些研究方法的运用毫无疑问是值得国内研究者参照和参考的。

（3）对专题研究的深入。英语世界汉学家经常从翻译入手,开始接触到清小说。从事翻译的前提是选择好的底本,并对相关的研究广泛涉猎,从而进入专题。如韩南既翻译了《肉蒲团》《十二楼》,亦成为李渔研究专家,进而将学术视野拓展到整个白话小说。余国藩亦因翻译《西游记》,因此写了《西游记》系列论文,而后将注意力从明代四大奇书扩展到清小说,而何谷理早期研究注重17世纪小说考证和对小说思想、艺术、结构的分析,而后扩展到明清小说接受和传播,现在,他的研究则更加深入,关注到清代刑科题本和明清文学叙事传统的比较研究。

# 结束语　融合与并峙中的英语世界清小说研究

　　本书对清小说英译与研究进行了综合梳理和阶段性分析，对清小说在英语世界的"旅行"历程进行了比较系统和全面的阐述。在梳理中笔者发现，从19世纪的片段译介，发展到21世纪初的译研并重，这是清小说西传过程中的一个重要走向。一百多年来，清小说的英译与研究不断走向多方面、多角度的拓展与深化。拓展的趋势是：从名家名作到一般作家作品，从浅易作品到深奥作品，从作品选到总集或全集，从文学作品到文学批评和理论等。但清小说篇幅浩瀚，西方学者难以穷尽翻译和研究这两大领域。专业探索的拓展与深化相辅相成，共同促使英语世界清小说翻译与研究走向细分化与精致化。

　　总的来说，对英语世界而言，中国古典文学作品的英译与研究存在很大难度，一方面是横向的文化差异，一方面是纵向的历史差异，也就是说，共时和历时的差异同时并存。基于这两种差异的存在，古典文学作品的文本本身给人极大的陌生感。英语世界的清小说研究归根到底是中西两种文学乃至两种文化的碰撞，而这种碰撞产生了融合和并峙两种结果。融合即借取、袭用，多出现在创作领域。高罗佩的小说创作即为一例，高罗佩的小说经历了不断的继续、超越和发展，进入一个良性的文化循环，这种从选择文化对象—翻译融入异质文化—再次通过翻译返销回原文的循环过程从文化角度来看是非常罕见的成功案例。在严肃的学术研究领域，也可找到中西融合的实例，如西方文论利用中国文学作品作为立论的基础，或者比较中西两种没有实际联系的文学理论或作品。此外，西方汉学家往往强调中西两种文明的并峙关系，如"小说"与"novel"的辨析。更有不少汉学家把中国文学作为西方理论的参照系，使之起矫正作用，利用西方文学理论阐释中国文学作品。以西释中一直成为英语世界清小说学术研究的主流。

　　笔者可以用下图来表示清小说英译与研究过程中呈现的中西文学互相碰撞中的融合与并峙关系：

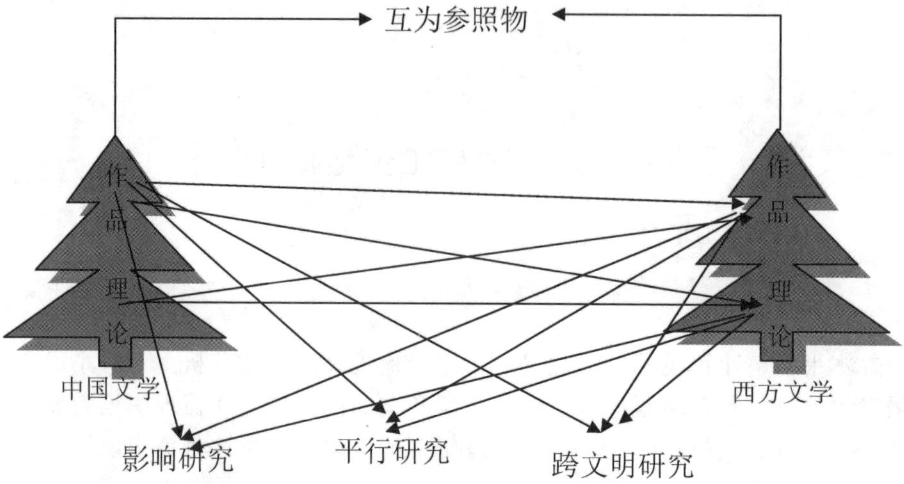

**图 1　清小说英译与研究过程中的中西文学碰撞与融合**

笔者认为，在跨文明的比较文学研究中，无论是以结构主义叙事学、阐释学、读者接受、后殖民主义、女性主义等西方理论对中国作家或作品进行文本分析，或是进行中西诗学对话，或中西文本比较，我们首先要重视西方学者的成就。在中国文学发展的历史长河中，清小说实在只能算是一个片段，是激流回旋的一个刹那。但是这个片段和刹那亦是中国文化的精神所在。英语世界的清小说研究能够不拘泥于单一意识形态的框架，同时又能突破民族禀赋和素养的单一特征，而呈现出思想活跃、观点新异、方法多变的总体特征，在各个历史时段，在不同思潮影响下，基本保持着相当开阔的思想维度和活跃的反思能力，能够让各种各样的声音在这个学术空间里发生、交撞、互动，能够让各自不同的学术向度充分展开和扩散，从而在紧张相异而又融通交流的气氛中保持一种内在的"张力"。这都是值得我们效仿和借鉴的。

此外，如图1所示，中国文学和西方文学源于不同的文明之树，在面对西方学者进行的清小说研究时，我们必须保持清醒的判断。中国与西方属完全不同质的文明，这种跨异质文明的比较，是西方学者对清小说进行研究的前提。西方文学扎根于西方文学土壤。长期以来，西方学界一直存在两种倾向：一种是以纯粹的西方治学模式、理论观念和学术技巧去研究、批评中国文学，怀着倨傲的心态俯视中国文化，这就很难指望他们得出一个正确的结论。另一种是钟爱中国文化，怀着无限的热爱来研究中国文学，赞美中华文明，甚至对其中的一些缺点和短处也视而不见。过犹不及，酷评与溺爱都不是学术研究中应有的客观的建设性的态度。因此，中国学者对此应有清醒的判断，在跨文明的比较文学研究中，正视西方学界的成果。

最后，对中国古典文学进行研究，我们不能唯西方是从，让西方文学理论成为中国灿烂的古典文学研究的指挥棒。中国文学独立发展、自成体系，与西方文学几乎没有任何关联。同时，中国文论是世界文论三大源头之一，从先秦时起，即开始了漫长的发展。然而，从20世纪初开始，随着西学东渐的浪潮，不仅中国学界对古典文学的批评大量采用了西方文论术语，英语世界亦遵从了西方文论话语的表达、沟通和解读的学术规则。汉学界里虽然有众多的研究成果，而一旦离开了西方文学理论话语，文学批评界就变得一无所有。这同样是国内学界的尴尬。虽然学界文艺研究成果不断，所使用的文学理论却大多从西方原封不动地引入，整个或部分地套用了西方模式。这种解读趋势让阐释隔靴搔痒，不着边际，甚至常常扭曲作者和作品的原意。"我们一旦离开了西方文论话语，就几乎没办法说话。一个没有自己学术话语的民族，怎么能在这世界文论风起云涌的时代，独树一帜，创造自己有影响的文论体系，怎么能在这各种主张和主义之中争妍斗丽！"①中国文学与西方文学在价值取向、范畴术语、思维表达模式方面都有很多不同。"'西论中用'属于比较文学范畴，认真研究一下它探索的触角，可以大大开阔比较文学的视野。"②然而，纯粹以西释中，并不能证明中国文学的价值。怎样建立一个跨文明研究的理论模式，让中西文学理论能够有机地结合，让中国文学不但能够引入西方批评方式，同时，研究者亦能够站在跨文明的立场，让中国文论与西方文论齐头并进，让西方文论的条理性、规范化、重逻辑的特点和中国传统文学理论具有灵感性的顿悟、即兴式的评点、天马行空的驰思和独到的美学视角结合起来，共同推进清小说的研究，这是一个学界需要深思的课题。

---

① 曹顺庆，《中外比较文论史·上古时期》，青岛：山东教育出版社，1998年，第247页。
② 周发祥，《试论西方汉学界的"西论中用"现象》，载《文学遗产》，1997年第1期，第140页。

# 附录　学者译名表

| 英文名 | 中文名 |
|---|---|
| Alex Page | 潘阿勒 |
| Alexander Brebner | 亚历山大·伯克利 |
| Alfred Lister | 李思达 |
| Allan Barr | 白亚仁 |
| Alphonse Paque | 佩乔 |
| An-chi Wang | 王安琪 |
| Andrew H. Plaks | 浦安迪 |
| Angelina Yee | 余珍珠 |
| Ann Waltner | 安·华特纳 |
| Anthony C. Yu | 余国藩 |
| Arthur Waley | 亚瑟·韦利 |
| Barbara Stoler Miller | 巴巴拉·斯都勒·米勒 |
| Benjamin Chia | 本杰明 |
| Berttina L. Knapp | 柏蒂娜·耐普 |
| Bing C. Chan | 陈冰 |
| C. De, Fornaro | 福纳罗 |
| C. T. Hsia | 夏志清 |
| Catherine Vance Yeh | 叶凯蒂 |
| Chan tak-hung Leo | 陈德鸿 |
| Chen Ping-hsu | 陈平楚 |
| Chen Tifang | 陈体芳 |
| Chun-shu Chang | 张春树 |
| Clement Francis Romilly Allen | 阿连壁 |

续表

| 英文名 | 中文名 |
|---|---|
| Cybil Birch | 白之 |
| Daria Berg | 戴瑞·伯格 |
| David Der-wei Wang | 王德威 |
| David Hawkes | 霍克思 |
| David Lu | 卢允中 |
| David Roston | 陆大伟 |
| Denis C. Mair | 梅丹理 |
| Dore J. Levy | 多尔·利维 |
| Edmund Gosse | 爱德蒙·高斯 |
| Edward Charle Bowra | 鲍拉 |
| Edward Theodore Chalmers Werner | 倭讷 |
| Elijah Coleman Bridgman | 裨治文 |
| Ellen Widmer | 魏爱莲 |
| Florence Mchugh | 弗罗伦斯·麦克休 |
| Frank Huang | 黄新渠 |
| Franz Kuhn | 库恩 |
| Frrederick P. Brandauer | 白保罗 |
| George Lenard Stuauton | 史当东 |
| George Soulie de Morant | 苏利埃·莫朗 |
| Gladys Yang | 戴乃迭 |
| Grace S. Fong | 方秀洁 |
| Guo Lin | 郭林 |
| Guo-ou Zhuan | 庄国欧 |
| H. Bencraft Joly | 乔利 |
| H. C. Chang | 张心沧 |
| Haiyan Lee | 李海燕 |
| Hao Guangfeng | 郝光峰 |
| Harold Shadick | 哈罗德·沙迪克 |
| Haun Saussy | 苏源熙 |

续表

| 英文名 | 中文名 |
| --- | --- |
| Herbert Allen Giles | 翟理斯 |
| Hsiao-jung Yu | 陈少军 |
| Hsin-Sheng C. Kao | 高张信生 |
| Ian P. Mcgreal | 伊安·麦克格瑞尔 |
| Irene Eber | 爱伦伯 |
| Isabel Mchugh | 伊莎贝拉·麦克休 |
| Jaseph S. M. Lau | 刘绍铭 |
| Jeannie Jinsheng Li | 裔锦声 |
| Jing Wang | 王静 |
| John Bishop | 约翰·毕肖普 |
| John C. Y. Wang | 王靖宇 |
| John Christopher Hamm | 约翰·克里斯托·汉姆 |
| John Francis Davis | 德庇时 |
| John Minford | 闵福德 |
| Jonathan D. Spence | 乔纳森·彭斯 |
| Judith T. Zeilin | 蔡九迪 |
| Kang-I Sun Chang | 孙康宜 |
| Kaniel Yu-ming Hou | 候玉明 |
| Karl Gutzlaff | 郭实腊 |
| Karl S. Y. Kao | 高辛勇 |
| Keith McMahon | 马克梦 |
| Ko Te-Shun | 葛德顺 |
| Lai Ming | 赖明 |
| Lawrence Venuti | 劳伦斯·韦努蒂 |
| Li Qiancheng | 李千城 |
| Liangyan Ge | 葛良彦 |
| Lin Taiyi | 林太乙 |
| Lin Yi Chin | 林疑今 |
| Lin Yutang | 林语堂 |
| Linda Hsia | 夏林达 |

续表

| 英文名 | 中文名 |
|---|---|
| Liu Ts'un-yan | 柳存仁 |
| Liu Wu-Chi | 柳无忌 |
| Louise Edwards | 李木兰 |
| Lucien Miller | 米乐山 |
| Luke S. K. Kwong | 王卢克 |
| Maram Epstein | 艾梅兰 |
| Martin Buber | 马丁·布贝尔 |
| Martin Huang | 黄卫总 |
| Milena Dolezelova-Velingerova | 米列娜 |
| Nathan K. Mao | 茅国权 |
| Pan, Tze-yan | 潘子延 |
| Patrick Hanan | 韩南 |
| Paul S. Ropp | 罗溥洛 |
| Peter Li | 李彼得 |
| Qian Ma | 马倩 |
| Qingyun Wu | 吴青云 |
| Reverend Bonsall | 彭寿 |
| Richard martin | 理查德·马丁 |
| Robert Douglas | 罗伯特·道格拉斯 |
| Robert Hegel | 何谷理 |
| Robert Hightower | 海陶伟 |
| Robert Martin | 罗伯特·马丁 |
| Robert Thom | 罗伯聃 |
| Robert Van Gulik | 高罗佩 |
| Roger Yeu | 岳罗杰 |
| Rose Quong | 琼罗斯 |
| Samuel Wells Williams | 卫三畏 |
| Sheldon H. Lu | 鲁晓鹏 |
| Shelley Hsueh-lun Chang | 骆雪伦 |
| Shuen-fu Lin | 林顺夫 |

续表

| 英文名 | 中文名 |
|---|---|
| Sing-Chen Lydia Chiang | 蒋兴珍 |
| Sophie Volpp | 苏菲·沃普 |
| Theodore De Barry | 狄百瑞 |
| Theordore Huters | 胡志德 |
| Thomas Francis Wade | 威妥玛 |
| Thomas Percy | 托马斯·柏西 |
| Tien-yi Li | 李田意 |
| Timothy C. Wong | 黄宗智 |
| Vibeke Bordahl | 易德波 |
| Victor H. Mair | 梅维恒 |
| Wai-Yee Li | 李惠仪 |
| Walter Caine Hillier | 禧在明 |
| Wang Chi-chen | 王际真 |
| Wang Liang-Chih | 王良志 |
| William Frederick Mayers | 梅辉立 |
| Winston Y. Yang | 杨立宇 |
| Wu Huang | 吴煌 |
| Y. W. MA | 马幼桓 |
| Yang Liyi | 杨立义 |
| Yang Xianyi | 杨宪益 |
| Yang Zhihong | 杨之宏 |
| Yenna Wu | 吴燕娜 |
| Ying Liang | 梁英 |
| Yi-Tse Mei Feuerwerker | 梅仪慈 |
| Zgigniew Slupski | 史罗甫 |

# 参考文献

## （一）英文文献

### 1. 专 著

[1] An-chi Wang, Gulliver's Travels and Ching-hua yuan Revisited: A Menippean Approach[M]. New York: Peter Lang, 1994.

[2] Lawrence Venuti. The Translation Studies Reader[M]. London and New York: Routledge, 2000.

[3] Andre Lefevere, Translation, Rewriting and the Manipulation of Literary Fame[M]. Shanghai: Shanghai Foreign Language Education Press, 2004.

[4] Andrew H. Plaks, Archetype and Allegory in the Dream of The red Chamber[M]. Surrey: Princeton University Press, 1976.

[5] Andrew H. Chinese narrative: Critical and Theoretical Essays[M]. Princeton: Princeton University Press, 1977.

[6] Anthony C. Yu. Rereading the Stone[M]. Princeton: Princeton University Press, 1997.

[7] Bettina L. Knapp. Images of Chinese Women: A Westerner's View[M]. New York: The Whitston Publishing Company, 1992.

[8] Bing C. Chang. The Authorship of the Dream of the Red Chamber[M]. Hong Kong: Joint Publishing, 1986.

[9] Black, S. M. Chapters from a Floating Life[M]. London: Oxford University, 1960.

[10] C. T. Hsia, The Classical Chinese Novel: A Critical Introduction[M]. New York: Columbia University Press, 1968.

[11] Cao Xueqin. A Dream of Red Mansions[M]. trans. yang Hsien-Yi and Glady Yang. Beijing: Foreign Language Press, 1994.

[12] Frank Huang. A Dream of Red Mansions[M]. Beijing: Foreign language teaching and research press, 2008.

[13] H. Bencraft Joly. Hung Lou Meng(Book I) [M]. Doylestown Pensylvania: Wildside, 1892.

[14] Florence, Isabel McHugh. Dream of the Red Chamber[M]. New York: Pantheon Books, 1958.

[15] David Hawkes. The Story of the Stone (Vol 1) [M]. London: Penguin Books Ltd, 1973.

[16] Wang Chi-chen. Dream of Red Chamber[M]. New York: Twayne Publisher, 1958.

[17] Wang Chi-chen. Dream of Red Chamber[M]. London: George Routledge & Sons, Limited, 1929.

[18] Chun-shu Chang, Shelley Hsueh-lun Chang. Crisis and Transformation in Seventeenth-century China: Society, Culture, and Modernity in Li Yu's World[M]. Michigan: The University of Michigan Press, 1998.

[19] Cybil Birch. Anthology of Chinese Literature (volume 2) [M]. New York: Grove Press, 1972.

[20] David Der-wei Wang, Fin-de-Siecle Splendor. Repressed Modernities of Late Qing Fiction, 1848—1911[M]. Stanford: Stanford University Press, 1997.

[21] Ellen Widmer, Kang-I Sun Chang. Writing Women in Late Imperial China[M]. Stanford: Stanford University Press, 1997.

[22] H. C. Chang. Chinese Literature: Popular Fiction and Drama[M]. Edinburgh: Edinburgh University Press, 1973.

[23] Hsin-sheng C. Kao. Li Ju-chen[M]. Boston: A Division of G. K. Hall & Co, 1981.

[24] John Francis Davis. Chinese Miscellanies[M]. London: John Murray, 1865.

[25] Judith T. Zeitlin. Historian of the Strange: Pu Songling and the Chinese Classical Tales[M]. Stanford: Stanford University Press, 1993.

[26] Keith McMahon. Misers, Shrews, and Polygamists: Sexuality and Male-Female Relations in Eighteenth-Century Chinese Fiction[M]. Durham: Duke University Press, 1995.

[27] Lai Ming. A History of Chinese Literature[M]. London: The Shenval Press Ltd, 1964.

[28] Dore Levy. Ideal and Actual in the Story of the Stone[M]. New York: Columbia University Press, 1999.

[29] Li Ju-chen, Flowers in the Mirrow[M]. trans. Lin Tai-yi. Nanjing: Yilin Press, 2005.

[30] Li Yu. Tower for the Summer Heat[M]. trans. Patrick Hanan. New York: Ballantine Books, 1992.

[31] Liu E. The Travel of Lao Can[M]. trans. the Yangs. Beijing: Foreign Language Press, 1982.

[32] Liu E. The Travel of Lao Can[M]. trans. the Yangs. London: George Allen & Unwin Ltd, 1982.

[33] Liu E. The Travels of Lao Ts'an[M]. trans. Harold Shadick New York: Cornell University, 1952.

[34] Liu Wu-chi. An Introduction to Chinese Literature[M]. Bloomington: Indiana University Press, 1967.

[35] Li, Qiancheng. Fictions of Enlightenment: Journey to the West, Tower of Myriad Mirrors, and Dream of the Red Chamber[M]. Honolulu: University of Hawaii Press, 2004.

[36] Louise Edwards. Men and women in Qing China: Gender in the Red Chamber Dream[M]. Hawaii: Hawaii University Press, 2001.

[37] Louise Edwards. Recreating the Literary Canon: Communist Critiques of Women in the red Chamber Dream[M]. Dortmund: Projekt-Verl, 1995.

[38] Maram Epstein. Competing Discourses: Orthodoxy, Authenticity, and Engendered Meanings in Late Imperial Chinese Fiction[M]. Boston: Harvard University Press, 1995.

[39] Martin Huang. Literati and Self-Re/Presentation: Autobiographical Sensibility in the Eighteenth-Century Chinese Novel[M]. Stanford: Stanford University Press, 1995.

[40] Milena Dolezelova-Velingerova. The Chinese Novel at the Turn of the Century[M]. Toronto: University of Toronto Press, 1980.

[41] Nathan K. Mao, Liu Ts'un-yan. Li Yu[M]. New York: Twayne Publishers, 1977.

[42] Patrick Hanan. The Chinese Vernacular Story[M]. Boston: Harvard University Press, 1981.

[43] Paul S. Ropp. Dissent in Early Modern China[M]. Michigan: University of Michigan Press, 1981.

[44] Peter Li. Tsent P'u[M]. Boston: Twayne Publishers, 1980.

[45] Peter Newmart. About Translation[M]. Clevedon: Multilingual Maters Ltd, 1991.

[46] Pu Songling. Strange Stories from a Chinese Studio[M]. trans., H. A. Giles, Revised Edition, Shanghai: Kelly & Walsh, Limited, 1908.

[47] Pu Songling. Strange Tales from a Chinese Studio[M]. trans., John Minford, London: Penguin, 2006.

[48] Pu Songling. Strange Tales from Make-do Studio[M]. trans., Denis C &Victor H. Mair. Beijing: Foreign Language Press, 1989.

[49] Qian Ma. Feminist Utopian Discourse in Eighteen-Century Chinese and English Fiction[M]. Cornwall: MPG Books Ltd, 1987.

[50] Qingyun Wu. Female Rule in Chinese and English Literary Utopias[M]. New York: Syracuse University Press, 1995.

[51] Raymond Dawson, The Chinese Chameleon: An Analysis of European Conceptions of Chinese Civilization[M]. London: Oxford University Press, 1967.

[52] Richard Wilhelm. The Chinese Fairy Book[M]. London: Fredrick A. Stokes Co, 1921.

[53] Robert E. Hegel. The Novel in Seventeenth Century China[M]. New York: Columbia University Press, 1981.

[54] Robert E. Hegel. Reading Illustrated Fiction in Late Imperial China[M]. Stanford: Stanford University Press, 1998.

[55] Robert Hegel & Richard Hessney. Expressions of Self in Chinese Literature[M]. New York: Columbia University Press, 1985.

[56] Robert Van Gulik. The Chinese Maze Murder[M]. Chicago: University of Chicago Press, 1997.

[57] Robert Van Gulik. Celebrated Cases of Judge Dee(Dee Gong An): An authentic eighteenth-century Chinese detective novel[M]. trans., Robert Van Gulik. New York, N.Y: Dover Pub., 1949.

[58] Robert Van Gulik. The Chinese Nail Murder[M]. Chicago: University of Chicago Press, 1977.

[59] Robinson, Douglas. Translation and Empire[M]. Manchester, UK: St Jerome, 1997.

[60] Sing-chen Lydia Chiang, Collecting the Self: Body and Identity in Strange Tale Collections of Late Imperial China[M]. Leiden: Brill, 2005.

[61] Schute, R & J. Biguenet. Theories of Translation[M]. Chicago, IL and London: University of Chicago Press, 1992.

[62] Theodore De Barry. The Classical Chinese Novel[M]. New York and London: Columbia Uniersity Press, 1968.

[63] Thomas Percy, Hau Kiou Choaan or The Pleasing History[M]. London: General Books LLC, 1761.

[64] Tien-yi Li, Chinese Fiction: A Bibliography of Books and Articles in Chinese and English [M]. New Haven: Yale University, 1968.

[65] Timothy C. Wong, Wu Ching-tzu[M]. New York: Twayne Publishers, 1978.

[66] Winston L. Y. yang, Peter Li, Nathan K. Mao, Classical Chinese Fiction: A guide to Its Study and Appreciation Essays and Bibliographies[M]. Boston: C.K.hall &Co., 1978.

[67] Wu Ching-Tzu, The Scholars[M]. trans, The Yangs, Beijing: Foreign Language Press, 1995.

[68] Victor H. Mair. The Columbia History of Chinese Literature[M]. New York: Columbia University Press, 2002.

[69] Victor H. Mair. The Columbia Anthology of Traditional Chinese Literature [M]. New York: Columbia University Press, 1994.

2. 期　刊

[ 1 ] Alfred Lister. An Hour with A Chinese Romance[J]. The China Review, or Notes and Queries on Far East, 1873, 5:286-287.

[ 2 ] Angelina Yee. Self, Sexuality and Writing in Honglou meng[J]. Harvard Journal of Asiatic Studies, 1995, 55:373-407.

[ 3 ] Ann Waltner. On Not Becoming a Heroine: Lin Dai-Yu and Cui Ying-Ying[J]. Signs, 1989, 15:61-78.

[ 4 ] B. Lauer. Book Review: "Strange Stories from a Chinese Studio" [J]. Journal of American Foldlore, 1926, 39: 86-90.

[ 5 ] B. Lauer. Love and Compassion in "Dram of Red Chamber" [J]. Criticism, 1983, V:261-271.

[ 6 ] B. Lauer. Review on The Prayer Mat of Flesh by Richard Martin and Franz Kuhn[J]. The Journal of Asian Studies, 1964, 23:298-301.

[10] Catherine Vance Yeh. The Life-style of Four Wenren in Late Qing Shanghai[J]. Harvard Journal of Asiatic Studies, ( 57):419-470.

[11] Cyril Birch. Review on The Dream of the Red Chamer [J]. The Journal of Asian Studies, 1959, 18:386.

[12] D. E. Pollard. Review on Li Yu[J]. Bulletin of the School of Oriental and African Studies, 1978, 41:406.

[13] David Roy. Review on The Novel in Seventeenth Century China by Robert E.Hegel[J]. China Literature: Essays, Articles, Reviews, (CLEAR), 1982, 4:120-124.

[14] Dr. Legge. Strange Stories from My Poor Study[J]. Academy, 1880:185.

[15] Edward Charles Bowra. The Dream of the Red Chamber[J]. the China Magazine. Christmas, 1868:1-129.

[16] Ellen B. Widmer. Review on the Novel in Seventeenth Century China by Robert E. Hegel[J]. Harvard Journal of Asiatic Studies, 1982, 42: 394-396.

[17] Ellen Widmer. Review on Men and Women in Qing China: Gender in the Red Chamber Dream by Louise Edwards[J]. Journal of the Economic and Social History of the Orient, 1995, 38:240-243.

[18] Francis L. K. Hsu. Review on Chinese Ghost and Love Stories by P'u Sungling; Rose Quong[J]. The journal of American Folklore, 1948, 61: 400-401.

[19] Frederick P. Brandauer. Women in the Ching-hua yuan: Emancipation toward a Confucian Ideal[J]. The Journal of Asian Studies, 1977, 36: 647-660.

[20] Gladys yang. Review on The Story of the Stone. Vol[J]. Bulletin of the School of Oriental and African Studies, 1980, 43:621-622.

[21] Haiyan Lee. Love or Lust? The Sentimental Self in Honglou meng[J]. Chinese Literature: Essays, Articles, Reviews(CLEAR), 1997, 19:85-111.

[22] Henry Mcaleavy. Review on The Travels of Lao Ts'an by Liu T'ieh-yun by Harold Shadick[J]. Bulletin of the School of Oriental and African Studies, 1957, 19:209.

[23] Hsiao-jung Yu. The Interrogatives Emplyed in Honglou Meng and Their Bearing on the Problem of Authorship[J]. Journal of The American Oriental Society, 1996, 116:730-735.

[24] John C. Y. Wang. Review on Archetype and Allegory in the Dream of the Red Chamber[J]. Journal of the American Oriental Society, 1979, 99(1):128.

[25] John L. Bishop. Some Limitations of Chinese Fiction[J]. The Far Eastern Quarterly, 1956, 15(2): 239-247.

[26] Karl S. Y. Kao. Review on Historian of the Strange, Pu Songling and the Chinese Classical Tales[J]. Harvard Journal of Asiatic Studies, 1995, 55(2):540-556.

[27] Laufer. Review on Strange Stories from a Chinese Studio by Herbert A.Giles[J]. The Journal of Americana Folklore, 1926, 39(151):86-90.

[28] Liangyan Ge. Rou Putuan: Voyeurism, Exhibitionism, and the "Examination Complex[J]. Chinese Literature: Essays, Articles, Reviews(CLEAR), 1998, 20:127-152.

[29] Louise Edwards. Women in Honglou meng: Prescriptions of Parity in the Femininity of Qing Dynasty China[J]. Modern China, 1990, 16(4):407-429.

[30] Louise Edwards. Gender Imperatives in Honglou Meng: Baoyu's Bisexsuality[J]. Chinese Literature: Essays, Articles, Review, 1990, 1(12):69-81.

[31] Luke S. K. Kwong. Self and Society in Modern China: Liu E(1857—1909) and "laocan youji" [J]. T'oung Pao, Second Series, 2001, 87:360-392.

[32] Karl Gutzlaff. Hung Lou Mung, or Dreams in the Red Chamber[J]. Chinese Repository, 1842, Xi.: 266-273.

[33] Maram Epstein. Engendering Order: Structure, Gender, and Meaning in the Qing Novel Jinghua yuan[J]. Chinese Literature: Essays, Articles, Reviews(CLEAR), 1996, 18:107-127.

[34] Peter Li. Review on Li Yu[J]. The Journal of Asian Studies, 1979, 38(3):578-580.

[35] Robert E. Hegel. Review on Fin-de-Siecle Splendor: Repressed Modernities of Late Qing Fiction, 1849—1911 by David Wang[J]. Chinese Literature: Essays, Articles, Reviews(CLEAR), 1998, 20:568-569.

[36] Robert E. Hegel. The panda Books Translation Series[J]. Chinese Literature: Essays, Articles, Reviews(CLEAR), 1984,6(1/2):179-182.

[37] Shang-Lin Fu. One Generation of Chinese Studies in Cambridge: An Appreciation of Professor H.A.Giles[J]. The Chinese Social & Political Science Review, 1931, XV(1):86.

[38] Sophie Volpp. Classifying Lust: The Seventeenth-Century Vogue for Male Love[J]. Harvard Journal of Asiatic Studies, 2001, 61(1):77-117.

[39] Taylor, Francis. Review on Strange Stories from a Chinese Studio by Herbert A.Giles[J]. The FolkLore Record, 1881, 4:191-192.

[40] Theodore Huters. Review on Fin-de-Siecle Splendor: Repressed Modernities of Late Qing Fiction, 1849—1911 by David Wang[J]. The Journal of Asian Studies, 1999, 58(1):173-174.

[41] Timothy C. Wong. Liu E in the Fang-shih Tradition[J]. Journal of the American Oriental Society, 1992, 112(2):302-306.

[42] Victor H. Mair. Review on Traditional Chinese Stories: Themes and Variations[J]. Harvard Journal of Asiatic Studies, 1979, 39(2.):461-469.

[43] Xiaobing Tang. Review on Fin-de-Siecle Splendor: Repressed Modernities of Late Qing Fiction, 1849—1911 by David Wang[J]. Harvard Journal of Asiatic Studies, 1998, 58(2):623-630.

[44] Yu-Shan Han. Chinese Ghost and Love Stories by P'u Sung Ling, Rose Quong[J]. Western Folklore, 1947, 6(4):392.

3. 学位论文

[ 1 ] Andrew David Schonebaum. Fictional Medicine: Diseases, Doctors and the Curative Properties of Chinese Fiction[D]. Columbia : Columbia University, 2004.

[ 2 ] Daniel Michael Youd. Illuminating the Everyday: Li Luyuan's Qilu Deng and Vernacular Moral Realism in the Early Chinese Novel[D]. Princeton: Princeton University, 2004.

[ 3 ] Daniel Yu-ming Hou. Between Revelation and Concealment: An Exploration of Liu E\s Self-Representation in The Travels of Lao Ts'an[D]. Toronto: University of Toronto, 2003.

[ 4 ] Gek Nai Cheng. Late Ch'ing Views on Fiction[D]. Stanford: Stanford University, 1982.

[ 5 ] Guo-ou Zhuang. Imagining China: Niehai Hua as a National Narrative[D]. California: University of Southern California, 2000.

[ 6 ] Huichuan Chang. Literary Utopia and Chinese Utopian Literature: a Generic Appraisal[D]. Massachusetts: University of Massachusetts, 1886.

[ 7 ] Hsien Wu. The Journey of the Stone: Experience, Writing and Enlightenmeng[D]. Columbia :Columbia University, 2006.

[ 8 ] Jie Zhang. The Game of Marginality: Parody in Li Yu's Vernacular Short

Stories[D]. Washington: Washington University, 2005.

[9] Qian Ma. Ideality and Reality: Feminist Utopias and the Patriarchal World in Eighteenth-century Chinese and English Fiction[D]. Atlanta: Emory University, 1997.

[10] Qingyun Wu. Transformations of Female Rule: Feminist Utopias in Chinese and English Literature[D]. Pennsylvania: The Pennsylvania State University, 1991.

[11] Sing-chen Lydia Francis. What Confucius Wouldn't Talk About: The fantastic Mode of the Chinese Classical Tale[D]. Stanford: Stanford University, 1997.

[12] Sohyeon Park. Law, Ideology, and Popular Culture: a Study of Traditional Crime Fiction in Late Imperial China and Choson Korea[D]. Michigan: The University of Michigan, 2004.

[13] Swihart, De-an Wu. The Evolution of Chinese Novel Form[D]. Princeton: Princeton University, 1990.

[14] Tso-wei Hsieh. The Rhetorical Strategy of Travel Narrative in Li Ruzhen's Jinghua Yuan and Herman Melville's Mardi[D]. Indiana: Purdue University, 2005.

[15] Xueqin Zheng. The Essentials of Narrative: A Synthesis of the West and The East[D]. Illinois: University of Illinois Urbana-Champaign, 1997.

[16] Yauling Hsieh. Tales of the Supernatural: "Liao-chai Chih-I" and the American Short Story of the Nineteenth Century[D]. Illinois: University of Illinois Urbana-Champaign, 1989.

## （二）中文文献

### 1. 专　著

[1] 爱克曼. 歌德谈话录[M]. 朱光潜，译. 北京：人民文学出版社，1981.

[2] 曹顺庆. 世界文学发展比较史（下册）[M]. 北京：北京师范大学出版社，2001.

[3] ——比较文学论[M]. 成都：四川教育出版社，2002.

[4] ——中外比较文论史：上古时期[M]. 青岛：山东教育出版社，1998.

[5] ——中西比较诗学[M]. 北京：北京出版社，1988.

[6] 曹雪芹，高鹗. 红楼梦（底本为程乙本）[M]. 上海：上海古籍出版社，1991.

[7] 成平近. 林语堂评传[M]. 重庆：重庆出版社，2001.

[8] 陈淳，孙景尧，谢天振. 比较文学[M]. 北京：高等教育出版社，1997.

[9] 陈淳，刘象愚. 比较文学概论[M]. 北京师范大学出版社，2000.

[10] 范圣宇. 红楼梦管窥——英译、语言与文化[M]. 北京：中国社会科学出版社，2004.

[11] 冯庆华. 红译艺坛[M]. 上海：上海外语教育出版社，2006.

[12] 高罗佩. 大唐狄公案[M]. 陈来元，胡明，等，译. 海口：海南出版社，2008.

[13] ——狄仁杰奇案[M]. 王筱云，校点. 北京：群众出版社，2000.

[14] 顾长声. 传教士与近代中国[M]. 上海：上海人民出版社，1981.

[15] 郭建中. 当代美国翻译理论[M]. 武汉：湖北教育出版社，1999.

[16] 郭著章. 翻译名家研究[M]. 武汉：湖北教育出版社，1999.

[17] 何寅，许光华. 国外汉学史[M]. 上海：上海外语教育出版社，2002.

[18] 胡文彬. 红楼梦在国外[M]. 北京：中华书局，1993.

[19] 胡益民，李汉秋. 清小说[M]. 合肥：安徽教育出版社，2004.

[20] 黄鸣奋. 英语世界中国古典文学之传播[M]. 上海：学林出版社，1997.

[21] 李渔. 十二楼[M]. 上海：古籍出版社，1992.

[22] ——闲情偶寄[M]. 天津：天津古籍出版社，1996.

[23] 李达三，罗纲. 中外比较文学的里程碑[M]. 北京：人民文学出版社，1997.

[24] 利奇温. 十八世纪中国与欧洲文化的接触[M]. 朱杰勤，译. 上海：商务印书馆，1961.

[25] 廖七一，等. 当代英国翻译理论[M]. 武汉：湖北教育出版社，2001.

[26] 林以亮. 红楼梦西游记[M]. 台北：台湾联经出版事业公司，1976.

[27] 林语堂. 中国传奇小说[M]. 张振玉，译. 上海：上海书店，1989.

[28] 刘士聪. 红楼梦评——《红楼梦》翻译研究论文集[M]. 天津：南开大学出版社，2004.

[29] 陆国强. 英汉和汉英语义结构对比[M]. 上海：复旦大学出版社，1999.

[30] 孟华. 比较文学形象学[M]. 北京：北京大学出版社，2001.

[31] 蒲松龄. 聊斋志异[M]. 北京：北京十月文艺出版社，2004.

[32] ——聊斋志异[M]. 卢允中，陈体芳，杨立义，杨之宏，译. 北京：商务出版社，1982.

[33] 钱林森. 中国文学在法国[M]. 广州：花城出版社，1990.

[34] 沈复. 浮生六记[M]. 林语堂，译. 上海：西风社，1941.

[35] 施建业. 中国文学在世界的传播与影响[M]. 济南：黄河出版社，1993.

[36] 宋柏年. 中国古典文学在国外[M]. 北京：北京语言学院出版社，1994.

[37] 孙楷第. 笠翁与十二楼[M]. 北京：人民文学出版社，1999.
[38] 王丽娜. 中国古典小说戏曲名著在国外[M]. 上海：学林出版社，1988.
[39] 王毅. 皇家亚洲支会北中国支会研究[M]. 上海：上海书店出版社，2005.
[40] 王晓路. 西方汉学界的中国文论研究[M]. 成都：巴蜀书社，2003.
[41] 无名氏. 武则天四大奇案[M]. 杭州：浙江古籍出版社，1992.
[42] 吴敬梓. 儒林外史[M]. 北京：人民文学出版社，1998.
[43] 吴世昌. 吴世昌全集(第七卷《红楼梦探源》)[M]. 石家庄：河北教育出版社，2002.
[44] 谢天振. 译介学[M]. 上海：上海外语教育出版社，1999.
[45] 熊文华. 英国汉学史[M]. 北京：学苑出版社，2007.
[46] 许均. 翻译论[M]. 武汉：湖北教育出版社，2003.
[47] 许渊冲. 翻译的艺术[M]. 北京：中国对外翻译出版公司，1984.
[48] 许宝强，袁伟. 语言与翻译的政治[M]. 北京：中央编译出版社，2000.
[49] 杨晓荣. 翻译批评导论[M]. 北京：中国对外翻译出版公司，2005.
[50] 姚斯，霍拉勃. 周宁、金元浦译《接受美学与接受理论》[M]. 沈阳：辽宁人民出版社，1987.
[51] 乐黛云. 跨文化之桥[M]. 北京：北京大学出版社，2002.
[52] 李达三，罗纲. 中外比较文学的里程碑[M]. 北京：人民文学出版社，1997.
[53] 张爱玲. 红楼梦魇[M]. 合肥：安徽文艺出版社，1922.
[54] 刘士聪. 红楼梦评——《红楼梦》翻译研究论文集[M]. 天津：南开大学出版社，2004.
[55] 张弘. 中国文学在英国[M]. 广州：花城出版社，1992.
[56] 张俊，沈治钧. 清小说简史[M]. 太原：山西人民出版社，2005.
[57] 张之洞. 劝学篇[M]. 郑州：中州古籍出版社，1998.
[58] 周英雄. 比较文学与小说诠释[M]. 北京：北京大学出版社，1990.

2. 期　刊

[1] 曹顺庆. 变异学：比较文学学科理论的重大突破[J]. 中外文化与文，2009(1)：34-40.
[2] 方重. 18世纪的英国文学与中国[J]. 文哲季刊，1931，2(1)：49-64.
[3] 葛锐. 英语红学研究纵览[J]. 红楼梦学刊，2007(3)：181-226.
[4] 郭建中. 简评《西方翻译理论精选》[J]. 中国翻译，2000(5)：66-67.
[5] ——劳伦斯. 韦努蒂及其解构主义的翻译策略[J]. 中国翻译，2001(1)：39-44.

[ 6 ] 何敏. 英语世界《聊斋志异》译介述评[J]. 外语教学与研究, 2009(2): 148-152.

[ 7 ] 何向阳. 重现的时光[J]. 读书, 1994(10): 90-92.

[ 8 ] 黄卫总. 明清小说研究在美国[J]. 明清小说研究, 1995(2): 217-224.

[ 9 ] 李国文. 杨宪益的翻译人生[J]. 今日中国, 2006(7): 38-39.

[10] 潘文国. 译入与译出——谈中国译者从事汉籍英译的意义[J]. 中国翻译, 2004(2): 40-43.

[11] 孙康宜, 钱南秀. 美国汉学研究中的性别研究——与孙康宜教授对话[J]. 社会科学论坛, 2007(1): 102-115.

[12] 孙康宜. 性别理论与美国汉学的互动研究[J]. 叶舒宪, 译. 清华大学学报, 2002(1): 51-55.

[13] 唐家龙. "熊猫丛书"走向世界[J]. 对外大传播, 1995(1).

[14] 汪榕培. 古典名著汉译外是我国文学翻译领域的短线[J]. 外语与外语教学, 1995(1): 9-10.

[15] 王东风. 帝国的翻译暴力与翻译的文化抵抗:韦努蒂抵抗式翻译观解读[J]. 中国比较文学, 2007(4): 69-85.

[16] ——归化与异化:矛与盾的交锋?[J]. 中国翻译, 2002(5): 24-26.

[17] 王农. 简介《红楼梦》的一种英译本[J]. 社会科学战线, 1979(1): 266.

[18] 吴世昌. 红楼梦的西文译本和论文[J]. 文学遗产增刊九辑, 1963: 142-155.

[19] 谢天振. 多元系统理论:翻译研究领域的拓展[J]. 外国语, 2003(4): 59-66.

[20] 徐雁平. 胡适和上海亚东图书馆[J]. 编辑学刊, 1995(5): 82-83.

[21] ——名士高罗佩与他的西洋狄公案[J]. 作家杂志, 2003(2): 94-96.

[22] 周发祥. 试论西方汉学界的"西论中用"现象[J]. 文学遗产, 1997(1): 132-140.

[23] ——西方文论与中国文学碰撞的轨迹[J]. 中国文化研究, 1997(2): 122-128.

[24] 任生名. 杨宪益的文学翻译思想散记[J]. 中国翻译, 1993(4): 33-35.

# 后　记

　　童年时代起我就爱读古典小说。从连环画开始,《红楼梦》《聊斋志异》《镜花缘》等故事不知道翻看了多少遍,就此开始对小说的迷恋。亦因此成年后,在偶然的机会开始了文学创作,成为写小说的人。再后来,有了机会研究小说,读博期间,我选择了清小说作为研究对象,这种选择似乎是一种巧合,意味着我总希望重返童年之门。

　　本书写作过程颇为不易,几经波折,中间几度因各种原因停笔,又艰难地继续。2012年,我以此课题申报教育部人文社会科学研究青年基金,蒙评委不弃,顺利获准立项。于是,便集中精力进一步修改和补充,如今,我可以长吁一口气了——终于定稿。

　　我要感谢恩师曹顺庆先生给予的教诲和帮助。求学期间,恩师严谨求实的治学态度令我深深折服,他的渊博与睿智亦使枯燥的学术活动变得生动起来。书稿从拟题、收集资料到定稿,每一步都倾注了曹老师的心血。同时,我亦要感谢师母蒋晓丽女士,她在学习和生活上给予我无微不至的照料和关怀,无论是学术或是生活,都为我树立了女性的典范,衷心感谢!

　　我的硕士生导师冯斗女士一直鼓励我追求学术与创作,她简单自然的人生态度永远是我的楷模!

　　感谢我珍贵的朋友们。你们在我有疑惑时与我切磋,孤独时给我力量,困顿时给我帮助,感谢你们!

　　感谢我的家人。多年来,父亲一直鼓励我求学,以我的学业为骄傲;母亲默默地关心我生活的诸多方面,她的奉献使我能顺利投入论文写作;从考博、拿到博士学位,到后面的学术之路,我的先生一直尽最大可能给予我呵护与关爱,在我因学术前途不明苦闷时鼓励我,因身体衰弱而勉力写作时照顾我,阅读我的文稿全文,提出宝贵意见。我亲爱的哥哥,你积极乐观的人生态度将永远是我前进的动力。我深深地爱你们,感谢你们!

　　感谢我的孩子张兮灿,你在我文稿写作的最后阶段来到这亲爱的世界。你的到来是一个暗示,让我回到成长的起源。虽然成年之后,我们与童年的距离如同人与千山万水的距离，始终身处其中，却又隔了层层迷雾，山高水长。那是爱与理解的起源。我的书稿因童年的爱好而起，亦在研究它的过程中开始了你的童年。我很高兴与你分享这段经历。

衷心感谢所有关心与帮助过我的师长、亲人和朋友们。

能有机会选择治学之路，幸甚！

何　敏

2015 年 5 月 3 日